La última fiesta

CLARE MACKINTOSH

La última fiesta

Traducción de
Víctor Vázquez Monedero

Grijalbo

Papel certificado por el Forest Stewardship Council®

Penguin
Random House
Grupo Editorial

Título original: *The Last Party*

Primera edición: julio de 2023

© 2022, Clare Mackintosh
Publicado originalmente en inglés el año 2022 por Sphere, un sello de Little, Brown Book Group.
© 2023, Penguin Random House Grupo Editorial, S. A. U.
Travessera de Gràcia, 47-49. 08021 Barcelona
© 2023, Víctor Vázquez Monedero, por la traducción

Penguin Random House Grupo Editorial apoya la protección del *copyright*.
El *copyright* estimula la creatividad, defiende la diversidad en el ámbito de las ideas y el conocimiento,
promueve la libre expresión y favorece una cultura viva. Gracias por comprar una edición autorizada
de este libro y por respetar las leyes del *copyright* al no reproducir, escanear ni distribuir ninguna
parte de esta obra por ningún medio sin permiso. Al hacerlo está respaldando a los autores
y permitiendo que PRHGE continúe publicando libros para todos los lectores.
Diríjase a CEDRO (Centro Español de Derechos Reprográficos, http://www.cedro.org)
si necesita fotocopiar o escanear algún fragmento de esta obra.

Printed in Spain – Impreso en España

ISBN: 978-84-253-6354-2
Depósito legal: B-9423-2023

Compuesto en La Nueva Edimac, S. L.
Impreso en Liberdúplex,
Sant Llorenç d´Hortons (Barcelona)

GR 6 3 5 4 2

*Para mi gente del club de lectura,
los mejores lectores que existen*

Y el lago entero en profundo reposo
calla, y cual espejo bruñido brilla.

WILLIAM WORDSWORTH

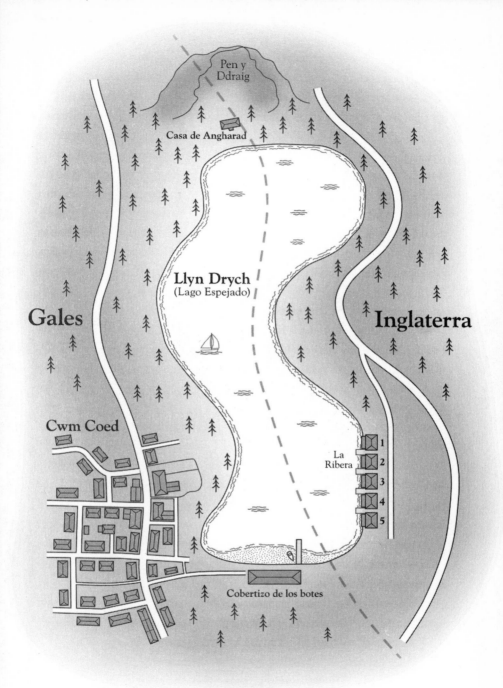

Pen y Ddraig

Casa de Angharad

Llyn Drych
(Lago Espejado)

Gales

Inglaterra

Cwm Coed

La Ribera

1
2
3
4
5

Cobertizo de los botes

Pueblo de Cwm Coed

Pub Y Llew Coch

Ferretería de Glynis Lloyd

Elen, Ffion y Seren Morgan

Huw Ellis

Mia Williams

Ceri Jones

Complejo vacacional La Ribera

1 Jonty y Blythe Charlton, Woody y Hester

2 Dee Huxley

3 Bobby y Ashleigh Stafford

4 Clemmie Northcote, Caleb

5 Rhys y Yasmin Lloyd, Tabby y Felicia

Nochevieja

Nadie en Cwm Coed se acuerda de cuándo comenzó la costumbre del baño, pero lo que sí saben es que para ellos no hay mejor manera de empezar el año. No se acuerdan de cuándo fue que Dafydd Lewis se metió en el agua vestido solo con un sombrero de Santa Claus, o de en qué año los chavales del equipo de rugby se tiraron en bomba desde el embarcadero y dejaron empapada a la pobre señora Williams.

Pero todos se van a acordar del baño de hoy.

Ha habido nieve en las cumbres desde antes de Navidad y, aunque las montañas lo protegen, la temperatura no ha subido de los siete grados en el pueblo. El lago todavía está más frío. «¡Cuatro grados!», dice la gente casi quedándose sin aliento, jubilosa e incrédula a la vez. «¡Debemos estar locos!».

Como si se rebelasen contra los cielos despejados, unas volutas de niebla se retuercen sobre la superficie del agua, y su reflejo da la desorientadora impresión de que el cielo ha quedado cabeza abajo. Por encima de la niebla, el aire es de un azul intenso, y un remanente de la luna de anoche permanece suspendido sobre el bosque.

Desde la cima de la montaña de Pen y Ddraig, el Llyn Drych se asemeja más a un río que a un lago: alargado, con forma de serpiente; cada recodo, un meneo de la cola del dragón que, según dicen, representa. Drych significa «espejo» y, cuando el viento sopla y el agua está en calma, su superficie reluce como la plata. El reflejo de la montaña se extiende hacia el centro del lago, tan sólido que parecería que uno puede subirse en él; ni un solo indicio de las negras e insondables profundidades que alberga.

A lo largo del camino que sube serpenteando por la cara sur de la montaña —de la espalda a la cabeza del dragón— los excursionistas se agachan a recoger un guijarro. Entonces se enderezan, notan el peso de la piedrecita en la mano y miran tímidamente a su alrededor antes de arrojarla al agua. Cuenta la leyenda que el dragón del Llyn Drych alzará la cabeza si alguien le acierta en la cola; pocos caminantes logran resistirse al mito.

Bordeando la orilla del lago, los pinos montan guardia hombro con hombro, tan juntos entre sí que, si alguno de ellos cayera, es fácil imaginárselos a todos viniéndose abajo, uno tras otro. Los árboles le hurtan la vista al pueblo de Cwm Coed, pero también se llevan lo peor del clima, lo que resulta un trato justo para la gente que vive en él.

En la orilla opuesta, en las estribaciones de la montaña —a menos de dos kilómetros de allí donde ahora se está juntando una multitud— hay una hilera de edificios acuclillados. Los árboles que tenían justo enfrente han sido arrancados de cuajo, y su madera empleada en revestir las viviendas y tallar el gran cartel que hay al final de la larga carretera de acceso privada; cada una de las letras es tan alta como un hombre.

La Ribera.

De momento, hay cinco. Construcciones rectangulares de dos pisos, con los techos revestidos de listones de madera y tarimas exteriores que sobresalen hacia delante y se extienden sobre el lago, sostenidas por pilotes que emergen de entre la niebla. Escaleritas metálicas que relumbran bajo el sol de invierno; pontones despojados de los botes que tensan sus cuerdas en verano.

CABAÑAS DE LUJO EN PRIMERA LÍNEA DEL LAGO, las llama un folleto satinado.

Carafanau ffansi, las llama la madre de Ffion: «caravanas con ínfulas». Dime de lo que presumes...

«Un puñetero adefesio», convienen la mayoría de los habitantes del pueblo. ¡Y a qué precios! Y encima por un lugar donde ni siquiera te dejan vivir todo el año. Según pone en la web, a los propietarios no les está permitido hacer de La Ribera su primera residencia. Como si en Gales del Norte no hubiera ya suficientes domingueros.

Pronto, habrá una segunda hilera detrás de esa primera. Y, después, otra más. Un spa, un gimnasio, comercios, una piscina al aire libre...

—Ya me dirás tú por qué no podrían nadar en el lago. —Con la espalda apoyada en el maletero de su coche, Ceri Jones se quita los pantalones de chándal; la blanca carne de gallina de sus muslos resalta sobre el sucio parachoques.

—Pues porque está la hostia de frío.

Las risas agudas se escapan con rapidez, alimentadas por la fiesta de fin de año de anoche, por más vino y menos descanso de la cuenta, por un frío que atraviesa albornoces y cala los huesos.

—Una gran noche, eso sí.

Se oyen murmullos de aprobación.

—Chwarae teg. —«Las cosas como son». Los de La Ribera saben cómo se monta una buena fiesta. Y, lo que es más importante, saben que hay que invitar a los del pueblo. No falla: la curiosidad siempre vence al resentimiento.

Fragmentos de hielo se agrupan en los charcos que hay a la orilla del lago; los dedos de varios pies, recién liberados de sus botas forradas de piel, los resquebrajan.

—Todavía quedan diez minutos. Os vais a congelar.

—Ni siquiera noto el frío. Creo que todavía voy pedo.

—Espero que con esto se me quite la resaca; mañana vienen mis suegros a comer y ya me dan bastante dolor de cabeza de por sí.

—Lo que no mata engorda.

—Pues casi que prefiero lo primero.

La primera de dos bocinas resuena a través del aire fresco, y se desata un grito de exaltación.

—¿Preparada?

—¡Preparadísima!

Los abrigos y albornoces son arrojados a un lado; las toallas cuelgan de los brazos que aguardan, y las bolsas de agua caliente están preparadas para el regreso. Da comienzo una carrera hacia la orilla —una maraña de brazos y piernas blancos y bañadores, valerosos biquinis y prudentes gorros de lana—, y los excitados parloteos suben tanto de volumen que los bañistas se preguntan si no se van a perder la segunda bocina. Pero, cuando esta suena, nadie lo duda un segundo: sueltan un chillido de emoción y un «Blwyddyn Newydd Dda!» mientras corren en dirección al lago, y gritan al llegar al agua helada.

Cuando esta ya cubre, hacen de tripas corazón y se zambullen en ella, atravesando la capa de bruma que flota sobre la superficie. El frío, como una mordaza mecánica, les atenaza el pecho, y las bocas se abren conmocionadas cuando el apretón las deja sin aliento. «¡No os paréis! ¡No os paréis!», gritan los más veteranos, con la dopamina que bombea y les pone una sonrisa en la cara. La olas arrecian, y la gente va de un lado a otro mientras el viento sopla con más fuerza y les provoca un escalofrío en la parte alta de la espalda.

Cuando la bruma empieza a disiparse, una mujer da un alarido.

Su grito despunta entre el clamor entusiasmado del resto, haciendo que a quienes esperan en la orilla les suba por el espinazo una clase distinta de escalofrío. Los que siguen medio hundidos en el agua se ponen de puntillas, esforzándose por ver qué está pasando, quién se ha hecho daño. El bote salvavidas sumerge sus remos en el lago, un, dos..., un, dos..., y avanza hacia el lugar del tumulto.

De entre la bruma surge el cuerpo flotante de un hombre.

Boca abajo y, sin duda, muerto.

PRIMERA PARTE

1

Día de Año Nuevo - Ffion

Ffion Morgan examina la figura en decúbito prono que tiene al lado, en busca de constantes vitales. Se trata de un hombre alto, ancho de espaldas y de pelo negro, rapado casi a ras de cráneo. En la nuca, justo donde le quedaría el cuello de una camisa, lleva un nombre tatuado en letra pequeña: HARRIS.

Ffion carraspea; con ese sonido insignificante, tímido, sondea el silencio, como si estuviera a punto de pronunciar un discurso que no sabe muy bien cómo empezar. El hombre no se mueve lo más mínimo, lo cual lo hace todo más fácil.

No obstante, está el problemilla del brazo.

Es un brazo grande. La piel, tersa y oscura, reviste el tipo de bíceps que a Ffion siempre le entran ganas de morder, aunque está claro que ahora no es un buen momento. El brazo reposa en diagonal sobre el vientre de ella; la mano le cuelga, suelta, de la cadera. La costumbre la empuja a echar un vistazo al dedo anular del individuo, y la alivia comprobar que no lleva nada en él. Le mira el reloj de pulsera: las ocho de la mañana. Hora de irse.

Primero saca las piernas a un lado, apartándolas poco a poco, milímetro a milímetro, antes de doblar las rodillas para bajar los pies al suelo, y todo lo anterior sin mover un ápice el tronco, como una contorsionista que se retuerce para entrar en una caja. Espera un instante, y entonces aprieta la parte superior del cuerpo contra el colchón mientras se va deslizando lentamente hacia el borde de la cama. Esta maniobra la ha ido practicando y perfeccionando durante todo el año pasado, gracias a no se sabe qué gen defectuoso que impulsa a los hombres a alargar un brazo protector mientras duermen.

El dueño del brazo de esta mañana deja escapar un gruñido. Ella cuenta hasta cincuenta. Si el hombre se despierta, le propondrá a Ffion tomar juntos el desayuno —o un café, aunque sea—, pese a que a ninguno de los dos le apetece; no el uno con el otro, en cualquier caso. Ffion lo achaca a la Generación Z; todo ese rollo de los «afectos»… Hubo un tiempo en que los hombres te daban puerta antes incluso de haberle hecho un nudo al condón, pero ahora están todos «concienciados». El tema la saca de quicio.

Trata de recordar a quién pertenece ese brazo. «Harris» no le suena de nada. Empieza por eme, eso seguro. ¿Mike? ¿Max? Trata de rescatar trozos sueltos de entre las turbias profundidades de la borrachera de anoche, avanzando a trompicones entre los recuerdos de unos dientes blancos e igualados, una sonrisa tímida, un deseo de agradar que le resultó tan atractivo como inusual.

¿Mark?

Se arranca una pielecita de debajo del labio superior. Joder, joder, joder. Detesta cuando es incapaz de acordarse de los nombres. Se siente como…, como una guarrona.

«¡Marcus!».

Ffion sonríe mirando al techo; la sensación de alivio la ha dejado atolondrada. Regla número uno: siempre has de saber con quién vas a pasar la noche.

Marcus.

Recordar su nombre desbloquea el resto, y Nochevieja se despliega en todo su alcohólico y glorioso esplendor. Marcus No-sé-qué-más (los apellidos no cuentan): un monitor de paracaidismo («Os voy a invitar a ti y a tus colegas a una sesión gratis») con quien empataba en chupitos, y que la cogió disimuladamente de la cintura al acercársele para hacerse oír por encima del ruido del bar. «¿Y si nos marchamos a algún sitio más tranquilo? Podríamos ir a mi casa…».

Ffion cierra los ojos y se recrea en rememorar el cosquilleo que le provocó el pulgar de Marcus sobre la piel, tan prometedor. Durante un segundo piensa en volver a estirarse en la cama y despertarlo, y...

Prohibido repetir. Regla número dos.

La habitación de Marcus ofrece la apariencia sobria y anónima de un piso de alquiler: paredes color crema, persianas verticales y una moqueta picajosa rebosante de electricidad estática que Ffion repasa con el pie derecho hasta dar con sus bragas; el izquierdo pierde el calcetín y, mientras la respiración vecina se apacigua, ella se escabulle de debajo del brazo de Marcus y se desliza hasta el suelo con toda la gracilidad de un león marino.

La blusa azul que llevaba anoche está junto al armario; sus tejanos, detrás, un poco más lejos. La clásica odisea de localizar la ropa: Ffion es de todo menos imprevisible. Con suerte, encontrará las zapatillas en el recibidor, donde se las quitó con un par de patadas, y el jersey cerca de la entrada, tirado en un charco.

Se viste con celeridad, metiéndose los calcetines en el bolsillo de los tejanos para ganar tiempo, y rebusca infructuosamente el sujetador antes de darlo definitivamente por perdido. Hace un pipí rápido, ojea el armarito del baño (una caja de condones, un tubo medio estrujado de crema antihemorroidal...), comprueba que lleva encima las llaves del coche y se marcha por patas. Las aceras están cubiertas de escarcha, y Ffion se abrocha hasta arriba su abrigo de color verde caqui, que la tapa desde la barbilla hasta los tobillos; lo calentito y práctico que es compensa el hecho de que la haga parecer un saco de dormir andante. Mientras vuelve sobre sus pasos, de camino al coche, realiza su tradicional cálculo de unidades de alcohol divididas entre horas totales, y concluye que, dentro de lo que cabe, podrá ir aguantando.

Son las nueve pasadas cuando llega a casa, y su madre le está preparando unas gachas de avena. Del radiador cuelgan dos bañadores.

—Nunca te habías perdido el baño de Año Nuevo.

Elen Morgan habla con voz neutra, pero Ffion tiene treinta años de experiencia interpretando las técnicas con que su madre remueve la comida, y la forma en que ahora mismo agarra ese cucharón de madera no augura nada bueno.

Seren, de dieciséis años, sale de un brinco de entre el montón de mantas que hay en la silla grande, la de al lado de la ventana.

—Han encontrado a un...

—Deja que tu hermana desayune un poco antes de entrar en ese tema. —La voz de su madre, tajante, atraviesa el salón y corta a Seren en seco.

Ffion se vuelve hacia su hermana.

—¿Han encontrado a un qué...?

Seren mira otra vez a su madre y pone los ojos en blanco.

—Te he visto.

—Guau, mamá, no se te escapa una. —Ffion levanta la tetera del fogón de la cocina AGA y la menea para ver cuánta agua hay dentro antes de volver a posarla—. ¿Alguna vez te has planteado alistarte en los servicios secretos? Me imagino que lo de tener ojos en la nuca debe de estar tan bien valorado como saber jiujitsu y hablar ruso con fluidez. —Pone el móvil a cargar; lleva muerto desde anoche—. En fin, ¿qué tal ha estado el baño?

—No ha habido ningún baño. —Seren le lanza a su madre una mirada desafiante—. Cuando aún me llegaba el agua por las rodillas, nos han hecho salir a todos del lago.

—¿Y eso?

—Si hubieras estado allí, lo sabrías —dice su madre con frialdad.

—Me quedé a dormir por ahí.

—¿En casa de Mia? —Ffion emite un evasivo «hummm...». Seren, avispada como ella sola, observa ahora a su madre, ahora a Ffion, alertada al instante por la posibilidad de que haya jaleo—. Porque me han dicho que ella se quedó hasta tarde en la fiesta.

Mia Williams. Iba dos cursos por delante de Ffion en la escuela: la típica diferencia de edad que provoca que dos personas no compartan ningún tipo de afinidad cuando son adolescentes, y que lo tengan todo en común una década después. Son amigas por defecto, más que por elección; Ffion siempre piensa: ¿con quién saldrían de copas, si no fueran juntas?

—Mamá, ya tengo una edad para...

—Y Ceri se marchó pronto, y vio como tu coche salía del pueblo.

Ceri Jones, la cartera. ¿Tan extraordinario es, piensa Ffion, que prefiera relacionarse con gente de fuera del pueblo? En Cwm Coed no puedes ni tirarte un pedo sin convertirte en la noticia del día.

—Tenía que hacer un recado. —La tetera silba molesta e insistentemente, como si plantase cara a su mentira; Ffion encuentra una taza limpia y deposita en ella una bolsita de té.

—¿El día de Nochevieja?

—Mamá, deja de ser tan...

—Me preocupo por ti. ¿Acaso es un crimen?

—No me va a pasar nada.

—No es eso. —Elen se da la vuelta y mira a su hija mayor. Habla a media voz y con una calculadísima expresión facial—. Es imposible que seas feliz así, Ffi.

Ffion le sostiene la mirada.

—Pues lo soy.

Su madre sentó la cabeza siendo demasiado joven, ese es el problema. Elen tenía diecisiete años cuando conoció al padre de Ffion, y diecinueve cuando se casaron. Nunca había tenido rollos ocasionales; ni siquiera había salido jamás con otra persona. ¿Cómo iba a entender ella lo estupendo, lo sumamente liberador que podía llegar a ser el sexo sin ataduras?

—Bueeeno... —Ffion cambia de tema con esa única y dilatada palabra, volviéndose hacia Seren en busca de solidaridad fraternal—. ¿Por qué no os han dejado nadar?

—¡Porque un puto tío la ha palmado! —El cotilleo se le desborda como el agua de una presa.

La madre pega a su hija pequeña con un trapo de cocina.

—¡Esa boca!

—¡Ay!

—Y yo de ti intentaría disimular un poco, jovencita. Sabes perfectamente que no te estaba permitido ir a esa fiesta del demonio.

Ffion mira a Seren.

—¿Fuiste a La Ribera anoche?

La joven saca la barbilla en actitud defensiva.

—Todo el mundo fue.

—A mí me importa un comino; como si fue la reina de Saba. ¡Te dije que ni te acercaras a ese sitio! —La madre levanta la voz, y Seren parece estar a punto de llorar.

—¿Es que alguien se ha ahogado? —pregunta Ffion con prontitud.

Su madre desvía de Seren el foco de su atención y afirma secamente con la cabeza.

—Dios mío. ¿Quién?

Elen sirve las gachas, mezcladas con compota de manzana y con un remolino de nata encima.

—Un hombre; eso es lo único que sabemos. Lo han encontrado boca abajo, o sea que...

El móvil de Ffion vuelve a la vida con un pitido, y la pantalla se inunda de mensajes y llamadas perdidas. Desplazándose hacia abajo, se salta todas las felicitaciones de Año Nuevo hasta que llega a lo que le han escrito esta mañana.

Has oído lo del cuerpo que han encontrado en el lago?
Sabes quién era?
Dónde estabas ayer por la noche???

Ffion pulsa el icono parpadeante para consultar el buzón de voz. En cualquier otro momento del año, se habría apostado dinero a que el ahogado era un visitante; alguien que no estaba acostumbrado al frío, o a nadar al aire libre; alguien que no se había criado cerca del agua. En Cwm Coed se ven todo el año: acuden hasta la orilla del lago desde los campings como si eso fuera la playa de Bournemouth, se tiran al agua desde el embarcadero y dejan a sus niños sueltos por ahí en colchonetas baratas.

Pero el baño de Año Nuevo es estrictamente para la gente del pueblo. Nadie quiere que se cuelen forasteros de esos que se tiran más de una hora en el coche para llegar, pensando ya en la pretenciosa actualización de estado que publicarán después en Facebook. No hay anuncios, ni camisetas, ni patrocinadores. No hay organizador oficial.

«No hay medidas de seguridad», piensa, sombría, Ffion. Ella es consciente de que existe una parte del vecindario que dirá que la tragedia de hoy les da la razón; gente que se niega a participar en el baño porque es peligroso. «Tanto correr y reír y tropezar... El agua está tan fría que se te congelan los pulmones. Y con lo bebidos que van de la noche anterior... Solo es cuestión de tiempo antes de que alguien se ahogue».

El teléfono de Ffion está repleto de mensajes de voz de Mia y Ceri borrachas, gritando sobre el ruido de fondo de los fuegos artificiales, y tiene también uno de su madre de esta misma mañana: «Nos vamos a lo del baño. *Lle wyt ti?*».

—He oído que era el viejo Dilwyn Jones —dice Seren.

—¿En esmoquin? —replica su madre—. En cuarenta años, jamás he visto a ese hombre quitarse el cárdigan siquiera. —Bajando la voz, se vuelve hacia Ffion—. Han apartado a todo el mundo del cadáver tan pronto como han podido. Estaba... —Se detiene a media frase—. Estaba que daba cosa verlo.

—Alguien ha dicho que tenía toda la cara destrozada. —Seren se levanta con los ojos abiertos de par en par en un gesto intencionadamente macabro. Es aún más pelirroja que su hermana, y tiene los mismos rizos ensortijados con los que no hay nada que hacer; Ffion suele apretujárselos a la fuerza en un moño desastroso, mientras que ella se los deja sueltos y se le posan sobre los hombros como una gran nube rojiza. Es pálida, y alrededor de los ojos se le notan los restos del maquillaje de anoche.

—Deja de ser tan metomentodo, Seren, y acábate las gachas. Hasta la hora de comer no se te va a quitar el frío de los huesos.

—Solo he llegado a meterme hasta las rodillas.

—Pero en las rodillas tienes huesos, ¿sí o no?

—Bueno, lo que está claro es que pronto van a comunicar alguna desaparición, porque… —comienza a decir Ffion, pero entonces llega al último mensaje del buzón y se le acelera el pulso. Desenchufa el móvil—. Me tengo que ir.

—¡Pero si acabas de llegar a casa!

—Ya lo sé, pero… —Ffion da un brinco para coger una camiseta limpia del tendedero, mientras se pregunta si podrá birlar también un sujetador sin que su madre la vea. Se le caen media docena de calcetines; uno de ellos aterriza de pleno en la olla de las gachas.

—¡Ffion Morgan!

A sus treinta años, con un matrimonio y una hipoteca a sus espaldas, todavía se lo piensa dos veces antes de enfrentarse al trapo de cocina de su madre. Por segunda vez en dos horas, Ffion se bate apresuradamente en retirada.

Mientras arranca el coche, cuyo tubo de escape tose en señal de protesta, marca con una sola mano un número en el móvil, apoyándolo en el asiento del copiloto. A la salida del pueblo, se incorpora a un carril justo por delante de otro vehículo: una pareja endomingada de camino a visitar a la familia; en la parte de atrás, tres niños aburridos. El conductor se encorva sobre el claxon y se queda pegado al culo del coche de Ffion, mandándole una señal clara.

—¿Mia? —pregunta Ffion cuando le salta el buzón de voz, mientras coloca el pie, plano, sobre el acelerador—. Soy Ffi. —El pulso le vibra en las sienes—. Si mamá te pregunta dónde estuve anoche, le dices que estuve contigo.

2

Día de Año Nuevo - Leo

—¡No te quites el abrigo!

El grito viene justo cuando Leo Brady llega a su escritorio de la Unidad de Delitos Graves de la policía de Cheshire, exactamente a las nueve en punto de la mañana. De mala gana, se abrocha otra vez los botones de su grueso abrigo de lana y se dirige a la oficina del jefe, donde este, el inspector Simon Crouch, lo espera de pie junto a su silla. Leo solamente ha caminado el trecho que va del aparcamiento a la comisaría —algo más de cien metros, como mucho—, pero tiene los pies como cubitos de hielo, así que menea los dedos dentro de sus zapatos de cuero troquelado. «Hace demasiado frío para que nieve», dice constantemente la gente, lo cual a Leo siempre le ha parecido un sinsentido.

—Necesito que muevas las lorzas hasta el Lago Espejado, acaban de encontrar un cuerpo cerca de la orilla.

Leo no tiene lorzas; de hecho, está bastante más en forma que Crouch, cuya piel paliducha parece haber sido moldeada a partir de pedazos de plastilina, aunque eso no lo detiene a la hora de reafirmar su autoridad mediante insultos de patio escolar.

—¿Eso no queda en Gales?

—No te he pedido ninguna lección de geografía. —Crouch comparte la pantalla de su iPad con la pizarra digital que tiene en la pared, y durante una fracción de segundo Leo es obsequiado con las primeras dos líneas de todo lo que contiene la bandeja de entrada de Crouch. Entre resúmenes de robos a bienes inmuebles y estadísticas de delitos violentos, Leo ve un mensaje de una tal Joanne Crouch con el título de «Tu madre OTRA VEZ», así como un correo del Departamento de Estándares Profesionales marcado como «importante»; luego, Google Maps pasa a ocupar toda la pantalla.

Leo se toma un momento para situarse. En el centro hay un lago estrecho y sinuoso señalado como «Llyn Drych», cuyo recorrido coincide con la frontera entre Inglaterra y Gales. Se trata del Lago Espejado; Leo ya lo sabía, pero nunca un encargo laboral lo había llevado tan lejos, casi donde terminan los límites jurisdiccionales del cuerpo de policía de Cheshire. El extremo norte del lago acaba frente a una cordillera, y cerca de la orilla oeste, justo donde empieza Gales, está el pueblo de Cwm Coed. Entre el pueblo y el agua, bordeando la ribera, hay una franja de verdor.

Crouch señala otra zona parecida que hay en el lado este, allí donde termina el área de acción de la policía.

—Justo antes de que llegaras, nos han enviado un aviso de desaparición desde aquí. —El inspector pulsa la pantalla y el mapa cambia a vista de satélite. Leo cae en la cuenta de que lo verde representaba una arboleda, no un prado: un tupido conjunto de árboles que recorre la orilla. Crouch traza un círculo mal hecho, y luego le da un golpecito con el dedo, como para indicar algo—. Esta foto lleva un par de años de desfase. —Cierra el mapa y, deslizando la pantalla, navega entre sus aplicaciones: la del correo electrónico, la de la predicción meteorológica, la de Sky News... ¿y esa de ahí es Tinder, en serio?—. Esto es lo que hay ahora en el lugar en cuestión.

En la pantalla grande aparece una página web; sobre la imagen del encabezado se reproduce un vídeo sin sonido. «Vente a La Ribera: ¡más claro, agua!», reza el texto de acompañamiento. El sol hace destellar la superficie del Lago Espejado mientras la cámara, con un picado, se aproxima hacia una hilera de cabañas de madera que hay junto a la orilla. Una niña risueña, congelada en el aire, se columpia cogida a una cuerda por encima de un muelle más propio de las Maldivas que de Gales del Norte. Ahora Leo se da cuenta de que aquello no es una grabación, sino una animación generada por ordenador: una figuración artística de lo que sin duda es un complejo habitacional de alta categoría.

—Este sitio se llama La Ribera —dice Crouch—. Y no te hagas ilusiones, porque las probabilidades de que puedas permitirte comprar algo allí son las mismas de que te asciendan a oficial. Una de las casas es propiedad de aquel actor que antes boxeaba, el que se casó con la chavala esa de las tetas gigantes.

—¿Quién es el desaparecido?

—El propietario del resort, Rhys Lloyd. «Cantante lírico»... —Crouch se esfuerza por ensamblar esas dos palabras como si formasen una combinación experimental. El inspector se autodefine como «tradicional», lo cual, según Leo ha descubierto en el curso de sus treinta y seis años de vida, acostumbra a ser sinónimo de «intolerante de mierda»—. Muy conocido, por lo que me han dicho —continúa Crouch—; si es que te van ese tipo de cosas, claro.

—Entiendo que a usted no, ¿verdad?

—¿Mallas y maricones? ¿A ti sí?

Leo abre la libreta con una atención equiparable a la que alguien podría prestar a un portal hacia otro mundo.

—¿Quién notificó la desaparición?

—Su hija; llamó al teléfono de emergencias. Su mujer ha confirmado que no pasó la noche en casa, pero al parecer aquello no la extrañó. Pensó que estaría de fiesta, o durmiendo la mona por ahí. O en cama ajena, y no precisamente durmiendo. —Crouch da un resoplido.

—¿Quiere que hable con la familia?

—Antes de nada, échale un vistazo al cadáver; asegúrate de que los galeses no hayan cometido ninguna cagada. Habrá que abrir una investigación a nivel local, preguntar por sus últimos movimientos..., lo de siempre. La policía de Gales del Norte ha enviado a uno de los suyos; te reunirás con él en la morgue.

—De acuerdo.

—Si ha sido un ahogamiento accidental, se lo endiñas a ellos. —Crouch limpia la pantalla—. El agua lo arrastró hasta su lado del lago.

—¿Y si es un asesinato?

—Depende. Si no hay por dónde cogerlo...

—¿Se lo endiño a los galeses?

—¡Míralo! Y parecía tonto cuando lo compramos, ¿eh? —Crouch permanece expectante. Leo no está seguro de cómo responder—. Pero, si hay algún sospechoso, te quedas tú con el caso y lo resolvemos en un plis plas. El primer asesinato del año, finiquitado en un día: ¡tachán!

«¿Tachán?». Crouch a menudo lamenta el hecho de que nunca le encomienden la misión de declarar ante los periodistas, ya sea desde la escalinata del juzgado o en plena escena del crimen, junto a las cintas de NO PASAR mecidas por el viento. Según lo que Leo ha observado acerca del comportamiento de su jefe, se trata de una sabia decisión por parte del gabinete de prensa.

Hay más de una hora de camino desde las oficinas de Delitos Graves hasta el límite jurisdiccional del cuerpo. El cielo es de un azul intenso, y las calles están llenas de gente tratando de sacarse de encima la resaca y los excesos navideños: un paseo al aire libre; puede que una pinta de cerveza, o un bloody mary. «Año nuevo, vida nueva».

Leo está escuchando en la radio un programa participativo de la BBC 5 Live cuando siente cómo lo abruma la desesperanza ante otro año que se va sin que haya habido indicios de mejora. Sigue viviendo en un piso de mierda, junto a una vecina que quema hierbas en un pote de hojalata delante de su puerta para ahuyentar a los malos espíritus. Sigue trabajando para un jefe que lo ningunea y lo chulea día tras día. Y sigue sin hacer nada para cambiar su situación.

Leo pulsa la pantalla del móvil y escucha cómo el tono de salida inunda los altavoces del coche.

—¿Qué pasa?

—Feliz año a ti también. —Leo oye la ligerísima exhalación que indica que su exmujer está poniendo los ojos en blanco—. ¿Puedo hablar con él?

—Está por ahí con Dominic.

—¿Y si llamo más tarde?

—Más tarde vienen unos amigos a tomar algo a casa.

—¿Mañana, entonces?

—No puedes dar por hecho que voy a renunciar a todos mis planes para...

—¡Solo quiero felicitarle el año nuevo a mi hijo!

Allie deja pasar un silencio tan largo que Leo cree que ha colgado.

—Que sepas que me la apunto —termina diciendo ella en un tono brusco y entrecortado—. Cada vez que pierdes los estribos, me la apunto.

—Por el amor de Dios, yo no... —Leo se contiene, cierra la mano y da un puñetazo al vacío, cuyo impacto se detiene a escasos centímetros del volante. ¿Cómo puede salir él ganando, cuando la sola existencia de aquella acusación lo obliga a demostrar que es cierta?—. No es justo, Allie...

—Habértelo pensado mejor antes de...

—¿Cuántas veces tendré que pedirte perdón? —Leo levanta de nuevo la voz. Una y otra vez, la misma versión de los hechos, la misma manipulación culpabilizadora.

—Tienes suerte de que todavía te deje ver a nuestro hijo, después de lo que hiciste.

Leo cuenta hasta diez.

—¿Cuándo sería el mejor momento para telefonearte otra vez?

—Te mandaré un mensaje. —Se corta la línea.

Ya puede esperar sentado. Será él quien tendrá que pedirle que vuelva a llamarlo y, para cuando consiga hablar con su hijo, lo de «feliz año nuevo» sonará fuera de lugar.

A medida que el coche avanza, la distancia entre las poblaciones va aumentando, e incluso parece que el cielo se ensancha hasta el punto de que Leo puede mirar en cualquier dirección y no ver nada sino vacío y desolación.

Un día, cuando su chaval ya sea adolescente, Leo lo tendrá tan fácil como coger el teléfono y llamarlo. Quedarán por su cuenta para verse después de clase, o para ir a un partido de fútbol, sin Allie como autoproclamada centinela, recordándole constantemente lo que hizo. «Tuviste suerte de que no llamara a la policía», se complace en decir. «O a los Servicios Sociales. Ten en cuenta que aún podría hacerlo». Aquello lo sobrevuela como una amenaza constante, y ensombrece cada conversación, cada breve contacto que ella le permite establecer.

«Aún podría hacerlo».

Por Dios, qué triste es Gales. Ahora no llueve, lo cual es una bendición —por no decir una rareza—, pero se avecinan nubes desde el norte y los árboles se cimbrean con el viento. ¿Qué debe de hacer la policía de aquí durante todo el día? Algún delito habrá, supone Leo —el robo de alguna oveja, de vez en cuando algún allanamiento...— pero duda que por estos lares el Departamento de Investigación Criminal sea un hervidero de actividad. El ahogamiento de hoy, para ellos, será el suceso del año.

La morgue está en Brynafon, y a Leo lo alivia disponer de navegador en el coche al recorrer aquellas sinuosas carreteras de montaña antes de dar otra vez con lo que podrían considerarse signos de civilización. Una fina llovizna impregna el aire y se deposita en los tejados de pizarra del pueblo. Leo sigue las señalizaciones del hospital hasta llegar a un pequeño aparcamiento, vacío a excepción de un Volvo XC90 y un Triumph Stag marrón que el óxido ayuda a mantener ensamblado. La morgue en sí es un edificio bajo y cúbico. Leo llama al timbre.

—Entre empujando la puerta —responde una voz metálica desde dentro—. Hoy no hay nadie en la recepción, pero enseguida estoy con usted.

Leo obedece, y se encuentra de pronto en una pequeña sala

de espera en forma de ele. El reloj de la pared marca las diez y treinta y cinco. Al notar que no está solo, se da la vuelta, y lo que ve lo deja boquiabierto. En una esquina, sonrojada e indecisa, hay una mujer.

Es Harriet.

—¿Qué haces tú aquí? ¿Me has...? —Leo apenas atina a decir nada—. ¿Me has seguido, en serio?

La mujer suelta una carcajada.

—¡Yo he llegado antes! En todo caso, me habrás seguido tú a mí.

Hostia puta. Harriet. Harriet Jones, o Johnson, o algo por el estilo. Profesora de primaria del condado de Gwynedd, la región con más hablantes de galés de todo el país; Leo se acuerda porque, cuando se la tiró, algunas de las palabras que gemía le parecieron indescifrables.

Se dispone a seguir interrogándola cuando se abre una puerta al otro extremo de la sala y aparece una mujer con una bata blanca de laboratorio; la acompaña aquel inconfundible olor a muerto y gel desinfectante.

—¿Leo Brady, supongo? Soy Izzy Weaver, la patóloga que lleva el caso de su víctima. Yo no debería estar aquí, si le soy completamente sincera, pero el técnico forense con el que trabajo se ha ausentado por la cara; es un milagro que aún no lo hayan echado, a ese. Ya he hablado con los agentes al mando de la investigación y les he dicho que no puedo redactar el informe *post mortem* hasta pasado mañana, pero, si lográramos identificar el cuerpo, sería estupendo.

—¿«Leo»? —exclama Harriet alzando la voz.

Se produce una breve pausa mientras la patóloga observa detenidamente ahora a Leo, ahora a Harriet. Leo tose. En fin, la situación es embarazosa, pero él no es el primero en dar un nombre falso a una chica que ha conocido en un bar, y tampoco será el último. En los tres años que lleva divorciado, ligar ha resultado para Leo una experiencia incómoda. Dieciocho meses atrás, gozó de lo que él había entendido como un lío de una noche fruto del consentimiento mutuo, solo para verse acosado —más que eso: perseguido— hasta varios meses después. Desde entonces, no ha vuelto a emplear su verdadero nombre.

Pero eso sigue sin explicar qué está haciendo Harriet Jones —o Johnson, o lo que sea— ahí en la morgue.

—Entiendo que no se conocían —apunta la patóloga. Leo y Harriet se miran el uno al otro.

—Bueno… —contesta Leo.

—No —responde Harriet con rotundidad.

La patóloga parece desconcertada, y con razón: al propio Leo le está costando sacar algo en claro. ¿Lo habrá estado siguiendo Harriet? ¿Habrá interceptado sus mensajes? Durante un instante de enajenación, Leo se la imagina husmeando en el despacho de Crouch, anotando meticulosamente cada uno de sus movimientos.

—Harriet… —dice con cautela. Se va a mostrar firme con ella, pero tampoco demasiado. Muy probablemente debe de tener algún tipo de trastorno mental; una acción como esa no es propia de alguien cuerdo.

—¿Harriet? —se sorprende la patóloga.

—Hummm… —murmura Harriet. Hay una larga pausa.

—¿Nos ponemos manos a la obra o qué? —Hay un punto de frustración en la voz de Izzy Weaver, que extiende una mano hacia Leo—. Aquí el agente Leo Brady, del cuerpo de policía de Cheshire. —Luego extiende la otra mano en dirección opuesta, hacia Harriet—. Aquí la agente Ffion Morgan, de la policía de Gales del Norte.

Leo arquea una ceja.

—¿Ffion?

—Ffion —afirma Harriet en voz baja. O, mejor dicho, es Ffion quien lo afirma. A Leo la cabeza le da vueltas. Al mismo tiempo, y de forma bastante inesperada, su entrepierna recuerda la noche anterior: una combinación perturbadora a la que no contribuye demasiado aquel tufo a desinfectante.

Harriet —o sea, Ffion…, ¡madre mía!— tardó una eternidad en marcharse esta mañana. Leo se moría de ganas de mear, y en

34

lugar de levantarse a hacerlo se tuvo que quedar ahí tirado, fingiendo que dormía, mientras ella se revolvía a su lado, esperando claramente que la sacara a desayunar. Él nunca sabe qué decir al día siguiente, y continuar durmiendo es muchísimo más fácil que tratar de sortear una conversación. Al final ella salió de la cama dándose un trompazo y se puso a armar alboroto en el baño con la esperanza de despertarlo, antes de desistir e irse a su casa.

Agente Ffion Morgan. No tiene pinta de Ffion; Harriet le sienta mejor. Quizá Ffion es su segundo nombre y lo utiliza solo para el trabajo, en cuyo caso, al presentársele anoche como Harriet, no le habría dado un nombre falso exactamente, sino que...

—O sea que no te llamas Marcus, ¿no? —Ffion levanta una ceja.

—¿Quién puñetas es Marcus? —exclama la patóloga—. A mí me han dicho que solo vendrían ustedes dos; esto es un depósito de cadáveres, no una sesión de espiritismo.

—Lo siento —contesta Leo en nombre de los dos, aunque Ffion en absoluto aparenta tener la necesidad de disculparse de nada. Parece, por la cara que pone, que la situación le resulta divertida, aunque también se muestra algo alucinada, como si estuviera esperando a que Leo le ofreciera alguna explicación.

Mientras Izzy Weaver los guía hacia las profundidades de la morgue, Leo nota cómo le sobreviene un cierto recelo. Desea con todas sus fuerzas que aquello haya sido un ahogamiento accidental, pues todo apunta a que Ffion Morgan podría traerle problemas.

3

Día de Año Nuevo - Ffion

Vaya, esto es lo que se dice una situación incómoda. En los doce meses transcurridos desde que puso punto final a su matrimonio, Ffion ha logrado evitar cualquier encuentro posterior con todos sus líos de una noche. Esa es una de las razones por las que desarrolla su vida social lejos de Cwm Coed; esa, y el hecho de que, cuando vives y trabajas en el pueblo en que naciste, sigues siendo para siempre una niña pequeña a ojos de todos los que te conocen. Basta con ver a Sion Ifan Williams: tiene como mínimo sesenta y cinco años, y aun así todos lo llaman Sion *Sos Coch* debido a su afición al kétchup cuando iba al colegio.

La propia Ffion ha intentado, sin éxito, quitarse de encima el mote de Ffion *Wyllt*.

Ffion la Salvaje.

«Solamente lo dicen por tu pelo», le aseguraba su madre con convicción, batallando con su mata de cabellos rizados para recogérsela en una trenza; se negaba a reconocer que todos sus paisanos consideraban a la niña una criatura indomable. Elen Morgan se había criado a unos cincuenta kilómetros de Cwm Coed y, a pesar de su largo matrimonio con un nativo y de que sus dos hijas hubieran estudiado en la escuela del pueblo, muchos la seguían viendo como a una forastera. En un lugar como Cwm Coed, uno debe tener al menos cuatro generaciones de antepasados enterradas en el cementerio antes de poder decir que es de allí.

Al principio, a Ffion no le importaba que la llamasen *Wyllt*. «Si me lo dicen, será por algo», pensaba, a la vez que impresionaba a sus amigos con las bebidas alcohólicas que robaba del mueble bar de sus padres, y se inventaba las «verdades» más descabelladas al participar en sus inevitables juegos de verdad o reto. Hacer honor a su nombre era divertido.

Hasta que dejó de serlo.

A veces, cuando ella y Mia se están tomando una pinta en el pub Y Llew Coch, se dedican a observar las caras que las rodean, caras que no han cambiado en los últimos veinte años.

—A ese aún hoy no le diría que no —dice Mia sobre Hari Roberts, que antes se dedicaba a instalar baños y ejercía de bombero voluntario.

—Pero a ese ni de broma —dicen al unísono de Gruffydd Lewis, que ahora enseña en la misma escuela que en su día lo castigó por colar un espejo por debajo de la puerta del vestuario de las chicas.

Ffion lanza una mirada furtiva a Leo Brady mientras se cubren el calzado con unas fundas protectoras y se quitan los abrigos en la antesala de la morgue. Y a él, ¿le diría que no? Hipotéticamente, claro, porque está la regla número dos. Pero ¿lo haría? Es guapo, de eso no hay duda, aunque tal vez no tanto como visto a través de un filtro de vodka y vino blanco seco.

Aun así, no le diría que no, concluye. Probablemente.

—Adelante, «Ffion». —El policía inglés pronuncia su nombre con énfasis mientras Izzy Weaver abre la puerta del depósito. Su falsa caballerosidad irrita a Ffion. ¿Cómo narices ha podido pasar esto? La mirada de horror en la cara de Leo al verla es todo lo que necesitaba saber: no pueden trabajar juntos de ninguna de las maneras, pero todavía no se le ha ocurrido qué hacer para escaquearse. «Lo siento, jefe, me he follado sin querer al agente que me asignó para el trabajo. ¿Cree que podríamos hacer un cambio?».

—Gracias, «Leo». —Ffion emula su tono de voz con una cándida sonrisa. La patóloga la mira y arquea una ceja, pero la agente ignora su pregunta implícita—. ¿Alguna idea de cuál puede ser la causa de la muerte? —se limita a decir.

—Por ahora, me reservo el veredicto. ¿Cómo se llama su desaparecido?

—Rhys Lloyd —responde Leo, anticipándose a Ffion. Ella lo mira, todavía presa del vértigo. Qué raro se le está haciendo todo. Qué horror—. Es cantante —continúa Leo—. Originario de Cwm Coed. —Pronuncia el nombre del pueblo tal como se escribe, «cum coed», y a Ffion le gustaría corregirlo: «Se dice "cum coid"». Querría decirle muchas cosas, pero se ha quedado pasmada mirando el largo cajón que Izzy extrae ahora mismo del refrigerador.

—No estaba segura de cuánto tardarían, y no quería que se me descongelase. Ahora lo único que necesito es que sus mandamases se pongan de acuerdo sobre a quién he de mandarle la factura.

Leo se vuelve hacia Ffion.

—El cuerpo lo encontraron en vuestro lado del lago.

—Pero cuando desapareció estaba en el vuestro. —Quedando Cwm Coed a una distancia tan corta de Inglaterra, las misiones transfronterizas son inevitables: Ffion ya ha vivido varias experiencias en las que la policía de Cheshire ha escurrido el bulto y ha tenido que asumir ella las responsabilidades.

—Lloyd es propietario de un complejo vacacional que hay en la margen inglesa del lago —explica Leo a Izzy—. Anoche lo vieron en una fiesta que se organizó allí.

—La Ribera —dice Ffion, aunque ninguno de los dos la está escuchando—. Ya hace años que se ha convertido en foco de una disputa por asuntos de planificación urbanística.

Izzy retira la sábanas y se quedan los tres mirando el cuerpo.

—No es que dé gusto verlo, precisamente —dice Izzy. Se tapa los labios con los dedos y se traga lo que suena como un eructo, cerrando los ojos y quedándose completamente quieta durante varios segundos—. Perdón. —La forense despega los párpados justo cuando Ffion ya se está preguntando si le ocurre algo—. Anoche estuve hasta las tres jugando a las cartas, y creo que el último vasito de oporto fue un error. En fin…, veamos si este es su cantante.

El cadáver está desnudo. Es ancho de pecho, con unos abdominales marcados que conserva incluso en su lastimoso estado actual, y unas marcas de bronceado que insinúan un tipo de vacaciones que Ffion jamás se podría permitir. Un tajo profundo le parte la cara en dos. La agente respira lenta y regularmente.

—Lo he embolsado y etiquetado en la escena del crimen, le he sacado las muestras de raspado ungueal, las de mucosa, etcétera, etcétera… —Izzy hace una seña con la mano hacia una mesa de laboratorio tan larga como la propia sala—. Sus efectos personales y su ropa están ahí, por si quieren echarles una ojeada. El tipo llevaba un traje jodidamente bueno; por aquí no se ven muchos modelitos de Savile Row, eso se lo puedo asegurar.

Ffion se encamina hacia las bolsas herméticas, contenta de tener una excusa para mirar otra cosa que no sea el cuerpo. El esmoquin está colocado sobre un perchero plegable, y de la tela emana un hedor a lago y a muerte. Ffion entrevé fugazmente unos gemelos de oro y se retira de la mesa; su estómago le está recordando que mezclar vodka con vino no es una buena idea.

Detrás de ella, Leo abre un portafolios, y el ruido de la cremallera se ve amplificado por la indiscreta acústica de la morgue. De él extrae una hoja de papel.

—La mujer de Lloyd nos ha dado una descripción: metro ochenta y cinco, pelo oscuro, ojos castaños…

Al nombrar cada uno de los atributos, tanto él como Izzy comprueban que esa característica de relevancia esté presente en el cadáver que tienen en medio, en un macabro juego de asociar las parejas que hace que a Ffion le entren náuseas.

En la estrecha mesa de acero inoxidable hay dos bolsitas más pequeñas que el resto; una contiene un anillo de sello, de oro, y la otra un reloj inteligente que pertenecía a la víctima.

—Me ocuparé de que nuestro departamento tecnológico extraiga la información de su cuenta de Apple. —Ffion vuelve con los demás y se obliga a mirar el cuerpo—. Eso debería indicarnos sus movimientos y, si tiene la aplicación de salud instalada, podremos ver a qué hora dejó de latirle el corazón.

—A este paso, me van a dejar en el paro —dice Izzy.

Leo desliza el dedo hasta el siguiente ítem de su lista.

—Cicatriz de apendicitis.

—Bingo —dice Izzy, señalándole la línea en diagonal que pasa por encima de la cadera derecha del individuo.

De pronto, Ffion comienza a acalorarse.

—¿Lunar bajo el pezón izquierdo? —dice Leo.

—Afirmativo.

—Cicatriz en el...

—En el muslo derecho —lo corta abruptamente Ffion—. ¿Podemos parar ya de jugar a Operación? Es más que obvio que tenemos una identificación positiva, ¿no? Este de aquí es Rhys Lloyd; asunto zanjado. —Sin mirar otra vez el cadáver, Ffion da media vuelta y abandona la sala.

Afuera, se enciende un cigarro y aspira con fuerza el humo hasta llenarse los pulmones. Entonces llama a su superior, guardando un tono de voz alegre y desenfadado, como si no le diera ninguna importancia a lo que está diciendo.

—No voy a poder encargarme de este trabajo, jefe: conflicto de intereses.

—¿Y eso? —Al inspector Malik se le oye distraído. Lleva poco más de un año como jefe de Ffion, lo cual, a causa de la topografía de su terruño, significa que solo se ha reunido con él en contadísimas ocasiones.

—Conozco a la víctima.

—Ffion, conoces a todo el mundo en Cwm Coed. Hace seis meses, testificaste contra tu propia tía. —La agente se queda mirando cómo la punta brillante del cigarro va consumiendo el papel de fumar—. Le cayeron seis meses por estafa.

Esta vez, Ffion no va a salirse con la suya. La tía Jane no es pariente cercana —es la madre de una prima segunda suya, o algo así, y dos generaciones mayor que ella—, pero las dos, en efecto, comparten árbol genealógico.

—Sí, pero...

—¿La víctima forma parte de tu familia inmediata?

—No, pero...

—Entonces sigues con el encargo. —El inspector Malik finaliza la llamada, y Ffion da una última y furiosa calada a su cigarro antes de apagarlo contra la pared y tirarlo entre unos arbustos. «Hay que joderse». Mira con detenimiento la pantalla del móvil: nada nuevo de Mia.

Ffion accede al asiento del conductor de su Triumph Stag. El coche tiene más años que ella, y se convirtió en una constante fuente de discusiones durante su breve matrimonio. Se avería cada dos por tres, las cuestas se le resisten y tiene más fugas que Julian Assange; además, luce un agujero en el hueco para las piernas que hace que el viento se le meta por debajo de la falda a la conductora. Pero da igual: Ffion nunca lleva faldas. Compró aquel vehículo con el dinero que le dejó su padre, y ni de coña pensaba cambiarlo por otro más funcional solo porque le apeteciese a su marido.

«Ahí no podríamos llevar a los niños —dijo él—. Sería peligroso».

«No quiero hijos», replicó ella, y aquello fue el inicio del fin. Él intentó persuadirla, y después trató de aceptar su negativa, pero dieciocho meses más tarde Ffion ya estaba embutiendo su ropa en el maletero del Triumph y mudándose de vuelta con su madre.

El viento hace traquetear las ventanas y silba a través de las ranuras de las portezuelas. Ffion reposa la frente en el volante forrado de cuero y deja escapar un suspiro largo y lento. Confirmado, pues: Rhys Lloyd ha muerto. Ha muerto de verdad.

Gracias a Dios.

4

Nochevieja - 23.25 horas - Rhys

Rhys Lloyd tiene la peor resaca de la historia. Le palpitan las
sienes y sufre escalofríos similares a los de una gripe; el vómito
le llega a la garganta. Parpadea en la oscuridad.

¿Qué hora es?

Oye a lo lejos los acordes de la fiesta: música, risas. Ahora ya
se acuerda: se ha marchado temprano, con ganas de meterse en
la cama.

Pero no está en su cama.

No tiene una almohada mullida debajo de la cabeza, y hay
algo duro que se le clava en la espalda.

¿Dónde está?

Siente un dolor penetrante en el entrecejo y algo pegajoso y
húmedo le gotea por la nariz. Nota un viento frío que le da en la
cara, y luego otra cosa aún más fría.

Rhys está al aire libre.

¿Habrá salido a la terraza del dormitorio a airearse un poco
y se habrá quedado dormido?

Oye el sonido del lago. Al principio le resulta reconfortante;
se ha acostumbrado a escucharlo mientras comen en el muelle o
concilian el sueño con las ventanas entreabiertas. Pero lo de ahora
no es el dulce romper del oleaje en la orilla, oído desde la terraza
o a través de una ventana: el lago está ahí mismo, rodeándolo
por los cuatro costados. Se mueve rítmicamente, con insistencia.
Le salpica en la cara.

¿Qué hace él ahí?

¿Habrá caminado hasta el agua en un acceso de sonambulismo?

Oye una voz, y quiere avisar a su dueño por si este no ha advertido su presencia en mitad del lago, pero el cuerpo no lo obedece. El dolor lo engulle por completo y el agua lo acorrala y, cuando apenas consigue forzar un ridículo espasmo, se percata de que está tan débil que no puede ni moverse.

Y es entonces cuando Rhys sabe que va a morir.

5

Día de Año Nuevo - Leo

Leo va desplazándose por una página de Wikipedia mientras camina de regreso al coche desde la morgue. Rhys Lloyd había gozado de bastante respeto dentro de la industria musical. Llevaba tiempo sin entrar en las listas de éxitos —el top ten parece una constante sucesión de bandas prefabricadas y de «jóvenes talentos»—, pero, no muchos años atrás, el tipo arrasaba. Le caían galardones a porrillo y, además, participaba en obras solidarias: interpretó un papel cómico en una parodia de *Los piratas de Penzance*, con el objetivo de recaudar fondos para una fundación en pro del bienestar infantil ligada a la BBC. Lloyd venía de clase trabajadora —lo cual gusta mucho hoy en día— y, aunque parecía haber perdido el acento, cuando lo entrevistaban no escatimaba elogios de su «idílica» niñez en Gales del Norte.

Lloyd era un máximo referente para todos los aspirantes a nuevo rico. Lo sacó del anonimato el mánager de la soprano Lesley Garrett, quien lo vio actuar una vez que estaba de vacaciones en Llangollen y asistió improvisadamente al Eisteddfod, un festival artístico tradicional, adonde se metió mientras buscaba un lavabo. En los años posteriores, Lloyd lanzó múltiples discos, además de interpretar un superéxito navideño con Leona Lewis y de salvar el puente entre la opereta y el teatro musical y géneros que Leo sería más proclive a escuchar. De hecho, el agente se percata, mientras repasa con la mirada aquella lista de canciones, de que en efecto ha escuchado algunas, y hasta le han gustado.

La tartana marrón que ha visto al llegar pertenece a Ffion, quien, sentada frente al volante, fija la mirada en el vacío. Leo le da unos golpecitos en la ventanilla y ella se tira unos cuantos segundos tratando de bajarla antes de darse por vencida y salir directamente del coche.

—¿Te encuentras un poco mejor?

Ffion lo mira con cara de pocos amigos.

—Hay quien se pone Vicks VapoRub en los agujeros de la nariz —dice Leo—. Por lo del olor.

—Gracias, Colombo, pero ya estoy más que curtida en estas lides.

—He pensado que a lo mejor..., o sea... —Leo se guarda las manos en los bolsillos. ¿Por qué se estará comportando así con él? Anoche se lo pasaron bien, se echaron unas risas—. Me imagino que aquí no debéis de tener tantos crímenes, solo era eso.

Ffion asiente con la cabeza con aires de sabiduría.

—Sí, la verdad es que hay poco movimiento en Gales del Norte. Más que nada, alguna que otra oveja, como es de prever. ¡Aquí, una de dos: o nos las cepillamos, o las robamos! ¡Ja, ja, ja!

—Te me estás cachondeando.

—No, tú te estás cachondeando de mí, chaval, al recurrir a esos estereotipos tan manidos. Para tu información, la semana pasada estuve aquí para recibir el informe *post mortem* de una mujer que se había pegado un tiro en la cara. El resto de la semana me lo pasé en el juzgado, ocupándome de un caso de robo a mano armada. O sea que menos humitos, ¿eh?

A Leo, de repente, le viene una idea a la cabeza: ¿todo esto será porque no le mensajeó? Él le pidió su teléfono cuando ambos llegaron a la beoda conclusión de que ir juntos al parque de atracciones de Alton Towers podía ser «la mar de divertido», y ella le cogió el móvil y se lo tecleó. Esta mañana, después de marcharse de su apartamento e irse en coche a casa, Ffion debía esperar sin duda un mensaje de su parte. «Perdona que siguiera durmiendo cuando te has ido... Me lo pasé genial... ¿Cuándo vuelves a estar libre?», o algo por el estilo.

Leo inspira hondo.

—Mira, creo que tenemos que dejar las cosas claras. Lo de anoche fue... —Se detiene. Elegir la palabra correcta es importante; que no suene desdeñoso, pero tampoco demasiado trascendental—. Fue divertido —opta por decir. En la comisura de los labios de Ffion asoma una media sonrisa. ¡Mierda! ¿Y si «divertido» se pasa de trascendental? No le quiere dar falsas esperanzas.

—Sí, lo fue.

La susceptibilidad de Ffion se atenúa y, contra su voluntad, Leo siente el mismo ardor que experimentó anoche cuando la vio por primera vez en la pista de baile. Toda ella expelía electricidad, como si a quien se acercase demasiado se le fueran a poner los pelos de punta. Además, no se andaba con remilgos: cuando vio que Leo la observaba, le devolvió una mirada fría e imperturbable, paró de bailar y fue directa hacia él.

«Hace calor, ¿eh?».

«Mucho —le respondió Leo—. ¿Qué tal si salimos a tomar el aire?».

—La cosa es que... —dice ahora el agente—. O sea, no es que tú no... Es solo que... —titubea. A Ffion se le ha descompuesto la cara. ¿Se va a poner a llorar? Mierda—. Ahora mismo no busco una relación. —Se apresura demasiado a terminar y sus palabras van ganando volumen, por lo que las últimas las suelta casi a voz en grito.

—Yo tampoco. —Ffion afirma bruscamente con la cabeza, como dando por concluida una reunión de negocios—. Bueno, al menos ese tema está resuelto. —Hace un gesto hacia el edificio de la morgue—. ¿Algún indicio sobre la causa de la muerte?

Leo no sabe si a Ffion realmente le parece bien lo que le ha dicho o si se está esforzando por no herir sus sentimientos, pero, sea como fuere, agradece hallarse de nuevo en un terreno más cómodo.

—Ya sabes cómo son los forenses —responde—. El tío podría tener un cuchillo saliéndole por la espalda y aún seguirían sin comprometerse a nada hasta que empezase la investigación judicial.

Ffion esboza la sombra de una sonrisa.

—Pasaré a visitar a la mujer del muerto de camino a casa. Como familiar directo, tenemos a Yasmin Lloyd, ¿verdad?

—Sí, pero… —vacila Leo—. Bueno, que ella está en La Ribera.

—¿Y?

—Pues que eso técnicamente es Inglaterra. Que cae en mi zona —añade cuando ve que Ffion guarda silencio.

—Técnicamente sí, claro, pero Rhys es de Cwm Coed. Su madre, Glynis, todavía vive allí, enfrente de mi casa, como quien dice, así que…

—Trabajemos juntos —propone Leo con una determinación impropia en él.

Si se acaba viendo que este es un trabajo sustancioso y Leo se lo ha regalado a otra persona, Crouch jamás dejará de recordárselo.

Los dos agentes se miran a los ojos durante una larga pausa, hasta que Ffion rompe el contacto exhalando un suspiro, con la supuesta intención de dar a entender que, en cualquier caso, aquello le importa una mierda.

—Vale. Sígueme, y llámame si te pierdes; te voy a dar mi teléfono.

—Ya lo tengo, ¿te acuerdas? —Leo saca el móvil—. Te llamo ahora, así tú también tendrás el mío. —Se desplaza por la lista de contactos hasta encontrar a «Harriet Nochevieja», y llama.

Al instante, a Ffion se le ponen las mejillas coloradas. Leo se daría de tortas: ahora ninguno de los dos puede fingir que él no tiene su número y que por eso no le ha mensajeado, y…

¿Por qué el teléfono de ella no suena?

Leo se lleva el suyo al oído para comprobar si funciona.

«Gracias por llamar a nuestra sala de exposición. Nuestras oficinas están cerradas por vacaciones, pero si desea concertar una prueba de conducción, déjenos por favor su nombre y número de teléfono, y le devolveremos la llamada tan pronto como hayamos reabierto».

Un silencio incómodo y prolongado se interpone entre los dos antes de que Leo se atreva a apartar la vista del móvil. Ffion sonríe tímidamente.

—Fue muy divertido. Y no es que tú no... O sea, es solo que...

—Los ojos le chispean mientras lo imita a él tratando de rechazarla con tacto.

A Leo se le escapa una mueca. Ffion le sostiene la mirada y finalmente le sonríe.

—Comencemos de cero, ¿vale?

Leo asiente enérgicamente con la cabeza.

—Buen plan.

—Nos olvidamos para siempre de lo que pasó anoche y nos ponemos manos a la obra, ¿está bien? —Ffion le guiña un ojo—. Nos olvidamos de que nos hemos visto desnudos.

Es imposible, piensa Leo mientras sigue al pequeño Triumph hacia la salida del aparcamiento, que no te venga a la mente justo lo que deberías olvidar cuando precisamente acaban de recordártelo.

Ffion conduce como si llevara las sirenas puestas y corriera a detener un robo *in situ*: derrapa al doblar las esquinas, y pasa sobre los baches a una velocidad tan endemoniada que Leo, temiendo lo que le pueda ocurrir a la suspensión del coche, pega un respingo después de cada sacudida. No es de extrañar que el pobre vehículo parezca que se está cayendo a trozos. Ya más relajado, el agente sigue con la vista cómo el Triumph cruza a trompicones un puente alomado —unos treinta centímetros de cielo entre los neumáticos y el asfalto— antes de desviarse repentinamente hacia la izquierda para enfilar el sendero que va hasta Cwm Coed.

El camino, estrecho y serpenteante, está tallado en la ladera de la montaña, con algún que otro apartadero a intervalos regulares. Las ovejas surgen sin previo aviso de ambos lados de la carretera, o cruzan despreocupadamente de un arcén al otro, y Leo ha de aminorar la marcha e ir a paso de tortuga. Antes no había nieve, pero aquí un manto finísimo bordea el recorrido y se acumula en las hendiduras de las paredes rocosas. A medida que la pendiente se hace más empinada, el coche de Ffion comienza a avanzar a marcha de paseo, y Leo se queda atrás. Echa una ojeada al manos libres y se plantea llamar a Allie otra vez, pero por supuesto no hay cobertura.

¿Cómo puede vivir la gente en sitios así? O mejor dicho: ¿por qué? ¿Por qué, si no puedes desplazarte a ningún lado si no es en coche, y tienes que bajar una montaña para conseguir que el teléfono capte señal? A Leo ya le pareció lo bastante traumático mudarse de Liverpool a Chester, y le costó lo suyo adaptarse a una zona donde hay más campo que industria, pero Allie quiso ir a vivir más cerca de sus padres cuando Harris nació.

En lo relativo a su trabajo, el traslado a Cheshire resultó ser una maniobra astuta. En el país de los ciegos, el tuerto es el rey: al cabo de seis meses, Leo fue asignado al Departamento de Investigación Criminal; al año siguiente, aprobaron su solicitud de ingreso en Delitos Graves, y albergaba esperanzas de ascender dentro de la sección, pero no contaba con el inspector Crouch, que desde el primer momento le cogió manía. «Calma, calma», le gusta decir a su superior cada vez que Leo abre la boca en una reunión, azotando el aire con las palmas abiertas en una torpe imitación del liverpuliano estereotipado de la serie de televisión *The Scousers*.

¿Los del resto del equipo ríen porque lo encuentran gracioso o por lamerle el culo al jefe? En cualquier caso, a Leo siempre se le entumece la mandíbula, lo que justifica involuntariamente aquella estúpida caricatura.

Después del divorcio, estuvo barajando la idea de mudarse de regreso a Liverpool. Contemplaba con nostalgia el ambiente familiar de su antiguo cuerpo de policía, así como la posibilidad de reengancharse a las rondas que compartían los viernes por la noche y a las pachangas de los domingos.

«Pues vas y te vuelves a Liverpool», le dijo Allie cuando se lo comunicó.

«Pero entonces no vería nunca a Harris».

Allie se encogió de hombros, como diciendo: «Quien siembra vientos, recoge tempestades», pero Leo ni siquiera era consciente de haber cavado el hoyo. Todas las elecciones las tomaba su ex; elecciones como en qué sitio vivir o adónde y cuándo salir a pasar el rato. Elecciones como follarse al marido de una amiga y luego poner fin a su matrimonio con Leo.

—Pues, visto lo visto, podría haberme marchado a Liverpool —refunfuña él ahora mientras hace una parada en un apartadero, esquivando un tráiler cargado de balas de heno que pasa traqueteando peligrosamente cerca del quitamiedos que separa aquella ruta del escarpado barranco que hay al otro lado. Él se había hecho a la idea de tener consigo a Harris un fin de semana entero de cada dos, y quizá alguna noche de lunes a viernes. Pero después de que Dominic se mudara con ella, Allie decidió que a Harris iba a resultarle «disruptivo» dormir en cualquier otro sitio que no fuera su casa. Leo, que debía ir a recogerlo a las nueve, se quedaba esperándolo frente al portal de un hogar cuya hipoteca había contribuido a pagar, y luego, a las seis, lo dejaba de vuelta con su madre. Si lo hacían trabajar ese fin de semana, perdía la oportunidad de pasar el sábado con Harris; aparentemente, reorganizar los turnos de visita también era «disruptivo». ¡Cómo le chifla a Allie esa palabra! Poco a poco, recoger al niño antes de las once pasó a ser también «disruptivo», así como devolverlo más tarde de las dos. Leo por fin entiende por qué hay tantos padres solteros en el McDonald's los sábados a la hora de comer: ¿adónde si no vas a ir cuando solo te conceden tres horas con tu hijo los fines de semana alternos?

Y entonces, por supuesto, Leo la cagó. Se le fue la olla; solamente una vez, solamente un instante. Y Allie jamás va a dejar que se le olvide.

Habiendo superado lentamente y sin tropiezos los últimos quince kilómetros, la pendiente del camino comienza a bajar frente a ellos, y el Triumph acelera la marcha, bajando por las curvas del trayecto a una velocidad que Leo no se siente inclinado a igualar. Aleja sus pensamientos de Allie y Harris y los reorienta hacia Rhys Lloyd y el mensaje que está a punto de transmitir a sus familiares. Casi no ha encontrado nada sobre ellos en internet: era padre de dos gemelas de quince años; su mujer, Yasmin, tiene cuarenta y seis, la misma edad que su marido. Trabaja de «consultora de espacios», signifique lo que signifique eso. ¿Tendrá algo que ver con la NASA?

La carretera gira abruptamente a la izquierda antes de adoptar un declive todavía más pronunciado. A medida que las vistas se expanden, Leo va quedándose boquiabierto. El lago forma una desgarbada letra ese en el fondo del valle, circundada por un bosque oscuro y denso. Alrededor, la vegetación cubre empinadas colinas, dando la impresión de que los árboles lejanos que descuellan sobre el agua miden por lo menos treinta metros.

El Lago Espejado es un destello de plata bajo la débil luz del día. Al otro lado se alza, imponente, una inmensa montaña, cuyas cumbres nevadas permanecen medio escondidas bajo una capa de nubes arremolinadas. La frontera anglo-galesa atraviesa el lago justo por en medio, y resulta extraño que tenga que ser tan invisible, que el agua no revele ninguna señal acerca de dónde termina un país y empieza el otro.

A Leo se le destapan los oídos a la vez que el camino empieza a descender aún más, hasta que ya no se ve el lago, solamente los árboles de ambos márgenes de la carretera cerrándose sobre sí. Al llegar a una bifurcación, Ffion da un frenazo y toma el camino de la izquierda, tan rápido que, al entrar en el desvío, el Triumph patina hacia el carril contrario. Leo la sigue. Están en la orilla inglesa del lago, donde la carretera, sin señalizar, se va estrechando gradualmente hasta convertirse en una vía de un solo carril. Aquí y allá, la vegetación se hace más rala y los árboles dejan al descubierto caletas de poca profundidad, donde el agua centellea bajo el sol de invierno.

«Debe de ser muy chulo pasear por aquí un día que haga sol —se imagina Leo—, si te gustan ese tipo de planes». A lo mejor en verano Allie ya lo habrá perdonado; quizá le dejará llevarse a Harris con él todo un día, tal vez incluso un fin de semana entero. Entonces podrían practicar algo de remo, o comprar uno de aquellos palos que llevan una red de pescar en la punta, y mirar a ver qué pica.

Leo se ve obligado a detenerse en seco al llegar a una amplia desviación flanqueada por enormes pilares. Colocadas a lo largo de los primeros veinte metros de aquella entrada para vehículos hay unas inmensas letras de madera.

LA RIBERA.

El agente quita el pie del acelerador. El resort no es visible desde la carretera principal, y un letrero a la izquierda de Leo deja claro que aquello es propiedad privada. Unos setos bien recortados bordean la carretera de acceso, y unas rústicas farolas, separadas varios metros entre sí, sostienen en lo alto unas bombillas discretas que alumbran la ruta cuando la noche comienza a caer. «Esto ya me cuadra más», piensa Leo mientras sigue al Triumph de Ffion hacia el interior del complejo. Es un sitio lujoso, con estilo, y no hay ni rastro de ninguna oveja.

A medida que el agente se acerca al final de la vía de entrada, el espacio se ensancha y da lugar a un aparcamiento. A la derecha, al abrigo de los árboles, hay varias plazas para visitantes, y Leo se mete en una justo al lado de la que acaba de ocupar Ffion.

—Qué asco de sitio, ¿eh? —dice ella mientras baja del vehículo. Su compañero está demasiado ocupado observando las casas como para responderle. Están construidas justo sobre la orilla del lago, cada una con un estrecho caminito que va de la puerta de entrada hasta una plaza de aparcamiento privada, señalizada mediante una iluminación más disimulada: revestidas de madera, con el grano del material a la vista para que adquiera una pátina natural, y con unos pinos de fondo, a Leo se le ocurre que aquello bien podría ser Suiza, en lugar de Gales del Norte. Aquí, la temperatura parece unos grados más baja que en Chester; Leo se sube el cuello del abrigo.

—Hasta los setenta, todo esto era Gales —dice Ffion—. Entonces se pusieron a trastear con los límites de los condados, y movieron la frontera. Esa parte de ahí —con un gesto del brazo, abarca la franja de tierra ocupada por las casitas— era propiedad de Jac Lloyd, el padre de Rhys. Aquí, cerca de donde estamos, había una choza de pescadores a la que llamaban Tŷ'r Lan: la Casa de la Ribera —traduce, al ver como a Leo le aflora la pregunta a los labios.

Detrás de donde se encuentran todavía se han talado más árboles, presuntamente para hacer hueco a las otras casas que Leo vio en la página web del resort.

—Han hecho un buen trabajo —dice.

—¿Sabes qué hay debajo de esas maderas? —Ffion camina hacia el final de la hilera de casas—. Bloques de cemento del malo. Todo es de mentira, como en el plató de una película: la idea de un director de Hollywood sobre cómo tiene que ser vivir a la orilla de un lago.

—Aun así, es muy bonito. —Bonito es poco: es un lugar increíble. Unos soportes de almacenaje cubiertos contienen media docena de inmaculadas bicis de montaña de color verde bosque, con unas letras en blanco roto en los cuadros que proclaman: ¡MÁS CLARO, AGUA! Las puertas de acceso a las cabañas están pintadas del mismo matiz de verde oscuro.

Ffion recorre el sendero que lleva a la número cinco, mientras Leo aún revisa su documentación para ver cuál de ellas pertenecía a los Lloyd.

—Ha levantado muchas ampollas —dice ella, todavía poniéndolo al día en lo que respecta a la historia del complejo—. La gente de aquí presentó una petición para que al menos conservasen el topónimo original, pero parece que a los ingleses los nombres en galés les resultan demasiado difíciles de pronunciar. —Ffion habla en tono mordaz.

—Hombre, a veces son un poco...

—Pero en cambio Cholmondeley lo decís bien a la primera, ¿eh? —Se hace un silencio breve—. Bueno, a ver —Ffion mira alrededor—; así a simple vista parece todo muy sofisticado, pero se las apañaron con el mínimo presupuesto posible. Los constructores prometieron dar empleo a personas del pueblo, y luego hicieron venir autobuses llenos de trabajadores temporales que ni siquiera tenían garantizado un mínimo de horas por cumplir. Todo este sitio es más falso que un billete de treinta.

Leo visualiza el zulo donde vive y se pregunta si de veras lo falso es algo tan malo. Sigue a Ffion sendero adelante, solo para que ella se haga a un lado cuando llegan a la entrada.

—Creo que esta es tu zona, agente Brady.

Leo aún no ha levantado la mano para llamar al timbre cuando la puerta se abre de golpe y aparece una adolescente con una esperanza tan grande en los ojos que el agente casi no puede aguantarle la mirada. Una segunda chica, idéntica a la primera, viene corriendo a la puerta, y se detiene en seco al ver al policía.

—No es él —dice la primera. Se echa a llorar, y su hermana (se supone que deben de ser las gemelas Lloyd) la rodea con los brazos. Sin soltarse, regresan hacia el interior de la casa.

Leo mira rápidamente a Ffion, y luego sigue a las chicas.

A excepción del recibidor, la planta baja es un único espacio diáfano. La parte delantera del habitáculo, la más cercana a la entrada, la ocupa por entero un sofá rinconero de cuero blanco, situado alrededor de una estufa de leña y lo que parece un proyector. En una esquina de la cocina hay un gran árbol de Navidad con las lucecitas apagadas, y, en paralelo a la secuencia de puertas plegables que dan al muelle, una mesa de zinc, creativamente rayada, rodeada de ocho sillas de metal de colores diversos.

—¿Lo han encontrado? —Junto a un armario abierto hay una mujer canosa con un trapo de cocina arrebujado a su lado. Afuera, el cielo empieza a oscurecerse; arrastradas por el viento, unas nubes sombrías pasan frente al muelle.

—¿Es él? —Sentada a la mesa hay una segunda mujer, más joven, de piel aceitunada y pelo largo y lacio, que aferra un teléfono móvil con la mano. Va en pijama, y lleva una bata de seda de estar por casa que le cuelga hasta el suelo.

—¿La señora Lloyd? —dice Leo. Ambas afirman con la cabeza y el agente queda momentáneamente confundido, antes de darse cuenta de que la mayor tiene que ser la madre del muerto, Glynis Lloyd, quien se coloca al lado de su nuera, temblando, y retira una silla de la mesa para tomar asiento.

—Soy el agente Leo Brady, de la Unidad de Delitos Graves de la policía de Cheshire. Ella es la agente Ffion Morgan, del Departamento de Investigación Criminal de la policía de Gales del Norte.

La chica que lloraba rompe a sollozar todavía más fuerte.

—Tabby, por favor... —A Yasmin Lloyd se le quiebra la voz mientras observa a Leo con ademán lúgubre—. Era él, ¿verdad? —dice casi con un susurro.

Ffion posa la mano en una de las sillas de enfrente.

—¿Me permiten? —pregunta, y se sienta en ella mirando a los ojos a la señora mayor, que mueve la cabeza en señal de asentimiento. Ambas intercambian unas palabras en galés, y Leo oye cómo mencionan su nombre en más de una ocasión. Dentro de la casa hace calor, un calor sofocante, y, pese al frío del exterior, el agente desearía que alguien abriera las amplias puertas del muelle y dejase correr un poco el aire. Tabby aúlla en una frecuencia aguda y dolorosa que hace que a Leo se le erice el vello de la nuca.

—En Twitter no se habla de otra cosa —dice Yasmin—: han encontrado un cadáver en el lago. —Inspira con lentitud—. ¿Es el de Rhys?

Leo no aparta la vista.

—Eso parece. Lo siento mucho.

Yasmin cierra los ojos y aprieta el borde de la mesa hasta que se le ponen los nudillos blancos. Tabby se desmorona en una silla mientras solloza tan fuerte que ha de luchar por no quedarse sin aliento. Su hermana gemela se queda clavada en el sitio, y niega sin parar con la cabeza.

—Vamos a necesitar que alguien identifique formalmente el cuerpo —dice Ffion.

Glynis Lloyd tiembla, y la silla en la que está sentada vibra contra el suelo de baldosas. Tiene la cara lívida, y Leo se mantiene alerta por si sufre un vahído. No debe de llegar a los setenta; no es una anciana, pero ninguna madre espera enterrar nunca a un hijo.

—Lo... —comienza a decir Yasmin antes de quedarse sin voz. Se recompone y lo vuelve a intentar—: Lo haré yo.

—Yo la llevo —dice Leo—. Tenemos que hablar también con sus vecinos, así que, por favor, tómense su tiempo. Sé que para ustedes esto debe de ser un shock tremendo.

—Hace nada estaba aquí con nosotras —dice Yasmin casi para sí.

La hermana gemela de Tabby se echa también a llorar.

—No me lo creo.

—Felicia, *cariad*. —Glynis extiende los brazos hacia la adolescente, pero ella ni se inmuta. La abuela le dice algo a Ffion en galés.

Ffion responde en inglés, a modo de concesión, supone Leo, para con él y Yasmin:

—No lo sabremos seguro hasta después del informe *post mortem*, me temo. —Morgan se vuelve hacia la esposa de la víctima—. ¿Cuándo fue la última vez que vio a su marido?

Yasmin continúa palidísima.

—Anoche. ¿Sobre las diez, quizá? No...

—¡Tendrías que haber llamado a la policía cuando no vino a dormir! —dice de pronto Tabby, con la cara hinchada por sus lágrimas de rabia—. Pero a ti te daba igual, ¿a que sí? Como esta mañana, cuando he dicho que papá no aparecía, y tú has dicho: «Ya vendrá», y ahora... —Se desmorona de nuevo y entierra la cara entre las manos.

—Señora Lloyd —dice Leo—, ¿se hallaba su marido en plenas facultades físicas la última vez que lo vio?

—Sí. —Yasmin le echa una mirada a su suegra—. Bueno, plenas, lo que se dice plenas, tampoco...

—¿Se encontraba mal? —Leo abre velozmente la libreta; la forense querrá estar al tanto de cualquier indicio de enfermedad.

Tal vez Lloyd murió por causas naturales. «Endíñaselo a los galeses», le ordenó Crouch, pero Leo no puede hacer eso si Rhys falleció en La Ribera.

—Podría decirse que sí. Aunque fue... —Yasmin cierra los ojos un segundo—, fue autoinfligido. Estaba muy borracho. Pero era Nochevieja —añade, un poco a la defensiva.

—Perdone por lo que le voy a preguntar —replica Leo—, pero ¿cuál era el estado psicológico de su marido anoche?

Yasmin levanta repentinamente la mirada.

—¿Está usted insinuando que se suicidó?

Glynis trata de contener un grito ahogado.

—Papá no estaba deprimido —dice Tabby, sorbiendo ruidosamente por la nariz—. ¿Por qué iba a matarse?

—A lo mejor algo le sentó mal. —Felicia habla muy bajo; un trasfondo subyace vivamente en sus palabras, traspasándolas una tras otra. Se queda observando a su madre, que parece no advertir el súbito cambio de humor de la joven.

—¿Algo como qué? —Leo dirige la pregunta a Felicia, pero es Yasmin quien responde.

—A Rhys no le pasaba nada. Iba bebido, sin más; como ya he dicho, era una noche de fiesta.

—¿Sufría de algún problema de salud? —pregunta Leo.

Yasmin dice que no con la cabeza.

—Estaba muy sano. Tenía que estarlo: la gente no se hace una idea de cómo de en forma hay que mantenerse para cantar a nivel profesional.

—¿Consumía drogas? —dice Ffion. Tabby y Felicia intercambian la más breve de las miradas.

—Ni en broma. —La respuesta de Yasmin es precipitada; Leo anota que habrá que solicitar un examen de última hora a Toxicología.

—¿Se había peleado con alguien? —pregunta Ffion.

—Todo el mundo quería mucho a papá. —Las palabras de Tabby se ven entrecortadas por sus respiraciones convulsas—. Era la mejor persona que podría existir. —Felicia abraza a su hermana, pero Leo cree ver una punzada de ira en sus ojos antes de que las caras de ambas gemelas se pierdan en el achuchón.

Podría haber algo más o podría no haberlo, piensa Leo. Siempre hay reservas por parte de una familia a la hora de admitir sus desavenencias, incluso las más triviales —sobre todo las más triviales—, cuando han encontrado muerto a uno de sus seres queridos. El fallecido siempre es un marido o un padre «afectuoso»; la relación entre los parientes nunca está empañada por rencillas insignificantes. Ha habido tantísimas víctimas que eran capaces de «alegrar el día» a todo el mundo antes de perecer que es un milagro que medio país no haya muerto antes que ellas de felicidad.

Yasmin ahoga un sollozo.

—Es que no puedo creerme que ya no esté.

—Lo siento mucho —dice Leo.

—¿¡Cómo que lo siente!? —La pregunta de Tabby estalla con tanto ímpetu que el agente se tensa instintivamente, como hace siempre que está a punto de empezar una trifulca. Pero, pese a que la muchacha tiene los puños apretados y los ojos encendidos, el labio le tiembla y las lágrimas le bajan por la cara—. ¿Dice que lo siente? Papá les dijo que lo estaban acosando y no hicieron nada para solucionarlo, ¿y ahora lo siente?

—¿Que lo estaban acosando? —Ffion dirige su mirada hacia la joven.

—Cariño, no creo que…

—Te la colaron, mamá. ¡Y ahora papá está muerto…! —Un hipo intenso se traga lo que habría venido a continuación, y Tabby corre hacia el piso de arriba, haciendo temblar toda la cabaña con la fuerza de sus pies sobre los escalones. Su hermana la sigue, y durante un segundo se hace el silencio.

Leo vuelve a anotar algo en la libreta.

—¿Su marido estaba siendo acosado?

—El caso lo lleva la policía de Londres. Jamás consiguieron dar con el responsable. Aun así, nunca se llegó a nada serio; eran cosas más de tipo virtual. Trols de internet, ya me entiende. Es lo que tiene la fama.

—Rhys no decía lo mismo. —La abuela Lloyd habla con indecisión, echándole miraditas a Yasmin, que continúa con la vista fija al frente como si la otra mujer no hubiera dicho nada. Se produce un silencio incómodo, que Ffion rompe interviniendo en la lengua natal de la señora:

—*Beth ddywedodd*...

—¡Ya basta con el dichoso galés! —Yasmin se frena a sí misma, cierra los ojos con fuerza y niega con la cabeza—. Perdón. Lo siento. Hemos tocado un asunto sensible —aclara echándole una ojeada a su suegra—. Glynis se emperraba en que diésemos a las niñas una educación bilingüe.

—Es parte de su cultura, eso es todo. —La abuela Lloyd no levanta la vista de la mesa.

—Tal vez si Rhys se hubiera responsabilizado desde el principio...

—Estaba siempre de gira —alega Glynis en voz baja—. Difícilmente podía cambiar pañales desde Italia, ¿no crees?

Leo se interpone en la conversación:

—¿Qué le contó Rhys acerca del acoso, Glynis?

—Me dijo que había alguien que estaba obsesionado con él. Que le había mandado amenazas.

Ffion se vuelve hacia Yasmin.

—¿Es eso cierto?

Yasmin titubea, y luego afirma con la cabeza.

—Con una pantalla de por medio, la gente es capaz de decir cualquier chorrada. No nos lo tomábamos en serio.

—Habrá que darle unas cuantas vueltas más al tema —dice Leo—. En caso de que... —Deja la frase a medias; hay algo en la cara de Yasmin que no alcanza a interpretar. Los sollozos de las gemelas laten a través del techo y se oyen desde el piso de abajo.

—Iré yo. —Glynis Lloyd se aparta de la mesa, y las patas metálicas de la silla chirrían sobre las baldosas. Se queda un segundo expectante, como si no fuera capaz de recordar exactamente por qué se ha puesto de pie, antes de cruzar el salón con las mejillas húmedas de lágrimas.

—Se va a quedar destrozada —comenta Yasmin cuando su suegra ya se ha marchado—. Desde que murió el padre de Rhys ya no es la que era, y ahora... —Interrumpe la frase y mueve la cabeza con vehemencia de lado a lado, como si tuviera algo atrapado dentro—. Lo siento, es solo que... no parece que pueda ser verdad.

—Si no se ve con ánimos de identificar a su marido... —comienza a decir Leo, pero Yasmin sigue negando enérgicamente con la cabeza.

—No, no. Quiero verlo. Tengo que verlo. Voy a... —La mujer del difunto señala con un gesto su bata de estar por casa.

—Claro. Tómese su tiempo, señora Lloyd.

Yasmin tiene la comisura inferior de los ojos humedecida de lágrimas.

—Gracias.

—¿Las conocías de antes? —pregunta Leo a Ffion cuando la puerta de la casa se cierra. Todavía oyen a las gemelas, o tal vez a la madre de Rhys, sollozando en el piso de arriba.

—La Ribera abrió el verano pasado.

—¿Eso es un no?

—Sí.

Leo la observa, exasperado. Ha llegado a sacar más información de algunos interrogatorios de los de «Sin comentarios, agente».

—¿Y a Glynis Lloyd tampoco?

—La ferretería del pueblo es suya. Ella vive encima.

—¿O sea que sí que la conocías?

Ffion se encoge de hombros, como dando por sentada la respuesta.

—Es del pueblo. —Levanta las manos y con cada una apunta con un dedo en una dirección distinta—. ¿Te quedas con las cabañas tres y cuatro, o con la uno y la dos?

Leo se debate entre el alivio por que Ffion no quiera trabajar en equipo y el temor de estarle dando demasiada manga ancha con lo de La Ribera; técnicamente, esa demarcación policial es la suya.

—Tres y...

La agente ya se está alejando a grandes zancadas.

Leo introduce cautelosamente la mano por el centro de la corona de flores que decora la puerta de la casa número tres, para intentar encontrar el picaporte. Adentro, chilla una mujer; sus palabras son incomprensibles, pero el sentimiento que hay detrás es claro: a Leo ya le ha tocado cobrar varias veces en situaciones parecidas. El agente llama ruidosamente a la puerta, llevándose un arañazo de malvarrosa en el proceso, y los gritos callan. Oye unos pasos.

—Hola.

Leo se toma un instante para recuperarse de la impresión: él se crio viendo pelear a Bobby Stafford y, pese a que no le gustan las telenovelas, aquel hombre es instantáneamente reconocible como el boxeador holgazán e irresponsable que combatía a nudillos descubiertos en el interminable serial *Carlton Sands*.

—Hum... Hola. —Leo enseña su placa de identificación y Stafford arquea una ceja.

Una mujer se acerca adonde están y coge dulcemente al actor de la cintura.

—¿Quién es, cielo? —Ashleigh Stafford es una de esas celebridades famosas por el mero hecho de serlo, que ha ido saltando de reality en reality hasta que ya nadie sabe a ciencia cierta de dónde salió. Aunque se la ve algo sonrojada, nada indica que hace un minuto estaba gritando a pleno pulmón. La mujer apoya la cabeza en el hombro de su marido; ella es varios centímetros más alta que él, y la postura resulta aparatosa.

—Es la policía —dice Stafford.

Ashleigh abre bien los ojos.

—¿Han encontrado a Rhys?

—¿Les importa si paso adentro?

La cabaña de los Stafford es idéntica a la de los Lloyd: la misma cocina, la misma distribución, los mismos muebles. Las mismas vistas. Cuando se quiere dar cuenta, Leo está caminando hacia las puertas plegables, atraído por aquella vasta extensión de agua. ¿Iría Lloyd hasta el lago voluntariamente o lo obligarían a meterse en él? ¿Debió de chapotear en el agua y pedir socorro a gritos? El reflejo de los árboles de la otra orilla está invertido, lo cual difumina la línea entre el lago y la tierra. Leo se imagina a Lloyd forcejeando entre aquellas sombras, luchando por salir a la superficie, cada nueva respiración más agitada que la anterior.

—¿Café? —dice Bobby Stafford. Su enorme y reluciente cafetera pegaría más en un Starbucks.

—Gracias, pero no quiero entretenerlos mucho rato. Esta mañana han sacado un cadáver del lago.

Es evidente, por la expresión de los Stafford, que la noticia no es nueva para ellos.

—Todavía no ha tenido lugar ninguna identificación formal, pero creemos que se trata de Rhys Lloyd.

Ashleigh se lleva las manos a la cara.

—¡Ay, Dios mío!

—Me cago en la hostia —añade Bobby.

Pues parece que no, que no se habían enterado. Leo, sin embargo, se recuerda a sí mismo que Bobby es actor, y Ashleigh... ¿Qué es Ashleigh? Es «influencer», según Wikipedia, lo cual también significa que actúa frente a las cámaras, ¿no?

—¿Cuándo vieron a Rhys por última vez? —pregunta Leo.

—Anoche el tío iba como una cuba. —Ashleigh coge con las dos manos la taza de café que Bobby le está alargando—. Yo lo vi echando la pota entre los arbustos.

—¿Y eso a qué hora fue?

—¿A las diez? ¿Once...? —dice Ashleigh no muy convencida.

Leo mira a Bobby, pero el exboxeador se encoge de hombros.

—A mí no me lo pregunte, colega. Yo a Rhys ni siquiera lo vi.

—¿En toda la noche?

—Éramos un montón en la fiesta. Yo estuve charlando con la gente, bebiendo..., pasándomelo bien.

Leo detecta una leve actitud defensiva en el tono de Bobby, y un brevísimo atisbo de resentimiento en la fugaz mirada que le lanza su mujer. Se acuerda de la discusión que antes ha interrumpido.

—¿Ustedes dos estuvieron juntos en la fiesta?

—No —responde Bobby al mismo tiempo que Ashleigh dice: «Sí».

Leo espera unos instantes.

—Ni sí ni no —añade el exboxeador.

Ahí está sucediendo algo que no consigue desentrañar.

—¿Qué tal se llevaba Rhys con los demás residentes de La Ribera?

—Bien, supongo. —De nuevo, esa reacción suspicaz por parte de Bobby.

—A ti no te caía bien, ¿a que no, cielo? —Ashleigh está mirando hacia otro lado, pero Leo advierte una rápida contracción en las comisuras de sus labios. Bobby atraviesa con la vista a su mujer.

—¿Es eso cierto, señor Stafford?

El actor le sostiene la mirada al policía.

—Él y yo no nos entendíamos demasiado.

—Pero ¿le caía mal?

—¡Joder! ¿Y qué más da?

Leo aguarda el tiempo suficiente para que Stafford comience a sentirse incómodo.

—Ha muerto un hombre, señor Stafford; posiblemente, asesinado. Creo que esclarecer a quién no le caía bien es bastante importante. ¿No opina igual?

—¿Asesinado? —Ashleigh se queda sin aliento, con los ojos abiertos de par en par y claramente impactada, y Leo se propina una colleja mental: la explicación oficial ante la aparición de cualquier cadáver, hasta que un patólogo forense confirme lo contrario, es «por causas desconocidas». Si esa mujer empieza a chismorrear por ahí y Crouch se entera de algo, acabará de mierda hasta el cuello.

—Mis compañeros y yo tomaremos declaración a todos los que asistieron a la fiesta o vieron al difunto en los momentos inmediatamente previos a su muerte. —Leo entrega una tarjeta a Bobby—. Si entretanto se les ocurre alguna cosa, por favor, háganmelo saber.

—¿Tienen algún sospechoso? —Ashleigh sigue a Leo hasta la puerta.

—Sin duda no hará falta que le recuerde, señora Stafford, que no debería hacer ninguna observación en las redes acerca de esta investigación policial.

—Tengo dos millones de seguidores en Instagram. Es responsabilidad mía tenerlos informados.

¿Qué se cree que es, corresponsal de guerra?

—Me imagino que será complicado actualizar su perfil cuando esté cumpliendo dos años de cárcel por desobediencia a la autoridad.

Ashleigh se queda boquiabierta, y Leo se encamina hacia la puerta de la casa de al lado.

Clemence Northcote, la vecina del número cuatro, lleva el pelo corto y teñido de mechas rosas y violetas. Su vestido forma un triángulo como el del símbolo que hay en las puertas de los baños de mujeres.

—¿Tiene que hablar con los dos? La cosa es que Caleb, que así se llama mi hijo, todavía está en la cama. —La mujer mira a Leo con cara de complicidad—. ¡Ay, los adolescentes! Yo me quedé despierta lo justo para ver entrar el año nuevo, pero a esa hora, con dieciséis años, aún es temprano, ¿verdad? No tengo ni idea de cuándo se metió en la cama. Yo estaba tan cansada que caí muerta. —Al darse cuenta de que esta última frase podría resultar insensible, una expresión horrorizada le cruza momentáneamente el rostro—. ¡Uy! Lo siento.

—Hablaremos con él mañana, si están de acuerdo. Parece que lo de ayer fue un fiestón de los grandes.

—Fue increíble. —A Northcote se le vuelve a escapar un mohín—. Ay, Dios mío. Qué horror decir eso después de lo que le pasó a Rhys, pero, por supuesto, no nos hemos enterado de que había desaparecido hasta esta misma mañana, y aún menos de que lo habían... —Se estremece—. ¿Cree que existe algún riesgo para el resto de los vecinos? ¿Podría pasarnos algo si seguimos viviendo aquí? Solo... —Clemence para de hablar e inspira hondo para tratar de calmarse—. Perdón. Estoy que no estoy. Todo este tema ha sido un shock enorme.

—Si no es molestia, nosotros preferiríamos que no se marchasen. Al menos hasta que les hayamos tomado declaración a todos, señora Northcote.

—Por favor, llámeme Clemmie. Y por supuesto que sí. Ay, madre mía, qué horror, ¿eh? —Se acerca a los fogones y remueve el contenido de una olla grande—. Es sopa. Para Yasmin y las niñas.

En lugar de la larga mesa de metal que Leo ha visto en la cabaña de los Lloyd y en la de los Stafford, Clemence Northcote tiene una de madera, pequeña, con dos sillas plegables. Arrimada a la pared, Leo reconoce una estantería de Ikea idéntica a la que tiene él en su piso. Al otro lado del cristal de las puertas exteriores hay un tendedero, donde un traje de neopreno chorrea ligeramente sobre el muelle.

—Debía de hacer mucho frío —dice Leo, señalando el traje con un gesto de la cabeza.

—Perdón, ¿cómo dice? —Clemmie abre y cierra cajones con una ineficiencia pasmosa.

—En el baño de Año Nuevo, digo. Una tradición del pueblo, por lo que he oído.

—¡Ah, eso! Sí, pero yo ya estoy acostumbrada. Yo nado todo el año.

—¿Estaba usted presente cuando han encontrado el cuerpo?

Clemmie se aprieta las mejillas con las manos.

—Me he marchado enseguida. Me he vuelto al resort. Quedarme me parecía una indiscreción. Además... —Parece que se resiste a acabar la frase. Leo espera—. La gente de por aquí no nos ve exactamente con buenos ojos —termina diciendo.

—¿A quiénes? ¿A los de La Ribera?

La mujer asiente con la cabeza.

—Lo he intentado, créame que lo he intentado. Organicé una recogida de basura, me ofrecí voluntaria para ayudarlos con la biblioteca... La gente es educada, sin más, pero... —Suelta un suspiro—. Es que son muy suyos, ¿sabe? ¿Ha visto aquellas letras descomunales que hay donde empieza la carretera de entrada?

—Imposible no verlas.

—Y que lo diga. Antes de que La Ribera abriese, alguien pintó con espray encima de las letras i y be, con lo que se leía LA RAMERA. Para quitarlo, tuvieron que limpiarlas con pistolas de esas de arena.

Leo ríe.

—O sea que a los nativos no les hace mucha gracia el resort, ¿eh?

—No les hacemos gracia nosotros, más bien. Dan por sentado que nos sale el dinero por las orejas; que vamos «de sobraos», como diría mi hijo, solo porque nos hemos comprado una de estas casas.

—Me imagino que comprarse algo aquí no debe de ser barato. —Leo lo dice con una inflexión neutra. Ya ha echado antes un vistazo a la web de La Ribera, donde se anuncian cabañas de tres dormitorios a partir de quinientas cincuenta mil libras. A pie de página, escrita en una fuente de letra minúscula, consta la exorbitante tarifa anual de mantenimiento: diez mil libras.

—Cuesta lo suyo, sí, pero... —Clemmie extiende un brazo en dirección al lago— mire qué maravilla. —A Leo se le ocurren mejores cosas en que gastarse medio millón que un paisaje vistoso—. El tema es que ellos se piensan que el resto del año vivimos todos en mansiones.

—¿Eso quiere decir que no es así?

—Algunos de mis vecinos sí. —Northcote suspira—. Bueno,

supongo que todos. Los Stafford tienen servicio doméstico y piscina, y los Charlton viven en Kensington y tienen una segunda residencia en los Cotswolds. Y obviamente la finca familiar de los Lloyd es preciosa.

—¿La ha visto?

—En las revistas.

—Y usted y su hijo, ¿dónde viven?

—En las afueras de Londres —Clemmie se ruboriza—, en un piso de un solo dormitorio. Yo duermo en el sofá, y mis dolores de espalda lo demuestran.

—¿Y entonces cómo…? —Leo decide cortarse, para no quedar como un maleducado.

—¿Cómo me pude permitir esta casita? —La mujer se ruboriza otra vez—. Con un plan de reembolso privado que aún estoy amortizando. Pero los demás no saben que no la compré a tocateja, conque le agradecería que me guardase el secreto.

—Por supuesto. —Leo recorre el salón con la mirada—. Daba por hecho que por dentro estaban decoradas todas igual.

—Si uno la quiere amueblada, hay que pagar un extra. Un extra bastante considerable. Ellos intentan presionarte para que lo hagas; supongo que, de cara a las fotos, quieren respetar una determinada estética, por así decirlo. Comprendo cómo funcionan estas cosas, pero para nosotros no era una opción.

—¿Rhys Lloyd era el dueño del resort, entiendo?

—Así es.

—Y a usted, ¿qué impresión le causaba?

Clemmie observa su sopa con más concentración de la requerida.

—Era un cantante buenísimo. Me acuerdo de cuando lo escuché en…

—Como persona, quiero decir. —Leo no aparta la mirada de su interrogada.

Se hace un largo silencio hasta que ella responde:

—Era muy distinto a la imagen que se daba de él en los medios.

—¿En qué sentido?

—En las entrevistas siempre sale reflejado como un tipo campechano. Hablan de cómo iba caminando a la escuela con los zapatos llenos de papel de periódico, porque si no se le metía agua de la lluvia por las roturas, y de cómo se gastó la primera nómina que ganó en los teatros del West End en pagarle unas vacaciones a su madre.

—¿Y en realidad no era así?

—A mí y a Caleb nos miraba por encima del hombro —responde Clemmie—. Todo porque yo no visto la ropa que hay que vestir ni bebo el vino que hay que beber. Yo no encajaba en su visión de La Ribera. —Habla con serenidad, pero hay un poso de resentimiento en sus palabras.

—Aquello debía de ser difícil de sobrellevar para usted —dice Leo, inexpresivo.

—No tanto como para motivarme a cometer un asesinato, si es eso lo que insinúa.

—El objeto de esta investigación no tiene nada que ver con eso —replica Leo. «Todavía», añade para sus adentros.

Northcote perfila una media sonrisa.

—De lo contrario, creo que no daría usted abasto —afirma.

—¿Y eso?

La mujer lo mira con un gesto lleno de franqueza y resignación.

—Porque llevo seis meses viviendo aquí y aún no he conocido a nadie a quien le cayera bien aquel hombre.

Al salir de la casa de Clemence Northcote, Leo experimenta ese subidón de adrenalina que tan bien conoce. Mira hacia la hilera de viviendas y piensa en las paredes de cemento que hay ocultas bajo sus paneles de madera, en los secretos que albergan. Leo no sabe de qué manera murió Rhys Lloyd, pero sí sabe una cosa: bajo la flamante superficie de La Ribera reside otra realidad completamente distinta.

6

Día de Año Nuevo - Ffion

A juzgar por la mirada que se le ha quedado a Leo, él se esperaba sin duda que todas las visitas puerta por puerta las hicieran en pareja, pero Ffion prefiere trabajar por su cuenta. Además, independientemente de lo que le haya dicho sobre lo de olvidarse de su escarceo de anoche, aquello es más fácil decirlo que hacerlo. «Nunca hay que mojar la magdalena en el café de la oficina», le indicó una vez un sargento; un consejo patriarcal, pero excelente. Ffion se sorprende al verse distraída por recuerdos intrusivos totalmente inapropiados en el contexto de lo que podría ser la investigación de un asesinato.

La edad de Deirdre Huxley, la propietaria de la cabaña número dos, es difícil de precisar; la viveza de sus ojos desentona con las arrugas que los enmarcan. Viste un cárdigan rosa con botones de nácar, y unos pantalones de corte recto con un pliegue acentuado a lo largo de cada pernera. Calza unas pantuflas de terciopelo rematadas por borlas, y por unas bordaduras doradas en forma de voluta. Su pelo, más que canoso, es plateado, y lo lleva expertamente peinado en un corte bob liso que le llega por los hombros. «Esta mujer es como el buen vino», diría la madre de Ffion si la viera.

La señora Huxley examina la placa identificativa de la policía a través de las gafas de carey que lleva colgadas del cuello con una cadenita.

—No vengo a robarle nada —le promete ella.

—Pues pase y entre en calor, y luego ya si eso me dice que mejor tome asiento antes de contarme que el cuerpo que han sacado esta mañana de la otra orilla del lago es, casi con toda seguridad, el de Rhys Lloyd. —Huxley da media vuelta y deja a Ffion boquiabierta en el hueco del umbral. Eso es ir al grano y lo demás son tonterías.

Ffion entra en la cabaña y cierra la puerta antes de seguir a la dueña hacia el interior. La mujer camina ayudándose de un bastón, una pieza de hermosa madera oscura con una empuñadura de metal bruñido, del tamaño de un puño pequeño. Lo deja apoyado contra el sofá y se apoltrona entre los cojines con un suspiro de satisfacción.

—Es usted una investigadora de primera. —Ffion se sienta a su lado. Los muebles de la casa son los mismos que ha visto en la de los Lloyd, pero aquí cambia la configuración, de manera que la mesa alargada está pegada al fondo del espacioso salón, y el sofá rinconero se encuentra junto a las puertas plegables que dan al muelle.

—Tenemos un desaparecido y un cadáver en el lago. No hace falta ser miss Marple, ¿no?

—Ahora va y me cuenta usted cómo llegó Rhys hasta allí.

—Supongo que alguien lo mató. ¿Le apetece un trozo de bizcocho de frutas?

Ffion levanta la vista, sobrecogida.

—¿Por qué dice eso?

—En esta época del año siempre tengo uno en casa.

—No, que por qué piensa usted que a Rhys Lloyd lo mataron.

—¿Acaso no es verdad? —La señora se levanta de golpe y se dirige a la cocina.

—Señora Huxley, si dispone de información relativa a nuestro caso, necesito...

—Creo que también tengo pastelitos de fondant, si le llaman más la atención.

—Nada de dulces —dice Ffion con firmeza—. ¿Conocía usted bien a Rhys?

—No estoy segura de que nadie conozca a nadie en el fondo, ¿no cree? La directora del Instituto de la Mujer de donde yo soy desfalcaba miles de libras cada año, y nadie sospechó ni media hasta que en uno de sus mandatos se presentó a la asamblea ordinaria calzando unos Jimmy Choo. En fin, ¿qué prefiere? ¿Earl grey o lapsang souchong?

Ffion termina cediendo.

—Earl grey. —Le ruge el estómago—. Y puede que un trocito de bizcocho. ¿Estuvo usted en la fiesta de anoche?

—Oh, sí, querida. Me retiré antes de medianoche y me quedé a escuchar las campanadas en la cama, tomándome una taza de té. Sin duda, no hay mejor manera de dar la bienvenida al año nuevo, ¿no le parece?

Ffion se permite recordar durante unos segundos el momento en que se dio el lote con Leo delante de la discoteca, mientras un año acababa y otro nuevo daba inicio.

—Suena genial. ¿Cuándo fue la última vez que vio a Rhys?

—Nunca llevo reloj. —La señora Huxley pone una bandejita enfrente de Ffion y empieza a colocar las tazas—. Mi difunto esposo me regaló un Cartier precioso por nuestra boda y, cuando él murió, el reloj se detuvo. Fue como si hubiera adivinado lo que sucedía. ¿Cree que los relojes tienen alma, agente Morgan?

—¿Rhys aún estaba en la fiesta cuando usted se marchó?

—Lo llevé a varios sitios a que me lo reparasen, y nadie acertó a decirme lo que le pasaba.

—¡Asombroso! ¿Y le consta que Rhys se peleara con alguien anoche? ¿Con alguien que le guardase algún rencor, tal vez?

—La gente se coge tirria por cosas tontísimas, ¿no cree? —La señora Huxley corta dos generosas porciones de bizcocho de frutas y le alarga una a su invitada—. Una amiga mía le retiró la palabra a su hermano durante años porque una vez le habló mal de uno de sus hijos. ¿Seguro que no se comería más a gusto algún pastelito de fondant? —Ffion debería haber mandado a Leo a hacer esta visita. Tiene pinta de ser de los que se llevan bien con las señoras mayores—. ¿No pueden ustedes echar un vistazo a las cámaras para ver a qué hora se marchó Rhys de la fiesta, querida?

Ffion deja la taza en la mesa.

—¿En La Ribera hay cámaras de videovigilancia? —Ha estado tan ensimismada que ni siquiera se le había ocurrido que quizá existan pruebas grabadas. Error de novata.

—¿Acaso no las hay en todas partes? Jonty Charlton tiene la llave; vive en el número uno. ¿Sabía que al principio iban a bautizar las cabañas en honor a varias montañas galesas?

Sí, lo sabe: salió en el periódico del pueblo. Los nombres eran «impronunciables», según un grupo de discusión formado a instancias de los inversores de La Ribera, el cual propuso como alternativa sus traducciones al inglés: la Cabeza del Dragón, la Cresta Roja... «Por encima de mi cadáver», dijo la madre de Ffion cuando se emitió la petición. El representante local del Plaid Cymru, el partido independentista galés, trasladó el problema a Westminster, y los nombres de las casitas fueron discretamente reemplazados por números.

Para cuando Ffion ha conseguido escabullirse de la cabaña de Deirdre Huxley, la cabeza le da vueltas. Inspecciona los alrededores en busca de cámaras: las hay, bien escondidas, al amparo de los árboles que flanquean la calzada. La agente se lía un cigarro y baja a la orilla del lago a fumárselo con un poco de intimidad; es impresionante la cantidad de personas que se creen con el derecho divino de aleccionar a cualquier completo desconocido acerca de su salud.

—Cada cigarro te quita diez minutos de vida, ¿lo sabías? —dice Leo, que se le aproxima desde atrás.

—En verdad son once. ¿Quieres uno?

—Venga, dame.

Ffion le pasa el paquete a su colega, que se lía un cilindro fino y mal pegado, típico de un fumador social.

—¿Qué tal te ha ido con los tuyos?

—Todavía no he estado en el de los Charlton, y la señora Huxley está como un cencerro. Me ha dado una merienda deliciosa, eso sí.

—Yo ya he terminado —dice Leo—. Nadie recuerda haber visto a Lloyd a medianoche, pero Ashleigh Stafford lo pilló vomitando en un arbusto en algún momento previo.

—¡Menudo saber estar! —Ffion extiende la mirada hacia el agua. Los nubarrones con los que se han topado al llegar se han disipado, y las cimas nevadas de Pen y Ddraig contrastan radicalmente con el azul del cielo invernal.

—Clemence Northcote dice que, hacia el final de la noche, había un grupo de gente haciendo el burro junto a la orilla, apostando a ver quién se atrevía a meterse en el agua y esas cosas, pero no está segura de si Lloyd iba con ellos. —Leo se vuelve en dirección a las casas. De cada una de ellas baja, entre muelle y muelle, una escalerilla que lleva hasta un pontón flotante compartido con la de al lado—. ¿Si se hubiera metido en el agua allí, podría ser que la corriente lo arrastrase hasta la margen opuesta?

—¿Y yo quién te crees que soy, la Sirenita?

Leo coge una piedra y la tira hacia el lago, haciendo que un charrán huya revoloteando por los aires.

—¡Oye! —Ffion lo fulmina con la mirada—. A los niños que hacen eso me los he llevado alguna vez a su casa arrastrados de las orejas.

—No le he acertado.

—Si lo hubieras hecho, te habría metido otra hostia yo a ti. —La agente permanece con la vista clavada en el lago. Leo, a su lado, no para quieto. Madre de Dios, es peor que llevar de excursión a un niño pequeño.

—¿No te saca de quicio? —pregunta el policía—. Todo esto de aquí, digo. —Hace un gesto con el brazo, como queriendo abarcar toda aquella explanada acuática, siniestramente dominada por la ladera escarpada y rocosa de la montaña de Pen y Ddraig.

—Sí.

—Deberías pedirte el traslado. ¿A Gales del Sur, quizá?

—Sí, podría.

—¿Y por qué no?

Ffion replica el gesto que ha hecho Leo hace un momento.

—Pues por todo esto de aquí, precisamente.

Y se aleja. Sus botas de cuero se pierden en la penumbra, salpicadas por el romper del oleaje. Leo la sigue a unos metros de distancia, no vaya a ser que se le mojen los zapatos.

—Este lago acaba formando parte de tu ser —continúa Morgan—. Siempre ha estado ahí, ¿entiendes? Cuando era pequeña, era el sitio adonde íbamos a pasar el rato, adonde nuestras madres nos llevaban a rastras para fotografiarnos en las ocasiones especiales, donde limpiábamos las botas de rugby cuando estaban demasiado sucias para lavarlas en el fregadero.

—¿Jugabas a rugby?

—Juego —lo corrige Ffion—. Soy apertura.

—¿Alguna vez has hecho el intento de mudarte?

Ella ríe.

—Esto no es como *La casa de la pradera*, un caserío del que nadie se puede marchar porque mamá los ata a todos bien corto. —Empieza a silbar el tema de apertura de la serie, y Leo no sabe dónde meterse—. Llegué a mudarme, sí. Primero a Cardiff, cuando empecé la universidad, y luego viví un tiempo en Londres, pero tenía a mi novio aquí y…, bueno, entre pitos y flautas, acabé volviendo a casa —termina diciendo sin demasiada convicción.

Lo del novio es mentira. Se iban viendo durante las vacaciones universitarias, pero nunca mantuvieron una relación cerrada, y ya ni hablemos de bajar él de excursión a Cardiff o de conocer a las amigas de ella. No fue hasta pasado un tiempo, habiendo regresado Ffion al pueblo, que se convirtieron en pareja formal.

Su madre tenía cuarenta y cuatro años cuando nació Seren, que, según aseguraba ella a la gente, no fue un accidente, sino «una sorpresa». El embarazo se había visto eclipsado por la enfermedad del padre, que se perdió el parto por dos semanas.

74

La niña tenía cuatro años cuando Ffion terminó la secundaria.

«Si me aceptan en Manchester —le dijo a su madre—, podría seguir viviendo en el pueblo, e ir a las clases en coche».

«Por nosotras no te quedes».

«Pero tendría que estar aquí para ayudar con...».

«No pasa nada. —Elen había animado a Ffion a abandonar el nido—. El mundo no se termina en Cwm Coed, *cariad*».

No fue el lago lo que trajo a Ffion de vuelta a su hogar, sino la culpa. Sentía remordimientos por dejar a Elen sola en casa con una niña pequeña; por el hecho de que a su padre le habría parecido fatal que se marchase del pueblo. Un día vio anunciada una oferta de trabajo y tuvo la sensación de que estaba hecha a su medida.

«Me voy a meter a policía», anunció. Seren ya había cumplido los siete, pero aún era lo bastante pequeña como para caber en el regazo de su hermana. Ella pensaba que Ffion era lo más; Ffion, a su vez, encontraba a Seren entrañable y exasperante a partes iguales.

Su madre enmudeció.

«Quién lo habría dicho... —murmuró—. Ffion *Wyllt*, agente de la ley».

«¿Tan mala idea te parece, mamá?».

Elen sonrió y agarró a Ffion de las mejillas.

«Papá estaría orgulloso de ti».

Entonces las dos se echaron a llorar, y Seren también, pese a no conservar ningún recuerdo de su padre, o quizá justamente por eso.

El sonido de un mensaje de texto trae a Ffion de vuelta al presente, y ella y Leo llevan a la vez la mano a sus respectivos teléfonos.

—Es el tuyo —dice ella cuando ve que en su pantalla no hay nada.

Leo, en cambio, no aparta la vista de la suya.

—He de hacer una llamada. —Se retira hasta colocarse bajo las copas de los árboles, y su compañera se aleja todavía más hacia el lago, para proporcionarle una mínima ilusión de privacidad.

—Pero si me dijiste que llamase a esta hora porque… —Ffion intenta no escuchar nada—. Bueno, es que ha sido un imprevisto. ¿¡Yo qué culpa tengo!?

Ay, ¿a quién quieres engañar, chica? Ffion lanza un guijarro al agua, haciéndolo rebotar, y trata de aparentar despiste.

—¿Puedo hablar con él? Por favor, Allie. —Se impone un largo silencio. Ffion revisa su bandeja de entrada y envía un informe exprés al inspector Malik—. ¡Eh, renacuajo! —dice Leo—. ¿Qué tal estás? ¡Feliz año nuevo!

Su tono de voz ha cambiado de tal forma que Ffion no puede evitar darse la vuelta para comprobar que proviene del mismo sujeto. Los espacios entre sus palabras son como un abismo en que ella cae —«¿Que hizo qué?», «¿Y tú qué hiciste?», «¡No me digas!»—; el pasado la agarra del corazón y se lo estruja con fuerza. Se imagina al teléfono, hablando con su padre, y entonces coge otra piedra, esta vez más grande, y la arroja bien lejos, al agua.

—Tienes un hijo —dice Ffion en cuanto Leo termina. Pasea la mirada por la ribera del lago, en dirección a donde está el resort, agazapado en mitad de un claro, entre los árboles. Un amplio entoldado cubre uno de los muelles; guirnaldas de lucecitas decoran, entrecruzándose, las ventanas—. Harris —recuerda.

—¿Cómo lo has…? Ah, bueno, claro. —Leo se pone la mano en la nuca, y ahora su pequeño tatuaje queda escondido bajo el cuello del abrigo. Se agacha a coger una piedra y la tira con fuerza al agua; los charranes huyen en desbandada. Ffion, esta vez, se lo perdona—. Tiene cuatro años. ¿Tú eres madre?

—No, por Dios.

Leo ojea su reloj.

—El inspector nos quiere en su despacho con un informe sobre la operación tan pronto como Yasmin identifique positivamente a la víctima.

—Eso será vosotros; yo no tengo trato con los inspectores.

—No tenía ni idea de que fuesen opcionales.

—Lo son cuando tu zona comprende setenta kilómetros cuadrados y tu superior trabaja a dos pueblos de distancia.

Leo abre la boca para decir algo, pero lo deja correr, negando con la cabeza. Luego apunta con el dedo a una construcción de una sola planta que hay al otro lado del lago.

—¿Y eso qué es?

El edificio está rodeado de barcas, algunas escoradas, otras apuntaladas por enormes basadas, con los cascos desnudos y expuestos a la intemperie.

—Es donde guardan los botes. El dueño es Steffan Edwards, que, además de repararlos, en verano alquila pequeñas embarcaciones y tablas de pádel surf.

—¿Conocerá bien el tema de las corrientes?

—Probablemente. —Ffion emprende el camino de regreso a las cabañas.

—¿Quedamos allí mañana por la mañana?

—¿Una tercera cita? ¿Ya? Va usted muy acelerado, señor Brady.

—¿Y qué ha sido de lo de «olvidémonos para siempre de lo de anoche»?

—Yo ya me he olvidado.

La mujer que acude a la puerta de la casa número uno presenta el tipo de constitución que parece que podría salir volando con el soplido de una ligera brisa. Tiene el pelo rubio y quebradizo, y la piel de los pómulos tan tirante que es casi translúcida. Viste unas mallas y una camiseta holgada que le cae desde unos hombros tan finos como una percha, además de unos calentadores bajados hasta los pies que le dan el aspecto de un niño que se está probando los calcetines de su padre.

—Pase, pase. ¡Ay, qué desgracia! Cariño, tenemos visita de la policía.

Ffion es acompañada hasta la gran sala espaciosa, de donde son expulsados al instante un niño y una niña. La misma mesa de zinc que tienen el resto de casas preside el espacio contiguo a las puertas plegables, pero, mientras que las otras eran vastas y luminosas, esta es un lugar lúgubre al que el entoldado del muelle arrebata tanto el sol como las vistas.

Jonty Charlton —al menos, Ffion da por hecho que es él— está sentado en el tramo corto del sofá en forma de ele que ocupa la otra mitad del habitáculo, donde la estufa de leña desprende un calor sofocante. En la mesa, junto a él, hay una botella abierta de vino tinto.

El hombre se frota la frente con la palma de las manos.

—Menuda se ha armado, ¿eh? ¿Le apetece tomar algo? ¿Tal vez una copa de vino? Blythe, ¿me traes otra copa, por favor?

—No se molesten, gracias. ¿Ha escuchado las noticias?

—Ashleigh Stafford lo ha puesto en el grupo de WhatsApp de vecinos —dice Blythe—. No me lo puedo creer. Ayer mismo aún estaba con nosotros.

—¿Desde cuándo conocen ustedes a los Lloyd?

Blythe levanta la mano, como si fuera una niña en clase.

—Yasmin asistió a una de mis lecciones de yoga hará unos cinco años. La verdad es que fue maravilloso. Era martes, y yo no quería impartir aquel día porque la gente tiene los chakras un poquitín descentrados los martes, pero lo hice, y ella vino, y el resto es historia.

—Se hicieron amiguitas —dice Jonty—. Blythe me contó que el marido de Yasmin había heredado un terreno y que necesitaba inversores para montar un complejo residencial en la zona.

—¿Y usted vio en ello una oportunidad? —dice Ffion.

—Es a lo que me dedico. —Jonty da un trago a su copa de vino—. Pongo en contacto a inversores con gente que les plantea proyectos. Es raro que llegue a invertir yo dinero de mi bolsillo, pero me resulta difícil decirle que no a mi mujer.

—Gales del Norte está en plena fase de regeneración —dice Blythe. Ffion reprime un ronquido sarcástico. Ya veréis cuando el lago se desborde y se ponga a llover a cántaros tres semanas seguidas—. Y además, aquí hay una energía extraordinaria; realmente la notas pasar a través de ti.

Lo único que Ffion ha notado pasar a través de sí en Cwm Coed ha sido un kebab en mal estado. Igual es que tiene los chakras descentrados.

—¿Y la inversión ha salido bien?

John hace como si sopesara alguna cosa con las manos.

—El mercado inmobiliario es igual que la bolsa; para hacer dinero, uno ha de tener sangre fría y competir a largo plazo. Una vez que el complejo empiece a abrirse a un público más amplio, esto será una mina.

—Me gustaría echar un vistazo a las cámaras de seguridad. ¿Habría algún inconveniente?

Hay un instante de vacilación.

—¡Qué va, por supuesto! Lo que sea con tal de ayudar. Espere un segundo, que voy a buscar la llave.

Ffion cruza la carretera detrás de Jonty, en dirección a un pequeño edificio de piedra. Dentro, en un amplio cuadro de distribución, aparecen listadas todas las luces externas, y en un rincón, silenciosamente a la espera, hay un generador.

—Es por si hubiera un corte —explica Jonty—. La verdad es que es un puntazo; Dios nos libre de que nuestros propietarios se queden sin Netflix. —Le muestra a Ffion un ordenador apartado en una esquina, e inicia sesión en él con una salva indescifrable de tecleos—. Yo también habría puesto cámaras en la parte trasera de las casas, si me hubiera salido con la mía; el coste del seguro habría bajado muchísimo. Pero al parecer lo consideran ¿una invasión a la privacidad? —Lo formula como una pregunta, dando a entender que aquello le parece absurdo—. En fin, hay una cámara en la puerta principal... —Pulsa una tecla—. Es esta. Y hay otras dos que controlan la entrada para vehículos: esta y esta.

—¿Nada que enfoque directamente a las casas?

—Solo a la entrada para vehículos y las plazas de aparcamiento, me temo.

—Genial. Si quiere, lo puede dejar en mis manos. Voy a tardar un buen rato en pillarle el tranquillo.

—Mejor que me quede con usted. Es un equipo muy caro.

Ffion sonríe.

—En serio, tardaré una eternidad.

Jonty lanza una mirada a su cabaña, donde lo esperan la botella de vino tinto y la calidez de la estufa.

—Se lo juro con el corazón en la mano —dice la agente poniéndose la palma de la mano en el pecho, levantando la vista hacia Jonty y haciéndole ojitos—. Le prometo que no voy a romper su carísimo generador. —Vaya tela. Tendrá que renunciar a su condición de miembro del Grupo de Acción Feminista de Gales del Norte, a este paso.

Es broma. No existe tal grupo.

—Bueno, está bien. Dé un grito si necesita cualquier cosa.

Jonty sale, y Ffion echa el pestillo. Lo último que quiere es al socio de la víctima pegado a la chepa mientras trata de cumplir con su trabajo.

En aquel despacho no hay ninguna silla, pero debajo del escritorio encuentra un par de cajas de champán vacías —se nota que viven en la miseria—; apila una encima de la otra y, con cuidado, se acomoda sobre ellas. Baja por las fechas de la pantalla hasta que llega a la de Nochevieja, y adelanta el reloj digital: mediodía, la una en punto, las dos en punto, las tres...

Ahí está.

Ffion mira por encima del hombro la puerta cerrada del habitáculo. Le pitan los oídos. De la casa de los Lloyd, cruzando la luz del atardecer, surge el sonido de Rhys cantando. Ffion se imagina a Yasmin —o a las chicas— viendo una y otra vez esa grabación, mortificándose. Permanece con la vista fija en la pantalla y los dedos suspendidos sobre el teclado.

Entonces pulsa «Eliminar».

7

Nochevieja - 22 horas - Rhys

Rhys quiere que se termine ya la fiesta. La sala se tambalea, y ve borroso. Nota un ruido sibilante en la oreja.

—Yo de ti me andaría con ojo.

Se aleja dando traspiés, acalorado y a paso inseguro. Se encuentra mal. Parece que tenga la lengua el doble de grande de lo normal y que le ocupe toda la boca, y se siente incapaz de hablar. Cruza como puede el interior de la cabaña, con una sonrisa forzada atornillada en la cara. Al moverse, el cuello de la camisa, empapado de sudor, le roza la nuca. Nota el ardor del brandi subiéndole peligrosamente a la garganta, y se lo traga de vuelta.

—¡Bonita choza, Rhys!

—Menudo fiestón.

—¡Uy! ¡Ojo! —Una mano segura agarra al invitado antes de que se caiga, y el eco de una afable carcajada viaja por el salón—. ¿A estas horas y ya tan a tope, compadre? ¡Si aún no son ni las doce!

Rhys se las arregla para reír, como sería de esperar, pero un sudor precedido de hormigueos le cubre la frente, y tiene la piel fría y pegajosa. No hay nadie bajo el entoldado; los invitados han trasladado la fiesta al interior de la cabaña. Hay demasiada gente y están demasiado cerca los unos de los otros, y Rhys se siente acorralado. Atrapado. Odia este lugar; nunca debería haberlo construido, nunca debería haber vuelto al lago. Nada ha salido como él habría deseado.

La visión que Rhys tenía de La Ribera era la de un sitio para artistas. Un lugar para cantantes, actores, trabajadores de la creación. Pensaba en una fusión de las culturas inglesa y galesa.

«Pero hay un problemilla con eso, compadre —le había dicho Jonty tras escucharlo finalizar su apasionada propuesta comercial—: los artistas no tienen dinero».

Las ventanas de la casa están empañadas, y la oscura explanada del lago aparece filtrada por el cristal velado. Afuera, en el muelle, la cara interna del entoldado gotea a causa de la condensación, y la bola de discoteca de Blythe dispara callados fuegos de artificio a través de las telas colgantes que forman las paredes y el techo. El ruido ha alcanzado proporciones desenfrenadas, y Rhys nota cómo el suelo transmite las vibraciones a través de sus huesos mientras se dirige hacia la puerta de entrada. A su alrededor, la gente baila en corrillos cerrados; el alcohol les afloja los miembros y les confiere una mirada indolente. Las caras aparecen como instantáneas borrosas, fotografías que flotan en el líquido revelador. Rhys va observando los rostros que emergen momentáneamente de la nada: Yasmin, Ashleigh, Jonty, Dee, Huw, Seren.

No puede quedarse ahí. Se abre camino a empujones, hacia delante. Conoce, aunque no a todos, sí a la mayoría de los asistentes; sin embargo, en esta atmósfera vidriosa de alcohol, todos podrían ser desconocidos. Se siente desconectado del resto y de sí mismo, como si viera la fiesta a través de un cristal espeso. Hay muchísima gente. Les picaba la curiosidad ver La Ribera por dentro; ver lo bien que le había ido a Rhys tras marcharse de Cwm Coed. O tal vez solo querían una excusa para echar más leña al fuego que se había declarado el día en que se solicitó formalmente la aprobación del proyecto.

Se oye, alto y claro, un grito:

—¡Cántanos algo, Rhys!

La petición levanta un coro de súplicas alrededor del piano, pero Rhys expresa su negativa con mímica, señalando vagamente hacia la otra punta de la sala como si fuera de camino a encontrarse con alguien, o a hacer algo. Alguien aporrea el inicio de «Yellow Submarine», mientras Rhys avanza más mal que bien hacia la salida. Cree que probablemente vomitará, y preferiría hacerlo fuera. A decir verdad, preferiría hacerlo en su baño. De pronto, lo único que quiere es estar dentro de su cabaña y meterse entre las sábanas frescas de su cama, a una distancia prudencial del excusado. El corazón le va a mil por hora, y desearía poder parar las imágenes que le vienen a la cabeza, recuerdos que creía haber olvidado.

Aún no es tarde para ser mejor persona, se dice a sí mismo.

Al llegar a la puerta, oye los primeros compases de «Don't Cry for Me, Argentina», y agradece no haberse quedado allí. Afuera, el aire gélido le trae un instante de alivio, pero aquella lucidez se desvanece enseguida. Lo acometen las náuseas, y se aparta bruscamente del camino para vomitar con fuerza entre los arbustos. Piensa en sus sábanas frescas, en el agua embotellada que guarda en el minibar de la habitación.

Las luces de las viviendas puntean la calzada. Pese al frío, hay siluetas apiñadas entre los árboles; adolescentes, quizá, que se han escabullido con la sidra que acaban de robar pensando que no los veían.

En el inestable camino de vuelta a su casa, Rhys detecta movimiento en el piso de arriba de la de Dee. La puerta de la número tres, donde viven los Stafford, está abierta de par en par. Avanzando a tropezones, deja atrás la de Clemmie y llega finalmente a la número cinco. Lo alegra no encontrarse la puerta cerrada con llave —no se acuerda de dónde ha puesto las llaves—, y hace una pausa solo para vomitar de nuevo junto a las matas ornamentales.

No se descalza. No enciende la luz. Se agarra a la barandilla y aprieta los dientes; se le revuelven las tripas. Va recordándose que está a solo unos segundos de alcanzar su intimidad, su váter limpio, el agradable frescor de sus sábanas blancas. A solo unos segundos de alcanzar el olvido que anhela, y mañana vendrá un nuevo comienzo, una nueva oportunidad para enmendar los errores que ha cometido. Cuando se despierte, lo verá todo mejor. Es más: también se sentirá mejor.

8

2 de enero - Ffion

—Entonces ¿se suicidó?

Ffion echa un vistazo a su reloj. Va a llegar tarde a su encuentro con Leo.

—Mamá, ya sabes que no puedo hablar sobre el caso.

—¿Ni siquiera con tu propia madre? —Elen está doblando la colada; al lado, tiene una taza de té cada vez más fría. Es incapaz de estarse quieta; a veces, Seren la pone a ver alguna cosa de Netflix, pero al cabo de veinte minutos ella ya empieza a removerse, nerviosa, en busca de algo que hacer.

—¡Con mi madre menos! Todo el mundo está al tanto de qué trabajo, y te preguntarían qué sabes del tema. —Ffion sostiene una tostada en una mano y la unta torpemente de mermelada con la otra.

—¡*Plât*, Ffion!

—Así no he de lavarlo luego. —Ffion se come la tostada en cuatro bocados y se sacude las migas en el fregadero.

—Pues yo les contestaría que no sé nada.

Ffion ríe por la nariz.

—Se te da fatal mentir, mamá. Se te ponen las orejas coloradas.

—Te sorprendería descubrir todo lo que yo sé que jamás te he contado. —Elen dobla la última pieza de ropa limpia y recoge el cesto donde la llevaba—. Se dice por ahí que había alguien que lo acosaba. Alguien de Londres.

Ffion se pone el abrigo.

—La gente puede decir lo que le dé la gana.

—O sea, que no estáis buscando a nadie de aquí, ¿verdad? Eso si es que fue el acosador quien lo mató...

—Hasta luego, mamá. —Ffion cierra la puerta con resolución. Por Dios, tiene que encontrar ya otro sitio donde vivir. Podría haberse ido a algún piso de alquiler cuando rompió con su matrimonio, pero es que fue sencillísimo regresar a casa de su madre y, como quien no quiere la cosa, el par de semanas que planeaba quedarse se han convertido en un año. Le da vergüenza admitirlo, pero lo de que cuiden de ti está muy bien, solo que..., en fin, que lo bueno, si breve, dos veces bueno.

Con Leo han quedado en el lago, así que Ffion deja el Triumph aparcado delante de casa. Apenas ha cruzado la cancela que Elen la llama a gritos. Da media vuelta y ve a su madre en zapatillas de estar por casa, trotando hacia ella por el camino del jardín. A ambos lados, vestigios inertes de verbena se ciernen como esqueletos; los colores que lucían el verano pasado hace ya tiempo que se han desvanecido. «Resilvestración», esa es la palabra que utiliza su madre para definir su metodología como jardinera.

—Mamá, en serio. No puedo contarte...

—Acaba de llamar Glynis. Tiene a unos periodistas haciéndole preguntas.

—¿Y a mí qué? —Ffion se estremece ante su respuesta instintiva. ¿Qué tiene, catorce años? ¿Qué va a hacer ahora, patalear para que le compren un chándal nuevo de marca y negarse a ordenar su habitación?—. Dile que me las ingeniaré con la poli para que envíen a alguien.

—Le están aporreando la puerta, Ffi. Está muy asustada.

Ffion suspira.

—Vale, ahora voy.

—*Diolch, cariad*.

Eso es lo malo de cuando un agente vive dentro de su zona operativa, que se convierte en el policía de cabecera para cualquier cosa, desde la pérdida de alguna pertenencia hasta un asesinato. Tampoco es que lo segundo sea excesivamente común, así que no es de extrañar que la prensa meta el hocico. Y Rhys, por supuesto, es —o, mejor dicho, era— el rey del mambo. Ayer, su nombre fue tendencia en Twitter, donde sus fans compartieron vivencias de cuando lo habían visto actuar en directo.

@BigCSurvivor: #RhysLloyd nos envió esta partitura autografiada para ofrecerla en nuestra subasta benéfica.

@WestEndFan68: Para el cumple de mi madre, le pedí a @Rhys-LloydCanta que nos dejara hacerle una visitilla entre bastidores. ¡Y él nos invitó a su fiesta posconcierto!

@Nat_Strict: He aquí al maravilloso @RhysLloydCanta cuando sorprendió al ala de pediatría con un concierto navideño. DEP #RhysLloyd, eras un ser excepcional.

Ay, si ellos supieran...

Ffion ha leído todos y cada uno de los tuits recibidos por Rhys durante los últimos dos años. Ya sabe que los del departamento tecnológico están ocupándose de ello sin descanso, pero quería echar un vistazo por sí misma. Ahora, mientras baja por la calle mayor de camino a la ferretería de Glynis, va descendiendo por la aplicación hasta llegar al último comentario ofensivo de que fuera objeto el cantante, fechado en la mañana del día de Nochevieja. Es un mensaje claro y conciso:

@RhysLloyd5000: OJALÁ TE MUERAS.

La ubicación de la tienda de Glynis sería clarísima aunque Ffion no se la conociera tan bien como su propia casa, aunque no se hubiera pasado casi todos los fines de semana de su niñez acompañando de mala gana a su padre en la misión de reparar la cortacésped o instalar una lavadora. Hace años que no entra y, a medida que se va acercando, sus pies reducen el ritmo por voluntad propia.

Delante de la ferretería hay dos individuos; uno viste un abrigo tres cuartos de lana negra y una bufanda de rayas; el otro, un polar grueso bajo un chaleco de plumas con los bolsillos llenos a reventar. El segundo lleva una cámara al hombro, y un micrófono con funda de peluche colocado en la punta de una larga pértiga.

—Solo queremos hacerle unas cuantas preguntas, señora Lloyd. —Bufanda de Rayas golpea con insistencia la puerta—. Le damos nuestro pésame —añade luego con un grito, como si se le hubiera olvidado.

—Venga, vamos a ver a la directora de la escuela —dice el cámara—. Después volvemos.

Ffion cruza la calle y les señala el cartel donde pone AR GAU.

—Hoy la ferretería está cerrada. En señal de respeto —agrega con clara intención desaprobadora.

—¿Conocía usted a Rhys Lloyd? —El reportero va directo al meollo del asunto, y su compañero lleva a la cámara una mano lista para la acción.

—¿Para eso habéis venido? —Ffion arruga el ceño—. Pensaba que más bien estaríais en el recordatorio.

—¿Qué recordatorio?

—El que han montado en Pen y Ddraig. Hay un camino que sube desde el lago y, a mitad de trayecto, una chocita de piedra adonde Rhys iba a cantar antes de que lo descubrieran. Alguien encendió una vela en señal de recuerdo, y ahora ya hay cientos. Esta mañana le iban a dedicar una especie de ceremonia para que pudieran ir los niños a cantar en su memoria. —Ffion, con una mano en el corazón, cierra un momento los ojos—. Será tan bonito…

Aunque los dos tipos no aparentan precisamente un físico atlético, les faltan pies para correr al lugar indicado.

La agente desanda sus pasos hasta el lago, donde la espera Leo.

—Lo siento, he tenido una mañana de locos.

—¿Has pasado mala noche?

Ffion se quedó despierta hasta tarde, viendo reposiciones de

88

¡Llama a la comadrona!, con Seren recluida en su habitación trasteando en YouTube, y mamá repasando la contabilidad de las casas rurales que se alquilan en el pueblo durante las vacaciones, pero de pronto se ve dirigiéndole a Leo una sonrisa de medio lado, el tipo de gesto que quiere decir: «¿No te gustaría adivinarlo?». Es pura costumbre, parte del papel que le han adjudicado, de esa Ffion *Wyllt* de tantos años atrás; la comparación la deja helada.

—¿Te encuentras bien? Parece que te esté dando un ictus. —Con un gesto de la cabeza, Leo le señala el cobertizo de los botes—. ¿Cuál es la movida con Steffan Edwards?

—El negocio lleva aquí desde tiempos inmemoriales. En verano, está a tope; en invierno, igual que casi todos los de la zona. Steff le tomó el relevo a su padre hace unos años.

—¿Es de confianza?

Ffion comienza a andar hacia el cobertizo.

—Completamente. —Se agacha a recoger una botella vacía de vodka que hay tirada junto a la puerta del taller—. Siempre que no haya bebido.

Al morir Steffan Edwards padre, el hijo se embarcó en una cogorza que duró cinco días. La gente del pueblo se mostró generosamente comprensiva, pero, cuando vomitó estando en primera fila en el bautizo de Emyr Williams, dijeron basta. Planearon una intervención y, fuera lo que fuera lo que le dijesen, lograron que Steffan Edwards aparcara de una vez por todas la bebida.

Hasta ahora.

—¿Cómo va eso, Steff? —dice Ffion. El hombre tiene los ojos inyectados en sangre y, aunque no parece borracho, desde luego tampoco está sobrio.

—Investigando sobre la muerte de Rhys Lloyd, ¿eh? Sin comentarios.

—El caso es que queríamos tu opinión acerca de un tema.

—Hacer la pelota le abre a uno todas las puertas—: Nadie conoce el lago mejor que tú.

Steff deja un instante lo que está haciendo, pero su puño sigue aferrado a la llave inglesa.

—La corriente arrastró a la víctima hasta el embarcadero ayer por la mañana —dice Leo—. Creemos que debió de permanecer en el agua menos de diez horas. Si pasó junto a La Ribera, ¿es posible que...?

—¿Víctima? Aquel hombre no fue víctima de nada.

—¿Es posible que fuese el agua lo que lo llevó hasta donde lo encontraron?

Steffan no contesta.

—Esto es una investigación policial, señor Edwards —dice Leo.

El barquero le rehúye la mirada, y acto seguido se encoge de hombros.

—Hay una corriente que pasa junto al resort. Si hubiera entrado en el lago desde ahí, habría acabado en la parte de abajo, en lugar de cruzarlo y acabar en el embarcadero del pueblo.

El agente despliega en su iPad una vista de satélite del Llyn Drych, y se saca un lápiz táctil del bolsillo.

—¿Podría mostrarme por dónde fluye esa corriente? ¿Por dónde tendría que haber entrado la víc...? —Se detiene—. ¿Por dónde tendría que haber entrado el fallecido para terminar aquí? —Leo marca el embarcadero con una cruz roja y le pasa el lápiz a Steffan.

Steffan se inclina sobre el mapa, envuelto en un hálito de alcohol rancio y sudor, y dibuja una serie de curvas a lo largo y ancho de la pantalla.

—Tendría que haber entrado un poco más arriba. Por aquí. O por aquí.

—¿Podría señalarnos los puntos de acceso? —dice Brady—. ¿Alguno al que pueda llegarse con un vehículo?

Steffan añade seis o siete cruces alrededor de los bordes del lago, pinchando en la imagen y arrastrándola para encontrar las ensenadas que busca. Entonces dibuja una enorme en mitad del lago.

—Lo más probable es que se sumergiera aquí.

—¿Desde un bote? —dice Leo. Morgan levanta una ceja. Ni el mismísimo Einstein, oigan.

—¿Ahora mismo tienes alguno alquilado? —le pregunta Ffion a Steff, pese a que ya conoce la respuesta. Es invierno: el negocio solamente abre para hacer reparaciones; si a Rhys lo mataron a bordo de un bote, no fue en uno de los de ahí.

—¿Hay alguna forma de saber qué embarcaciones estuvieron en el lago en Nochevieja? —pregunta Leo. Su compañera se pasea por el taller hasta un banco de trabajo que oficia las veces de escritorio, y coge de allí un libro azul tamaño DIN-A4. Steffan no la ve, o quizá le da lo mismo.

—El lago no está bajo mi tutela; no hay muchos que quieran hacerse al agua en esta época del año, pero el Llyn Drych no cierra. Cuando hace buen día, siempre salen unos cuantos a navegar.

Cada una de las entradas del libro azul comprende dos páginas: la fecha y el nombre del propietario están en la de la izquierda, seguidos de un resumen de la avería y de la solución ofrecida por Steffan; en la de la derecha hay unas columnas donde van el coste de las reparaciones y la fecha del cobro. Ffion pasa páginas hasta llegar a finales de diciembre. Ve unos cuantos nombres que reconoce y, en otro rincón de la página, algunos más con direcciones adjuntas; son propietarios de botes que fondean en el pueblo. Es una forma meticulosa, si bien chapada a la antigua, de guardar un registro de actividades, pero lo único que eso le indica a Ffion es qué barcas no estaban en el lago, no cuáles sí estaban. La agente saca una foto del par de páginas que abarca el periodo entre Navidad y Año Nuevo, y vuelve a dejar el libro en su sitio.

—Gracias por tu atención.

—Si me lo hubiera encontrado yo, lo habría empujado otra vez hacia dentro y habría dejado que se lo comieran los peces. —Steffan tropieza y se apoya en la barca que tiene enfrente; la llave inglesa se le cae estrepitosamente al suelo de cemento—. La muerte de Rhys Lloyd no es ninguna pérdida para Cwm Coed.

—¿Ese hombre está capacitado para trabajar con embarcaciones, en su estado? —dice Leo en cuanto se marchan del cobertizo—. Para mí que está infringiendo alguna ley o algo, ¿no?

—Seguramente.

Se desplazan con el coche de él hasta La Ribera. En el asiento trasero hay una sillita para niños, pero ni rastro del detritus que Ffion esperaría que uno de ellos generase. Cuando Seren era pequeña, el coche de su madre era un depósito de ropa, pasas chafadas, colines rotos y juguetes. Leo conserva el coche igual que conserva su piso: estrictamente funcional.

—Entonces ¿tu hijo no vive contigo?

—Me he ido informando acerca de la carrera de Lloyd. —Leo elude la pregunta—. Últimamente no ha estado muy activo, ¿verdad?

—No sabría decirte.

—Era un ídolo de masas diez o quince años atrás, pero después empezó a ir todo a menos. Hace ya cinco que no le dan un papel en ninguna obra del West End. Su página web habla de «trabajos televisivos», pero yo no he encontrado nada aparte de un par de anuncios.

—¿Qué quieres decir con eso?

Brady se encoge de hombros.

—A lo mejor sufría de depresión, o tenía preocupaciones económicas.

—O sea, ¿que se habría suicidado?

—Puede.

Ffion enfunda las manos en los bolsillos del abrigo. El suicidio habría sido un final demasiado benévolo para Rhys Lloyd.

Delante del número tres de La Ribera, el reportero al que Ffion ha echado de la ferretería de Glynis conversa con Ashleigh Stafford, quien luce un vestido largo hasta los pies, más apropiado para una alfombra roja que para el Llyn Drych.

—Todos lo echamos mucho, mucho de menos. —La residente de la cabaña se enjuga una lágrima.

Bufanda de Rayas se pone de cara a su compañero.

—Y así concluye nuestro reportaje especial sobre la muerte

del músico Rhys Lloyd. Acabo de hablar con Ashleigh Stafford, cuyo último reality, *Señor y señora Stafford*, se estrena a finales de este mismo año. —El periodista aguanta un rictus sonriente durante tres segundos, y luego hace rápidamente el gesto de cortar a la altura de la nuez. El cámara se descuelga el pesado artilugio del hombro.

—¿Y esto lo emitirán hoy por la noche? —Ashleigh va inmaculadamente maquillada y peinada.

—En teoría sí.

—¡Fantástico! —dice, volviéndose hacia Bobby—. ¿No es maravilloso, corazón? Justo en el momento ideal. —Arrastra a su marido hacia el interior de la casita, pero no sin que a Ffion le dé tiempo a ver la cara de avergonzado que pone. Tiene la impresión de que Bobby Stafford es buen tío; ¿qué debe de verle a alguien como Ashleigh?

«Pregunta tonta», piensa mientras el perfecto trasero con forma de melocotón de la mujer desaparece tras ella.

Leo se dirige al reportero:

—Este sitio es propiedad privada.

Bufanda de Rayas lo ignora, y mira hacia donde está Ffion.

—¡Tú! Gracias por la pista falsa. Tengo los zapatos hechos cisco, y a Gav le ha dado un tirón en los isquios.

—¿Gav es ese de ahí? —Ffion observa al cámara, a quien le brilla la frente por el esfuerzo de guardar otra vez su equipamiento—. Porque para tirón el que le voy a dar en las orejas como no os vayáis de aquí ahora mismo. Ya habéis oído al compañero: esto es propiedad privada.

—Ah, ¿sí? Pues venga, llamad a la policía.

—Niii-nooo, niii-nooo... —Ffion le saca la placa—. ¿Cómo te quedas? ¡Comparecencia instantánea!

Ffion y Leo se pasean por la parte posterior de La Ribera. Cada casa tiene su propio muelle, de ancho idéntico al de la propiedad anexa y rodeado por una baranda de cristal semiinvisible. Debajo, unas rocas escarpadas se dejan apenas entrever a través de la superficie del agua poco profunda.

Una estrecha terraza en el primer piso de cada vivienda sirve de resguardo al muelle que hay abajo. Además, el tramo inicial de cada muelle cuenta con mamparas laterales para garantizar la privacidad entre los vecinos. Varios de los propietarios tienen puesta una mesa para comer en esa zona cubierta, y el resto del espacio lo dedican a las tumbonas y a otras distribuciones de asientos más enfocadas a la sociabilización.

Ninguna de las cabañas tiene cortinas. En los cristales tintados de cada uno de los tramos de ventanas plegables se ve el reflejo en movimiento de las olas del lago; recíprocamente, las casas resplandecen sobre el agua, dando como resultado un bucle que a Ffion le parece perturbador. Los muelles están separados entre sí por un hueco de cerca de metro y medio, por donde bajan las escalerillas que descienden hasta el pontón flotante compartido por cada par de viviendas vecinas.

Dos hombres desatan las telas que forman el entoldado de la cabaña número uno. Ffion irrumpe de un empujón en el interior del recinto.

—¡Quietos ahí!

—¡Si no les importa! —Leo ha entrado detrás de ella. Ffion lo mira con odio, y se vuelve después hacia los otros dos individuos. Visten unos pantalones de trabajo azul marino y unos polos con el logo de su empresa bordado en el pecho: MARKHAM. ORGANIZACIÓN DE EVENTOS.

—Soy la agente Morgan, del Departamento de Investigación Criminal de la policía de Gales del Norte —dice Ffion, desplegando la cartera en que lleva la placa—. Este resort es objeto de una investigación policial en curso, y bien podría tratarse del escenario de un crimen. Esa carpa se queda donde está.

—¿Puedo ayudarlos en algo? —Jonty Charlton abre las puertas que dan a su muelle particular, y al ver a Ffion tuerce el gesto—. Ah, es usted. ¿En qué puedo echarle una mano, agente Morton?

—Agente Morgan. Solo les estaba diciendo a estos chicos que vamos a necesitar que el entoldado permanezca *in situ* un poco más de tiempo. Por si acaso.

—¿Teniendo que pagar por él setenta libras al día? —dice Jonty—. Me da a mí que no. —Gesticula bruscamente con la cabeza hacia los hombres vestidos de azul marino, que le echan una ojeada nerviosa a Ffion.

—O acepta, o queda detenido por interferencia en la escena del crimen —lo amenaza la agente con una sonrisa—. ¿Quiere decidir ya, o telefonear antes a algún amigo?

—Bueno, pues... —Uno de los trabajadores señala vagamente la carretera—. Llame a las oficinas cuando podamos volver sin inconvenientes, ¿de acuerdo?

Cuando ya se han ido, Jonty Charlton se cruza de brazos y traspasa a Ffion con la mirada.

—Doy por hecho que la policía de Gales del Norte me va a compensar los costes adicionales.

—Supongo que dependerá de lo que encontremos —dice ella con desenfado—. Este es mi colega, el agente Brady, de la Unidad de Delitos Graves del cuerpo de policía de Cheshire.

—¿Delitos Graves? Madre de Dios. ¿En serio es para tanto?

—Jonty, cariño, cierra la puerta, que entra muchísimo frío... ¡Ay, hola! —Blythe aparece por detrás de su esposo, tiritando como un pajarillo—. ¡Pasen, pasen! —dice mientras acompaña a Ffion y a Leo al interior de la casa—. ¿Alguna nueva noticia?

—Sí —contesta Jonty con sequedad—. Tu toldo de las narices nos va a llevar a la bancarrota.

Blythe suelta un chillido de indignación.

—¿Mi toldo? Eras tú quien no quería que se nos llenara la casa de chusma yendo de acá para allá.

—Y mira de qué nos ha servido —replica Jonty—. Aquí entra ya hasta el menos pintado. —Ignorando a Ffion, se dirige a Leo—: ¿Han descubierto ya qué es lo que le pasó a Rhys?

—La investigación todavía sigue su curso —le contesta Leo. Es como uno de esos portavoces que uno ve en las noticias, piensa Ffion, que hacen ver que aportan nuevos datos sin decir realmente nada que ya no se sepa. Ella se ha fijado en que es algo que a los hombres se les da especialmente bien; debe de ser por toda la práctica que tienen soltando gilipolleces.

La agente lleva la vista hacia el lago, aunque el agua apenas resulta visible a través del entoldado.

—¿Dónde están los botes?

—¿Qué botes? —dice Jonty, como si acabara de enterarse, sorprendido, de que vive junto a un muelle.

—En verano había varios por ahí. —Ffion los había visto, amarrados a sus respectivos atracaderos. Una barquita de vela, dos de remos.

—En invierno los guardamos en el cobertizo. Si no, con este clima tan malo, acabarían deteriorándose; las rocas quedan muy cerca.

—El nuestro es el *Blythe Spirit* —dice Blythe toda radiante—. Mi nombre viene de la obra de teatro de Noël Coward, *Blithe Spirit, Un espíritu burlón,* ¿saben? Solo que mi nombre se escribe con i griega, así que...

—A la agente Morton todo eso le importa un bledo, cariño.

—Agente Morgan —murmura Ffion. Pondría la mano en el fuego por que Jonty lo hace a propósito.

—Helo aquí. —El marido de Blythe se acerca a un pequeño escritorio donde hay una fotografía enmarcada de un velero. Él mismo maneja el timón, y su hijo e hija, vestidos con chalecos salvavidas rojos, permanecen al cobijo de los brazos de su madre—. Nos la sacó una de las hijas de Rhys; la muchacha tiene talento para la fotografía.

—¿Y las demás embarcaciones? —pregunta Leo.

—No son más que barquitas de remos —dice Jonty, como restando importancia al asunto—. Creo que nunca he visto a Dee Huxley montada en la suya. Por lo que he visto, los Northcote se la estuvieron gorroneando todo el verano.

—¿Se refiere a Clemence y a su hijo Caleb? —trata de clarificar Leo—. ¿Los del número cuatro?

—Correcto. Y la verde, la que hay al fondo del todo, es la de Rhys, claro. Era, perdón... Ay, madre. El tipo del cobertizo... ¿cómo se llamaba?

—Steffan Edwards —dice Ffion.

—Correcto —repite Jonty, como si la agente hubiera aprobado su examen—. Él se la reparó durante las vacaciones de verano, como regalo para sus hijas.

Ffion frunce el ceño. Resulta curioso que Steffan hiciese tal cosa, considerando su animadversión actual hacia Rhys.

—¿Cuándo fue la última vez que utilizó usted su bote? —pregunta Leo.

—No he vuelto a cogerlo desde mediados de otoño, cuando a mis hijos les dieron vacaciones en el cole. Con el tiempo que hace, es difícil navegar.

—¿En Nochevieja no lo cogió? —quiere saber Ffion.

—Me pasé el día entero ultimando preparativos para la fiesta, agente Morton.

Ffion se muerde la lengua.

—Mi querida esposa se impuso la misión de crear un «espacio intermedio» con el lago como elemento central. —Jonty recalca el término en cuestión dibujando unas comillas con los dedos en el aire—. Lo único que me alivia es haberla podido disuadir de encargar que trajeran dos toneladas de arena de playa de Abersoch, como ella quería.

—Habría quedado increíble —dice Blythe con un suspiro.

—Bastante tuvimos ya con lo que tuvimos. Un puñetero trajín.

—¿Y los demás propietarios no los ayudaron? —pregunta Leo—. A mí me daba la sensación de que era una iniciativa conjunta.

—Yasmin estuvo aquí todo el día —responde Blythe—. Rhys desapareció en el momento oportuno, justo cuando había que ponerse manos a la obra. Alrededor de las cinco ya habíamos acabado, y todos nos fuimos a prepararnos para la noche.

—¿A qué hora empezó la fiesta? —pregunta Ffion, aunque lo sabe perfectamente. Las invitaciones eran dignas de ver, impresas en papel de tarjeta y con una tipografía negra en relieve que incluía una dirección de correo electrónico creada expresamente para recibir las respuestas.

Los residentes de La Ribera invitan cordialmente a sus vecinos a una velada nocturna.
Habrá bebidas y canapés.
S. R. C.: felizañonuevo@laribera.com

—Supuestamente tenía que empezar a las siete y media —dice Blythe—, pero unos cuantos fueron entrando antes de tiempo. —Se vuelve hacia su esposo—. Los Lloyd se presentaron justo cuando estabas acostando a los niños, ¿te acuerdas? ¿Qué hora sería?

—¿Las seis y media? —contesta Jonty—. ¿Las siete?

Blythe suspira.

—Está hecho un padrazo. Antes era yo la que los acompañaba a la hora de dormir, pero se me daba de pena. Jonty tiene un don natural, ¿verdad que sí, cariño?

—¿Y qué tal vieron a Rhys cuando llegó? —interrumpe Leo. Dentro de la cabaña hace demasiado calor, y Ffion tiene la necesidad imperiosa de abrir de par en par las puertas del muelle y dejar que entre el aire frío del lago.

—Mejor que nunca —responde Jonty.

—¡Para nada, cariño! Se comportaba de forma rarísima.

—¿A qué se refiere con eso? —pregunta Leo. A Ffion le retumban los pulsos.

—Bueno, pues a que, para empezar, venía peleándose con Yasmin por no sé qué tonterías —explica Blythe.

Jonty suspira.

—Nada más llegar ya iba bebido. Y teniendo en cuenta que el propósito de la fiesta era camelarse a los del pueblo...

—¡No! ¡No es verdad! —Blythe hace pucheros. A Ffion casi

le parece que de un momento a otro podría ponerse a patalear—. La fiesta era para nosotros, los propietarios de La Ribera; para pasar un buen rato todos juntos. Solo que Jonty y Rhys la convirtieron en una ofrenda en son de paz.

—No la sigo —señala Leo.

—Digamos que los nativos no nos tienen demasiada estima. —Jonty esboza una sonrisa de medio lado. Ffion aprieta los puños y las uñas se le clavan en las palmas—. Creímos que unas cuantas botellitas de champán y un pequeño tour por el mundo de los privilegiados conseguirían limar asperezas.

—¡Y así fue! —dice Blythe, aplaudiendo—. Todo el mundo se lo pasó estupendamente. Hablarán de ello durante meses —añade con candor. Su marido incluso se digna a hacer una mueca.

—¿Cuándo fue la última vez que vieron a Rhys Lloyd vivo? —pregunta Ffion sin ambages.

—A medianoche estaba por aquí —responde Jonty—. Sí, ¿no? Blythe enseña las palmas de las manos en señal de desconcierto.

—Creo que sí, pero es que esto era un poco un sindiós.

—Ahora que lo pienso —añade su marido—, yo no sé ni cuándo fue la última vez que lo vi. Aquí entraba y salía gente todo el rato, ya me entienden: champán a raudales... Lo que viene siendo una fiesta.

—«Lo que viene siendo una fiesta» —dice Leo cuando él y Ffion ya están otra vez fuera—. Lo que viene siendo un cadáver y treinta y pico testigos potenciales, todos ellos borrachos.

—A los forenses les espera una pesadilla.

—Para pesadilla la de reconstruir la lista de invitados. Básicamente, esta gente no tiene ni idea de quién estaba allí, y encima no es que subieran todos en coche; la mitad, por lo menos, fueron a pie, bosque a través. —A Leo le suena el teléfono, y echa un vistazo a la pantalla—. Es el jefe.

Ffion observa fijamente el lago. Según les ha contado Jonty, algunos invitados sí acudieron en transporte acuático. En algún momento de la noche llegó a haber una fila de lanchas motoras que formaba un puente de uno a otro pontón.

—Sí, inspector —dice Leo—. Ahora se lo comento, inspector. —Tapa la parte inferior del móvil—. El inspector te quiere en su despacho hoy a las cinco.

—¿Por?

Leo mueve la mandíbula unos segundos, antes de dirigirse a su superior.

—Hum... En términos de valor añadido, inspector, ¿en qué sentido cree usted que ella podría..., eeeh..., contribuir? —Ffion arquea una ceja—. Ya. Sí, se lo transmitiré. Gracias, inspector. —Finaliza la llamada—. El jefe dice que... —Se queda con lo que iba a comentarle—. Bueno, da igual lo que haya dicho. El caso es que tienes que ir a la reunión de hoy conmigo.

—No, para nada. —Ffion se lía un cigarro—. Es tu superior, no el mío; la reunión, tres cuartos de lo mismo. Ya nos veremos en lo del *post mortem*.

Leo se la queda mirando.

—Eres de lo que no hay, ¿eh?

—Me lo tomaré como un cumplido.

—No era esa mi intención.

Ffion bordea la orilla del lago en dirección al pueblo. Mientras se las tenga que ver solo con Leo, puede ir salvando el culo, pero ¿delante de un inspector y una mesa de coordinación llena hasta los topes? De ningún modo puede asumir tal riesgo.

9

3 de enero - Leo

Ayer por la tarde, una vez Yasmin Lloyd hubo identificado formalmente el cuerpo de su marido y su recién asignado agente de enlace la hubo llevado en coche de regreso a casa, Leo presentó su atestado ante Crouch, tal y como este se lo había ordenado. Al cabo de cinco minutos en su despacho, el inspector lo ventiló: «Ven cuando tengas algo útil que contarme».

Ffion había sabido montárselo bien. Leo piensa con envidia en la libertad de que su compañera parece disfrutar. Sobre el papel, sus trabajos son casi idénticos, pero en la práctica no podrían ser más distintos: ella, aparentemente, actúa en su demarcación sin que nadie la supervise, mientras que Leo debe presentar un parte al principio y al final de cada jornada, como si fuera un niño en edad escolar y no un policía que se dedica a investigar asesinatos.

Ayer, después de darle el parte al jefe, se sintió repentinamente envalentonado.

—Mañana al mediodía nos entregarán el informe *post mortem* —le dijo a Crouch—. ¿Le importa si a primera hora me quedo en casa avanzando trabajo?

—Una vez hicieron una encuesta entre la gente que trabajaba desde casa —le respondió el inspector—. El 35 por ciento admitió masturbarse durante la jornada laboral.

Leo, fastidiado, se arrepintió de haberle preguntado nada.

—¿Trabajar desde casa? Bonita manera de decir «matarse a pajas». —A Crouch se le escapó tal risotada que se puso morado.

Leo pensó —y no era la primera vez que lo hacía— en lo fácil que le sería lidiar con Crouch si él fuera mujer. Si una agente protestase por el uso de un lenguaje inapropiado por parte de un superior, en los tiempos que corren, no hay duda de que el caso se resolvería con contundencia. ¿El hecho de que Leo fuese un hombre hacía que aquel tipo de comportamientos fueran permisibles? Allie solía acusarlo de ser un blandengue.

—Entonces ¿puedo? —dijo Leo—. ¿Puedo avanzar trabajo en casa y después ir directo a la morgue? —se apresuró a añadir antes de darle a Crouch la ocasión de repetir su anterior chascarrillo. El inspector, reticente, accedió.

Como resultado, hoy Leo ha rendido más en media hora de lo que lo habría hecho durante toda una mañana en el ajetreado espacio compartido de la oficina, con Crouch aprovechando la menor oportunidad para dejarlo en ridículo. Ha leído todo el material disponible sobre Rhys Lloyd en fuentes de código abierto, lo que le ha permitido irse construyendo una imagen del cantante y de su familia, además de indagar en la historia de La Ribera. El malestar comunitario en Cwm Coed está ampliamente documentado en los periódicos locales, pero es ninguneado por las flamantes revistas de tendencias, que promocionan el complejo como «el resort de lujo que Gales estaba esperando». La revista *Hello!* consagró más de tres páginas a varias fotografías del interior de la casa de los Lloyd; Leo examina una de Rhys delante de su escritorio, con un estante repleto de premios en la pared, encima de él: un testimonio de sus éxitos pasados.

¿Tal vez quien acosaba a Lloyd era un fan obsesionado con él? ¿Un rival envidioso? Leo había solicitado a la policía metropolitana de Londres detalles acerca de la denuncia interpuesta por Lloyd en relación con aquel caso, y el documento le ha llegado esta misma mañana a primera hora. El cantante estuvo casi un año recibiendo mensajes agresivos en sus redes sociales; seis meses antes de morir, informó por fin a la policía sobre ello. ¿Existiría alguna conexión entre una cosa y la otra? Leo lee la declaración del artista, transcrita a mano por la agente a la que habían movilizado ante un incidente acaecido en la residencia de los Lloyd en Highgate, Londres.

Mi dirección de Twitter es @RhysLloydCanta. Utilizo dicha cuenta para informar a los fans acerca de mis giras y lanzamientos discográficos, pero, por lo demás, mi actividad en la plataforma es nula. La mayoría de los tuits que me dirigen son muy halagadores, pero en ocasiones recibo comentarios negativos sobre mi apariencia física, mi voz o mis inclinaciones políticas. No suelen ser más que uno o dos de vez en cuando, y me limito a ignorarlos. Hará unos doce meses me percaté de que estaba recibiendo mensajes frecuentes de una cuenta llamada @RhysLloyd1000 y de otra llamada @RhysLloyd2000. Posteriormente, alguien creó dos cuentas más con las terminaciones 3000 y 4000. Los mensajes comenzaron siendo relativamente inofensivos; en ellos se criticaba mi gusto para vestir o mi decisión de aceptar un determinado papel artístico. Luego degeneraron en acusaciones de nepotismo y fraude (todas ellas infundadas), y empezaron a adquirir un tono amenazante. En aquel momento no denuncié el acoso porque los mensajes no me preocupaban lo más mínimo; simplemente los consideraba un desafortunado daño colateral del hecho de ser un personaje público.

La noche del 28 de abril de este mismo año he ido a tomarme una copa a un club del Soho que visito con cierta asiduidad. Al volver a casa me he encontrado a mi mujer, Yasmin, en un estado de agitación extrema, tras haber recibido la visita de una desconocida que ella me ha descrito como «una pirada». La mujer se ha referido a nuestras hijas, Tabitha y Felicia, por su nombre de pila, y ha proferido unas amenazas que han suscitado en Yasmin —y, por consiguiente, en mí— graves inquietudes respecto a nuestra seguridad.

Suena el telefonillo. Leo hace caso omiso; será otro paquete para los vecinos de arriba, que a veces se ausentan durante varias semanas, y encima luego, cuando él sube a su casa cargado con lo que sea que les hayan traído cuando no estaban, actúan como si fuera un incordio.

Abre la declaración de Yasmin.

> Era una mujer de raza blanca, rubia y con el pelo recogido en una coleta. Medía alrededor de metro setenta y vestía unos tejanos negros, una chaqueta de cuero marrón y una gorra de béisbol con letras en la parte delantera. Me ha resultado muy intimidante, y la experiencia me ha dejado conmocionada y aterrorizada.

¿Y si la acosadora londinense de los Lloyd siguió a Rhys hasta La Ribera para matarlo? ¿Y si, por el contrario, aquella mujer esperaba alcanzar alguna especie de reconciliación y, en lugar de eso, terminó envuelta en un enfrentamiento que desembocó en la muerte del cantante?

Vuelven a llamar al telefonillo, esta vez con mayor insistencia. El agente atraviesa la habitación a regañadientes y pulsa el botón del portero automático.

—¿Diga?

—Tenemos que hablar.

Antes, a Leo le parecía enternecedora la forma en que Allie se saltaba todos los preámbulos conversacionales para ir directa al quid de la cuestión. «He estado pensando en lo del verano que viene», podía anunciarle, por ejemplo, al sentarse a cenar juntos, y acto seguido arrancar a explicarle con pelos y señales su idea para las vacaciones. Su entusiasmo era contagioso.

Pero también es contagiosa la viruela, piensa Leo mientras aprieta el botón de desbloquear la puerta. Echa un vistazo a su alrededor, tratando de ver el piso a través de los ojos de su exmujer. El estrecho recibidor dispone de un baño justo enfrente de la puerta de entrada, y de dos umbrales a cada lado: los de la derecha dan a la sala de estar y a la cocina; los de la izquierda, a su dormitorio y a lo que él ingenuamente había imaginado que sería la habitación de Harris, pero que en cambio se ha convertido en un vertedero donde guardar cajas, su juego de pesas y cualquier otra cosa que no quepa en el minúsculo armario del vestíbulo. Las paredes son de color crema; la moqueta, un borrón beis que ayuda a disimular la suciedad. Es uno de esos pisos que consiguen ser a la vez perfectamente inofensivos y absolutamente horrorosos.

—¿Allie? —No se oye a nadie desde el rellano. Leo coge las llaves y corre escaleras abajo. Ha de marcharse temprano a lo del informe *post mortem*; no tiene tiempo para otro de los numeritos de su exesposa.

Allie se pasea arriba y abajo por el camino de enfrente del edificio. Con el aire frío, el aliento le sale en forma de vaho.

—¿Por qué no has subido?

Allie señala su coche, aparcado en la plaza de minusválidos contigua al bloque.

—A diferencia de algunos, yo me responsabilizo de mi hijo.

—Podrías habértelo subido contigo. —Leo da un paso hacia el vehículo y sonríe de oreja a oreja cuando Harris, risueño, aplasta la cara contra la ventanilla.

Allie detiene con firmeza a su exmarido, poniéndole una mano en el pecho.

—No quiero que nos escuche.

Él suspira.

—¿Y ahora qué he hecho? —No está seguro de cuántas situaciones más como esa será capaz de soportar. Unos meses atrás, hizo una escapadita al supermercado para comprarse un sándwich, y tres días después le llegó una notificación exprés de mano del bufete de la amiga abogada de Allie, quien lo amenazaba con tomar acciones legales en su contra en caso de que insistiese en «acosar a nuestra cliente o su pareja». Leo ni siquiera había visto a Dominic en el súper, ya ni hablemos de dirigirle la «mirada amenazadora» a la que se hacía referencia en la carta, pero su exmujer siempre sometía los hechos a su libre interpretación.

Antes de que pueda contestarle, se abre la puerta del coche y su hijo se precipita al exterior.

—¡Papá!

Harris salta a los brazos de Leo, que lo espera de cuclillas; entonces, el policía se pone en pie y comienza a girar sobre sí mismo con su hijo firmemente agarrado al cuello.

—¡Hola, renacuajo! ¿Qué tal va eso?

—Te he dicho que te quedaras en el coche —señala cortante la madre.

A Leo se le hace un nudo en el pecho. Solo pudo ejercer como padre durante un año. Un año de acostar a Harris, de bañarlo, de vestirlo y de decidir qué hacer con él los fines de semana. Ahora le racionan y administran el tiempo que tiene derecho a pasar con su hijo con el mismo pragmatismo e insensibilidad con que le asignan sus turnos en el trabajo. Aquella situación le provoca un doloroso sentimiento de pérdida.

—¿Puedo comer algo?

—Luego en el coche, Harris. Tengo que hablar con tu padre. —Allie aparta al niño de su padre, que se ve obligado a resistir el impulso de impedírselo. La tutela de un hijo no debería convertirse en un tira y afloja.

—Nos vemos, campeón. —Leo le planta un besazo en la frente a su hijo y permite que Allie lo siente otra vez en el coche y le abroche el cinturón.

—Nos mudamos —dice su exmujer al terminar.

—¿Adónde?

—A Australia.

Leo pestañea. Justo cuando Allie hablaba, un coche les ha pasado por al lado, y durante un segundo cree haber oído que se mudan a...

—Estamos hartos de Inglaterra. —Su exmujer manosea nerviosamente las llaves del coche—. El Brexit, los precios de la vivienda, la lluvia de las narices... A Dominic le han ofrecido un trabajo allí, con buenas perspectivas de futuro, y hemos encontrado una casa con un anexo. Mis padres pasarán medio año con nosotros y el otro medio aquí.

—No puedes.

Sin duda debe ser tan simple como eso, ¿no? Legalmente, Leo

posee la custodia compartida; Allie no puede llevarse a su hijo a otro país.

—Es una oportunidad increíble para que Harris se familiarice con un estilo de vida completamente distinto.

—Pero yo no voy a poder verlo.

—Podrás utilizar el anexo cuando mis padres no estén. Y, cuando Harris sea lo bastante mayor, podrá coger el avión solo.

—En serio, ¿se te ha ido la olla? ¿«Utilizar el anexo»? ¿Para qué? ¿Para alojarme durante esos seis mesazos de licencia que me conceden anualmente? Y, aunque ahorrara el dinero de todas mis pagas extra de vacaciones, aunque cada año me fuera un mes a Australia (¡a Australia, por el amor de Dios, a Australia!), seguiría habiendo otros once en los que no podría ver a mi hijo.

—Pues por Zoom…

—Madre mía, Allie… —Leo se pasa una mano por la cara—. ¿Qué he de hacer para poder relacionarme con mi…?

—¿Relacionarte? —Allie ahora empieza a chillar, y Leo echa un vistazo hacia el coche—. ¡Pero si ahora casi nunca lo ves!

—¡Porque tú no me dejas! —El agente hace un esfuerzo para calmarse; lo último que quiere es que Harris los oiga discutir. Continúa hablando en voz baja—: Te pienso llevar a juicio por lo que estás haciendo.

—Estoy segura de que estarán muy interesados en oír lo abnegado que eres como padre. —Allie, resuelta, desliza el dedo por la pantalla del móvil, y Leo le da la espalda. Ya sabe qué viene ahora, y no quiere oírlo. El agente entra de nuevo en su portal y cierra de golpe, no sin que a su exmujer le dé tiempo a pulsar el botón de reproducir y él se vea forzado una vez más a escuchar aquella nota de voz, la banda sonora de sus pesadillas:

«Papá me ha dejado solo. Estoy solo y está muy oscuro. Tengo miedo. Mamá, por favor, ven a buscarme. Tengo mucho miedo…».

Leo no necesita que le pongan aquel audio para oír el llanto de su hijo. Lo oye a todas horas. Lo oye de noche, cuando no puede dormir, y en el trabajo, cuando mira la foto de Harris que tiene en el escritorio.

Lo oye ahora en el coche mientras conduce hacia Gales, con los nudillos lívidos de tanto apretar el volante. Tiene dos opciones: o permite que Allie se lleve a su hijo a Australia, o su exmujer hará que caiga sobre él la espada de Damocles con que hace un año que lo amenaza. Elija lo que elija, a Harris lo perderá igual.

Izzy Weaver ya ha comenzado el examen *post mortem* cuando Leo llega a la morgue.

—Waterloo —proclama inexplicablemente.

—Buenos días —prueba Leo como respuesta.

—Buenas tardes —subraya Ffion con inequívoca acritud.

El reloj de la pared marca las 12.01 del mediodía. Izzy retoma su cuidadosa inspección del cadáver de Rhys Lloyd mientras un programa de radio suena discretamente de fondo: «¿De qué país es originario el icónico trío de música pop A-ha?».

—Noruega —dice Izzy.

«Ah, claro», piensa Leo, atando cabos, «de ahí lo de "Waterloo"». La canción de ABBA, claro. De 1974, para más datos, por si eso da puntos extra».

—¿A qué hora terminaste anoche con el asunto de La Ribera? —le pregunta a Ffion.

—¿Qué eres, mi madre?

—Solo preguntaba. —¡Vaya carácter! La agente mira a Leo con cara de cabreo, como si estuviera metiéndose donde no lo llaman en lugar de limitarse a sacar un tema de conversación—. ¿Tienen ya alguna posible causa para la muerte? —le pregunta a Izzy.

—Paciencia, mi pequeño saltamontes. —La patóloga examina la pulpa informe que una vez fue la cara de Rhys Lloyd. Durante unos minutos, lo único que se oye en la sala es el sonido enlatado del concurso radiofónico.

—Tijeras de disección —dice Izzy, y justo cuando Leo piensa «Ese grupo sí que no me suena para nada», el técnico forense cruza el depósito y se las entrega a su superior. Ella se las devuelve al instante—. ¡Las de diseccionar, Elijah! —El otro acude sin prisas al carrito donde están las adecuadas. Izzy pone los ojos en blanco—. ¿Veis lo que tengo que aguantar?

—Perdón —dice Elijah, como quien oye llover—, estaba distraído.

—Ojalá fuera por eso. —La patóloga se dirige a Leo—: La semana pasada envió muestras de sangre equivocadas al laboratorio, y resultó que un señor de sesenta y seis años con fallo multiorgánico se había quedado embarazado.

Coge el bisturí y traza un círculo alrededor de la cara de Lloyd.

—Estas heridas se las infligieron antes de morir.

Ffion se acerca para verlo mejor.

—Entonces ¿fue un asesinato? En el lago, bajo los muelles, hay rocas. ¿A lo mejor se cayó encima de ellas?

—Lo sabré con mayor certeza cuando le haya echado un vistazo al cerebro, pero el sujeto no presenta traumatismos faciales y, si se hubiera dado contra las rocas, como usted sugiere, me esperaría encontrar abrasiones difusas. Lo que tenemos aquí son laceraciones más bien localizadas, consistentes con las que provocan los objetos afilados.

—O sea, ¿que hubo un arma?

—«Frankie Goes to Hollywood» —le dice Izzy a la radio. Se inclina sobre la cara de Lloyd y le pellizca las heridas con un par de pinzas metálicas—. Interesante. —La patóloga chasquea los dedos y Elijah le pasa un recipiente esterilizado de varios que hay apilados en el carrito que tienen al lado. Leo se pregunta si trabajar con Izzy Weaver debe de ser mejor o peor que trabajar con Crouch.

—¿Qué es? —le pregunta.

Ella le enrosca la tapa al tarro y se lo pasa. En el fondo hay una motita minúscula, ensangrentada.

—Es un fragmento de lo que sea que utilizaron para hacerle un cambio de look a su víctima. Lo limpiaré y lo examinaré más de cerca en cuanto acabe con esto.

Leo levanta el recipiente para enseñárselo a Ffion. Bajo la sangre se ve un resplandor metálico.

—Y por si eso no era suficiente para ascender su muerte sin

explicación a la categoría de muerte sospechosa —dice Izzy—, échenle un ojo a esto. —Se desplaza hasta el otro extremo de la mesa de autopsias, allá donde los pies céreos de Lloyd reposan apuntando a la dos menos diez, y señala la cara externa de sus tobillos. Un tenue surco cruza en horizontal el hueso del empeine.

Leo comienza a atar cabos.

—Lloyd fue inmovilizado. Alguien le golpeó la cabeza, le ató los pies y lo tiró al lago.

—Una hipótesis plausible. Aunque no veo que tenga las mismas marcas en las muñecas, lo cual es curioso.

—Es porque la cuerda no era para retenerlo —dice lentamente Ffion—: era para atarla a un peso y hundirlo en el lago, para que se ahogase. Solo que se rompió, o se le deshizo el nudo, o lo que fuera, y el cuerpo salió de nuevo a flote. —Se vuelve hacia Izzy—. ¿Hay algún resto de fibras?

—¿Después de toda una noche metido en el lago? Déjese de historias, agente Morgan, que esto no es una peli de Netflix. Lo máximo que puedo ofrecerles es una comparación de texturas, si me trajeran la cuerda. En fin, habrá que abrirlo en canal, ¿no?

Leo nunca se va a acostumbrar a la despreocupada brutalidad con la que se abren los cadáveres: la impecable letra «y» que secciona piel y músculo, el vigor con que la sierra cumple con su cometido sobre la caja torácica… Clava los ojos en el reloj de la pared hasta que Izzy empieza a hablar otra vez.

—Bueno, pues ahogarse no se ahogó.

Leo echa un atento vistazo a la cavidad torácica de Lloyd.

—¿Cómo lo sabe?

—Cinco años en la facultad de Medicina, varios en histopatología y veinte de experiencia como médico forense —dice Izzy muy seria. A Ffion se le escapa la risa por la nariz—. Cuando entra agua, esta provoca una reacción en las proteínas que cubren las vías respiratorias, y produce espuma. ¿Ven la tráquea? Ahí —añade, señalándola—. ¿Y los bronquios? Todo limpio.

—¿Entonces ya estaba muerto cuando cayó al agua?

—Correcto. El lago no era más que un método para deshacerse del cadáver.

Leo observa el cuerpo mutilado de Rhys Lloyd. Aquel hombre gozaba de una reputación impecable: se había ido a Londres en busca de una vida mejor, y había vuelto con una mujer despampanante y dos hijas preciosas. Había dedicado parte de su tiempo a participar en conciertos benéficos, y tenía cientos de miles de admiradores. Y, aun así, alguien lo odiaba lo suficiente como para matarlo.

—¿Y ahora qué? —dice Ffion. Están los dos en el aparcamiento de la morgue, fumándose un cigarro. Leo se ha lavado las manos y se ha quitado el equipo de protección individual, pero aún no puede sacarse de encima el hedor a muerto, así que, pudiendo elegir, prefiere apestar a tabaco.

—La escena del crimen... —Leo exhala un aro de humo—. Escenas, en todo caso —añade, y va llevando la cuenta con los dedos—: el lugar en el que lo atacaron y le golpearon la cabeza, el bote (suponiendo que sea un bote) y el punto en que lo tiraron al agua. Y puede que haya otra más, como mínimo, puesto que no sabemos qué fue exactamente lo que lo mató.

Izzy Weaver aún no quiere comprometerse a establecer la causa del fallecimiento —las pruebas toxicológicas y las muestras de tejidos le darán más información—, pero ya ha emitido el veredicto más importante: la muerte de Rhys Lloyd no fue por causas naturales. Crouch puede dar el pistoletazo de salida para la convocatoria de una mesa de coordinación.

A Leo le suena el teléfono.

—Adivina quién es. —Le enseña a Ffion la pantalla.

Ella se encoge de hombros.

—Pues no lo cojas.

—Seguirá llamándome.

—No voy a ir a esa puta reunión, ¿vale? Las reuniones me parecen un coñazo.

—A todos nos lo parecen. Y, aun así, hemos de ir.

—Yo trabajo mejor sola. —Ffion apaga el cigarro—. Voy a mi rollo, y obtengo resultados de todas formas. —El teléfono de Leo enmudece, interrumpido por el buzón de voz. Segundos después, vuelve a sonar; en la pantalla sigue apareciendo el nombre de Crouch—. Todas esas chorradas sobre la conciencia de equipo y tal… no van conmigo. Yo soy como… —Ffion trata de captar el pensamiento que busca, y entonces chasquea los dedos—: como el Llanero Solitario.

—Ah.

—Dile que no iré, y ya está. Si no eres lo bastante hombre, se lo diré yo misma.

El teléfono vuelve a sonar. Esta vez Leo responde, y se anticipa a Crouch antes de que este sea capaz de pronunciar una sola palabra.

—Jefe, justo me pilla acabando una cosa, pero la agente Morgan está aquí mismo; se la paso —afirma, y le entrega el móvil a Ffion, que lo fulmina con la mirada.

—Hola.

El agente no sabe lo que Crouch está diciendo, pero un intenso rubor comienza a apoderarse de la cara de su compañera.

—Sí, señor. ¿A las cinco? Genial. Allí nos vemos.

Leo recobra su teléfono y dirige a su compañera una sonrisa burlona.

—¿Te voy ensillando el caballo?

10

Nochevieja - 21 horas - Jonty

—Cariño, por favor, tienes que hacer algo con el borrachuzo ese. Acaba de derramársele el vino tinto encima de la tapicería.

Jonty está sentado en el brazo del sofá, desde donde goza de una vista excelente del canalillo de Ashleigh Stafford; de mala gana, aparta de él los ojos para hablar con su esposa.

—Es una fiesta, Blythe. Todo el mundo va bebido. —Todo el mundo salvo el propio Jonty. Él bebe mucho, pero raramente se emborracha. De lo que él disfruta es del poder que conlleva ser el único capaz de recordar con precisión los acontecimientos de la noche.

—Jonty, está metiéndole la bronca a Dee. La buena mujer tiene setenta y dos años; esto no está bien.

—¡Vale, vale! —El anfitrión dirige una última y prolongada mirada a Ashleigh—. No te muevas de aquí. Vuelvo enseguida.

—A ver si es verdad, cielo.

Jonty está dispuesto a pasarle por alto a Ashleigh su acento de Essex, teniendo en cuenta el resto de lo que viene en el pack. Estaban a punto de retirarse a algún lugar más apartado cuando Blythe los ha interrumpido de malas maneras. Jonty, dudoso, se pregunta si su mujer lo habrá hecho a propósito.

—¿Cuál es el borrachuzo? —le pregunta ahora. El salón está lleno de gente beoda. Ceri, la cartera, pasa bailando el limbo por debajo de una escoba sostenida a ambos extremos por Clemmie

Northcote y una mujer que ha llegado antes con cuatro latas de cerveza y una botella de sidra de pera Lambrini

«No tendrías que haberte molestado», le había respondido dulcemente Blythe, retirándolas inmediatamente de la vista y repartiendo a continuación champán. Jonty no habría malgastado el Bollinger con aquellos paletos, pero a Blythe le importa muchísimo «mantener una imagen», y la ofende que haya latas de cerveza rodando por el suelo del salón.

—Es aquel. —Su mujer señala al sujeto que hace aspavientos delante de Dee Huxley—. El de los botes.

A diferencia de los residentes de La Ribera, que al menos han intentado hacer un esfuerzo para cumplir con el código de vestimenta, «el de los botes» va con unos tejanos, un polar y un gorro de lana. Jonty suelta un suspiro y se abre camino a través del salón.

—Jonty, querido, ¿conoces a Steffan Edwards? —dice Dee—. Steffan, te presento a Jonty Charlton, inversor de La Ribera y nuestro anfitrión de esta noche. —¡Menuda presentación! Jonty, a su pesar, se siente halagado. No entiende qué tiene Rhys en contra de Dee; es evidente que está chalada, pero tampoco hace daño a nadie.

—¿Tú invertiste en este sitio? —Steffan estira los labios hasta formar algo parecido a una sonrisa, enseñando todos y cada uno de sus dientes manchados de vino tinto, y Jonty recula ligeramente.

—Sí, soy el socio financiero de Rhys.

—Ah, pues entonces que te den por culo. Y, cuando ya te hayan dado, que te vuelvan a dar. Y, si aún te quedas con ganas...

—Bueeeno... —Jonty agarra al barquero por debajo de un bíceps que resultaría intimidantemente grande si el tipo no estuviera demasiado mamado como para usarlo, y lo empuja hacia la salida—. Hora de irse a casa, amigo.

—Yo no soy tu amigo, imbécil.

A medida que Jonty sigue empujando, el abarrotado salón se divide como las aguas del mar Rojo, y Steffan va vociferando para todo aquel que quiera escucharlo.

—¿Y a mí qué me queda, eh? Nada. Mierda para mí.

El anfitrión sonríe a modo de disculpa mientras avanzan a empellones hacia la salida.

—Lo siento muchísimo. ¡Sí, aquí el amigo se ha pasado dándole al alpiste! ¡Ja, ja, ja!

—¡Estoy en la puta ruina!

—Yo creo que a la que duerma la mona se le pasará.

—Si me encuentran ahorcado, vosotros tendréis la culpa. ¿Me oyes?

—Sí, procuraré que llegue a casa sano y salvo.

Afuera, parece que el aire fresco le devuelve la serenidad a Steffan. El barquero yergue la espalda, se quita a Jonty de encima y lo apunta acusadoramente con el dedo.

—Me habéis jodido bien, tú y Rhys.

Lejos de los invitados, el inversor ya no se ve obligado a interpretar el papel de anfitrión perfecto. Le pega a Steffan un fuerte empujón en el pecho y lo hace trastabillar, dar un traspié y caer de bruces en el camino.

—Vete a la mierda, gilipollas.

—Dile a Rhys Lloyd que esto no va a quedar así.

—Paso.

—¡Os acordaréis de esta!

«En un rato me habré olvidado hasta de tu cara —piensa Jonty—. Y ahora… ¿por dónde iba?».

De vuelta en la cabaña, Ashleigh continúa donde estaba. Cuando lo ve, se levanta y se recoloca el vestido, el cual se le ha arremangado lo bastante como para dejar entrever un trocito de bragas. Lo sigue pasillo adentro, y él echa un vistazo alrededor para asegurarse de que nadie los está mirando antes de meterse rápidamente con ella en el baño y echar el pestillo.

—Por fin —dice Jonty.

—Vas como una moto, ¿eh?

—Mejor que nos pongamos las pilas, o alguien va a necesitar entrar en el lavabo.

—Jonty no tiene ganas de cháchara.

Ashleigh se sube el vestido.

—¡Vale, vale! —Se pone a hurgar en sus bragas y de ellas emerge una bolsita de plástico transparente llena de polvo blanco—. Qué bien tener compañía por una vez en la vida.

—¿A Bobby no le mola el tema?

—Ese tío es un muermazo. Dice que le daba a la mandanga hace años, cuando dejó el ring, pero que ahora no la toca ni con un palo. Lo único que toma son batidos de col rizada. —Ashleigh corta dos rayas, se arrodilla sobre el váter y esnifa la primera directamente de la cisterna, sin dejar ni rastro. Jonty se toma un instante para contemplar el trasero de su compañera de juerga antes de hacer lo propio.

—Normalmente se la compro a mi contacto de Essex —dice Ashleigh—, pero esta la he conseguido aquí. Supongo que no está mal. ¿Tú qué opinas?

—Opino que está que te cagas.

Mírala a la mosquita muerta, piensa Jonty. La Ribera solo lleva seis meses abierta, y ya se ha buscado un camello. Ashleigh descorre el pestillo y la pareja sale del lavabo con mucha menos precaución que cuando han entrado.

—Dime algo cuando quieras meterte otra, ¿vale? —dice, y le planta a Jonty un beso en los labios.

Mientras se abre camino entre los invitados, lo único que hace mella en el renovado buen humor del anfitrión es encontrarse a Mia otra vez por ahí, charlando con la gente.

—Te pago para que nos hagas de camarera, no para que hagas vida social —la riñe.

—Técnicamente, me pagas para que reparta canapés —dice ella—, y ya no queda ni uno, o sea que...

Mia le da la espalda y se pone a charlar con la asistente personal de Rhys. Jonty a duras penas la reconoce: solo la había visto vestida con ropa informal y más bien desastrada; ahora, en cambio, lleva un vestido casi tan corto como el de Ashleigh, de cuello alto y manga larga, y el contraste entre la recatada parte de arriba y la falda algo ceñida a la altura de la entrepierna es...

«Fii fiuuu...», silba Jonty para sus adentros mientras va hacia la cocina, donde Rhys se está pimplando lo que debe de creer que es un disimulado trago de brandi de la botella que guardan en uno de los armaritos. El inversor le da un manotazo en la espalda y le provoca un incontenible ataque de tos.

—¿Has visto a tu chica, compadre? Menudo pedazo de tía…, me he quedado sin palabras.

—Eso está fuera de lugar.

—Pero, en serio, es que está… —Jonty se besa la punta de los dedos, como un chef que acaba de probar una delicia.

—Prohibido tocarla. Es una niña. —A Rhys le cuesta articular las frases: «Esh una niya…». Se apoya en la encimera de la cocina, tratando de no perder el equilibrio.

—Ya sabes lo que dicen —replica Jonty mientras le da un golpecito cómplice con el codo—: si hay césped, se juega el partido. —Abre la boca, listo para soltar una carcajada, pero su socio parece tan asqueado que a Jonty se le quitan las ganas de guasa—. ¡Es broma! —dice el inversor, protegiéndose con las manos. Porque cuando la gente se emborracha pasa lo que pasa: que pierden toda noción de proporcionalidad. No ha sido más que una puñetera broma.

Rhys mira alrededor como si estuviera a punto de añadir algo, y Jonty siente alivio cuando son interrumpidos por Tabby y Felicia. La primera le alarga un sándwich a su padre.

—Mamá dice que te lo comas.

—No tengo hambre.

—Ha dicho que no te dejemos solo hasta que te lo hayas comido. —Tabby pone los ojos en blanco, histriónica.

—Igual no sería mala idea que te tomaras algo, compadre —dice Jonty—. Para hacer fondo, ya me entiendes.

—Porfa, papá, ¿te lo puedes comer? En plan… tenemos mejores cosas que hacer que servirle de mensajeras a mamá.

—Come —dice Felicia, con menos miramientos que su hermana—. Tienes suerte de que todavía se preocupe lo bastante por ti como para prepararte algo de comer. Y lo digo también por nosotras. —Le dirige a su padre una mirada llena de segundas intenciones y se marcha entre grandes muestras de indignación, con Tabby siguiéndola de cerca.

—A malas con la parentela, ¿eh, compadre? —Jonty le pone al cantante una mano en el hombro, y se la retira enseguida ante la mirada furiosa del otro. Rhys balbucea algo ininteligible mientras mastica el sándwich. Joint solo logra entender «... culpa tuya». El buen humor del anfitrión, alimentado por la cocaína, está siendo sometido duramente a prueba—. Venga, va, no creo que...

—... te tendría que haber ayudado —prosigue Rhys entre dientes.

A Jonty se le ha acabado la paciencia. ¿Cómo se atreve ese tío a erigirse en paradigma de la moralidad después de todo lo que ha hecho?

—Mira, eso no es justo, sin más. Yasmin nunca se habría enterado de nada si tú no se lo hubieras contado. Y, francamente, creo que ella no es la única que está cabreada contigo; a mí ya me tienes bastante hasta las pelotas, la verdad.

Rhys lo mira fijamente, pero con ojos extraviados, como de loco. Jonty ni siquiera está seguro de si realmente está viéndolo u oyéndolo. El tipo lleva una turca del copón; mañana por la mañana ni siquiera se acordará de lo que está pasando, conque el inversor no puede resistirse a aprovechar la ocasión para echar sal en las heridas.

—No voy a salvarte el pellejo, ¿me entiendes? En su día ya me las tuve que ver con aquel menda al que le debías dinero y, si piensas que esta vez haré lo mismo, lo llevas claro. —Jonty se le acerca y le susurra al oído—: Yo de ti me andaría con ojo.

11

3 de enero - Leo

—Tu jefe es un capullo. —Ffion está sentada sobre el escritorio de Leo, con el tacón de una de sus botas apoyado en el tirador del último cajón; acaba de desprendérsele una medialuna de barro seco, y Leo se muere de ganas de recogerla del suelo—. Yo no podría dejárselas pasar así.

Crouch se acaba de despedir de ellos, no sin dirigirle un escandaloso aparte a Ffion: «Si ves que no pone de su parte, me lo cuentas; es un vago de la hostia».

Leo tampoco quiere dejárselas pasar. De hecho, una vez llegó a redactar un correo electrónico para Recursos Humanos, pero al revisar su lista de pullitas de poca monta lanzadas por el inspector, la situación le pareció tan patética que lo borró. Lloriquear porque alguien te ha llamado «culo gordo» es la clase de conducta que uno debería tener superada al acabar la primaria. Son solo coñas, ¿no? Típico entre tíos. En su cabeza oye la voz de su exmujer: «Blandengue».

—¿Se comporta así con todo el mundo? —le pregunta Ffion.

—Sí. —Leo responde automáticamente, y luego medita un instante—. Bueno, en realidad no. Solamente conmigo.

—Entonces es que es un racista.

—No, nunca me ha dicho nada racista. No se atrevería.

Ffion bosteza.

—Exacto. La ha tomado contigo en concreto sin motivo aparente, y la única diferencia entre tú y el resto de la oficina es que...

La agente echa un vistazo alrededor. Todos los uniformados de la oficina tienen algo en común: son blancos.

Un correo electrónico irrumpe con un tintineo en la bandeja de entrada de Leo, librándolo del agobio de tener que proseguir con aquella conversación. En las calles o en una sala de interrogatorios, la resolución de conflictos es algo que maneja con naturalidad, pero en el ámbito personal es otra historia. Una vez se cambió de gimnasio para no decirle al entrenador que le habían asignado que odiaba hacer ejercicio en la elíptica.

—Noticias del departamento tecnológico.

Ffion baja de un salto del escritorio para inclinarse sobre su hombro y ver lo que pone en el mensaje. Al apoyar una mano en el respaldo de la silla de Leo, roza a su compañero durante un segundo, antes de acercarse a la pantalla para leer el correo.

—El Apple Watch de Lloyd dejó de registrar actividad cardiaca a las 23.38, lo que concuerda con el informe de la patóloga.

—Pero fíjate en el número de pulsaciones por minuto. —Leo señala las cifras del medidor, que marcan alrededor de sesenta durante las primeras horas del día de Nochevieja, ascienden vertiginosamente hasta entre ochenta y ochenta y pico a partir de mediodía y, finalmente, se ralentizan hasta pararse del todo—. Algo hizo que se le disparasen. Algo o alguien —añade.

Ffion permanece encorvada sobre aquella recopilación de datos, y por un instante a él le parece que se está mostrando precavida.

—A lo mejor discutió con alguien —dice Leo.

—¿Durante siete horas seguidas?

—Quizá estuvo echando un polvo.

—Remito a mi respetable colega a mi refutación previa.

—Igual iba drogado —propone el agente—. Yasmin dijo que él la droga ni la olía, porque perjudica las cuerdas vocales, pero no sería la primera esposa del mundo en no tener la más mínima idea de lo que hacía su marido. O puede que alguien le echase alguna cosa en la bebida.

—En ese caso —replica Ffion—, estamos perdiendo el tiempo

si centramos nuestra atención en la gente del pueblo; la fiesta empezó horas después del momento en que los datos muestran un aumento brusco de su frecuencia cardiaca.

—La Ribera, en cambio, está llena de sospechosos, y también, claro está, de oportunidades perfectas: dudo que aquella panda esperase hasta las siete y media para abrir el champán. ¿Te has fijado en cómo están sus contenedores? Yo para mí que se lo echan hasta en los copos de maíz.

—En la granola, más bien —dice Ffion—. ¿Copos de maíz? Ellos jamás desayunarían una vulgaridad como esa.

—¿Les han tomado las huellas a todos? —A varios agentes de uniforme les fue encargada la tarea de solicitar huellas de descarte a todos los propietarios que se lo consintiesen, un procedimiento que también hará falta seguir con todas las personas identificadas como asistentes a la fiesta.

Ffion abre el archivo.

—Clemence Northcote rehusó que se las tomaran a su hijo.

—¿Cómo que rehusó?

—Dijo que Caleb estuvo toda la noche con las gemelas Lloyd en la cabaña de los Northcote, versión que han corroborado ellas mismas.

Leo echa un vistazo por encima de Ffion.

—Veo que Caleb tiene antecedentes.

—Se estrenó a los once años robando a escondidas en una tienda, y más tarde se pasó al carterismo y los tirones. Ahora mismo está en libertad condicional, obligado a guardar toque de queda durante tres meses y sometido a una orden de vigilancia de dos años por haber atracado una gasolinera con un amigo suyo.

—Un angelito. ¿Y el resto?

—Bobby Stafford también cuenta con alguna que otra hazaña en su historial, pero todas fueron antes de hacerse famoso y, más que nada, tienen que ver con alteraciones del orden público. Los demás están limpios. Jonty Charlton (sin antecedentes) se negó a prestar sus huellas. No se fiaba de que las borrásemos después, etcétera, etcétera, etcétera. Es de esos que se pasa el día rajando de las cámaras de videovigilancia y los carnets de identidad, y luego cede todos sus datos personales para hacerse la tarjeta cliente del supermercado. Tampoco quiere concedernos ninguna entrevista. «O soy sospechoso o no lo soy» —lo imita Ffion—. «Y, si no lo soy, ¿por qué tendrían que interrogarme?».

—Odio a ese tipo de gente.

—Yo también.

—Espero que el culpable sea él.

—Ídem.

Se dedican mutuamente una amplia sonrisa. Leo piensa que es una lástima que, cuando hayan cerrado el caso, tengan que continuar cada uno por su lado; hacía tiempo que no conectaba de esa forma con una compañera de trabajo.

O con nadie en general, ahora que lo piensa.

Uno de los nombres asociados a la recogida de huellas le llama la atención, y lo señala con el dedo en la pantalla: «Seren Morgan».

—¿Sois parientes?

Ffion cierra el archivo.

—Es mi hermana.

—¿Tu hermana estaba en la fiesta?

—Si te soy sincera, la mitad de las personas de esa lista son familia mía, conque...

—Ahí pone que se negó a que le tomaran las huellas. —A su alrededor, la gente empieza a levantarse de sus puestos y a recoger sus libretas, y Leo echa un vistazo a su reloj de pulsera.

—Ya sabes cómo son los adolescentes —dice Ffion—. Que si hay que abolir la policía, que si dónde quedan mis libertades civiles... De miedo. Vámonos, que llegaremos tarde.

Los dos siguen el reguero de gente hasta un pasillo estrecho flanqueado por hileras de diplomas enmarcados. Ffion los observa con detenimiento al pasar, y Leo desea que su compañera pierda el interés antes de que lleguen a...

—¡Ahí sale tu nombre! —La agente se detiene de golpe y lee

la condecoración en voz alta—: «Por sus valerosas y sacrificadas acciones mientras se encontraba fuera de servicio, las cuales redundaron en la detención de un delincuente violento». —A menos que la aparte de un empujón, Leo no puede seguir avanzando, así que se limita a afirmar cortadamente con la cabeza y a clavar la vista en la pared—. ¡Guau! *Da iawn*, chaval. Lo más cerca que he estado yo de una condecoración fue cuando un concejal me escribió una carta para decirme que había sido de gran ayuda a la hora de resolver el problema de los perros que defecaban junto al ayuntamiento del pueblo. —Ffion sonríe con entusiasmo—. Qué puta pasada, ¿no?

—Sí, bueno... —Leo señala la sala de juntas con un gesto de la cabeza—. Tendríamos que...

Le entregaron una copia personal, enmarcada, del diploma. A él le entraron ganas de romperla contra el suelo, pero los histrionismos no le van nada, así que ahora está guardada en una caja en lo que debería ser la habitación de Harris.

¿Valeroso, sacrificado? No era en esos términos que Allie se refería a él.

—¿Entráis o qué? —grita Crouch. Leo y Ffion se sientan con los demás frente a la larga y espaciosa mesa de la sala—. Escuchad esta... —El inspector apunta a su subordinado con un gesto de la cabeza mientras se dirige al resto de los asistentes—. ¿Qué hay que hacer para que uno de Liverpool corra más rápido? ¡Ponerle un reproductor de DVD debajo del brazo!

Una carcajada bienintencionada se propaga entre los presentes y ¿qué puede hacer Leo sino unirse a las risas? Nota como Ffion lo mira fijamente.

—Y esta debe de ser nuestra representante galesa.

—Agente Ffion Morgan, señor, del Departamento de Investigación Criminal.

—Siento que te haya tocado currar con don Bola de Sebo.

Leo esta vez no puede forzar la risa. No debería importarle lo que Ffion piense de él, pero parece que sí le importa.

—No sea usted tan duro consigo mismo, inspector. —Ffion

sonríe con dulzura—. Seguro que lo único que le pasa es que es ancho de huesos.

Leo cree de verdad estar escuchando la réplica de su jefe; el silencio se estira en la sala como una goma elástica, y el agente se prepara para que se suelte y reciba él de lleno el impacto, pero no sucede nada.

Crouch mira a Ffion con los ojos entornados, y luego aparta la vista.

—Bueno, vayamos a lo que interesa. —El inspector da un golpecito autoritario con el dedo en su iPad y la pantalla que hay detrás, en la pared, cobra vida; exhibe un resumen por puntos del informe *post mortem*—. La causa de la muerte todavía no es clara, pero la patóloga se inclina por una insuficiencia cardiaca, provocada por una agresión con un arma desconocida. Seguimos esperando los resultados completos del análisis toxicológico, pero los análisis de sangre iniciales indican niveles mínimos de alcohol en sangre.

—Eso no tiene sentido, jefe —dice el agente Parry—. Todos los testigos han declarado que Lloyd iba como una cuba.

—La ciencia no miente, agente Parry. —Crouch enseña un documento impreso: los resultados de las pruebas, supone Leo. Piensa en la desdeñosa invectiva de Izzy Weaver contra el desafortunado Elijah («La semana pasada envió muestras de sangre equivocadas al laboratorio») y se aferra a la esperanza de que Izzy haya revisado las extracciones antes de mandarlas a analizar—. El informe también revela la presencia de varias lesiones superficiales significativas en la cara de la víctima —prosigue Crouch—, infligidas *pre mortem*. Tenía un corte fino, linear, en la lengua, y otro en la mandíbula de un par de días atrás, que muy posiblemente se habría hecho afeitándose, además de unas marcas en ambos tobillos asimilables a algún tipo de cuerda. Es como si lo hubieran atado a algo ideado con el fin de lastrarlo al fondo del lago.

—Pues el plan fue un fiasco —dice el agente Clements—. ¿Existe alguna posibilidad de que la cuerda pueda salir a la superficie?

—Las unidades especiales están peinando la zona de la orilla. Por ahora, se desconoce cuál fue el elemento utilizado para ocasionar las heridas, conque, si se topan con cualquier objeto sospechoso, lo embolsarán y etiquetarán. En la cara de la víctima se encontraron también trazas de una especie de barniz o de pintura, pero aún no se sabe de dónde proceden.

—¿Y si fue un atropello con omisión de socorro? —El agente Thorngate recorre la sala con la mirada, poniendo a prueba su idea—. ¿Y si el conductor entró en pánico y arrojó el cuerpo al lago? Quizá valdría la pena comparar las muestras de pintura con las de la base de datos estatal.

Ffion aprueba con la cabeza.

—Las heridas no concuerdan con las propias de una contusión, pero no sería mala idea tantear esa posibilidad.

—Aún estamos a la espera de recibir el registro de llamadas del móvil de Lloyd —dice Crouch—, pero entre las aplicaciones que usaba están Tinder y Plenty More Fish. Nuestros analistas están indagando en su actividad en las dos, por si lidiásemos con una amante despechada o un marido celoso.

—Lo cual también podría tener relación con el tema de la acosadora. —La sugerencia proviene del agente Walton, que hace anotaciones en su bloc con el entusiasmo de quien acaba de incorporarse a su puesto de trabajo.

A su lado, Thorngate hace girar un bolígrafo entre sus dedos.

—Pero, si hubiera tenido un lío con alguien, ¿creéis que habría denunciado a esa persona?

—No tenía demasiada elección —alega Ffion—. Aquella mujer se le presentó en la puerta de casa. —La agente consulta sus notas—: De raza blanca, rubia, tejanos negros, chaqueta de cuero marrón, gorra de béisbol.

—Es una descripción bastante detallada. —Al agente Thorngate se le escapa de entre las manos el boli, que huye deslizándose por la mesa—. ¿Había cámaras en la zona?

Ffion niega con la cabeza.

—La visitante trató de entrar a la fuerza en la casa, exigiendo ver a Rhys. Cuando Yasmin se negó, lanzó varias amenazas contra ella y sus hijas adolescentes.

—¿Llamó la esposa de Rhys al teléfono de emergencias? —pregunta Crouch.

—No —contesta Leo—. Lo hizo su marido cuando llegó. Dijo que Yasmin estaba conmocionada y ofuscada. Obviamente, cuando vino la policía ya no había ni rastro de la infractora.

Crouch dibuja en su iPad y detrás, en la pantalla inteligente, aparece un signo de interrogación al pie del cual se encuentra la palabra «acosadora».

—He ahí nuestra primera sospechosa. Agente Thorngate, quiero que sirva usted de enlace entre la policía londinense y nuestros analistas; veamos si existe algún punto de conexión entre las mujeres con las que Lloyd quedaba a través de Tinder y nuestra acosadora misteriosa.

—Sí, jefe.

—¿Quién está al cargo de los botes? —Crouch sondea la sala con la mirada.

—Usted, mi capitán. ¡Arrr! —responde alguien desde el fondo. Estalla una carcajada grupal.

—Yo, jefe. —El agente Thirkell alza la mano—. Tengo una lista de todos los titulares de permisos de navegación y estoy revisándola a ver qué obtengo; por otra parte, el equipo de videovigilancia está fijándose en qué remolques han ido entrando o saliendo de la zona por carretera.

—¿Y si enviamos a los del dispositivo de búsquedas subacuáticas? —pregunta el agente Thorngate—. Quizá aún podamos recuperar algún resto del arma homicida.

—Si hubiera otro cuerpo pendiente de rescatar, tal vez —responde Crouch—, pero no con el supuesto de encontrar algo que quizá, y solo quizá, presente algunas huellas dactilares.

Ffion levanta la mano.

—Yo tengo el contacto de un operador de drones sumergibles. ¿Os gustaría que...?

—Buenísima idea, gracias.

¿Cuándo le ha dado Crouch las gracias a Leo? ¿Alguna vez le ha reconocido que había hecho un buen trabajo?

—¿En La Ribera hay cámaras de seguridad? —continúa el jefe.

—Lo comprobaré de inmediato, inspector —responde rápidamente Ffion. Leo siente una punzada de resentimiento. Vaya una lameculos.

—Genial. Y vaya revisando también otras cámaras: tiendas, puertas frontales, vehículos, etcétera.

—Sí, jefe.

—Pues hasta mañana a las ocho en punto, señoras y señores.

—Como siempre, Crouch es el primero en salir por la puerta.

En vista de cómo pinta el resto de la tarde, con aquel piso desangelado y el olor extraño que proviene de la puerta de la vecina, Leo se vuelve hacia Ffion y le dice:

—Supongo que no te apetecerá ir a buscar algo de cenar, ¿verdad?

Se arrepiente de la propuesta al segundo de hacerla: la cara de su compañera exhibe una expresión muy específica, una que significa: «¿Cómo puedo decirle que no sin resultar ofensiva?».

—Me gustaría profundizar en lo del hashtag de Instagram —se apresura a añadir Leo—. Si lo hacemos los dos juntos será más rápido, digo yo.

Ffion se encoge de hombros.

—Claro.

Entran en un restaurante chino llamado Wok this Way, y se deslizan en un estrecho reservado que hay junto a la puerta.

—¿*Chow mein* con langostinos? —dice Leo, leyendo por encima la lista de platos.

—Lo que tú quieras.

—¿Pollo al limón?

—¿Por qué me lo preguntas a mí? Ay, Señor… —Ffion deja el menú encima de la mesa—. O sea que eres uno de esos…

—¿Uno de quiénes?

—Uno de esos a los que les gusta compartir. Mira, no quiero

parecer una borde, pero si pido pato crujiente es porque quiero un pato crujiente entero para mí, no medio.

—Bueno, técnicamente en una ración solo va medio pato, o sea que...

—Tú pide lo que tú quieras, y yo pediré lo que quiera yo. Así funcionan los restaurantes.

Se ponen a trabajar mientras cenan, cada uno deslizándose por la pantalla de Instagram en su respectivo teléfono móvil. Una mujer de la mesa de al lado les dirige una mirada de lástima, y le susurra algo a su novio. Leo se imagina que debe dar por hecho que él y Ffion son una pareja que ha salido de cita nocturna y que no tienen nada que decirse el uno al otro.

—Esta la publicaron a las once de la noche —dice el agente observando una foto de Lloyd en la cocina de los Charlton. Tiene la cara enrojecida y brillante, y el pelo pegado a la frente por culpa del sudor.

—Pero podría haber sido tomada antes. Algunos de los invitados debieron de esperar hasta llegar a casa para colgar las imágenes; hay una cobertura de mierda a esa orilla del lago, y no me imagino a Jonty Charlton difundiendo la clave de su wifi. —Ffion le enseña a su compañero una serie de fotografías—. Muchas están ordenadas de forma extraña. Mira: Clemence Northcote aún no había terminado de secarse el pelo cuando empezó la fiesta, pero esta la subieron a última hora de la noche y aquí aún lo lleva mojado. ¿Y ves esta de los Charlton? Hay otra casi idéntica tomada desde un ángulo distinto, pero colgada dos horas más tarde. Tendremos que pasárselo a los del departamento tecnológico para que determinen el fechado de cada una... —La agente deja de hablar y gira el teléfono para que Leo vea lo que aparece en la pantalla—. Esta es interesante.

La imagen lleva un filtro bastante potente, pero Brady distingue a Bobby Stafford hablando con una mujer con un aro en la nariz.

—¿Y esa quién es?

—Eira Hughes, profesora de primaria. Pero lo interesante no es eso.

Eira ríe, tal vez por algo que Bobby le está diciendo; el boxeador sonríe. A su lado hay un segundo grupo de personas; la foto está cortada, pero se alcanza a ver por detrás a una mujer con mallas negras de cuero que está situada de espaldas a Stafford.

—Mírale la mano —dice Ffion.

Leo obedece. Bobby tiene los dedos entrelazados con los de la mujer de detrás.

—¿Es Ashleigh?

Su compañera niega con la cabeza, coge otra vez el teléfono y se desliza hasta otra de las publicaciones.

—Así iba vestida Ashleigh.

La mujer de Bobby lleva un vestido rojo, ceñido y corto. Ffion pulsa retroceder y vuelve a pasar las imágenes con el pulgar por la pantalla hasta pararse en una de ellas; Leo entrevé a una mujer de negro.

—¿Es la misma de antes? ¿La reconoces? —Leo entorna los ojos para observar bien la foto en que Ffion acaba de fijar la vista.

—No. —La agente desliza rápidamente la imagen con el dedo, un poco más rápidamente de lo que sería normal.

—Entonces ¿no es de aquí?

—¿Cómo?

—Si tú no la conoces —Leo se sorprende al verse encorvado sobre la mesa, con la cabeza gacha, en un intento de retener la atención de Ffion—, es que debe de ser de fuera del pueblo, ¿no?

Finalmente, Ffion levanta la vista.

—Perdón. Sí, no es de aquí.

—Bueno, en resumen…, que si el departamento tecnológico extrae los metadatos de todas estas publicaciones, podremos cotejarlos con los del Apple Watch de Rhys para ver qué estaba haciendo cuando su frecuencia cardiaca pegó aquel subidón.

—¿Qué crees que vas a encontrarte? ¿Al profesor Mora ese del Cluedo en el salón, con un candelabro en la mano?

—Nunca se sabe.

Leo, desde su propio móvil, se desliza por la pantalla de inicio de Instagram en busca de más fotografías de la misteriosa mujer de negro. Encuentra un par de Yasmin y de Rhys Lloyd en el muelle de su cabaña, presuntamente tomadas antes de la fiesta, dado que a él se le ve bastante menos desaliñado. El lago, detrás de ellos, es una masa oscura, y por encima de sus cabezas se perfila el contorno de unas densas nubes negras. Tal vez es porque Leo ya sabe que al terminar la noche Rhys estará flotando en el agua, pero incluso las guirnaldas eléctricas que cuelgan de la baranda parecen rezumar malos presentimientos.

Las dos hijas gemelas del cantante tienen Instagram; las rejillas de sus respectivos perfiles parecen haber sido totalmente planificadas, y las imágenes que aparecen en ellas han pasado por un más que patente proceso de edición. La publicación más reciente de Tabby Lloyd es una fotografía sobrecogedora del despacho vacío de su padre, con la silla ladeada como si el artista acabara de salir un momento de la habitación. Leo observa detenidamente la imagen, recordando las imágenes de las revistas que ha consultado por la mañana y tratando de dilucidar en qué se diferencian de aquella. Desearía no haberse dejado el ejemplar en casa.

—¿Hay por ahí alguna foto del despacho de Lloyd de antes de que muriera?

—El verano pasado su mujer subió un fotorreportaje completo de la casa en su perfil. Un segundo. —Ffion va bajando por la rejilla de Yasmin y la vida de los Lloyd se devana hacia el pasado en forma de cuadraditos editados con filtros: Nochevieja, Navidad, la vida en Londres... Vacaciones escolares en La Ribera, luego otra vez Londres, y después verano, de vuelta en el resort. La agente se detiene—. Es esta.

Leo pone su móvil al lado del de ella, y ambos observan de cerca dos fotografías casi idénticas del despacho de Rhys Lloyd. Es una estancia pequeña; básicamente, un amplio rellano que separa el dormitorio principal con vistas al lago de las dos habitaciones que limitan con la fachada frontal de la cabaña. Además del escritorio —menos desordenado en la foto de Yasmin que en la de su hija—, comprende un pequeño sillón de oficina, un atril de partituras y una planta en maceta. Arriba, en la pared, hay un estante en el que reposan varios trofeos y premios.

Leo cuenta los que se ven en la fotografía de Yasmin y luego los que aparecen en la de Tabby. Entonces mira a su compañera, y la primera pieza del rompecabezas encaja a la perfección.

—Aquí falta uno.

12

Nochevieja - 19 horas - Mia

Mia camina de regreso a La Ribera apenas una hora después de haberse marchado de allí. Ha pasado el día entero en el resort distribuyendo los canapés y sufriendo la tiranía de Blythe. ¿A quién coño se le ocurre redactar un plan de proyecto para organizar una fiesta? Sirves unos cuantos boles de palomitas, le pones a la gente unos cuantos temazos, que cada uno se traiga su alcohol, y vas que chutas.

No es así en La Ribera, donde una fiesta consiste en bandejas de sushi y minúsculas tartaletas que albergan una viruta de rosbif al punto; en una fila tras otra de botellas con capuchón de aluminio, y en una de esas pirámides de copas que Mia solo había visto en las películas. En una carpa de las que solo se encuentran en las bodas que celebran los pijos en los hoteles, con sillitas reclinables y sombrillas, y una alfombra cuyo color imita al de la arena, puesto que Jonty se plantó ante la propuesta de traer arena de verdad. Una panda de dementes demencialmente ricos.

Al menos la mayoría.

Mia no aceptó aquel trabajo de mujer de la limpieza (que ahora, aparentemente, es de camarera) por culpa de ningún hombre, pero ese es el motivo por el que lo ha mantenido. Por eso ha soportado todos aquellos desdenes e incluso algunos insultos, y la sensación de que es invisible excepto cuando comete un error. Y ella ya sabe lo disparatado que es todo, y lo que diría la gente, y vaya si es consciente de lo poco que él le conviene...

Y aun así...

El corazón se le desboca mientras acelera el paso para avanzar por entre las rocas, calzada con unas zapatillas que se quitará antes de llegar a La Ribera: de su mano cuelgan un par de tacones altos que sí, no son los Loubonosequé que Blythe tiene todo el día en la boca, pero consiguen que sus piernas parezcan interminables. ¡Menudo valor el de aquella mujer al sugerir que Mia vistiese un uniforme de camarera! Lleva seis meses asistiendo a las citas furtivas con su amante con un delantal de limpiadora, y esta noche planea hacerle perder la cabeza. Antes han logrado quedarse solos durante unos brevísimos instantes, y tiene la esperanza de que en la fiesta, en mitad de la distracción general, haya alguna otra ocasión de escabullirse juntos.

Él es una persona difícil, ella es consciente. Un poco pagado de sí mismo, tal vez; un poco fardón. Pero debajo de todo eso, cuando no está metido en «su entorno», como él dice, se halla un hombre encantador. Mia se sonríe. Cuando termine la fiesta, su amante se irá con ella. Se lo ha prometido. Se alejará de toda esa parafernalia de triunfador para estar con ella. «¿Quién necesita dinero cuando se tiene amor?», dice él siempre, y Mia sabe que no miente.

¿Por qué habría de hacerlo?

En la cabaña de Jonty y Blythe reina una atmósfera extraña, una especie de corriente subterránea que atraviesa la conversación, y Mia piensa de inmediato —como siempre que llega al trabajo y descubre que hay algo fuera de lugar— que la gente está al tanto de lo suyo. Es egocentrismo, por supuesto, pero todos los enamorados suelen pecar de él.

—... siempre fisgando por ahí, sin una idea buena en la mollera —dice Blythe. Mia se queda paralizada en el umbral de la puerta, con el corazón a mil.

—Son críos —dice Jonty—. ¿Tú no fisgabas cuando eras adolescente?

Mia se relaja y entra en la sala contoneándose, con toda la

soltura que le permiten sus tacones de vértigo, fingiendo desconocer la sensación que está causando.

—¡Fii fiuuu!

Blythe echa fuego por los ojos.

—Me gustaría que dejaras de hacer eso todo el rato. Da muchísimo asco. —Se acerca amenazadoramente a Mia con su puñetera hoja de Excel, y la empleada aprieta los dientes. Al final, todo habrá merecido la pena.

La gente del pueblo no está invitada a venir hasta dentro de media hora, pero Rhys y Yasmin ya han llegado, y charlan con Bobby y Ashleigh. Mia les rellena las copas de champán, y hela ahí otra vez: la misma atmósfera enrarecida de antes, como si tirase de ellos desde un plano oculto.

—... y me dijeron que lo llevaba en la sangre, ¿verdad, cielo? —comenta Ashleigh—. Y eso que quien trabaja de actor es Bobby.

—¿Se puede considerar a alguien actor si al fin y al cabo está interpretándose a sí mismo? —dice Rhys. Sonríe, como si fuera una broma, pero exhibe una mirada pétrea, y Bobby, aunque se ríe, lo hace con una cierta rigidez.

—¿Se puede considerar a alguien cantante —dice— si al fin y al cabo no es más que un soplapollas con un micrófono en la mano?

Los dos individuos se encaran, y aquello parece el inicio de todas las peleas de bar que Mia ha presenciado en su vida. Yasmin parece casi extasiada, como si el hecho de que todo un campeón de boxeo le pegara una paliza a su marido fuese lo mejor que podría ocurrir. Sea lo que sea lo que Rhys ha hecho antes, a Yasmin le ha sentado como un tiro.

A Ashleigh, obviamente, todo le resbala.

—Tendrías que convencer a los de la tele para que hicieran un reality sobre ti, Rhys. Estaría chupado: bastaría con que te siguiesen a todas partes durante unos meses y te filmasen en casa con las niñas, yendo a los ensayos, y así.

—Eso dando por hecho que tuviese algún ensayo al que asistir —comenta Yasmin, mordaz.

134

Entre toda esa fauna está pasando algo chungo de verdad. Mia se lleva una alegría cuando llegan Clemmie y Dee; la primera lleva un vestido que, según va diciendo a cualquiera que se detenga a escucharla, está hecho de botellas de plástico recicladas, y rematado con tapones aplastados a modo de botones.

—Es impresionante —dice Mia, y no es que esté exactamente mintiendo—. Y usted está fabulosa, señora Huxley.

Dee va con unos pantalones negros de terciopelo y una blusa blanca con volantes en la parte delantera. Calza unos zapatos de cordones negros y lustrosos.

—Tengo los pies planos, querida —le dice a Mia al ver que los está mirando—. Además, los zapatos de hombre son mucho más cómodos.

Mia debería estar distribuyendo los canapés, pero el pijerío no tiene ganas de comer, así que las preciosas fuentes del aperitivo permanecen intactas hasta que llegan los del pueblo.

—Hostia puta —dice Eira al entrar—. Este sitio es...

—Ya ves, ¿eh? —Mia experimenta un orgullo extraño, como si fuera ella la que vive ahí. Por un segundo se imagina cómo sería su vida si eso fuera cierto; si todo ese dinero, si todo lo que ahora la rodea fuera suyo. Quizá un día lo será.

La situación, de entrada, es incómoda. La mayoría de los nativos no conocen a nadie de por aquí, así que se quedan formando corrillos y conversando entre sí mientras miran a su alrededor. Al otro extremo de la cabaña, los propietarios de La Ribera hablan excesivamente fuerte y ríen de manera demasiado forzada; a Mia aquello le recuerda a las discotecas de cuando iba al cole: los chicos en un lado y las chicas en otro. Solamente Clemmie y Dee hacen un esfuerzo para dar la bienvenida a los invitados, y poco a poco ambos grupos empiezan a mezclarse.

—... la misma distribución, sí, pero en realidad son bastante distintas —le dice Yasmin a una pareja a quienes Mia sabe perfectamente que les importa una mierda el interiorismo—. ¿Os gustaría que os hiciese una visita guiada?

—Sería estupendo —responden ellos, que se mueren de ganas de curiosear.

Aquello es el comienzo de un flujo interminable de personas que deambulan de un extremo al otro del resort. A Mia le duelen los pies y le gustaría quitarse los zapatos, pero sabe que él la está mirando. Hace un momento la camarera se ha ofrecido a rellenarle la copa y, cuando se ha inclinado para hacerlo, él le ha susurrado al oído: «Te deseo».

Su amante acabará encontrando un momento para ella, de eso Mia está segura. Solo ha de tener paciencia.

Alguien ha apagado las luces y ha subido la música. La casa bulle de bochorno y de ruido, de cuerpos apretujados entre sí. Corre un aire helado, como si alguien hubiera abierto de par en par las puertas plegables y alguna de las paredes de tela de la carpa hubiera quedado suelta, agitada por el viento. Los parroquianos del pub entran tan panchos, como si fueran los dueños del lugar, y van de cabeza a la mesita de las bebidas.

—¿Quiénes son esa gente? —le pregunta Blythe, nerviosa perdida, a Mia—. ¿Alguien los ha invitado?

La chica ve que uno de ellos lleva una tarjetita doblada en el bolsillo trasero del pantalón.

—Supongo que sí —dice—. Ese de ahí es Gruffydd —comenta mientras lo señala—. Y esos son Hari Roberts, Sion Williams...

—Pero a Blythe le da igual cómo se llamen. Cuando dice «¿Quiénes son?», lo que quiere decir realmente es «¿Qué son?». ¿A qué se dedican, de qué tipo de individuos se trata?

—Van siempre a beber al Y Llew Coch —añade Mia. Blythe parpadea rápidamente, visiblemente afligida, mientras el grupo se apodera de un rincón de la sala de estar. En total son ocho, todos ellos vestidos con tejanos y gastadas botas de trabajo, y han dejado las chaquetas tiradas de cualquier manera unas encima de las otras; las llevan salpicadas de gotitas de agua, y Mia cae en la cuenta de que deben de haber venido en barca, casi con total seguridad directamente desde el pub.

Caleb trata de atravesar la fiesta a hurtadillas, sin que nadie lo vea. Llega a la cocina, abre uno de los armaritos y Mia lo intercepta echándole la zarpa a una botella de brandi que había guardada detrás de unas latas.

—Yo de ti la dejaría donde está.

Caleb pega un bote.

—Hostia puta, Mia, no está bien asustar así a la gente.

Mia le quita el brandi de la mano.

—En uno de los lados del salón hay una neverita portátil llena de cerveza. Nadie echará en falta unas pocas latas.

Al joven no le cabe la sonrisa en la cara.

—Salud. —Y en un abrir y cerrar de ojos ya se ha ido adondequiera que el resto de los adolescentes estén pasando juntos la noche. Mia lo sigue para asegurarse de que no haya mangado la neverita entera, y el aire nocturno hace que sus piernas acaloradas y doloridas sientan algo de alivio. Camina hasta el exterior del entoldado, donde nadie puede verla, se quita los tacones y aprieta los pies desnudos contra las gélidas ranuras de los tablones del muelle.

—¡Lo siento! —oye que grita un hombre—. Ya está, ya lo he dicho. ¿Contenta?

Mia pestañea en la oscuridad. Unos nubarrones pasan lentamente por delante de la luna, desorientándola.

—No es a mí a quien deberías pedirle perdón. —La voz de Dee Huxley es inconfundible. Mia se percata de que el diálogo proviene del muelle de la cabaña de al lado. ¿Pero con quién está hablando esa señora?—. Lo que le hiciste a aquella mujer...

Dee deja la frase en suspenso, y Mia contiene la respiración. Como las puertas de la casa de los Charlton están abiertas, una andanada de ruidos atraviesa el entoldado y se superpone a la conversación en voz baja que está teniendo lugar en el muelle vecino.

¿De qué mujer hablan?

Se oye un fragor en el agua —la ronca llegada de una lancha—, y un instante después apagan el motor y se impone el silencio más absoluto. La joven Seren Morgan aparece en la parte de arriba de la escalera y desaparece en el interior de la fiesta antes de que Mia pueda pronunciar una sola palabra. Se pregunta si Elen se habrá vuelto más permisiva, o si su hija le habrá contado alguna trola.

Mia camina hasta el borde del muelle justo en el instante en que Huw Ellis, en el pontón, se aúpa escaleras arriba.

—¿Qué tal, Mia?

—¿Qué pintas tú por aquí? —Huw le cae bien, pero todo el pueblo sabe lo que opina él sobre este sitio.

—¿Dónde está?

—¿Quién?

—Lloyd. —Huw no se queda a esperar la respuesta, y Mia lo sigue hacia el interior de la casa; lo ve inspeccionar el salón, atravesar el pasillo y abrir la puerta de entrada. La gente se ha puesto a bailar; los muebles han sido apartados contra las paredes para ganar espacio. Mia se detiene a hablar con Seren, quien, pese a su mirada de desenfreno, sostiene la copa por detrás de la espalda, como si con eso bastase para ocultar que está bebiendo.

—Menudo fiestón, ¿eh? —le dice.

La joven se encoge de hombros.

—No está mal. —Va toda emperifollada, con un vestido segunda piel y unos tacones casi tan altos como los de Mia. El pelo lo lleva cardado en tirabuzones, y los ojos contorneados de rímel negro. Se la ve peligrosamente sexy, y Mia se pregunta si Elen la habrá visto salir de casa con esas pintas.

—¿Está aquí tu madre? —le pregunta.

—¿Mamá? ¿En La Ribera?

Yasmin se hace un hueco junto a ellas.

—¡Seren! ¿Has visto a Tabby y a Felicia? Las he estado buscando por todas partes.

—Creo que están viendo Netflix en la cabaña de Caleb.

—Diles que necesito que obliguen a su padre a comer algo.

—Hum…, vale.

—A mí no me quiere escuchar. He dejado un sándwich envuelto con film transparente en la nevera. Que se lo den a él. —Yasmin se vuelve hacia Mia—. Lleva una castaña que no veas..., qué vergüenza estoy pasando.

No es el único, piensa Mia. Ya hay más botellas vacías a los pies de la mesita que llenas encima de ella. Incluso a Clemmie, que ahora está ejecutando una demostración de lo que parece una especie de danza irlandesa, se le han subido los colores a la cara. Steffan Edwards no para de darle al tinto, lo cual no va a acabar bien.

A lo mejor hago yo otro tanto, piensa Mia. Hasta ahora se ha mantenido relativamente sobria, a excepción de algunos tragos de champán entre ronda y ronda de canapés, pero ya no puede más con toda esa panda. Echa un vistazo a la otra punta de la habitación: Jonty está prácticamente babeándole a Ashleigh Stafford encima del canalillo, y a ella le entra un ataque de rabia al verse como la camarera, la limpiadora, el segundo plato. Ashleigh saca los morros y se acicala, y se echa hacia atrás sus carísimas extensiones con sus carísimas uñas.

Mia la odia más de lo que nunca ha odiado a nadie.

13

4 de enero - Ffion

Ffion ha pasado una noche de perros; no ha podido conciliar el sueño hasta primeras horas de la madrugada, y ha seguido durmiendo mientras sonaba la alarma. No se ha duchado, y lleva el pelo hecho un estropajo. Al girar con el coche para entrar en La Ribera, frena y le enseña la placa al policía de uniforme que hay estacionado allí donde empieza la carretera de acceso. El agente está hablando con dos sujetos a quienes Ffion reconoce al instante: el reportero Bufanda de Rayas y su secuaz de la cámara, Gav. La neblina matinal envuelve los árboles y un leve rocío flota en el ambiente, salpicando de gotitas plateadas la chaqueta del primero.

—Estos tipos llevan días merodeando por aquí —le dice Ffion al uniformado—. Ya se les ha llamado la atención, pero...

Gav, al instante, se sube la cámara al hombro, y el reportero le pone a Ffion un micro de mano en las narices.

—Ahora que esto ha pasado a ser la investigación de un asesinato, ¿cuenta la policía con algún sospechoso?

—Tendréis que hablar con el gabinete de prensa. —Ffion cierra la puerta del coche, recordándose a sí misma por enésima vez que ha de arreglar la ventanilla.

—Usted es la agente Morgan, ¿verdad? —grita el reportero—. De la policía de Gales del Norte, ¿no es así? ¿Está usted trabajando con el equipo de Cheshire porque la víctima es galesa o porque lo es el sospechoso? —Cuando Ffion se aleja él la sigue, caminando a su lado y formulándole las preguntas a voces—.

Una fuente nos ha informado de la existencia de un historial de tensiones entre La Ribera y la comunidad local. ¿Podría hacer algún comentario al respecto? ¿Cómo es la relación entre usted y sus homólogos ingleses?

Ffion acelera.

—Hay que joderse...

Por una vez agradece que La Ribera ocupe aquel emplazamiento exclusivo, a resguardo de las miradas indiscretas. Delante de la cabaña de los Lloyd, unas cintas azules y blancas ondean con la brisa, y varios agentes de la policía científica, vestidos de blanco, van y vienen entre la vivienda y la furgoneta que han aparcado afuera. El lago, detrás de las construcciones, permanece oculto bajo un manto de niebla.

Ffion ve salir el delantal rosa de Mia de la casa de Dee Huxley, y la llama.

—¡Aún espero tu mensaje!

Mia titubea antes de dirigirse hacia su amiga.

—*Ti'n iawn?*

—Vamos tirando. Liada con el curro. —Ffion hace un gesto hacia la cinta que delimita la escena del crimen—. ¿Recibiste el mensaje de voz que te mandé el día de Año Nuevo? Aquel en que te pedía que, si mamá te preguntaba algo, le dijeras que había pasado la noche en tu casa.

—Lo recibí. Pero ¿para qué tanta movida? ¿Cómo es que necesitabas una excusa?

—Cosas mías. —Ffion se encoge de hombros—. No pasa nada, solo que no quiero que se entere todo el mundo de lo que hago.

—Eres una amiga de mierda, ¿lo sabías? Solo me mensajeas cuando te hago falta para algo. —Mia habla con ligereza, pero lo que callan sus palabras es difícil de ignorar.

—No es verdad.

—Lo que tú digas. —Mia se aleja.

—Yo lo otro no se lo he contado a nadie, por cierto —le contesta Ffion a lo lejos—. Nadie sabe nada de lo tuyo.

Mia se detiene, pero no vuelve la vista atrás, y un segundo después se marcha ya en dirección a su coche. Ffion se mordisquea el interior de la mejilla. Ella no es una amiga de mierda; una amiga de mierda jamás guardaría un secreto, ¿a que no? Sobre todo en plena investigación de un asesinato.

Ffion habla con el uniformado que vigila la casa de los Lloyd.

—¿Está por ahí el agente Brady?

El policía revisa su portapapeles, donde los movimientos de cada uno de los miembros del equipo aparecen rigurosamente indicados.

—Acaba de llegar.

Morgan le da su número de identificación para que lo marque en la lista, se agacha para pasar por debajo de la cinta azul y blanca y, ya junto a la puerta principal, saca su EPI de la caja.

En el piso de arriba, Leo habla con la coordinadora de la policía científica.

—Perdón por la tardanza —dice Ffion.

—¿Problemas con el desplazamiento? —La mascarilla amortigua la voz de su compañero, y Morgan no acierta a adivinar la actitud con la que se lo ha dicho—. Los de la científica acaban de incautar unos cuantos medicamentos de la mesita de noche de Lloyd.

—La mayoría no estaban sujetos a prescripción médica —dice la coordinadora—, solo unos pocos. Los enviaremos al laboratorio.

—¿Alguna prueba definitoria de que se trata del escenario de un crimen? —pregunta Ffion.

—Unas salpicaduras de sangre; ahí, junto al escritorio —indica la coordinadora—. Ya las han limpiado casi por completo, pero aparte hemos encontrado otros restos acompañados de fibras, los cuales sugieren que a la víctima la redujeron en el despacho y la arrastraron de una punta a otra del dormitorio principal.

Los dos agentes la siguen por entre las plataformas protectoras que han sido instaladas para resguardar las pruebas; hay algunas más en la terraza, donde las barandillas metálicas presentan el rastro revelador de unas huellas dactilares.

—También hay sangre en la parte inferior de este cristal; es como si a la víctima la hubieran empujado para hacerla pasar por debajo.

En el muelle central, un cono amarillo marca el punto alrededor del cual otro agente vestido de blanco está recogiendo muestras biológicas. Leo se asoma a la barandilla.

—¿Y ahí es donde aterrizó?

—Equilicuá —contesta la coordinadora—. Vamos a continuar con la faena, pero esto será como buscar una aguja en un pajar: hay huellas por todas partes. El estante de los trofeos no es donde más hay, pero no sé si eso nos será de gran ayuda: el asesino no tendría por qué haberlo tocado directamente para llevarse uno de ellos.

—A lo mejor no fue algo personal —dice Leo mientras ambos vuelven a salir a la terraza—. Al fin y al cabo, tenía todo su Instagram lleno de fotos de esos premios; puede que alguien le entrara a robar y él se interpusiera en su camino.

—Y entonces ¿por qué no le quitaron los demás trofeos?

—¿Quizá no les dio tiempo?

—¿Les dio tiempo a arrastrar su cuerpo por la terraza, hacerlo caer a empujones al muelle y después al pontón, subirlo a un bote y tirarlo en mitad del lago, pero no de meter unos cuantos trofeos más en una bolsa?

Leo responde con una sonrisa burlona.

—Admito que no es mi mejor teoría. Veremos si las cámaras nos proporcionan algo más.

A Ffion le entran sofocos.

—Eso me tocaba a mí. Iré yo a recoger las grabaciones.

—Ya las tenemos. He conseguido las llaves esta mañana, mientras te esperaba.

—¡Te dije que me encargaba yo!

La intensidad con que ha reaccionado su compañera impulsa a Leo a alzar las manos en señal de rendición.

—Tranqui. Solo quería echarte un cable, nada más.

—No necesito tu ayuda.

Leo niega con la cabeza.

—Es difícil trabajar contigo, ¿sabes? Ni hablar de reuniones, ni hablar de trabajos en equipo... —Infla las mejillas y expulsa su contenido con un soplo lento y ruidoso. Ffion no dice nada—. En fin, he incautado el disco duro y me he descargado desde las nueve de la mañana del día de Nochevieja hasta veinticuatro horas después. Cerca de las tres de la tarde hay un defecto en la grabación, y el vídeo se salta una hora.

—Rhys Lloyd siguió vivo hasta mucho rato después.

—Exacto, y de ese último punto en adelante parece que no hay más fallos, así que podremos cotejar a las personas que veamos llegar a la fiesta con los invitados que constan en nuestra lista; así sabremos si nos falta alguien. Las cámaras están orientadas a la calzada más que a los senderos individuales, pero menos da una piedra.

A Ffion le vibra el teléfono en el bolsillo; antes de responder, le echa una ojeada a la pantalla, aliviada de poder desviar la atención.

—¿Sí, jefe?

—Buenas noticias —dice el inspector Malik—. Ahora que se ha confirmado que la escena del crimen está en la margen inglesa del lago, ya no hay ninguna justificación para que te retengan. He hablado con el inspector Crouch y lo he persuadido de que te desvinculen del caso. —La última frase va con retintín, dando a entender que las reticencias de Crouch han sido efímeras. Está claro que los desplantes de Ffion no le sentaron nada bien, pero, si él no está dispuesto a tragar con comentarios como aquellos, no debería soltárselos a Leo como si nada.

Pensar en su compañero le hace recordar lo de las cámaras de vigilancia, y se le forma un vacío en el estómago. Si ella no está trabajando en el caso, no tendrá manera de saber qué es lo que ha sido desvelado, cuánto se están acercando los demás a la verdad. Se aleja unos pasos de Leo.

—La cosa, jefe, es que creo que debería seguir dentro.

—¡Ffion, me rogaste que te sacara del caso!

—En nuestro lado de la frontera hay muchas investigaciones pendientes a nivel local. Varios testigos que prefieren interactuar con nosotros en galés... —Ya sabe por dónde va a ir su jugada—: Y creo que para mí está siendo una buena experiencia. Lo de trabajar en equipo, quiero decir. Es..., es una de las áreas del desarrollo personal.

Se produce una pausa larga y algo perpleja.

—Eso no te lo puedo discutir. —Malik suspira—. Está bien. Sigues dentro. Pero la próxima vez que me pidas un favor quiero un periodo de reflexión.

Yasmin y las gemelas se han mudado provisionalmente con la madre de Rhys. Ffion, sentada con Leo en el sofá de dralón de Glynis, oye la música que se filtra a través del techo; delante de ellos está Yasmin en una butaca estrecha de respaldo alto. Glynis no para quieta, preparando el té y yendo a buscar un plato para servir unas galletas que nadie se quiere comer.

—*Dach chi isio rwbath...* —Glynis interrumpe la frase a la vez que mira de reojo a Yasmin y se pasa al inglés—. ¿Os apetecería algo con más sustancia? ¿Un sándwich, tal vez?

—No se moleste, de veras —contesta Leo.

—¿Cuándo podremos irnos a nuestra casa? —Yasmin, pálida y enflaquecida, está sentada con las rodillas flexionadas contra el pecho, como una cría.

—Me temo que la policía científica no abandonará el lugar hasta dentro de un par de días más —dice Ffion—, pero, si hay algo que ustedes necesiten, podemos organizarnos para...

—¡No me refería a La Ribera! Ojalá no vuelva a poner un pie allí. Quiero irme con las niñas a Londres, de vuelta a casa.

—Yasmin, *cariad* —dice Glynis—, no te me lleves a las gemelas; ahora son la única familia que me queda. —Se saca un pañuelo de debajo de la manga y se limpia con él la nariz.

—Preferiríamos que permaneciesen en la zona —comenta Ffion—. Únicamente mientras la investigación esté en curso. —Desde la ventana goza de una vista cenital del jardín trasero de Glynis, cuyo espacio lo acapara casi por entero una cabañita de madera.

—Ya fueron una vez a por ustedes cuando se encontraban en su domicilio de Londres —añade Leo—. Todavía no hemos descartado que exista una correlación entre la acosadora de su marido y su asesinato. —El agente saca el móvil, despliega la imagen de la rejilla de Instagram de Yasmin en la que aparece el estante de los trofeos de Rhys, y hace zum sobre el galardón que, según sus sospechas, ahora se halla en el fondo del lago—. Creemos que este objeto es lo que provocó las lesiones faciales de su marido. ¿Qué nos puede contar acerca de él?

Glynis se inclina por detrás de su nuera para mirar la imagen, rompe a sollozar de nuevo y se pone a rebuscar en los cajones de un amplio aparador de roble.

—Ese es el Premio a la Estrella Emergente —explica Yasmin, hierática—, otorgado en 2010. Se lo conceden al actor de teatro musical que se considera que ha llevado a cabo la mejor interpretación del año. Rhys lo ganó por su papel de Judas en *Jesucristo Superstar*; fue el último trabajo decente que tuvo. —Le lanza una mirada feroz a su suegra, pero ella ni se inmuta.

—Me imagino que es una industria difícil —apunta Leo.

—La gente solo pide caras nuevas y rompedoras. —Yasmin tira de un hilo suelto del brazo de la butaca—. Lo que todos los mánager quieren de un talento en ciernes es un gran éxito que lo dé a conocer y, cuando ya lo han conseguido, van y lo cambian por otro. ¡Joder! ¡Si a Rhys la suya lo tenía filmando anuncios para compañías de seguros automovilísticos!

—Y las cosas como son, se le daba de fábula —señala Glynis, y entrega a Ffion una fotografía satinada. En ella sale Rhys Lloyd vestido con un esmoquin negro; la agente se pregunta si será el mismo que llevaba cuando murió. Yasmin aparece con un vestido largo de escote pronunciado y una reluciente gargantilla de diamantes. Están encima de una alfombra roja, delante de un photocall cubierto de logos de patrocinadores. Una de las manos de Rhys descansa, relajada, en la cintura de su esposa; la otra aferra el fuste de un trofeo enorme.

—Verdaderamente impresionante —dice Leo.

Yasmin arranca con habilidad el hilo suelto enredándoselo en los dedos.

—Es feísimo —contesta.

Ffion mira la fotografía.

—¿De qué está hecho?

—La base es de mármol; el resto, de metal. Está recubierto de arriba abajo de pan de oro.

Por encima de donde Rhys tiene la mano, pinchos de hierro se abren formando una estrella. A Ffion le entra un escalofrío.

—¿Cuándo fue la última vez que vieron este trofeo en su despacho?

—En Nochevieja, supongo.

—¿Se fijaron bien en si estaba en su sitio? —pregunta Leo.

—Pues no, la verdad. Quiero decir…, que uno no se fija en las cosas que ya sabe que están donde tienen que estar; simplemente da por hecho que están en su sitio.

Leo abre su libreta.

—¿Podrían darme una lista de las personas que hayan visitado esa habitación, por favor? Habrá que cotejarla con las huellas de descarte que tenemos recopiladas.

—Me temo que eso es imposible. —Yasmin pestañea—. Ese despacho se lo he enseñado a todo el mundo. Soy diseñadora de interiores; La Ribera representa una parte muy importante de mi dosier de trabajos.

—Cuando dice «a todo el mundo»… —la tantea Leo.

—Me refiero a Jonty y Blythe, claro. Y a Clemmie, a Dee, a los Stafford… Ashleigh quería que la aconsejase en temas de iluminación, pero ¿me creerán si les digo que ella y su marido han instalado unos focos en…?

—¿A quién más? —la interrumpe Leo.

—Al albañil, Huw Ellis; ha habido algunos percances, así que tiene un juego de llaves propio. Huw ha trabajado en todas las cabañas, al igual que Mia, la chica de la limpieza. Y también les hice algunas visitas guiadas a los invitados el día de la fiesta, por supuesto.

—¿Visitas guiadas, dice? —Ffion se imagina haciendo lo mismo en casa de su madre: «Aquí tienen el baño; para que salga agua de la ducha, hay que darle un martillazo a la tubería. Aquí pueden ver mi habitación; todavía hay un póster de los Backstreet Boys en la pared...».

—A la gente le picaba la curiosidad... —La música que está sonando arriba cada vez sube más de volumen, y Ffion cae en la cuenta de que quien canta es Rhys. Se imagina allí a las gemelas, escuchando la voz de su padre, y traga saliva. Entonces le pasa a Yasmin una hoja de papel.

—Esto es una lista de los medicamentos encontrados en los cajones de la mesita de noche de su marido. ¿Sabe cuáles tomaba últimamente?

Yasmin repasa con un vistazo aquella enumeración de pastillas.

—A veces tomaba ibuprofeno para el dolor de espalda. Estos de aquí son multivitamínicos, yo tomo los mismos. Ah, y estos somníferos eran para el jet lag —concluye, y le devuelve el folio a la agente. Arriba, la música de las chicas sube algunos decibelios más, y los elegantes agudos de Rhys hacen que a Ffion se le ericen los pelos de la nuca.

Yasmin se levanta de la butaca.

—No puedo más.

—Déjalas tranquilas —dice Glynis, pero Yasmin ya está abandonando el salón. Qué bien le ha venido la excusa, piensa Ffion. A ella no le interesa nada de lo que la esposa de la víctima le ha dicho sobre los medicamentos (todo trivialidades); lo que sí le llama la atención es la forma en que a aquella mujer le temblaba la mano mientras leía la lista, y la actitud intencionadamente arisca con que iba soltando sus explicaciones. En esa lista hay algo significativo. Ffion mira a su compañero y sabe que está pensando lo mismo que ella.

Arriba, la voz de Rhys queda cortada a media nota.

—Muchas veces me olvido... —dice Glynis en voz baja—. Entonces, me viene todo de vuelta, y... —Las lágrimas le anegan los párpados.

—Debe de ser muy duro para usted —responde Leo—. Lo siento si al plantearle todas estas preguntas se lo estamos haciendo todavía más difícil. Solo queremos averiguar qué le pasó a su hijo. ¿Alguna vez le habló Rhys sobre su caso de acoso?

—Sí, estuve muy preocupada por Yasmin y por las niñas.

—¿Y por su hijo no?

—¿Perdón?

—Ha dicho «por Yasmin y por las niñas». ¿Rhys no la preocupaba?

—¡Por supuestísimo que sí!

—Su hijo recibió varios mensajes violentos por internet —interviene Ffion—. ¿Se le ocurre quién pudo haberlos estado enviando?

—No tengo ni la más mínima idea.

—¿Se había Rhys peleado con alguien?

A Glynis le tiemblan las manos. Nerviosa, levanta la vista hacia el techo. De Yasmin ya no hay ni rastro.

—¿Señora Lloyd? —pregunta Leo para hacerla reaccionar.

—A la gente de por aquí no le sentó nada bien que construyesen La Ribera —dice finalmente—. La tomaron también con Rhys y conmigo. Ha habido mucho resentimiento.

—Y usted tiene el corazón dividido —observa Ffion. Es una afirmación, no una pregunta, pero Glynis responde a ella como si lo fuera.

—Sí. Ha sido muy desagradable. —A la madre de Lloyd se le quiebra la voz.

—Entonces ¿por qué seguir adelante? —dice Leo—. ¿Por qué permitirle a su hijo edificar en la zona si había tanta oposición al proyecto en el pueblo?

—Mi marido le legó esas tierras a Rhys en su testamento. —Glynis se encoge de hombros en señal de impotencia, y agacha la mirada—. Y, además, mi hijo podía llegar a ser muy persuasivo.

Ffion mira por la ventana. Llevan días anunciando que nevará; un copo minúsculo sirve de avanzadilla, descendiendo movido por el aire hasta la calle mayor.

—Yo misma me lo he buscado —continúa Glynis. Le sigue la mirada a la agente y se queda con la vista fija en el exterior mientras habla más para sus adentros que para sus invitados—. Lo malcrié. Me habría encantado tener muchos hijos más, pero eso no sucedió, así que me dediqué en cuerpo y alma a Rhys. Se acostumbró a salirse siempre con la suya.

Leo se inclina hacia ella.

—¿Su hijo le hizo alguna vez daño a alguien? ¿Alguna vez le hizo daño a usted?

—¡No! Él nunca habría sido capaz de... —La señora niega con la cabeza sin parar.

—Pero ¿la intimidaba? ¿Tenía una personalidad abusiva?

—¡No! ¡Ya basta! Él no era... Bueno, en la escuela, a lo mejor, de pequeño, pero... —Glynis rompe de nuevo a llorar, y se le inundan las mejillas de lágrimas.

—Lo siento —dice Leo.

A Ffion le sobreviene un arranque de rabia. ¿Por qué tiene que ser tan patético? Está cumpliendo con su trabajo; no debería disculparse por ello.

—¿A qué se refería ahora? ¿A que en la escuela era un abusón?

Ffion no espera que Glynis conteste, pero la señora se pone en pie y camina hacia la ventana.

—Ahora la utilizo de almacén para la tienda —dice Glynis, observando la cabañita del jardín—, pero durante años sirvió como el espacio musical de Rhys; también era el lugar adonde él iba siempre con sus amigos. Los adolescentes nunca quieren estar cerca de sus padres, ¿a que no?

Ffion no responde. Recorre la habitación con la mirada y observa las fotos de Rhys de niño, luego de adulto, y luego le viene a la cabeza una imagen de su cadáver sobre la mesa de autopsias de Izzy Weaver.

—Tendría que haberme portado mejor como madre —añade Glynis. Sigue mirando por la ventana como si se hubiera olvidado de la presencia de Leo y Ffion—. Haber estado más encima de él, haber sido un poco más engorrosa...

—Señora Lloyd —Leo se muestra muy serio—. ¿Su hijo hizo algo cuando iba a la escuela? ¿Algo malo?

Glynis se estremece un poco, se vuelve de espaldas a la ventana y mira brevemente a Ffion.

—Tuvo algunos roces con una chica del pueblo, Ceri. Visto en perspectiva, me sabe fatal, pero...

La agente la interrumpe.

—¿Ceri Jones?

—En la escuela nos dijeron que era una niña con muchos problemas. Rhys se metía con ella, pero estoy segura de que no era el único. A algunos niños siempre se las hacen pasar peor que a otros, ¿no es así?

Ffion prefiere no responder.

—¿Qué fue lo que ocurrió? —pregunta Leo, pero Glynis no para de negar con la cabeza y de enredar con lo que hay encima de la mesa, retirando el juego de té y los platos de galletas.

—De verdad que no me acuerdo. Fue hace mucho tiempo. Ya sabe cómo son los niños.

Se oye un chirrido en el piso de arriba, y luego el sonido de la voz de Yasmin, apenas audible. Leo lleva los ojos hacia el origen del ruido.

—¿Cómo era la vida matrimonial de su hijo?

—Parecían felices.

—¿Era buen padre?

—Rhys se desvivía por esas niñas. —A Glynis se le quiebra la voz—. Nunca pasaron ninguna necesidad, y Yasmin tampoco. Cada mes le ingresaba una generosa cantidad de dinero.

—¿Y ahora qué hará? —pregunta Leo.

Glynis dobla su pañuelo en un cuadrado perfecto y lo aplana con las palmas de las manos antes de responder.

—Yasmin es la única beneficiaria del seguro de vida de Rhys. —Se guarda el pañuelo en la manga y mira al policía directamente a los ojos—. Estará mejor ahora que cuando mi hijo vivía.

14

4 de enero - Leo

—¿Quién es Ceri Jones? —Leo mira hacia las tiendas mientras él y Ffion bajan por la calle principal. Todavía no han reabierto; llevan desde Navidades con los escaparates a oscuras y los mostradores vacíos.

—La cartera. —Su compañera avanza a grandes zancadas, con el cuerpo agarrotado de pura furia—. Siempre se ha dicho que..., y que Rhys siempre...

—Ffion, no se te entiende.

Ella se detiene y se mete las manos hasta el fondo de los bolsillos.

—Ceri ha vivido aquí desde siempre. Debe de tener unos cuarenta y pocos, calculo. Cuando yo empecé la secundaria ella ya se había marchado del instituto, pero, aun así, la gente seguía hablando sobre ella.

—¿Qué es lo que hizo?

—Tomó una sobredosis en el armario de materiales. El conserje la encontró y la llevó al hospital. Su plan era irse a estudiar Bellas Artes, pero, en lugar de eso, dejó los estudios. Ahora es la cartera del pueblo.

—¿Por culpa de Rhys Lloyd?

—Hasta ahora, nunca había oído nada al respecto. Solo me enteré de lo de la sobredosis porque mi madre me sentó y me dijo que no pasaba nada si yo era lesbiana, heterosexual o lo que fuese (como si no hubiera de incomodarme tener aquella conversación con doce años), y que, si alguien en la escuela me lo hacía pasar mal alguna vez, se lo dijera inmediatamente.

—Tu madre parece una tía guay.

—Tiene sus momentos. —Ffion reanuda el paso—. La versión oficial sobre lo que le sucedió a Ceri era que «le estaba costando mucho aceptar su sexualidad».

Se produce una pausa, tras la cual Leo interviene.

—Esa chica estaba en la fiesta.

Ffion lo mira a los ojos.

—Ceri no es ninguna asesina.

—Podría serlo.

—Porque se metieron con ella hace... ¿cuánto? ¿Treinta años? Ese no es ningún motivo para asesinar a alguien. En cambio, el dinero sí lo es.

—¿Crees que fue Yasmin quien lo hizo? —dice Leo.

—¿Has visto los nervios que le han entrado al leer la lista de medicamentos? Me apuesto algo a que en las pruebas toxicológicas saldrán niveles altos de somníferos. A mí me parece que lo que a Yasmin le gustaba era estar casada con una estrella emergente; cuando Rhys dejó de estar en el candelero, se lo cargó para quedarse con la pasta.

—Pero ¿por qué ahora? Su herencia habría sido mayor una vez terminado de construir lo que falta de La Ribera.

—Solo si ella consta como beneficiaria. Acuérdate de que su socio financiero era Jonty Charlton.

—Estoy seguro de que al amigo le encantará charlar con nosotros de nuevo.

A Jonty Charlton no se le ve precisamente encantado. Mira a Leo y Ffion como si fueran residuos recién extraídos del fondo del lago.

—¿Siguen ustedes acosando también al resto de los vecinos, o ese es un placer que nos reservan a mí y a mi esposa?

—No hacemos distinciones —dice Ffion, risueña, mientras

pasa al interior de la casa, de tal manera que a Jonty no le queda más opción que echarse atrás.

—Todo esto empieza a ser un tostón importante, ¿saben? Pensaba que la incompetencia era una cualidad específica de la policía de Londres, pero está claro que es endémica.

—Usted me dijo que este lugar sería una mina una vez terminado —dice Ffion—. ¿Quién va a quedarse con la mina ahora que Rhys está muerto?

Jonty parece un poco descolocado.

—Ah..., pues Yasmin. Ella va a heredar casi todas las participaciones de Rhys.

—¿Casi todas? —dice Leo.

—A él le correspondía el 51 por ciento del negocio; a mí, el 49. Nuestro acuerdo era que, en el supuesto de que él muriera, un 2 por ciento pasaría a ser de mi propiedad.

—¿Lo cual iba a convertirlo a usted en el socio mayoritario? —pregunta Ffion.

Jonty mueve la mano de lado a lado, como dando a entender que lo que acaban de decirle es discutible.

—Solo significaba que, independientemente de a quién decidiese legar Rhys sus participaciones, La Ribera mantendría su integridad.

—¿Y por qué la mayoría pertenecían a Rhys, siendo usted el que puso todo el dinero?

—Llevar un negocio es un poco más complicado que ponerle una multa a un coche mal aparcado, agente. —A Jonty le entra la risa—. El dinero era mío, pero las tierras eran suyas. Casi todo el solar estaba en manos de un granjero inglés; no teníamos licencia de edificación ni probabilidades de que nos la concediesen, así que Rhys se lo compró a cambio de una canción.

—Pero en el terreno que él heredó de su padre había construida aquella choza —dice pausadamente Ffion—, o sea que contaban con un precedente.

—Además de guapa, lista, ¿eh? —dice Jonty. Morgan se lo queda mirando totalmente seria—. Ha dado usted en el clavo.

Era un terruño pequeño y miserable, pero, según como se mire, infinitamente valioso. Aunque tuvimos que batallar lo suyo, aquello ya contaba como edificación cercana a la orilla, y al final conseguimos que las autoridades entrasen en razón.

—¿Les iba bien el negocio? —A Leo le da la sensación de que Ffion está verdaderamente a punto de implosionar.

—Las casas fueron más difíciles de vender de lo previsto. Tuvimos que bajar los precios y, aun así, era imposible colocárselas a nadie. No ofrecemos la posibilidad de pagar por cuotas ni aceptamos hipotecas; solo nos dirigimos a compradores de altísimo nivel adquisitivo, por lo que fue complicadillo encontrar nuestro nicho en el mercado. Al final contratamos a una agencia de relaciones públicas para que crearan toda una campaña alrededor de La Ribera. Pagamos a influencers para que tuiteasen sobre lo magnífico que era el lugar cuando todavía estaba en obras... En fin, ese tipo de cosas.

—Suena a una estrategia muy poco ética —dice Leo.

—Todo el mundo lo hace. Y funciona; de ese modo es como convencimos a Ashleigh Stafford. Le dimos a entender que había una lista de espera, que los solicitantes estaban siendo sometidos a un estricto proceso de selección... —Jonty muestra una expresión altiva—. Lo cierto era que Rhys y yo nos habíamos quedado cada uno con una de las viviendas en calidad de activos empresariales, y las otras tres continuaban vacías. Ashleigh era justo lo que necesitábamos: ahora sí que el nombre del resort está en boca de todos. Cuando hayamos acabado de construir el resto de las cabañas, las podremos vender por el triple del precio original.

—¿Rhys y usted siempre se avenían en cuestiones de negocios? —pregunta Ffion.

—Casi siempre, sí. —Jonty pestañea varias veces, en rápida sucesión.

—¿Está usted seguro?

Jonty infla las mejillas.

—Miren, yo estaba algo cabreado con él antes de que muriese, ¿vale? Alguien se lo acabará contando, así que nada, ya se lo cuento yo ahora. El año pasado tuvimos algunos problemas de liquidez y hubo que prescindir de la constructora. Rhys contrató a un tipo del pueblo, Huw Ellis, para que terminase las obras, y yo contribuí con el dinero para pagar la factura: treinta mil libras. El caso es que Rhys se lo gastó todo, y el albañil aún sigue sin cobrar.

—¿Y a usted aún le siguen debiendo treinta mil? —dice Leo.

—Pues sí. No es una fortuna, ya lo sé, pero, con Huw Ellis estando como está en pie de guerra, entenderán ustedes que aquello me dio bastante por culo.

—Me imagino que Huw Ellis también se llevaría un buen cabreo. —La agente habla con frialdad, y Leo no la culpa por ello: con una antigüedad de diez años en el cuerpo, algo menos de treinta mil libras es lo que él ingresa anualmente en neto. No será ninguna fortuna para Jonty Charlton, pero para la mayoría de los mortales sí lo es.

—En la fiesta vino a buscarme las cosquillas —dice el inversor—. Con Rhys no llegó a ningún lado, así que vino a por mí el muy... —Hace un esfuerzo por frenarse—. Pero, ahora que el pobre Rhys ya no está con nosotros, toda esa historia resulta bastante irrelevante, ¿no?

Leo, muy al contrario, cree que la relevancia de esos hechos es total y absoluta.

Al salir, justo cuando el agente pensaba sugerirle a Ffion ir a tomar un café y comparar sus anotaciones, ella anuncia que tiene que marcharse.

—Pero estamos en mitad de una investigación.

—Tengo cosas que hacer. —La policía se sube la cremallera de su espacioso abrigo y despliega momentáneamente una sonrisa poco creíble—. Soy la Llanera Solitaria, ¿te acuerdas?

—Más bien la Holgazana Solitaria —musita Leo. Decide ir a tomar igualmente un café por su cuenta, y enfila el camino que lleva al pueblo. La investigación, en su cabeza, es como una maraña de hierbajos, y empieza a tirar de cada uno de ellos para intentar sacar algo en claro. Tanto Jonty Charlton como Yasmin Lloyd sacarán provecho económico de la muerte de Rhys Lloyd; ambos tendrían un móvil para el crimen, pero ¿tuvieron alguna oportunidad de cometerlo? Los dos aparecen en las fotos de Instagram que se publicaron a lo largo de la noche, y da la impresión de que apenas abandonaron la fiesta. El departamento tecnológico todavía no ha recuperado los metadatos que les permitirían trazar una línea temporal algo más sólida, y Leo se pregunta si, una vez lo logren, se demostrará que una de las dos personas se ausentó durante el tiempo suficiente como para matar a Rhys Lloyd y deshacerse del cuerpo.

Cuando llega a la calle mayor, una adolescente con una mata de rizos pelirrojos en la cabeza camina en su dirección; tanto su pelo como la resoluta firmeza de su mandíbula son inconfundibles. Leo se detiene.

—Tú eres Seren, ¿verdad? La hermana de Ffion. —La chica lo mira con suspicacia—. Soy Leo Brady. —El agente le enseña la placa—. Estoy trabajando con ella en el caso del asesinato de La Ribera.

—Pues vaya una que te ha tocado.

—Me preguntaba si querrías replantearte lo de darnos tus huellas. —Seren lo observa con cara de póquer—. No es obligatorio, claro. Tenías todo el derecho a decir que no. Es solo que nos iría muy muy bien para poder descartar sospechosos.

—¿Mis huellas dactilares? ¿Y luego qué hacéis con ellas?

—Las borramos. No podrán usarse para nada que no tenga que ver con este caso. ¿No te lo ha explicado ya todo Ffion?

—No. Pero no me importa dároslas. De hecho, mola bastante; nunca he estado metida en la investigación de un asesinato.

—Gracias por cambiar de idea; te lo agradezco mucho.

Seren se encoge de hombros.

—Hasta ahora nadie me había pedido nada, pero en fin, lo que tú digas. ¿Me dejas...? —Señala vagamente hacia el otro extremo de la calle.

—¿Cómo dices? Ah, sí, por supuesto. —Leo la mira irse mientras su cerebro trabaja a toda potencia: según la lista de recogida de huellas de descarte, Seren Morgan se había negado a cederles las suyas. Solamente hay una explicación para esa discrepancia.

Ffion le mintió.

15

Nochevieja - A mediodía - Yasmin

Yasmin Lloyd arde en deseos de divorciarse. Siendo sincera —y ella casi nunca lo es—, hace ya mucho tiempo que no querría estar casada, pero ahora las cosas han llegado a un punto de no retorno. Ha sido completamente traicionada por su esposo y, aunque se da cuenta de lo irónico que resulta, no puede seguir con él un solo minuto más.

Pero tiene que aguantar un poco. Yasmin no es ningún monstruo y, cuando ella y Rhys pongan fin a su matrimonio, Tabby y Felicia se llevarán un golpe muy duro; lo mínimo que puede hacer es dejarlas disfrutar de la fiesta de esta noche. Como a las niñas les gusta remarcar, ahí no hay nada más que hacer, y sería una crueldad arruinarles las fiestas anunciándoles el día de Nochevieja que sus padres van a separarse.

Yasmin contempla las vistas desde la terraza del dormitorio. Una barca solitaria surca perezosamente el lago, virando de vez en cuando para avanzar hacia barlovento, y una bandada de pájaros desciende en picado para atrapar algún pez. En la orilla opuesta hay alguien sentado en un taburete, pintando o dibujando. Yasmin suspira. Ya no es capaz de ver la belleza de aquel sitio, ni de los escarpados relieves de las montañas que lo rodean. Ya nada le importa el reflejo de los árboles y las cabañas en el espejo argentado del agua. La originalidad de La Ribera se fue desvaneciendo a medida que las noches se alargaron y el sol dejó de bañar los muelles. Ahora ella piensa con nostalgia en las villas de la Toscana y las playas caribeñas.

Regresa al interior, cierra la puerta de la terraza y atraviesa el despacho de su marido en dirección a las escaleras. En el escritorio de Rhys hay un rimero de cartas listas para ser enviadas a admiradores de todo el mundo. Yasmin junta y apila bien las cartas, endereza el sillón y coge el cobertor, que en teoría debería tapar estéticamente uno de los brazos, pero su marido se empeña en sentarse encima y arrugarlo entero. Da un paso atrás y examina la sala con ojo crítico. Está muy orgullosa del trabajo que ha hecho diseñando los interiores de La Ribera, y tiene muchísimas ganas de enseñárselo a los invitados de esta noche. Ojalá se pudiera coger la cabaña y colocarla en algún sitio más interesante... También debe de haber lagos en los condados contiguos a Londres, ¿no?

Recoloca las cortinas procurando que queden simétricas. Afuera, en la calzada, está su marido hablando con Dee, y Yasmin deduce, por su postura, que su marido quiere escapar de la conversación. Podría ir a rescatarlo, piensa mientras va bajando por las escaleras, pero ¿debería, después de todo lo que él ha hecho? Hace unos cuantos cambios con los cojines de la sala de estar y mueve la mesa para que quede de cara a la puerta. Resulta curioso que, aun siendo iguales todas las casas, se vean tan distintas entre sí. Por ejemplo, la de los Charlton: Blythe habla mucho de cuidar la estética de las cosas, pero tiene un ojo nulo para los colores.

La mujer de Lloyd coge una botella de brandi de la cocina. A Rhys su mánager le envía una carísima cada Navidad, y él la abre en Nochevieja para que le dé buena suerte el año siguiente. Yasmin siempre se toma uno con él en esas ocasiones. La carrera de su marido necesitaría de más de una sola copa llena de superstición, pero el caso es que se trata de un brandi excelente.

Cuando Yasmin sale de la casa, Rhys se dirige hacia el lago con el móvil pegado a la oreja, y de Dee ya no hay ni rastro. Se imagina cómo habrá ido la charla.

«Me sabe mal, Dee, pero me ha llamado mi mánager y tengo que atenderla».

«Ay, claro que sí, cariño, no quiero entretenerte».

Rhys se pasa la vida escabulléndose de situaciones sociales tediosas inventándose llamadas urgentes con Fleur. Ahora Yasmin lo ve a través de los árboles, paseándose por la caleta y hablando agitadamente por el móvil. ¿No se da cuenta de que Dee ya se ha vuelto a su cabaña y su teatrillo no está sirviendo de nada?

—Yasmin, ¿por dónde anda el pillín de tu marido? —dice Blythe tan pronto como su vecina se une al resto de los invitados en el interior de la casa de los Charlton—. Jonty necesita ayuda para terminar de colocar las lucecitas.

—Pues por ahí andará, yo qué sé…, ni que fuéramos siameses —responde ella con acidez. Tenía alguna esperanza de que alguien hubiera acabado de hinchar los globos mientras ella no estaba, pero, como no ha sido así, retoma la tarea. Piensa calladamente en cómo esos globos son una horterada tremenda, pero Blythe ha encargado que le traigan cien, todos con los colores corporativos (verde y blanco roto) de La Ribera, y le ha conferido a ella la responsabilidad de disponerlos en forma de arco.

—Esa carpa es fea con ganas —murmura Jonty. Yasmin no podría estar más de acuerdo.

—Sirve para enmarcar el lago —dice su mujer.

El inversor cruza dando pisotones al otro lado de las puertas plegables, cargado con una caja de lucecitas.

—¡El lago no se ve un pimiento con eso en medio!

Aquella chica del pueblo, Mia, se encarga de los canapés, que han llegado hace una hora en una furgoneta de la misma empresa que provee a la familia real; ahora los está sacando de las bolsas y sirviendo en varias fuentes. Blythe ha dado instrucciones estrictas a todos los propietarios de que vacíen la nevera para disponer de más espacio de almacenamiento; están ante una verdadera operación militar.

—¡Imaginaos si no viene nadie! —dice Yasmin. Ríe para demostrarles que solo ha sido una broma, pero ya nada puede evitar que en la cara de Blythe asome momentáneamente el pánico ante la perspectiva de tamaña deshonra pública.

—Pues claro que vendrán. —Bobby trajina bebidas de un lugar a otro con una notable falta de diligencia. Debe de estar evitando a Ashleigh, cuya ausencia durante los preparativos de la fiesta ha sido notoria—. Todos quieren meter las narices en la vida de los ricachones.

—Pues entonces tranquilo, que a ti te dejarán en paz —murmura Jonty. Ha prendido la estufa de leña, pero cada cinco minutos Mia saca algo de comida al exterior o él tiene que entrar a por más luces, y una ventolera helada entra de sopetón en la casa. Sobre el lago, densos nubarrones auguran una nevada.

¿Dónde está Rhys? Yasmin se debate entre el hecho de que no quiere ni acercarse a su marido y lo mosqueada que está porque, mientras él se escaquea para atender llamadas telefónicas ficticias, a ella la tiene hinchando putos globos. Sin duda se habrá pirado a su despacho y lo habrá desordenado todo, por lo que ella tendrá que volver a adecentarlo antes de que llegue la gente. Cuando se hayan divorciado, Yasmin piensa readaptar el que tienen en casa. A lo mejor le da por dedicarse al arte: aquel espacio le iría de perlas para montarse un estudio; incluso podría agenciarse uno de esos caballetes de anticuario para que presidiera la habitación.

Su marido intentará quedarse con la casa, claro, pero Yasmin estará lista para enfrentarse a él. Rhys no querrá que sus comportamientos embarazosos acaben copando los periódicos. Tan pronto como terminen las vacaciones, ella contratará a un abogado. Si él cree que se va a llevar la mejor parte, que se prepare, porque la que le espera es muy distinta.

Clemmie está junto a la mesita de las bebidas, cogiendo las botellas que Bobby y Caleb van dejando en la encimera de la cocina y distribuyéndolas en hileras perfectas. Justo cuando posa la mirada en el brandi de Rhys, la mujer del cantante se lo arrebata.

—Lo siento, esta es solamente para uso personal. —Yasmin le sonríe y se vuelve hacia Blythe—. Guapa, ¿tienes algún sitio donde guardar esto?

—Lo pondré aquí, detrás de estas latas. —Blythe mete el brandi en un armarito—. Supongo que a nadie le dará por revolver los garbanzos en conserva en mitad de una fiesta.

—Yo no estaría tan convencido —dice Jonty—. Algunos de los que vendrán no deben haber aprendido ni a usar el pipicán.

—El inversor se carcajea escandalosamente y Yasmin capta los ojos de Mia mirándolo desde la otra punta de la habitación. También se da cuenta de otra cosa; espera a que Jonty mire en su dirección y, entonces, se señala disimuladamente el cuello a la vez que hace un gesto discreto con la cabeza hacia el del socio de su marido. Él frunce el ceño, baja la vista y se tapa con la mano el manchurrón de pintalabios que tiene en la camisa antes de abandonar sigilosamente la habitación. Menudo cliché. Yasmin se pregunta si Blythe lo habrá pillado. A lo mejor le da igual; uno nunca sabe cómo son los matrimonios más allá de la superficie.

Yasmin tarda tres horas en acabar de inflar todos los globos y colocarlos de una manera que a Blythe le parezca satisfactoria. Sus avances se ven obstaculizados por peticiones de llévate esto, mueve lo otro y «¿Te importaría ir un segundo a por más queso?». Responde a esta última con una sonrisa tirante —¿eso no podría hacerlo la limpiadora?—, pero aun así se calza y se va a buscar el abrigo.

Al llegar al recibidor oye el motor de un coche pegar un furioso acelerón. Cuando abre la puerta de la casa de los Charlton, el vehículo desaparece doblando la esquina, y deja tras de sí una nube negra de polución. Por si aquello no fuera lo bastante extraordinario —eso es La Ribera, no una barriada de poligoneros—, su marido está ahora de rodillas en mitad de la calzada.

Durante un segundo se olvida de lo que Rhys ha hecho y de lo mucho que lo odia por ello. Se olvida de lo atacada que está, de la frustración que le provoca la falta de éxito de su marido. Se olvida de que quiere el divorcio. Corre hacia él y el pánico la hace tropezar.

—¿Qué ha pasado? —Lo mira sin decir una sola palabra. ¿Le estará dando un infarto?—. ¿Quién iba en aquel coche?

La pregunta parece galvanizar a Rhys, que se levanta del suelo entre temblores, pero sigue sin responder nada, y Yasmin se molesta. Es obvio que no le está dando ningún infarto; por poco le hace torcerse el tobillo por nada.

—Nadie. No pasa nada.

Aquello es la gota que colma el vaso. «Nadie» ha arrancado con el tubo de escape humeando por doquier; «nada» ha tirado a un hombre adulto al suelo y lo ha obligado a ponerse de rodillas. Yasmin no quiere darles la Nochevieja a las niñas, pero es que ya no es capaz de aguantar esa pantomima un solo momento más.

—Hemos terminado —le dice—. Eres patético, Rhys.

Yasmin se va sin mirar atrás. Ahora ya le da igual lo que opine la gente. Ni siquiera le importa qué o quién ha sido la causa de aquella reacción desaforada por parte de Rhys. Lo único que le importa —y así ha sido toda la vida— es ella misma.

16

4 de enero - Ffion

—Supongo que no me vienes a ver por pasar el rato. —Huw Ellis se agacha sobre el andamio, con el chaleco reflectante puesto encima de tantas capas de ropa que parece que abulte el doble. Es pequeño, pero fibroso: el típico individuo al que uno podría subestimar en una pelea de bar.

—Tengo que hablar un momento contigo. ¿Puedes bajar?

Ffion se ha recorrido el pueblo en coche hasta encontrar la furgoneta blanca de Huw aparcada en un callejón sin salida. Él y otros tres albañiles están trabajando en las obras de ampliación de una casa a la que deben agregar un segundo piso; uno de ellos ha emitido un expresivo silbido que ha degenerado en una tos cuando se ha dado cuenta de quién había venido a hacerle una visita al patrón.

—Si tanto me necesitas, sube a por mí.

—Déjate de jueguecitos, desgraciado. Esto es muy serio. —Un casco de seguridad cae a los pies de la agente. Ella suspira y se lo pone a presión, aplastándose el pelo, y luego trepa escalerilla arriba sin velocidad ni elegancia.

Arriba la espera Huw, con la punta del pie apoyada sobre un montón de baldosas de pizarra.

—Hacía mucho que no te veía.

—He estado ocupada —contesta Ffion, paseando la vista por encima de los tejados. El Llyn Drych se ve espectacular desde ahí. El agua resplandece bajo el sol de invierno, y las nubes se encaminan hacia el pueblo arrastradas por el viento, como si huyeran a toda prisa del montañoso dragón que se cierne sobre ellas. Al otro extremo del lago, un humo arremolinado emerge de la casita donde vive Angharad Evans con los animales a los que adopta. He ahí la vida entera de Ffion, desplegada en un conjunto de retales: el verde del bosque y el gris de la pizarra junto con el azul de plata espejada del lago.

—Estáis investigando el asesinato, ¿verdad? —Huw le persigue la mirada a Ffion—. ¿Qué tal lo llevas?

—Tú estuviste en la fiesta de Nochevieja de La Ribera.

—Yo y medio Cwm Coed. Te veo muy guapa.

—¿A qué fuiste?

Huw reposa una mano sobre el andamio. Tiene la piel áspera y bronceada, y los dedos visiblemente maltratados por años de trabajo; nunca lleva guantes en la obra, ni siquiera en lo más frío del invierno.

—Vuelve a casa, Ffi —dice con dulzura—. Te echo de menos.

—A ti no te gustan nada esa clase de fiestas. —Ffion parpadea con fuerza; el frío está haciendo que se le humedezcan los ojos—. Hablar por hablar, beber champán, la chuminada esa de los canapés... ¿A qué fuiste?

—No me seas así.

—¿Fuiste para ver si recuperabas las treinta mil libras que te debía Rhys? —Ffion examina la cara de su marido en busca de algún indicio de haber dado en el blanco, pero él le devuelve la mirada con tal intensidad que la obliga a desviar la suya.

—Ffi.

—Ya hemos pasado por esto.

—Te quiero —dice Huw sin levantar la voz, pero con gran convencimiento, y Ffion permanece con los ojos fijos en el lago, deseando estar nadando en él, rauda como el viento—. Haría lo que fuese para que las cosas volvieran a ser como eran.

—Por favor, no lo hagas más difícil de lo que ya es. —Ffion no quiere sonar enfadada, pero las palabras le salen entrecortadas y rígidas—. Solo he venido porque parece que la cosa pinta mal para ti. ¡Treinta mil, Huw! ¿Por qué no me lo habías contado?

—Lo he tenido un poco complicado cuando has estado haciendo todo lo posible para no cruzarte conmigo.

Ffion se ruboriza; no se había dado cuenta de que se le había visto tanto el plumero.

—Tendrías que saber que estamos en proceso de analizar las huellas que había en la escena del crimen. Si encuentran las tuyas en el despacho de Rhys...

—¡Pues claro que las encontrarán! —Huw ríe—. Ffi, he trabajado en ese resort. Les he montado ventanas, les he acabado de instalar los suelos, les he resuelto los contratiempos que han tenido después de mudarse todos allí... Todavía tengo las llaves.

—¿Y deberías tenerlas aún si ya no trabajas en La Ribera?

—Podrán quedárselas otra vez en cuanto me devuelvan mis treinta mil libras. Además, he oído que a Yasmin Lloyd le caerá una pequeña propina dentro de poco, conque ya no debería haber ningún problema.

—¿Dónde has oído eso?

Huw, la única persona en Cwm Coed capaz de igualar a Ffion en su tozudez, se da unos golpecitos con el dedo en la nariz. Se quedan mirándose a los ojos hasta que por una vez es ella quien aparta primero la mirada.

—Será mejor que me vaya.

—He estado dándole al tarro.

—Igual tendrías que consultar a un médico antes de emprender actividades tan inusuales para ti.

—Podríamos ir a tomar algo algún día, como hacíamos antes de casados. Sin presiones, sin hablar de tener hijos; a tomar algo y ya está, y ver qué tal nos funciona.

El viento le agita el pelo a Ffion y le planta un mechón delante de los ojos. Huw alarga una mano para apartárselo, un gesto que a ella, hace un año, difícilmente le habría llamado la atención. La agente se echa para atrás con rapidez, olvidándose de dónde están, y, cuando se agarra al andamio para no caerse, ve el pavor en el rostro de su marido.

—Madre mía, Ffi. ¿Tan hijo de puta he sido?

—No, no eres ningún hijo de puta. —Es ella quien tiene la culpa, quien puso punto final a las cosas. Ffion se mete las manos en los bolsillos para disuadirse de acercarse más a Huw. Se ha prometido a sí misma no hacerle más daño del que ya le ha hecho, pero él todavía la quiere, y eso tiene mucho de tentador.

—¿Quedamos para tomar algo, entonces? Esta noche estaré con los del rescate de montaña, pero...

Ffion se quita el casco y se lo da.

—Quizá cuando haya acabado con este trabajo.

Tiene cinco llamadas perdidas de Leo. Borra las notificaciones y pone el móvil en silencio, y luego se sienta en el coche y revisa la bandeja de entrada de su correo electrónico. Los analistas delictivos han examinado a fondo las aplicaciones que había descargadas en el móvil de Rhys. La agente abre el archivo adjunto. Muchas le son familiares: un programa de seguimiento deportivo, varias plataformas de redes sociales y de compra online... También aparecen listadas diversas aplicaciones musicales, entre ellas afinadores de instrumentos y una guía virtual para calentar la voz. Resulta extraño ver la vida de alguien inventariada de esa forma, con sus prioridades y privilegios categorizados en carpetas y accesos directos. Ffion se imagina su propia huella digital expuesta de esa manera: editores fotográficos y cupones descuento de pizzerías, aplicaciones para medir la velocidad del viento y orientarse a la hora de observar el firmamento.

Al agente Thorngate, del equipo de Crouch, se le ha confiado la tarea de indagar en las múltiples aplicaciones de citas utilizadas por Rhys —algunas de las cuales fueron eliminadas de su teléfono en las semanas previas a su muerte—, pero a Ffion son las otras las que le pican la curiosidad. «Número 36» es, según indica la lista, un club privado.

«He ido a tomarme una copa a un club del Soho que visito con cierta asiduidad», había dicho Rhys en su declaración al hablar de la noche en que aquella desconocida había visitado su hogar y amenazado a su mujer.

¿Será Número 36 el nombre de ese local? Debajo del punto que ocupa la aplicación en la lista figura una cantidad limitada de datos que los analistas han recuperado de ella: Rhys cerraba alguna reserva casi todas las semanas hasta junio del año pasado, cuando dejó de ser miembro. ¿Serían las estrecheces económicas? Quizá Rhys sintió que tenía que comenzar a apretarse el cinturón, al faltarle el trabajo.

Ffion googlea el nombre del club: por «Número 36» no le sale nada; tampoco hay información en las redes sociales. El nombre de la agente encargada de las labores de investigación en torno a la denuncia por acoso de Rhys consta en el escaneo de la declaración que le enseñó Leo, así que Ffion le envía un correo exprés donde le pregunta qué sabe sobre aquel club. Todo aquello le huele a chamusquina: aunque el Número 36 lo lleven unos carcas, hoy en día todo negocio tiene algún tipo de presencia en internet, por pequeña que sea, ¿o no?

A menos que no quiera ser descubierto.

17

5 de enero - Leo

Leo está haciendo un recado personal en horas de trabajo. Se trata de un acontecimiento tan inaudito que nota cómo se le acelera el pulso, mientras se pregunta si Ffion Morgan, la Llanera Solitaria, también opera en un estado constante de estrés alimentado por la adrenalina y la cafeína, y si eso le causa alguna molestia. Sospecha que no.

Está frente al umbral de lo que antaño fue su casa, un semiadosado de tres dormitorios situado en una respetable urbanización de Chester. Allie —o, mejor dicho, Dominic—, ha pintado la puerta de un negro satinado y, clavado con un poste en el jardín delantero, hay un cartel de SE VENDE. Cuando se divorciaron, su exmujer le compró su parte de la vivienda y lo dejó con unos fondos algo insuficientes para rehacer su vida, sobre todo si se incluía en los cálculos la transferencia mensual que Allie insistió en cobrarle.

«Abandoné mi carrera profesional para cuidar a Harris».

«¡Venga ya! —le contestó Leo—. Lo tuyo de carrera tenía poco». Se arrepintió tan pronto como lo dijo, consciente de que, para Allie, aquellas declaraciones pasarían a engrosar la lista negra de sus fechorías. Su ex había sido coordinadora administrativa en una empresa de mudanzas; al quedarse embarazada, le ofrecieron una reducción horaria a media jornada, pero ella declinó la propuesta. A Harris lo apuntó a una guardería a tiempo completo cuando cumplió los seis meses, mientras ella se pasaba el día yendo a clases de fitness.

Ahora sale a abrirle a Leo vestida con su ropa de deporte: unas mallas burdeos, una camiseta a juego y el pelo ceñido con una ajustada bandana de licra.

—¿Qué quieres?

—¿Puedo pasar? Hace un frío que pela.

Allie vacila unos instantes, hasta que suelta un suspiro y se mete otra vez dentro de casa. Leo la sigue hasta la cocina. En un lado de la mesa hay una pila de tarjetas color crema y, en el otro, varios sobres a juego; en el centro, una hoja de cálculo impresa. Allie ha trazado una marca junto a algunos de los nombres que aparecen en ella.

—Son invitaciones de boda —dice. Se sienta y saca una de la pila. Entonces, consulta su lista y escribe un nombre en la tarjeta antes de meterla en un sobre y lamer el borde de la solapa.

Leo ya está más que acostumbrado a que le rompan el corazón, así que ignora la falta de tacto de su exmujer y se sienta delante de ella.

—Por favor, no te lleves a mi hijo. —Ha pasado casi toda la noche en vela ensayando mentalmente esta conversación.

—No me lo estoy «llevando». —Allie hace el gesto de las comillas con los dedos—. Estoy dándole nuevas oportunidades. Este país es un estercolero.

—Mudaos más cerca, pues. —Un asomo de desesperación impregna la voz de Leo—. A Francia, a España... —No quiere que su hijo se marche a ninguna parte, pero, si vive en Europa, al menos podrá ir a visitarlo más a menudo.

Allie arruga la nariz.

—Allí nadie habla inglés. —Lame otro sobre, pone una mueca de dolor y se pasa la lengua por dentro de la boca—. ¿Por qué duele tanto cuando te cortas con un papel? En fin, que ya está todo organizado: a Dominic lo van a hacer jefe de departamento en un instituto de primera categoría, y en el mismo recinto hay también una escuela primaria, así que podrá acompañar a Harris a clase cada día.

—Claro que podrá, ¿no te jode? —Hoy Leo se había propuesto conservar la calma, pero es eso o rendirse ante los sollozos que le anegan el pecho, y no piensa darle a Allie el gusto de verlo llorar.

—¿Lo ves? A esto es a lo que me refiero. No paro de concederte segundas oportunidades, y tú siempre acabas perdiendo los estribos. Es inaceptable, Leo. Siendo sincera, creo que Harris viviría mejor si tú no estuvieras presente; eres una mala influencia.

—Lo quiero mucho.

—¡Lo pusiste en peligro! —Ya está: el as en la manga de Allie—. ¡Estaba aterrorizado, Leo! A saber qué secuelas mentales le quedarán. Cuando pienso en su vocecita al otro lado del teléfono... —Se tapa la boca con la mano, cierra los ojos y se esfuerza por verter algunas lágrimas de cocodrilo. Leo no dice nada; ¿qué va a decir que no haya probado a decir ya?

Estaba acompañando a Harris de vuelta con Allie cuando sucedió aquello. Como la mayoría de sus compañeros, Leo se había pasado casi toda la semana buscando a Kieron Tackley, un pederasta de sesenta y cinco años con suficientes contactos como para lograr que la furgoneta que lo llevaba a la cárcel fuese interceptada. En lugar de comparecer ante la justicia, Tackley estaba vagando por la ciudad, y cada día que pasaba otro niño corría peligro.

«Who let the dogs out?», cantaba Leo al son de la radio.

«Who, who, who, who, who?», le respondían desde el asiento trasero. A Harris la canción de los cinco lobitos lo dejaba indiferente; eran los perros de los Baha Men los que lo hacían menear el esqueleto como si no hubiera un mañana.

Y ahí estaba Kieron Tackley, de pie junto a una parada del bus; encapuchado, y con la cabeza gacha, pero sin duda era él. Leo apagó la música, aparcó detrás de otro coche y alargó la mano hacia el radiotransmisor.

—Pusiste tu trabajo por delante de tu hijo —le dice ahora Allie—. Es más que evidente dónde residen tus prioridades, y Harris no está entre ellas.

Leo abandona la habitación. ¿Para qué seguir insistiendo?

—¡Espera!

Cuando se da la vuelta, Allie le planta un sobre enfrente de las narices.

—Toma. Así me ahorro un sello.

Ffion sale del coche en el momento en que Leo aparca en las inmediaciones del depósito de cadáveres de Brynafon. Su compañera decide no esperarlo y, cuando él hace acto de presencia, ella está ya con Izzy Weaver. Brady tiene la nítida sensación de que Morgan está evitando quedarse a solas con él. Se pregunta si Seren le habrá contado algo sobre su conversación en la calle mayor de Cwm Coed.

—Deduzco que se ha apostado usted algo a que la mujer del difunto lo liquidó con sus propios somníferos, ¿verdad? —le dice Izzy a Ffion en cuanto Leo entra en la morgue con ellas. El técnico, Elijah, está despejando la sala después de la anterior autopsia.

—Es solo un presentimiento —dice la agente—. Cuando le enseñamos la lista de medicamentos su reacción no fue muy normal, desde luego.

—Bueno, sobre ella no puedo opinar, pero me temo que los análisis toxicológicos no han recogido ningún rastro de esas pastillas, así que el agente Brady se queda con el bote.

—¿Está usted segura?

Izzy lanza a Ffion una mirada recriminatoria.

—De hecho, no había presencia de ningún medicamento. Su víctima estaba relativamente sana.

—Y entonces ¿de qué murió?

—Por mucho que a los forenses nos guste creernos Dios, los informes *post mortem* suelen basarse más en descartar que en diagnosticar: se van acotando los signos clínicos hasta que todos apuntan a una sola cosa. —Izzy se quita las gafas y se las prende a la parte de arriba de la bata—. En este caso, la agresión en sí podría parecer severa, pero en realidad es relativamente superficial: no existen contusiones cerebrales ni hemorragias subaracnoideas o subdurales. No habría bastado para matarlo, pero sí para desencadenar el infarto que más tarde resultó fatal.

—Los testigos dicen que estaba totalmente ido durante la fiesta —observa Ffion—. Todos dieron por sentado que había bebido de más.

—Eso encajaría con las fases iniciales de un fallo cardiaco, sobre todo en pacientes que por lo demás estaban sanos. Sabemos, por la aplicación de salud del reloj que llevaba, que su pulso fue irregular durante la mayor parte de la tarde, y que se fue ralentizando peligrosamente a medida que se acercaba la noche. Esa bajada súbita de tensión, por sí sola, habría originado síntomas de confusión.

—¿Y vómitos? —pregunta Leo—. Un testigo vio que había salido a vomitar.

—No es infrecuente.

—Pregunten si había canapés de setas en la fiesta —dice el técnico—, y quién los preparó. —Igual que Izzy, Elijah va con una bata desechable y unas fundas de plástico azul encima del calzado. Lleva unas gafitas redondas y el pelo largo y recogido en un moño alto—. Una mínima dosis de *Amanita phalloides* es suficiente para provocar malestar físico en cuestión de horas.

—Elijah va por la mitad de la carrera de Toxicología —dice Izzy—, lo cual, aparentemente, lo convierte en un experto.

—Los síntomas concordarían —replica el técnico sin levantar la voz, sin hacer caso del dardo que acaban de lanzarle.

—Pero un envenenamiento por amanita también habría producido fallo renal y hepático, y en nuestro coleguilla no he detectado ninguno de los dos. —La patóloga se vuelve hacia Ffion y Leo, desestimando con eficiencia la opinión de Elijah—. Prácticamente todos los venenos dejan marca: los corrosivos queman el tracto digestivo, el paracetamol causa ictericia en el blanco de los ojos, el arsénico otorga a las paredes gástricas una textura aterciopelada...

A Leo le entra un poco de mal cuerpo. Le sabe mal por Elijah, que se ha ido a seguir recogiendo la sala, y se pregunta si a aquel chico de verdad le dan igual las faltas de respeto de Izzy o si, por el contrario, está tramando en silencio la perdición de su jefa. A veces, cuando Crouch se muestra especialmente desagradable con él, Leo se lo imagina precipitándose desde una gran altura, o aquejado de una incontrolable diarrea.

—Izzy Weaver es un poco cargante, ¿no? —dice el agente cuando ya han salido de la morgue y están a una distancia prudencial del alcance auditivo de la patóloga.

Ffion se reclina sobre su coche.

—A mí me cae bien.

Leo revisa sus e-mails. Finalmente, Twitter les ha comunicado la dirección IP a la que iban asociados algunos de los tuits amenazantes recibidos por Lloyd, y el agente espera que por esa vía se consigan resultados. ¿Debió viajar la acosadora desde otro punto del país hasta la casa familiar con tal de enfrentarse a Yasmin, o también ella vivía en Londres? Si fue ella quien asesinó a Lloyd, ¿cómo llegó hasta La Ribera? Aquella misteriosa mujer sigue siendo su principal sospechosa, y, cuanto antes la identifiquen, mejor. Puede que incluso encuentren sus huellas en la escena del crimen. Este último pensamiento lo hace acordarse de Seren Morgan.

—Me crucé con tu hermana en... —comienza a decir, pero Ffion habla más alto.

—La policía de Londres ha estado ahondando en lo del club de Rhys, el Número 36. Ya hace años que han ido recogiendo información de poca trascendencia sobre él, y ¿a que no sabes qué? —La agente da una calada a su cigarrillo—. Se trata de un prostíbulo —concluye, y exhala un lento penacho de humo—. Uno de alto standing, sea lo que sea lo que signifique eso, pero un prostíbulo al fin y al cabo. En este mismo momento están coordinando un operativo alrededor del local.

—¿Tú crees que Yasmin estará al corriente?

Ffion restriega con el tacón de la bota la colilla del cigarro de liar que acaba de fumarse.

—¿De qué? ¿De que su marido era un cabronazo?

Leo no está seguro de qué responder. Vuelve a cargar la bandeja de entrada y lee los correos que acaba de recibir mientras va esbozando una sonrisa.

—Creo que acabamos de dar con la acosadora de Lloyd —anuncia mirando a su compañera. Acto seguido, llama al número que figura en la firma del correo y activa el altavoz.

—Ya me imaginaba que no tardarías mucho en contactarme. —Gwen, del departamento tecnológico de la Unidad de Delitos Graves, parece satisfecha consigo misma.

—Estoy aquí con Ffion Morgan —dice Leo—. Explícanos a los dos qué es lo que has conseguido.

—En octubre del año pasado, alguien envió un tuit violento dirigido a la cuenta de la víctima, y ojo al dato: la dirección IP corresponde a una cafetería de la calle mayor de Cwm Coed. —Leon y Ffion se miran a los ojos: la acosadora de Lloyd es del pueblo—. Eso por sí solo no nos dice nada, dado que el móvil desde el que lo publicaron es imposible de rastrear, pero la mayoría de los delincuentes siempre llevan un teléfono de prepago desechable, además del suyo propio. Así pues, he echado un vistazo para ver cuántos dispositivos más estaban conectados simultáneamente a esa misma red wifi. —Gwen hace una pausa cuya única intención ha de ser, a la fuerza, melodramática.

—¿Y? —La aprieta Ffion.

—Solo había otro más. Otro teléfono móvil, pero esta vez de contrato.

A Leo se le acelera el pulso.

—¿Registrado a nombre de quién?

La sensación de triunfo de Gwen es audible.

—De Yasmin Lloyd.

18

27 de diciembre - Ceri

La Ribera es la última parada de la ruta postal de Ceri. La cartera deja el motor en marcha y las noticias del mediodía puestas en la radio encendida, y abre las portezuelas traseras de su furgoneta. Dentro hay todavía más paquetes de ropa para Ashleigh Stafford, que tuerce el gesto cuando Ceri se los entrega.

—Tendría que haber otro de ASOS.

—Pues eso es todo lo que tengo. —La cartera se pregunta si aquella mujer hace algo para matar el rato en La Ribera aparte de comprar por internet. El verano pasado, la pareja estuvo todo el mes de agosto allí, y Ceri les llevaba paquetes todos los días sin falta. Ashleigh no le dio las gracias ni una sola vez, pero en una ocasión, habiendo recorrido la cartera el camino que llevaba hasta su casa tambaleándose bajo el peso de un montón de cajas, Bobby Stafford le puso un billete de veinte libras en la mano.

Jonty y Blythe Charlton, los de la número uno, raramente reciben correo.

—Nos lo mandan todo a nuestra primera residencia —le explicó Blythe en verano. No hacía mucho que Ceri había cumplido los cuarenta, y lo había celebrado entrando a vivir en una casa de dos dormitorios cuya hipoteca aún continuaría pagando a los setenta y tantos. Qué dura es la vida del pobre.

Hoy, Ceri tiene una pila de envíos para entregar en la número cuatro. Clemence Northcote y su hijo le despiertan curiosidad. En su día les llevó todas las felicitaciones navideñas y varias facturas, y hoy toca un sobre marrón del Registro Nacional de Conductores y Vehículos; hacerse enviar algo así a una residencia vacacional resulta cuanto menos extraño. Uno de los paquetes es tan grande y grueso que no cabe por el buzón de la puerta, así que la cartera llama al timbre. Es Caleb quien le va a abrir; el chico bosteza de tal forma que Ceri le ve los orificios de la nariz, y luego se rasca el trozo de barriga que le asoma entre los pantalones del pijama y la sudadera que lleva puesta, estampada con el diseño de un grupo de música del que ella no ha oído hablar nunca.

—Qué tal —dice. No termina de ser una pregunta.

Ceri le entrega el correo. El joven huele a cánnabis y a horas de sueño, pero lo prefiere a él antes que a doña Llámame Clemmie, cuya insistencia en conversar en un galés macarrónico la ha hecho llegar tarde en más de una ocasión a fichar la salida. La cartera se pregunta si aquella mujer sabrá que su hijo fuma hierba, o que lo han visto en la colina recogiendo hongos alucinógenos, que ya crecían allí cuando Ceri iba a la escuela.

Para la número dos no hay más que una postal. Podría echarla por el buzón, pero siente una cierta debilidad por Dee Huxley y le gusta visitarla y comprobar que esté bien.

—¡Ceri, cariño, que estamos a menos uno! —Como siempre, la señora Huxley va con sus pantuflas y su cárdigan, con múltiples capas debajo. La cartera baja la vista hacia sus rodillas desnudas y sonríe de oreja a oreja. Casi todas las mañanas sostienen una variación de ese mismo diálogo, pero hará falta más que una amenaza de nevadas para que Ceri se cambie los pantalones cortos.

—¿Cómo está usted, señora Huxley?

—Pues sigo viva, que para empezar bien el día no está mal, digo yo.

—Pensaba que ya le había dicho que use esto. —Ceri hace repiquetear la cadena del cerrojo, que cuelga inútilmente sobre el marco de la puerta—. En lugar de la cartera, podría haber sido alguien que venía a robarle.

—De haberlo intentado, no habrías durado ni un suspiro. —La

señora levanta el bastón y da un golpe en el suelo, y luego se carcajea al ver la expresión de Ceri.

Al llegar a la número cinco, Ceri saca el paquete etiquetado con el nombre de los Lloyd. Se lo dejaría delante de la puerta si pudiera, pero aquel gran sobre acolchado con el marbete de la agencia del cantante requiere de una firma del destinatario. ¡Una firma! Un rimero de sobres franqueados y con su dirección indicada, esperando todos ellos el autógrafo de Rhys: aquello es la cosa más ridícula que a Ceri se le podría ocurrir.

Con suerte, una de las gemelas le abrirá la puerta. O Yasmin; a la cartera no le cae muy bien, pero sin duda, dentro de lo malo, sería lo mejor. Los Lloyd tienen uno de esos timbres con cámara incorporada, de manera que, mientras echan el rato en el muelle, pueden ver si quien llama a la puerta es digno o no de que se levanten a recibirlo. Una vez, a principios de verano, Ceri lo pulsó y fue saludada por la voz incorpórea de Rhys.

«Paquete para ti».

«¿Podrías dejármelo arriba, en el despacho? Tienes la puerta abierta. Es una sorpresa para Yasmin, no quiero que lo vea».

«Hay que joderse… —dijo Ceri entre dientes mientras entraba empujando la puerta—. ¿Os habéis quedado sin asistenta, o qué pasa?».

Se dio cuenta de que los habitantes de la cabaña se descalzaban junto al felpudo al entrar; ella no solo no lo hizo, sino que deseó haber tenido aún más barro en las suelas. Subió por las escaleras y, al doblar el recodo que hacían a medio camino, vio el despacho arriba del todo. Todas las puertas exteriores estaban abiertas, y hacía un calor sofocante. Una pila de partituras, sujetas al escritorio con una taza vacía a modo de pisapapeles, ondeaban con la brisa que entraba desde la terraza del dormitorio principal. Ceri puso el paquete encima del sillón y lo tapó con un cobertor tan suave que por poco no pudo resistir la tentación de llevárselo a la cara. Pasó una mano por aquella mesa de caoba pulida y pensó en la cutrez de muebles que tenía ella en su casa. En la pared había unos cuadros con imágenes genéricas que, colgados, formaban un cuarteto perfecto. La cartera lo observó todo con atención, moviéndose con sigilo por aquel pequeño espacio mientras deslizaba suavemente los dedos por todos aquellos adornos sagazmente organizados.

Echó un vistazo al dormitorio que presidía el piso de arriba, pensando en lo increíble que sería despertarse delante de aquellas vistas, y sentarse todo el día a pintar en la terraza. Entonces entrevió el espejo de cuerpo entero que colgaba de la pared, y soltó un grito.

Rhys estaba echado en la cama, con las sábanas apartadas a un lado y una mano reposando despreocupadamente junto a su muslo desnudo.

«¿Estás ahí, Ceri?» la llamó mientras ella salía corriendo escaleras abajo, como si no hubiera estado observándola a escondidas, como si no acabara de mirarla directamente a los ojos con una sonrisa en los labios, como diciendo: «Soy irresistible para ti, ¿verdad?».

Luego, ella fue a quejarse a su jefe.

«No tendrías que haber entrado en su casa —le dijo él—. ¡Fuiste hasta el piso de arriba, Ceri! ¿Qué te pensabas que iba a pasar?».

—Buenos días —la saluda ahora Rhys al abrirle la puerta.

Ceri ni lo mira. Le entrega el sobre, lleno de cartas de fans, y se queda con los ojos fijos en la tableta electrónica, mientras él firma con unas florituras tan exageradas que se le salen de la pantalla. Piensa en los motes que le ponía cuando ella tenía doce años, y él era ya lo bastante mayorcito como para distinguir lo que estaba bien de lo que no. Piensa en sus agresiones con cuentagotas cada vez que se veían, en el obsceno grafiti que le pintó en la taquilla. Piensa en cuando se presentó hecha un manojo de nervios a una cita con una chica que le gustaba, solo para encontrarse a Rhys y sus amigotes meándose de la risa. «Agua pasada», dice siempre que algún viejo compañero del cole hace referencia a ello.

—Lo cierto es que yo también tengo algo para ti. —Rhys

tose. Nunca ha hecho mención del día que Ceri lo vio en la cama; nunca, ni siquiera de pasada. Ceri se pregunta si con él debe cumplirse lo de perro ladrador, poco mordedor; si es uno de esos hombres con tanto miedo a ser humillados que son incapaces de intentar nada que no puedan excusar luego como un accidente—. Voy a buscarlo.

Ceri lo espera en el umbral, pensando que quizá se refiere a una propina, aunque Yasmin ya le dio una postal navideña con un vale regalo de Primark.

El cantante regresa con un montón de tarjetas color crema.

—Vamos a celebrar una fiesta de Nochevieja. Pensábamos invitar a unas cuantas personas del pueblo —le explica, y se vuelve a aclarar la garganta.

—Me estás… —Ceri no puede creerlo—. ¿Me estás invitando a una fiesta en tu casa?

Rhys se pone ligeramente colorado.

—Bueno, si quieres. Pero la verdad es que nos preguntábamos si… O sea…, he hecho una lista, una lista de gente a la que se nos ha ocurrido que le podía hacer ilusión venir —dice, y le da un folio impreso con los nombres de una veintena de personas.

Ahora ya ve por dónde van los tiros: ella es la cartera, así que puede hacerles de repartidora. Y gratis. El tío tiene una cara que se la pisa. Mientras mira fijamente las invitaciones, le entran ganas de decirle por dónde puede metérselas, pero dentro de sí pervive aquella niña de catorce años que una vez se tiró a un arbusto de ortigas para escapar de la crueldad de Rhys; la adolescente a la que inspiraron tanto odio contra sí misma que acabó tragándose todos los paracetamoles que tenía a mano.

Ceri coge las invitaciones.

Después de dejar la furgoneta en el trabajo, recorre el pueblo de camino hacia su casa. Glynis, que está limpiando los escaparates de la ferretería, le pregunta igual que siempre qué tal todo. Lo hace de forma insistente y enfática, como si el hecho de preocuparse ahora por su bienestar anulase lo que hizo su hijo en el pasado.

—Van a montar una fiesta en La Ribera. —Ceri le enseña las tarjetas color crema.

—Qué bien que inviten a gente del pueblo —dice Glynis con algo de suspicacia.

—Pues sí, es genial. —Agua pasada, piensa Ceri mientras reanuda la marcha. Repasa la lista de personas que Rhys y sus amistades consideran dignas de una invitación: propietarios de comercios, rotarios, el párroco y su mujer, un historiador local, un presentador televisivo que posee una casa familiar en los alrededores... ¿De verdad que a ese hombre le cae bien toda esta gente, o todo se basa en las apariencias? La cartera hojea las invitaciones con el pulgar mientras traza una ruta mental para repartirlas.

¿Qué está haciendo?

A Ceri la acomete la rabia de estar permitiendo otra vez que Rhys ocupe su tiempo y sus pensamientos. Empuja la puerta del Y Llew Coch; al lado de la ventana se sientan los habituales de la hora de comer —un grupo de viejecitos con sus pintas de cerveza y años y años de recuerdos—, y una pareja de excursionistas se mete entre pecho y espalda unas salchichas con patatas fritas. En la barra está Huw Ellis hablando con Steffan Edwards.

La cartera los saluda con un cabeceo.

—*Iawn?*

—¿Qué tal, Ceri? —dice Huw. La costumbre empuja a Ceri a echar un ojo a la bebida de Steffan, pero esta, igual que la de Ellis, no es más que un café; la conversación con Huw lo tiene tan absorbido que él ni se da cuenta. La cartera deja caer sobre la barra el fajo de invitaciones.

—¿Te puedo robar un trozo de papel? —le pide a Alun, el de detrás de la barra.

Él coge una de las tarjetas y la lee.

—No esperarán de veras que vaya a ir nadie de por aquí, ¿no?

—Glynis Lloyd sí. —Ceri garabatea una nota en el papelito que el camarero acaba de entregarle.

—Con monitores —está diciéndole Steffan a Huw, junto a ella.

Alun niega con la cabeza.

—Qué vergüenza. Cuando sabe muy bien que Jac quería que dejasen Tŷ'r Lan tal y como estaba… Incluso lo puso en el testamento. Aquel hombre se debe de estar revolviendo en la tumba.

—¿Por qué se lo calló? —dice ahora Steff, pero Ceri ya está hasta el moño de La Ribera, los conocidos del pueblo que son como un disco rayado y los tíos de los pubs. Abandona el local tras dejar las tarjetas en la barra, con su nota encima.

«Invitación abierta —reza el papelito—. Barra libre».

Ceri va diciendo que lo suyo ya es agua pasada.

Nada más lejos de la realidad.

19

5 de enero - Ffion

Justo cuando Ffion y Leo llegan a La Ribera, Bobby Stafford se les acerca trotando.

—Me he descargado todo lo que grabó mi cámara frontal —les dice cuando los alcanza—. No sé si sirve de algo, pero, en Nochevieja, Rhys pasó por delante de nuestra cabaña sobre las diez y media.

—Gracias. —Leo coge el lápiz USB que le entrega el boxeador.

Ffion se aleja de ellos; le ha llamado la atención algo que se movía entre los árboles. Avanza con su compañero siguiéndola unos pasos por detrás, hasta que encuentra a Caleb Northcote merodeando a la orilla del lago, con una capucha echada sobre la cara. El joven arroja una colilla a los matorrales que tiene detrás.

La agente lo mira con desconfianza.

—¿Qué haces fisgoneando por aquí?

—Yo no fisgoneo. Pensaba que iban a meter a Bobby en el trullo.

—¿Deberíamos? —pregunta Leo.

—Qué va, si es muy buen tío. Me está enseñando a pelear. —Caleb hace equilibrios ahora sobre el pie izquierdo, ahora sobre el derecho. Sus ojos tantean los alrededores, como si buscase una salida de emergencia. Se le ve nervioso y cariacontecido.

Ffion piensa en la mirada que intercambiaron Felicia y Tabby al oír que Rhys había muerto.

—Tú vas mucho con las gemelas Lloyd, ¿verdad?

—Sí, bueno…

—¿Qué tal se llevaban con su padre?

—No lo sé. —La respuesta es como un automatismo, pero luego añade—: Se peleaban mucho.

—¿Las gemelas?

—Rhys y Yasmin. Felicia y Tabby los oyeron discutir en Nochebuena. Tabby me contó que se montó un buen pollo.

—¿Por qué motivo?

Caleb se encoge de hombros.

—Pregúnteselo a ellas. —Es demasiado avispado para chivarles nada, piensa Ffion, pero también demasiado formal como para largarse.

—¿Dónde vives, Caleb? —le pregunta Leo.

—Aquí.

—Ya, pero ¿de dónde vienes?

—De Londres.

—¿Y estás bien allí?

Caleb se encoge de hombros una vez más. Al cabo de un momento, dice:

—Mamá no.

—¿Y eso?

—No le gustan mis amigos.

Leo asiente con la cabeza.

—Es lo que hay: es ley de vida. A las madres no tienen por qué gustarles nuestros amigos. Mi hijo acaba de empezar la escuela, y tiene algunos compañeros de clase que son de miedo…

Caleb ríe; el sonido que acaba de emitir lo sorprende hasta a él mismo.

—A mí tampoco me caen muy bien los míos —dice mirando a Leo. Coge una piedra del suelo y comienza a pasársela de una mano a la otra.

—¿Son chicos problemáticos? —pregunta el policía. El joven hace un gesto afirmativo.

—Tú tampoco es que seas precisamente un ser de luz —observa Ffion. Le gustaría lanzarle una advertencia; Seren ha mencionado el nombre del chico con tanta frecuencia en sus conversaciones que es imposible que no se cueza nada con ese chaval. Aun así, la agente es lo bastante astuta como para no echar gasolina a un fuego que tal vez se extinga solo; ordenarle a un adolescente que no haga algo es una garantía segura de que lo hará.

—Sé que no me creerán, pero todas esas cosas las hice obligado. —Caleb restriega las suelas de las zapatillas en el suelo—. No lo digo como excusa, en plan... sé que podría haber dicho que no, sé que fui yo quien las hizo... Que tengo que asumir las consecuencias de mis actos, bla, bla, bla...

—Cuanto más mayor te hagas, mejor se te dará hacerte valer ante los demás —dice Leo.

—Por eso mamá compró la casa —Caleb señala hacia La Ribera con un gesto de la cabeza—. La vio por internet y le cogió como una obsesión con este sitio. «Allí estarás bien lejos de todas esas malas influencias». —El joven imita a la perfección la voz de Clemmie Northcote.

—Una forma muy cara de hacer borrón y cuenta nueva.

Caleb vuelve a encogerse de hombros. Se oye un sonido de campanilla: le ha entrado un mensaje en el móvil.

—Tengo que irme.

—Borrón y cuenta nueva mis cojones —dice Ffion cuando el chico ya se ha ido—. Mi hermana cree que es el proveedor de cánnabis de la mitad de los quinceañeros del instituto —añade con un bostezo—. Supongo que yo debería hacer algo al respecto.

—Yo creo que es buen chaval, en el fondo. —Leo insinúa una media sonrisa—. Me recuerda a mí cuando tenía su edad.

Ffion resopla.

—A mí también me recuerda a ti, pero a la edad que tienes ahora. O sea que, al cumplir años, aprendes a hacerte valer ante los demás, ¿eh? Pues no quedó muy demostrado cuando tu jefe se choteaba de ti en tu cara.

Leo emprende el camino de vuelta hacia las cabañas.

—¿Ahora toca ponerme en la picota, o nos vamos de una vez a detener a Yasmin Lloyd?

—Pues, ya que lo dices, tienes otro vicio feísimo, que es que...

—Ffion se queda cortada cuando Leo se detiene en seco y la fulmina con la mirada. La agente le dirige una amplia sonrisa—. Vale, está bien. Vayamos a detener a Yasmin Lloyd.

En la cabaña de los Lloyd, Tabby desgrana unas melodías tristes en el piano, mientras que Felicia permanece de rodillas delante de la mesita auxiliar de cristal, rodeada de fotos de su padre.

Yasmin suelta un suspiro.

—Le dije que no lo hiciera. Lo único que va a conseguir es sentirse peor.

—Tengo que hacerlo —replica Felicia entre lágrimas, mientras hojea las cartas que le han enviado a su padre—. Los fans de papá están destrozados; a él le gustaría que les contestásemos.

—Con cada respuesta, Felicia incluye una comunicación impresa. Ffion coge una de ellas.

«Estamos profundamente afligidas por la pérdida de Rhys Lloyd, quien como padre y marido nos regaló su cariño inmenso».

Felicia mete el mensaje en un sobre, junto con una fotografía firmada, y luego lame la solapa. Un lagrimón cae encima de la dirección de envío cuando la joven añade la carta al montón que ya tiene preparado para remitir.

—Necesitamos hablar con usted —dice Leo—. ¿Podrían irse las chicas a algún otro lado, para que no...?

—Lo que tengan que decirme, me lo pueden decir aquí mismo —ataja Yasmin—. Nada puede ser peor para ellas que enterarse de que su padre ha muerto.

Ffion se encoge de hombros.

—Yasmin Lloyd, queda arrestada bajo sospecha de haber cometido un delito de acoso contra Rhys Lloyd. —Mientras la agente enuncia a Yasmin sus derechos como detenida, Felicia reanuda sus llantos. Su madre no dice nada.

Tabby deja caer la tapa del piano, y esta se cierra de golpe con un estruendo que reverbera por toda la casa.

—No pueden arrestarla; va contra sus libertades como ciudadana. Voy a llamar al equipo legal de papá.

El equipo legal de Rhys, que comprende a varios abogados mercantiles y un experto en propiedad intelectual, resulta serle a Yasmin de la misma utilidad que un submarino descapotable. Le acaban asignando al letrado de oficio, quien escucha imperturbable a Ffion cuando esta lo pone brevemente al día, y luego se retira a consultar el caso con su clienta.

—¿No te parece un poco macabro? —dice Leo—. Lo de recibir una fotografía firmada de Rhys Lloyd una semana después de que haya muerto asesinado... —Están esperando en el pasillo donde se encuentra la sala de detenciones, comiendo de los contenidos de la máquina expendedora.

—Hay gente muy rara. —Ffion se vuelca en la boca los trocitos que quedan en el fondo de su bolsa de patatas fritas—. Nunca le he visto el sentido a eso de los autógrafos, de todas formas.

—Algunos valen muchísima pasta.

—No si los vas regalando a manos llenas a cualquiera que quiera uno. —La agente dobla la bolsita de patatas en forma de triángulo—. Solo en aquella pila debía de haber por lo menos cincuenta, y Ceri calcula que está repartiendo un lote por semana. Eso son un cojón y medio de fotos firmadas. —Se queda mirando a Leo—. ¿Qué pasa? Esa es la cara que pones cuando se te ocurre algo.

—No, solo es que acabo de atar cabos. Lloyd tenía un corte en la lengua, ¿te acuerdas? Lo ponía en el informe *post mortem*. Aparte del tajito accidental en la mandíbula y de las heridas faciales.

—¿Y?

—Esta mañana he ido a casa de mi exmujer, que estaba enviando invitaciones de boda. Al lamer un sobre, se ha hecho un corte en la lengua. A Lloyd seguramente le pasó lo mismo mientras respondía a las cartas de sus admiradores.

—Tienes una relación muy extraña con tu ex.

—Yo más bien diría que mi relación con ella es inexistente; de lo contrario, quizá tendría alguna oportunidad de ver a mi hijo de verdad.

A Ffion le suena el teléfono, y atiende la llamada con sumo gusto; los sinsabores de pareja le dan urticaria.

—Al habla la agente Morgan.

—Soy el sargento Dewing, del Departamento de Investigación Criminal del Soho. Hemos hecho una redada en el Número 36.

—¿Qué habéis encontrado?

—Dos banqueros, un político y un juez algo sonrojado del Tribunal Superior de Justicia. A los que manejaban el cotarro tardaremos un poco más en localizarlos, pero algunas de las trabajadoras están piando como canarios.

—¿Alguna de ellas conocía a Rhys Lloyd?

—¿Por qué crees que te he llamado? Tus analistas dicen que se dio de baja como miembro en junio, ¿verdad? Bueno, pues el día antes se extralimitó con su chica habitual, y la dejó con la mandíbula fracturada y la garganta tan llena de moratones que no podía ni hablar. Resulta que a Lloyd le molaba el sexo duro, y el Número 36 lo dejó hacer de las suyas hasta que envió a aquella mujer al hospital de la tunda que le pegó.

De repente, a Ffion le entran náuseas. Se imagina la mano de Rhys alrededor de una garganta fina, cardenales, huesos rotos.

—Parece que tenía una especie de obsesión con esa chica en particular —dice el sargento Dewing—. Incluso le había dado su tarjeta de visita y le había propuesto que quedasen en privado, algo que el Número 36 prohíbe expresamente. Nadie informó de nada en su momento, por razones obvias, pero algunas de las demás trabajadoras sacaron fotos. Te lo advierto: son bastante gráficas.

No pueden ser peores que nada que ella no haya visto ya.

—¿Agente Morgan?

—¿Me puedes mandar por mail lo que hayáis conseguido? Tenemos a su mujer en detención preventiva.

—Te lo mando.

—¿Dónde estaba esa mujer en Nochevieja? —dice Leo cuando Ffion ya lo ha informado de las novedades.

—Fuera del Reino Unido; el 3 de diciembre cogió un avión de regreso a su país de origen. —A Morgan la invade una sensación de debilidad, como si llevara días sin dormir—. Están investigando a sus compañeras, para averiguar si alguna ha visitado recientemente Gales del Norte. —La agente actualiza su bandeja de entrada a la espera de que le entre otro correo de la policía londinense, con esas fotos que no quiere ver. Se imagina a Rhys llegando a casa después de la agresión, dándole un beso a su mujer y a sus hijas—. Valiente hijo de puta —mascula.

—Me imagino que Yasmin opinará igual —dice Leo, antes de dirigirse de vuelta a la celda—, si es que sabe algo del tema.

—Yo pensaba que tenía una aventura —dice Yasmin. Pestañea velozmente, con los ojos fijos en la mesa que la separa de los policías—. Lo que nunca me habría imaginado es que estuviera visitando un... —se detiene a coger aire—, un prostíbulo.

Leo desliza una hoja de papel hacia su lado de la mesa.

—Esto es una copia impresa de todos los mensajes maliciosos que su marido recibió por Twitter durante los últimos dieciocho meses. —Al lado del documento, el agente deposita una bolsa de plástico que contiene un teléfono móvil, uno de los dos que han encontrado en el bolso de Yasmin—. Mensajes enviados por usted desde este dispositivo.

Yasmin cruza una mirada con el abogado, que asiente con la cabeza.

—Sí, pero los del principio no los envié yo. —Señala con el dedo los primeros seis o siete tuits, los cuales hacen escarnio del declive profesional del intérprete—. Estos. No sé quién los enviaría, pero a Rhys le sentaron muy mal.

—¿Y usted quería hacer que se sintiera aún peor? —dice Ffion con una inflexión neutra. Yasmin Lloyd está hecha una buena pieza.

La mujer del cantante alza el mentón y estrecha los labios.

—Yo creía que Rhys estaba con otra. Pensé que si le hacía creer que los tuits estaban conectados entre sí, aquello lo asustaría y lo animaría a cortar por lo sano con ella.

—¿Y qué hay de la mujer que vino a su casa de Londres y la amenazó? —quiere saber Leo.

Se hace una pausa larga.

—No hubo ninguna mujer. Le…, le mentí a la policía.

Leo anota la hora exacta de la confesión en su libreta.

—Su plazo de detención queda prorrogado con motivo de haber facilitado información falsa a las autoridades e intentado interferir en el curso de la justicia. Seguirá bajo custodia policial.

—Lo siento mucho, de verdad. —Yasmin se retuerce las manos sobre el regazo—. Pensaba que me estaba poniendo los cuernos. Perdí totalmente el norte.

—Le hizo creer a su marido que lo estaban acosando. Prestó un falso testimonio ante la policía. —Ffion se inclina hacia delante y le habla lenta e incisivamente—. Permitió que sus hijas adolescentes pensasen que estaban en peligro.

—Yo… —El abogado tose. Yasmin intercambia una breve mirada con él, y después sus facciones se recomponen para formar una expresión cercana a la del arrepentimiento—. Sufro de ansiedad y depresión desde hace tiempo, y tengo la intención de buscar ayuda profesional.

«Tu intención es más bien que te eximan de una pena de cárcel escudándote en tus supuestos problemas de salud mental», piensa Ffion.

—¿Y manipular psicológicamente a su marido le aliviaba los síntomas? —pregunta Leo. Yasmin se ruboriza—. ¿Cuál es el valor de la póliza de seguro de vida de su marido?

El abogado frunce el ceño.

—Mi clienta ha sido arrestada por un delito de acoso. No creo ver ninguna relevancia en...

—Millón y medio de libras —dice Yasmin sin alzar la voz. Todos se la quedan mirando—. Aunque eso tampoco nos va a hacer las cosas más fáciles. —Yasmin no para quieta con las manos, y Ffion entorna los ojos. «Pero mal tampoco os vendrá, ¿verdad?», piensa la agente. Rhys valía más muerto que vivo.

—¿Cómo se calcula eso? —pregunta Morgan.

—Midiendo las ganancias potenciales, supongo. Las regalías de las canciones, y demás. Ya hace años que Rhys se hizo la póliza; nunca pensamos que nos fuese a hacer falta. —Las palabras de Yasmin derivan en un sollozo.

El abogado saca un paquete de clínex del maletín.

—¿Se ve usted con ánimos de continuar?

Yasmin afirma con la cabeza mientras se enjuga las lágrimas con un pañuelo.

—Sí, no pasa nada. —Mira a Ffion, tal vez habiendo notado su cara de escepticismo—. Es solo por las niñas, claro. Lo del dinero del seguro, digo. El precio de sus matrículas escolares, su futuro... Lo van a tener muy difícil, porque ahora solo pueden contar conmigo.

Al morir el padre de Ffion, su madre se concedió una semana para pasar el duelo. Una semana para llorar hasta que los ojos se le pusieron en carne viva, agarrada a los viejos jerséis de su marido. Finalmente, guardó y apartó todas las cosas de él, y se rehízo. Elen Morgan tenía a una bebé recién nacida de la que cuidar, y a una adolescente cada vez más revoltosa; no había tiempo para la desazón.

—Parece que las gemelas se llevan muy bien con su abuela —señala Leo—. Seguro que eso les será de gran consuelo.

Yasmin se sorbe la nariz.

—Glynis pensaba que Rhys era don perfecto. En eso coinciden, supongo.

—¿Usted y Glynis se llevaban bien?

—Nos llevamos mejor desde que falleció mi suegro. Jac y Rhys se tiraban los trastos a la cabeza cada dos por tres, y eso provocaba fricciones entre nosotros.

Leo hace una breve anotación.

—¿Cuándo murió?

—Hace dos años, aunque ya hacía tiempo que estaba en las últimas. Tenía demencia, pero Glynis jamás lo admitió. Ella es una persona muy reservada, con mucho orgullo, ¿saben?

—¿Cómo era su matrimonio con Rhys Lloyd? —pregunta Leo.

—Era…, nos iba bien.

—Su marido estaba acudiendo a los servicios de trabajadoras sexuales —dice Ffion, sin contemplaciones—. A mí me parece que muy bien no debía de ir. —La agente coge la bolsa de plástico con el móvil declarado prueba material del delito—. Usted compró este teléfono prepago con el propósito de acosar a su marido a través de Twitter sin dejar rastro, ¿me equivoco?

—Mi clienta ya ha admitido haber…

—Pero además lo utilizó para otra cosa, ¿verdad? —añade Ffion, que observa cómo Yasmin Lloyd palidece por momentos—. ¿Cuánto hace que usted y Jonty Charlton son amantes?

20

5 de enero - Leo

El teléfono de prepago que Yasmin utilizó para enviar aquellos tuits maliciosos a Rhys es un Nokia plegable, lo bastante fino como para caber en el forro de su bolso, que es precisamente donde Leo y Ffion lo han encontrado. El dispositivo no tenía código de seguridad, y solo había un número almacenado en la carpeta de contactos: el de Jonty Charlton.

El hilo de mensajes de texto que tenía guardado consistía en una mezcla de logística —«Te veo donde el generador a las 18.30»—, sentimentalismo —«Te echo mucho de menos, bizcochito»— y pura guarrería —«La quiero sentir palpitar dentro de mí».

—¡Para! ¡No puedo soportarlo! —Ffion se tapa los oídos con las manos.

Leo levanta la vista de la lista de mensajes que estaba leyendo y le dedica una sonrisa picarona.

—¿No te resulta sensual oírme decir esas cosas?

—No si he de imaginarme a Jonty Charlton y Yasmin Lloyd haciéndolo detrás de los garajes de las bicis de La Ribera.

—Pues sí, allí justamente lo hicieron. —Leo encuentra el mensaje de marras y lo lee de viva voz—: «Tú te agachas y yo te aparco la...».

—¡Basta! Me entran ganas de echarme lejía en los oídos.

—No te tenía por una mojigata, señorita Morgan.

—Sabes muy bien que de eso no tengo nada, señorito Brady.

Se miran a los ojos durante un segundo, y Leo vuelve a sentir la misma descarga repentina de electricidad que en Nochevieja. En algún otro lugar de la oficina, la impresora se activa con un traqueteo mecánico.

—En resumen… —dice Leo un instante después, puesto que concentrarse en el trabajo le parece ahora mismo la forma más fácil de proceder—. Yasmin hereda el seguro de vida de su esposo y Jonty Charlton se convierte en el socio mayoritario de La Ribera. Ese es un móvil bastante sólido para quitarse a Lloyd de en medio. Le voy a decir a Crouch que queremos enchironar a Yasmin por asesinato; podemos dejar a Charlton para más adelante, cuando hayamos escuchado lo que ella tenga que decirnos.

Ante la revelación de que su clienta le ha ocultado intencionadamente una aventura con el socio empresarial de su marido, el abogado de Yasmin ha dado por terminada la entrevista de consulta, que ya se había alargado hasta bien pasada una hora. Leo y Ffion han regresado sin prisas a la oficina; ella ha tomado posesión del escritorio de enfrente del de él, y ahora está trazando garabatos en un trozo de papel.

Leo abre el portátil para enviarle un correo a su inspector, que hoy ya no está en la oficina. Recuerda las grabaciones que Bobby Stafford le ha dado antes de la cámara frontal de su cabaña y, mientras espera respuesta de Crouch, inserta el USB y clica dos veces en la unidad de almacenamiento. Las cámaras de La Ribera muestran a Lloyd en Nochevieja, alrededor de las diez y media, mientras cruza tambaleándose la calzada para ir a vomitar entre los arbustos, pero justo después, al volver al sendero lateral, el cantante se sale de cuadro, para frustración de Brady. Tal vez el material de Bobby les mostrará algo más que aún no han visto y, sobre todo, les será muy útil para rellenar el hueco que dejó aquel fallo inesperado por el que se vieron afectadas, horas antes, las cámaras comunes del resort. Aparte de Lloyd, únicamente Jonty Charlton tenía acceso a las instalaciones de videovigilancia. ¿Podría ser que este último hubiera manipulado a conciencia el material filmado, con el objetivo de ocultar su implicación en los hechos... o la de su amante?

—A lo mejor no fue premeditado —dice Leo, pensando en voz alta—. Varios testigos afirman que los Lloyd tuvieron una discusión matrimonial antes de que empezara la fiesta. —El programa termina de cargarse y en la pantalla aparece el McLaren amarillo chillón de Bobby Stafford, aparcado delante de su casa—. Quizá la situación se desmadró, Rhys fue a por su mujer y ella cogió el trofeo para defenderse, lo mató y luego llamó a su amante para que la ayudara a deshacerse de las pruebas.

—Hummm... —Ffion le está añadiendo bigotes al gato que ha dibujado en lo que Leo acaba de ver que es el reverso de la transcripción de un testimonio. El agente la observa por encima del portátil; debió de malinterpretarla cuando le dijo lo de las huellas de su hermana, o a lo mejor es que Seren cambió de veras de opinión. A veces a Morgan le gusta jugar un poco con fuego, pero en el fondo sería incapaz de mentirle.

A Leo le suena el teléfono, y activa el altavoz antes de contestar con un distraído «Al habla el agente Brady», mientras continúa navegando a través de la grabación de la videocámara de la cabaña.

—Hola, soy Elijah. Elijah Fox, de la morgue, ¿se acuerda? Aunque ahora no estoy en casa, porque..., bueno, en fin, hum... ¿tiene usted un minuto?

—Adelante, Elijah. Justo ahora estoy con Ffion.

—Lo que ocurre con los análisis toxicológicos —dice el técnico— es que uno ha de saber qué es lo que está intentando detectar. Y sin un presupuesto ilimitado, un laboratorio nunca se pondrá a hacer pruebas de ensayo para cada uno de los cientos de venenos que hay, solo por si suena la flauta y descubren restos de alguno.

—Ajá. —Leo apenas distingue los coches aparcados que flanquean la cabaña de los Stafford, así como la plaza de aparcamiento para invitados que se encuentra al otro lado de la carretera de acceso. Mueve el cursor hasta las dos de la tarde, más o menos el punto en que se escacharró el sistema de videovigilancia general, y reproduce el material al triple de la velocidad normal.

—El caso es que me llevé algunas muestras a casa y…

—¿Que has hecho qué? —Leo mira a Ffion, que se ha quedado completamente boquiabierta.

—No es molestia, no me importa hacer ese tipo de cosas en mi tiempo libre. No tengo novia ni nada de eso.

—Me pregunto por qué será —dice Ffion a media voz.

—Me planteé lo siguiente: «¿Qué tipo de sustancia estaría al alcance de un asesino en Gales del Norte?». Es un sinsentido buscar restos de batracotoxina cuando la rana dardo dorada más cercana está a casi diez mil kilómetros de distancia, ¿no creen? —Elijah suelta una carcajada estridente y, a oídos de Leo, un tanto lunática. ¿Es correcto que un técnico forense se lleve unas muestras de sangre a su casa? ¿Estará Izzy Weaver al corriente? En la pantalla del portátil, Caleb se pasea por la carretera central de La Ribera—. En cambio, la belladona…, el acónito, el cianuro que contienen los huesos de algunas frutas…, los maravillaría saber lo letal que puede llegar a ser un jardín cualquiera. Y entonces di con la clave. —Elijah se recrea en su triunfo—. La ricina.

—¿Ricina? —pregunta Leo. Trata de acordarse de la lista de medicamentos incautados en el dormitorio de los Lloyd; la inmensa mayoría ni siquiera requerían receta. ¿Qué clase de producto lleva ricina entre sus ingredientes, si es que eso es posible? Si Yasmin le dio algo en la fiesta sin que él se enterase, eso explicaría aquella reacción cuando le enseñaron el listado—. ¿Te refieres a lo que usan los agentes del KGB para asesinar disidentes, untado en la punta de un paraguas?

—En Gales del Norte llueve un montón, la verdad —comenta Ffion entre risas—. Los paraguas pasan desapercibidos.

—*Ricinus communis* —dice Elijah—. De ahí es de donde la sacan. Es una planta bastante corriente; hace poco vi que hablaban de ella en un programa de jardinería de la BBC.

Pero Leo ya no lo escucha: ahora tiene la vista clavada en la pantalla del portátil, donde la filmación de la cámara frontal de Bobby Stafford muestra un coche aparcado en la plaza de invitados de La Ribera, lugar en el que permanece durante media hora de reloj, la tarde del día en que mataron a Rhys Lloyd.

El coche de Ffion.

21

5 de enero - Ffion

—La ricina es algo exótica para Cwm Coed —dice Ffion cuando Leo ya ha finalizado la llamada—. Nosotros somos más de lo típico: un par de porritos después de trabajar, una rayita los findes...
—Piensa otra vez en Caleb vendiéndoles droga a los adolescentes del pueblo, y se pregunta si arrestarlo hará que Seren se eche para atrás o lo volverá todavía más atractivo para ella. Nunca hay que subestimar el gancho de un chico malo, reflexiona, y le entra un escalofrío. Levanta la vista hacia Leo, que la mira fijamente.
—¿Qué?
—¿Ha habido muchos comportamientos delictivos en La Ribera desde que abrió el resort?
—Solo lo del grafiti del letrero.
—¿Quién se encargó del asunto?
La agente se encoge de hombros.
—La policía comunitaria local, supongo. ¿Por qué?
—Entonces ¿tú nunca has estado allí sola de servicio?
Leo se la queda mirando. A Ffion le sube un leve escalofrío por el cuello, y mueve espasmódicamente la cabeza en un gesto que tanto podría ser de negación como de asentimiento.
—¿Y a título personal? —Leo habla con severidad.
Ffion se obliga a respirar normalmente y, mientras repasa con el bolígrafo el gato que acaba de dibujar con cuatro trazos, nota cómo le tiembla el pulso, por lo general firme. Leo no sabe nada. Puede que esté haciendo conjeturas, pero no...

El agente gira el portátil ciento ochenta grados y lo empuja enérgicamente hacia ella.

Lo sabe.

—Ah, vaya… —Ffion suelta una risa forzada—. Estuve allí el día de fin de año; hubo alguna propuesta de lanzar fuegos artificiales y la gente del pueblo estaba con los ánimos encendidos al respecto.

—¿Y te parece que ese es un trabajo propio de una agente de tu departamento?

—Estaba por la zona; pensé que les podría echar un cable. —Ffion yergue la cabeza y le aguanta la mirada a su compañero en actitud desafiante.

—¿Y no pensabas comentármelo?

—Se me había olvidado.

—¿Se te había olvidado que aparcaste enfrente de la casa de una víctima de asesinato justo el día en que murió?

—Estoy pasando por una época muy…

—¡Joder, Ffion! —Leo deja caer las palmas de las manos encima del escritorio—. Primero me mientes sobre lo de que tu hermana se negó a dar sus huellas; luego, sobre si fuiste o no a La Ribera el día de Nochevieja.

—No te he mentido…

—Sí, por omisión. Y dime por favor que no se te ocurrió destruir las pruebas videográficas de las cámaras de seguridad para ocultar que habías estado allí…

—Puedo explicártelo. —No puede, pero ahora necesita marear la perdiz, porque ha de haber alguna forma de salir airosa de esta. Piensa en cuando Yasmin Lloyd echó la culpa de sus rocambolescas acciones a sus problemas de salud mental—. He tenido un año difícil. Me separé de mi marido, y Seren se lo tomó muy a mal. Ella se llevaba muy bien con Huw, lo veía como a una especie de figura paterna, imagino. —Mientras va hablando, Ffion se da cuenta de que lo que dice tampoco está tan lejos de la verdad: Seren quedó devastada por la separación, incapaz de entender por qué su hermana había decidido abandonar el compromiso.

Leo frunce el ceño y, por un momento, Morgan cree haber conseguido distraerlo.

—¿Huw qué más? —dice.

—Se pronuncia «Hiu», no «Hu». Como si hubiera una i después de la hache. Pon la lengua en...

—No me tomes por imbécil, Ffion. ¿Huw qué más? ¿Cómo se llama de apellido?

Ffion ha subestimado a Leo. La agente desvía la mirada.

—Ellis.

Se impone una larga pausa.

—¿Entonces, estás casada con uno de los sospechosos de nuestro caso?

—Separada.

—Me imagino el por qué.

Ffion se enciende de pura cólera.

—Habló el que jamás ve a su hijo.

Se arrepiente de la frase tan pronto como la suelta. En los ojos de Brady, el dolor pasa a convertirse en rabia.

—¿Por qué debí de fijarme en ti?

—El sentimiento es totalmente mutuo.

Se oye un sonido que procede de la puerta.

—Hum..., perdonen. —En el umbral hay un funcionario de detenciones, un poco incomodado por la situación—. Yasmin Lloyd está preparada para la entrevista.

Si las sillas de la sala de interrogatorios no estuvieran clavadas al suelo, a Ffion no le cabe duda de que Leo alejaría la suya. Nota cómo la tensión emana de su compañero por momentos, mientras prorroga el plazo de detención de Yasmin por considerarla sospechosa de asesinato.

—Esto es ridículo. —La esposa de Lloyd aguanta la mirada a los policías—. Yo no he matado a mi marido.

—¿Cuánto hace que comenzó su relación con Jonty Charlton? —pregunta Leo.

Se produce una pausa considerable, después de la cual Yasmin responde:

—Seis meses. Empezamos en verano, cuando abrió La Ribera. La idea siempre fue divertirnos un poco, sin más, pero Jonty, por supuesto, se enamoró de mí. —La sonrisilla que le asoma a las comisuras de los labios sugiere que tal incidente, para ella, era inevitable.

—Qué forma tan elegante de celebrar el éxito de su esposo —dice Ffion sin ni siquiera modular la voz.

El abogado tose.

—¿Están aquí para entrevistar a mi clienta o para poner en entredicho su sentido de la moral?

Ffion ignora la interrupción.

—¿Quién sabía que ustedes dos tenían una aventura?

—Nadie. Fuimos muy precavidos.

—¿Ni siquiera Rhys?

—De ninguna de las maneras.

—¿Cómo puede estar tan segura? —pregunta Brady.

—Porque, si se hubiera enterado, me habría… —Yasmin se detiene abruptamente. Un feo rubor le sube del cuello a la cara como una marea creciente.

Leo rompe el silencio.

—Blythe Charlton dice que usted y Rhys estuvieron discutiendo antes de que empezase la fiesta de Nochevieja.

—Estaba cabreada con él, eso es todo. Llevaba todo el día bebiendo. Hubo un momento en que me lo encontré de rodillas en mitad de la calzada: iba completamente alcoholizado. —Yasmin menea la cabeza—. Qué vergüenza.

—Interesante —contesta Leo, y a Ffion se le aceleran las pulsaciones, pero lo que hace su compañero es coger el informe de la forense—, porque los resultados de los análisis toxicológicos sugieren que los niveles de alcohol en sangre de su marido eran muy bajos. ¿Tomó alguna otra sustancia aquel día?

—Rhys no se drogaba.

—Permítame reformular la pregunta —dice Leo—. ¿Suministró usted alguna sustancia a su marido el día de la fiesta?

Yasmin abre los ojos de par en par.

—¿Qué están insinuando? ¿Que drogué a mi marido?

—Ayer le enseñamos una lista de medicamentos incautados en su dormitorio —interviene Ffion—. Su reacción dio a entender que tenía algo que ocultar.

—No sé de qué me hablan. —Ahí está otra vez la misma mirada de espanto que vieron en casa de Glynis.

Leo se apoya en la mesa.

—¿Drogó usted a su marido?

—¡No!

—Lo mataron en su despacho —continúa Leo—, lugar al que usted misma ha reconocido haber acudido en varias ocasiones durante la fiesta.

—¡Junto con un montón de invitados! —Yasmin deja escapar una carcajada desabrida. Mira hacia la puerta, como si estuviera considerando la posibilidad de marcharse; como si gozara de la libertad de hacerlo. En su frente empieza a despuntar, reluciente, una tenue capa de sudor.

—¿Qué sabe usted acerca de la ricina? —pregunta Ffion.

Por primera vez en el transcurso de la entrevista, Yasmin parece verdaderamente confundida.

—No sé ni lo que es eso.

—Es una droga —explica Ffion—. Se prepara a partir de una planta de jardín de gran toxicidad, muy fácil de obtener. Solo una pequeñísima cantidad puede llegar a detener todas las funciones fisiológicas, y provocar finalmente la muerte, en cuestión de unas horas o unos pocos días. —Dios bendiga a internet.

—No tengo ni la más remota idea sobre comprar drogas; ya no les digo sobre fabricarlas. Yo es que no me muevo en ese tipo de círculos. —Yasmin mira a su abogado presa de la desesperación—. Trabajo de interiorista; mis amigos son gente respetable. Incluso tengo tarjeta de socia de la fundación nacional para la conservación del patrimonio.

—¿A qué hora vio por primera vez a su marido la noche de la fiesta? —dice Leo.

—No estoy segura. Les dije a las gemelas que le diesen un sándwich, a ver si eso absorbía un poco el alcohol. Alrededor de las nueve y media o las diez vi como se lo comía, pero no les sabría decir si volví a verlo después.

—Las cámaras de seguridad nos revelan que Rhys fue a pie de la cabaña de los Lloyd hasta la suya poco después de las diez y media. —Leo pulsa el botón de reproducir, y cuatro pares de ojos contemplan cómo Rhys Lloyd recorre dando vaivenes la carretera central de La Ribera; Ffion permite que los suyos se desenfoquen hasta que la pantalla queda demasiado pixelada para ver con claridad la figura del cantante—. ¿Usted lo siguió?

—Bueno, pues en teoría, agente —Yasmin enfatiza esta última palabra—, si lo hubiera hecho me verían en la grabación. Pero no me verán, porque yo no asesiné a mi marido.

—Esas cámaras son facilísimas de eludir —dice Morgan—, si uno sabe que están ahí.

Evita mirar a Leo. Ojalá hubiera pensado en lo de la videovigilancia; ojalá hubiera ido hasta el resort caminando por la orilla del lago en lugar de coger el coche y aparcar delante mismo de las putas cámaras.

—Las tensiones entre usted y su marido se remontan a antes de Nochevieja, ¿verdad? —pregunta Leo.

—No sé qué quiere decirme. —Yasmin parpadea rápidamente.

—Que ya habían tenido otra discusión en Nochebuena, ¿me equivoco?

—¿Cómo sabe...?

—¿Por qué discutieron?

—No me acuerdo.

—Uy, yo creo que sí se acuerda —dice Leo.

—Pues no, no me acuerdo —contesta Yasmin con rotundidad, habiendo recobrado finalmente su entereza—. Y no veo que sea relevante. Vale, mi matrimonio con Rhys no era perfecto. ¿Cuál lo es? Yo, de hecho, tenía planeado dejarlo, pero eso no significa que lo matase.

El abogado de Yasmin interviene en la disputa.

—De acuerdo con la documentación que nos han facilitado, agente Brady, el reloj de pulsera del señor Lloyd demuestra que el paro cardiaco le sobrevino a las 23.38. Mi clienta estuvo en la fiesta hasta pasada la medianoche.

—Podría haberse largado a escondidas —dice Ffion—. Nadie se habría enterado.

—En ese momento yo estaba cantando. —De pronto, Yasmin abre bien los ojos—. Es más, ¡puedo demostrarlo! —Se mete la mano en el bolsillo antes de chasquear la lengua en señal de frustración—. Necesito mi móvil; el mío de siempre, quiero decir. Se lo di a alguien para que me filmase. Iba a subir el vídeo a mis historias de Instagram esta mañana, solo que... —Suspira—. Bueno, evidentemente no he podido. Pero esa grabación, en la que salgo yo cantando, estará en mi móvil, y pondrá también la hora en que se realizó.

—Una canción no sirve como coartada, señora Lloyd —dice Leo.

—Canté prácticamente todo *Wicked* (las partes de Glinda, por supuesto), y casi todo *Mamma Mia*. Me pidieron varios bises; seguro que aquello duró al menos media hora.

—¿Jonty Charlton estaba entre el público? —pregunta Ffion.

—Me imagino que sí; ese hombre me idolatra. —Yasmin sonríe con picardía—. Cualquiera se acabaría cansando de todas esas chorradas tántricas.

—¿Su amante planea dejar a su mujer?

—Si yo se lo pidiese, lo haría.

—¿En serio? —dice Ffion con deliberada incredulidad.

Yasmin parece sentirse ultrajada.

—Pues claro que sí. Jonty haría cualquier cosa por mí.

Ffion sonríe.

—¿Está usted convencida de eso?

Yasmin se da cuenta de su error, pero ya es demasiado tarde.

—Cualquier cosa tal vez no, solo quería decir que...

—Los Charlton tienen un bote, ¿verdad? —apunta Leo.

—Sí, pero...

—Jonty es un marinero experimentado. No le costaría nada manejar una embarcación en la oscuridad...

—Yo...

—A usted la grabaron cantando cuando su marido murió —dice Leo—, pero perfectamente podría haberlo envenenado horas antes.

—¡Eso no tiene ni pies ni cabeza!

—Y, de hecho, nadie recuerda haber visto a Jonty entre las once en punto y las primeras horas del día de Año Nuevo; dudo que ese hombre aparezca en ninguna prueba videográfica de su conciertillo. ¿Dónde estaba?

—Tendrían que preguntárselo a él.

—Vaya —responde Leo—, pues me parece una idea excelente.

Yasmin deja escapar un suspiro de alivio.

—¿Eso significa que puedo irme ya?

—Queda usted arrestada por asesinato —dice Ffion—. De aquí no se mueve nadie.

22

Día de Navidad - Clemmie

Clemmie Northcote no puede creer que su vida se haya convertido en esto. Son las nueve de la mañana del día de Navidad y, en lugar de quedarse embobada frente a la esquina mohosa de una cocina-comedor-sala de estar, está contemplando el lago liso y plácido que se extiende más allá de la ventana. La montaña de Pen y Ddraig está coronada de nieve, y el bosque resplandece de escarcha. En lugar de los graves retumbantes de la música del piso de abajo, y de las subidas y bajadas de volumen de las discusiones del piso de arriba, lo que escucha es... nada.

La cabaña está calentita y da gusto estar en ella, gracias a la estufa de leña que planea tener encendida durante todas las Navidades. A diferencia del resto de residentes de La Ribera, que juntaron dinero entre todos para hacerse traer un cargamento de leños secos, con el tamaño adecuado para que cupiesen en el compartimento de la rejilla, Clemmie exploró el bosque para encontrar madera gratis que luego Caleb cortó y amontonó en el muelle, debajo de una lona impermeable de la que sin duda los Charlton se acabarán quejando.

En el congelador tienen pavo del Aldi, con toda su guarnición tradicional, y, en lo que respecta a la bebida, Clemmie no ha escatimado en gastos: una botella de prosecco para ella y cuatro latas de cerveza sin alcohol para Caleb. No quiere pensar en las Navidades pasadas, pero es difícil no hacer comparaciones. En Nochebuena, aún con el juicio pendiente, su hijo se marchó de picos pardos y no regresó hasta bien entrada la madrugada; ella estuvo todo el día sola, preguntándose a qué hora serviría la cena. El día de Navidad, Caleb emergió de su cueva ya casi de noche, con las pupilas como pozos sin fondo, y apenas hizo caso de los regalos que su madre llevaba meses ahorrando para comprarle.

A las diez, Clemmie decide que ya no puede esperar más. Abre la puerta de la habitación de Caleb, y es entonces cuando se da cuenta de que su hijo hasta huele distinto en este lugar. Se sienta en el borde de la cama y lo observa dormir: su precioso niño... Y lo cerca que estuvo de perderlo.

Al segundo de haber visto el anuncio de La Ribera, Clemmie experimentó una conexión física. Aquel sitio la reclamaba. No eran únicamente la ubicación, las vistas, aquellas preciosas cabañas... En La Ribera, Caleb haría otro tipo de amigos, gente de otra clase social. Clemmie detesta la noción de clase, pero no se puede luchar contra ella. El entorno en que se vive importa, y ella sabía que, a menos que actuara de manera radical, su hijo se vería arrastrado por el suyo a meterse en problemas aún más gordos.

—Mamá, deja de mirarme —balbucea ahora el joven.

Clemmie rebosa de espíritu navideño.

—¡Alguien ha estado aquí! —exclama, y se le escapa una risita.

Caleb se incorpora en la cama a regañadientes, frotándose los ojos.

—Eres tontísima —le dice a su madre con ese estilo peculiar que tienen los adolescentes de demostrar su afecto. Baja la escalera con cuatro saltitos, y a Clemmie de pronto le entran los nervios, preocupada por que el muchacho se eche a reír o la considere una idiota al ver lo que le ha preparado.

Sin duda, anoche Clemmie se quedó despierta hasta demasiado tarde, bebiendo vino y entrelazando cadenetas para colgarlas por el salón. El viejo calcetín de Navidad de Caleb —el que tenía cuando aún no era ya muy mayor para esas sorpresas— está colgado en la estufa, atiborrado de tonteriitas que su madre ha ido reuniendo a lo largo del año. Todas y cada una de ellas están envueltas para regalo. Clemmie ha «cogido prestado» un arbolito al bosque; lo tiene en una maceta, y se ha comprometido a replantarlo pasada la noche de Reyes. Está decorado con todos los ornamentos que ella y Caleb confeccionaron juntos antes de que la adolescencia irrumpiera y lo transformase en alguien irreconocible para ella.

—Es una estupidez, lo sé —dice Clemmie—. Ya eres muy mayor para...

No le da tiempo a terminar, porque Caleb le da un abrazo y le achucha la cara contra su hombro.

—Es chulísimo, mamá. Feliz Navidad.

Desayunan huevos con beicon. Clemmie oye unas voces que provienen de uno de los muelles, y el rugido del motor de una lancha que zarpa lago adentro. Ayer, a última hora de la noche, envió un wasap al grupo de La Ribera para avisar de que a mediodía habría un baño colectivo en el Llyn Drych. Ahora se pregunta si el entusiasmo que demostró el resto se hará notar esta mañana, porque, por lo que ha visto hasta ahora, ella es la única residente del complejo que nada en algo que no sea la abundancia. Sin embargo, justo antes de las once, se oyen risas fuera.

Clemmie sale al muelle con su traje de neopreno puesto.

—¡Feliz Navidad!

Un coro de voces le devuelve el saludo, «¡Feliz Navidad!», y cuando cruza la plataforma para unirse a la cuadrilla, experimenta esa gloriosa sensación de pertenencia.

Los Stafford deben de haber llegado o a última hora de la noche, o a primera hora de la mañana. Ashleigh lleva un abrigo de pieles que le llega hasta los pies y, a menos que esconda un biquini debajo, no tendrá ninguna intención de unirse a la actividad. Bobby, en cambio, se pasea por el muelle con aires de grandeza; viste un par de bóxers con un estampado de ramos de muérdago y se está tomando un bloody mary, decorado este último con un tallo de apio que se le mete en el ojo cada vez que da un sorbo.

—Quédate ahí un segundo —dice Ashleigh.

Bobby deja el vaso en el suelo.

—Hoy no, por favor, ¿eh?

—Con la bebida. —Su mujer alza el móvil y le indica con la mano que le queda libre que se coloque al otro lado del muelle—. Ahí. Apóyate en la baranda y...

—¿Podemos estar un solo día sin pensar en el Instagram de la puñeta? —le suelta él, y se produce un silencio incómodo mientras Ashleigh se marcha, enfurecida, de regreso a su cabaña.

—Pensaba que ibas a filmar el baño.

—¿Para qué, si luego no lo vamos a subir a ningún sitio? —grita su esposa, volviéndose hacia él.

Los Lloyd van todos en bata de estar por casa. Clemmie pilla a Caleb echándoles un repaso a las gemelas y reprime una sonrisa. Ay, los chicos... Se imagina que Caleb no termina de ser lo que Rhys tiene en mente para sus princesitas, pero nunca se sabe. Durante un instante, Clemmie se deja llevar por su imaginación, y piensa en las invitaciones para el enlace Northcote-Lloyd, ¿o debería ser Lloyd-Northcote?

Yasmin y Lloyd están inmersos en una larga conversación, y ella no parece muy contenta: «¡No, no puedo superarlo!». Ninguno de los dos se ha percatado de que tienen a Clemmie justo detrás.

—Estás sacando las cosas de quicio, Yasmin.

—¡Podrías haberla matado! —dice ella con un bufido, y se le agrandan los ojos de puro terror al notar la presencia de su vecina. La mujer del cantante se apresura a exagerar una sonrisa—. Feliz Navidad, Clemmie, guapísima. Qué guay todo esto, ¿verdad?

—Superguay. —A Clemmie le va el corazón a todo trapo, pero se obliga a mantener la compostura. Los escarceos pasados de

Caleb en los mundos del hampa suelen hacer que siempre se decante automáticamente por las peores hipótesis.

Jonty Charlton se ha quitado el albornoz con un par de meneos y ahora está explicando a gritos que el agua, en realidad, no está nada fría. A la madre de Rhys, Glynis, le han endosado a los pequeños Woody y Hester Charlton, los cuales se arrojarían temerariamente al lago si tuvieran la más mínima oportunidad de hacerlo. Clemmie aprovecha la coyuntura para usar el vocabulario festivo que se ha aprendido expresamente para hoy.

—¡*Nadolig Llawen*, señora Lloyd!

La madre de Rhys no aparta la vista del lago; le brillan los ojos.

—Pasé mis primeras Navidades de casada en este mismo lugar, ¿lo sabía?

—¿En La Ribera?

Glynis chasquea la lengua, dándole a entender que no.

—En Tŷ'r Lan. La cabaña de mi marido estaba justo aquí. —La señora agacha la cabeza, como si la antigua choza se hubiera escurrido entre los tablones de madera del muelle.

—Vaya... —dice Clemmie, cuyo galés ya no da más de sí ahora que la conversación ha adquirido algo más de profundidad—. Si él viera ahora todo esto, no se lo creería, ¿eh?

—Desde luego —contesta Glynis con rigidez.

—¿Preparados? —Dee Huxley, quien, haciendo uso de razón, permanece en tierra firme, enseña la cámara de fotos y azuza a los bañistas para que ocupen sus posiciones en el retrato grupal. Uno por uno, van bajando por la escalerilla hasta el pontón; quienes harán de animadores se quedan arriba, reclinados en la baranda, listos para cuando se dé la salida.

Rhys baja primero, luego Bobby. Clemmie se espera un momento en el primer travesaño, mientras Dee le saca una foto.

—Lo siento, cariño, pero has parpadeado. Segundo intento.

Clemmie está segura de oír una airada discusión allí donde termina la escalerilla; de lo que no hay duda es de que todos están animando a Dee a que se dé prisa, porque hace un frío que pela. Cuando Northcote baja hasta el pontón, Bobby y Rhys están completamente en silencio. Hace un esfuerzo por ahuyentar las malas ideas: es Navidad, y no está dispuesta a pasarlo mal. Este año no.

Caleb corre hasta el borde del pontón y se tira en bomba al agua helada. Clemmie se queda con el corazón en un puño hasta que su hijo emerge de nuevo a la superficie, con la boca en forma de atónita letra o. Se está haciendo el gallito enfrente de las chicas, que están mojándose los dedos de los pies sentadas al borde del agua, y sueltan un chillido. Clemmie se sumerge de una vez, acostumbrada a la temperatura, y empieza a nadar en círculos sin dejar de menear los dedos de los pies y de las manos.

—¡Estáis todos locos! —grita Blythe desde arriba.

—¡Qué maravilla! —dice Dee, que saca otra fotografía. Ahora todo el mundo está en el agua, y a Clemmie le resplandece la mirada. Qué lugar más increíble. Qué Navidad más fantástica.

Después, cuando ya han puesto el pavo en el horno y Caleb está configurando el móvil nuevecito que le han regalado por la mañana, Clemmie sale a por más leña. Justo cuando ya está recolocando la lona, Rhys atraviesa el muelle de los Lloyd, salta al de los Stafford y de ahí cruza hasta el de los Northcote. Ella se pregunta si querrá decirle algo sobre la discusión que ha oído sin querer antes del baño, si está a punto de ser incluida en su círculo de confianza, y el miedo y la excitación le provocan un escalofrío.

—Necesito que pagues lo que te queda del saldo de la casa.

Clemmie pestañea.

—Imposible.

—Las cosas se están poniendo un poco difíciles, económicamente hablando. Ya me perdonarás.

Su voz no trasluce el más mínimo atisbo de disculpa.

Cuando Clemmie hizo sus consultas sobre La Ribera, la informaron sin ambages de que no existía la posibilidad de fraccionar pagos; había que abonar por adelantado el importe completo de la cabaña. Ella, siempre optimista, tanteó otra vía de acción: contactar directamente con Rhys y apelar a su buena voluntad. La respuesta, de nuevo, fue que no, pero varias semanas después el cantante la llamó por teléfono.

«No puede ser un acuerdo oficial —dijo—, pero, si estás dispuesta a guardar la confidencialidad, te echaría una mano».

Bajo la condición de que Clemmie desembolsara un depósito decente, Rhys le permitiría saldar el resto del importe en cuotas mensuales. No fue nada fácil hacer el apaño; Clemmie tardó meses en vender su piso del sur de Londres, pero el patrimonio bastó por los pelos para cubrir el pago inicial. Los contratos de compraventa del resort eran inequívocos en la cuestión de las primeras residencias —«Los propietarios no podrán residir en La Ribera durante todo el año, y deberán conservar un domicilio principal»—, pero al parecer no existía ningún procedimiento para verificar si se cumplía esa cláusula. Por lo que Clemmie entendía, ninguno de los demás propietarios tenía la intención de alojarse allí más que unas cuantas semanas al año; si ella y su hijo se quedaban de manera permanente, ¿cómo se iban a enterar?

El pasado otoño había sido todo un reto. Después del verano, La Ribera cerró otra vez por obras, y los Northcote se tiraron semanas yendo de casa de un amigo a la de otro, con el pretexto de ponerse al día. Se sintió aliviada cuando por el grupo de WhatsApp de residentes anunciaron que las obras habían terminado. Ya no habría más clausuras; ella y su hijo se habían mudado de vuelta a la casa y todo era perfecto.

Hasta ahora.

—Es imposible —dice Clemmie—. No puedo darte un dinero que no tengo.

Se hace un largo silencio. Rhys suspira.

—Pues entonces tenemos un problema, ¿eh?

Desde la cabaña número cinco, Yasmin llama a Rhys para que vaya a trinchar el pavo. Sin decir una palabra, el cantante se marcha por donde ha venido y deja a Clemmie de pie en mitad del frío: en un abrir y cerrar de ojos, acaban de amargarle las Navidades.

¿Qué hará? No dispone de cuatrocientas mil libras, y su calificación crediticia no le permite pedir ningún préstamo. Ha vendido su piso. Ella y su hijo no tienen ningún otro lugar donde vivir y, además, Clemmie no quiere marcharse de allí. Después de dos años de terror diario por lo que podía presentársele cada vez que llamaban a la puerta, Caleb por fin se ha reconciliado con ella; no piensa regresar a lo de antes.

Nadie le va a quitar su nueva vida.

Cueste lo que cueste.

23

6 de enero - Leo

A la mañana siguiente, Leo se va directo al despacho de Crouch.

—Inspector, va a haber que ampliar el plazo de detención de Yasmin Lloyd.

—Ayer la tuvisteis el día entero bajo custodia. ¿Qué estabais haciendo? Desde que he llegado no he parado de repeler protestas de la gente del pueblo.

—¿Porque hemos arrestado a la mujer de Rhys?

—Porque no la habéis empapelado. —Crouch se rasca la nariz—. Rhys Lloyd es un héroe local; parece que, cuando se casó con una inglesa, algunos de los habitantes del pueblo se llevaron una decepción. Ahora creen que se ha demostrado que estaban en lo cierto, que Yasmin no era trigo limpio.

—Por desgracia, su coartada cuadra con el desarrollo de los hechos —dice Leo—. Hemos visto los vídeos que tenía en el móvil, y a la hora en que Rhys Lloyd murió ella estaba dando un concierto improvisado en la fiesta. Pero, si logramos destapar la implicación de Jonty Charlton en el asunto, podríamos acusarlos de conspiración. A mí, además, me haría ilusión arrestarlo.

—¿Y abrir otra vez la caja de los truenos? No quiero a ningún otro sospechoso inglés en el cuartelillo hasta que estéis cien por cien seguros de que la acusación se sostiene.

—Pero...

—¿Me has entendido?

—Sí, señor.

El trayecto en coche hasta La Ribera parece tres veces más largo de lo que es, sabiendo que Ffion lo espera cuando llegue. Anoche Leo redactó una y otra vez un mensaje de texto que acabó borrando por no saber qué decir. Está muy enfadado con su compañera, pero no es solo eso. Es una sensación compleja. Se siente traicionado. Había algo entre ellos, ¿no? Una conexión.

Es obvio que malinterpretó la situación.

Por una vez, Morgan ha llegado antes que él. Está apoyada en el Triumph, con un cigarrillo de liar entre los dedos. Cuando Leo hace acto de presencia, lo saluda secamente con un gesto de la cabeza.

—Perdonen que vaya en pantuflas. —Delante de la cabaña número dos, Dee Huxley mete papel de regalo perfectamente doblado en un contenedor de plástico—. Me acabo de acordar de que hoy pasa la furgoneta del reciclaje. ¿Cómo les va con lo del asesinato?

—Estamos siguiendo varias líneas de investigación... —responde Leo con prudencia.

—Vaya por Dios, qué espanto. —Dee regresa al interior de la casa.

A Ffion se le escapa la risa por la nariz.

—Más institucional no podías ser, ¿eh?

—Algunos hacemos las cosas como hay que hacerlas.

—Aquí ya sabe todo el mundo que hemos detenido a Yasmin Lloyd; no es que sea precisamente un secreto.

Leo interrumpe la marcha. «Hoy pasa la furgoneta del reciclaje»...

—¿Te acuerdas de aquel intento de magnicidio a base de ricina que hubo en la Casa Blanca?

—Más o menos.

—Mandaron el veneno por correo. Sabemos que Lloyd estuvo en su despacho el día de Nochevieja, antes de la fiesta; ¿y si uno de los sobres que abrió estaba espolvoreado con el tóxico en cuestión? Yasmin podría haberlo colado perfectamente en el montón de cartas que le habían mandado sus admiradores. —Ffion se lo queda mirando, haciéndolo sentirse como un tonto—. Ya sé que es descabellado.

—No, es que... —Ffion afirma con la cabeza, a pesar de sí misma—. A lo mejor no vas desencaminado —dice, y se dirige a la cabaña de los Lloyd—. Aun así, buena suerte convenciendo a Crouch de que despilfarre todo su presupuesto para exámenes forenses por una corazonada tuya. —La agente ríe, y durante un segundo Leo escucha a Allie en su inflexión displicente.

El policía toma una decisión impulsiva.

—No se lo voy a contar. Lo justificaré bajo uno de los códigos presupuestarios que usamos para otras cosas.

—¡Uy, uy, uy! ¡Qué rebelde!

Leo puede verla sonreír con ironía solo con oír su tono de voz, y lo molesta caer en la cuenta de que también a él está aflorándole una sonrisa a los labios.

—Vete a tomar por culo, Morgan.

—Imposible —dice ella—. Te toca apechugar conmigo.

No hay mucha correspondencia en el contenedor de reciclaje de los Lloyd, aparte de unos cuantos sobres entregados en mano por la cartera: felicitaciones navideñas, puede que provenientes de otros residentes del complejo. Leo da por hecho que la mayor parte del correo se la deben enviar a su dirección de Londres. Además de los anteriores, hay dos sobres más, forrados por dentro con plástico de burbujas: el agente recuerda haber visto uno de ellos entre las cartas de admiradores que Felicia estaba respondiendo cuando arrestaron a Yasmin. En la etiqueta de ambos aparecen las señas de La Ribera, así como la dirección del remitente, la agencia de representación de Rhys Lloyd: Tuttle, Whyte y Asociados. También hay una pila de sobres rasgados, metidos unos dentro de otros. Guardan todo el material en una bolsa de plástico con cierre hermético, y Ffion convence a uno de los agentes de la policía local para que la lleve directa al laboratorio.

—Lo analizarán tan pronto como puedan —dice Leo mientras cuelga el teléfono.

A Ffion se la ve impresionada, aunque eso le cause incomodidad.

—Buen trabajo. Pensaba que no te saldrías con la tuya.

Leo también lo pensaba.

«Será mejor que hable con el inspector Crouch —le ha dicho la coordinadora de la policía científica al ser informada de antemano de lo que iban a mandarle—. Esto se sale de las competencias de...».

«Hoy estará todo el día reunido —ha contestado Leo, cruzando mentalmente los dedos—. Pero nos marcaríamos un buen tanto si encontramos restos de ricina, ¿no le parece? Yo creo que saldría en portada en todos los periódicos estatales».

Ha habido una pausa larga hasta que su interlocutora, al fin, ha hablado:

«De acuerdo. Déjelo en mis manos».

—Si no nos mandan los resultados hoy mismo —dice ahora Leo—, tendremos que conseguir una autorización para quedarnos a Yasmin doce horas más. Si la ponemos ahora en libertad condicional, nos arriesgamos a que nos acusen de manipulación de testigos.

—Estupendo —responde Ffion—. Nos pagarán el doble por trabajar en festivo.

—Preferiría tener el fin de semana libre. He tenido que cancelar mis planes de visitar a mi hijo. —Leo intenta que no se le note el resentimiento en la voz, pero siente cómo Morgan lo observa—. Mi ex se va a vivir a Australia con su nueva pareja —explica él, lacónico—. Se van a llevar a Harris.

—No pueden hacerlo.

—Tendría que llevarlos a juicio para impedírselo.

—Pues hazlo.

—No puedo. —Leo sabe que, si diera tal paso, en menos que canta un gallo tendría a Allie teléfono en mano, llamando a los Servicios Sociales y preparando la grabación de los gritos de su hijo para reproducirla en los tribunales.

—Pues claro que...

—No es tan sencillo.

—Tú eres el padre de ese niño. Tienes tus derechos.

—En fin, olvídalo. No sé ni por qué te lo he contado. —Pues porque no se lo ha contado a nadie más, reflexiona Leo. Porque necesita hablar con alguien.

Quien no quiere hablar con nadie es Jonty Charlton. Nada más verlos, empieza a cerrar poco a poco la puerta.

—Si no tienen una orden judicial...

—Yasmin dice que usted sería capaz de dejar a su mujer por ella —dice Ffion—. Qué mono, ¿no?

Jonty se queda paralizado y con la boca medio abierta.

—¿Quién es, cariño? —Blythe camina distraídamente hacia la puerta—. ¡Uy! ¡Hola, agentes! —Bajo el cárdigan holgado y la camiseta corta que lleva puestos se intuye una franja de vientre plano y prieto. El tiro de sus voluminosos pantalones morados le llega como a la altura de las rodillas—. ¿Cómo podemos ayudarlos?

Ffion sonríe.

—Justo estaba diciéndole a su marido que...

—¡No! —Lo que sale por la boca del inversor es más un berrido que una palabra—. Todavía no habían... O sea... —Jonty carraspea—. Si puedo ayudarlos en algo, los acompañaré con mucho gusto a comisaría.

—Muy servicial por su parte —dice Leo—, pero solo queríamos aclarar dónde estaba usted exactamente a las once y media de la noche el día de Fin de Año. Su testimonio es un tanto impreciso.

—¿Que dónde estaba? —Jonty traga saliva y mira de soslayo a Blythe.

—Sí. —Ffion repasa el marco de la puerta con un dedo laxo—. El caso es que usted no aparece en ninguna de las fotos que se tomaron entonces, y tampoco estaba con Yasmin Lloyd, aunque entiendo que ustedes dos pasan mucho tiempo...

—Me estaba metiendo coca con Ashleigh Stafford. —A Jonty le salen las palabras de un tirón, a más volumen y velocidad de los debidos—. Había demasiada gente entrando y saliendo de la cabaña, y Ashleigh no quería compartir, así que nos fuimos a la suya. Nos esnifamos unas cuantas rayas, vimos no sé qué porquería en la tele y hablamos de cuatro chorradas.

A Blythe se le abre la boca de par en par.

—¿Cocaína? ¡Ay, Jonty! ¿Cómo has podido?

—La señora Stafford tendrá que verificarnos esa información, por supuesto —señala Leo.

—Vale, lo que ustedes digan, pero ahí es donde yo estaba.

—El inversor observa a su mujer, a la que están a punto de saltársele las lágrimas—. No te lo tomes así, cariño. Ni que fuera heroína.

—Y otra cosa... —interviene Ffion—. ¿Salió usted a navegar el día de la celebración?

—No. —En este punto, Jonty parece mostrarse más convencido—. Ya se lo dije: el *Blythe Spirit* nunca fondea en invierno. Las únicas embarcaciones que había eran las lanchas motoras de algunos de los invitados que vinieron desde el pueblo. Y, aunque hubiera querido, tampoco habría podido coger ninguna; les eché una ojeada durante la fiesta, porque tengo bastantes ganas de comprarme una, y nadie se había dejado la llave puesta en el contacto.

—¿Y eso? ¿Es que está usted aburrido de la barca vieja y se quiere montar en otra más... potente? —dice Ffion.

—El *Blythe Spirit* no es viejo. Se conserva en perfecto estado.

—Claro, claro... Perdone.

—Había otro bote en el lago, ahora que lo pienso —continúa Jonty—. Me acuerdo de haberlo visto. Tenía un aspecto bastante llamativo, con el casco verde y las velas rojas. —El inversor posa otra vez una mano en la puerta—. ¿Necesitan algo más?

—Nada más —responde Leo—. Ya hablaremos en otro momento de su relación con Yasmin —añade justo cuando la puerta se cierra.

—¿Qué relación? —oyen él y su compañera mientras se encaminan hacia el coche; la voz de Blythe suena desacostumbradamente chillona. A Leo lo asaltan las culpas, pero el sentido común lo lleva a concluir que a aquella mujer lo que más le conviene es enterarse de la verdad.

Ffion está un rato sin decir nada, hasta que le comenta:

—Bueno, ahora sí que no has sido muy institucional.

—Igual no soy tan predecible como crees. ¿Nos vamos a verificar la coartada de Charlton, o qué?

—Pues sí, el tío se ventiló toda la que tenía. —No parece que Ashleigh Stafford advierta las consecuencias de admitir su participación en un acto delictivo—. Es uno de esos que se hacen llamar «consumidores sociales», ¿saben? —La mujer del boxeador enmarca la palabra haciendo el gesto de las comillas con los dedos—. Que es otra manera de decir: «Cuando me apetece un tiro, se la gorroneo a los demás».

—¿Cuántas veces salieron ustedes dos juntos durante la fiesta? —pregunta Leo.

—A saber. ¿Unas seis? ¿Ocho? A ver, la última vez ni siquiera nos molestamos en volver entre esnifada y esnifada; nos quedamos por ahí a nuestro rollo una hora, más o menos.

—¿En qué momento de la noche fue eso?

—¿A las once y media? A medianoche él estaba aquí seguro, porque nos dimos algún que otro achuchoncito. —Ashleigh sonríe con travesura—. Pero eso no significa nada, ¿eh? Al fin y al cabo, era Nochevieja.

—Bobby nos entregó las grabaciones de su cámara frontal —dice Leo.

—¿Y?

—Pues que ustedes no aparecen en ellas.

—Claro que no. Salíamos de su cabaña por el muelle y cruzábamos hasta el mío, y luego, de vuelta, entrábamos por las puertas plegables.

—¿Alguien los vio? —pregunta Ffion—. ¿Alguien que pueda confirmar la veracidad de su historia?

Ashleigh se muerde el labio, y entonces se le ilumina la cara.

—¡Alexa! Estuvimos echándonos unas risas con ella, haciéndole preguntas tontas. —Saca su teléfono, abre una de las aplicaciones y toquetea hábilmente la pantalla antes de darle al botón de reproducir—. ¿Lo ven? Las once y cincuenta y uno.

La grabación se pone en marcha: «Alexa, ¿por qué moja el agua?».

Ashleigh suelta una carcajada.

—Ahí yo llevaba un cuelgue de la hostia.

Clica sobre el siguiente archivo y se escucha, clara y sonora, la voz de Jonty Charlton: «Alexa, ¿cómo se dice en galés "métete un apio por el…"». Ashleigh detiene la grabación.

—Él aún iba peor que yo. —Al recordarlo, pone mala cara—. Dos gramos de coca esfumados así, en un plis plas. Voy a tener que llamar a Caleb para… —Arruga la nariz—. ¡No he dicho nada!

¿Caleb Northcote es el camello de Ashleigh? Leo mira hacia la cabaña de Clemmie y se forma una imagen mental del chico que arrojaba piedras al lago esta mañana. Leo se ha compadecido de él; creía de verdad que aquel chaval tenía la intención de encarrilarse.

¿Hay alguien en La Ribera que sea quien aparenta ser?

24

Nochebuena - Blythe

Al ser Nochebuena, Blythe ha dejado que Woody y Hester se queden despiertos hasta tarde para cenar con los mayores. Se han portado estupendamente, pero ya hace mucho rato que deberían haberse ido a la cama, y además Blythe nota que a Yasmin y a Rhys no les hacen demasiada gracia los benjamines de la familia Charlton. Al parecer, encuentran perfectamente aceptable que Felicia y Tabby no se despeguen ni un segundo de sus móviles durante lo que ha sido —aunque está feo que ella lo diga— una verdadera exquisitez de comida, pero, en cambio, la interpretación de Hester de «Navidad, Navidad, dulce Navidad...» les resulta intolerable.

—Si no os vais a dormir ya —dice Yasmin—, no va a venir Papá Noel.

—Dicho de otra forma: ¡arreando que es gerundio, niños de los cojones! —le susurra Rhys a Jonty, que se echa a reír como si no hubiera un mañana.

—¡Ya te digo!

Blythe lo traspasa con la mirada. Ella tenía a Jonty por un padre excelente: su marido juega con los niños, se los lleva al zoo y al teatro infantil, y se ve que incluso participa en la carrera que organizan los del parvulario, donde todas las madres, en corrillo, le bailan el agua. En casa tienen a una niñera interna, que incluso los acompaña a su residencia de los Cotswolds y cuando se van de vacaciones a la Toscana.

Ahora a Blythe le resulta muy evidente que Jonty solo es buen padre cuando a él le conviene. Desde que llegaron a La Ribera, donde la distribución del espacio no les permite traerse a la niñera —solo tienen un comedor; ¿adónde la enviarían a la hora de cenar?—, Jonty se ha estado haciendo especialmente el remolón.

«La Ribera necesita una guardería —dijo su marido a principios de verano; hacía tres días que habían llegado—. Le diré a Rhys que lo incluya en el presupuesto».

Existe, no obstante, un aspecto de la paternidad que a Jonty se le da de escándalo. Blythe supone que aún tiene que estar agradecida, dentro de lo malo.

—Jonty, cariño —le dice ahora—, ¿podrías acostar a los niños? A ti se te da mucho mejor que a mí.

—¡Pero si aún no estamos cansados! —Woody arranca a correr en círculos alrededor de la mesa del comedor, y Hester lo persigue a toda velocidad hasta que tropieza con la alfombra y se cae de bruces al suelo, tras lo cual deja escapar un grito como de sirena antiaérea.

Jonty se levanta de la silla.

—Vámonos, par de sinvergüenzas.

La hora de irse a la cama se ha convertido en la principal área de dominio de Jonty. Siempre ha sido un horror acostar a Woody y Hester, pero ahora suben a su habitación y, con una taza de leche calentita y un cuento, se quedan roques en diez minutos. Blythe ha tratado de imitar esa misma rutina, pero ella carece del don especial de su marido.

—¿En Nochevieja también se van a quedar los niños despiertos? —El tono aparentemente despreocupado de Yasmin deja intuir una cierta hostilidad.

—No te preocupes —dice Blythe—. Estamos preparando un plan solo para adultos. ¿A que sí, Jonty?

—Como lo oyes. Los pequeños, a las siete en la cama, y por lo que tengo entendido Clemmie ofrecerá su casa para los no tan pequeños.

—¿Por qué no podemos ir a la fiesta? —protesta Tabby.

—Pensé que no os apetecería hacernos compañía a los vejestorios. —Jonty sonríe, y Tabby opta por no contradecirlo.

—¿De verdad que queréis organizarla en vuestra cabaña? —pregunta Yasmin.

Blythe sonríe con dulzura.

—De verdad, no nos supone ningún problema. —Desde que se planteó lo de la fiesta, Yasmin no ha parado de lanzar insinuaciones; se muere de ganas de ser ella la anfitriona y exhibir sus dotes como interiorista, aunque los del pueblo deben de ser de los que piensan que «capitoné» es un rango del ejército.

—Es que con niños así tan pequeños... —Yasmin bebe un sorbo de vino.

—Estarán metidos en la cama, conque ni siquiera se van a enterar de que ha habido juerga. —En la sala de juegos que tienen en casa, Blythe se ciñe a una gama de colores muy estricta: blanco, negro y maderas con acabado natural, lo cual tiene mucho más mérito del que le da Jonty. Dejó que Woody y Hester eligieran cada uno tres juguetes para llevárselos a La Ribera, y ahora los tiene guardados dentro de la otomana cuando no los necesitan.

—Si a Jonty y Blythe les hace ilusión hacer de anfitriones —dice Rhys—, creo que deberíamos permitírselo.

—Gracias, Rhys —dice Blythe sonriendo como una boba, como era de esperar, aunque sabe perfectamente por qué su vecino tiene tanto interés en que la fiesta no tenga como epicentro la cabaña número cinco: de ser así, tendría que rascarse el bolsillo. De momento, Jonty, siempre dispuesto a hacer gala de su magnanimidad, ha declarado que en la residencia de los Charlton va a haber barra ilimitada.

—De hecho, tendríamos que invitar a gente de aquí. —Rhys tiene los labios manchados de oporto.

—Ah, ¿es que por esta zona vive alguien más? —dice Yasmin entre risas.

Blythe se ha puesto seria. ¡Menudo jeta! Está claro que Rhys quiere tirarse el pegote delante de los del pueblo, y encima a expensas de los demás.

—No estoy seguro de que Jonty vaya a querer…

—¿Qué es lo que no voy a querer? —pregunta Jonty mientras baja por las escaleras.

—Que vengan ciento y la madre desde Cwm Coed —dice Yasmin con acritud—. No son nuestro tipo de gente, Rhys, ya lo sabes.

—Es muy importante que un círculo de amistades refleje diversidad. —Blythe leyó esa frase en *The Guardian*. No está cien por cien segura de querer amigos diversos (ya está más que satisfecha con los que tiene ahora), pero siempre es positivo mostrar algún gesto de buena voluntad. ¿Los galeses cuentan como minoría étnica?

—Vale, es una jodienda tener que entretener al populacho —dice Jonty—, pero necesitamos que estén de nuestro lado. Aquí las vistas son preciosas, pero la gente pide más que eso de una segunda residencia: quieren pasearse por las tiendas y charlar con los nativos; quieren sentir que viven en comunidad.

—Pues nada, dicho y hecho —afirma Rhys—. Prepararé una lista de personas que encajen en el perfil adecuado.

Yasmin se acerca a Blythe.

—¿Hay algo que podamos hacer para ayudaros a montar la fiesta? ¿Queréis que os echemos una mano con la decoración?

A Blythe se le ponen los pelos de punta.

—Nosotros nos ocupamos de todo, cariño. El 30 vendrán a instalarnos la carpa, y ese mismo día nos traen también las tumbonas. Todavía estoy haciendo números para lo de la arena de…

—¡Nada de arena, hostias! —dice Jonty.

—Y he estado pensando en añadir algún motivo acuático, que pegue con la temática playera.

Jonty deja bruscamente el vaso encima de la mesa.

—¡Pero si estamos delante de un puto lago! —Y añade, mirando a Rhys—: Mujeres, ¿eh? Toda esta movida, y encima tendremos que darle conversación a una panda de granjeros.

—Doña Llámame Clemmie los tendrá distraídos. —Rhys empieza a troncharse de la risa, y el resto acaban contagiados.

Blythe aplaude como una cría.

—¡Ahora que lo dices, me he acordado de una cosa! Los del pueblo organizan un baño el día de Año Nuevo, y había pensado que sería divertido apuntarnos. Lo único es que se lo pregunté a la chica del quiosco, y... —Blythe cierra los ojos un instante y suspira—. Bueno, digamos que se reservan el derecho de admisión. Pero en fin... —Observa al resto de los comensales y prosigue—: Creo que tendríamos que inaugurar nuestra propia tradición: ¡el Chapuzón Navideño de La Ribera! ¿Qué os parece, chicas? Vendrá Caleb, ¿eh? Yo os animaré desde el muelle; no puedo permitir que se me resfríen los meridianos.

Felicia ni levanta la vista del móvil.

—Sí, claro, claro...

—¿Y tú, Tabby?

—Supongo...

—¿Y tú, Rhys?

—Me muero de ganas —dice él con una notoria falta de entusiasmo.

Blythe está encantada. Manda un mensaje al grupo de WhatsApp de La Ribera, y luego va contestando a las confirmaciones de asistencia a medida que van llegando. Dee Huxley envía una respuesta con todos sus puntos y comas, rematada con una despedida formal: «Saludos cordiales». Qué mona. A Blythe no le hacía especial ilusión la llegada de una vecina septuagenaria, pero Dee es joven de espíritu, y muy estilosa para su edad. Además, hace algunos comentarios punzantes sobre Rhys que a ella, en secreto, le parecen soberbios.

—¿Los Stafford vendrán a pasar aquí las Navidades? —pregunta Yasmin.

—Me da la impresión de que eso ha sido motivo de discordia —dice Jonty—. A Ashleigh le apetecía ir a Dubái, y Bobby prefería estar en el resort.

—Acaban de aterrizar en Gatwick —dice Blythe, teléfono en alto. Examina atentamente la reacción de Jonty, pero su marido no mueve un solo músculo. Eso es que no se está follando a Ashleigh.

O que se le da mejor mentir de lo que ella cree. Le ha registrado los bolsillos con la minuciosidad de una forense y no ha hallado ninguna prueba incriminatoria, pero en dos ocasiones ha detectado en su ropa el leve aroma de un perfume femenino. En verano cogía el bote casi todos los días, y a veces desaparecía durante horas. Tampoco es tan grande el lago, por el amor de Dios.

Esa misma noche, mientras Jonty está en el baño, Blythe rebusca otra vez entre sus cosas. Palpa las chaquetas que tiene colgadas en el vestidor y sacude los pantalones que ha dejado doblados encima de una silla. Mete una mano por debajo de su lado del colchón y abre los cajones de su mesita de noche. Justo cuando está a punto de darse por vencida, encuentra algo. No es un teléfono secundario ni una carta inculpatoria. De hecho, no tiene nada que ver con ninguna relación extramatrimonial.

Ha encontrado un sobre doblado en cuatro que contiene una sustancia machacada, una especie de polvo granulado.

25

6 de enero - Ffion

Después de la visita a Ashleigh, Ffion se lía un cigarro que en el fondo no le apetece.

—Sé de quién es el barco de las velas rojas.

Leo le lanza una mirada.

—¿De quién?

—De Angharad Evans. Vive en la otra punta del lago. Es un personaje un poco peculiar.

—¿El tipo de personaje que se ofrecería a prestar su barco para que alguien se deshiciese de un muerto?

Ffion niega con la cabeza.

—No me cuadra. Nos hemos hecho a la idea de que Yasmin envenenó a Rhys y convenció a Jonty Charlton para que lo noqueara y limpiase después el escenario del crimen, ¿verdad? Pero fue el propio Jonty el que nos dijo que había visto un barco de velas rojas, algo que difícilmente habría hecho de haber sido él quien lo utilizó. —La agente prende el cigarro—. Además, Angharad odia La Ribera; la odia con toda su alma.

Leo se encoge de hombros.

—Pues a lo mejor esa mujer es nuestra opción B. ¿Pudo haber sido ella quien mató a Rhys?

—Angharad no es ninguna asesina. Aunque lo cierto es que, cuando yo era pequeña, la gente la llamaba «la bruja» y, si uno se topaba con ella, tenía que hacer equilibrios sobre una sola pierna y luego tocarse el codo izquierdo para quitarse el mal de ojo.

Ffion se ríe, pero Leo está completamente serio.

—Deberíamos hablar con ella.

—¿Por qué? ¿Porque yo la tomaba por una bruja cuando tenía siete años?

—Porque nuestro equipo ha hablado con todos los que estaban en posesión de un título de navegación, y no recuerdo que nadie mencionara a esa tal Angharad Evans.

—A ella no le hace falta permiso. Su propiedad ostenta derechos de fondeo. —Ffion ve que a Leo ya se le ha metido una idea entre ceja y ceja—. ¡Está bien! Te llevaré adonde vive. ¿Preparado para un viajecito en barca?

—Ni por asomo. —Leo escruta la expresión de su compañera—. ¡Ay, madre! Que lo dices en serio.

—Es poco práctico acceder por carretera adonde está su casa.

—¿Poco práctico o imposible?

—Poco práctico, más que na…

—Entonces vamos en coche.

Ffion se pasa el trayecto mirando por la ventana: entre los árboles centellean pequeños vislumbres del lago.

—Entonces ¿no te gusta ir en barco?

—No tengo nada en contra de los barcos; lo que no me gusta es el agua. A menos que esté dentro de un vaso, o verla desde lejos, con los pies en tierra firme.

Morgan ríe.

—Me lo apunto.

La carretera bordea el Llyn Drych; su recorrido, más recto que el contorno serpentino del lago, va ofreciéndoles salpicaduras de destellos plateados a medida que el coche de Leo avanza. Ffion lo ve mirándola de reojo cuando cree que no está atenta, tratando de adivinar qué le pasa por la cabeza. Si la hubiera denunciado por destruir aquellas pruebas videográficas, a estas alturas el personal de Estándares Profesionales ya se lo habría hecho saber. ¿Significa eso que está fuera de peligro?

La agente señala hacia una vía de un solo carril que se adentra en un bosque.

—Coge ese desvío.

Ya están en la otra punta del lago, a más de un kilómetro del pueblo, y los envuelve una espesura cerrada y sombría. A unos quinientos metros de donde se encuentran, el camino está bloqueado por un árbol caído; queda atravesado en la carretera, con la copa atrapada entre los árboles de la margen opuesta y el tronco todavía medio enraizado en el suelo.

Leo para el coche y Ffion baja.

—Venga, que desde aquí se va a pie.

—¿Cuánto tiempo lleva esto así? —pregunta Leo. El bosque ha ido creciendo alrededor del tronco derribado, del que brotan, en vertical, nuevas ramas, impávidas ante el destrozo provocado a sus pies.

—Yo no lo recuerdo de otra forma. Este terreno es de Angharad, así que está en su mano quitarlo de en medio, pero, según mamá, a ella le gusta así.

Aún tardan diez minutos más en llegar hasta el claro donde se encuentra el hogar de Angharad, de cuya chimenea surge una fina columna de humo. Leo se detiene a contemplar el asentamiento.

—Un sitio digno de ver, ¿eh? —dice Ffion. Le entra un escalofrío y se arrebuja en el abrigo, cruzando los brazos sobre el pecho. Leo baja la vista y ve que su compañera tiene un pie en el suelo y otro levantado. Ella lo pilla mirándola.

—Es la costumbre.

—¿Vive sola?

—Ahora sí. Mi madre dice que le rompieron el corazón hace años. Descubrió que su marido se había casado con otra estando su matrimonio aún vigente. —Ffion sonríe con algo de amargura—. Se convirtió en la comidilla del pueblo, como te puedes imaginar.

Alrededor de la casa hay varias pajareras que albergan aves de distinta envergadura. También hay una hilera de conejeras, y un recinto cercado con unas pequeñas casetas de madera para erizos. Y dentro de una de las jaulas grandes que hay debajo de los árboles acecha algo que, para preocupación de los presentes, se parece mucho a un lobo.

—Es un zorro plateado —les dice Angharad cuando ya están con ella, sentados en su pequeña cocina—. La gente los tiene de mascotas, y cuando se aburren de ellos los abandonan.

—He intentado no perder la orientación mientras conducíamos hasta aquí —comenta Leo—. Estamos en el extremo norte del lago, ¿verdad? Con lo cual ¿esta casa corresponde a Gales o a Inglaterra?

—A Gales principalmente, aunque hay una partecita que técnicamente es inglesa.

—Qué interesante. ¿Y qué parte es?

—*Tŷ bach* —responde Angharad.

—El baño —traduce Ffion con una gran sonrisa.

Es evidente que Leo no está seguro de si le están tomando el pelo. Recorre con la mirada la cocina de Angharad, un espacio pequeño con vigas oscuras y paredes de piedra al natural. Unas repisas estrechas acogen un sinnúmero de tarros marrones de boticario, cada uno con una etiqueta escrita a mano: RHUS TOX., CALENDULA, PODOPHYLLUM...

Leo lee uno de ellos en voz alta:

—¿Belladona?

—Es buena para la fiebre.

A Ffion se le debe de haber escapado algún ruido, porque Angharad la mira con hastío.

—Ffion cree que la medicina natural es..., ¿cómo se lo dijiste a tu madre? «Una patraña de tres pares de cojones».

—Sin ofender, Angharad, pero, si me duele la cabeza, prefiero tomarme un ibuprofeno que mascar un puñado de pétalos.

—Yo tomé árnica una vez que me hice un esguince en la rodilla —dice Leo. Angharad parece adoptar una actitud altiva.

A Ffion se le acaba de ocurrir algo.

—¿Sabes algo acerca de la ricina?

—*Ricinus communis* —dice la mujer—. Es de donde sacan el famoso aceite. Se trata de una planta muy popular. Circularon bastantes esquejes por aquí después de que Efan Hughes ganara el primer premio de aquella muestra de horticultura. Es una mata muy lucida. Y si cae en malas manos, por supuesto, puede ser letal.

Leo va mirando los tarros en fila y leyendo las etiquetas, y Morgan ya sabe qué está pensando. Pero ella ya ha echado un vistazo, y en ninguna de las impecables etiquetas que pueblan los estantes de Angharad pone RICINA.

—Tengo entendido que posee usted un barco de velas rojas —dice Brady—. Casi todos los propietarios de embarcaciones con quienes hemos hablado las sacan fuera del agua en invierno. ¿Usted no?

—¿Y cómo hago para ir al pueblo sin coger el barco? —Angharad lo dice como si la respuesta fuera una obviedad—. No tengo coche. Mi barco ahora mismo está donde Steffan, que ha de hacerme unas reparaciones, y he tenido que aprovisionarme bien por si necesita quedárselo varios días.

—¿Está dañado? —pregunta Leo.

—Fue culpa mía. Normalmente me lo llevo a un fondeadero de por aquí cuando hace mal tiempo, pero hará un par de días me lo dejé amarrado al pontón y el casco quedó maltrecho.

—¿Dónde lo tenías en Nochevieja? —pregunta Ffion.

—En el fondeadero. Tengo otra barquita, de remos, que utilizo para llegar hasta él, y luego la dejo amarrada en su lugar.

Leo mira por la ventana; el lago es apenas visible entre los árboles.

—Y su barco ¿va con llaves? Quiero decir, ¿cualquiera podría llevársela?

—Si ese alguien sabe navegar, sí. Yo cierro con llave la pequeña cabina que hay en la cubierta, pero es un barquito de vela, no un yate de lujo. Tiene un motorcito fueraborda que casi nunca uso.

—¿Alguien lo utiliza aparte de ti? —pregunta Ffion.

—Nadie. —Angharad parece debatirse entre si desvelar algo o no hacerlo. La agente espera—. Antes de Navidad, le di un par de clases de navegación a un jovencito de La Ribera, Caleb. —La mujer hace un leve chasquido con la lengua—. Con la edad me debo de estar volviendo una blandengue; me había jurado que en la vida pisaría ese lugar.

—¿Y cómo es que...? —la insta Ffion cuando resulta evidente que ha terminado de hablar.

—Debió de ser en octubre. Estaba yo pescando, y vi a una bañista en apuros. La rescaté y la llevé de vuelta a La Ribera.

—Clemence Northcote —dice Leo.

Angharad asiente con la cabeza.

—Estaba muy entusiasmada con que su hijo aprendiera a navegar. Me dio la impresión de que era una de esas madres controladoras; los dos se vinieron conmigo un par de veces, pero saltaba a la vista que el chico no tenía ningún interés. —Los ojos de Angharad adoptan un aire perspicaz—. Lo he visto varias veces recogiendo setas en los prados de alrededor de la granja de Lowri, así que yo diría que se entretiene con otras cosas.

Ffion sabe perfectamente qué tipo de hongos crecen alrededor de esa granja.

—¿Alguien más de La Ribera ha estado a bordo de su bote? —pregunta Leo.

—Ni pensarlo. ¿Usted los conoce? Pocas veces me he encontrado con gente tan desagradable. Aquel lugar es un nido de podredumbre.

—Tengo entendido que algunos habitantes del pueblo eran contrarios a la construcción del resort —dice Leo.

—Más que algunos, todos. ¿No crees, Ffion?

—La gente se resiste a los cambios —responde ella con diplomacia, aunque sabe que Angharad tiene razón: nadie de Cwm Coed quería que construyeran La Ribera.

—Ojo no te metan un gol de tanto jugar a dos bandas, Ffion Morgan —dice Angharad, y le dirige una mirada hiriente—. Sabes perfectamente lo que opina la mayoría sobre La Ribera. Y sobre Rhys Lloyd.

Ffion ni abre la boca.

—¿A usted no le caía bien Lloyd? —pregunta Leo.

—Ni bien ni mal...

—Ojo no te metan un gol... —musita Ffion.

—... pero sé que aquel hombre sabía muy bien lo que hacía cuando fue en contra de la voluntad de su padre. Nunca le desearía el mal a otro ser humano, pero os voy a decir una cosa. —Angharad se reclina en la mesa y a Morgan, de repente, le entra un escalofrío—: El destino acaba dándole su merecido a todo el mundo.

26

Octubre - Rhys

En verano, cuando Rhys llevó por primera vez a su familia a La Ribera, Tabby y Felicia estuvieron todo lo que duró el largo trayecto en coche acabando de planificar cómo decorarían sus habitaciones, conversando sobre métodos de bronceado y cuchicheando acerca de los chicos a los que tal vez conocerían. Yasmin no paró de hablar de cómo serían el resto de los propietarios. El viaje de cuatro horas de Londres a Gales del Norte estuvo lleno de emociones, de intriga ante lo desconocido; el sol recalentó el coche hasta hacerles sentir que el calor les corría por las venas.

Ahora Rhys acompaña a la familia hacia el resort para pasar allí las vacaciones escolares de otoño; las gemelas, que van en la parte de atrás, están de morros. Al cruzar la frontera galesa, una lluvia fina les empaña el parabrisas, y cuando llegan a Cwm Coed está ya diluviando.

El alumbrado exterior de La Ribera aún no se ha encendido, y el lugar presenta un aire frío y hostil. Han vuelto a vandalizar las enormes letras de madera que hay a la entrada del resort: una pintada de espray rojo modifica las tres primeras letras, de modo que ahora se lee LA PUTERA. Un poco más arriba, el alcantarillado se desborda, y una tromba de agua baja en dirección a la familia por la calzada recién asfaltada.

—¡«Veníos a Gales», nos dijo! —Las palabras de Tabby rezuman sarcasmo—. ¡«Será divertido», nos dijo! —Las gemelas se refugian bajo el saliente de la fachada; Yasmin, entretanto, abre la puerta, y Rhys va entrando las maletas en la cabaña, cada vez más empapado mientras va y viene del coche.

En el interior de la vivienda impera una atmósfera fría y privada de afecto. El albañil ha dejado pisadas de barro en las escaleras y en los dormitorios, pero ahora parece que las ventanas están bien selladas, lo cual es de agradecer, porque la previsión meteorológica para el resto de la semana no augura nada bueno.

Rhys siente cómo con la tensión se le forma un nudo apretado en el pecho. Jonty le ha soltado algunos miles de libras más, y esta vez sí que se los ha gastado en La Ribera. Ahora la entrada se ha convertido en una flamante carretera de acceso negra como la pez, y le da rabia que Bobby Stafford, que se rasgaba las vestiduras por el tema de los baches, no esté aquí para verlo.

En el grupo de WhatsApp de los vecinos se ha impuesto el silencio desde que acabó el verano, a excepción de los recordatorios mensuales automatizados sobre el pago de la cuota de mantenimiento, y de algún mensaje ocasional de Clemmie enlazándoles una noticia de algún periódico local. En los días precedentes a las vacaciones de otoño, no obstante, entró una ristra de mensajes.

Clemmie Northcote
Alguien quiere que meta la leche en la nevera? Caleb y yo vamos a ser los primeros, creo! Besos

Dee Huxley
Estimados vecinos, me hace mucha ilusión ir a pasar unos días a La Ribera con vosotros. Muy cordialmente, Dee Huxley.

Ashleigh Stafford
Yo y Bobby estaremos en Barbados hasta dentro de un mes. Hemos venido a grabar su programa! Echad un vistazo al hashtag y dadnos algunos me gusta! ;-) Besos y abrazos

Los próximos quince días se extienden frente a Rhys a la luz de unas perspectivas nada alentadoras. Los Charlton se han ido de vacaciones a la Toscana, y él preferiría arrancarse un brazo a bocados antes que pasar el rato con Llámame Clemmie. Lamenta con amargura aquel pequeño apaño que acordó con ella; Jonty había estado presionándolo para que vendiese las primeras cabañas, diciéndole que sus patrocinadores necesitaban ver ya el resort en pleno funcionamiento. Clemence Northcote no respondía al perfil de propietaria con visos de artista, publicitariamente viable, que Rhys tenía en mente para La Ribera, ni tampoco al de compradora ricachona que Jonty deseaba priorizar, pero ni el uno ni el otro estaban como para ponerse exquisitos.

«Déjala que se lo quede —le dijo Jonty—. Tenemos que conseguir vender este primer tramo, para levantar expectación alrededor del negocio».

Pero Clemmie no se lo podía permitir.

«Si de verdad está tan desesperada por comprárselo, acabará encontrando el dinero para hacerlo —dijo su socio con la convicción de quien siempre tiene algún ahorro reservado para cuando vengan mal dadas, o para invertir en algún proyecto prometedor—. Cierra ese acuerdo, compadre. ¿O igual es que no estás hecho para el mundo empresarial?».

Aterrorizado ante la posibilidad de que Jonty hallara una manera de excluirlo de su sociedad conjunta, Rhys ideó un plan. Ya había hecho sus comprobaciones, y sabía que a Clemmie su calificación crediticia le impedía pedir un préstamo a título personal, pero ¿y si era él quien lo pedía? Luego le haría llegar el dinero a ella, que lo usaría para comprar la cabaña y se lo iría devolviendo en cuotas mensuales… junto con un pequeño extra a cuenta de las molestias, claro está.

«¿De verdad harías eso por mí? —le dijo Northcote. Habían quedado en persona, para evitar dejar pruebas documentales. La mujer rompió a llorar—. No puedo expresarte lo agradecida que estoy».

Así pues, Clemmie consiguió su cabaña; Rhys, su venta, y Jonty no entendió de la misa la mitad.

Pero ahora es Rhys quien tiene aprietos económicos.

El cantante entra en la cabaña con la última de las maletas y la deja, goteando, en el suelo del recibidor. Yasmin y las gemelas están tiradas en el sofá, contrariadas; asusta más el fuego que echan ellas por los ojos que la tormenta eléctrica que han predicho para esa misma semana. La calefacción está a toda potencia, pero Yasmin tirita bajo su poncho de cachemira.

—Me voy a la cama —anuncia.

—Yo también —dice Tabby.

—Y yo. —Felicia se levanta del sofá. Son las nueve en punto de la noche.

Rhys se sirve una copa de brandi y se queda de pie junto a las puertas plegables, con los ojos extraviados en las tinieblas del lago. Quizá deberían haber aplazado el viaje en coche hasta mañana por la mañana: las chicas están cansadas, el tráfico era un horror… Abre las puertas exteriores, que van bastante duras debido a la falta de uso, y sale al muelle, a cobijo de la terraza del piso de arriba. Yasmin, que está al teléfono, habla en voz baja y en un tono quejumbroso. Inmerso en la oscuridad, el muelle desaparece al confundirse con el agua, cuya presencia escapa a la vista: un yermo de negrura sin principio ni final. Solamente el sonido de las olas rompiendo contra las rocas le indica a Rhys que aquello que tiene delante es un lago. El cantante se bebe el brandi en un santiamén. Mañana por la mañana lo verá todo de otro color.

Yasmin y las gemelas ya estaban de mal humor ayer, pero eso no era nada comparado con lo de ahora. Tabby y Felicia se pasean dando pisotones por toda la cabaña, abriendo y cerrando la nevera y declarando que se morirán si han de seguir otro minuto más en ese sitio.

El mal ambiente acaba contagiando a Rhys.

—¡Quien me haya mangado el cepillo —grita—, por favor, que vuelva a dejarlo donde estaba! Y ya que estamos, Yasmin, ¿de verdad es necesario que dejes tantos pelos en la ducha? Llevan ahí desde el verano.

—Pues que venga la limpiadora —le replica Yasmin con idéntica agresividad—. Está donde los Stafford; tiene el coche aparcado afuera.

—Bobby y Ashleigh tienen una ducha al aire libre en su chalet de Barbados —dice Tabby—. Lo vi ayer en el Insta.

—¿Y si acortamos la escapadita? —propone Yasmin—. Podemos hacer un fin de semana largo, en lugar de...

—Esto no es ninguna escapadita —brama Rhys—. ¡Es nuestra segunda residencia! Desde el principio, el plan era vivir en Londres cuando las niñas tuvieran clase y pasar aquí el resto del año. —¿Acaso no llevaba años Yasmin comiéndole el tarro con lo de comprarse otra casa? ¿Acaso no le había dado tanto la tabarra con la propiedad que tienen los Charlton en los Cotswolds que hasta podría haber dibujado los planos mientras dormía?

—Pero mira a tu alrededor, Rhys. —Yasmin se vuelve hacia el lago. La lluvia azota las ventanas e inunda el entablado del muelle con más agua de la que este puede drenar. El cielo se ve oscuro y tétrico, y la superficie del lago está a un nivel peligrosamente alto—. Y vamos a estar así toda la semana.

—El clima da igual si uno lleva la ropa adecuada. —Rhys no sabe a ciencia cierta a quién está intentando convencer—. Nos abrigaremos y saldremos a que nos dé un poco el aire, y...

—No pienso salir ahí fuera ni en broma, papá. Y, porfa, ¿podrías hacer algo con lo del wifi? Va lentísimo. Uf..., odio este sitio.

Tabby sube ruidosamente al piso de arriba, seguida por Felicia. Yasmin se lleva su café al sofá y se tumba a ver un reality de la televisión australiana. Rhys recorre la cabaña con la mirada; si estuviera en Londres, quizá saldría a tomarse uno él, pero no le apetece para nada sentarse a beber Nescafé de una taza desportillada en la única cafetería que hay en Cwm Coed.

A todos los propietarios del complejo se los obsequió con un par de botas de agua personalizadas cuando se mudaron al lugar; a Rhys le pareció todo un acierto en cuanto a relaciones públicas, hasta que vio la factura. Ahora el cantante se calza uno de ellos y coge el impermeable que tenía guardado en el armarito del vestíbulo. Tal y como están las cosas, más vale que vaya a darse un garbeo.

Al momento de salir al aire libre, la lluvia empieza a colársele por el cuello. Ve que hay un coche blanco con unas letras rosas aparcado delante de la cabaña vacía de los Stafford: SBIC & SBAN. Rhys vacila un instante; luego, vuelve a meterse en el recibidor, abre el estrecho armarito que hay junto a la puerta y descuelga de un gancho su manojo de llaves maestras.

Alguien ha puesto música en la cocina de los Stafford; la chica de la limpieza entona la melodía por encima del runrún de la aspiradora. Rhys cruza el pequeño recibidor y se detiene en el umbral del salón principal.

Mia menea el trasero a la vez que canta, mientras mete la aspiradora por debajo de la mesa del comedor. Rhys sonríe con malicia. Se pregunta si lo habrá visto entrar, si el numerito que está haciendo es para su disfrute. Sus sospechas se ven confirmadas cuando la empleada suelta un gritito de sorpresa fingida.

—¿Qué haces tú aquí?

El cantante camina hacia ella con una sonrisa insinuante en los labios.

—Esperaba que pudieras hacerme alguna que otra faena… ¿Sabes por dónde voy?

Mia aparta la vista para ocultar su rubor, y Rhys se reafirma en su posición. Ella va vestida con unos tejanos, unas zapatillas de deporte rosas a juego con su delantal, y los bolsillos llenos de trapos.

—Debería seguir limpiando. Ashleigh le tiene mucha manía a las polillas.

Ahora Rhys está justo detrás de ella, respirándole en el cuello y bajándole suavemente los dedos por los brazos.

—No —dice la chica con delicadeza, estremeciéndose al tacto de sus manos.

—No pasa nada; no hay nadie que pueda pillarnos.

Mia deja escapar un gemido. Pueden follar ahí mismo, piensa Rhys. En la cocina, frente a esa vasta extensión de agua, con la lluvia azotando las ventanas. Luego irán al piso de arriba y lo harán en la cama de los Stafford; Rhys sabe que eso a ella le dará mucho morbo. Acerca una mano a sus pechos y la va deslizando hacia arriba; le acaricia el cuello, y le mete los dedos en la boca para que se los chupe.

—Te deseo… —gime Mia con la boca llena, y que lo parta un rayo si él no la desea a ella también, pero algo distrae su atención: ha habido un movimiento afuera, en el muelle. Rhys y Mia se separan con un respingo; a él le entran taquicardias. ¿Lo estará espiando Yasmin? ¿Y si (Dios no lo quiera) una de las gemelas lo ha visto con Mia?

—Tendría que… —comienza a decir la chica de la limpieza, gesticulando hacia la aspiradora. Rhys es consciente de que su momento ya ha pasado y, además, el susto lo ha dejado flácido y forzado a retirarse, literalmente, con el rabo entre las piernas.

—¡Continuará! —dice el cantante con más convicción de la que siente en realidad. Regresa a toda prisa a la cabaña número cinco, donde encuentra a Yasmin todavía en el sofá, acurrucada bajo una manta. En el piso de arriba han puesto música, y se oyen unos golpes en el techo: son Tabby y Felicia, que están practicando el último baile de moda de TikTok. Rhys se relaja; lo que ha visto antes debía de ser un pájaro, tal vez, o la sombra de una nube que pasaba sobre el muelle. Su secreto y el de Mia están a salvo.

Llueve sin parar durante tres días. La cabaña, que en los planos parecía espaciosísima, es tan pequeña que resulta claustrofóbica.

Las chicas se pasan el día en su habitación; Yasmin, hecha un ovillo enfrente de la estufa, con la tarjeta de crédito de Rhys a mano, encargando accesorios decorativos que llegan al día siguiente. Y así, el diminuto recibidor se va llenando de cajas de cartón desmontadas y plásticos de burbujas.

—Te he de enseñar nuestro dormitorio —le dice ahora la mujer de Lloyd a Glynis, que ha venido a comer—. Lo he rediseñado entero.

Rhys, que planeaba echarse un sueñecito —o cuarenta— en el sofá, se encuentra con la cantinela de que vaya a ayudar a su madre a subir al piso de arriba; no importa que Glynis tenga una salud de hierro y en su propia casa utilice sola las escaleras sin ningún inconveniente. Él sabe que es porque no se ha fijado en el «rediseño» de Yasmin, que ahora ve que ha consistido en añadir algunos cojines nuevos y mover una lámpara de una esquina de la habitación a otra.

—¿Y verdad que el archivador este de Jac queda monísimo en el despacho de Rhys? —dice Yasmin mientras regresan hacia el salón.

—Queda perfecto —dice Glynis, posando una mano en uno de los cajones medio desvencijados. Rhys acompaña a su madre escaleras abajo antes de que se le salte alguna lagrimilla pensando en Tŷ'r Lan, un cobertizo con ínfulas que él recuerda como un trastero donde se guardaban los utensilios de pesca y los muebles que a sus padres no les cabían en casa. No le llegaba ni a los talones a La Ribera, que, incluso bajo la deprimente lluvia otoñal, es magnífica.

Las nubes terminan disipándose hacia finales de semana. Y dado que están de vacaciones, y que La Ribera evoca sus recuerdos veraniegos, la gente se aventura a salir; con varias capas de abrigo y tapándose las piernas con mantas, pero al menos salen a tomar el aire. Las cabañas quedan resguardadas, pero hace mucho viento, y de la punta de las olas sobresale una rebaba de espuma blanca. El lago ha multiplicado su caudal, y los árboles de la orilla parecen crecer directamente del agua.

Clemmie, que casi todos los días nada de una punta a otra, emerge de su cabaña vestida con su bañador. Si Jonty estuviera aquí haría alguna broma sobre Greenpeace, pero Rhys se queda con la boca cerrada; Northcote está casi siempre con Dee Huxley y, cuanta más distancia interponga entre él y esa señora, mejor. La viejecilla aún no le ha contado nada a Yasmin, pero él es consciente de que, si da un único paso en falso, lo hará.

Clemmie se pone en marcha a un ritmo sorprendentemente rápido, con la cabeza gacha, hendiendo el agua con los brazos. Las olas rompen contra ella, por lo que hay momentos en que está completamente sumergida. Yasmin se sienta a leer un libro, las gemelas se escabullen de la cabaña para ir a pasar el rato con Caleb, y Rhys barre el muelle, hallando cierta satisfacción en la pila de limo verde que va sacando de las ranuras del entablado. Ahora que lo piensa, en la casa de Londres no tienen ningún espacio exterior, aparte de un patio inglés inservible para cualquier otra cosa que no sea guardar las bicicletas. Respira el aire puro y fresco, y se acuerda de la de horas que se tiraba cada día de pequeño vagando por las colinas de alrededor de Cwm Coed. Pensaba que volver allí le proporcionaría esa misma sensación de libertad, pero ¿por qué continúa sintiéndose tan atrapado?

De repente, detrás de donde él está se genera un gran revuelo; Yasmin se ha levantado de la tumbona y está apuntando con un dedo hacia el lago.

—A Clemmie le pasa algo.

La vecina está chapoteando; su cabeza aparece y desaparece entre las olas, y les hace señas con un brazo en alto. Rhys saca el móvil al instante y se lo queda mirando con la mente en blanco: ¿a quién hay que llamar si ocurre algo en el lago? Está a punto de telefonear al servicio general de emergencias cuando Yasmin le apoya una mano en el brazo.

—Creo que ya van a ayudarla. —Señala hacia un barco de velas rojas que acaba de virar y avanza directo hacia Clemmie. Todos se quedan mirando cómo se aproxima y se va colocando cerca del lugar donde el oleaje se traga y escupe a la mujer; la timonel le arroja un salvavidas, y Yasmin se estruja las manos cuando la vecina se agarra a él—. ¡Gracias a Dios!

—¡Gracias a Dios! —repite Rhys, pensando en todo el dinero que Northcote le debe.

Cuando el barquito recala en La Ribera, Dee ya tiene a punto el albornoz de natación de la bañista para abrigarla con él. Yasmin le ha preparado una taza de té con azúcar, y las gemelas han sacado los móviles.

Su madre las mira con severidad.

—Eso está bastante fuera de lugar.

—Da igual… ¡Hashtag rescate al límite, hashtag La Ribera! —dice Felicia, pero Yasmin se mantiene firme.

Mientras la salvadora de Clemmie la ayuda a subir la escalerilla del muelle, Rhys cae en la cuenta de que la conoce. Angharad es de la edad de su madre, aunque no podrían ser más diferentes la una de la otra. El jersey que viste debajo del peto está tan lleno de zurcidos que parece cosido a base de retazos. No lleva nada de maquillaje, y un sinnúmero de arrugas finas y menudas le perfilan el rostro. Pese a la excitación de todos los que la rodean, ella está poseída de una quietud que a Rhys le resulta perturbadora.

—¡Estoy bien, estoy bien! —dice Clemmie. Los dientes le castañean con tanta fuerza que apenas le salen las palabras—. Me ha dado un calambre. Qué vergüenza. No vuelvo a salir a nadar sin mi boya de seguridad.

—Bonito barco —dice Caleb. Rhys deduce que el chico está siendo sarcástico, pero entonces lo ve contemplar la larga y angosta embarcación con algo cercano a la envidia. En lugar de estar hecho de fibra de vidrio, como los de los barcos modernos, el casco del *Tanwen* es de madera maciza, recubierta de un barniz fino y descascarillado. En algunas partes se han cortado y reemplazado pedazos de material, y el sellado aún es visible alrededor de las junturas. Las velas rojas, ahora desinfladas, están desvaídas y llenas de remiendos.

—¿Eso crees? —Angharad mira a Caleb y lo hace sonrojarse.

—Bueno, yo no sé nada de barcos —balbucea el joven.

—Pues deberías, si vas a vivir encima del agua.

Clemmie, que va recuperando poco a poco el color en las mejillas, se vuelve hacia su hijo.

—Igual, si se lo pides bien, Angharad podría enseñarte a navegar. —Rhys y Yasmin intercambian una mirada. Ya está otra vez la vecina agobiando a su hijo. Pero Angharad afirma lentamente con la cabeza.

—*Ella.* —«Quizá»—. Pero ahora hay que hacerla entrar a usted en calor. Su temperatura corporal continuará bajando hasta dentro de un rato.

Angharad acompaña a Clemmie adentro de su cabaña, y Yasmin y las gemelas se retiran al interior de la de los Lloyd. Rhys nota un cosquilleo en la nuca y, al darse la vuelta, se encuentra con Dee Huxley observándolo.

—Los lagos son un peligro —dice—. Uno cree que lo tiene todo controlado, y de repente… —La mujer da un golpetazo con el bastón en el suelo del muelle.

A Rhys le entra un escalofrío, y sigue a su familia hacia el salón.

Acaba de llegar un atado de cartas de Fleur, y a Rhys lo invade una gran sensación de optimismo respecto al futuro. Se imagina grabando otra vez, yendo de gira por escenarios como Dios manda en lugar de teatros de pueblo. Abre la lista de contactos de su teléfono móvil, y le envía a su nueva asistente un mensaje de texto: «Tengo un trabajo para ti. Sería cosa de dos horas, si te queda algún hueco esta semana».

Rhys podría procesar el correo él mismo —poco más tiene que hacer—, pero hay algo de patético en el hecho de lamer un sobre donde uno acaba de meter una fotografía firmada de sí mismo; no es un acto muy de famoso, que digamos. Cuando su carrera estaba en auge, contaba con una asistente a tiempo completo que trabajaba para él desde un despacho del corazón de

Londres. Primero se le fue el trabajo; luego, el despacho y, por último, la asistente. Rhys echa de menos que lo aclamen, y le gusta que le presten otra vez esos servicios, aunque solo sea por unas horas. Unas cuantas libras no son nada si sirven para pagar por su dignidad.

La chica viene al día siguiente y se instala en el escritorio de Rhys para clasificar el correo. Primero tira a la basura los sobres exteriores, y después engancha con un clip cada una de las candidaturas del concurso a su sobre correspondiente, sellado y con la dirección de envío indicada, junto con una fotografía lista para ser autografiada por el intérprete.

—Esta quiere una dedicatoria personal.

El cantante mueve negativamente la cabeza.

—No lo haré. Los términos y condiciones lo dejan muy claro.

—La mujer tiene un cáncer terminal, Rhys. —La asistente le pasa una foto y un bolígrafo—. Ponle algo bonito, ¿vale?

Al cabo de una hora, Rhys ya ha escrito mensajes en más de la mitad de las fotos, además de en cualquier cosa que llegase con una nota adjunta o que pareciese enviada por un niño. «Podrías estar inspirando a la próxima generación de cantantes», le dice la asistente cuando lo oye protestar.

—¿A ti te inspiraría? —le pregunta él.

Ella ríe, se levanta y recoge las cartas que va a llevar al buzón.

—No mucho. Tengo muy mala voz.

Rhys abre la cartera para sacar un billete de diez, pero, en un arrebato, opta por sacar uno de veinte y se lo pone en la mano a la chica.

—Todo el mundo tiene buena voz.

Ella levanta la vista y lo mira con los ojos entornados, en actitud deliberadamente provocativa.

—A lo mejor me podrías dar clases.

Antes de que Rhys le pueda responder, ya va por la mitad de la escalera.

El cantante la alcanza justo a tiempo para abrirle la puerta del recibidor en un gesto de caballerosidad, mientras le apoya en el brazo la mano que le queda libre.

—Sería un placer ser tu profesor —le murmura. Nota una agitación a la altura de la entrepierna y aparca la situación (o mejor dicho, la aparca a ella) para otro momento. Lo cierto es que nunca se había fijado en su asistente (no de esa manera), pero ahora deja que sus ojos repasen sus curvas y se pregunta cómo serán sin esos tejanos puestos.

Una furgoneta blanca sube por la carretera central, y Rhys ya está a punto de cerrar la puerta cuando el vehículo se detiene y Huw Ellis salta a la calzada.

—Ya veo que manco no te has quedado, ¿verdad?

—¿Cómo?

—Parecía que te costaba contestar al teléfono, así que he pensado que me pasaría a hacerte una visitilla para comprobar que no te hubieras quedado imposibilitado. —El albañil camina hacia Rhys—. ¿Dónde está mi dinero?

—Te lo voy a enviar. Es solo que me lo tienen retenido por algunos temas. Con las cuentas en el extranjero, ya se sabe...

—Lo quiero hoy.

—No puedo juntar todo ese dinero para hoy, no seas ridículo.

Huw da un paso hacia delante, y otro más, hasta que Rhys lo tiene tan cerca que le puede oler el aftershave.

—Págame lo que me debes, Lloyd. Recuerda que aún tengo las llaves de este sitio. —Sus ojos divagan por entre las cabañas—. Sería una pena que le pasara algo, ¿no crees? —Una sonrisa le asoma pausadamente a los labios, y luego redirige su mirada hacia Rhys—. O que te pasara a ti.

27

6 de enero - Leo

—¿Pero en qué cojones... —dice Crouch, pronunciando con sumo esmero cada palabra— ... estabas pensando?

Leo fija la vista en un punto indefinido, justo a la derecha de la cabeza de su superior.

—El tiempo es crítico en esta situación, inspector. Tenemos a Yasmin Lloyd detenida, y solo la podremos retener unas cuantas horas más. ¿Y si esa mujer introdujo un sobre con ricina entre la correspondencia de su marido? Debemos...

—¿Cómo que «y si»? —Crouch, a quien se le ha puesto la cara de color escarlata, pega un manotazo sobre el escritorio—. Y si, y si, y si... Me cago en diez, Brady, se supone que te dedicas a investigar crímenes. ¿Dónde están las pruebas que justificaban fundirte mi presupuesto para análisis forenses?

—La patóloga dijo que...

—La patóloga, ¿eh? ¿Seguro que fue la patóloga? —El inspector tiene las comisuras de los labios manchadas de blanco—. Parece ser que la coordinadora de la policía científica juega al golf con Izzy Weaver, y después de que la llamaras consultó tu petición con ella. Weaver se quedó bastante sorprendida de escuchar que estaban realizándose pruebas de ensayo para detectar alguna clase de veneno en el organismo de Lloyd. ¿Sabes por qué?

—No, señor.

—¡Pues porque ella no ordenó que se hiciera ninguna!

A Leo lo alivia que Ffion esté con Yasmin en la sala de detenciones y no pueda presenciar este rapapolvo de Crouch, quien no demuestra intención alguna de dejar que su subordinado se marche de rositas.

—Han suspendido a Elijah Fox de empleo y sueldo.

—¡Pero si él hizo las pruebas por iniciativa propia!

—Ha estado robando equipamiento de la morgue. Resulta que el tío se ha montado un laboratorio de andar por casa en su pisito particular para testear reacciones de venenos a varios antídotos. La contaminación cruzada campaba a sus anchas. —Crouch mira a Leo con odio—. Tu teoría de la ricina no solamente me ha costado cientos de libras de presupuesto, sino que también nos ha hecho desperdiciar un tiempo precioso del plazo de detención de Yasmin Lloyd. Ahora ponedla en libertad provisional antes de que se nos agote del todo.

—Pero...

—¡Ya!

Dos horas después, a Leo todavía le duelen las palabras de Crouch. Lo peor de todo es que él sabía que no debía creerse a pies juntillas la teoría de Elijah, que tenía que consultar primero a Izzy y luego a Crouch. Se dejó picar por la necesidad de demostrarle a Ffion que no era el chivo expiatorio del jefe. «Pues me ha salido genial», piensa ahora mientras entra con el coche en La Ribera, con Morgan a su lado y Yasmin en el asiento de atrás; ninguna de las dos ha dicho una sola palabra desde que han abandonado la sala de detención.

—¿Y ahora qué pasará? —pregunta la esposa de Lloyd mientras aparcan.

—Cuando comparezca en el juzgado, dentro de tres semanas —dice Ffion—, bien se formalizará una acusación contra usted, bien será puesta en libertad, o bien se le renovará el plazo de la fianza. Mientras tanto, no hable del caso con nadie.

Yasmin mueve afirmativamente la cabeza y se baja del coche, mientras va mirando de soslayo las otras cabañas para ver si alguien la está observando. Está ojerosa, y el penetrante olor de la celda la ha seguido hasta casa.

Leo entra dando marcha atrás en una plaza para visitantes para poder hacer un cambio de sentido.

—No sé si doy más asco como poli o como padre.

—¿Qué vas a hacer?

—¿Comprarme algo de comida preparada, emborracharme y plantearme cambiar de profesión, por ejemplo?

—Con lo de tu hijo, digo —aclara Ffion sin levantar la voz.

Leo se aleja despacio de La Ribera.

—Si llevo a Allie a juicio —comenta finalmente—, me denunciará ante los Servicios Sociales.

Ffion guarda silencio. Al emerger del despacho de Crouch, Leo esperaba que su colega se partiera de risa a su costa, pero en lugar de eso ha permanecido en silencio, y él se ha sentido reconfortado por aquella compañía silenciosa.

—Localicé a un tipo que se había fugado mientras estaba en prisión preventiva —le explica—. Un pederasta. Estaba justo al lado de un colegio, así que telefoneé para dar el aviso y esperé. Era tarde, como alrededor de las cinco, conque supuse que no habría alumnos en la zona, pero debía haber algún tipo de actividad extraescolar, porque salió un grupo de niñas y una de ellas se fue sola para casa. Debía de tener unos... ¿diez u once años? E inmediatamente, Tackley comenzó a seguirla.

Leo sale del resort y gira a la izquierda para emprender el camino hacia Cheshire.

—No la podía dejar sola. Le dije a Harris que se quedara en el coche, que volvería enseguida, y me fui a perseguir a Tackley. Tenía mi transmisor a mano e iba informando de todo a la sala de mando. Pensaba que aquello sería cuestión de minutos, y que enseguida llegarían refuerzos. Pero Tackley me vio, y no sé si fue porque sabía que yo era de la pasma, pero salió corriendo como un condenado.

—Y tu corriste tras él.

—El tipo aguantó kilómetros y kilómetros. O al menos eso

me pareció a mí. ¿Y sabes qué fue lo peor? —Leo deja escapar un profundo suspiro—. Que en aquel momento ya ni siquiera pensaba en mi hijo. Lo único que tenía en la cabeza era pillar a Tackley y meterlo en el lugar que le correspondía.

—«Por sus valerosas y sacrificadas acciones mientras se encontraba fuera de servicio» —enuncia Ffion, repitiendo las palabras del diploma que había en la pared de la Unidad de Delitos Graves—. Fue por eso por lo que te condecoraron.

—Pasó más de una hora hasta que regresé al coche. Allie me había llamado al móvil para localizarme, y le había respondido Harris. Mi hijo estaba aterrorizado; ya se había hecho de noche, y se sentía desorientado. El coche estaba cerrado con seguro. Allie había cogido la costumbre de grabar nuestras llamadas a raíz de una ocasión en que perdí los estribos con ella. No es algo de lo que me sienta orgulloso, pero me acababa de enterar de que me había puesto los cuernos, o sea que… En fin, que mi exmujer lo grabó todo y me amenazó con llevar la prueba a los Servicios Sociales.

—Y desde entonces te ha estado haciendo chantaje con ello.

—Ahora solo me permite visitas de una hora con Harris —dice amargamente Leo—. Y nunca se puede quedar a dormir en mi piso, porque «no es un lugar adecuado para él». —El agente suelta una risa sardónica—. Supongo que eso no se lo puedo discutir. Odio vivir allí.

—Es un poco… —Ffion duda de lo que va a decir—, un poco como de estudiante.

Leo esboza una sonrisa socarrona.

—Habló la que vive con su madre.

—Es algo temporal.

—Siempre lo es cuando te separas. Y tres años más tarde, sigues viviendo al lado de una mujer que quema salvia en la puerta de su casa para ahuyentar a los malos espíritus.

—¡Guau! ¡Ya decía yo que olía raro!

—No pensarías que era yo, ¿no?

—Estaba más preocupada por encontrar mi sujetador, sinceramente.

Leo carraspea.

—Hum… Lo encontré en la cocina. No estaba seguro de qué hacer con él. Pensé que te daría vergüenza si te lo devolvía.

—¿Tienes idea de lo caros que son los sujetadores?

—De acuerdo. Mañana te lo devuelvo.

—Detuviste a un depredador peligroso —dice Ffion en voz baja—. Hiciste lo que tenías que hacer, y más.

—Poniendo a mi hijo en peligro.

—Tu hijo pasó un mal trago, pero ya está. No hiciste daño a nadie. —Ffion le apoya una mano en el brazo—. Gira por ahí.

—¿Adónde estamos yendo?

—Te llevaré a casa para que conozcas a mi madre.

28

Finales de agosto - Rhys

El mes de agosto ha sido insoportablemente caluroso. El aire era denso y bochornoso, y no corría ni un soplo de brisa. Rhys está asomado a la baranda del muelle, letárgico y atacado de los nervios al mismo tiempo, viendo cómo su reflejo le devuelve la mirada desde la superficie del agua, límpida como un cristal. Oye a Dee Huxley reírse por algo, y una incomodidad familiar se le instala en el pecho. Su presencia, y el poder que esta ejerce en Rhys, se cierne sobre él como la soga de una horca.

El cantante desliza el dedo por la pantalla de su móvil, buscando publicaciones con la etiqueta #LaVidaEnLaRibera e informando de posibles oportunidades a su equipo de Relaciones Públicas. Luego se pasa a Twitter, incapaz de aguantarse las ganas de echar un vistazo a sus menciones, aunque note una opresión en el pecho solo de pensarlo. No hay ningún tuit nuevo, aparte del encantador mensaje directo que le enviaron ayer:

HIJO DE LA GRAN PUTA.

Más cerca de las cabañas, Yasmin y Blythe se cuentan cotilleos. Jonty llevaba un rato sentado en el borde de la tumbona de su mujer, acariciándole con una mano ausente una de sus piernas bronceadas. Ahora, se levanta y se dirige hacia Rhys, y lo saluda con una palmadita en la espalda que hace que al cantante se le pegue a la piel el polo que lleva puesto.

Jonty guía a su colega hasta dos tumbonas apartadas de las demás y encaradas hacia el lago.

—Las chicas están hablando de bebés —dice con cara de asco.

—No iréis a tener otro, ¿no?

—¡Claro que no, hombre de Dios! Me hice la vasecto tan pronto como Hester llegó a casa. No volveré a caer en la trampa.

—El inversor se da un panzón de reír, entrechoca su botellín de cerveza con el de Rhys y se aposenta en una de las tumbonas—. Hoy me ha telefoneado tu amiguito, el albañil.

El cantante bebe un sorbo largo y lento.

—Yo aguanté cuatro meses —dice Yasmin a sus espaldas—, pero luego me pasé a la leche de fórmula, que si no, no dormía.

—¿Huw Ellis? ¿Qué quería?

—Hablar contigo. —Jonty echa a su socio una mirada de las que matan—. Pero al parecer tú no se lo cogías, así que alguien del despacho le dio mi número.

—¿Dormir? —Se oye de fondo la risa irónica de Blythe—. Ya ni me acuerdo de lo que es eso. Cuando Woody no está despierto, lo está Hester. Para mí que se ponen de acuerdo, te lo juro. Estoy rendida.

—Tabby era un angelito —dice Yasmin—. ¡Pero Felicia...!

—Se supone que yo debería ser tu compañero en la sombra, compadre, y no tener que mancharme las manos con el trabajo sucio. ¿Qué está pasando?

—Hay que pagarle. —La sensación que tiene al desembuchar es casi de alivio—. No basta con el dinero que hay en la cuenta de la empresa. —Jonty arruga la frente—. Tuvimos aquel problema con la instalación eléctrica, ¿te acuerdas? Y la dichosa lluvia lo retrasó todo, conque... —Rhys continúa dale que te pego, consciente de que Jonty no tardará en quedárselo mirando como si fuera tonto, aburrido por los pormenores.

—¿Cuánto le debes?

—Cuánto le debo no, cuánto le debemos —lo corrige Rhys—. Treinta mil libras.

Jonty tuerce el gesto y se queda mirando el lago; breves espasmos nerviosos le atraviesan la cara. Entonces saca el teléfono.

—¿Treinta mil? —El inversor pulsa la pantalla del móvil—. Te haré una transferencia. Diles a los del despacho que tengan resuelto el papeleo mañana por la mañana. Pero de esta no pasa, compadre; la próxima vez no te sacaré las castañas del fuego.

—Por supuesto. —A Rhys lo inunda una gran sensación de alivio—. Te lo agradezco mucho.

—Y lo que es el sexo —oyen que dice Blythe— ¡olvídate! —Las dos mujeres se mondan.

—¿Los chavales no te duermen bien? —pregunta Rhys. Cualquier cosa con tal de cambiar de tema.

—Un par de capullos es lo que están hechos. Son peores que dos recién nacidos.

Extasiado por la sensación de que sus problemas económicos están —por ahora— resueltos, Rhys alza su botellín como brindando a su propia salud.

—Has venido a dar con la persona indicada, amigo mío. Me llaman la Supernanny.

Rato después, Rhys llama a su mánager, Fleur Brockman.

—¿Qué tal se vive en La Ribera? —le pregunta ella.

—Es fabuloso. Tendrías que venir a hacernos una visita. —En el despacho de Rhys el ambiente es irrespirable. El cantante se dirige hacia la habitación de matrimonio y abre las ventanas francesas para salir a la terraza y apoyarse en la baranda; la conforman un delgado poste de metal fijado encima de un panel acristalado, lo cual ofrece una vista ininterrumpida del lago desde el dormitorio principal. Debajo de ese cristal, en todas las terrazas, hay un hueco.

Blythe se puso hecha un basilisco en cuanto lo vio.

«¡Los niños podrían escurrirse por ahí como si nada!».

«Pues no les dejes salir a la terraza». A Rhys le parecía de sentido común.

Abajo, en el muelle, las gemelas se levantan de sus tumbonas y echan mano de los enormes flamencos inflables que tanto insistieron en que les compraran. Yasmin y Blythe se han metido de nuevo en el salón.

—Cariño —dice Fleur—, ya sabes que no puedo vivir a menos de veinte metros de distancia de un Pret a Manger. Escucha, los de la promotora me han estado persiguiendo otra vez, preguntándome cuándo les mandaremos lo que falta por pagar de la campaña.

—Hoy. —El cantante observa a Jonty cruzar al muelle de su cabaña—. Ahora mismo se lo pago. —A Rhys le empieza a sudar la frente. No tenía ni idea de que en Cwm Coed hiciera tanto calor. Lago adentro, Bobby Stafford zigzaguea a bordo de una moto de agua alquilada a Steffan Edwards. Viste unos pantalones cortos rojos y holgados, y va con el pecho al aire, enrojecido por el sol.

—Genial. —Se oye un roce de papeles al otro lado del teléfono; Rhys se imagina a Fleur tachando uno de los quehaceres pendientes de su lista—. Parece que cumpliremos con creces todos los objetivos. —Normal que diga eso, teniendo en cuenta que fue idea suya lo de contratar a la promotora más cara de todas. La embarcación de Bobby traza una curva enfrente de La Ribera, salpicándolo todo antes de redirigirse hacia el lago.

La idea se les ocurrió a Rhys y Fleur un día que comieron juntos, poco después de Navidad, en que el cantante había sido ninguneado durante la selección del jurado de un concurso musical televisivo.

—Cielo, odio ser tan directa, pero… —comenzó a decir ella, lo cual ya no era buena señal.

La conclusión era la siguiente: lo de Rhys no estaba yendo a ningún lado. Las únicas audiciones a la vista aquella temporada eran de obras de teatro para niños; los únicos ingresos que el cantante había recibido aquel año procedían de anuncios publicitarios. A menos que tomase una decisión drástica, su carrera se iba a pique. Pero Fleur tuvo una idea…

Después de unas cuantas semanas estudiando presentaciones

de varias empresas de relaciones públicas, se acabaron decantando por una campaña de carácter innovador que la promotora dio en llamar #LaRifaDeRhys. Por el precio de un sobre sellado y con su dirección debidamente indicada, cada fan recibiría una fotografía autografiada del cantante, la cual serían animados a compartir en las redes sociales para optar al sorteo de varios premios. La prensa nacional cubrió el lanzamiento de la iniciativa, y en los periódicos regionales a lo largo y ancho del país aparecían todos y cada uno de los emocionados ganadores. Gracias a la campaña, la cara de Rhys figuraba por todos los rincones de internet, lo cual, por sí solo, estimuló notablemente las ventas de su último disco. El renacer de Rhys Lloyd era inminente.

—Nos las quitan de las manos, cariño. Hoy te he enviado otro lote por correo.

—Se supone que tendría que estar disfrutando de mis vacaciones, no preparando sobres.

—Contrata a una asistente.

—No puedo permitírmelo —dice Rhys apretando los dientes—. A lo mejor, si me consiguieras alguna audición decente...

—Me tengo que ir pitando, cielo. ¡Un placer hablar contigo!

La línea queda interrumpida. Rhys se está un rato más en la terraza, luchando contra el temor que lo hiela por dentro. Empieza a realizar los ejercicios de respiración que hace siempre antes de cantar y, poco a poco, su frecuencia cardiaca vuelve a la normalidad. Solo existe una forma de salir de esta: tendrá que usar el dinero de Jonty para pagar a la promotora. La campaña será un éxito, lo que implicará que Fleur acabará consiguiéndole algún trabajo decente, y entonces negociará un adelanto lo bastante suculento como para pagar la factura de Huw Ellis. Todo irá bien.

Rhys levanta la vista del lago en dirección a la montaña de Pen y Ddraig. Bobby ha desaparecido en una caleta unos metros más arriba, y todavía no ha reaparecido. ¿Se le habrá estropeado la moto de agua? El taller de Steffan está que se cae a trozos; a Rhys no le sorprendería que esté trabajando bajo mínimos.

—¡Cántanos algo! —grita Jonty desde su muelle, botellín de cerveza en mano.

—¡Ay, sí! ¡Cántanos algo! —Clemmie levanta los ojos del libro que está leyendo.

Alentado por las nuevas perspectivas de futuro, Rhys arranca a cantar una única estrofa de «Sale el sol», de *Los miserables*. Tiene una voz cálida y poderosa, y él se la imagina viajando a través de la quietud del aire, por encima del agua, y cruzando el pueblo que antaño se moría de ganas de abandonar. Se imagina cantando esa misma canción, noche tras noche, en el teatro Sondheim del West End, entre arrebatados aplausos y delante de un público que se levanta para ovacionarlo. Cierra los ojos y deja que la última nota se extinga antes de inclinar de forma casi imperceptible la cabeza, en señal de agradecimiento.

Cuando ya está bajando por las escaleras en dirección al salón, suena el timbre.

—Correo para ti. —Ceri le entrega una sobre acolchado lleno a reventar, con el nombre de su agencia en la etiqueta del remitente. La cartera le rehúye un poco la mirada; sus ojos alternan entre él y la furgoneta de reparto. Siempre ha sido rarita, ya de pequeña lo era—. Más autógrafos, ¿no?

—Es el precio de la fama —dice Rhys, con una risa que pretende quitarle hierro al asunto.

Cuando Rhys se presenta en el muelle de los Charlton, hay una modesta ronda de aplausos.

—¡Vaya vozarrón! —dice Blythe.

—*¡Anhygoel*, Rhys! —Clemmie se pone en pie y ofrece una solitaria ovación que aviva dolorosamente las inseguridades de Rhys.

Dee levanta su copa hacia el cantante con una sonrisa de la que no participan sus ojos.

—No ha estado mal, señor Lloyd.

La moto de agua de Bobby se ha esfumado por completo,

pero se acerca desde el lago la lancha de Steffan, con una barquita de remos a remolque. El barquero los saluda con el brazo en alto.

Las gemelas han ocupado sus posiciones rutinarias, con los brazos y las piernas haciendo círculos con pericia en el agua, y están pelando la pava con Caleb y una chica del pueblo que Rhys hace ya dos semanas que ve que no se despega del hijo de Clemmie. Con un poco de suerte, Caleb irá a por ella, en lugar de babear detrás de las gemelas. A diferencia de Tabby y Felicia, que se cambian de biquini como si estuvieran en una pasarela de moda, la otra va vestida con los mismos pantalones cortos y la misma camiseta que lleva siempre. Ni joyas, ni maquillaje. Sería facilísimo confundirla con un chico, si no fuera por esa mata de pelo del color de las hojas otoñales.

—Son como dos gotas de agua —comenta Dee, apareciendo detrás de Rhys y haciéndole pegar un bote—, ¿no crees?

El cantante mira a Felicia y Tabby, técnicamente idénticas y aun así tan distintas, a sus ojos.

—Si usted lo dice… —concede groseramente.

Clemmie intenta meter baza.

—Y son las dos tan guapas…

—Eres un hombre afortunado —afirma Dee, y Rhys se pregunta por qué será que solo puede oír severidad en su tono de voz. El intérprete regresa al muelle de la familia con el pretexto de ayudar a Steffan, que acaba de apagar el motor de su lancha para dejar que la inercia la impulse hacia el pontón.

Mientras Rhys atraviesa el muelle de los Stafford, le llega la voz gritona de Ashleigh desde la cocina:

—A ver, cielo, es que esto está en el culo del mundo. Ya no aguanto más aquí, total ¿para qué?

Pues no se pierden nada. Ashleigh Stafford está de buen ver, pero su voz le resulta enervante, y además tiende a poner a La Ribera de vuelta y media a las primeras de cambio. La semana pasada estuvo dando por saco en Twitter, quejándose de que no tenían jacuzzi y acompañando su mensaje del hashtag #LaRimierda. Bobby la obligó a borrarlo, pero circularon capturas de pantalla por todas partes.

Rhys baja por la escalerilla hasta el pontón que divide su cabaña de la de los Stafford. Steffan lo espera de pie en mitad de su lancha, tan pancho, como si estuviera en tierra firme. El barquero le pasa la amarra a Rhys, que la intercepta al vuelo y tira de ella para acercar la embarcación al pontón, mientras entorna los ojos para protegerse del sol.

La cara y los brazos de Steffan son de un intenso marrón tostado.

—Acabo de terminar de arreglar esta barca de remos. Me preguntaba si a tus hijas les haría gracia quedársela.

La barca no es nada del otro mundo, pero a las chicas les bastará y sobrará para pasearse por ahí. Tabby ha estado machacando a Rhys con que quería que alquilasen un barco desde que el resort abrió, pero con solo echar un vistazo a la lista de precios de Steff la idea se fue al garete.

—¡Ay, sí, papá, porfa! —Felicia ha remado a bordo del flamenco hasta el pontón. Detrás de ella, la chica del pueblo y Caleb bucean en busca de piedras.

—Una barca sería ideal —dice Yasmin—. He visto algunos cojines que le quedarían de maravilla.

Parece que la decisión está tomada. Rhys se vuelve hacia Steff.

—¿Cuánto pides por ella?

—Nada. Es toda vuestra.

Rhys lo tiene muy claro: a caballo regalado, no le mires el dentado.

—Estupendísimo, Steff. Es muy generoso de tu parte.

Steffan titubea unos instantes hasta que se saca un folleto del bolsillo y le quita las arrugas con la mano.

—Los buenos serán en papel satinado, claro, y con mejores fotos.

El folleto está impreso en un folio DIN-A4, con tres pliegues. En la parte delantera se lee: «Alquiler de barcos y embarcaciones de recreo, en exclusividad para los residentes de La Ribera».

Rhys lo examina con calma.

—En primavera tendréis otras veinte cabañas, ¿verdad? Podría hacerles a tus propietarios un 10 por ciento de descuento. Además, he estado hablando con... ¿Blythe, se llama? Bueno, hemos estado hablando de organizar clases de yoga sobre tabla de surf. Podríamos ofrecerlas a buen precio. Y, después, mira... —Steffan le quita a Rhys el folleto de las manos y le da la vuelta—. Cuando hayan recogido las llaves de su cabaña, los residentes de La Ribera tendrán derecho a una sesión gratis del deporte que elijan: windsurf, pádel surf, navegación a vela..., lo que quieran. ¿Ves?

—Veo, veo. Genial. Gracias por la barca.

—No es nada.

—Buen trabajo.

—Te lo agradezco mucho, Rhys. —Steffan lo agarra del brazo en una especie de torpe demostración de afecto—. Entre tú y yo, estoy pasando por una mala racha últimamente. Cuando La Ribera empiece a abrir todo el año... Cuando se termine de construir el resort, me... —Se detiene un segundo, como si necesitase recobrar la compostura—. Bueno, que esto me va a salvar el negocio, colega.

Tabby y Felicia se apean de sus flamencos, se apretujan en la barca y se ponen a remar cada una en una dirección, haciéndola girar sobre sí misma. Steffan arranca la lancha y se dirige rápidamente de vuelta al cobertizo, y Rhys sube por la escalerilla hasta el muelle, con la atención puesta otra vez en su carrera.

El sosiego del lago se ve desbaratado por un rugido del motor de la moto acuática de Bobby, que se aproxima dando vaivenes hacia el centro del lago, levantando un arco de agua a su paso. ¿Dónde narices ha ido ese tío, que ha estado desaparecido durante (Rhys ojea su reloj de pulsera) casi una hora?

El púgil retirado apaga el motor cuando está suficientemente cerca de La Ribera, y se encamina hacia el embarcadero que hay entre la cabaña de los Stafford y la de Clemmie. Se baja de la moto de un salto y la deja bien amarrada. Su pecho desnudo reluce, empapado, y, mientras sube por la escalerilla y se planta en el muelle, lo rodea una irritante aura de James Bond. Northcote se ha puesto bastante colorada, e incluso Dee lo observa por encima de sus gafas de sol.

Ashleigh emerge del interior de la cabaña, vestida con un biquini blanco y unos tacones altos. Cruza el muelle a grandes zancadas, y enrosca un brazo alrededor de la cabeza de su marido para atraerla hacia sí y darle un beso.

—¡Fii fiuuu...! —silba Jonty.

—¡Idos a un motel! —gritan Tabby y Felicia al unísono.

Bobby y Ashleigh son el foco de atención de todo el mundo, pero Rhys desvía la mirada un momento hacia la orilla, más allá de donde acaban las casas, y entrevé el paso de un coche por la carretera que atraviesa el bosque. No le habría dado ninguna importancia de no haber visto la cara que ha puesto Bobby al darse cuenta de hacia dónde se dirigían sus ojos. Al exboxeador se le ensombrece la expresión; aún resultará que ese macarrilla tan simpaticote al que todos quieren tanto no es tan amistoso como aparenta.

Rhys camina hasta la esquina del muelle, sin apartar la vista de un espacio que hay entre los árboles por donde sabe que divisará el vehículo de nuevo, antes de que la carretera serpentee hasta perderse de vista. Un segundo después, lo ve: un Fiat blanco con letras rosas que anuncian el nombre de la empresa de limpieza Sbic & Sban, para quienes trabaja Mia. El coche viene de la caleta en la que Stafford ha desaparecido hace una hora.

—Papá, ¿me das algo de dinero? Vamos a remar hasta la otra orilla para comprarnos unos helados —grita Tabby desde la barca, que ahora contiene a los cuatro adolescentes de la pandilla.

—¿Qué ha pasado con las diez libras que os di a principios de semana? —pregunta Rhys, aún distraído por lo que acaba de ver.

—Nos las hemos gastado —responde Felicia, como si dijera una obviedad.

—No pienso aflojar la mosca cada vez que me lo pidáis. Si queréis dinero, os lo vais a tener que ganar. —Rhys piensa en la sugerencia de Fleur de contratar a una asistente—. Tengo algunos recados que podríais hacerme.

—No puedo —responde Felicia al instante—. Estoy ocupada.

—Yo tampoco —se suma Tabby.

—¿Por qué no?

—Porque no quiero.

—Se los haré yo —dice la pelirroja.

—¡Seren! —Tabby le da un empujón—. ¡No puedes trabajar para papá!

—¿Por qué no? —La chica mira fijamente a Rhys—. Seis libras la hora.

Su descaro hace que al cantante le entre la risa.

—Te daré tres.

—El salario mínimo es de cuatro con sesenta y dos.

—Cuatro. —Rhys no se dejará doblegar en una negociación por una adolescente—. O, si no, me las apañaré yo solo.

Después de una pausa breve, Seren asiente con la cabeza.

—Trato hecho.

29

6 de enero - Leo

Elen Morgan no se inmuta lo más mínimo cuando ve que su hija se presenta con Leo a la zaga. Su expresión también se mantiene invariable cuando Ffion le explica —ignorando la vergüenza que le está haciendo pasar a su colega— que el piso de su compañero necesita urgentemente una remodelación.

—Tampoco está tan... —comienza a protestar él.

—¿Un toque femenino, quieres decir? —pregunta Elen.

—Mamá, que no vivimos en los cincuenta.

Leo lo intenta de nuevo.

—Solo tendría que...

—¿La cama cuna...? —apunta Ffion—. ¿La que antes era de Seren...?

—Está en el granero. Habrá que limpiarla bien.

—No te preocupes, eso puede hacerlo él mismo.

El agente no es rival para el ataque a dos flancos de las Morgan. Elen ya está dando vueltas por toda la casa, sacando cosas de los armarios. Leo pronto estará en posesión de un juego de Lego, una caja de coches de juguete, un edredón de Spiderman y un montón de disfraces.

—A Seren le encantaba ese sombrero de pirata, ¿te acuerdas? Se pasó medio año que se lo ponía hasta para dormir.

—Es usted muy amable, señora Morgan.

—Tonterías. Mejor que todas estas cosas las utilice alguien, en lugar de tenerlas por ahí guardadas.

Ya en su piso, Leo descarga el coche. En casa de Ffion, se ha dejado llevar por el entusiasmo y por el pragmatismo sin tapujos de Elen. Se ha imaginado a sí mismo arreglando el cuarto de las cajas, para que entre todos los argumentos con que Allie podría atacarlo no estuviera el de no disponer de una habitación decente para Harris. Ahora, al llegar a casa, la idea le parece absurda.

Se sienta de cualquier manera enfrente del portátil y da vueltas con el cursor encima del expediente de Lloyd. El olor de las hierbas de la vecina se cuela por debajo de la puerta del recibidor y le provoca dolor de cabeza.

¿Por dónde empieza? La investigación es un desbarajuste. Rhys Lloyd lleva ya una semana muerto, y todavía tiene la sensación de que están dando palos de ciego. La teoría de Elijah sobre la ricina ha quedado en agua de borrajas. El trofeo que usaron para agredir a Rhys sigue sin ser encontrado; el dron del colega de Ffion no ha sido capaz de dar con ningún hallazgo en las oscuras profundidades del Lago Espejado. Yasmin estaba luciéndose al son del piano cuando asesinaron a su esposo, mientras Jonty Charlton daba cuenta del alijo de coca de Ashleigh Stafford.

¿Tal vez deberían examinar más de cerca a Caleb Northcote? Angharad les ha dicho que no estaba interesado en aprender a navegar, pero aquello podría haber sido pura fachada. Leo saca la declaración del joven y la repasa de principio a fin. ¿Qué motivo podría haber tenido Caleb para desearle la muerte a Rhys?

El olor a hierbas es intenso, empalagoso. Leo se frota los ojos con los pulpejos de las manos. ¿Podrá una persona volverse loca a través del olfato?

Se pone de pie.

La puerta de la vecina está pintada de turquesa. Una guirnalda de plumas entrelazadas la cruza de arriba abajo, y en el timbre hay un adhesivo escrito a mano donde pone: KATCHEN GRINT. A ambos lados del felpudo hay dos latas de conserva cuyo contenido está empezando a consumirse del todo bajo los efectos del fuego.

Leo llama al timbre. En los tres años que hace que vive ahí, no ha visto a su vecina más que en contadas ocasiones, cuando se la ha cruzado por las escaleras afanándose en subir cargada con la bolsa de la compra. La puerta se abre, y la mujer lo mira con desconfianza.

—Sus hierbas… —comienza a decir Leo. El humo se le mete en la garganta, y lo hace toser.

—¿Quieres un poco de alguna? Las vendo.

—No, yo lo que…

—Tengo salvia, que purifica; enebro, que es beneficioso para la salud…

—Me molestan —dice Leo—. Encuentro que huelen muy… —En lugar de describirlo, se limita a fruncir la nariz—. Lo siento —añade.

—Ah. —La mujer debe andar por los sesenta años; tiene algunas arrugas en la cara, pero la piel todavía suave—. El hombre que vivía aquí antes de usted no estaba nunca en casa, así que… —Se agacha y utiliza las mangas de su jersey a modo de guantes para recoger las latas humeantes del suelo—. Las pongo dentro.

Tan fácil como eso, piensa Leo. ¿Por qué no daría el paso tres años atrás?

De vuelta en su piso, se queda unos instantes parado en el umbral de la habitación extra. No pasará nada por, al menos, intentar que aquello esté un poco más presentable y, dado que la madre de Ffion ha sido tan amable de dejar que se quedara con la antigua cama de Seren, no estaría de más que la montase.

A las ocho en punto de la tarde, la habitación está, si bien no transformada por completo, por lo menos muy cambiada. Una mano de pintura y una cajonera, y lo tendrá todo listo. Leo se sienta en la camita recién instalada y se imagina leyéndole a su hijo un cuento de buenas noches. Piensa en vivir allí con Harris los fines de semana, en decorar juntos el árbol las próximas Navidades.

Abre el portátil otra vez. Hace un año, encontró una abogada especializada en reclamaciones de custodia, pero estaba con los nervios demasiado a flor de piel como para ir más allá, y desconocía qué obligaciones tenían los abogados de familia. Si Leo se sinceraba con una, y admitía haber dejado a Harris solo en un coche cerrado con llave, ¿tal vez el deber la obligaría a denunciarlo?

El agente redacta un correo electrónico: «Me gustaría concertar una cita para hablar sobre la decisión de mi exesposa de mudarse con mi hijo a otro país». Eso no puede seguir así; él es el padre de Harris, y tiene derecho a formar parte de su vida. Cuando ha pulsado el botón de «Enviar», va a buscarse una cerveza. Le acaban de llegar los datos extraídos del teléfono de Lloyd, y planea pasarse lo que queda de noche antes de acostarse examinándolos.

Las triangulaciones han confirmado que Lloyd —o, como mínimo, su teléfono móvil— permaneció en La Ribera, dentro de un radio de cincuenta metros, el día 31 de diciembre, lo que concuerda con las versiones de Yasmin y las gemelas.

Se ha recuperado toda la información relativa a llamadas y mensajes que abarcaba los veintiocho días previos al asesinato, y los analistas ya han identificado y rastreado los números más recurrentes. La mánager de Lloyd aparece de forma constante en el recuento de llamadas recibidas, al igual que Yasmin, sus dos hijas —Tabby más que Felicia— y Jonty Charlton. El 29 de diciembre, un mismo número llamó al cantante diecisiete veces; las líneas que ocupa en la enumeración están subrayadas en azul, e incluyen una nota: «Huw Ellis». Hay páginas y páginas de mensajes de texto obtenidos de la cuenta de iCloud de Lloyd, las cuales incluyen unos correos electrónicos cada vez más amenazadores enviados por Ellis, en los que este reclamaba a Rhys el dinero que le debía.

Leo repasa por encima los mensajes. Muchos son de las gemelas, que piden dinero, o cosas como: «Podemos comer patatas fritas esta noche? Mamá dice que vale». El día de Nochevieja,

Lloyd sostuvo una conversación relámpago con alguien sobre el código de vestimenta de la fiesta. «Es un pelín corto», reza el mensaje, enviado por un número desconocido. «Póntelo», fue la respuesta del artista. Brady echa un vistazo a la lista de llamadas entrantes y salientes del teléfono, pero el número en cuestión no figura en ella.

De hecho, Lloyd apenas llamaba a nadie desde su móvil. Leo repasa concienzudamente el recuento, convencido de que al menos podrá dejar finiquitada esa tarea esa misma noche. Entonces, su mirada se posa en un número al que Lloyd llamó el 31 de diciembre sobre la hora de comer. Brady no tiene buena memoria para las cifras —detesta cuando los parquímetros le piden que introduzca su matrícula—, pero hay algo en ese número en concreto que le resulta familiar. Desbloquea su móvil y recorre la carpeta de contactos, deseando no estar en lo cierto, pero a la vez consciente de que sí lo está. Se detiene en un nombre y concentra la vista en la pantalla.

El teléfono al que Rhys Lloyd llamó en Nochevieja es el de Ffion.

30

Mediados de agosto - Seren

Seren se está poniendo morena, sin duda, y eso que Cwm Coed es literalmente el peor sitio del mundo para coger color. Llueve como trescientos días al año, e, incluso en verano y en plena ola de calor —como es el caso ahora mismo—, uno se baja al lago y las playas quedan todas ensombrecidas por los árboles. Y, por si eso fuera poco, ella es pelirroja, y tiene ese tipo de piel que la hace parecer una muerta, excepto cuando sale a correr, que entonces se pone, más que roja, violácea.

Pero está claro que tiene los brazos un pelín más bronceados que a principios del verano. Encontró un lugar para tomar el sol en la otra orilla del lago, allí donde han talado todos los árboles con tal de hacer sitio para más cabañas, y ha aprovechado cada una de las oportunidades que ha tenido de pillar algunos rayos UVA. Admitámoslo, joder: aquí no hay nada más con lo que entretenerse. La mayoría de sus «amigos» —si es que pueden considerarse como tales— viven lejos, y Ffion está siempre trabajando. Seren no ve el momento de que llegue el día de su cumpleaños y pueda aprender a conducir para largarse de este pueblucho de mierda. De verdad que no entiende cómo aguanta su hermana viviendo aquí. Lo único que anima a Seren a esforzarse un poco con los estudios —y sabe que no mola dárselas de guay, pero tiene unas notas que te cagas— es la idea de conseguir un trabajo lejos de Cwm Coed.

Este lado del lago es muchísimo mejor que el otro. La gente

siempre va directa adonde el embarcadero, donde están los lavabos y la furgoneta que vende refrescos, pero aquí se puede salir nadando desde las caletas que hay al amparo de los árboles y no encontrarse con ninguna otra persona ni queriendo.

Se oye una risa que viene del lago. Seren no alcanza a ver nada a través de la vegetación, pero sabe que son las gemelas. No tiene claro cuál es cuál, pero sabe que se llaman Tabby y Felicia, porque las ha oído chillarse por su nombre cada vez que una salpicaba a la otra.

Qué fuerte, ¿eh? «Felicia» y «Tabby». Y luego la gente dice que los nombres galeses son raros.

Seren se pone la camiseta por encima del biquini y avanza zigzagueando entre los árboles hasta salir al lago un poco más lejos de donde estaba. Ha visitado La Ribera cada día desde que la inauguraron.

Los ha estado observando.

Es como una imagen digna de Instagram. Hay cinco cabañas, y ahora mismo todas tienen abiertas las puertas que dan a sus respectivos muelles. En la que queda más cerca de Seren están impartiendo una clase de yoga: la monitora está situada de cara a la vivienda, y sus dos alumnas, de cara al lago: una es extremadamente delgada y se dobla sobre sí misma como si fuera un pretzel; la otra es Clemmie. Seren, poco a poco, va deduciendo quién es cada cual. Northcote hace cinco minutos que vive allí, como quien dice, y ya conoce a más gente del pueblo que ella; está intentando fundar un club de lectura, y va cada día a nadar al lago. Su madre dice que es una «meticona».

Seren las observa un rato. Clemmie tiene una flexibilidad nula, y simpatiza con ella. En educación física hicieron yoga una vez, y se pasó toda la clase haciendo esfuerzos para que no se le escapase un pedo.

Madre mía, qué calor. Seren observa con ansias el lago azul y cristalino. El agua está en calma, totalmente lisa, y casi puede notar su frescor en la piel; el Llyn Drych siempre está helado. Ya puede hacer treinta grados en la orilla que, si uno se mete en el agua, el frío le cortará la respiración. Hay que quedarse un rato dentro y nadar sin pausa, hasta que te sube un cosquilleo por los brazos y las piernas y entonces, como por arte de magia, empiezas a notarla caliente. Cuando ella era pequeña, su madre decía siempre que aquello era el *draig*, que escupía fuego desde la cima de la montaña, y Ffion rugía y perseguía a su hermanita por el agua. Seren pensaba que Ffi era la mejor hermana mayor del mundo; lo cierto es que todavía lo piensa, aunque jamás lo reconocería.

Rhys Lloyd está cantando. O, al menos, Seren supone que es él, porque ¿quién si no tendría los bemoles de entonar a pleno pulmón el «Calon Lân» en otra situación que no sea un partido de rugby? Ese hombre es como un Dios en estos lares. El pasillo del departamento de música del cole está todo empapelado de fotos suyas.

Guau. La interpretación hace que a Seren se le erice el vello de la nuca. Se pregunta si las hijas de Rhys no le estarán cortando el rollo, gritándose como se gritan la una a la otra a lomos de sus flamencos descomunales. Siempre están o subidas en ellos o estiradas en sus tumbonas. Seren nunca las ha visto dentro del agua propiamente dicha y, por sus peinaditos de finolis y la forma en que se han maquillado, deduce que no tienen pensado mojarse ni un pelo. Una de ellas echa la cabeza atrás y suelta una carcajada estridente, mientras gira sobre su flamenco para encararlo hacia una de las cabañas que hay un poco más abajo. Seren se abre paso entre los árboles para ver qué es lo que está mirando.

Es el chico de la número cuatro, el hijo de Clemmie. Viste unos pantalones de chándal largos y holgados, como siempre, a pesar del calor, y se lo ve más interesado en su móvil que en las monerías de las gemelas. No saben ya qué hacer para llamar su atención, y el otro está pasando olímpicamente de ellas. Es de risa.

El joven se levanta de su tumbona, deja el móvil tirado en el muelle y se estira; al hacerlo, se le sube un poco la camiseta y se le ve el estómago, muy bronceado. Está flaco, más que tonificado, y parece improbable que sea el tipo de muchacho que les gusta a las gemelas, pero tampoco es que aquí haya mucho donde elegir. Seren se ha besuqueado con algún que otro chico de su curso, pero lo que es salir, no saldría con ninguno. Solo de pensarlo le entran escalofríos.

El hijo de Clemmie salta al muelle vecino y luego cruza con calma el del número dos, donde vive la abuelita aquella del bastón. Cuando llega al otro lado del muelle, se descuelga por la escalerilla hasta el embarcadero. Durante un segundo, Seren lo pierde de vista, pero entonces oye los pasos de alguien que corre; el joven salta con todas sus fuerzas y se hace una bola para caer en bomba.

Aterriza con todo su peso entre las dos gemelas, levantando una ola inmensa que impacta contra los flamencos. Seren se agazapa detrás de un árbol para que no la oigan reír, aunque eso sería imposible con los graznidos que están dando aquellas chicas. Se aleja siguiendo la orilla del lago hasta un poco más abajo, donde encuentra un sitio donde nadar sin ser vista por los residentes de La Ribera.

Más tarde, mientras regresa al pueblo bosque a través, oye un crujido a sus espaldas, como si alguien hubiera pisado una ramita. Sigue caminando hasta que se detiene en seco para darse la vuelta y, como era de suponer, ahí está él.

—¿Por qué me sigues?

El chico levanta las manos como si Seren tuviese un arma.

—¿Por qué nos espiabas tú a nosotros? —Tiene la ropa completamente empapada, gris oscuro allí donde antes era de color gris claro.

—Me aburría —dice Seren con altivez.

—Yo también. Me llamo Caleb.

—Yo Seren.

—¿Seren?

—Significa estrella.

—Guay. —El joven mira a Seren de arriba abajo, como si

estuviera sometiéndola a una valoración. Ella, en consecuencia, hace lo mismo. Se quedan una eternidad en la misma actitud, y al principio Seren no quiere apartar la vista porque tiene la sensación de que, si lo hace, perderá. Finalmente, es Caleb el que habla.

—Podrías haberte acercado a decir hola, en lugar de esconderte detrás de los árboles.

—No me estaba escondiendo.

—Ya, lo que tú digas.

—No me... —Seren se queda cortada. No puede creer que haya estado a punto de decir «No me dejan», como si todavía tuviera diez años y necesitara el permiso de mamá para salir a jugar al aire libre. Pero bueno, de todos modos Caleb nunca entendería por qué en Cwm Coed todo el mundo le tiene tanta ojeriza a La Ribera.

«No me fío ni un pelo de esa gente —le dijo Elen cuando vieron las primeras señales de vida en la otra margen del lago—. Vaya un atajo de arrogantes; se piensan que pueden venir aquí a robarnos nuestras tierras como si... Tú a ese lugar ni te acerques, ¿me has oído, Seren?».

Caleb se saca una cajita metálica del bolsillo y la menea.

—¿Quieres que vayamos a fumar a algún sitio?

Seren guía a Caleb por una de las colinas que dominan el bosque, y él se queja de la pendiente y dice que le duelen las rodillas. Seren se carcajea, presa de la euforia de estar campando por ahí con alguien nuevo, de esa cuesta empinada, de la expectativa de fumarse un buen porro. «Tú espera, que ya verás». Siguen subiendo y subiendo, hasta que llegan allá donde el bosque se junta con la pradera, y la cascada se precipita y cae en el arroyo, que, serpenteando entre los árboles, fluye de vuelta hacia el lago.

—Aquí. —Seren hace girarse a Caleb y se quedan parados el uno junto al otro, contemplando desde las alturas el camino que acaban de recorrer.

—Hostia puta.

—No está mal, ¿eh?

Vivir en un sitio como Cwm Coed no es algo que a Seren la haya enorgullecido jamás —no es como vivir en Nueva York, o en uno de esos pueblitos donde la gente tiene tejados de paja y lleva la compra en sus cestitas de mimbre—, pero a veces, como ahora, lo ve con ojos ajenos y le parece una puta pasada.

Caen rendidos sobre la hierba, y Caleb lía el porro. La primera calada, como siempre, quema y rasca tanto en la garganta que a Seren le entran ganas de toser, pero aun así se traga el humo y cierra los ojos, y entonces le sobreviene una dulcísima sensación de bienestar, como cuando el lago está tan frío que parece caliente. Se pasan el porro el uno al otro; el papel de fumar se queda pegado con tanta insistencia al labio inferior de Seren que parece que no quiera apartarse de su boca.

—¿Siempre has vivido por aquí?

—Sí.

—Es increíble, este sitio.

Seren se incorpora y se sienta.

—¿Me estás vacilando? Es un pueblucho de mierda.

Caleb se carcajea y se sienta también. Tiene los dientes delanteros muy separados, y cuando sonríe se le ve la punta de la lengua asomando entre ellos.

—Mira a tu alrededor. —Extiende el brazo en dirección al lago, las montañas, el bosque—. Puedes ir adonde quieras.

—¿Adónde voy a ir? Si aquí no hay nada… El cine está a una hora en autobús.

—Igualmente. Tú mira a tu alrededor… —vuelve a decir el joven, y se saca del bolsillo su cajita de metal—. ¿Sabes liar?

Seren ni siquiera se molesta en responder: saca dos hojas más de papel de fumar y las pega entre sí para enrollar un porro el doble de grande del que acaban de terminarse. Caleb se estira en el suelo y cierra los ojos, dejando escapar un sonoro suspiro; sus ojeras parecen moratones.

—Deja de mirarme.

—No te estoy mirando.

Caleb sonríe de oreja a oreja, aún con los ojos cerrados.

—Pues tú te lo pierdes.

Seren prende el porro y le da una calada. Exhala el humo despacio, viendo cómo forma una nubecilla alargada en el aire sosegado y caluroso. Luego coloca el filtro sobre los labios de Caleb y ambos lo sostienen un rato juntos, en un gesto tan íntimo como un beso.

—¿Qué tal se está en La Ribera?

Caleb se encoge de hombros, pero despega un poco los párpados y mira a Ffion con los ojos entrecerrados.

—Pues no sé..., bien.

—Rhys Lloyd estudió en mi cole —dice Seren, arrogándose el derecho a alardear de algo, lo cual le suele parecer una ridiculez—. O sea..., años atrás, claro.

—Es un gilipollas.

—Ah, ¿sí? —Seren estira las rodillas y se tumba también en el suelo—. Parece muy majo.

—Me ha acusado de babosear a sus hijas.

—¿Es verdad?

—Ni de puta coña.

—¿Y tú qué le dijiste?

—Le dije que era un gilipollas. —Caleb arranca una brizna de hierba del prado y se pone a desmenuzarla.

—Pero ¿tú eres rico, entonces? En plan, ¿estáis forrados? —dice Seren al cabo de un rato.

—Ojalá.

—Si vives en La Ribera, seguro que lo estáis. Y antes vivíais en Londres, que es como la ciudad más cara del mundo o algo así.

—Vivíamos en un séptimo de un bloque de pisos de Dagenham. El ascensor siempre estaba estropeado, y los pitufos patrullaban tanto el barrio con el coche que más les habría valido mudarse directamente allí.

—¿Y entonces...? —Seren señala hacia La Ribera con un gesto de la cabeza.

—Mamá quería sacarme de Londres.

—¿Por qué? ¿Tan mal está la cosa allí?

—Si le haces caso a ella, está lleno de narcopisos donde venden crack, y bandas callejeras que van por ahí apuñalando a la gente y atracando abuelitas.

—Ya, pero ¿y eso qué tiene de malo?

A Caleb le entra la risa, y a Seren la inunda una sensación de calidez. Él la mira como si estuviera intentando tomar una decisión, y entonces se lleva las manos a la pernera del chándal y se la arremanga. Alrededor del tobillo tiene una pieza de plástico gris fijada a una goma elástica negra.

—Es un aparato de esos de vigilancia electrónica —dice Seren. El chico asiente con la cabeza. Ella se da cuenta de que está nervioso—. ¿Por qué?

—Cosas de la vida.

«Cosas de la vida» podría significar cualquier cosa. Podrían haberlo condenado por robar, por tráfico de drogas o por haberle pegado una paliza a alguien. A Seren se le acelera el pulso; podría ser por haberse llevado a chicas a un sitio en mitad de la nada y...

—Mamá odia a mis amigos. Cree que son una mala influencia para mí. Vivimos solos ella y yo... En fin, es un poco una puta casa de locos, ¿sabes?

—¿Qué pasó con tu padre?

—Ahora es una mujer.

—No me esperaba eso...

A Caleb se le escapa una risa sardónica.

—Nosotros tampoco.

—¿Aún tienes contacto con él?

—Sí, claro. O sea, es un poco raro, pero... sigue siendo mi padre, ¿sabes?

—El mío está muerto. —Seren se lo suelta un poco de sopetón, y luego se da cuenta de que, en dieciséis años, nunca se lo había tenido que contar a nadie. En Cwm Coed todo el mundo está al tanto de todo.

—Joder.

—Sí, no lo llegué a conocer. Tuvo cáncer, y entonces mi madre se quedó embarazada. Él murió dos semanas antes de nacer yo.

Seren habla sin mirar a Caleb, por si le entran ganas de llorar. No echa de menos a su padre —¿cómo se puede añorar a alguien a quien jamás se ha conocido?—, pero lo que sí echa de menos es la idea que él encarna, tanto que le produce un dolor físico.

—Mi hermana me saca un montonazo de años, así que creo que yo fui, más o menos, el último regalo que mi padre le hizo a mi madre. —Seren simula meterse los dedos en la campanilla, y Caleb se echa a reír.

—¿Qué edad tiene tu hermana?

—Treinta. Es p… —Seren recuerda el comentario del chico acerca de los «pitufos»—. Es una perra —dice en cambio, lo que es injusto. Ffion siempre está de malas, y mete la nariz donde no debe, pero solo porque es mayor.

Caleb hunde la mano en la hierba frente a él, y sus dedos se tocan.

—¿O sea que solo sois tú y tu madre? Igual que yo.

Seren ha comenzado a hiperventilar y nota cómo le hierve la sangre. Si él la besa, decide, ella le devolverá el beso. Quizá.

—Vámonos. —Caleb se levanta de un brinco y le tiende una mano—. Te voy a dar una vuelta por La Ribera. Podemos hacer algo juntos tú, yo y las gemelas.

Seren nota cómo la invade la excitación.

Este año se viene algo grande; lo presiente.

31

7 de enero - Ffion

De niña, Ffion se pasaba la vida en el lago. ¿Qué iba a hacer si no en un pueblo del tamaño de Cwm Coed? Recuerda cómo se preguntaba por qué los mayores nunca iban a nadar, y luego, al llegar a la edad adulta, a veces se daba cuenta de que llevaba semanas sin ni siquiera mojarse los pies.

Ahora, el lago es el sitio adonde va a pensar, adonde va a desestresarse o a deshacer algún nudo gordiano en relación con su trabajo o su familia. Dispone de despacho propio —una habitación del tamaño de un armario, en la planta superior de una comisaría local—, pero apenas lo utiliza. En lugar de eso, se va a trabajar a su coche, que aparca en cualquier promontorio desde el que se vea un valle, o ahí mismo, al lado del Llyn Drych.

El lago fue adonde Ffion acudió cuando llegó a la conclusión de que iba a dejar a Huw. Se paseó a lo largo de la orilla, por los guijarros resbaladizos, mientras sopesaba de qué forma le diría a su marido que su matrimonio había terminado.

Hoy vuelve a necesitar al lago.

Esta mañana, Leo le ha enviado un mensaje:

Sé que Lloyd te llamó el día que fue asesinado.

Ffion ha apagado el móvil, y se ha adentrado con el coche en las montañas, cegada por el pánico e incapaz de pensar qué hacer. Toda la mañana ha estado debatiéndose con su conciencia, con su pasado, con qué es lo que pasaría si contase la verdad.

A mediodía, ha cogido el coche y ha conducido hasta el lago. Ahora, de pie junto al Triumph, se quita descuidadamente el abrigo. A excepción del baño de Año Nuevo —que apenas cuenta, puesto que es prácticamente cosa de entrar y salir— hace muchísimo tiempo que no nada en invierno. Recuerda la quemazón del frío, pero, sobre todo, lo que mejor recuerda es el subidón que le daba. Aquella aguda claridad mental. Eso es lo que ahora necesita.

Ffion deja su ropa perfectamente doblada encima de sus botas y camina con cautela hacia la orilla. El cielo es blanco y trae nubes de nieve, y el viento baja silbando de la montaña y revolotea en círculos a lo largo y ancho del valle. Los pies de la agente encuentran el agua entre las piedrecitas y se curvan hacia dentro a modo de queja y, antes incluso de llegar al lago propiamente dicho, ya los tiene entumecidos. Dios, ¡qué frío está! Primero los pies. Luego los tobillos. Las pantorrillas. Las rodillas. Los muslos —ay, Dios, ¡los muslos!—. Respirar hondo, exhalar, y…

Mierda, mierda, mierda, mierda, mierda.

Hay que quedarse dentro hasta que deje de doler. Si sales antes de tiempo, te resfrías. Pero si te quedas hasta notar cómo se te desatan las endorfinas, no hay nada en el mundo que se pueda comparar al placer absoluto que te embarga. Es mejor que el alcohol, mejor que las drogas. Mejor que el breve flirteo con las cuchillas de afeitar que Ffion mantuvo a los quince, cuando sentía que las tinieblas se la tragarían entera.

Arranca a nadar a braza mientras cuenta mentalmente los segundos que lleva en el agua. Cinco minutos son trescientos segundos; diez minutos son seiscientos. Más rato ya es peligroso: no está acostumbrada a nadar con esas temperaturas.

¿Ahora lleva ciento sesenta y cinco o ciento cincuenta y seis? Vuelve a empezar. Tiene el cerebro embotado, pero ya está empezando a ocurrir: está notando el subidón. Le entra un cosquilleo en los brazos y las piernas y, poco a poco, donde antes había frío ahora hay calor. La calidez se extiende por su cuerpo, fortaleciéndole los miembros y haciéndola reír a pleno pulmón.

Ffion alcanza la primera boya e invierte el rumbo. Al dirigirse hacia la orilla, ahora a brazadas más briosas y respirando con menos agitación, ve a Leo. Está parado junto al coche de ella, con las manos enfundadas en los bolsillos del abrigo, observándola.

Ayer conoció una faceta distinta de su compañero cuando este se sinceró sobre lo de su hijo, sobre lo de haberlo dejado solo, y todas las piezas sueltas encajaron: la manera en que Leo permite que le hablen, la manera en que está aceptando que se lleven a Harris lejos de sí. Incluso la manera en la que vive, en aquel piso insípido y desangelado. Aquel hombre carga con su vida como con una corona de espinas.

El agente la espera allí donde rompe el agua. Durante un instante a Ffion la asalta la absurda ocurrencia de que tendrá que permanecer donde está hasta que Brady se vaya. O bien recorrer la orilla a nado y salir a tierra a la altura de algún bosquecillo, huir a hurtadillas entre la maleza, correr hasta su casa...

¿En bañador?

Eres una agente de la ley. Los policías trabajan codo con codo. ¡Vuelve en ti, Ffion Morgan!

Ffion aminora la marcha, pero se le está pasando el subidón, y le entra otra vez frío mientras trata de tocar el lecho del lago con los pies. No tiene adónde ir.

Salir del agua es una agonía. Ffion tiene los pies como bloques de hielo, maltratados por las piedras y tan privados de sensibilidad que parece que pertenezcan a otra persona. Los dientes le castañean con fuerza, y la cabeza le baila a un ritmo tan vertiginoso que se tiene que afianzar con una mano para no perder el equilibrio.

—¿Por qué no me contaste la verdad? —dice Leo, pero no está enfadado, como sí lo estaba cuando se enteró de lo de Huw y lo de las cámaras de videovigilancia.

Ffion se restriega los brazos, enrojecidos del frío. Logra bajarse hasta medio hombro los tirantes del traje de baño, pese a que sus dedos se niegan a obedecerla, y luego se pone la camiseta sobre la piel todavía húmeda. Si Leo le ha visto media teta, ni siquiera ha reaccionado; le dará lo mismo, se imagina Ffion, ahora que ya sabe el tipo de persona que es ella. La agente se pone el jersey y se seca las piernas, medio sentada, medio cayéndose al suelo, y tira de sus tejanos para tratar de meter por ellos sus dos ineptos pies. Está temblando, pero no sabe si es de frío o de miedo.

¿La verdad? La verdad quedó enterrada tanto tiempo atrás que a veces ella misma duda de que exista.

—Ffion. —Leo le tiende una mano. Ella titubea, pero finalmente le permite que la ayude a levantarse. No puede parar de temblar: el frío se le ha metido en los huesos; en las venas. Nota cómo las lágrimas le asoman a los ojos, calientes y temerosas.

Su compañero se quita el abrigo, la arropa con él y se lo cierra bien alrededor del pecho. A Morgan las piernas le dicen basta, pero hace un esfuerzo para aguantarse de pie y no caer encima de Brady. Llora, avergonzada de sí misma, pero ¿qué hay de nuevo en eso?

—Lo sé todo, Ffion —le dice Leo con dulzura, clavando su mirada en la de ella y sosteniéndola por los hombros firme y decididamente—. Lo sé todo.

Sus palabras quedan suspendidas en el aire entre los dos, y Ffion es incapaz de contener el llanto. Ahora se alegra de tener frío, de la insensibilidad de que ojalá hubiera gozado todos estos años. Piensa en la forma en que Leo se desahogó con ella ayer y se pregunta cómo se sentiría si hiciera lo mismo.

—Anoche llamé a Elijah. Me pareció que le debía una disculpa. —Leo esboza una sonrisa entreverada de ironía—. Resulta que él no es el único estudiante del curso que tiene un laboratorio casero: un colega suyo se saca un dinerillo extra haciendo análisis forenses a particulares.

Se oye el trino de un pájaro que sobrevuela el lago.

—Tenía que haber algún motivo por el que impediste que tu hermana nos cediera una muestra de descarte suya, así que tomé una yo mismo: un pelo, del sombrero de pirata que me dio tu madre para Harris. —Ffion contiene la respiración—. Los resultados indican una coincidencia familiar con el ADN de Rhys Lloyd. —Los primeros copos de nieve empiezan a caer, embelleciendo la pedregosa orilla—. Tu hermana es hija de él, ¿verdad?

A Ffion ya no le queda otra salida que la verdad. La idea de tener que revelar su secreto siempre le había resultado aterradora, pero ahí, entre los brazos de Leo, entumecida por el frío, lo que le produce más bien es alivio.

—Sí. —El agua brilla como un cristal pulido, y el reflejo de La Ribera es tan límpido que es imposible saber dónde terminan las edificaciones y dónde comienza su imagen especular—. Pero Seren no es mi hermana.

En el centro del lago, una garza se zambulle en busca de algún pescado, y el cristal se hace añicos. Si se lo dice, ya no va a haber vuelta atrás.

Ffion respira hondo.

—Es mi hija.

SEGUNDA PARTE

El cielo es de un color azul intenso. El sol, en su cénit, corona la cumbre de Pen y Ddraig; su calor ha disuelto la neblina matutina, y ahora los botes voltejean sin prisa de un extremo a otro del lago. Hay una brisa ligera y, cuando esta cesa por completo, las embarcaciones quedan a la deriva y con las velas desinfladas, a la espera de una nueva oportunidad.

En la zona de la orilla —donde están el embarcadero y la furgoneta de los helados— un denso bochorno impregna el ambiente, y por el lago hay esparcidas aquí y allá varias tablas de pádel surf y kayaks. Las familias juegan en los bajíos, sobrevoladas por pelotas de playa que salen despedidas por los aires. Quienes han venido de excursión despliegan las portezuelas y los techos elevables de sus caravanas, y encienden hogueras que dejan círculos de chamusquina en la hierba. Miran al otro lado del lago y se preguntan quién vivirá en aquellas preciosas cabañas de madera, con sus muelles entarimados y sus embarcaderos particulares. Se imaginan cómo debe de ser tener tanto dinero y tanta suerte como para vivir en un sitio como aquel.

La serenidad del aire y la calidez de esos refulgentes bajíos, no obstante, son engañosas. Bajo la superficie, fuertes corrientes arrastran consigo rocas y ramas caídas, remueven el lecho del lago y sacan a la luz los relojes de pulsera y los artículos de calzado desparejados que han ido a parar al agua. Bancos de foxinos atraviesan el fondo a toda velocidad; su danza atrae a las percas y a los lucios, que provocan una súbita perturbación en la superficie, como si hubiera empezado a llover. Hacia el centro del lago, el agua aún está peligrosamente fría.

La brisa trae el sonido de una risotada y el timbre de unas voces masculinas, pero no sus palabras. Un ruidoso «¡plop!» hiende el aire. En el muelle de una de las nuevas cabañas hay dos individuos. Uno sostiene despreocupadamente una botella de champán sobre el vacío; su tapón de corcho flota ya en el agua. Es Rhys Lloyd. Lo emociona estar ahí, en la orilla del lago que marcó su infancia, donde todo empezó. Lo llena de orgullo referirse a Jonty Charlton como su socio empresarial, llevar consigo tarjetas con el elegante logo en verde y blanco roto de La Ribera. Sabe que lo que está presenciando —la apertura oficial del complejo— es el comienzo de algo que no dejará indiferente a nadie.

Yasmin y Blythe salen de la cabaña para unirse a sus maridos, y los cuatro juntos levantan sus copas para brindar.

—¡Por La Ribera! —dice Rhys—. Por el sitio en el que todo empieza.

32

Finales de julio - Rhys

Rhys da un sorbo de champán. El calor veraniego distorsiona el paisaje acuático, desdibujando los botes cual espejismos desérticos. En el extremo opuesto del lago, los veraneantes saltan desde el embarcadero, se dan un buceo y emergen junto a los barcos del amarradero con los pulmones a punto de reventar. Y dominándolo todo, reflejada en la reluciente superficie del lago, está la montaña de Pen y Ddraig.

—He de reconocértelo, compadre —dice Jonty—: las vistas no están mal. No están nada mal.

—¿Quién necesita el Mediterráneo teniendo esto? —Blythe levanta el mentón mientras cierra los ojos y hace un brindis al sol. La copa le tiembla, se salpica de champán el brazo desnudo y suelta una risita infantiloide.

—¡Ojo, que no es barato! —la advierte Rhys.

Blythe se lame la piel bronceada con una lengua rosada y puntiaguda.

—No te acostumbres —comenta Yasmin entre risas.

Su amiga arquea una ceja.

—¿A qué? ¿Al champán? Cariño, si ya sabes que no bebo otra cosa.

—Al clima, quiero decir. —Yasmin coge posesivamente a Rhys del brazo, pellizcándole la piel con sus brazaletes—. De recién casados, Rhys me traía a rastras a Gales del Norte todos los veranos, y cada puñetera vez que veníamos llovía.

—No es verdad.

—¡Sí que lo es!

—¡Otro brindis! —zanja Rhys.

A Blythe le entra la risa.

—¿Por qué más vamos a brindar? Ya hemos brindado por La Ribera, por «nosotros»…, y vosotros dos, chicos, ya os habéis chupado bien las…

—¡Por Dios, cielo! —exclama Jonty—. ¿De verdad que no había mejor forma de expresarlo?

—¡Nosotras también tendríamos que brindar! —exclama Tabby—. Si no, nos dará mala suerte.

Las gemelas están estiradas en las tumbonas; sus biquinis verde limón contrastan radicalmente con el autobronceador que debieron de robar del baño de Yasmin, a juzgar por la bulla que han montado las tres en Londres antes de marcharse. Rhys experimenta esa clásica combinación de orgullo y miedo propia de los padres de hijas adolescentes.

—Buen intento, Tabitha Lloyd —dice Yasmin—, pero no te vamos a dar champán.

Felicia, a su lado, rueda hasta quedar boca abajo y se incorpora ayudándose con los codos.

—Es en serio. ¿A que sí, Blythe? Atrae al mal karma.

Rhys se aclara la garganta.

—Por favor, levantad vuestras copas en honor de las dos personas sin las cuales La Ribera jamás habría existido. —Las gemelas se percatan de su derrota, y se dejan caer de nuevo sobre las tumbonas—. Nuestras preciosas e inteligentísimas esposas.

—¡Hala! ¡Este brindis sí que lo apoyo al cien por cien! —Blythe entrechoca su copa con la de su amiga—. ¡Por nosotras! —Las dos mujeres se dan un abrazo. Yasmin lleva un ropaje envolvente y vaporoso encima del bañador, y durante un segundo Blythe desaparece por completo entre sus pliegues.

—Por nuestras mujercitas —dice Jonty.

—Ahora me toca a mí. —Yasmin pone su copa en alto—. Si

yo no hubiera asistido a una de las sesiones de yoga de Blythe…

—Si yo no te hubiera dicho que Jonty estaba buscando oportunidades de inversión…

—Y si yo no te hubiera contado que Rhys tenía un proyecto urbanístico entre manos…

—Nosotros, por supuesto —dice Jonty con retintín—, no hemos hecho nada. —Mira a Rhys a los ojos en busca de su solidaridad, pero la vista se le va de vez en cuando a lo que él insiste en llamar las «bermudas de carcamal» de su amigo. A pesar del calor, Jonty ha optado por una camisa de cuello abierto, con unos tejanos desgastados y unas chanclas de diseño, y el cantante se pregunta si no debería cambiarse él también antes de que aparezca alguien. Se espera que los nuevos propietarios lleguen a la una en punto de la tarde, y ya son las doce pasadas.

—Tengo que enseñarte lo que he hecho en nuestra habitación —dice Yasmin, apurando su champán.

Jonty deja escapar una carcajada obscena.

—¡Fii fiuuu!

—Las cabañas son todas idénticas, cariño mío —señala Rhys—. Dudo que a los Charlton les haga falta ver…

—¿Idénticas? —exclama Blythe entre risas—. ¡No podrían ser más diferentes!

Yasmin niega con la cabeza, exasperada.

—Nosotros nos decidimos por el blanco tiza para las paredes del dormitorio, cielo, y Jonty y Blythe las tienen de color blanco piedra.

—Y nuestro color de acento es el amarillo limón —comenta Blythe como si se lo estuviera explicando a un niño pequeño.

—Y el nuestro es el cetrino.

Los dos hombres siguen a desgana a sus esposas por el interior de la cabaña de los Charlton, para admirar los cojines decorativos de Blythe, y luego salen a la calzada para dirigirse hacia la de los Lloyd.

—¿Eso debe de ser alguien que llega? —pregunta Jonty.

A través de los árboles, Rhys capta brevemente el paso de un

Fiat color blanco sucio con letras rosas, que avanza, rebotando a cada bache, hacia la carretera que conduce hasta el resort.

—Nada, nada. Es Mia, la limpiadora. —Cuando La Ribera esté acabada, tendrá su propio servicio doméstico, elegantemente vestido y con una formación adecuada, pero por ahora van saliendo del paso con esa muchacha del pueblo—. Iré a hablar un momento con ella.

El resto continúa su camino hasta la número cinco. De las ventanillas abiertas del Fiat sale una música ensordecedora, mientras Mia, la chica de la limpieza, da marcha atrás para aparcar en una de las plazas para visitantes. Espera a que termine la canción antes de salir del coche y dedicarle a Rhys una mirada larga y seductora.

—Bueno, bueno, bueno... ¡Pero si está aquí nada más y nada menos que el delegado de la Ysgol Crafnant!

Rhys nunca fue delegado escolar —no cree ni siquiera que en su colegio existiera tal cargo—, pero aun así agacha la cabeza a modo de agradecimiento frente a lo que debe de ser, supone, una especie de cumplido. A las escuelas les encanta reivindicar como propios los éxitos de sus antiguos alumnos. Un verano, quince o dieciséis años atrás, los maestros convencieron a Rhys de que fuera a Cwm Coed a encabezar la organización de unas jornadas musicales en el centro. Por aquel entonces él ya tenía en su haber seis álbumes de estudio y una gira, pero el chantaje emocional al que le sometieron los profesores —así como una subvención del Consejo Galés de las Artes— lo arrastraron de vuelta al pueblo.

«¡Y fue gracias al festival Eisteddfod y a nuestra mismísima profesora de música, la señora Hughes, que Rhys Lloyd fue descubierto!», dijo la directora en su discurso inaugural. Rhys no digirió muy bien sus insinuaciones de que, sin las competiciones escolares y sin los ensayos que allí hacían, él no habría llegado a nada.

—No te habíamos contratado para hoy, ¿no? —le dice ahora a Mia—. En teoría debías tener terminadas las cabañas antes de que llegase todo el mundo.

—Tranqui, que ya están todas listas. Los Stafford van a recibir un paquete de un local de delicatessen, y quieren que se lo desembale yo. —La lista de supermercados que hacen entregas a La Ribera sale en la sección de preguntas frecuentes de la página web, junto con la respuesta a si Deliveroo opera en la zona (la respuesta es no) y la distancia que separa a los propietarios del minorista de productos de lujo más cercano (una tienda de Marks & Spencer que queda a hora y media de camino). Todo necesidades básicas.

Mia enfila el camino de la cabaña número tres. Lleva unos tejanos cortos y una camiseta sin mangas debajo de un delantal rosa de limpiadora uno o dos centímetros más largo que sus pantalones. Sus largas piernas morenas terminan en unas desastradas zapatillas blancas de deporte. Cuando se da la vuelta hacia Rhys, lo pilla mirándola.

—¿Hay algo más que me quieras decir?

Así a bote pronto se le ocurren un par o tres de cosas, piensa el cantante sonriendo para sí. Luego regresa con el resto a la cabaña número uno, no sin antes detenerse para sacar una foto de la hilera de viviendas con el lago centelleando de fondo, y así poder subirla a Facebook y seleccionar La Ribera como ubicación. Dos personas le dan me gusta casi al instante, y Rhys no cabe en sí de gozo. Abre Twitter y publica allí la misma imagen. «Ya en #LaRibera para tomarme un ansiado respiro antes de mi próxima sesión de estudio». No tiene ninguna grabación prevista, pero eso en Twitter no lo sabe nadie. Lo importante es causar la impresión que uno quiere causar. «Crear una imagen de marca».

Se reúne con los otros en su despacho, donde Yasmin está contándoles a Jonty y Blythe lo que ya saben.

—Cuando hicimos el diseño no delimitamos un ambiente aparte para trabajar —dice—, porque..., bueno..., al fin y al cabo, se supone que estamos todos de vacaciones, ¿no? Pero quitándole un poco al dormitorio principal y otro poco a los dos dormitorios traseros, nos ha quedado un espacio bastante aprovechable.

—¿De dónde habéis sacado esa cajonera? ¡Es monísima! —quiere saber Blythe—. ¿Es de Perch & Parrow?

Yasmin acaricia juguetonamente el archivador.

—¿Cuánto crees que me costó? Venga, adivínalo. —En las esquinas y alrededor de los tiradores, la pintura roja que lo adorna está toda desconchada, y el metal de debajo queda al descubierto. Los laterales están llenos de desperfectos provocados por golpes y arañazos. Ese mueble industrial es el contrapeso perfecto para realzar el interior de inspiración escandinava que ha diseñado Yasmin; Rhys lo sabe porque ella misma se lo ha dicho. Varias veces. Da igual que los cajones estén cerrados con llave, y que esta lleve siglos perdida; lo importante es que quede bien a la vista.

—Ay, Dios —contesta Blythe—. ¿Cuatrocientas? ¿Cuatrocientas cinco?

—¡Me salió gratis! —exclama Yasmin, loca de alegría—. El padre de Rhys lo tenía en el viejo cobertizo que había aquí antes de que construyesen La Ribera. ¿No es una maravilla?

—Lo es —se muestra de acuerdo Blythe—. Me encanta que hayas utilizado el mismo tono de rojo para esos estantes. —La mujer de Jonty admira los galardones que hay expuestos encima del escritorio del cantante: unos cuantos trofeos regionales, dos premios Echo y el Olivier que le concedieron por *West Side Story*.

—Yo no me los habría traído —observa Rhys—, pero Yasmin insistió en ello.

—Está orgullosa de ti —le dice Blythe, y le da un estrujón en el brazo—. ¡Guau! ¿Y todo esto de aquí son cartas de tus fans? —pregunta mientras observa el rimero que hay encima de la mesa. Yasmin abre la boca, pero Rhys se anticipa a su respuesta; no quiere que los Charlton se enteren de que, en realidad, lo que está haciendo es comprar el cariño de la gente.

—Una tocada de huevos, la verdad, pero ¡qué remedio!

—No puedo ni imaginarme lo que debe de ser que te escriba gente a quien no conoces —señala Blythe—. Tiene que ser algo extraordinario.

—Bueno... —Rhys abre las manos en un gesto de humildad, como restándole importancia al asunto.

El ruido de un coche que se acerca hace levantar la vista a todos los presentes, que, movidos por un mismo impulso, entran en uno de los dos dormitorios individuales, encarados a la carretera central del resort. Yasmin encargó que a Tabby y Felicia les decorasen las habitaciones en tonos pastel, colores como de bolas de helado. En la pared de cada una hay una fotografía en blanco y negro de su madre mirando fijamente a la cámara. Blythe es quien llega primero a la ventana, y se pone a dar palmadas y a bailar como una peonza, fruto de la excitación.

—¡Ya están aquí!

Se apodera de Rhys una gran emoción. Ha llegado el momento de la verdad: el primero de los nuevos residentes de La Ribera ya está aquí.

33

Finales de julio - Yasmin

—¡Me pregunto quién será! —Yasmin sale corriendo hacia las escaleras, ansiosa de afirmar su posición como primera dama del resort.

—¿Quién hay al lado tuyo y de Rhys? —Blythe va detrás de ella, casi sin aliento de puro entusiasmo.

—Clemence Northcote. —Yasmin se ha aprendido la lista de memoria—. Es técnica en comunicación e informática, y tiene un hijo adolescente. —Ya en la planta baja, se detiene para sacar una botella de champán del cubo lleno de hielos que han preparado para la ocasión—. ¡Rhys, vasos! —Chasquea los dedos y coge dos copas—. Ay, madre..., ¡me comen los nervios! —Lleva soñando con este momento desde que Rhys le resumió sus visiones de futuro para La Ribera: un lugar de acogida para gente bien relacionada, de alto nivel económico y con una mentalidad común, que confiarían a Yasmin el diseño de espacios interiores de todo el mundo.

—No tienes por qué estar nerviosa —replica él—. En cuanto vean este sitio, quedarán prendados. Solamente las vistas ya los dejarán sin habla.

—Opino igual —interviene Jonty—. Son algo digno de ver. —El inversor le guiña el ojo a Yasmin, y espera a que Rhys desvíe la atención hacia otro lugar para bajar la mirada hasta su escote. A ella un poco más y se le escapa un ronroneo. Hará cosa de medio año, las dos parejas salieron juntas a cenar; se ventilaron varias botellas de vino y compartieron un Uber de vuelta a casa. Rhys iba delante,

dándole la brasa al conductor (que había resultado ser un inesperado aficionado a la música clásica); mientras tanto, Blythe daba ca-
bezadas y, apretujada entre ella y su marido, estaba Yasmin, que
notaba cómo la mano de Jonty le iba acariciando un muslo. Fue
una experiencia tremendamente excitante y, aunque no ha pasado
nada desde entonces, ella sabe que solo es cuestión de tiempo.

—En la número tres vive aquel actor de telenovelas, ¿verdad?
—pregunta Blythe.

—Bobby Stafford —confirma Rhys—. Hace tres años era
campeón de pesos medianos, luego emprendió una carrera como
actor y ahora está prácticamente retirado de los cuadriláteros,
por lo que sé. Su mujer es la rubia aquella que salía en la selva
duchándose debajo de una cascada, con un biquini casi transparente, ¿os acordáis?

—¡Fii fiuuu! —silba Jonty.

—Con lo cual solo nos queda Deirdre Huxley —dice Rhys—.
No sé nada de ella excepto que está jubilada.

—Deberíamos haber puesto un límite de edad —comenta Jonty—. Los tacatacas no es que peguen mucho con la imagen de La
Ribera, ¿no?

—«Cabañas de lujo» —se burla Yasmin—, «solamente dis-
ponibles para gente rica, con buena presencia y en posesión de
su dentadura natural».

Sin dejar de reír, forman un comité de bienvenida delante de
las viviendas. Un Tesla gris sube traqueteando por la calzada.
Automáticamente, Yasmin mete barriga y presiona la lengua contra el paladar —su último truco para disimular ese poco de pa-
padita que tanto la fastidia—, pero cuando el coche se aproxima
ve que detrás del volante hay una señora mayor. El sol reverbera
en el parabrisas del Tesla mientras este detiene el motor.

Deirdre Huxley baja del vehículo con una generosa sonrisa.

—Vaya, vaya… ¡Menudo recibimiento!

Jonty da un paso al frente con una copita de champán en la
mano.

—Jonty Charlton, inversor. Bienvenida a La Ribera. —Yasmin

suspira para sus adentros, agradecida por el gesto. Jonty es mucho más refinado que su esposo; al parecer, por mucho que haya conseguido sacar a ese hombre de Cwm Coed, él aún tiene el pueblo metido hasta las trancas, y ante eso no hay nada que hacer.

—Esto es lo que yo llamo una bienvenida como Dios manda. Gracias, querido —dice la mujer, haciendo chinchín con Jonty—. Yo soy Dee, a menos que esté en presencia de las autoridades, claro. —Le chispean los ojillos—. En fin, ¿a quién más tenemos por aquí?

Rhys le tiende una mano.

—Rhys Lloyd, creador de La Ribera.

—Ya veo. —Por la cara que pone mientras se la estrecha, se nota que a Dee la situación le resulta divertida—. Qué alegría verte aquí.

—¿Haces tú los honores, Jonty? —Rhys le lanza a su colega las llaves de la cabaña número dos, y él responde con una brevísima mueca de resentimiento antes de recuperar su encantadora fachada.

—Un placer, señora Huxley. ¿Me acompaña? —El inversor le ofrece el brazo a la mujer, pero esta rechaza la ayuda y saca su bastón de la parte trasera del Tesla.

—Aún me queda tute para rato. Pero si no le importa sacarme el equipaje de debajo del asiento del copiloto, le estaré enormemente agradecida. Ahí dentro llevo toda la medicación.

—Faltaría más.

Mia sale corriendo del número tres con su delantal puesto, gritando indicaciones al teléfono.

—Da media vuelta... Verás una granja a tu... ¡Sí, exacto! El desvío es a mano izquierda, un poco más adelante. Yo ahora estoy fuera. —Se oye el bronco rugir de un motor y todos se dan la vuelta, justo a tiempo para ver una silueta amarilla que pasa, rauda, por detrás de los árboles—. ¡Ya te veo! ¡Sí, no te preocupes, lo he solucionado! —Mia regresa corriendo al interior de la cabaña mientras un McLaren Spider amarillo chillón sube a toda velocidad por la carretera central hasta que se detiene con un ruido sordo y retumbante.

—Mierda —dice Rhys—. Se ha metido en un bache.

El McLaren se columpia primero hacia delante y después hacia atrás. Luego se escucha una especie de chirrido espeluznante, y finalmente el coche sale a trompicones del hoyo y continúa, avanzando cautelosamente, rumbo a las cabañas, esquivando el resto de los baches.

—Empezamos bien —murmura Yasmin. Jonty se ha llevado el champán, y ella ya está a punto de ir a por más cuando Mia sale otra vez de la número tres con una bandeja de plata; encima hay dos copas y otra botella por empezar, alrededor de la cual hay atado un globo de helio dorado en forma de corazón.

—Instrucciones especiales de Bobby —dice cuando ve que los demás se la han quedado mirando—. Quiere darle una sorpresa a Ashleigh.

«Bobby», «Ashleigh»… ¿Cómo es que la limpiadora se refiere a esa gente por su nombre de pila, mientras que Yasmin aún no los conoce siquiera? Ella y Blythe intercambian brevemente una mirada.

Al hombre que baja del asiento del conductor lo reconocen al instante como Bobby Stafford. Debe de andar por los cuarenta y pocos; tiene la nariz tan fracturada que apunta hacia tres direcciones distintas, y los dientes demasiados blancos y rectos para ser los que Dios le ha dado. Es más bien menudo y, cuando se desplaza a paso ligero hasta el lado del copiloto para abrirle la puerta a su esposa, se diría que aún sigue en el ring del que se retiró hace una década.

Ashleigh le saca como una cabeza. Lleva unos pantalones de chándal y unas zapatillas blanco nuclear, y una ceñida franja de licra que hace las veces de camiseta.

—Es guapísima —musita una de las gemelas. Yasmin mira a Blythe y abre de par en par los ojos durante una milésima de segundo.

—Más vale que arregléis esa calzada, colega —dice Bobby, avanzando hacia ellos a grandes zancadas. Sus ojos se posan en Rhys—. Lloyd, ¿verdad? El sitio se ve como nuevo, pero eso…

—comenta mientras señala la carretera central—. Eso es un puto desperfecto.

—Estamos en ello, te doy mi palabra. ¡Bienvenido a La Ribera! —Rhys no tiene ni por asomo el aplomo de Jonty, pero aun así Bobby estrecha la mano que el cantante le ha ofrecido. Mientras tanto, Ashleigh pesca una copa de champán de la bandeja de Mia, y se saca un selfi con el globo dorado en forma de corazón oscilando detrás: traza una curva ascendente con la copa hasta sus labios, luego en dirección inversa, y vuelta a empezar.

Bobby coge con una mano la copa que queda en la bandeja, y con la otra la botella engalanada con el globo, y entonces le planta un beso —¡un beso!— a la limpiadora en la mejilla.

—Vales tu peso en oro, Mia, vaya que sí. ¿Ha llegado ya la compra?

—Ya está todo guardado en su sitio. No estaba segura de si habríais comido algo, así que os he preparado unos sándwiches; los tenéis en la nevera.

—Fabuloso. ¿Te parecería bien venir a hacernos las camas y demás cuando haga falta?

—Claro. Tú me envías un mensaje y ya está.

—Eres una crack. Venga, cariño, vamos a echarle un ojo a nuestra nueva choza.

—Pues nada, el último vecino es la única esperanza que nos queda de que aquí haya algo de clase —dice secamente Yasmin mientras la pareja desaparece en el interior de la cabaña número tres.

—¡Mamá! —exclama Tabby—. Pero ¿qué dices? ¿Tú has visto a Ashleigh Stafford?

—He procurado no mirarla mucho.

—¡Ay, es que me parece tan fuerte! —dice Felicia, poniendo los ojos en blanco—. Lleva las cejas perfectas. Hay que preguntarle dónde se las hace.

—Creo que diferimos sobre en qué consiste tener clase. —Yasmin sirve más champán para ella y para Blythe.

—Pues yo estoy de acuerdo con las gemelas —dice Rhys—.

La he encontrado muy bien plantada. —El cantante tiene la vista clavada en la cabaña de Dee Huxley, y las cejas muy juntas.

—Ni que fuera un alcornoque, Rhys.

Todos los presentes alzan la mirada ante el sonido de otro coche y, cuando un viejo BMW se acerca salvando los baches a toda pastilla, Yasmin nota cómo sus sueños se desvanecen por completo.

Si Ashleigh Stafford fuera de verdad un alcornoque, Clemence Northcote sería un bonsái. Bajita y regordeta, lleva el pelo de colores y tiene el mismo gusto para vestirse que un niño pequeño en una fiesta de cumpleaños.

—Llamadme Clemmie —dice cuando la presentan al resto—. ¡Así me llama todo el mundo! —Le mete un empujoncito a su hijo para que dé un paso al frente—. A *dyma Caleb*.

—Mamá, ya vale, ¿no?

—¿Hablas galés? —pregunta Blythe—. ¡Guau! De verdad que no doy crédito.

La mujer se ruboriza.

—Estoy en ello. Sé cómo presentarme, hablar de mis aficiones, cosas así. Yo puedo trabajar desde cualquier sitio, y los estudios universitarios de Caleb son online, así que tenemos pensado quedarnos bastante tiempo por aquí. Quiero probar a nadar en aguas abiertas, y por supuesto aprender bien el idioma, y...

—Mira a Rhys como si la hubiera asaltado una idea—. ¡Quizá se podrían organizar clases de conversación aquí en La Ribera! He leído en el periódico que Bobby Stafford ha comprado una cabaña, y él tiene raíces galesas, ¿lo sabíais? ¡Podríamos convertirlo en una costumbre!

Rhys parece totalmente horripilado ante la propuesta.

—¿Queréis que os enseñe vuestra cabaña?

—¡Encantada de conocerte! —miente Yasmin, dirigiéndole a Blythe esa mirada cómplice que indica que ha de seguirla *ipso facto* para darse mutuamente el parte de sucesos.

Cuando ambas están a punto de largarse, se abre la puerta de la cabaña de Dee Huxley.

—Si surge cualquier problema —dice Jonty—, no tiene más que avisarnos.

—Muchísimas gracias, querido. Por ahora, creo que voy a estirarme un rato a echar un sueñecito. Me he pegado una buena paliza con el coche.

Al lado, en la número cuatro, Rhys abre la puerta a Caleb y a Clemmie, quien le habla en galés mientras él va enredando con las maletas, haciendo claramente lo posible para que aquello sea un pimpam, lo cual significa que no ve lo que Yasmin está viendo.

Dee Huxley, en el umbral de su puerta, observa a Rhys como si lo conociera de algo. Como si lo conociera a fondo.

Lo observa, advierte Yasmin con un escalofrío, como si lo odiase.

34

7 de enero - Leo

Leo no sabe qué hacer con Ffion aparte de seguir abrazándola. El cuerpo de la agente convulsiona entre callados sollozos, y él la estrecha contra el suyo hasta que se acaba serenando.

—Chis... —le dice—. No pasa nada.

¿De verdad que no?

Le está costando mucho asimilar lo que su compañera acaba de contarle. Unos nubarrones se apelmazan a su alrededor, sobre la cordillera. Leo sabe que *Draig* significa dragón y, por primera vez, ve la forma de la bestia en aquellos relieves rocosos, con una cola que llega hasta el agua. Acompaña a Ffion hasta su coche, le abre la puerta y le levanta las piernas para metérselas dentro, como si en lugar de haberse simplemente resfriado estuviera muy débil. Arranca el motor, sube la calefacción y se pregunta por dónde empezar.

—No se lo cuentes a nadie —le pide Ffion con hostilidad—. No lo sabe nadie. Le dije a mi madre que el bebé era de un chico con el que me había enrollado en las fiestas de verano. Ella y mi padre se pusieron hechos una furia porque aquel desconocido, fuera quien fuese, no estaba apechugando con sus responsabilidades, pero yo no les quise dar ningún nombre. No podía soportar la idea de que alguien se enterase de lo que yo había hecho.

—De lo que había hecho él, más bien —matiza Leo con tacto.

—No fue una violación, si es eso lo que piensas. —Ffion se enjuga las lágrimas con la manga del abrigo de su compañero—.

No hubo..., no hubo ninguna violencia. —La agente traga saliva—. No ese tipo de violencia, al menos.

—Tenías catorce años. —Lloyd tenía cuarenta y seis en el momento de su muerte; debía de andar por los treinta cuando... Leo le echa una mirada a Ffion, que está acurrucada en el asiento del copiloto, y se le descompone el estómago. Acostarse con alguien de catorce años es abuso sexual. Una chica de esa edad es una niña.

—La gente me llamaba Ffion *Wyllt* —dice mientras encoge las piernas y se pone las rodillas contra el pecho—. Significa «Ffion la Salvaje». Hacía novillos, era respondona, birlaba cosas de las tiendas... Y se podría decir que yo misma alimentaba esa imagen. Les decía a los profesores que la noche anterior había estado hasta tarde bebiendo y de marcha, cuando lo único que había hecho había sido ver la tele con mis padres. Les decía a mis amigos que me había tirado a tal chico y tal otro, cuando en realidad no me había tirado a nadie en la vida.

—¿Cuándo conociste a Lloyd?

—La escuela lo convenció para que regresara al pueblo un verano y se ocupase de unas jornadas musicales para algunos niños a los que se les daba bien la música. —Fuera del coche, unos cuantos copos de nieve revolotean de acá para allá—. No he vuelto a cantar ni una sola nota desde entonces —añade la agente en voz baja.

—No tienes por qué contármelo. No ahora. No si no quieres hacerlo.

—Era guapo. Sofisticado. Tenía su encanto, imagino. Era mayor que yo, pero tampoco tan viejo como mis padres. Algunos de mis compañeros le contaron lo loca que estaba, que me encantaba beber y acostarme con cualquiera, y todas esas imbecilidades que me había inventado para impresionarlos. Y yo les seguía el juego, porque, cuando tienes una reputación, se acaba convirtiendo en tu identidad. —A Ffion le tiembla la mandíbula, y curva la boca en una mueca de asco—. En fin..., montamos una fiesta veraniega. Fue idea de Rhys, para celebrar el final del proyecto. —Ffion habla deprisa, con la cara contraída, como si le doliera algo—. Me llevó afuera. Me dijo que tenía una botella de champán para compartir entre los dos. A mi padre le habían diagnosticado un cáncer..., era una época muy, muy jodida para mí, ¿vale? Y yo quería estar lejos de donde estaba, ser otra persona distinta de la que era.

—¿Adónde te llevó? —Leo ha interrogado a multitud de víctimas de violación a lo largo de su carrera laboral, pero nunca le había costado tantísimo esfuerzo formular este tipo de preguntas.

—A su estudio, que está en el jardín trasero de la casa de su madre. —Ffion ríe sin ganas—. Yo no quería ir, pero no supe decirle que no, y lo único que estábamos haciendo era beber y charlar, así que... —La voz se le apaga mientras mira fijamente al parabrisas. La nieve comienza a cuajar y a cubrir la orilla rocosa de una fina capa blanca—. Me empecé a poner nerviosa; la situación me desbordaba. Y me acuerdo de haber visto a su madre asomada a la ventana del primer piso, que daba a la cocina, con la esperanza de que mirase al jardín y me viese; de que, de alguna manera, se percatase de que me quería ir a mi casa.

—¿Y te vio?

Ffion se pone pálida como una muerta.

—La ventana quedó a oscuras. Supongo que se fue a la cama. Y siempre me he preguntado si aquella mujer sabía qué tipo de persona era su hijo. Si sabía lo que era capaz de hacer. —La agente rompe a sollozar lenta y lastimosamente, y a Leo le empieza a doler la cabeza; ya no puede soportar oír nada más, pero, sobre todo, lo que no puede aguantar es que Ffion se vea obligada a contarlo. El agente se estira para abrazar a su compañera hasta que su respiración comienza a relajarse.

Luego, apoya la cabeza en la de ella y mira cómo el viento persigue las olas por el lago. Rhys Lloyd violó a Ffion y engendró una hija a la que su víctima tuvo que renunciar; no es de extrañar que ella lo siga odiando. Poco a poco, Leo va cediendo ante la hipótesis a la que ha estado dando vueltas desde que ha descubierto la verdad.

¿Lo odiaría lo bastante como para matarlo?

35

Finales de julio - Dee

Dee Huxley todavía está en pleno uso de sus facultades, gracias a Dios, pero poco después de su septuagésimo cumpleaños acabó aceptando que había llegado el momento de tomarse las cosas con un poco más de calma.

—Ocuparte tú de esta casa te viene grande, mamá. —Su hijo había venido a hacerle una de sus visitas semestrales de rigor—. Delante del río hay unos pisos tutelados que son una cucada. —Dicho esto, le pasó un folleto por encima de la mesita del salón: un vendedor nato.

Dee se negaba en redondo a marcharse de la antigua rectoría en la que residía, con sus cinco dormitorios, sus aseados jardines y su huerta vallada, para irse a vivir a un cubículo beis donde se organizan bingos los miércoles y donde las paredes rezuman olor a col. La señora estuvo un rato hojeando aquel tríptico.

—Aquí no hay espacio para instalar un despacho. ¿Dónde voy a guardar mis documentos? —Las paredes de su estudio de la rectoría estaban repletas de anaqueles, con un sistema de etiquetado pulcrísimo en que se indicaban las reuniones y clientes de cada año.

—¡Pues abandona la junta! No me fastidies, mamá… Ya hace años que tendrías que haberte jubilado.

—Me pregunto si dirías lo mismo si fuera un hombre. —Dee no tenía ningunas ganas de retirarse, y, a pesar de que el negocio marchaba perfectamente sin su intervención, le gustaba supervisar las cosas desde un segundo plano.

Aun así, debía conceder a su hijo que la gestión de aquella casa la estaba empezando a superar. No era tanto que no pudiera podar los árboles frutales, o trepar por una escalerilla para limpiar los canalones, sino que ya no tenía ganas de hacerlo.

Su hijo estuvo encantado de que pusiera la mansión a la venta. No estuvo tan encantado de que después, en lugar de optar por un apartamento para gente mayor e ingresar en el banco el importe de la transacción, Dee se comprara un piso de dos dormitorios en King's Cross y una segunda residencia en La Ribera, en Gales del Norte.

—¡Pero si ni siquiera has ido a verla!

—He visto los planos —afirma Dee con tranquilidad—. Y gracias a Google Earth, me he dado un precioso paseo por Cwm Coed. Creo que voy a ser muy feliz allí, y así tendré mi casita de retiro para organizar reuniones de negocios y que me visiten mis amistades.

Al doblar por la carretera que se adentra en La Ribera, Dee sabe que ha tomado la decisión correcta. La sinuosa calzada traza un semicírculo desde esa vía central hasta las cabañas, dejando entrever los destellos del agua y las construcciones revestidas de madera entre los árboles. La superficie de la carretera, no obstante, está horadada de baches, y la señora Huxley, subida en su coche nuevo, va esquivándolos con cautela.

Delante de las cabañas hay una aglomeración de gente y, cuando Dee aparca en la plaza reservada para la número dos, reconoce a Rhys Lloyd.

La cuestión es: ¿la reconocerá él a ella?

Un tipo muy buen mozo, vestido con unos tejanos y una camisa abierta, le estrecha la mano. Lo hace con una firmeza excelente —Dee es de las que se fijan en estas cosas—, y o bien está verdaderamente encantado por su visita, o bien se le da muy bien fingirlo.

—Vaya, vaya… ¡Menudo recibimiento! —dice Dee.

—Jonty Charlton, inversor. Bienvenida a La Ribera, señora Huxley.

Ah, un inversor. Claro, eso explica lo del apretón de manos y esa sonrisa de hiena. Dee entrechoca su copa con la de él.

—Esto es lo que yo llamo una bienvenida como Dios manda. Gracias, querido. Yo soy Dee, a menos que esté en presencia de las autoridades, claro. En fin, ¿a quién más tenemos por aquí? —Pilla a Rhys Lloyd observándola y arrugando la frente en señal de confusión; es evidente que aquella mujer le suena de algo, pero aún no sabe de qué.

—Rhys Lloyd —le dice el cantante cuando Dee lo aborda—, creador de La Ribera.

—Ya veo. —No la sorprende que Rhys se describa a sí mismo como el Creador. Ha hecho suficientes deducciones sobre él como para saber que es un arrogante. Casi todos los hombres lo son, según su experiencia (y ella, lo que es experiencia, tiene mucha)—. Qué alegría verte aquí. —A Rhys se le marcan aún más los pliegues de la frente.

—Encantada de conocerla, señora Huxley. —La mujer de Rhys le tiende una mano grácil, bronceada. Dee la examina con interés.

—Señora Huxley —Jonty le ofrece un brazo para que se apoye en él—, ¿me acompaña?

Mientras avanzan los dos hacia la cabaña, cargando él con el voluminoso bolso de Dee, un deportivo amarillísimo y chabacano viene por la calzada precedido de un bronco rugido. Dee detecta un cambio de expresión en los ojos de Jonty.

—Me temo que a ti te ha tocado andar con la tartana, querido.

—Los modelos clásicos nunca pasan de moda, señora Huxley.

Cuánta cortesía, piensa Dee. Quizá incluso demasiada.

Dee se pasea por la planta baja de su flamante cabaña, fijándose en sus líneas puras, de estilo nórdico, y en el mobiliario cuidadosamente escogido. El ancho reborde metálico de las hojas de las puertas exteriores enmarca el lago como si fuera un lienzo; un caluroso vaho difumina las vistas. Dee pone a prueba la manija, y las puertas se deslizan para desplegarse con un gustoso silbido.

La nueva propietaria se da la vuelta y observa la distribución de la cocina integrada, el comedor y el dormitorio, y luego echa una mirada a Jonty.

—No sé si podrías prestarme esos músculos tuyos...

Un cuarto de hora más tarde, Jonty tiene toda la camisa llena de ronchas de sudor.

—¿Algo más? —pregunta, visiblemente falto de su entusiasmo anterior.

—Ha quedado ideal. —A Dee se la ve radiante. Ellos (o mejor dicho, Jonty, con ella blandiendo su bastón para dirigir el operativo), han cambiado los muebles de sitio para que la mesa esté en el otro extremo del salón y el sofá rinconero en la zona de la cocina, junto a las puertas acristaladas—. Yo nunca como delante de una mesa —explica Dee—. Prefiero sentarme en el sofá con una bandeja en la falda y estas vistas enfrente, ¿tú no? —Se dirige hasta la otra punta de la habitación y, mirando al lago, mueve la mano de lado a lado; el impenetrable azul oscuro del agua contrasta con la franja de verdor que se extiende en paralelo a la orilla—. Esto es por lo que pagamos, ¿verdad?

El deportivo está aparcado delante de la cabaña central, y un achacoso BMW ha ocupado la última plaza, la de la número cuatro. Un adolescente está descargando el equipaje del maletero, mientras una mujer de pelo arcoíris habla con Rhys Lloyd.

Dee se lo queda mirando unos instantes. Cuando venía hacia el resort, todavía se estaba planteando si le pondría los puntos sobre las íes o no; no obstante, ahora que ya lo ha visto —a él y a su familia— sabe que va a ser inevitable.

Pero resulta que es Rhys el que viene a verse las caras con ella. El cantante llama a su timbre una o dos horas después, justo cuando Dee estaba a punto de sentarse a echar el rato leyendo un libro. La nueva residente ha saludado a sus vecinos, que parecen muy buena gente, aunque Dee sabe mejor que nadie que las apariencias pueden ser engañosas.

Rhys parece turbado; sus ojos van rápidamente de la cara de Dee al bastón que esta lleva en la mano, y a veces se mira los pies.

—He venido a ver si se había instalado usted a gusto.

—¡De fábula! Gracias. Debes de estar encantado con este lugar.

—Sí, estoy… —El cantante interrumpe la frase con la cara contraída en un gesto de confusión—. Oiga, ¿nos conocemos de antes?

—Creo que será mejor que pases dentro.

Dee retrocede hacia el salón. No espera a ver si Rhys la sigue, pero oye el chasquido de la puerta de entrada al cerrarse y las suelas de goma de sus náuticos rechinando sobre el suelo de baldosas. La mujer se sienta e invita a su visitante a hacer lo propio. Él titubea un instante y, finalmente, se sitúa al otro extremo del sofá.

Dee toma una decisión final. Lo que sabe acerca de Rhys es muy gordo; un tipo de información que para su mujer —y, desde luego, para la policía— sería de sumo interés. Un tipo de información que podría utilizar a modo de fianza, tal vez a cambio de algunas de las acciones de La Ribera, que a sus ojos tiene el potencial de convertirse en un excelente proyecto de inversión.

Pero, ante todo, Dee quiere que Rhys sepa que de esta no va a irse de rositas.

—El Número 36 —termina diciendo. El cantante se la queda mirando y su rostro palidece, reluciente de transpiración—. Yo soy la dueña del local.

—Pero… —A Rhys parece costarle mucho respirar—, pero si es usted una… —Su frase se queda a medio camino, y su mirada queda fija en el bastón de Dee y en la piel como de papel pinocho del dorso de la mano que lo sostiene.

—¿Una vieja?

Al cantante se le suben los colores a la cara.

Dee abrió el Número 36 a principios de los ochenta, después

de una breve experiencia como chica de compañía. Hasta entonces, aquella industria había estado enteramente dominada por hombres. ¿Por qué, si tendrían que ser las mujeres quienes tomaran las riendas? Además, los prostíbulos en que muchas de aquellas chicas trabajaban parecían ser lugares lúgubres y cochambrosos, con lo que acostarse con un cliente era toda una aventura (nunca mejor dicho).

El Número 36, por su parte, pertenecía a una hilera de casas unifamiliares altas y estrechas. Dee adquirió el edificio, situado en el Soho, cuando todavía era posible hacerse con alguna ganga; renovó la planta baja y un par de dormitorios, y puso el negocio en funcionamiento. A lo largo de los años y a medida que el éxito del club fue en aumento, la nueva dueña extendió las reformas al resto del edificio, lo cual dio como resultado un estiloso local para aspirantes a nuevo rico, con muebles bar y llameantes fuegos de leña. El personal lo integraban mujeres elegantes e inteligentes que trabajaban sujetas a unos inmejorables porcentajes de comisión.

—Uf... —A Rhys se le quiebra la voz, a duras penas audible. El sudor le baja profusamente por los dos lados de la cara.

Evidentemente, el cantante fue dado de baja como miembro del club después de la agresión. Dee no estaba en Londres cuando sucedió y, para cuando volvió a toda prisa, la implicada ya estaba en el hospital.

«Lo puedes denunciar», le dijo. El Número 36, así como el papel que Dee representaba en su gestión, estaban protegidos por una serie de grupos financieros, supeditados unos a otros como muñecas rusas, y el bienestar de sus empleadas siempre había sido su prioridad número uno. Pero la chica negó con la cabeza.

«Quiero olvidarme del todo de lo que pasó».

Al salir, Dee se marchó a su despacho y se quedó ahí sentada largo rato. Incidentes como aquel eran poco frecuentes, pero la dejaban furiosa y profundamente afectada. Contaba con la suficiente información acerca de bastantes miembros de la alta sociedad londinense como para derrocar al Gobierno, escandalizar a la gente de misa y terminar de hundir la escasa confianza popular de que gozaba la policía, pero, si sus clientes no estaban haciendo nada malo, ¿por qué iba a hacerlo ella? Mientras fueran educados y respetuosos, mientras sus trabajadoras estuvieran contentas y preservasen su poder de decisión... ¿qué había de malo en todo aquello?

—¿Qué es lo que quiere? —pregunta Rhys. Dee sabe perfectamente que está pensando en los titulares: la revelación pública de su caída en desgracia por parte de los tabloides.

—No quiero nada. —«Pero...», añade Dee para sus adentros. A la dueña del Número 36 le gusta vivir a lo grande, y no le da reparo rebajarse a cometer algún que otro chantajillo de vez en cuando.

—¿Para qué ha venido?

Dee recorre la cabaña con la mirada, deteniéndose a observar los suelos lustrosos, los grandes ventanales, las vistas.

—Para esto.

Ella siempre ha tenido la capacidad de separar los negocios del placer, además de muy buen ojo para la inversión. Esa primera fila de cabañas de La Ribera siempre puede justificar el pago de precios exclusivos, e, incluso si acaba tomando la decisión de no dedicar la suya propia a su uso particular, Dee sabe que obtendrá de ella un generosísimo rendimiento. Entretanto, ¿qué hay de malo en disponer de una chocita junto al lago?

—Si se entera mi mujer...

—¡Quita, quita! No existe en el mundo nadie más discreto que Dee Huxley. Aunque... —La mujer afianza su mirada en Rhys, y disfruta de ver cómo se retuerce de puro nerviosismo—. Ahora que he visto a tu encantadora mujercita y a esos dos pimpollos de hijas que tienes, te voy a estar vigilando de cerca. —Dee se le arrima y baja la voz, a pesar de que allí no hay nadie que pueda oírlos—. Y más te vale tratarlas mejor de lo que trataste a mi empleada, o a lo mejor se me olvida lo que es guardar un secreto.

36

7 de enero - Ffion

A Ffion le duele el corazón tanto como la cabeza. Se siente en carne viva. Expuesta. Destripada delante de ese individuo a quien apenas conoce y que, sin embargo, ya sabe más acerca de ella que cualquiera de sus amigos. Por mucho que apriete los ojos contra el hombro de su compañero, no es capaz de poner freno a las imágenes que le acuden a la cabeza.

Habían salido a tomarse el champán que Rhys había comprado «especialmente» para ella, y Ffion se lo había pasado bien durante un rato; se había estado riendo mientras las burbujas se le subían a la cabeza, ya de por sí un poco mareada de la emoción, y había estado a punto de perder el equilibrio al hacer estas que se le aflojasen las piernas. Aún oía las voces del resto de los asistentes a la fiesta, aún veía las ventanas iluminadas del vestíbulo de la escuela. Aún estaba a salvo.

Entonces, Rhys le tendió un brazo con un gesto rimbombante, una media reverencia como de drama de época, y le propuso que fueran a terminarse la botella a algún lugar donde estuvieran «más cómodos». Ffion sabía lo que aquello significaba y sabía, también, que ella no quería estar «más cómoda». Sin embargo, al ofrecérsele cómicamente como protector, Rhys la había dejado descolocada. Dentro de todas las jóvenes hay una parte que permanece al acecho, lista para defenderse, mucho antes de saber por qué podría verse obligada a hacerlo. Si Rhys la hubiera agarrado o la hubiera sacado a rastras del vestíbulo, Ffion habría sabido qué hacer. Habría peleado, habría dado patadas, mordiscos y gritos hasta librarse de su agresor.

Pero en cambio...

—Le devolví la reverencia. —La agente aparta la cara para hablar, sacando de sí la vergüenza en forma de asfixiantes sollozos—. Fui y le devolví la puñetera reverencia.

Ffion inclinó la cerviz y levantó la punta de una falda imaginaria, contenta de tener una excusa para fijar la mirada en el césped y parpadear hasta quitarse el miedo de encima. «Quiero irme a casa ahora mismo». Observó la puntera de sus zapatillas, el barro que haría que mamá se pusiera hecha una furia. «Quiero irme a casa», dijo muy flojito, irguiendo la cabeza y oyéndose reír pese a que nada de todo aquello tenía ninguna gracia.

«¿Estáis lista, damisela?».

Rhys llevaba una chaqueta azul marino, más elegante de lo que merecía la ocasión, y los puños de la camisa le asomaban por debajo de las mangas. Ffion se quedó mirando uno de sus gemelos de oro, y notó cómo el suelo temblaba debajo de sí, a la vez que sentía cómo su mano avanzaba por voluntad propia y se introducía allí donde era de esperar que lo hiciese. Sintió el movimiento de sus pies: derecho, izquierdo, derecho, izquierdo. Sintió cómo el corazón le retumbaba de puro miedo.

«Ya me he cansado un poco de estar con todos esos críos. ¿Tú no?».

«Sí».

Atravesaron las callejuelas que conducían a la casa familiar de los Lloyd, y el agotamiento y la desesperanza de Ffion iban creciendo a cada paso. Él le había dicho que era mucho más madura que el resto, así que ¿por qué se sentía tan niña?

«Podemos divertirnos nosotros dos solos, ¿a que sí?».

«Sí».

Ffion nota el aliento de Leo en la coronilla, cálido y tranquilizador, instándola a compartir con él su verdad en la medida en que se sienta capaz de hacerlo. Lo que pasó aquella noche no ha pervivido más que en imágenes; imágenes persistentes y aterradoras que no la dejaban dormir y que la llevaban a estados mentales que todavía hoy la asustan. Ahora trata de dar forma a sus pensamientos con palabras a las que le duele recurrir.

—Le dije que sí. —Ffion junta las manos; aún tiene las puntas de los dedos blancas por el frío—. Le dije que sí a todo.

Sintió que era imposible decir otra cosa. Al fin y al cabo, aquello era lo que ella había fingido que quería. Más aún: era lo que ella pensaba que quería. Había flirteado con él, y le había puesto morritos, y había hablado en voz alta de sus encuentros clandestinos con chicos mayores que ella de fuera del pueblo. Ella solita se lo había buscado. Era inevitable.

—¡No! —En una maniobra efímera, Leo la estruja todavía más entre sus brazos solo para soltarla al instante, como si le diera miedo romperla. El agente la aleja de sí con delicadeza, cogiéndola de los hombros para que permanezca de frente; Leo quiere que su colega lo mire a los ojos, pero a ella la abruma el peso de su cabeza y, aún más, el de su vergüenza. Ffion, con la vista clavada en los pies de su asiento, desearía poder reprimir el llanto—. Ffion, aquello no fue culpa tuya —dice Leo insistentemente, pero conservando la paciencia, haciéndole ver a su compañera lo que ella todavía es incapaz de creer—. Lo que te pasó no fue por nada que tú hicieras; ¿qué ibas a hacer, por el amor de Dios? Tenías catorce años, Ffion. ¡Catorce!

Brady se detiene y coge aire. Masajea suavemente los brazos de Ffion, sin saber a ciencia cierta si está intentando calmarla a ella o calmarse a sí mismo, pero en cualquier caso el gesto surte efecto en ambos. Lentamente, su compañera yergue la cabeza y, con la barbilla temblorosa, lo mira a la cara y traga saliva.

—Si tuvieras que lidiar con algo así en el trabajo… —dice Leo a media voz—. Con una niña de catorce años víctima de violación…

—Él no me violó. —Pero se acuerda del botón arrancado de sus tejanos, de los moratones que le cubrían los hombros y los muslos.

—… ¿qué le dirías?

Leo permanece a la espera, afirmando sus ojos en los de Ffion mientras ella niega con la cabeza y recuerda lo quieta y callada que se quedó en el sofá de Rhys, y que no se apartó, ni dijo que no, ni luchó para defenderse.

Entre el calor y la humedad y el dolor que la desgarraba entera, Rhys le susurró al oído:

«Llevabas deseando esto todo el verano, ¿verdad?».

«Sí», se oyó decir a sí misma.

—¿Qué le dirías? —repite Leo. Sus ojos le imploran que haga de tripas corazón y diga lo que sabe perfectamente que tiene que decir. Sí, lo sabe, pero ella era Ffion *Wyllt*, y Rhys lo sabía, conque era de esperar que...

—Le diría que no ha sido culpa suya —murmura la agente. Al hacerlo se le quiebra la voz, y a la que se da cuenta ya ha roto a llorar otra vez—. No fue culpa mía. No fue culpa mía.

37

Mediados de agosto - Caleb

Caleb tiene todo el derecho a estarse aburriendo como una ostra. Su madre dice que el año que viene pondrán unos recreativos en La Ribera, con su barra y su cafetería, y una pista de minigolf con obstáculos entre los árboles. De momento, no hay nada de todo eso, solamente el muelle y el lago y la sombra de la montaña. El pueblo de Cwm Coed está a menos de dos kilómetros, pero allí tampoco hay nada que hacer.

Apenas pasa nadie por ahí. A la mañana siguiente de llegar a La Ribera, Caleb cogió una de las bicicletas verde bosque del resort y dio vueltas con ella alrededor del lago sin llegar a ver un solo coche. Sintió cómo sus hombros, que acostumbraba a tener encogidos hasta las orejas, recobraban poco a poco la postura correcta. Pedaleó más deprisa, con una amplísima sonrisa y el viento de cara. Se sentía vivo de verdad.

«Sé que echarás de menos a tus amigos», le había dicho su madre, pero él no se sentía más que aliviado. Aliviado de que, cuando su teléfono avisaba con un ¡bip! de la llegada de un mensaje de los colegas, podía hacer oídos sordos, consciente de que, al ir a buscarlo, no lo encontrarían.

Todo había empezado cuando Caleb se cambió de escuela a la mitad de primero de secundaria. El resto de los alumnos ya tenían sus grupos de amigos, y él se sintió afortunado de verse acogido bajo el amparo de Brett y Jamil. Al principio era divertido —incluso mangar en las tiendas era un no parar de reír—, pero entonces comenzó a salir gente herida, y a Caleb le entró miedo. Lo pagó con su madre, a sabiendas de que su comportamiento era injusto, pero al mismo tiempo incapaz de controlar sus impulsos violentos.

«Esos chicos son una mala influencia», le decía ella, y Caleb se encerraba de un portazo en su habitación para esconderse de la verdad.

Ahora, el joven mira atentamente la pantalla de su móvil. Dos puertas más allá, Rhys Lloyd canta y, aunque Caleb detesta la música clásica, aquella melodía pega con ese lugar, con el sol que destella sobre el agua. Tabby y Felicia hacen el tonto montadas en unos flamencos rosas.

—¡Caleb! —grita una de ellas—. ¿Te vienes?

Él las ignora. Va deslizándose por su lista de contactos, bloqueando los números uno a uno: Brett, Daz, Jamil. Cada vez que lo hace, es como si mudase una capa de piel.

—¡Guau, Tabs, te juro que se te acaba de salir un pezón! —La voz de Felicia viaja a través de aquel aire en reposo. Caleb echa un vistazo (al fin y al cabo, tiene quince años), pero es incapaz de ver nada.

—¡Mierda! ¿Tú crees que aquí hay peces? —dice Tabby mientras retira los pies del agua—. En plan ¿peces de verdad?

Caleb cruza una mirada con Bobby Stafford, que está estirado en una tumbona en el muelle vecino, con una cerveza en la mano.

—¿Puede ser que dos gemelas compartan una sola neurona? ¿Tú qué opinas? —le dice el exboxeador. Caleb se echa a reír, y su vecino lo apunta con la lata de la que está bebiendo—. Vosotros sois del este de Londres, ¿verdad?

—Sí, de Dagenham.

—¿Qué hacéis allí los chavales para echar el rato?

Caleb se encoge de hombros, con pocas ganas de que lo obliguen a rememorar nada acerca de Brett y su pandilla.

—¿Jugáis a algún deporte?

—Al fútbol, un poco.

—¿Has boxeado alguna vez?

—No, la verdad.

Bobby señala la parte inferior de la terraza del piso de arriba.

—Voy a colgar un saco de ahí. Si quieres te puedo enseñar algunos trucos.

Caleb no cabe en sí de emoción.

—¡Sí, claro! —dice mientras tira el móvil sobre el entablado—. Igual voy un rato a ver cómo está el agua.

Bobby le guiña el ojo.

—Y lo que no es el agua, ¿eh?

Caleb desentumece los músculos. Salta hasta el muelle de al lado, baja la escalerilla que lleva al pontón, acelera y da un salto para aterrizar, hecho una bola perfecta, entre Felicia y Tabby. El lago está helado y, sumido en la oscuridad, Caleb abre los ojos y atraviesa el agua cristalina a potentes y largas brazadas. Emerge de golpe bajo la luz del sol, y le entra la risa al ver la indignación en los rostros desarreglados de las gemelas. Luego, se impulsa para subirse de nuevo al pontón.

Algo se mueve en la orilla, un poco más abajo, y Caleb pilla a la pelirroja escondiéndose detrás de un árbol. Ya hace unos días que ronda por ahí, espiándolos, creyendo que no la ven. A falta de nada mejor que hacer, Caleb se dirige adonde está la chica, pero, al doblar la esquina de la última cabaña, una mano lo agarra del hombro, le da la vuelta y lo empotra contra la pared revestida de madera.

—Como te vea otra vez babosear a mis hijas, te voy a cortar los huevos. —Rhys tiene a Caleb cogido del cuello, apretándole la tráquea. El joven oye reír a las gemelas en el lago, y la voz de la madre de ambas que habla con la señora Huxley, la de la número dos. El sudor le baja por el espinazo.

—Yo no... —trata de decir Caleb, pero el puño del cantante le aferra aún más fuerte la garganta y no le deja hablar.

—Están fuera de tus posibilidades.

—Yo... —A Caleb, por debajo de la humillación y el miedo, comienza a bullirle una rabia incandescente que va abriéndose camino hacia la superficie.

—¿Lo has pillado?

El puño de Caleb se prepara para la acción, pero no tiene ocasión de intervenir.

Rhys levanta la rodilla y el chico se ve inmerso en una oscuridad profunda.

38

7 de enero - Leo

—Cuando terminamos, me acompañó a casa.

Leo ha subido la calefacción del coche al máximo, y las mejillas de Ffion empiezan a recobrar el color. Morgan se acurruca bajo su propio abrigo y, encima, el de Leo, y el agua que le humedece aún el pelo se va evaporando. Afuera, la nieve ha amainado; los escasos copos que habían llegado a cuajar ya han sido barridos por el viento. El lago está de color gris, y embravecido: las olas rompen contra la orilla, y a Leo le entra un escalofrío al acordarse de que Ffion estaba hace nada metida en el agua.

—Recuerdo que me dio un beso de buenas noches. Y yo le di las gracias —cuenta la agente, presa de la desolación, cerrando con fuerza los ojos ante la visión de aquel recuerdo. Al otro lado del Llyn Drych, La Ribera parece mofarse de ellos, por lo que Leo intenta concentrarse en el lago, las montañas, los árboles. Junto a la orilla, a unos doscientos metros de donde están, dos chicos trastean con una caña de pescar. Leo trata de imaginarse a Harris cuando tenga esa edad.

—Venía a nadar aquí cada día durante semanas y semanas —dice Ffion—, pero nunca me sentía limpia. Un día me di cuenta de que el cuerpo me había cambiado, y supe que estaba embarazada.

—¿Se lo dijiste inmediatamente a tus padres?

—Mamá lo adivinó sola. Entonces ya era demasiado tarde para hacer nada.

—¿Cómo reaccionaron?

—Me gritaron. Me gritaron mucho. Me exigieron que les contara con quién me había acostado, pero me negué. Mamá me enumeró a todos y cada uno de los chicos que habían ido conmigo a las jornadas de verano. «¿Fue este?», «¿Fue aquel?». Papá se llevó una decepción, eso fue lo peor de todo. Me dijo que era una *gwyllt*, y que lo disgustaba descubrir que todos los rumores que corrían sobre mí eran ciertos. —Ffion exhala un trémulo suspiro—. Acababan de diagnosticarle un cáncer terminal; sabíamos que le quedaba menos de un año de vida. No puedo soportar la idea de haberlo defraudado antes de que muriese.

—O sea, que él nunca conoció a Seren. —Seren significa «estrella», recuerda Leo. Una luz que brilla en la oscuridad. El agente mira por la ventanilla y tuerce el gesto. Los chicos de la caña de pescar están armando una buena: uno de ellos sale corriendo en dirección al cobertizo de los botes; el otro está de rodillas, acercándose a algo para verlo bien de cerca.

—Fue idea de mamá hacerla pasar por mi hermana. Ellos habían querido tener más hijos después de mí, pero mi madre había sufrido seis abortos espontáneos y, al final, habían dejado de intentarlo. Me dijo que iba a criar a Seren como si fuera suya. No estoy cien por cien segura de qué opinaba papá al respecto (estuvieron mucho tiempo hablándolo entre ellos en privado), pero al final aceptó. Me dijo que me daría una oportunidad para enderezarme. Para… —Ffion ahoga un sollozo—, para hacerlo sentir orgulloso.

—Y ahora mírate. —Leo le estruja la mano—. ¡Toda una agente de la ley! ¿Acaso no se enorgullecería tu padre de eso?

Ffion se ríe; es una risa desencajada, mezclada con hipos, pero una risa al fin y al cabo.

—A lo mejor sí, en secreto. Siempre decía que la policía era «un puñetero despilfarro para los contribuyentes» —cuenta la agente con un gruñido impostado, y vuelve a escapársele la misma risita triste de hace un instante. Las lágrimas le bajan por la cara y se restriega las mejillas con las manos—. Pero, oye, algunos aún le darían la razón si me viesen llorando como una Magdalena cuando hay un crimen por resolver. —Ffion respira honda y pausadamente y mira a Leo con determinación—. Habría que volver a ponerse a ello.

—No hay prisa —dice Leo, pero entonces un coche patrulla irrumpe en la ribera del lago y se dirige al cobertizo de los botes. Ffion, que también lo ve, busca su radiotransmisor. Leo avanza de bache en bache por la playa hasta alcanzar al otro coche, que ha aflojado la marcha para echar el freno entre el cobertizo y el punto en que antes pescaban aquellos dos chicos.

—Agente Brady —dice, y enseña su placa a los uniformados—. Estoy en la mesa de coordinación del caso de Rhys Lloyd.

—Llegas en el momento ideal. —El otro policía señala con la cabeza a los dos chavales de antes, que tienen los ojos abiertos de par en par por la emoción—. Me parece que estos pescadorcitos acaban de dar con vuestra arma del crimen.

39

Finales de agosto - Steffan

Steffan Edwards está en el pub. Hubo un tiempo en que aquello habría difundido señales de humo digitales a lo largo y ancho del pueblo, hasta que alguien habría acabado enviando a su marido para convencer a Steff de que se alejase de la zona de peligro y regresara a casa, o que si no, por lo menos, se tomasen algo juntos, para prevenir males mayores.

Pero el barquero ya lleva desenganchado de la bebida dos años, nueve meses y seis días y, pasado el primer año y medio —durante el cual ni siquiera se atrevía a pasar por delante del Y Llew Coch, ya no digamos a poner un pie dentro—, regresó a su sitio habitual enfrente de la barra.

Steffan da un sorbo a su taza de café —solo, con dos azucarillos— y repasa con actitud malhumorada las cuentas del taller. ¿Acaso no se merece una medalla o algo por seguir sobrio delante de aquellas cifras? Uno no puede echarle a nadie la culpa de tomarse un trago cuando su negocio se está yendo a pique.

Pero no piensa beber. Ni siquiera se lo plantea. Hay tíos que son capaces de hacer eso: se toman una birra o un vodkita rápido, solo para levantar un poco el ánimo, y luego ya ni se acuerdan. Steffan no. Él ya se pediría la segunda antes de terminarse la primera, e iría trompa perdido antes de lo que se tarda en decir: «Tomaos la última, que cerramos en nada». Steffan es de los de todo o nada.

A finales de cada semana, el barquero calcula las ganancias

totales del taller e introduce la cantidad en su libro de cuentas, junto con el saldo actualizado de la temporada actual en comparación con el año pasado. Cada año trabaja un poco más duro y gana un poco menos. Ya puede estar todo el año arreglando embarcaciones, que el 80 por ciento de sus ingresos lo genera durante las vacaciones, cuando los lugares de acampada se llenan de familias que se acercan a visitar el lago cada mañana. Tiempo atrás, cuando era su padre quien llevaba el negocio, todo eran hidropedales y paseos en barca; ahora son todo kayaks y tablas de windsurf. Steff cuenta con el equipamiento adecuado; el problema no es ese: el problema es China, o Japón, o dondequiera que se fabriquen las lanchas neumáticas esas de los cojones. Antes la gente alquilaba un barco para las vacaciones porque, evidentemente, no se podían comprar uno; ¿adónde iban a guardarlo? Ahora, uno lo mete debajo de las escaleras o lo deja en la buhardilla, bien plegadito dentro de una mochila. A Steffan se le encoge el corazón cada vez que ve aparecer las caravanas de los campistas y estas derraman sus contenidos por el césped. El barquero va sumando lo que costaría alquilar cada una de esas cosas; dos tablas de pádel surf, un kayak y una canoa amarilla cutrísima para los críos: otras cien libras perdidas.

A veces ni siquiera se las llevan de vuelta a casa: el plástico sufre algún reventón, o van justos de tiempo y la lancha todavía no está seca. Lo que llegó plegado bajo la forma de un cubo minúsculo ahora es demasiado grande para caber en la mochila. Solo costó treinta libras en el Aldi; ya se comprarán otra el verano que viene. La gente embute los inflables en cubos de basura llenos hasta arriba, o bien los dejan en la orilla hasta que Steffan los recoge, antes de que el lago los arrastre consigo.

Pero él no es de los que se rinden así como así. Él siempre se ha ido adaptando a los tiempos, siempre ha ido buscando nuevas oportunidades. El barquero voltea el papel que estaba usando para anotar sus estimaciones y traza el bosquejo de un bote en la parte de arriba; debajo, hace una lista de todos sus servicios de alquiler —kayaks, tablas de pádel surf, barquitas de vela—, y empieza a darse golpecitos nerviosos con el tapón del bolígrafo en los dientes mientras se plantea qué más podría añadir a ella.

Huw Ellis trae a la barra su vaso vacío y saluda a Steff con un cabeceo.

—*Iawn?* —Los ojos se le van automáticamente hacia abajo, para comprobar qué es lo que está bebiendo el dueño del taller. Para Steff es un acto humillante, pero tampoco puede quejarse; Huw lo ha sacado del pozo en más de una ocasión.

—Bueno, vamos tirando. —Steffan está pintarrajeando el casco del bote que acaba de esbozar, con la atención aún puesta en su lista de servicios, cuando de repente se le ocurre algo—. ¿Cómo se llama el verde ese que utilizan en La Ribera?

—Ni idea. Tengo el nombre apuntado por ahí. —Steffan lo mira a los ojos—. ¿Quieres que te lo busque ahora?

—Sí. Mil gracias.

Huw parece que vaya a negar con la cabeza, pero finalmente saca el móvil.

—Lo tengo en la factura, que, por cierto, continúa pendiente de pago, o sea que si estás pensando en hacer algún trabajo para ellos, cóbrales por adelantado. —El albañil hace zum sobre el documento que tiene abierto en la pantalla—. Se llama «verde Hunter».

Steffan se lo anota con cuatro garabatos.

—Verde y blanco, ¿verdad?

Huw ríe por la nariz.

—¿Te piensas que lord y lady Lloyd se inclinarían por algo tan plebeyo como el blanco? Verde y «bruma medrosa», para tu información.

—No le ha ido mal, ¿no? —dice Steffan—. A Rhys, quiero decir. Y al césar lo que es del césar, lo que ha ganado lo ha invertido en su lugar de origen. Eso muchos no lo harían.

—¿Acaso los has visto tú acercarse a las tiendas? —lo interrumpe Huw—. Casi todos los días hay una furgoneta de un supermercado de alta categoría aparcada enfrente del resort, y Ewan dice que no les ha vendido ni una loncha de beicon desde que abrieron. Es un inglés de mierda...

—No, Rhys no. Él es tan galés como tú o como...

—¿Tú crees? —dice Huw entre risas—. Pues le faltó tiempo para pirarse de aquí.

Steffan se queda en silencio. Rhys le debe dinero a Huw, y el dinero siempre trae follones.

Dentro del cobertizo, a buen recaudo, hay una barca de madera hecha a mano por Steffan, que el barquero tenía pensado vender. Durante los cinco días siguientes, deja de lado los encargos de sus clientes y se centra en ella: la lija, le aplica la pintura base y sella las junturas del casco antes de añadirle dos capas de verde Hunter. Remata algunos detalles en color bruma medrosa y estarce unas letras en la popa, replicando fielmente la tipografía que ha visto en internet: ¡MÁS CLARO, AGUA! Otras letras, más pequeñas, rezan TABBY y FELICIA —un nombre en cada remo—. Finalmente, Steffan barniza el casco y lo deja reluciente.

Ya hace unos días que apenas corre nada de viento. Los únicos navegantes que hay en el lago son aquellos lo bastante experimentados como para interpretar las ondulaciones del agua, y lo bastante pacientes para esperar cada uno de los soplos de brisa que los ayudarán a impulsarse de cien en cien metros. Steffan prende el motor de su lancha semirrígida y arranca en dirección a La Ribera, con la barca recién pintada a remolque, subiendo y bajando a rebufo del motor. Desperdigadas por el lago hay algunas tablas de surf de las que él alquila, y un poco más lejos, tirando hacia la montaña, ve a Angharad pescando con su lugre de velas rojas. Hace un rato, Bobby Stafford —que, la verdad sea dicha, no hizo ni el amago de regatearle lo que costaba un alquiler para todo el verano— ha ido con la moto de agua de Steff hasta el recodo que hay un poco más arriba. El barquero lo ve pasar cada día desde el cobertizo, a las doce en punto del mediodía, como un clavo.

Delante de La Ribera, en el agua, están los jovencitos; Steffan tira de la palanca de cambios hacia atrás para disminuir la velocidad. Distingue entre ellos a Seren, la pequeña de Elen, y a las gemelas de Rhys, subidas a unos flamencos rosas.

Su padre está en el muelle de la número cuatro, hablando con dos mujeres: una es regordeta y con pelos de loca; la otra, canosa, se apoya en un bastón. Rhys levanta la mirada al ver acercarse a Steffan, y se encamina hacia su propia casa. Cuando está a pocos metros del pontón, el barquero detiene por completo el motor, habiendo calculado al dedillo la velocidad y dirección de la lancha. Lleva atracando embarcaciones desde los ocho o nueve años; sería capaz de hacerlo con los ojos vendados.

Steffan le pasa la amarra a Rhys, y salta de la lancha a la mínima que está lo bastante cerca del muelle.

—Acabo de terminar de arreglar esta barca de remos. Me preguntaba si a tus hijas les haría gracia quedársela. —Está tan nervioso que se lo ha soltado a bocajarro, y ahora le da muchísima rabia haberlo hecho. A Rhys parece que le hayan tendido una emboscada; Steff debería haberse preparado alguna conversación tonta para romper el hielo, haberle preguntado por la familia o algo así. Pero su barca es preciosa, con sus verdiblancos colores corporativos que resplandecen bajo el sol; aquel sitio le sienta como un guante.

Una de las gemelas se acerca, avanzando a paladas sobre su flamenco, para echarle un ojo. Steffan desearía que descubriera su nombre pintado en uno de los remos, pero ella se queda mirando a Rhys mientras junta las manos en actitud suplicante.

—¡Ay, sí, papá, porfa!

—Una barca sería ideal —dice la mujer de Rhys—. He visto algunos cojines que le quedarían de maravilla.

—¿Cuánto pides por ella? —pregunta Rhys.

—Nada. Es toda vuestra.

—Estupendísimo, Steff. Es muy generoso de tu parte.

Steffan respira hondo y entrega a Rhys su folleto de prueba. Para hacerlo, ha tenido que dedicar todas las horas en que no estaba acabando de poner la barca a punto a determinar los precios que cobraría, y a encontrar frases con que complementar el diseño de impresión.

—Los buenos serán en papel satinado, claro, y con mejores fotos. —El barquero le cuenta a Rhys sus planes de formar una asociación comercial entre su taller y La Ribera, y el cantante observa atentamente el tríptico mientras lo escucha.

—Veo, veo. Genial. Gracias por la barca.

Steffan siente un alivio tremendo; a Rhys le ha gustado su idea. Ahora, Steffan ya puede cerrar el pedido de las barcas que tenía reservadas, y comprar más pintura. También va a necesitar más tablas de pádel surf, y más chalecos salvavidas —en verde, tal vez, y con el logo del resort.

—No es nada.

—Buen trabajo —dice Rhys, y Steffan tiene los ánimos tan caldeados por el alivio y el entusiasmo que aferra al cantante en un tipo de abrazo normalmente reservado para partidos de rugby y etílicas interpretaciones de himnos patrióticos galeses. Mientras surca rápidamente el lago en dirección a su cobertizo, listo para emprender un nuevo capítulo en su vida laboral, experimenta una euforia que jamás ha obtenido del alcohol. En Cwm Coed los hay que no quieren ver a Rhys ni en pintura por haber construido La Ribera, pero Steffan se niega a tragarse esas habladurías.

Ese hombre está a punto de salvarle el negocio.

40

7 de enero - Ffion

Osian Wynne tiene trece años y está peligrosamente sobreexcitado. Cuando Ffion y Leo llegan al embarcadero, él y su amigo se encuentran a varios metros de distancia del trofeo de Rhys Lloyd, como si hubieran desenterrado una bomba aún por explotar.

—Os he dicho que se trataba de una escena del crimen. —Su madre, Donna, ha llegado segundos después de que lo hiciera el coche patrulla—. ¿Os lo he dicho o no os lo he dicho? —insiste la mujer mirando hacia la multitud de veinte o más habitantes del pueblo, convocados mediante el poder de Facebook.

—Lo ha dicho, lo ha dicho —afirma Osian—. ¿Vais a poner una cinta de esas con rayas azules y blancas, Ffion?

—¿Necesitáis tizas? —pregunta uno de los concurrentes.

Ay, Dios. Ffion achaca a las subvenciones del gobierno para instalar banda ancha en las zonas rurales esa pasión relativamente reciente que impera en Cwm Coed hacia las series escandinavas; son todos una panda de detectives de salón. Ffion se vuelve hacia los mirones.

—¿Alguien tiene una bolsa de la compra?

—¿Habrá alguna recompensa? —pregunta Osian—. Estoy ahorrando para una caña nueva.

—Tu recompensa es la honda satisfacción de haber contribuido a la investigación de un asesinato —contesta Ffion mientras recoge el trofeo, que pesa más de lo que se imaginaba. En sus púas doradas se han quedado enganchados algunos trozos de alga.

—Genial. —Es obvio que a Osian la respuesta lo ha dejado indiferente.

—Esto podría ser clave en nuestra investigación, chavalín —dice Leo. Se saca un billete de diez del bolsillo y se lo da al jovencito a la vez que le guiña un ojo—. Bien hecho.

—Eres demasiado buena persona —le reprende Ffion mientras se dirigen de regreso al coche y la multitud que tenían detrás empieza a dispersarse, decepcionada de no haber presenciado ningún espectáculo.

—Siempre pienso que ser buena persona está infravalorado —responde afablemente Leo.

Pero no es ese el caso, desde luego, cuando llegan a Chester, donde un melodramático Crouch pone los ojos en blanco al ver la bolsa en que el agente transporta la prueba obtenida.

—¿Qué traéis ahí? ¿De tanto hacer el ganso al final habéis cazado a un par para que os sustituyan? Lo harían mejor, eso por descontado...

Leo deja la bolsa encima del escritorio del inspector.

—El arma del crimen. Rescatada hoy mismo del Lago Espejado.

Ffion observa cómo la cara de Crouch es atravesada por una serie de sentimientos contradictorios. Está delante de todo un logro; sin duda, el tío será por lo menos capaz de decir: «Os felicito por vuestro trabajo», ¿no?

—Ya era hora de que os ganaseis el sueldo, hostias. —Crouch suelta una risotada. Ffion detecta que es una costumbre suya: atenúa sus comentarios asquerosos a base de sonrisitas y ruidosas carcajadas, como si todo el mundo estuviera siguiéndole la broma.

—Nos vamos con ella al laboratorio —anuncia Leo—. Si es que a usted le parece bien autorizárnoslo, claro.

—Seguro que el agua habrá destruido cualquier prueba medianamente relevante —observa Crouch, como si la culpa fuera de Brady.

—Pues, la verdad... —dice Ffion alzando la voz—, a veces se han recuperado huellas dactilares de objetos que llevaban varias semanas sumergidos en aguas estancadas. Se han realizado estudios sobre armas de fuego arrojadas en lagos de agua dulce, y los resultados mostraban una degradación mínima —explica, y le aguanta la mirada al inspector—. O sea, que a lo mejor hay suerte.

Crouch se reclina en su silla.

—Empiezo a llegar a la conclusión de que no están sabiendo sacarle a usted todo el jugo en Gales del Norte, agente Morgan.

—Pues puede que no, inspector —replica Ffion—. En el pub de mi pueblo no se bebe otra cosa que no sea cerveza. Para mí que no han visto un exprimidor en su vida.

—¡Ja! ¡Esa es buena! —Crouch gira sobre su silla para ponerse de cara al ordenador y pulsa, enérgicamente y con un solo dedo, el teclado. Ffion y Leo aguardan.

—Os estarán esperando en breve en el laboratorio —dice Crouch levantando la mirada, como si le sorprendiera ver que todavía están ahí—. ¡Venga, pues! ¡En marcha!

—Gracias, jefe —dice Leo.

—Y a ver si se te pega algo de ella. —Crouch hace un gesto hacia Ffion, que ya casi ha salido del despacho—. Ya tienes pelo en los huevos, ¿verdad, Brady?

—Sí, señor.

—¡Pues a ver si te portas como un hombre hecho y derecho, por amor de Dios!

Morgan se da la vuelta. Si Leo no dice nada, es capaz de…

Pero entonces nota las manos de su compañero cogiéndola por detrás de los brazos, empujándola suavemente, pero con firmeza, fuera del despacho de Crouch.

—Alguien le tiene que decir algo —comenta la agente cuando ya están de camino al Departamento Forense.

—Es lo que hay. Es un retrógrado.

—Solamente se sale con la suya porque tú no opones resistencia.

—No me afecta.

Ffion estalla en una carcajada.

—¡Ya, claro!

—Y, aunque me afectase, eso sería asunto mío, ¿no? Ni tú ni nadie tenéis por qué entrometeros.

La rabia empieza a apoderarse de Ffion.

—Te equivocas. —Se detiene en seco, obligando a Leo a detenerse también—. Los individuos así siguen haciendo de las suyas si nadie los frena. Aunque a ti no te afecte (lo cual, por cierto, es la mayor trola que he oído desde que Yasmin Lloyd afirmó estar profundamente afligida por la muerte de su esposo), ¿qué pasará con la próxima persona con la que quiera meterse? Podría ser una camarera, un conductor de autobús u otro policía al que sí le afecte su comportamiento. —Ffion lo mira a los ojos con fiereza—. ¿No te das cuenta? No se trata de cómo te sientas tú; cada vez que Crouch te agreda y tú se lo consientas, estarás fallándole al pardillo que venga después.

Ffion abre con brusquedad las puertas del Departamento Forense, y deja que se cierren solas ante el rostro atónito de Leo. El corazón le retumba en el pecho, y no hace falta que ningún psicólogo le diga que está proyectando. Aun así, la sorprende descubrir que hay algo en lo que ella y Crouch están completamente de acuerdo.

Leo Brady ha de echarle más cojones a la vida.

41

Octubre - Mia

A Mia la espalda la está matando. Limpia para Glynis Lloyd una vez cada dos semanas, y siempre aguarda el momento con temor: la aspiradora de esa mujer pesa una puñetera tonelada, y para acceder a la planta superior de la ferretería hay que subir dos tramos de escaleras. Ahora, Mia acaba de arrastrar el aspirador hasta arriba del todo para terminar allí la faena.

—¿Quiere que mueva estas cajas de sitio, o intento esquivarlas mientras trabajo? —grita Mia. Glynis jamás se aleja demasiado de ella; la chica de la limpieza no está segura de si es que a aquella señora le gusta supervisarla, o si lo que busca es su compañía. Dicho y hecho, Glynis aparece en la habitación de invitados en cuestión de segundos.

—Está todo un poco manga por hombro, lo sé. Haz lo que puedas y ya está.

—¿Está usted haciendo limpieza? —dice Mia mientras mira los archivadores que cubren toda la cama y, prácticamente, también el suelo.

—Estaba tratando de encontrar unos papeles de Jac, pero, como ves, esto es como buscar una aguja en un pajar. —Entre los archivos hay manojos de llaves, rimeros de extractos bancarios, cartas y artículos arrancados de revistas. Mia coge un recorte de periódico, amarillento a causa del paso del tiempo. Rhys, de adolescente, dedica una incómoda sonrisa a la cámara, sosteniendo un trofeo.

«Rhys Lloyd, Enillydd, Eisteddfod yr Urdd».

—Ese es de cuando ganó el premio al mejor solista. En algún lugar tiene que haber otro con una fotografía suya al lado de Lesley Garrett, la famosa soprano. —Glynis se sienta en la cama y empieza a hojear de uno en uno los periódicos que hay apilados—. No sé ni por qué guardé todo esto. Supongo que en todos debe de haber alguna mención a Rhys, y nunca me detuve a recortar los trozos que me interesaban.

Son todo periódicos regionales, tanto en inglés como en galés. En uno de ellos, doblado de dentro hacia afuera, Mia ve un titular donde aparece el nombre de la escuela municipal. Lo saca del montón y sonríe al encontrarse con caras conocidas.

—¿Este es Hari Roberts? —dice, señalando a un chico que hay en primera fila—. Y sale también Ffion, y creo que esa es Mari Alys Pugh, de Fronbach. —Los jóvenes posan en el aula de música de su instituto; la foto fue tomada a finales de un cursillo de verano «dirigido por un invitado especial, nuestro exalumno Rhys Lloyd».

Glynis se pone las gafas y lee el artículo con atención.

—Nunca me ha gustado esta foto. Antes de cumplir los treinta siempre estaba agotado; giras y más giras, ya me entiendes. —La dueña de la ferretería se levanta de la cama—. ¿Tú no sales en la foto? Pero sí que fuiste a las jornadas, ¿no?

—Cuando vino el fotógrafo yo había ido un momento al baño —dice Mia con una sonrisa chistosa—. Mamá me metió una bronca que no veas.

Glynis se agacha para sacar otra caja de debajo de la cama.

—Por ahí tiene que haber guardado otro montón de fotos.

—Ay, Glynis, si es por mí no te molestes.

—Mañana viene Caleb, el jovencito, a instalarme unas estanterías; me hará el favor de ponérmelo todo otra vez donde estaba. —La señora empieza a abrir libros y a indagar en su contenido.

—¿Caleb, el de La Ribera? —Mia se acaba de llevar una buena sorpresa. La Ribera y Cwm Coed tienen tan poco trato entre sí que se diría que el resort queda como a doscientos kilómetros de distancia. Exceptuando a las presentes, piensa sonriendo por dentro.

—Es un chico estupendo. Me ha hecho bastantes trabajitos últimamente a cambio de algo de dinero, para pagarse sus cosas y tal. ¡Esta eres tú! —Glynis le pasa un nuevo montón de fotografías.

—Ay, Dios, ¿cómo es que nunca las había visto? —Mia se parte de la risa—. ¡Mira qué pelos! —Empieza a hojear las fotografías y recuerda con toda claridad la libertad de tener dieciséis años, de no tener que preocuparse uno de nada aparte de su aspecto y de con quién va a quedar para pasar el día.

—Llévate algunas —dice Glynis—. Total, para que se queden dentro de una caja...

—¿Está usted segura? —Mia, sin dejar de reír, se queda con tres o cuatro. Esta tarde irá a limpiar la propiedad que Elen alquila a los turistas; tendrá que enseñarle las fotos a Ffion—. ¡Vaya maquillaje! Y nos creíamos tan guais... —Recorre la habitación con la vista—. En fin, ¿la ayudo a encontrar esa carpeta?

—Gracias, pero ya luego me pondré la radio de fondo y me dedicaré a buscarla. Tiene que estar aquí, en algún lado. Si me pasas la aspiradora por donde veas que hay espacio libre, te lo agradeceré.

Después, cuando ya ha terminado sus faenas en la casa de Elen, a Mia le suena el teléfono, y sonríe al ver el nombre que aparece en la pantalla.

—¡Hola!

—¿Qué tal, preciosa? —La voz de Bobby, grave y aterciopelada, hace que Mia sienta mariposas en el estómago.

—¿En qué andas?

—Estoy en el plató. Ahora acabo de reunirme con mi hijo ilegítimo, pero aún me quedan un par de escenas más para descubrir que necesita un trasplante de riñón y que yo soy el único donante compatible. ¿Tú qué tal?

—Igualito que tú. —Mia lo oye reír, y lo echa tanto de menos que le dan ganas de llorar.

Ella jamás había creído en el amor a primera vista hasta que conoció a Bobby. No es algo de lo que hablen demasiado, puesto que él tampoco creía en ello, y aun así, cuando ambos recuerdan el momento en que se conocieron, es como si el mundo se detuviera.

—Todo lo demás daba igual —dice siempre el exboxeador.

—Fue como en las películas cuando estalla una bomba —añade Mia—: todo el mundo grita y huye en desbandada, pero tú vas a cámara lenta y lo único que alcanzas a oír son los latidos de tu corazón.

Le intrigaba conocer a los Stafford. Iban a ser los primeros famosos en venirse a vivir a La Ribera —sin contar a Rhys Lloyd— y, aunque Mia no veía *Carlton Sands*, el serial es célebre por sus polémicas tramas, y Bobby Stafford es un personaje habitual en las revistas de la prensa rosa, donde su nueva esposa, Ashleigh Stafford, goza de una presencia constante: saltando eternamente de reality en reality, cuando no está emperifollándose está de fiesta en alguna discoteca, donde los paparazzi la fotografían siempre con alguien un poco más famoso que ella.

Mia le había dado permiso a Rhys Lloyd para que les pasara su número a los propietarios de las cabañas, por si alguno de ellos quería contratarla directamente. La sorprendió que Bobby la llamase en persona; había dado por hecho que los Stafford tendrían algún asistente que se encargara de aquellas cosas. Cuando se lo dijo, a Bobby le entró la risa.

—Si alguien tiene un encargado para contratar a la chica de la limpieza, es que es lerdo. —El actor iba a pasarse a echar un vistazo a la cabaña, y se preguntaba si Mia iba a poder hacerle una pequeña visita guiada—. No conozco a nadie más que viva por la zona.

—A mí, lo que es conocerme, tampoco me conoces.

—Ya te conoceré cuando me hayas dado un voltio por allí —le dijo Bobby con una sonrisa picantona que Mia pudo escuchar al otro lado de la línea. ¡Menudo descaro!

El exboxeador vino una semana después y, tan pronto como lo vio salir del coche, Mia se sintió como si hubiera habido una detonación.

—Fuegos artificiales —lo describió ella tiempo después.

—Como si hubiera metido un cuchillo en la tostadora —confirmó Bobby.

Mia se lo llevó a dar un paseo hasta la cima de la montaña de Pen y Ddraig.

—Mi abuela era galesa —comentó Bobby—. Siempre me ha encantado este lugar. —Ya habían llegado arriba del todo y, en lo bajo, el Llyn Drych serpenteaba a lo largo del valle—. Es como si hubiera vuelto a mi hogar —suspiró, y lo que estaba mirando no era el lago, sino a Mia. Ella se sonrojó; sus ojos echaban chispas.

Volvió a llamarla a última hora de la tarde, de camino a casa. Mia apenas lo oía con el ruido de su McLaren.

—Te parecerá una locura… —le dijo.

Y sí, aquello fue una locura. Lo fue por la forma en la que empezó, por la forma en que se sostiene ahora, y por la forma en que culminará en el futuro, tan pronto como puedan estar juntos.

—Ya no queda mucho —asegura Bobby ahora. Mia confía en él, y puede esperar, pues para ella es como si hubiera estado esperándolo toda la eternidad. Pero en ese momento lo nota muy lejos de sí.

—Ojalá vinieras la semana que viene.

—Ojalá. Pero dentro de dos tengo un parón en el trabajo. Iremos a algún lado, ¿vale? Tú y yo, los dos solos. —Bobby hace una pausa y carraspea—. Mira, odio tener que pedírtelo, pero…

—Ashleigh quiere que os limpie la cabaña, ¿verdad?

—Sería surrealista, ¿no? Le voy a decir que no puedes.

—¿Para qué? ¿Para que paguéis a otra persona para que lo haga? O sea, que encima de tener que quedarme sola la semana que viene, no podré pagar el alquiler…

Mia solo le está buscando las cosquillas, pero Bobby la corta en seco, horrorizado.

—¿Cómo que no podrás pagar el alquiler? ¿Por qué no me lo has dicho antes, cielo? Yo te mando el dinero.

—Ni de coña. No voy a aceptarlo. ¡Claro que os voy a limpiar la cabaña, hombre!

—¿Le puedes pedir la llave a Rhys o a Jonty? Ellos van a subir al resort la semana que viene, ¿vale?

—Puedo, pero para entonces tengo todas las fechas ocupadas; son las vacaciones de otoño y va a haber mucho tute con el tema de las segundas residencias. Mañana sí que me quedan un par de horas libres; ya me espabilaré, no te preocupes.

—Gracias, cielo. Ya sabes que te quiero mucho.

—Sí, ya lo sé.

Huw Ellis lleva un pantalón de pijama y unas zapatillas de andar por casa con la forma de la cabeza de Shrek. El albañil abre la puerta con una tostada con queso fundido en la mano, y la camiseta toda llena de migas. En el suelo del pasillo, hecho un revoltijo y tirado encima de sus botas, está su uniforme de trabajo.

—¿De verdad sabe Ffion lo que se está perdiendo? —dice Mia observando el cuadro.

—Hoy ha venido a por más cosas suyas —comenta Huw, ignorando la pullita—. Se ha esperado a que yo estuviera en el curro, por supuesto —añade antes de darle un mordisco a la tostada y seguir hablando con la boca llena de queso—. ¿Volverás a intentar convencerla?

—Sí, claro, porque la última vez salió genial, ¿a que sí?

Pocas semanas después de que Huw y Ffion rompiesen, Mia —en contra de su propio criterio— trató de reconciliar a la pareja. El resultado fue que su amiga amenazó con retirarle la palabra a menos que le prometiese que jamás volvería a sacar el tema de su vida amorosa.

—He venido a sisarte las llaves de La Ribera —dice antes de

que Huw le pida un segundo intento—. Tengo que limpiar la número tres.

El albañil la mira con suspicacia.

—¿Y tú como sabes que tengo las llaves de allí?

—Se rumorea que no piensas devolverlas hasta que te paguen. —Mia se apoya en la puerta de entrada—. ¡Venga, Huw, que he de ir a meter los juanetes en agua salada!

—Podrías haberme ahorrado esa imagen —protesta él, dejando la puerta abierta y atravesando el pasillo en dirección a la cocina. Mia lo sigue y se lo queda mirando mientras rebusca en un cajón. En el fregadero se acumulan los platos sucios, y la encimera está salpicada de rastros de lo que podría ser salsa boloñesa.

—Tendrías que coger a una chica de la limpieza.

—¿Es una indirecta para que te contrate? —pregunta Huw, y abre otro cajón.

—No.

—Algunas considerarían un honor recogerme los pantalones del suelo del baño, ¿eh?

—Permíteme que lo dude. Hostias, Huw, ¿pero tú cuántas llaves tienes?

—Soy albañil. Los albañiles hemos de tener llaves —responde él, rascándose la oreja—. Te juro que estaban aquí la última vez que las vi.

A Mia los pies la están matando. Retrocede hacia la entrada y dice:

—Tendré que esperarme a que llegue Rhys y encontrar alguna hora libre la semana que viene. Pero en serio, Huw, dale un repaso a este sitio, que lo tienes hecho una puta pocilga.

Luego, con una copa de vino en la mano y los pies sumergidos en una palangana de agua caliente, Mia reorganiza su agenda para la próxima semana; después, le envía un mensaje a Rhys y acuerda con él que le dejarán abierta la puerta de la número tres. En un arranque de puro masoquismo, descubre que están echando un episodio antiguo de *Carlton Sands*, y va haciendo avanzar la reproducción para ver solamente las escenas de Bobby. Sus citas diarias en la caleta, en verano, le quedan ahora a años luz, y la nostalgia la atormenta.

Cuando Mia llega a La Ribera caen chuzos de punta. Ha trabajado todo el fin de semana, adecentando las casas vacacionales para cuando lleguen los visitantes, y tiene toda la semana ocupada con varios trabajos de una noche en pisos de Airbnb. Ahora le envía a Bobby una foto de la habitación de los Charlton. «Ojalá estuvieras aquí».

«Lo mismo digo». El actor le responde con otra foto: la de unas arenas blancas espectaculares y un mar de color turquesa.

Ella contesta con una de la escobilla del váter, y entonces recibe una ristra de emojis riendo, seguida de un montón de corazones.

«Te quiero mucho, Mia de mi alma».

Mia abre las puertas plegables de la planta baja para que corra un poco el aire, y se pone algo de música para trabajar; sube el volumen a la vez que canta y mete la aspiradora por debajo de la mesa. Bobby ha cumplido con su palabra sobre lo de pasar tiempo juntos: ha reservado una suite y le ha prometido que enmendará sus errores.

Entonces detecta un movimiento y, al levantar la vista, pega un alarido: se ha dado cuenta de que lo que se ha movido es algo que hay reflejado en las puertas acristaladas. Mia se da la vuelta con una mano en el pecho, mientras recobra poco a poco el aliento.

—¿Qué haces tú aquí?

Rhys camina hacia ella con el gesto retorcido en una expresión lasciva.

—Esperaba que pudieras hacerme alguna que otra faena... ¿Sabes por dónde voy?

Mia le da la espalda. No es la primera vez que se encuentra en una situación como esa: clientes —o maridos de clientas— haciéndole comentarios sugerentes mientras les pasa la aspiradora por el despacho. Una vez, llegó a casa de uno nuevo y se lo encontró en albornoz y, cuando se cerró la puerta, el cinturón se le desató «por accidente». Ella tiene por norma cortar por lo sano a la primera cuando sucede algo así, lo cual no es difícil si uno trabaja por cuenta propia y se trata de un único cliente. Pero Rhys es el propietario de La Ribera; si le dice que se vaya a tomar por culo, no la volverá a contratar nunca y, cuando el resto de las cabañas estén construidas, eso significará una enorme pérdida económica para ella.

—Debería seguir limpiando —le dice. Se aparta de él, con la mirada fija en la aspiradora—. Ashleigh le tiene mucha manía a las polillas. —Si lo ignora, se irá. Lo único que está haciendo es tirarle fichas para ver si hay suerte, sin más.

Pero ahora lo tiene detrás y nota su aliento en el cuello, y está tan asustada que no puede ni moverse. El cantante le acaricia los brazos.

—No... —comienza a decir Mia, pero está tiritando de miedo y ha de apretar la mandíbula para evitar que le castañeen los dientes.

—No pasa nada; no hay nadie que pueda pillarnos.

Mia deja escapar un chillido de terror. Intenta autoconvencerse de que Rhys no le hará nada, no ahí, con la cabaña donde vive con su familia a dos números de distancia, pero ahora el cantante le ha puesto una mano en un pecho y, aunque ella trata de liberarse, él la arrima con fuerza hacia sí; el bulto que oculta en sus pantalones es una amenaza, no una promesa. Rhys le toca los labios y ella retira la cara, pero entonces su agresor le mete a la fuerza los dedos en la boca.

—¡Para ya! Ya no más, por favor... —Su súplica es lastimosamente débil, ahogada por los dedos de Lloyd. Ahora ha roto a llorar de lo asustada que está, y de lo tonta que se siente por haber permitido que esto ocurra. Su cabeza le dice que recurra a sus codos, que le pegue un cabezazo, que se retuerza hasta escabullirse, que grite...

Pero su cuerpo no la obedece; incapaz de reaccionar, se queda congelado y deja que las manos de ese hombre se hagan con el control, que lo cubran por completo, que tomen de él cuanto quieren. Para Mia, es como si estuviera viéndose a sí misma desde las alturas, gritándose que haga el favor de despertar, de actuar, de hacer lo que sea, pero hacer algo, y no obstante...

De pronto nota una sacudida. Espacio, aire fresco. Las manos de Rhys se retiran de su cuerpo y siente como si estuviera abriéndose camino contra el oleaje, recién sacada a la superficie justo cuando ya se estaba ahogando. No sabe qué lo ha hecho detenerse, pero tampoco se lo plantea; lo único que quiere es que se vaya, y que a ella los oídos paren de zumbarle.

—Tendría que... —Mia se aferra a la aspiradora, tratando de controlar el temblor que se ha apoderado de sus brazos y piernas. Oye a Lloyd marcharse murmurando algo entre dientes, y entonces la puerta del recibidor se cierra de golpe. El alivio se le desborda en forma de lágrimas calientes y escandalosas.

—Querida, ¿estás bien? —En el muelle aparece Dee, que abre de un tirón las puertas exteriores y ayuda a Mia a levantarse del suelo, con un abrazo tan prieto y tranquilizador que la hace llorar aún más.

—Rhys...

—Lo he visto. —La voz de Dee le resulta reconfortante—. Se ha creído que lo puede tener todo. Pero ahora estás a salvo. Lo malo ya ha pasado.

—Hijo de puta —murmura Mia. A medida que va volviendo en sí, su miedo se transforma en ira. Bobby se pondrá como una fiera cuando se entere.

—Vaya si lo es —le dice la señora, acariciándole el pelo como si fuera una niña pequeña—. Pero al final le llegará su merecido; de eso puedes estar segura.

Mia tiene la esperanza de que Huxley no ande equivocada.

No puede ser que Rhys se vaya de rositas y, si le ha hecho eso a ella, a saber con quién más lo habrá intentado.

—Vaya que sí —insiste la mujer mayor con una voz llena de severidad—. Los hombres como él siempre reciben lo que se han buscado.

42

8 de enero - Leo

A Leo, mientras recorre el pasillo en dirección a la sala de juntas, se le hace un nudo en el estómago. Trabajar con Ffion y pasar tanto tiempo en La Ribera y alrededores le ha proporcionado la excusa perfecta para escaquearse de las reuniones, y ahora que está de regreso en la oficina es cuando se da cuenta del temor que le provoca encontrarse con su inspector.

—Llegas muy pronto —dice Crouch ojeando su reloj de pulsera—. Te has cagado en la cama, ¿a que sí?

Leo toma asiento. Nota como si Ffion lo estuviera mirando, pero a fin de cuentas ¿qué puede hacer él? «Señor inspector, no me gusta la forma en la que me habla». Lo echarían del trabajo entre carcajadas. Allí nunca se oye quejarse a nadie. Es la manera de ser de Crouch, y punto; es un tipo grosero, sin pelos en la lengua. No es nada personal.

—¿Sabes qué? —le está diciendo el inspector al agente que tiene al lado—. Me han dicho que Liverpool es el único lugar donde te pueden tildar de pederasta por tirarte a la madre de alguien.

Sí que es personal, ¿verdad?

«¿Se comporta así con todo el mundo?», le preguntó Ffion después de conocer a su superior, y Leo se vio obligado a admitir la verdad: nadie más en la oficina sufre en sus carnes el sentido del humor marca de la casa de Crouch. Aunque sus pullas tengan un tono infantil, y no se diferencien mucho de la clase de imbecilidades que Leo tenía que oír una y otra vez de pequeño, el jefe solamente se las lanza a él. Es personal.

—¿Cómo se le llama a un liverpuliano vestido de traje? —dice ahora el inspector, sin dirigirse a nadie en concreto. Leo escucha las palabras de Ffion en su cabeza: «¿Qué pasará con la próxima persona con la que quiera meterse?». Piensa en todo lo que esa mujer ha tenido que aguantar. Ayer parecía completamente destrozada y, aun así, ahí sigue, con la cabeza bien alta.

—El acusado —responde Leo, anticipándose a la gracieta de Crouch. El inspector parpadea, y luego abre la boca para compartir otra más de sus «bromas»—. Creo que aún no ha contado la del liverpuliano que siempre se pone condón por miedo a quedarse embarazado. Y luego está la de que si uno se arrima un chándal de táctel a la oreja se escucha un acento *scouse*. —Leo clava su mirada en la de Crouch—. Igual será mejor que los cuente todos ya, y así nos lo quitamos de encima, ¿no cree, inspector?

En la sala se impone un silencio impenetrable, mientras superior y subalterno se sostienen la mirada. El inspector tiene la cara rojísima, y los carrillos le temblequean a la vez que menea la boca para formular una respuesta.

—¿Qué pasa, Brady? —dice finalmente—. A todos les parece gracioso. ¿Qué pasa contigo? ¿No eres capaz de encajar una broma?

Leo sigue mirándolo sin claudicar.

—No sé, inspector. Inténtelo con otra que no sea ofensiva o discriminatoria, y veremos si me río o no.

En otro punto de la sala, alguien se echa hacia atrás en su silla, haciendo rechinar la pata contra el suelo. Crouch se aclara la garganta. Leo se siente asfixiado por el silencio, por los ojos de más de una docena de policías a los que les importa una mierda lo que está ocurriendo, conque ninguno se va a molestar ni a levantar la mano para...

—A mí no me parece gracioso, inspector. —El agente Clements habla en voz baja pero con absoluta claridad. Su mirada inquebrantable observa detenidamente a Leo, primero, y luego a Crouch.

—A mí tampoco —manifiesta una agente que está junto a la ventana.

—Ni a mí —dice un tercero.

—Ni a mí tampoco. —Ha sido Ffion. Y, de entre todas las voces, Leo se da cuenta de que era la suya la que quería oír.

Crouch mira en todas las direcciones.

—Vaya una panda de tiquismiquis —suelta con arrogancia, pero un desagradable rubor le sube por el cuello—. ¿Quién puede ponerme al día sobre lo del Número 36?

—La poli de Londres sigue investigando la agresión. —Cuando el agente Clements empieza a hablar, a Leo le van bajando las pulsaciones. Por toda la habitación ve cabeceos en señal de apoyo y ojos en blanco que apuntan al inspector. Haga lo que haga Crouch a continuación, Leo no estará solo—. Las compañeras de la víctima ya han presentado sus coartadas, pero todavía sigue en curso el rastreo del propietario del club. Todas las cuentas asociadas se hallan en paraísos fiscales; los gerentes están bien escondidos.

—Y, entretanto —explica Crouch—, a los agentes Brady y Morgan se les ha ocurrido una nueva teoría. —El inspector mira a Leo; resulta más que obvio que quiere intentar humillarlo de nuevo, recordándole las horas que pasaron interrogando a Yasmin y metiéndose en callejones sin salida, pero lo único que dice es lo siguiente—: Y por una vez, puede que no vayan del todo desencaminados.

—Eso creo, inspector. —Leo tose, incomodado de nuevo por haberse convertido en el centro de atención—. Tenemos los resultados del análisis del trofeo que encontraron en el lago, y la cosa pinta bien: las partículas de polvillo metálico que sustrajeron de las heridas faciales de Lloyd concuerdan con las muestras recogidas, con lo cual podemos afirmar que se trata del arma utilizada en el crimen.

—El premio llevaba en el agua una semana —dice Ffion—,

pero, aun así, la policía científica ha logrado recuperar más de una serie de huellas dactilares. Están las de Lloyd y su mujer, como era de esperar, pero también otras que coinciden parcialmente con las de la cartera, Ceri Jones.

—Hacía muchísimo tiempo que le guardaba rencor a Rhys Lloyd —añade Leo al ver que Ffion no profundiza en sus explicaciones. Brady le echa una mirada, pero ella mantiene una expresión inalterable—. Su turno de reparto dura hasta las doce en punto; para cuando termine, la estaremos esperando.

—Ella no ha sido —dice Ffion cuando ya están de camino hacia Cwm Coed. A otros miembros del equipo se les ha asignado la tarea de establecer una secuencia temporal de las actividades de Ceri Jones durante la noche de la fiesta, juntando la información obtenida de los testimonios con la que han deducido de las fotografías.

—En el arma había huellas suyas.

—Pero técnicamente esa no es el arma homicida, ¿no? Izzy Weaver dijo que las lesiones eran superficiales, que lo que la agresión provocó fue un infarto; eso es lo que opina ella.

Leo se la queda mirando. Ffion se ha puesto su abrigo gigantesco y se ha subido la cremallera, y ahora, con el pelo recogido bajo un gorrito de lana con pompón, lo único que se le ve es la cara.

—¿Qué intentas decirme, pues? ¿Qué no fue Ceri Jones quien golpeó a Rhys con el trofeo? ¿Que sí que lo hizo, pero no lo mató?

—Estoy diciendo que ha de haber alguna explicación que pruebe su inocencia. La conozco; no es una persona violenta.

—Rhys Lloyd la acosó con tanta virulencia que dejó los estudios un año antes de lo planeado, y nunca llegó a cursar la licenciatura de arte con la que tanto soñaba. Sus huellas dactilares están presentes en un arma que se ha comprobado que tuvo un papel instrumental en el asesinato.

—No ha sido ella.

—¿Qué te hace estar tan segura? —Leo espera una respuesta, pero no la obtiene—. Ffion, que participes tú en este caso ya es de por sí una idea nefasta; si arrestar a Ceri también te supone un conflicto de intereses inasumible, deberías...

—No voy a dejar el caso.

Leo le dirige una mirada fugaz. Hace cuatro días, a Ffion le dijeron que podía reintegrarse en su propio cuerpo.

—Al parecer le suplicó a su inspector que la dejara seguir con nosotros —le contó Crouch a Leo—. Habría dado por hecho que fue porque te la estás chingando, pero ciega no es.

¿Se habrá quedado Ffion en el caso para interferir en la gestión de las pruebas? Leo tira del cinturón de seguridad, que de pronto parece que le oprime demasiado el pecho. ¿Es por eso por lo que su compañera insiste tanto en conservar su puesto en la investigación?

Están esperando a Ceri delante de su casa cuando la cartera llega y aparca la furgoneta. A pesar del frío, lleva unos pantalones cortos debajo del polar de su uniforme, y observa a Ffion y a Leo con resignación.

—Decidme por favor que no necesitáis otra declaración mía. He tenido un día de locos; con las chapas que me metía la gente, parecía que yo fuera personalmente responsable de que se hubieran perdido sus regalos de Navidad. Como si fuera culpa mía que ellos...

—Ceri —interviene Morgan—, es por otra cosa que queremos hablar contigo.

Brady espera a que sea su compañera quien lleve a cabo la detención; están en su demarcación, rodeados de su comunidad local. Pero cuando su vacilación empieza a dar indicios de reticencia, el policía da un paso al frente.

—Ceri Jones, queda detenida bajo sospecha de asesinato. Tiene derecho a permanecer en silencio, pero si durante su interrogatorio evita hacer mención de cualquier hecho en que después basare su defensa ante los tribunales, dicha acción podría redundar en su perjuicio. Todo lo que diga puede ser utilizado en su contra.

—¿Cómo? —A Ceri se le escapa una carcajada—. ¿Es una broma o qué? —pregunta, y luego mira a Ffion—. ¿Ffi?

—No. No es broma, Ceri —dice la agente, escueta.

Ahora se encaminan los tres juntos hacia el área de detenciones; Ceri va en el asiento trasero, pálida y temblorosa. ¿Será buena actriz?, se pregunta Leo, ¿o es solo la conmoción de haber sido arrestada? Ffion mira por la ventana; de todos los poros de su cuerpo irradia una misma actitud: «Me cago en tu puta madre». Dentro de su compañera hay muchas mujeres distintas, piensa Leo: la Ffion cáustica y gruñona que lo hace reír con sus mofas y hachazos dialécticos; la Ffion de ayer, franca y desprotegida, con tanto sufrimiento en su interior que hizo que a Leo le entraran cefaleas; la Ffion de hoy, que, cerrada en banda, se niega en redondo a que le dirijan la palabra. Y luego está, por supuesto, la Ffion a la que conoció en Nochevieja; la mujer lanzadísima e indiferente al qué dirán que lo besó como si fueran las dos últimas personas sobre la faz de la tierra, y se acurrucó contra su brazo extendido cuando, al fin, se quedaron dormidos.

A Leo le gustan todas.

El policía mira al frente, a la carretera. A medida que abandonan el país de Gales, la nieve se va disipando cada vez más. Quizá cuando ya no estén trabajando juntos. Quizá entonces podrán quedar para tomar algo, o lo que sea.

Quizá.

Porque Ffion tiene un móvil más sólido para matar a Rhys Lloyd que cualquier otro de los habitantes de Cwm Coed y, por mucho que Leo desee pasar tiempo junto a ella, el investigador que hay en él es incapaz de descartar la posibilidad de que estuviera implicada en el crimen. Morgan estaba en un bar con Leo en el momento en que Lloyd falleció, pero ella y el cantante habían estado juntos horas antes del suceso. ¿Pondría la agente en marcha una serie de acontecimientos que desembocaron en su muerte?

En caso afirmativo, Leo le servirá de coartada.

En la sala de detenciones, Ceri escucha en silencio cómo le leen sus derechos como acusada; no hay en ella otro indicio de tensión aparte de dos finas arrugas que le surcan la frente de arriba abajo. Luego, solicita ver a un abogado. Cuando finalmente comienzan a interrogarla, ya se ha hecho bastante tarde.

—Cuéntame cómo era tu relación con Rhys Lloyd —empieza Leo.

Ceri se encoge de hombros.

—Fuimos al mismo colegio. Como todos los del pueblo. —La cartera desvía la mirada hacia Ffion—. Tú todo eso ya lo sabes. Esto es un puto teatrillo.

—¿Erais amigos?

Ceri espira ruidosamente por la nariz.

—Ya sabéis que no. —Ceri pone las palmas de las manos sobre la mesa, como buscando un punto de apoyo, y luego levanta la vista—. Me lo hizo pasar fatal, ¿vale? Sin duda se lo habréis oído contar a más de uno del pueblo, así que da igual si os lo vuelvo a explicar yo misma. Desde mi primer minuto de secundaria, Rhys hizo de mi vida un infierno. Me escribió «bollera» en la taquilla. Pasó notitas a chicas de mi curso, firmadas con mi nombre. Pegó una fotografía de mi cabeza encima de un recorte de una revista porno. Él y sus amigos me amenazaban con violarme para «volverme heterosexual». —Ceri habla con un deje monótono y desabrido.

—Tuvo que ser horrible. —Ffion coloca una mano en la mesa y luego la retira, como si hubiera estado a punto de tendérsela a la sospechosa antes de darse cuenta de dónde se encuentran.

—Había una chica que me gustaba —continúa Ceri con la

351

cabeza gacha—. No sé cómo, pero él se enteró. Me envió un mensaje fingiendo que era ella, diciéndome que quería quedar conmigo… —Tras esta última frase su discurso se interrumpe, y ella mueve exasperadamente la cabeza ante su ingenuidad.

—… en el estudio de Rhys —añade Ffion con desapego, pero la cartera frunce el ceño.

—Yo nunca habría ido allí. La chica me decía que quedásemos en el parque, junto a la parte donde jugaban los niños pequeños. Me decía… —Ceri se pone colorada—. Me decía las cosas que quería hacer conmigo.

—Y quien te esperaba era Rhys, ¿verdad? —señala Ffion con frialdad, y Leo se revuelve en su asiento. Su compañera no debería estar ahí; si Ceri es acusada del asesinato de Lloyd, la defensa buscará cualquier resquicio de debilidad por donde atacar a la parte contraria. Y aunque lo que el cantante le hizo a Ffion nunca salga a la luz, aunque la agente no tenga nada que ver con esa muerte, su vinculación personal con el caso es demasiado estrecha. Así ¿cómo va a poder actuar con objetividad?

—Él y varios de sus amigos. Yo iba toda arreglada para la ocasión y… —Ceri se enjuga unas lágrimas llenas de rabia—. Que sí. Que lo odio. ¿Vosotros no lo odiaríais?

—¿Qué sentiste cuando Rhys regresó a Cwm Coed, cuando edificó La Ribera?

—Lo odié todavía más. —El abogado tose. La cartera lo mira brevemente y luego se encoge de hombros—. No voy a mentir. Es verdad que fue hace muchísimo tiempo; es verdad que era solo una cría, pero Rhys me amargó la vida a base de bien. Perdí toda la confianza que tenía en mí misma. Al final, ni siquiera iba de compras por miedo a encontrármelo. Me quedé sin amigos, sin ir a la academia de arte… Rhys me arruinó la vida, pero él ahí estaba, apareciendo de nuevo en el pueblo con todo su aplomo, como si aquello fuera su casa, envuelto en esa aureola de triunfador. Por eso lo odiaba.

—¿Lo bastante como para matarlo? —pregunta Leo.

Ceri lo mira directamente a los ojos.

—No.

—¿Sabes qué es esto? —Ffion levanta el Premio a la Estrella Emergente del suelo y lo deja encima de la mesa. Está dentro de una bolsa protectora transparente, sellada con una brida de plástico roja.

—Es un trofeo.

—¿Lo habías visto alguna vez?

—No. —Ceri desvía la mirada—. A lo mejor…, no sé.

—¿En qué quedamos? —dice Leo—. ¿No, a lo mejor o no lo sabes?

—¡No lo sé! —La cartera pestañea rápidamente, presionándose los muslos con las manos.

—Hay huellas tuyas en él.

—Yo no lo maté.

—La cosa, Ceri —dice Ffion—, es que Yasmin Lloyd estuvo haciéndoles visitas guiadas a casi todos los asistentes a la fiesta. Nadie recuerda haberte visto a ti en ninguna de ellas. O sea que, si a ti no te enseñaron la casa, ¿qué hacen tus huellas en este trofeo?

Se impone un largo silencio.

—Está bien. —Ceri deja escapar un largo suspiro—. Subí al despacho de Rhys a entregarle el correo.

—Curioso lugar para instalar un buzón —observa Ffion.

La cartera ignora su sarcasmo.

—Si tanto os interesa saberlo, Rhys me tomó el pelo otra vez. Me hizo creer que estaba fuera de casa; me habló a través de su móvil, conectado en remoto al interfono. Le dejé el paquete en el piso de arriba y entonces vi…, me di cuenta de que… —Ceri traga saliva y agacha la cabeza—. Estaba en su habitación, prácticamente desnudo, observándome pasear por su despacho.

Leo nota como Ffion, a su lado, se pone tensa.

—¿Y tú qué hiciste?

—Darme el puto piro de allí, por supuesto.

—Debió de sentarte muy mal —dice Morgan sin alzar demasiado la voz—. Debió de traértelo todo de vuelta a la memoria: lo del acoso escolar, las emociones y la rabia que sentías…

Ceri le sostiene la mirada.

—Yo no lo maté.

—Entonces ¿quién fue? —pregunta Ffion.

El abogado interviene.

—Agente, supongo que no pretenderá pedirle a mi clienta que haga su trabajo por usted, ¿verdad?

Pero la sospechosa se encoge de hombros.

—Tenéis mucho donde elegir, ¿no? Para empezar, Yasmin es una zorra avariciosa; no me sorprendería que hubiera matado a su marido por dinero. ¿Sabéis qué me dio como propina de Navidad? Una tarjeta usada del Primark donde solo quedaban tres libras con cuarenta y nueve peniques.

—Si recibir una mala propina te convirtiera en un asesino, la mitad de la población estaría en la cárcel —replica Brady, granjeándose una mueca de desprecio por parte del abogado de Ceri.

—Cualquiera que tire una piedra al lago —señala la sospechosa— salpicará a alguien a quien alegra que Rhys Lloyd haya muerto. Me da igual lo que dijesen cuando vivía; incluso Steffan iba soltando pestes de él, y eso que el año pasado le hacía la pelota como si le fuera la vida en ello.

—¿Cómo que iba soltando pestes? —dice Ffion—. ¿Cuándo?

—Cuando Rhys me dio las invitaciones para repartir. ¡Ni que fuera su mayordoma personal, hay que joderse! —A Ceri se le contrae la cara—. Fue el día después de Navidad, creo. Fui a dejar las tarjetas en el pub, y Steff estaba poniendo a Rhys a la altura del betún.

Leo se inclina hacia delante.

—¿Qué decía?

—Estaba hablando con Huw. Huw Ellis. La expareja de Ffi...

—Huw Ellis —se apresura a decir Leo—. El albañil, ¿verdad?

—Estaban diciendo no sé qué de unos monitores y de alquilar barcas. Yo ni los escuchaba; lo único que quería era llegar a casa y ponerme a pintar, pero recuerdo que Steff parecía cabreadísimo. —Ceri se echa hacia atrás en la silla—. ¿Queréis un consejo? Tendríais que centraros un poco más en Steffan Edwards.

43

Nochebuena - Felicia

Estas van a ser las peores Navidades de la historia. El año pasado mamá dijo que eran demasiado jóvenes para ir al pub con sus amigos, a pesar de que el resto iban a ir todos, y que Barnaby, un curso mayor que ellas, había conseguido carnets de identidad falsos para todo el mundo.

—El año que viene sí —dice Yasmin—. Dieciséis años ya es más aceptable.

¿Adónde han ido? A La Ribera de las narices. Ya les puede dar Barnaby una carretada de carnets falsos, que la cosa no tiene arreglo.

—Seren dice que podríamos ir al pub del pueblo —comenta Tabby mirando el mensaje de móvil que ha recibido y tratando de pronunciar con esmero el nombre en galés—: Y Llew... ¿cómo era que sonaba la doble ele?

—¿A quién coño le importa? —Felicia le da un golpetazo a su cojín—. El padre de Esme ha alquilado un reservado en el Frog & Hammer y ha pagado quinientas libras de barra libre. ¡Todo el curso irá!

—Pero si Esme te cae fatal.

—¡No me cambies de tema!

Yasmin asoma la cabeza por la puerta.

—Cielo, ¿dónde está aquella tarjeta del Primark que te envió la tía Laura por tu cumpleaños? Ha venido la cartera.

Felicia extrae la tarjeta del montón de objetos desordenados que ocupa su mesita de noche.

—Está aquí. ¿Por?

—¿Me la das, por favor? Ya te devolveré yo el dinero.

—No sé cuánto saldo queda.

—Da igual. Servirá. —Yasmin coge la tarjeta y corre escaleras abajo.

—Salgamos con Seren —dice Tabby—. Podríamos preguntarle a Caleb si se apunta.

Felicia dirige a su hermana una sonrisa maliciosa.

—Es solamente por eso que quieres ir, ¿a que sí? Porque quieres tirarte a Caleb.

—Yo no me quiero tirar a Caleb.

—Sí que quieres.

Tabby le devuelve la sonrisa.

—Bueno, a lo mejor un poco sí. Venga, que hay que prepararse. Podremos tontear con todos esos aprendices de granjero. —Se les escapa una carcajada chillona solo de pensarlo. En Cwm Coed hay menos nivel que en su colegio, y eso ya son palabras mayores—. Le voy a decir a Seren que se arregle. —Los dedos de Tabby revolotean por el teclado.

—Ya sabes que no lo hará. —Seren se pasó el verano entero vestida con el mismo par de pantalones cortos, y todas las vacaciones de otoño con los mismos tejanos—. Ella solo se maquilla cuando está trabajando para papá. —Felicia hace aletear las pestañas y Tabby suelta un grito.

—¡Puajjj! Joder, ahora me han dado arcadas.

Dos horas más tarde ya están listas, y se las ve de puto diez. Se han alisado el pelo de manera que les cae en dos matas luminosas a ambos lados de sus mejillas bien contorneadas, y se han repasado los labios para que destaquen a la perfección cuando saquen morritos. Han publicado un millón de selfis en Instagram y han silenciado la historia de Esme en que esta etiquetaba al Frog & Hammer.

—Un poco excesivo para picar algo con la familia, ¿no? —dice

Rhys cuando descienden a paso ligero las escaleras. En el caso de Felicia, más que descender, se precipita por ellas, dado que se ha puesto unos zapatos de tacón de Yasmin.

—Nos vamos por ahí —dice Tabby.

—No. No os vais a ningún lado. —Yasmin lleva unos pitillos negros y unas zapatillas de deporte; su blusa de lentejuelas es su única concesión a la festividad—. Tenemos cena con los Charlton.

—Pero...

—Ni pero, ni pera. Nos lo pasaremos bien.

Se lo están pasando de puta madre, ¿no te jode? Ni Felicia ni Tabby acostumbran a montar rabietas —saben cuántos regalos hay exactamente ahora mismo debajo del árbol, y también saben que a sus padres no les va a temblar el pulso si tienen que retirar unos cuantos para darles una lección—, pero sí son expertas en estar de mal humor. Se dedican a responder con monosílabos hasta que los adultos las dejan por imposibles.

Felicia le envía un mensaje a su hermana: «Vamos luego al pub? Seren dice que cuando cierran siempre dejan que la gente se quede más rato dentro a seguir bebiendo». Tabby afirma enérgicamente con la cabeza. Woody y Hester están haciendo cosas de mocosos, como siempre. Blythe los ha hecho cantar la de «Navidad, Navidad, dulce Navidad...», y ellos la han repetido literalmente diez veces sin parar. Ahora se persiguen el uno al otro alrededor de la mesa.

—Si no os vais a dormir ya —dice Yasmin—, no va a venir Papá Noel.

Felicia y Tabby intercambian una breve mirada. A su madre se le nota en la voz que esta noche no piensa pasarles ni media.

Blythe posa una mano en el brazo de su marido.

—Jonty, cariño, ¿podrías acostar a los niños? A ti se te da mucho mejor que a mí.

Su marido se abalanza sobre las criaturas, que tanto podrían estar riendo como llorando; Felicia no sabría decirlo.

—Vámonos, par de sinvergüenzas.

Mamá contempla a Jonty como si fuera el puto Mesías. O sea, que aún siguen con esas. A Felicia también le entran ganas de llorar, o de darle un golpe a algo, o de ponerse a correr y a pegar berridos, igual que Woody y Hester.

En verano encontró un mensaje de Jonty en el teléfono de su madre: «Me muero de ganas de follarte». Felicia lo borró, y luego tiró el móvil como si este acabara de morderla, temblando de miedo y de confusión. ¿Qué era lo que acababa de leer? Quiso contárselo a Tabby, pero hablar de ello lo habría convertido en una realidad, una que ella se negaba a aceptar. Quizá había sido un error. Quizá Jonty pensaba que estaba escribiéndole a otra persona.

Felicia estuvo vigilando a sus padres de cerca en los días posteriores, pero ambos parecían los mismos de siempre. No es que estuvieran todo el rato haciéndose carantoñas —lo cual habría sido vomitivo—, pero tampoco parecía que se odiasen. Mamá no se comportaba como si estuviera teniendo una aventura. Tres días después, Felicia sustrajo el móvil de Yasmin de la habitación del matrimonio mientras ella estaba en la ducha.

Tienes tan buen sabor como me había imaginado.

A Felicia le pareció que le entraban ganas de vomitar. Jonty Charlton con mamá. Mamá con Jonty Charlton. Era repugnante. ¡Y pobrecillo papá! Si descubría la verdad, se iba a quedar hecho polvo; nunca jamás tenía que permitir que se enterase. Felicia se agarró a la idea de que aquello había sido cosa de una vez, o que mamá había sufrido un ataque de locura transitoria —una especie de crisis menopáusica—, y pronto todo volvería a la normalidad. Entretanto, se pegaría a Yasmin como una lapa, y haría todo lo que estuviese en su mano para asegurarse de que nunca se quedara sola con Jonty.

Yasmin no recibió más mensajes como aquellos al móvil después de que La Ribera cerrase, a finales de verano, y Felicia se sentía tan aliviada que casi se le escapaban las lágrimas. Pero ahora mismo, por la expresión de los ojos de Yasmin..., si ya no hay nada entre los dos, es obvio que ella desea que vuelva a haberlo.

—¿Por qué no podemos ir a la fiesta? —dice Tabby. Están hablando de Nochevieja. Felicia se siente dividida entre no querer ni acercarse a los Charlton y saber, a la vez, que aquello será un pedazo de fiestón. En plan..., un fiestón de los que lo petan a saco en Instagram.

—Pensé que no os apetecería hacernos compañía a los vejestorios —dice Jonty. Felicia lo mira con desprecio. En eso no se equivoca; ahora mismo se imagina el ambientillo que debe de haber en el Frog & Hammer, y tiene tantísimas ganas de estar allí que casi llega a saborear los martinis porn star que estaría pidiéndose a expensas del padre de Esme. Su madre empieza a discutir con Blythe acerca de quién hará de anfitriona de la fiesta, y Felicia siente que no puede más con todo esto.

—Tendríamos que invitar a gente de aquí —dice su padre, y Jonty, que acaba de volver de meter a sus hijos en la cama, le masajea el hombro a Blythe como si no estuviera zumbándose a la mujer de otro. Ay, es que no entiende cómo mamá es capaz de estar ahí sentada al lado de papá como si no pasara nada.

Blythe dice no sé qué de que un círculo de amistades ha de reflejar diversidad, y Felicia la observa como si le prestara su apoyo. O sea..., es un poco rastrero que Blythe diga eso cuando ella sabe a ciencia cierta que el único representante de una minoría étnica que hay en el círculo de esa mujer es su masajista coreana, pero al fin y al cabo está casada con un mierdas, así que...

La joven se concentra de nuevo en su teléfono, hasta que la mujer de Jonty se pone a dar palmadas y anuncia su planazo de organizar un baño de Año Nuevo o algo así.

—¿Qué os parece, chicas? Vendrá Caleb, ¿eh? —Como si eso fuera a hacerlas cambiar de opinión.

—Sí, claro, claro... —dice Felicia con toda la mala educación que se atreve a demostrar.

Pasa una eternidad hasta que Yasmin les dice que pueden

marcharse —«¡Y no bebáis más que medio botellín de sidra!»—; llueve que te cagas, y ellas recorren el kilómetro y medio que las separa del pueblo con ese sinsentido de zapatos en los pies. Seren ya está en el pub, con una ronda de cócteles de oporto tinto y vodka apiñadas sobre el alféizar de la ventana, donde ha hecho lo posible por abrir algo de hueco. El abrigo de Ffion queda todo cubierto de gotitas de condensación a causa de la cálida temperatura del pub.

—¡Feliz Navidad! —A Seren le brillan los ojos—. ¿Qué tal estáis? ¿Qué tal vuestro padre?

Ay, Dios. Felicia no puede más. Se toma de un trago el contenido de su copa y la vuelve a dejar de golpe encima del alféizar.

—Venga, que os veo flojos. Quiero tajarla como si no hubiera mañana.

No pueden tajarla porque el camarero solo les deja tomar dos copas por persona. Luego, se les acerca desde el otro lado de la barra y les dice: «No juguéis con fuego, chavales». Seren se encoge de hombros y responde que, total, ya va pedísimo, así que Tabby y Felicia se ven de camino a casa antes incluso de pedir la última ronda.

—Vaya mierda de Navidades —dice Felicia al llegar a la calzada que conduce a La Ribera.

Tabby se quita los zapatos y sigue caminando, descalza, por el gélido asfalto.

—He arrancado un poco de envoltorio de la esquina de una de esas cajas cuadradas que hay debajo del árbol. Nos han comprado unos AirPods.

—Guay —comenta Felicia con un suspiro.

Cuando llegan delante del número cinco, oyen que dentro están discutiendo a voces. Felicia nota un malestar en el estómago. «Papá se ha enterado de todo». Abre la puerta y, siguiendo un acuerdo tácito, ella y su hermana se cuelan sigilosamente en el recibidor y se detienen a escuchar.

—¡No puedo creerme que hayas hecho lo que has hecho! —está diciendo Yasmin. Felicia frunce el ceño. Ahí está pasando algo raro; es papá quien debería pronunciar esa frase—. ¡Y encima vas y fardas de ello conmigo, como si hubiera de impresionarme!

—Bien que te quedaste impresionada cuando pensabas que Jonty tenía «un don natural».

A Felicia le dan ganas de vomitar.

—¡Porque no tenía ni idea de lo que hacía en realidad! ¡Ni sabía que tú también lo hacías! Sois…, ¡sois unos criminales!

—Estás sacando las cosas de quicio —le suelta Rhys—. No le he hecho ningún daño.

—¿Cómo lo sabes? Igual se le ha ido acumulando en el organismo, año tras año, y un día se le desencadenarán los efectos y…

Rhys reacciona con una risotada.

—¿Dieciséis años después?

Felicia se tapa la boca con la mano, y los ojos se le abren de par en par.

—Hablan de nosotras —le susurra Tabby.

—De una de nosotras —añade Felicia, sombría.

—Y ahora estás arriesgando las vidas de esos dos niñitos preciosos. Es aberrante. Tendré que contárselo a Blythe; no se lo puedo ocultar.

Felicia se está perdiendo. ¿Qué es lo que ha hecho papá y qué tiene que ver con Woody y Hester?

—Ah no, eso sí que no… A mí no me vas a cargar las culpas —dice Rhys—. La responsabilidad aquí es exclusivamente de Jonty.

—¡Has sido tú el que le ha dado los somníferos! ¡Has sido tú el que le ha dado la idea!

—Yo lo único que he hecho ha sido decirle que a nosotros nos funcionó cuando no había forma humana de meter en la cama a Felicia, no…

—¡A nosotros no! ¡A ti, Rhys! Estuviste drogando a mi bebé durante tres años sin informarme de nada. ¡Podrías haberla matado!

Tabby se vuelve hacia Felicia, horrorizada, pero su hermana, con los ojos llenos de lágrimas, sale corriendo escaleras arriba. La aventura de su madre con Jonty es la menor de sus preocupaciones ahora que sabe lo que le hizo Rhys: maltrato infantil, con todas las de la ley.

Su padre es un monstruo.

44

8 de enero - Ffion

—¿Todavía piensas que fue ella? —dice Ffion, volviéndose hacia Leo, mientras sacan el coche de la calle donde vive Ceri.

—Yo ya no sé qué pensar. —Leo maniobra despacio a través de la nieve. El temporal está yendo a más; antes, cuando entraban en Cwm Coed, leves ráfagas de copos arremolinados iban colisionando con el parabrisas; su blancura extrema contrastaba con el cielo, cada vez más oscuro.

Furioso por todas las horas que Yasmin Lloyd pasó en custodia preventiva, Crouch les ha negado el permiso para retener a Ceri un solo minuto más de lo imprescindible.

—La ponéis en libertad bajo fianza y dejáis que se marche —ha dicho, y a Leo y Ffion no les ha quedado otro remedio que obedecer. Ceri llegó a la fiesta a las ocho, y se marchó a las diez en punto, cuando, en sus propias palabras, «ya estaba harta de tanta gilipollez». La han dado la condicional hasta dentro de dos semanas; tiempo de sobra para consultar a la Fiscalía General de la Corona y seguir las líneas de investigación que ha abierto el interrogatorio de la cartera, incluida la conversación entre Huw y Steffan que esta oyó de refilón.

—Podría haber vuelto a la fiesta —señala ahora Leo—. Dijo que sobre las once ya estaba metida en la cama, pero no tiene pareja, así que nadie lo puede corroborar.

—Ceri nunca... —Ffion se frena a media frase. Ha estado a punto de decir que Ceri nunca ha tenido novia, a punto de repetir irreflexivamente lo que ha oído decir al resto de la gente, pero ¿no es eso mismo lo que ella detesta de Cwm Coed? Cotilleos que pasan a ser leyendas populares, estigmas tan profundos que uno se ve obligado a lucirlos para el resto de su vida.

Ffion *Wyllt*.

Rhys Lloyd puso a toda una generación en contra de Ceri. ¿Tan sorprendente resulta que sintiera la necesidad de mantener su vida amorosa en privado?

A Ffion le suena el teléfono y la agente hace una mueca de preocupación al ver lo que aparece en la pantalla. Podría contar con los dedos de una mano el número de veces que Seren la ha llamado al móvil; la jovencita prefiere wasapearle y, aun así, solamente lo hace si quiere algo de ella: que le dé permiso para salir hasta tarde cuando mamá le ha dicho que a las nueve en casa, que le preste unos tejanos...

Ffion atiende la llamada.

—*Ti'n iawn?*

No hay respuesta. La agente se separa el teléfono de la oreja para comprobar que no se haya caído la línea.

—¿Seren?

Ffion oye una respiración entrecortada, y un sollozo bronco y rabioso. Y luego, al fin, Seren le habla.

—Dime que no es verdad.

A Ffion se le parte el corazón en mil pedazos. Su mundo entero se viene abajo.

—¿Que no es verdad el qué? —susurra, aunque ¿qué otra cosa puede ser?

Seren alza la voz, histérica, implorante.

—¡Dime que no es verdad!

—¿El qué? —pregunta la agente desesperada, porque si existe alguna posibilidad de que Seren no lo haya descubierto aún, no será ella quien...

—Eres mi mamá, ¿verdad?

Alguna vez, años atrás, Ffion se había permitido imaginar cómo se sentiría si la llamasen mamá. Se sumía en un mundo paralelo (uno en que habría tenido a su hija de más mayor, y en que habría podido hacerse cargo de ella), y se imaginaba con Seren en el parque, o de camino a la escuela, cogidas de la mano.

Mamá.

Jamás se le había ocurrido que aquella palabra podría sonar como ahora.

—Seren, ¿dónde estás? Tenemos que hablar. —Ffion trata de conservar la calma, consciente de que Seren está fuera de sí, con la esperanza de hablarle como la mamá que nunca ha tenido ocasión de ser.

—¡Has tenido dieciséis años para hablar conmigo, y en lugar de eso me has mentido! —Leo apoya una mano en el hombro de su compañera, pero ella lo levanta para quitársela de encima, mientras lucha por no perder la concentración—. ¡Me tuviste, y luego me diste a mamá como si yo no te importara nada!

Ffion observa los remolinos de nieve que pasan por delante de la ventanilla.

—¿Cómo lo has descubierto?

—Caleb le mangó una foto a Glynis. Pensó que era graciosa, porque, según él, salía una niña que se parecía mucho a mí.

Ffion cierra los ojos. Querría apretar el botón de pausa, rebobinar. Quiere encontrar a Caleb y zarandearlo, preguntarle qué coño cree que está haciendo entrometiéndose en algo de lo que no tiene la más mínima idea.

—En la foto sales tú. Con Rhys. —Seren ha roto a llorar—. Y no paro de pensar en una cosa que me dijo la señora Huxley de que Felicia, Tabby y yo podríamos ser hermanas, y... —la joven termina la frase a voz en grito, enajenada y suplicante— en la foto él te rodea con el brazo, Ffion. Y tú lo miras desde abajo como si... —El auricular se llena de sollozos ensordecedores.

La agente recuerda aquella fotografía. Uno de los alumnos de la optativa de fotografía empapeló todo el recinto en que se celebraban las jornadas musicales con imágenes parecidas, como parte de los ejercicios de la asignatura: había retratado los talleres, el espectáculo final, la fiesta de clausura… En los días posteriores hubo bastante recochineo sobre cómo siempre que Rhys estaba por ahí, Ffion lo seguía de cerca. A ella le entraban ganas de llorar. «Era al revés», quería decirles. «Allí donde yo iba, me topaba con él».

¿Ningún profesor vio las fotos de la fiesta? ¿O es que estaban demasiado pendientes del taller y de las actuaciones? Nadie echó un vistazo bajo la superficie, allí donde Ffion luchaba por no ahogarse.

—Entonces es verdad lo que todos decían. —El tono de voz de Seren se ha endurecido de pronto—. Ffion *Wyllt*.

—Por favor…

—Y con… —Seren titubea; los sollozos le entrecortan las palabras—. ¡Con él, encima!

—Seren, déjame que te lo explique…

—No puedo creer que Rhys Lloyd sea mi padre. —Llora con tanto ahínco que Ffion apenas puede distinguir qué está diciendo: «Asqueroso… Viejo… ¿Cómo pudiste…?»—. ¡«Póntelo», dijo! —La joven cada vez está más desquiciada, y tiene que tragar aire antes de cada palabra que grita por el teléfono. Ffion trata de intervenir, pero todo lo que dice desencadena un nuevo aluvión de agresiones por parte de Seren. Leo ha aparcado el coche, y ahora alarga los brazos hasta el asiento de atrás, desabrocha la cremallera de su portafolios y se pone a hojear sus papeles. Ffion lo traspasa con la mirada. ¿No puede estarse quieto ni dos minutos? ¿De verdad no se da cuenta de lo importante que es lo que le está pasando?

—Te odio.

—Seren, por favor…

—¡Y a él también lo odio!

—¿Dónde estás? Voy a ir a…

—Ojalá estuviera muerta.

—No digas… —Pero la línea ha quedado en silencio. Seren ya no está.

Ffion deja caer el móvil sobre su regazo. Tirándose fuerte del pelo, hunde la cabeza entre las rodillas y suelta un gemido ahogado, con la cara aplastada contra sus tejanos. Nota cómo Leo le masajea la espalda, y esta vez no lo rechaza. Primero se fuerza a recuperar el aliento —inspira, espira, inspira, espira...—; luego, se suelta el pelo y se reincorpora.

—Lo sabe.

—Lo he oído. Lo siento —comenta Leo a modo de disculpa.

—No pasará nada. —Ffion intenta autoconvencerse con un discurso motivacional que ni ella misma se cree—. Seren tiene mi mismo carácter; al final, se tranquilizará.

—Ffion.

—Ha sido una conmoción fortísima, pero ahora llamaré a mamá, y...

—Ffi.

La agente mira a su compañero, que tiene la cara contraída en un gesto de preocupación y sigue con los ojos fijos en el portafolios ese del demonio.

—¿Qué?

—«Póntelo» —dice Leo.

—¿Que me ponga qué?

—Seren ha dicho eso, ¿verdad? «Póntelo». Ffion, yo creo... —El policía deja la frase en suspenso, se saca el bolígrafo del bolsillo de la chaqueta y subraya varias líneas de la página que estaba mirando. Sin decir una palabra, se la da a Morgan.

Es una hoja impresa donde aparecen varios mensajes de texto recibidos y enviados por el móvil de Rhys Lloyd durante la semana que precedió a su muerte. Ffion lee la primera de las líneas que su compañero ha subrayado.

No puedo parar de pensar en ti.

La agente sigue leyendo.

Estarás estupenda te pongas lo que te pongas.

El último mensaje fue enviado el día de Nochevieja.

Póntelo.

El número al que Rhys mensajeó es el de Seren.

45

Nochebuena - Bobby

El aeropuerto parecía una lata de sardinas, pero, ahora que ya han salido de Londres, las carreteras están vacías, y el McLaren va recortando kilómetros y kilómetros como si nada. Por una vez, Bobby y Ashleigh han volado a casa en primera. La clase ejecutiva ofrece comodidades más que de sobra para el actor, pero su esposa se lo pidió con mucha insistencia, y él es de los que se dejan enredar fácilmente. Al menos así podría echarse una cabezadita en condiciones antes de emprender el largo camino en coche hasta La Ribera, se justificó para sus adentros mientras entregaba su tarjeta de crédito.

Pero no contaba con la insistencia de su mujer en hacer acopio de un «banco de imágenes» para sus cuentas de redes sociales, lo cual requería de múltiples cambios de vestuario con tal de hacer creer a sus seguidores que la pareja se embarcaba en muchos más viajes de lujo de los que en realidad disfrutaban.

—¿Puedo sentarme un momento en su sitio? —le preguntó Ashleigh a un perplejo pasajero de la fila de en medio.

—¡Ash! —Bobby no daba crédito—. Ni te muevas de donde estás, colega.

—Quedará muy cutre si salgo siempre en el mismo asiento.

Para Bobby, todo lo que tiene que ver con esa movida es «muy cutre». Él no es ningún cateto; sabe que las redes sociales y la vida real no son lo mismo, y no tiene reparo en subir alguna foto de su coche de vez en cuando, pero la dedicación de Ashleigh a aquel oficio es a la vez impresionante y aterradora. Al ir a comer, no pueden probar bocado hasta que no han «estilizado» todo lo que hay en la mesa; cada habitación de hotel debe ser fotografiada desde más de diez ángulos distintos antes de que a Bobby se le permita vaciar las maletas.

Antes, mientras se apresuraba a seguir a Ashleigh hasta el baño del avión para sacarle una foto en la ducha, ha pensado en desabrocharse el escroto y darle los huevos a su mujer para que se los guardase en el neceser; total, para el uso que les da…

Bobby lleva siendo famoso, de una manera u otra, casi toda su vida adulta. Poco después de retirarse de los cuadriláteros, lo contrataron para que interpretara un papel secundario en *Carlton Sands*, y levantó tales pasiones entre los espectadores que los productores de la serie lo sumaron al elenco. Pero la vida de las celebridades nunca se ha avenido con mucha facilidad con un hombre que prefiere beberse una pinta en cualquier bareto de mala muerte antes que ir a tomar mojitos a no sé qué local de moda que las estrellitas de Instagram han juzgado digno de figurar en la cuadrícula de sus perfiles.

Mientras salen de la autovía y ponen rumbo a Gales del Norte, Bobby va notando cómo la tensión se le desprende de encima. Le encanta estar en La Ribera. Le encanta ir a la suya por el lago, y escalar montañas, y explorar las rutas forestales con una mochila llena de cosas para picar y alguna cervecita como capricho extra. Le encanta merodear por el pueblo, donde no hay más cámaras que las de los iPhones de los chavales, más interesados en su coche que en él. Ese lugar le recuerda a las vacaciones de su niñez, cuando su abuelita los equipaba a él y a sus hermanos con unos bocadillos, un cubo y una pala, y les daba instrucciones de no regresar hasta la hora de la merienda.

Sin nada que fotografiar, Ashleigh ha reclinado su asiento hacia atrás, y ahora está ahí estirada con la boca abierta; un hilillo de baba le cae hasta el hombro. Bobby fantasea con fotografiarla y publicarlo en su perfil. Hashtag: #SinFiltros. Sería una genialidad.

Llegan a La Ribera el día de Navidad a primera hora de la mañana. Ashleigh mira a través del parabrisas con ojos somnolientos.

—Da todavía más asco de lo que recordaba.

—No tenías por qué haber venido. Podrías haberte ido a casa de tus padres.

Ashleigh se calza las zapatillas con un par de apretones.

—¿Y echar a perder el plan?

«El plan». Bobby está hasta la mismísima coronilla del plan de los cojones. A él, un tipo sencillo amante de los placeres sencillos, la vida se le ha vuelto un poco demasiado complicada para su gusto. Tras la hilera de cabañas está el lago, tan negro como el cielo. En la de los Lloyd aún hay una luz encendida.

—No creo que vaya a poder con todo esto —dice el exboxeador, que queda sorprendido por su repentina sinceridad.

Se produce un instante de silencio, y Ashleigh baja del coche.

—No tienes elección.

El día de Navidad, Bobby se levanta temprano. Baja las escaleras sin hacer ruido, se prepara un café y se pone el abrigo, y luego se va al bosque para llamar a Mia. Aquella chica es lo mejor que le ha pasado en la vida. Mejor que el boxeo, mejor que la interpretación, y mejor —mucho, muchísimo mejor— que Ashleigh. Engañar a su mujer le causaría remordimientos de no ser por la costumbre de ella de chingarse a futbolistas de la Premier League siempre que tiene alguna excusa para hacerlo.

—Feliz Navidad, guapísima. —Un pájaro se zambulle en el lago para cazar a un pez, y emerge con un destello plateado en el pico.

—¿Ya ha llegado Santa Claus? —Mia tiene voz de haber dormido poco.

A Bobby se le escapa una risa libidinosa.

—Luego, luego.

—Me muero de ganas.

En verano fueron cuidadosos, y siempre quedaban en espacios abiertos o pubs en mitad de la nada. Los vecinos de Mia son de los que espían por los visillos, y, solo con que una fuente anónima lo revelase a la prensa, el afer extramatrimonial de Bobby pasaría a ser vox pópuli. A Bobby se la suda, pero Ashleigh se llevaría un cabreo monumental. «¿Qué pasa con el plan?».

Quedar en el exterior en verano era dicho y hecho, pero ¿en diciembre, en Gales del Norte? Podrá considerarse afortunado si consigue convencer a Bobby júnior de que asome la cabecilla fuera de los calzoncillos. Esta noche, Mia dejará la puerta de su casa cerrada sin llave, y Bobby se internará en ella y... Bueno, lo dicho: Bobby se internará en ella.

Justo cuando van a dar las once, los bañistas navideños empiezan a congregarse. Bobby y Ashleigh han dejado a un lado sus diferencias, a lo cual ha contribuido en un grado nada desdeñable el bolso de Gucci que él le ha dado antes, envuelto en papel de regalo.

—¡Ay, cari! ¡Me encanta! —ha exclamado ella, abrazándolo. Un segundo después, el actor ha oído el clic de la cámara del móvil y ha sabido que aquel instante acabaría subido a internet en cuestión de minutos. «Cuando tu chico sabe exactamente cómo hacerte feliz...».

Ahora se respira un aire limpio y puro, y el muelle está reluciente de escarcha. Bobby sostiene a Dee por un codo mientras el bastón de la mujer avanza a resbalones por el entablado.

—No te preocupes por mí, querido —le dice ella—. Aquí una servidora es dura de pelar. —La señora va equipada con una cámara profesional. Sin contar las de los paparazzi, Bobby ya no se acuerda de la última vez que vio una como esa; es prácticamente un objeto de anticuario. El actor se deja retratar en una afectadísima postura de forzudo circense que hace que a la mujer se le escape la risa.

—Ahora yo, cari. —Ashleigh lleva el abrigo de pieles que Bobby le regaló por su cumpleaños; es falso, por supuesto, pero cuesta lo mismo que uno de verdad. Se ha tirado una hora peinándose, por lo que el actor está convencido de que no existe ninguna posibilidad de convencerla para que se meta en remojo.

—¡Feliz Navidad! —Clemmie va enfundada en su traje de neopreno; al parecer, sabe muy bien lo que se hace. Bobby debe de parecer un gilipollas con sus bóxers de estampado festivo, pero nunca lo ha incomodado hacer el payaso. Coge su bloody mary y le da un sorbo.

—Quédate ahí un segundo. —Ashleigh le hace un gesto con el móvil.

—Hoy no, por favor, ¿eh? —El actor deja el vaso un momento, pero su mujer le pone mala cara.

—Con la bebida. Ahí. Apóyate en la baranda y...

—¿Podemos estar un solo día sin pensar en el Instagram de la puñeta?

Ashley lo mira con odio, y se va. Bobby la llama para que vuelva.

—Pensaba que ibas a filmar el baño.

—¿Para qué, si luego no lo vamos a subir a ningún sitio?

Con plan o sin plan, Bobby no está seguro de cuántas situaciones más como esa será capaz de soportar.

Los Lloyd llevan batas de estar por casa por encima del bañador. Es la primera vez que Bobby ve a Rhys desde que Mia le contó lo que le hizo el muy cabronazo en octubre, y al tenerlo enfrente se le tensa la mandíbula. Yasmin le susurra algo a su marido, que pone cara de estar de malas pulgas. ¿Habrá descubierto que le tiró los tejos a la chica de la limpieza? Incluso a las gemelas se las ve tristonas, con cara de mal humor y los ojos enrojecidos. Es obvio que en esa familia está pasando algo.

Mia le hizo prometer que no le pondría la mano encima a Rhys.

—No puedo permitirme que vaya por el pueblo hablando mal de mí —le dijo—. Necesito ese trabajo.

Bobby quiso decirle que le enviase a él sus facturas, pero sabía exactamente lo que le respondería. Mia no es ninguna chupóptera, a diferencia de Ashleigh, y eso le hace quererla todavía más.

Dee está juntando a todos los bañistas.

—¿Preparados? Decid «patataaa»... —El actor ve como Yasmin se arrima a su marido para la foto y prácticamente lo aparta de un empujón un segundo después del chasquido del obturador. Tal vez Bobby podrá cumplir con su promesa, después de todo; parece que Yasmin ya hará su trabajo por él.

Bobby desciende por la escalerilla hasta el pontón que une los muelles vecinos. Durante un segundo él y Rhys se quedan solos, y, aun apretando los puños con fuerza, piensa: «Déjalo correr, Stafford. No vale la pena». Pero entonces Rhys se le acerca con una sonrisilla maligna en la cara y le dice:

—Qué pena que me interrumpieran. Se le notaba que me tenía ganas.

Antes de darse cuenta de lo que hace, Bobby ya lo tiene agarrado del gaznate.

—Voy a matarte, hijo de la gran puta.

—¡Qué forma tan bonita de empezar la Navidad! —El culo de Clemmie aparece sobre sus cabezas, y Bobby suelta al cantante, que empieza a frotarse la garganta. La vecina mira primero a uno y luego al otro, nerviosa, y entonces, justo cuando Bobby cree que está a punto de llamarles la atención, Caleb salta al pontón y corre hacia el lago, y el resto de los bañistas se agolpa a su alrededor: ha llegado el momento de meterse en el agua.

Bobby bromea con los demás mientras chapotea en el lago helado, pero no le quita los ojos de encima a Rhys ni un solo momento.

De una manera u otra, lo hará pagar por lo que ha hecho.

46

8 de enero - Leo

—Tengo que encontrarla. —Ffion forcejea con la manija de la puerta, pero Leo ya ha vuelto a encender el motor. En coche llegarán antes. La agente marca el número de Seren sin parar, y el metálico tono de salida va sonando hasta que salta el buzón de voz. Ahora es imposible ver nada a través de la nieve; el movimiento de los limpiaparabrisas trata de combatir, en vano, la ventisca.

—Llámame, Seren. Por favor, es importante. —Ffion está consumida por la emoción, con los ojos resecos, pero ha recuperado la serenidad. Finaliza la llamada y baja a toda prisa por su lista de contactos hasta llegar a «Casa»—. Cógemelo, cógemelo… —repite entre dientes. Su compañero quita el freno de mano y comienza a avanzar poco a poco hacia el centro del pueblo. Si Seren está en casa, Ffion querrá ir hacia allí, y si no lo está…, bueno, si no lo está, pues no la encontrarán—. ¿Mamá? Soy yo. ¿Está Seren por ahí?

La larga exhalación de su compañera es la única respuesta que Leo necesita.

—¿Sabes dónde está? —Brady escucha cómo la voz de Elen sube de volumen y luego cae en picado al otro lado del teléfono, mientras él atraviesa Cwm Coed poco a poco, con la segunda puesta, para fijarse en las puertas de las casas y las bocacalles. Ya va cayendo el atardecer (las tiendas han cerrado) y solo unas pocas personas desafían al temporal. La nieve se ha tragado las aceras, y ha convertido la calle mayor en un manto blanco uniforme que se extiende entre las dos hileras de locales que la flanquean. El aire es una vertiginosa vorágine de blancura.

—Lo sabe todo, mamá.

Leo detiene el vehículo, medio preguntándose si debería bajarse y dejar a Ffion y a Elen hablar a solas. La agente cierra los ojos, pero el dolor continúa patente en su rostro, y Brady se siente como un intruso. El silencio se prolonga, y el policía se desabrocha el cinturón de seguridad, pero, antes de que pueda marcharse, Ffion lo agarra de la mano.

—Ya. La buscaré por allí. Ya lo sé. —Ffion ha despegado los párpados, y ahora sus respuestas son escuetas y tajantes—. No pasa nada. Ya lo sé. Está bien, está bien. —Esa es Ffion Morgan la agente de policía, no Ffion la hija, ni Ffion la madre; el único indicativo de su congoja es el dolor que siente Leo en la mano cuando ella se la estruja.

Ffion se aparta el teléfono de la oreja a la vez que suelta a su compañero. Leo flexiona subrepticiamente los nudillos.

—Mamá no la ha visto desde la hora de comer. Seren tampoco le contesta a las llamadas. —La agente deja escapar un suspiro convulso—. No puedo decirle nada a mamá de lo de los mensajes, ni de lo de que fue Rhys quien… Por teléfono no.

—¿Qué hay de sus amigas?

—Solo sé dónde viven dos de ellas, Siân y Efa, y ni siquiera sé si aún se llevan tan bien como antes.

—Merece la pena intentarlo.

Ninguna de las dos jóvenes ha visto a Seren desde antes de Navidad, y cuando Ffion le pide a Efa que llame a su hermana al móvil, con la esperanza de que al menos se deje contactar por una amiga, se encuentran con que lo tiene desconectado.

—¿Quieres dar el aviso? —dice Leo en cuanto su compañera, extenuada, logra llegar hasta el coche.

—Tiene dieciséis años. Lleva desaparecida… ¿cuánto tiempo?

¿Menos de una hora? Sabes tan bien como yo la prioridad que le darán a eso.

—¿Algún historial de trastornos mentales? —Leo odia tener que formularle esa pregunta. Ffion niega con la cabeza—. ¿Comportamientos autolesivos?

—No que ella me haya revelado. —La agente frunce el ceño mientras desciende de nuevo por sus contactos en busca de alguien (quien sea) para hacer otro intento. Nadie que viese a Ffion ahora mismo, piensa Leo, sería capaz de deducir que Seren es su hija. Es como tuviera una serie de compuertas dentro de la cabeza y cada una de ellas pudiera encerrar una parte de su vida, permitiéndole actuar con normalidad dentro de otra.

Brady toma un giro que los lleva de regreso a la calle principal, donde las huellas de sus neumáticos ya han sido barridas por la tormenta. Ffion tiene la ventanilla abierta, y grita inútilmente ante la ventada de nieve que se les mete en el coche: «¡Seren!».

Se produce un movimiento que atrae la atención de Leo. En el umbral de una puerta abierta, una persona se protege de la ventisca con el brazo: Glynis Lloyd.

El policía hace una parada junto a la ferretería y baja la ventanilla del conductor. Glynis va vestida con su guardapolvo de trabajo, un cárdigan echado de cualquier manera sobre los hombros y unas zapatillas de andar por casa. Tiene la cara transida de preocupación.

—¿Todo bien? —pregunta Leo. La mujer niega con la cabeza, señalándose el oído, y el agente le vuelve a gritar la pregunta para que lo escuche por encima del ruido del temporal.

—He visto su coche desde la ventana. He pensado que... —Glynis se apoya en el marco de la puerta; parece desfallecer.

—Todavía no hemos acusado a nadie del asesinato de Rhys —dice Leo—, si es que guardaba alguna esperanza al respecto.

La mujer afirma sucintamente con la cabeza, apretando los labios.

—Dicen por ahí que han arrestado ustedes a Ceri.

—Ha estado colaborando en nuestras investiga... —Leo se

detiene. ¿Cómo es que lo llama Ffion? «Institucional»—. La hemos puesto en libertad condicional —le dice a Glynis.

—Creo... —Glynis parece al borde del llanto—. Creo que han detenido a la persona equivocada. Ya sé que Rhys le hizo lo que le hizo, pero de aquello hace años; no eran más que unos críos.

—¿Ha visto usted a Seren? —dice Ffion, interponiéndose entre los dos.

Al verla, algo recorre la expresión de Glynis, y Leo se pregunta si Ffion estaría en lo cierto. ¿Sabría aquella señora, en lo más profundo de su ser, el tipo de persona que era Rhys? ¿Habría hecho la vista gorda delante de lo que se ocultaba tras los talentos y el éxito de su hijo?

—Yo no —responde Glynis—, pero acabo de hablar por teléfono con Llinos; hace una hora o así ha visto a Seren caminando en dirección al cobertizo de las barcas. Me ha dicho que llevaba una botella de vodka en la mano. ¿Va todo...?

Pero Leo ya se aleja a una velocidad excesiva para aquella nevada; los neumáticos van perdiendo tracción mientras doblan la esquina donde termina la calle mayor.

El taller está sumido en la oscuridad a excepción del despacho, alumbrado por una única fuente de luz. Leo enciende una linterna y recorre con ella el patio delantero en busca de cualquier indicio de movimiento. Hay unos cuantos botes sostenidos por remolques, algunos con camarotes que deberían someter a registro; si Seren ha trepado hasta el interior de uno de ellos, por lo menos no habrá pasado frío ni se habrá mojado.

—¡Seren! —Ffion aporrea la puerta del cobertizo. Dentro no se oye nada, pero, cuando tira de la enorme puerta corredera, se encuentra con que está abierta. La agente la arrastra a un lado para abrirse paso, y Leo enciende las luces, las cuales se activan con un fogonazo que es casi como un relámpago.

—¿Seren? —Leo recorre el interior del taller. En uno de los rincones del espacioso lugar está situado el despacho; una luz se hace visible a través del turbio cristal de la puerta por la que se accede a él. Dentro está Steffan, encorvado sobre su escritorio. Leo lo zarandea de un hombro y el barquero gruñe.

—¿Ha estado aquí Seren? —pregunta Ffion. No reciben de él respuesta alguna. Leo lo vuelve a zarandear.

—¡Fueradeaquííí! —Steffan se yergue de golpe y mira a los intrusos sin dejar de pestañear. Su expresión malcarada se fija primero en Leo, y luego se va concentrando en su compañera. El barquero la apunta con un dedo—. ¿Dónde está mi bote?

—Va borrachísimo —dice Leo.

—¿Qué bote?

—¡Me has robado el bote! —Steffan se levanta tambaleándose de su asiento y arruga de nuevo el ceño—. No, mi bote no. Uno que estaba arreglando. ¡Me lo has robado! —Las palabras se le superponen y resultan ininteligibles, pero lo que está claro es que parece muy convencido de que Ffion le ha…

Leo mira a su compañera mientras ambos llegan de pronto a la misma conclusión.

—Steffan —dice Ffion, despacio—. ¿Se ha llevado Seren una de tus barcas?

El barquero la observa con detenimiento y luego afirma con la cabeza en un gesto desmañado.

—Tú no. La otra.

Leo dirige la vista hacia el lago. La ventisca es demasiado densa como para ver el agua, pero el romper de las olas le provoca un escalofrío.

—No habrá intentado irse a navegar con la que está cayendo, ¿no?

La boca de Ffion permanece inmóvil.

—No le pasará nada. —Leo no está seguro de a quién está tratando de convencer su compañera—. Lleva yendo en barca desde los seis años. Conoce el lago como la palma de su mano, haga buen o mal tiempo. Habrá salido del agua al darse cuenta de lo mal que pintaba la cosa.

Steffan da un manotazo en el escritorio y se apoya en él; bamboleándose de lado a lado, gesticula con la mano que le queda libre, como queriendo encauzar las palabras que se está esforzando en pronunciar.

—Angharad —consigue decir—. El barco de Angharad.

—Ningún problema —dice Ffion—. Seren sabe cómo manejar un lugre.

—¡No! —grita Steffan, y aporrea de nuevo la mesa—. No ha habido tiempo. No está arreglado. No está bien. —El barquero se deja caer otra vez en su silla y se encoge de hombros—. Tiene un agujero en el casco.

47

27 de diciembre - Steffan

Ahora que el año va acercándose a su fin, Steffan Edwards encara las cosas con optimismo. Se ha pasado casi todo el mes elaborando un plan de empresa para el local con vistas a solicitar un préstamo al banco. El dinero sale de su cuenta tan pronto como se lo ingresan: el barquero se lo gasta en las urgentísimas reparaciones que hay que hacer en el cobertizo, así como en el conjunto de añadidos necesarios para conformarse a los requerimientos de los propietarios de La Ribera.

El inicio de la segunda fase de las obras está programado para finales de enero; en Semana Santa, deberán haberse construido otras diez cabañas más, y el resort debería estar acabado del todo justo a tiempo para el verano. La mente de Steffan hierve en posibilidades. Ha comprado una bola inflable gigante para que los niños practiquen esferismo, y ha abonado la señal de una cama elástica. Se está planteando si adquirir más motos de agua. Bobby le alquiló una para todo el verano, y quizá otros propietarios hagan igual. Steffan titubea con el cursor sobre una lista de artículos de eBay; un circuito de obstáculos inflable sería pasarse, ¿no? Ya se ha gastado una barbaridad de dinero, pero, para acumular beneficios, primero hay que especular.

Incluso le ha dado al cobertizo una mano de pintura; todos los inviernos le hace un repaso a la carpintería, pero este año lo ha transformado de arriba abajo. En vez del tinte color caoba que les aplica habitualmente, ha pintado las paredes de madera de azul oscuro, y los marcos de puertas y ventanas de un tono entre amarillo y crema. Ahora, si uno mira al otro lado del Llyn Drych desde la zona del embarcadero, el taller y La Ribera se complementan perfectamente.

El toque final es la nueva web de Steff. Nunca había sentido la necesidad de tener una, pero hasta él se da cuenta de que su página de Facebook —donde las publicaciones sobre kayak se intercalan con predicciones futbolísticas y vídeos del reto del Ice Bucket— se aleja mucho de aquello a lo que los residentes de La Ribera están acostumbrados. Así pues, ha pagado a una empresa de Manchester una exorbitante suma de dinero a cambio de un sitio web elegantísimo, optimizado para dispositivos móviles; cuanto más lo mira, más bonito le parece.

—¿Qué opinas? —Steff le enseña el teléfono a Huw. Se ha pasado por el pub, en teoría para celebrar sus avances comiéndose un sándwich pero, sobre todo, para enseñar su página web a cualquiera que permanezca a su lado el rato suficiente.

Huw mira lo que le muestra la pantalla.

—Eres un hacha, Steff. Buen trabajo, claro que sí.

Steffan le enseña la galería de imágenes: un mosaico de turistas practicando esquí acuático sobre tabla, kayak, o tomándose un tentempié a bordo de sus tablas de pádel surf. En la página de Steff el sol siempre brilla y el lago siempre relumbra.

—¿Poniéndolo todo a punto, pues? —pregunta Huw.

Steffan, con la boca llena de queso y pepinillo, afirma vigorosamente con la cabeza. Nunca se ha sentido más a punto que ahora. Según ha oído, a partir de primeros de enero empezará a venir gente a visitar La Ribera, seducida por la posibilidad de comprar nuevas cabañas sobre plano al ver las de primerísima calidad que ya se han edificado. Cuando miren al lago, el cobertizo recién arreglado será lo primero que vean. Steff se imagina la escena: gente rica, exitosa, influyente, recogiendo el folleto del negocio con los detalles de su nuevo paquete para propietarios, planeando lo que harán durante el año.

«¡Venga, alquilemos unos kayaks! ¡Será divertidísimo».

«A mí siempre me ha llamado la atención el surf de vela».

«A los niños hay que apuntarlos sí o sí a clases de navegación».

Huw continúa hablando.

—A veces toca combatir al enemigo con sus propias armas, ¿eh?

Steffan se obliga a despegarse de su imaginación.

—¿Qué quieres decir con eso?

—Que no querrás tener las de perder cuando abra el centro de deportes acuáticos.

El barquero deja lentamente su sándwich en la barra. ¿Qué centro de deportes acuáticos? Le entra una sensación de frío interno, como si estuviera incubando algo; ahora, la cara de Huw ha pasado a reflejar una expresión que se parece mucho a la lástima.

—No lo sabías.

—¿Un centro de deportes acuáticos? —A Steff se le ha atascado un trozo de pan en la garganta, y de pronto se ha quedado sin saliva en la boca. Se abre la puerta del pub y entra Ceri, vestida aún con su uniforme del servicio postal británico.

—En La Ribera. Con descuentos para los propietarios de las cabañas y abonos de un día para visitantes. —Huw juguetea con un posavasos mientras le rehúye poco a poco la mirada a Steffan—. Yo solamente lo sé porque le hice un presupuesto a Rhys. Me descartó, claro está; traerá unos cuantos autobuses llenos de albañiles de Europa del Este y les pagará una miseria —explica, con un bufido de indignación—. Aunque tampoco pensaba colocar un solo ladrillo más para él hasta que no me pagase lo que me debe.

—*Iawn?* —los saluda Ceri.

Huw le devuelve el saludo con un cabeceo.

—¿Qué tal, Ceri?

Steffan no dice nada. Está pensando en su costosa página web, en la bola de esferismo y en la cama elástica. Está pensando en las horas que ha dedicado a remodelar su local y a pintar una flotilla de botes con los colores de La Ribera.

—¿Qué servicios ofrecen, exactamente? —pregunta con voz estrangulada.

—¿Te puedo robar un trozo de papel? —le pide Ceri a Alun, quien, detrás de la barra, arranca una página de su libreta de comandas.

—De todas formas tú aún tienes tu negocio local —dice Huw, que se termina el café de un sorbo y alarga la mano para darle a Steff una palmadita en el hombro—. No tendrás ningún problema, socio.

Pero Steffan sabe que eso es el fin. ¿Cuántos de los propietarios de La Ribera se acercarán hasta la otra orilla del lago para alquilar un bote, cuando sepan que se lo pueden hacer traer hasta su propio muelle? ¿Cuántos darán importancia a sus años de experiencia como navegante (conociendo como él conoce cada cruce de corrientes y cada meandro del Llyn Drych), cuando puedan disponer de un cachas vestido con un polo de uniforme haciéndoles la pelota? La gente del pueblo es fiel a su negocio, pero solo representan una fracción de su clientela.

—¿Con monitores? —dice Steffan parpadeando sin parar, centrando su atención en el bolígrafo con que Ceri garabatea en el papel, porque no sabe si podrá evitar que se le inunden los ojos de lágrimas—. ¿Estás seguro?

—Eso dijo Rhys.

—No lo entiendo. —Steffan empieza a dar voces—. ¡Lo fui a ver a finales de verano y les regalé a sus hijas una barca de remos, hostia puta! —Ceri abandona el pub con un portazo, y una ventada de aire gélido entra en el local—. ¿Por qué se lo calló?

Huw levanta las palmas de las manos, como defendiéndose de las palabras de Steffan.

—Oye, tengo que volver al tajo. No te dejes desanimar por esos cabronazos.

¿Cómo va a devolver Steffan el préstamo al banco? Aunque no hubiera pedido ese dinero ni lo hubiera invertido en la promesa de lo que él creía que La Ribera podía llegar a ofrecerle, ¿cómo va a sobrevivir otra temporada? Este año apenas ha sido capaz de pagar sus facturas; cuando el resort abra un centro de deportes acuáticos, su negocio estará acabado. Y él, en la ruina.

El barquero se queda mirando fijamente la barra con aire malhumorado. Ceri ha dejado una pila de invitaciones y, encima de ellas, la nota que ha garabateado hace un momento. Steffan se acerca a leerlas: «Invitación abierta», «Barra libre». Con la curiosidad a flor de piel, coge una de ellas y la rabia lo invade por completo.

«Los residentes de La Ribera invitan cordialmente a sus vecinos a una velada nocturna. Habrá bebidas y canapés».

Bebidas y canapés, manda cojones. Rhys Lloyd estará bebiendo champán mientras se mea en el negocio de Steff; el negocio que fundó su abuelo, que su padre consiguió levantar. La invitación le tiembla en la mano y las letras negras comienzan a darle vueltas delante de los ojos. A Lloyd no le basta con acaparar las oportunidades comerciales que Steff podría haber explotado gracias a La Ribera; encima, invitarán a la gente del pueblo para que admiren boquiabiertos las cabañas. Sin duda, el cantante les contará todo lo del centro de deportes acuáticos, les ofrecerá pases de prueba, descuentos, obsequios...

Steffan rasga la invitación por la mitad, y luego la vuelve a rasgar. La rasga una y otra vez, hasta que enfrente de sí solo queda un montón de confeti. Entonces, alza la mirada.

—Una pinta de Purple Moose —dice.

Alun le habla con templanza.

—Creo que no es buena idea, ¿no te parece?

Steff aprieta los dientes con fuerza; sus puños urgen el tacto de una jarra, y su lengua ya se empieza a menear a la espera del gusto amargo de una cerveza.

—Una. Pinta. De. Purple. Moose —repite el barquero. Cada palabra es como una frase aparte.

—Te prepararé un café.

—¡No quiero un puto café!

La pata de una silla rechina sobre el suelo tras de sí, y Steff se da la vuelta. Todos lo están mirando. Todos. Gruffydd Lewis,

Euros Morgan Davies, hasta el puto Idris Evans, que se pilla tales cogorzas después de jugar a los dardos que su mujer lo obliga a dormir con el perro. Todos lo observan, todos lo juzgan, solo porque quiere una puta pinta de cerveza.

—Que os den por culo. —Steffan cierra de golpe la puerta del pub. Hay sitios de sobra donde comprar alcohol. Una birra y ya está, no necesita más que eso.

Después ya se le ocurrirá qué hacer con Rhys.

48

8 de enero - Ffion

Ffion abofetea a Steffan. El barquero suelta un gruñido, pero sigue sin abrir los ojos. La agente lo coge de los hombros y le da un buen zarandeo, gritándole su nombre.

Leo la separa de él con suavidad.

—Está durmiendo la mona. —El policía tiene el transmisor pegado a la oreja y, cuando el operador le responde, sale del despacho—. Aquí el agente Leo Brady, de la Unidad de Delitos Graves del cuerpo de policía de Cheshire. Necesito informar de una desaparición.

Ffion echa mano del libro de registros de Steffan. El tipo está como una cuba; a lo mejor se ha confundido, y se ha olvidado de que sí había arreglado ya el barco de Angharad. La agente desliza un dedo por encima de la línea que hay escrita junto al nombre de Evans, donde se deja constancia del estado de la embarcación: «Entra agua. Desperfectos alrededor de la orza». La columna en cuyo encabezado pone FINALIZACIÓN está vacía.

—Dieciséis —dice Leo—. Muy alterada. Creemos que ha salido a navegar al Lago Espejado en un barco que podría presentar algún deterioro estructural. —Ffion lo aparta de un empujón y se pone a buscar por todo el taller; luego sale al patio, lleno de embarcaciones escoradas contra pilotes, a la espera de ser reparadas. ¿Se habrá equivocado Steffan? ¿Y si Seren se ha subido a otro bote? Pero el lugre de Angharad, con sus característicos casco verde y velas rojas, no aparece por ningún lado.

—El helicóptero no puede despegar mientras haga este tiempo —le explica Leo a Ffion después de colgar el teléfono—. La sala de mando está contactando con los equipos de rescate, pero de entre los que disponen de embarcaciones, el más cercano está a treinta kilómetros de aquí.

De vuelta en el despacho del cobertizo, Ffion rebusca en los cajones del escritorio de Steffan y repasa rápidamente los paneles de la pared, de donde cuelgan varias llaves, cada una con una etiqueta marrón donde aparece el nombre de un cliente. La agente zarandea de nuevo al barquero —«¿Dónde coño están tus llaves?»—, pero no hay respuesta. Entonces, le revisa los bolsillos.

—¿Steffan trabaja con alguien más? —pregunta Leo—. A lo mejor podría... —Su transistor emite un crujido; es el operador, que recita su indicativo de llamada. Ffion encuentra lo que estaba buscando: una llave suelta, unida a un pedazo grande de corcho a modo de llavero. La agente arranca un foco de mano de uno de los colgadores de la pared y sale corriendo.

—El cuerpo de bomberos tiene competencias en salvamentos acuáticos —grita Leo, siguiéndola a toda velocidad—. Llegarán en diez minutos.

—¡Diez minutos ya es demasiado! —Afuera, una nieve tan dura como el granizo hiere la cara de Morgan mientras esta sigue corriendo en dirección al embarcadero. La lancha de Steff da sacudidas contra el amarradero, con las defensas por delante, como si el motor estuviera ya en marcha. No tiene ningún sentido llamar a Seren por su nombre, pero la agente lo hace de todos modos, y el viento transporta su alarido a través de la ventisca.

No le pasará nada, repite para sus adentros. Habrá atracado en algún sitio. A lo mejor incluso se ha bajado ya del barco para refugiarse en el bosque.

Leo atrapa a su compañera en el embarcadero. Una violenta ráfaga de viento por poco le hace perder el equilibrio, así que se afirma con fuerza en el suelo, flexionando las rodillas, para protegerse de la que viene a continuación.

—Esto es una locura. Hay que esperar a que venga un equipo especializado.

—¡Su vida corre peligro! —Ffion se sube de un salto a la lancha, que se balancea de forma precaria. La cabina de mando es descubierta; un bajo parabrisas es su única protección contra los elementos. Las aguas se revuelven en torno al casco de la nave; justo enfrente de la proa, una ola se levanta y da a romper en la cubierta. Leo está lívido; sus pies continúan tozudamente plantados en el embarcadero.

—No sé... —Los ojos se le cierran brevemente, y su rostro exhibe una profunda vergüenza—. No sé nadar.

Ffion piensa en Seren, indefensa frente a la tormenta, a bordo de un barco inseguro. La agente mira a su compañero, y su miedo y pánico combustionan en forma de rabia.

—Pues intenta no caerte, hostia.

Leo se queda donde está.

Cuando encuentren el velero de Angharad, uno de los dos tendrá que permanecer en la lancha de Steffan mientras el otro va a buscar a Seren para ponerla a salvo. Ffion no podrá hacerlo sola.

Pero quizá no le quede más remedio.

La policía arranca el motor, y la lancha forcejea con las amarras.

Leo da un paso adelante, y luego dos hacia atrás.

—No... No creo que yo...

Justo entonces, se desata un ruido: el estallido de unos fuegos artificiales, audible incluso por encima del viento. Algo sale disparado desde el agua y vuela, raudo y resplandeciente, hacia las alturas, a través de la ventisca: una estela de color rojo intenso.

No son fuegos artificiales.

Es una bengala de emergencia.

49

Nochevieja - 11.45 horas - Rhys

—Quiero el divorcio. —Yasmin lo dice mientras está haciendo la cama, con la misma espontaneidad que si pidiera una taza de té. Rhys ve reflejada a su esposa en el espejo del tocador, donde el cantante está evaluando el grado de canicie de su cabello. ¿Cómo que el divorcio? Él ya sabía que aquello difícilmente iba a quedar en nada, a diferencia de cualquier otro de sus frecuentes berrinches (él y su mujer apenas han hablado desde Nochebuena), pero ¿tanto como para pedirle el divorcio?

—¿No crees que estás siendo un poco demasiado radical?

—No, Rhys. —Yasmin le da una atizada innecesariamente fuerte a un cojín antes de dejarlo encima de la cama—. Lo que es radical es envenenar a nuestra hija.

—Ya te lo he dicho cientos de veces: ¡no la he envenenado! —Gritar susurrando requiere de un cierto arte, y Rhys y Yasmin son expertos en él. Puede que no estén de acuerdo en muchos temas, pero siempre han intentado no exponer a las gemelas a sus discusiones.

—Lo haremos de mutuo acuerdo —dice Yasmin—. Tú me darás la casa (no sería justo esperar que las niñas se mudasen) y el 50 por ciento de tus acciones de La Ribera. Además de pasarme una pensión, claro.

—¿Y si me niego?

Yasmin alisa el cubrecama y se queda contemplándolo mientras responde:

—Le contaré a la prensa lo que hiciste. —Y añade, dando media vuelta para abandonar la habitación—: Lo cual supongo que contrarrestaría gravemente los logros de tu costosa campaña publicitaria.

—Por encima de mi cadáver —sisea Rhys.

—No me tientes.

Cuando Yasmin ha salido, el cantante se mira en el espejo. Si su mujer acude a la prensa justo ahora que está comenzando a restituir su relevancia pública, estará acabado. Ha hecho dos anuncios en los últimos tres meses, y se rumorea que podría ser candidato a una audición para una obra del West End; las cosas por fin van remontando.

¿Y cómo espera Yasmin que sobreviva? El cantante posee el 51 por ciento de La Ribera; Jonty, el 49 por ciento restante. Si Rhys transfiere la mitad de sus acciones a su esposa, Jonty se convertirá en el socio mayoritario, y a él no le quedará más que un 25,5 por ciento.

Por encima de mi cadáver, piensa otra vez.

Su teléfono emite el tintineo que indica que ha recibido un mensaje; otra vez Blythe atosigándolos por el grupo de La Ribera: «Venga, chicos!». Anoche, envió una hoja de cálculo en que aparecían las tareas asignadas a cada uno: desde barrer los muelles hasta montar la decoración, pasando por descargar el vino y servir los canapés. «Qué desastre!», escribió pasada la medianoche. «El de las esculturas de hielo me ha dado plantón. Hay alguien del pueblo que pueda sustituirlo?».

Rhys sale a la terraza del dormitorio. Debajo, la hilera de muelles termina abruptamente frente a la cabaña de los Charlton, donde, oculto bajo un toldo inmenso, se halla el caos organizado orquestado por Blythe.

Tendría que dejarse caer por allí antes de que sea la sargento Charlton quien venga a buscarlo. Acaba de recibir otro mensaje de Seren, y ahora lo invade el ansia embriagadora que acompaña a la promesa de algo excitante. Su flirteo ha sido cuidadoso, contenido; el tipo de coqueteo que fácilmente podría justificarse, tanto ante los demás como ante uno mismo, como una broma. El tipo de coqueteo que podría no significar nada, o todo lo contrario.

Me he probado ese del que te hablé pero es un pelín corto...

Rhys sonríe frente a la elipsis final, la cual lo incita a dar la respuesta que sabe que ella desea.

«Póntelo», escribe.

Esta noche podría ser interesante, después de todo.

Afuera, corre un aire refrescante; el cielo es de un intenso azul invernal. Un transportista de un supermercado selecto conversa con Dee, que se apoya con ambas manos en su bastón. Cuando Rhys se aproxima adonde están, la furgoneta se marcha, y a él no le queda más remedio que pasar por delante de su vecina.

—Buenos días, Rhys.

—Buenos días, señora Huxley. —Todavía le cuesta mirarla a los ojos; todavía se le ponen los nervios de punta al pensar en lo que aquella mujer sabe sobre él. Recientemente se ha sorprendido pensando en la chica del Número 36, y no de la manera en que en otro tiempo lo hacía. Se ha sorprendido preguntándose si aquella chica (¿cómo se llamaba?) de verdad se lo pasó tan bien como él antes creía. Ha estado pensando en aquella noche, en la mirada sobrecogida de ella y en su resistencia silenciosa, y ha sentido algo comparable al arrepentimiento.

—Acabo de cruzarme con las trillizas junto al lago —le dice Dee con la simpatía justa y necesaria.

Rhys arruga el ceño.

—¿Las trillizas?

La mujer se carcajea, quitándole hierro a la broma.

—Tus hijas y su amiga, la del pueblo. ¿Seren, se llama? Son como tres gotas de agua. Salvo por el pelo, claro. —La señora Huxley observa el cabello oscuro de Rhys con una actitud fingidamente inquisitiva—. Ni un solo mechón pelirrojo. ¡Quedas libre de sospecha!

Dee se ríe de nuevo, pero Rhys solo la está escuchando a medias. Está pensando en otra pelirroja que conoció una vez, años atrás; una chica del pueblo. Tenía el cabello del color del pelaje de los zorros, con unos rizos tan encrespados como los de Seren. Está pensando en que la última vez que la vio fue en una fiesta, en cómo se enrollaron, y...

Mientras Dee se despide —«¡Hora de comparecer ante Blythe para asumir mi próxima tarea!»— Rhys va haciendo cálculos mentales.

«Trillizas». «Como tres gotas de agua».

Los oídos le zumban, y se aleja a trompicones de las cabañas en dirección a la orilla del lago. Por un momento, es incapaz de recordar el apellido de aquella chica —para él siempre fue solamente Ffion *Wyllt*—, pero enseguida le viene a la mente. Saca el teléfono, busca «Ffion Morgan» y lee por encima los centenares de resultados que obtiene, en vano. Añade «Cwm Coed» a la búsqueda y obtiene otra decena, relacionados con el cuerpo de policía local. Se dispone a probar con algún término de búsqueda distinto cuando ve que uno de los artículos lleva una foto adjunta. El cantante la abre y amplía el zum.

Ffion Morgan es policía.

Rhys tiene el vago recuerdo de haberse enterado ya de eso; fue un apunte informativo ofrecido por Glynis durante su particular resumen semanal de noticias locales, como si a él de verdad le importase que a la señora Roberts, la que vive a tres números de su madre, la hubieran operado de cataratas, o que estuvieran haciendo pisos en lo que antiguamente era el consultorio del médico. «La hija de los Morgan se ha hecho policía. Ver para creer, ¿eh?».

Un instante de familiaridad, eso es todo: el recuerdo de aquella noche, tan breve y trivial como un encogimiento de hombros. Ffion *Wyllt*. Debía de tener unos... ¿diecisiete, dieciocho? Por ahí andaría. Era mayor que el resto, eso seguro. Rhys ha tenido muchos encuentros equiparables a lo largo de los años, y da por supuesto que todas las mujeres a las que conoce son más o menos igual de promiscuas. Si no, ¿por qué iban a mostrarse tan insinuadoras, tan predispuestas a estar con él?

El cantante mira hacia la orilla opuesta, hacia el pueblo de Cwm Coed, oculto tras una franja boscosa. Hacía años que no pensaba en aquel verano, pero, poco a poco y con cuentagotas, los recuerdos van llegando: los insufribles talleres escolares, únicamente soportables gracias a los tonteos de algunos grupitos de chicas que competían por su atención; la fiesta de clausura, con todos aquellos mocosos bebiendo Coca-Cola, hasta que él y Ffion se fueron a terminar la celebración por su cuenta.

Rhys experimenta un principio de inquietud, como si se le hubiera quedado una semilla entre los dientes después de comer fruta, y se esfuerza por sacárselo de dentro. Piensa en la chica del Número 36, que le iba diciendo que sí a todo hasta que le dijo que no, solo que para entonces Rhys ya no escuchaba. Piensa en Mia, tan provocativa, tan tentadora, y sin embargo extrañamente díscola mientras él la tocaba. Pese al frío que hace hoy, empieza a estar cada vez más acalorado: es el sudor penetrante e incómodo de la fiebre, de la enfermedad, de la vergüenza.

Google solo le facilita el teléfono centralizado de la policía de Gales del Norte, pero él sigue buscando hasta que encuentra la información de contacto de Ffion en un antiguo grupo de Facebook para gente de la zona. Antes de que le dé tiempo a cambiar de idea, la llama al móvil. Ha de saber la verdad.

—Agente Ffion Morgan, del Departamento de Investigación Criminal.

Rhys no ha planeado qué iba a decirle. Se ha quedado sin palabras, y mueve los labios sin emitir sonido hasta que ella habla otra vez; en su tono de voz, la irritación es palpable.

—¿Hola? ¿Quién es?

—Soy Rhys —consigue decir él—. Lloyd.

Hay un sonido casi imperceptible al otro lado del teléfono. Después, un silencio.

—¿Qué quieres?

Apenas se la oye. Rhys intenta dar con las palabras adecuadas.

—¿Tú y yo...? ¿Tú estuviste...? —«Como tres gotas de agua», dijo Dee. Pero es imposible..., no puede ser que... El cantante inspira hondo y hace un segundo intento—. Te parecerá una locura, pero ¿no será Seren...?

Ffion cuelga.

Rhys nota un dolor tan intenso en el pecho que se pregunta si no le estará dando un infarto. Las náuseas se le suben a la garganta, inmensamente agrias, y se tambalea hasta la orilla del lago; con las manos apoyadas sobre las rodillas, ve su rostro reflejado en el agua cristalina. Piensa en cómo coqueteó con Seren en su estudio mientras ella lo ayudaba con el correo. Piensa en los mensajes de móvil que han ido mandándose el uno al otro.

«Póntelo».

Rhys vomita en el agua; la acidez de la bilis le abrasa la garganta. Se limpia la boca con el dorso de la mano, saca el teléfono y, medio a ciegas, desliza la mano por la pantalla y va borrando los mensajes. Ojalá pudiera borrar con la misma facilidad sus pensamientos.

Entre caminando y corriendo, vuelve por donde ha venido, no sin bordear la cabaña de los Charlton, que tiene la puerta abierta de par en par. Desde fuera se ve a Yasmin, una montaña de globos, y a Blythe, portapapeles en mano.

Bobby sube por el sendero central cargado con varias cajas de vino.

—En el coche hay más, por si...

Rhys ni siquiera se detiene. Llega a su despacho y se desploma en su sillón mientras se debate por respirar con normalidad. Un campanilleo indica la llegada de un mensaje de texto de Seren, y a Rhys se le escapa un ronco quejido. La joven le ha enviado una foto; antes de borrarla, entreví un muslo terso. «Ay, Dios, ay, Dios, ay, Dios, por favor, basta ya». El cantante borra su contacto y bloquea su número a la vez que coge aire a bocanadas punzantes, como si viniera de correr.

No sabe cuánto rato se queda ahí, tirado frente a su escritorio, pero son pasadas las dos cuando Yasmin envía a Tabby a buscarlo y a decirle que hay demasiadas cosas que hacer y que les falta gente.

—¿No ves que estoy trabajando? —le replica Rhys.

—Pues no lo parece.

Rhys agarra el último sobre acolchado que ha recibido de su agente y lo rasga, y las cartas que contenía se desparraman por la mesa.

—¿Y ahora qué? ¿Contenta?

Oye un portazo, y es consciente de que su hija irá derechita a contárselo todo a Yasmin, pero le da igual. Su mundo está en llamas, y no sabe ni por dónde comenzar a combatir el incendio. Empieza por abrir las cartas, guardar los papeles sobrantes dentro del mismo sobre acolchado donde venían, y desplegar delante de sí los formularios de participación. Luego, introduce cada fotografía firmada dentro de su correspondiente sobre de reenvío, pendiente de ser mandado de vuelta a su remitente. Al lamer uno de ellos se hace un corte en la lengua, lo que le provoca una mueca de dolor; finamente, sella la solapa de malas maneras y lo mete en la saca de correos. Una y otra vez: foto, sellado, saca. Foto, sellado, saca. Respira. Esa acción repetitiva lo tranquiliza y ataja sus pensamientos, y poco a poco se empieza a calmar.

Afuera, el petardeo de un tubo de escape, rabioso y ensordecedor, hiende la frialdad del aire. Rhys se levanta del sillón y mira por la ventana, desde donde ve cómo un Triumph Stag herrumbroso aparca con brusquedad en la plaza de enfrente de su cabaña. Cuando el conductor abre la puerta, se le hace un nudo en el pecho.

Ffion.

No puede dejarla acercarse a Yasmin ni a las niñas, no cuando desconoce lo que quizá es capaz de contarles, cuando ni siquiera él mismo tiene una idea clara de los hechos. El cantante baja las escaleras a toda prisa; en el último escalón, tropieza, y se precipita en el recibidor a tanta velocidad que se estampa contra la puerta antes de llegar a abrirla. Con la visión lateral obstruida por sombras oscuras, recorre a paso inestable el trecho de camino que lo separa de Ffion.

No ha cambiado nada: pequeñita, con un pliegue entre las cejas, como si pasara más tiempo frunciendo el ceño que riendo. Tiene el pelo más claro que Seren —Rhys no se acuerda de si siempre lo ha tenido así o se le ha ido aclarando con la edad—, y lo lleva todo peinado hacia atrás y recogido en un moño, de manera que lo que queda a la vista parece liso.

—¿No me equivoco? —dice Rhys—. ¿Seren es…? —Aún no se siente capaz de decirlo; solo de pensarlo, se horroriza. Pero los ojos de Ffion reflejan rabia: sus sospechas son ciertas.

—¿Cómo lo has descubierto? —La agente le escupe la pregunta como si tuviera él la culpa de que aquello sucediera—. Nadie lo sabe. ¡Nadie!

—Lo…, lo he supuesto. —Rhys vuelve la vista hacia las cabañas, ansioso por que esa conversación termine antes de que Yasmin venga a buscarlo. Se pondrá hecha una furia. Pero ¿qué más da?, se pregunta el cantante. Furiosa ya está: quiere el divorcio.

Ffion avanza dos pasos en una dirección y luego dos en la otra, antes de detenerse para mirar a Rhys a la cara.

—¿Le has contado algo a Seren?

—No.

—¿Me lo prometes? —A la policía se le quiebra la voz y se le derraman las lágrimas.

—Te lo prometo. —Rhys siente la repentina necesidad de enmendar sus errores: lo que le hizo a la chica del Número 36, lo que les ha hecho a todas las mujeres anónimas e indistinguibles a las que ha utilizado y abandonado a su suerte a lo largo de los años—. Pero tengo dos hijas; dos hijas más. Tendrán que saber, cuando llegue el momento, que tienen una media her… —El hambre lo carcome por dentro y el sudor le empapa la frente. ¿Cuánto hace que no come nada?

Ffion le sostiene la mirada.

—Ni de puta coña.

—No ahora, sino... cuando tú se lo hayas dicho a ella. Cuando ya se haya hecho a la idea.

—¿Decírselo a quién? Yo no le pienso decir nada.

—Tiene derecho a saber quién es su padre.

Ffion avanza despacio hacia él, sin apartar un segundo los ojos de los suyos. Rhys parpadea sin parar, nervioso, víctima de los retortijones. La agente está lo suficientemente cerca de él como para tocarlo; el cantante llega a oler el rastro de champú y cigarrillos que desprende su cabello.

—Como se te ocurra acercarte a mi hija... —advierte Ffion con infinito desprecio—. Como te atrevas a contarle algo..., te juro por Dios, Rhys Lloyd, que te mataré.

Con un movimiento demasiado brusco como para que el cantante tenga tiempo de retroceder, la policía levanta de golpe la rodilla y se la clava en la entrepierna.

Ffion desaparece calzada abajo y el Triumph arranca ruidosamente, envuelto en una nube de humo, mientras Rhys se desmorona lentamente y cae al suelo de rodillas.

50

8 de enero - Leo

Leo se agarra a la parte superior del parabrisas y levanta un pie para subirse a la lancha. Un relámpago estalla con su cegadora luz blanca, y una ráfaga de viento escora la embarcación. Al agente no le queda más remedio que dejarse caer dentro de la cabina de mando y trepar hasta el asiento al lado del de Ffion, quien no ha tardado ni un segundo en soltar las amarras. Cuando el trueno retumba en lo alto, ya han dejado atrás el embarcadero. Entonces Ffion desbloquea la palanca de cambios y la lancha zarpa con un acelerón, expulsando a Leo de nuevo a la cubierta.

Desde donde está no se ve el agua, y duda de si eso lo ayuda o empeora aún más la situación. Sabe que hay árboles a muy poca distancia, pero quedan ocultos por el temporal, que va engulléndolo todo hasta que acaba pareciendo que están en mitad de la nada. La luz del cobertizo se pierde de vista cuando bordean el primer recodo del lago, y ahora han dejado atrás La Ribera y están ya en la parte que no se ve desde el embarcadero. Leo se agarra al costado de la lancha mientras esta hiende el agua; cada nueva ola eleva la base de la embarcación, y con ella al agente. El corazón le retumba contra la caja torácica, y no se atreve a regresar a rastras hasta el estrecho y desprotegido asiento de la cabina.

Siendo un policía novato recién catapultado al centro de Liverpool, Leo se topaba a todas horas con situaciones de riesgo, cualquiera de las cuales podría haber tenido un mal desenlace. Aquella pelea delante de un pub, por ejemplo, con aquel pirado del nunchaku que atacaba a cualquiera que se le acercase. O aquel tipo del puente que amenazó con llevarse a Brady por delante si no lo dejaba saltar. Ninguno de esos trabajos lo asustaba.

Pero ¿lo de ahora?

Lo de ahora lo aterra. Cuando era pequeño, nunca había dinero extra para apuntarlo a extraescolares, y cuando uno vive en un bloque de pisos, a kilómetros de cualquier masa de agua natural, las clases de natación no son una prioridad. Durante su adolescencia, Leo llegó a un punto en que era demasiado tarde para aprender a nadar —y hubiera resultado demasiado humillante—, así que nunca lo hizo.

Frente a las tenues luces del tablero de control, la mandíbula de Ffion presenta un aspecto rígido; sus ojos permanecen fijos en la roja humareda que se extiende por el cielo, la cual se va disipando ante la mirada de Leo. El agente respira hondo. Debajo de aquella señal, en algún punto del lago, perdida en mitad de la ventisca, está Seren, una chica de dieciséis años sola y en peligro, cuyo derecho a tener miedo excede de largo el suyo. Leo no puede ni imaginarse pasar más frío del que está pasando ahora y, sin embargo, cada ola que rompe contra el parabrisas le recuerda a las glaciales profundidades del Llyn Drych.

Con sumo cuidado, el policía avanza poco a poco hasta el asiento que ocupaba hace un instante. El parabrisas ofrece algo de protección, y Leo trata de amoldarse al ritmo de la lancha, destensando el cuerpo para absorber cada impacto en lugar de salir volando por los aires. El lago parece líquido y sólido al mismo tiempo; con cada ola, es como si el casco impactase contra una pared de ladrillo. Pero Ffion, con los nudillos blancos de apretar el timón, inmersa en la vorágine de nieve, no se achanta.

Leo nota cómo, en algún punto entre las aguas bravas y la tormenta que arrecia en lo alto, empieza a generarse una fuerza silenciosa. Recoge el foco de mano de entre los pies de Ffion, lo enciende y va apuntando con él a todos los rincones del lago. Morgan está haciendo lo imposible para recuperar a su hija; no puede decepcionarla. Y luego, cuando Seren esté a salvo, él hará lo imposible para recuperar al suyo.

51

Nochevieja - Seren

«Póntelo».

Seren nota un pequeño hormigueo en el estómago al leer otra vez el mensaje. O sea, que sí. Se ha estado preguntando si no serían todo imaginaciones suyas, lo de pensarse que a lo mejor le gustaba; el mero hecho de que se hubiera fijado en ella de esa manera. Hasta tenía ganas de preguntárselo, como una tontita cualquiera: «¿Te gusto? ¿Está pasando algo entre tú y yo?».

«Póntelo» es la respuesta que esperaba.

Atolondrada por la emoción, empieza a prepararse. Esta mañana se ha lavado el pelo, y ahora se alisa primero los rizos, y luego utiliza la plancha para trabajar los mechones uno a uno, haciendo que queden suaves y ondulados y se le desparramen sobre los hombros. Se aplica sombra de ojos en tonos dorados y marrones, se pinta las pestañas con rímel y se arregla las cejas tal como ha aprendido a hacerlo en internet. Con cada capa de maquillaje parece un poco mayor de lo que es; al terminar, no se parece en nada a Seren Morgan, lo cual la alegra, porque, justo en lo más hondo de sus pensamientos, una imperceptible sensación de alerta trata de hacerse oír, pero ella la desatiende. Tiene dieciséis años. Ya tiene edad para dejar la escuela, para casarse, para andar en ciclomotor.

«Para acostarse con alguien».

Seren se mira al espejo y abre bien los ojos. No va a acostarse con nadie. No quiere; todavía no. Pero sabe que podría. Sabe que ha alcanzado esa edad en la que una empieza a ejercer poder sobre los hombres, y esa sensación le resulta embriagadora.

«Póntelo».

Se lo pondrá. Es un vestido de manga larga y cuello alto, tanto que parece soso —mojigato, incluso— hasta que uno no ve lo corto que es. Si la tela quedara suelta, le sería imposible ponérselo sin enseñar las bragas, pero le va ceñido al culo como un traje de baño, contorneándole las nalgas y acabando justo encima de la separación que forman sus muslos. Ese vestido es la caña, y a Seren le queda como a una reina.

—Estás guapísima —dice Elen mientras observa las mallas negras que se ha puesto Seren, y que bajan desde su vestido hasta sus botas Doctor Martens. Sabe que se dejará puestas las botas; las mallas, no—. Pero me gustaría que no fueras tan maquillada.

Seren todavía no se ha puesto su pintalabios rojo sangre, comprado especialmente para la ocasión.

—Pásatelo bien con Efa y Siân.

Con el corazón desbocado, Seren abraza a Elen y le dice «*Blwyddyn Newydd Dda*», puesto que a medianoche su madre estará en casa de Angharad, donde no hay cobertura. Elen le ha hecho prometer que no irá a La Ribera. Dice que ha oído que una panda de idiotas planea aguarles la fiesta, y teme que vaya a haber follón, pero Seren ya sabe que su problema no es ese: Angharad le chivó que había estado quedando con Caleb, y deben tener constancia de su expediente policial, porque desde entonces su madre se ha mostrado muy reticente al respecto.

«Es un chaval de ciudad —le dijo una vez—. Es una mala influencia».

Ay, si ella supiera… Elen y Ffion no tienen ni idea de que hace meses que Seren no ve a Efa ni a Siân fuera del cole; de que su dinero extra no se lo gana haciendo de canguro, sino echándole una mano a Rhys con las cartas de sus admiradores.

Su madre acabará descubriendo que Seren fue a la fiesta. Puede que se entere esta misma noche, a través de su red de espías, tal y como se enteró de aquella vez que hizo novillos para irse de compras a Wrexham. Ya verá qué hace si eso ocurre; de momento, está viviendo en el ahora.

En el lago ve a Huw, a quien le asoma una camisa de vestir por debajo del abrigo. El albañil observa el conjunto de la muchacha.

—¿De camino a la fiesta? Yo ídem.

—Y una polla. —Toda el pueblo está al tanto de que Huw está en pie de guerra contra La Ribera a causa de un dinero que le deben.

—¿Ya sabe tu mamá que vas hablando así por la vida? —Huw lanza una llave al aire y la recoge con la misma mano con que la ha tirado—. Venga, yo te llevo.

La lancha de Huw es rápida y potente y, más que surcar el lago, lo sobrevuela. Seren se agazapa a cobijo del curvo parabrisas, protegiéndose el pelo con la capucha del abrigo.

—O sea que Caleb, ¿eh? —grita Huw.

Seren se encoge de hombros, se señala el oído y finge que no lo oye. El viento los azota en la cara.

—... con Rhys, tengo entendido.

La joven se ruboriza. ¿Qué acaba de decir Huw? Pero entonces alcanza a oír algo sobre «trabajar» y «las puñeteras cartas de sus fans», y suelta el aire aliviada.

—Ahorrando para la universidad —grita a modo de respuesta.

Ahora ya están a tiro de piedra de La Ribera, y Huw tira de la palanca de mando para dejar el motor en ralentí. El silencio que de pronto se impone es de esos que casi duelen.

—Más te vale ir con cuidado con ese tío —dice el albañil, y le pasa la amarra. Ffion se pone en pie y espera junto al costado del barco, apoyada con una mano en el parabrisas y contenta de tener una excusa para apartar la mirada—. Si puede joderte, te joderá.

Cuando ya se han acercado suficiente, Seren salta con ligereza al pontón y ata las amarras.

—¡Gracias por traerme! —dice antes de salir corriendo hacia la escalerilla, dejando atrás a Huw.

Una guirnalda de bombillas circunda el muelle de los Charlton; las ventanas de la carpa ya están empañadas. Las puertas de dentro, las que llevan al interior de la cabaña, están abiertas. Seren las atraviesa, súbitamente presa de la timidez, y echa un vistazo alrededor para ver quién hay en la fiesta. La habitación está atestada, y unos altavoces de pared emiten rítmicamente una música escandalosa y de pésimo gusto. La anciana señora Huxley está sentada en el sofá con la madre de Caleb, Clemmie, y dos mujeres más del pueblo. También están los Stafford, quienes ríen a raíz de algo que Blythe está diciendo. Yasmin está por ahí conversando con Mia, pero no hay ni rastro de Rhys, y de pronto Seren se angustia y se siente demasiado bien vestida, fuera de lugar. Algunas de las asistentes llevan conjuntos muy pijos, y entre ellos, los hay que van de esmoquin, pero casi todo el mundo viste como para ir al pub.

—Hola.

Seren nota cómo le posan una mano en el hombro. Al darse la vuelta, se lleva un chasco de campeonato.

—Estás muy guapa. —Caleb la mira de arriba abajo—. Joder, estás de muerte, la verdad. Oye, iba a decírtelo de todas formas, no es porque vayas..., o sea, que se te ve guapísima, en serio, pero...

Seren sigue reconociendo la habitación con la mirada. ¿Dónde está Rhys? Los nervios y la emoción le aprisionan el pecho, y Caleb sigue hablándole sin que ella lo escuche. Se está imaginando la forma en que Rhys la mirará cuando la vea, y cómo se dará cuenta de que se ha arreglado así solamente para él.

—... si no estás saliendo con nadie. A lo mejor... —termina Caleb, dudoso, y se queda esperando a que ella diga algo.

Seren lo mira fijamente a los ojos, hasta que, por fin, recupera el hilo de la conversación.

—¿Me acabas de preguntar si quiero salir contigo?

Caleb se mordisquea el labio.

—Más o menos.

¡Ahí está! De esmoquin negro y pajarita roja, con un pañuelo doblado, a juego, que le sobresale del bolsillo de arriba. Viste tal y como ella lo ha visto salir tantas veces vestido cuando han echado algún concierto por la tele.

—¿Qué opinas? —Caleb aguarda un instante, y luego sigue la mirada de su amiga hasta que esta aterriza en Rhys. Entonces, vuelve a mirarla a ella.

—Dios, Seren. ¿En serio?

—¿Qué pasa? —Seren nota cómo le sube la temperatura. Caleb se queda mirando al cantante como si quisiera darle un puñetazo. Ella les da la espalda a los dos y se va a buscar el baño. Su madre tenía razón: ahí hay un grupo de clientes habituales del Y Llew Coch apoyados contra la pared, como si esperasen que pasara algo. Steffan Edwards está bebiendo, y hasta Seren sabe que eso no va a acabar nada bien.

Al volver del baño, coge una copa de champán y se la bebe de un trago antes de coger otra. Aquello le calma los nervios y la deja algo achispada, pero todavía no está lista para hablar con Rhys. Quiere que sea él quien venga a por ella. Está demasiado agitada como para dar el primer paso; ya empieza a sentirse sobrepasada. Saca el teléfono y le envía un mensaje.

Vaya fiestón!

Con eso debería bastar. Así, como quien no quiere la cosa. Que no quede como una necesitada.

Seren echa un ojo a la pantalla, y tuerce el gesto: el mensaje no se ha recibido. Eso nunca había ocurrido. Clemmie, que está al lado, le da un topetazo en el codo, y le grita «¡Perdón!» mientras gira sobre sí misma, ejecutando una especie de danza irlandesa.

—Menudo fiestón, ¿eh? —dice Mia, acercándosele para que la oiga.

Automáticamente, Seren se esconde la copa de champán detrás de la espalda.

—No está mal.

—¿Está aquí tu madre? —le pregunta Mia.

—¿Mamá? ¿En La Ribera?

Entonces aparece Yasmin, cuyo perfume desprende un aroma dulzón.

—¡Seren! ¿Has visto a Tabby y Felicia? Las he estado buscando por todas partes.

—Creo que están viendo Netflix en la cabaña de Caleb. —Seren sabe que están ahí; antes le han escrito para que se apuntase al plan.

—Diles que necesito que obliguen a su padre a comer algo.

—Hum..., vale. —Seren no quiere ir a la número cuatro. Tiene que quedarse donde está, donde Rhys pueda encontrarla. Le duele la cara de tanto forzar sonrisas y carcajadas para que, cuando él la vea, tenga la impresión de que está pasándoselo bien por su cuenta, de que no está esperándolo a él.

—He dejado un sándwich envuelto con film transparente en la nevera —dice ahora Yasmin—. Que se lo den a él. Lleva una castaña que no veas..., qué vergüenza estoy pasando.

Seren suspira, aceptando la orden con resignación. Primero se encamina hacia la puerta del recibidor, pero enseguida cambia de rumbo y va a buscarse otra bebida, y otra más. Solo cuando Yasmin la fulmina con la mirada desde la otra punta de la habitación hace, a regañadientes, lo que le han mandado.

Tabby y Felicia están espatarradas en el sofá de la cabaña de Clemmie; Caleb, en el suelo, reclinado sobre la mesita del salón. La televisión tiene el volumen desactivado, la música suena a todo trapo, y están los tres mirando el móvil. Por el suelo hay desperdigadas varias cajas vacías de pizza, con el cartón sucio de salpicones de grasa.

—¿Qué hay? —dice Seren. Tabby y Felicia intercambian una mirada antes de saludarla con una sonrisa falsa. Han estado hablando de ella. Que les den por culo, pues. Caleb mira el móvil con cara de preocupación, como si estuviera liado con algo importante y que no admite interrupción, pero Seren sabe que es por lo que le ha dicho hace un rato. Lo tonto del caso es que a ella él le gusta bastante; lo único que pasa es que todavía es un crío. Todo el mundo sabe que las chicas maduran más rápido que los chicos, o sea que no tiene nada de raro que le guste alguien mayor. No es para tanto.

Seren transmite el mensaje de Yasmin.

—Y una mierda. —Felicia no lo duda un instante.

—Debe comer algo. —Se nota que Tabby tiene los ánimos divididos—. Mamá dice que va borrachísimo; será muy vergonzoso si empieza, en plan... a potar por todos lados, o algo.

—No lo ayudaré. No despúes de lo que hizo.

Seren está confusa.

—¿Qué es lo que hizo?

Las chicas se miran a los ojos. Felicia se encoge de hombros, como diciendo: «Si se lo quieres contar...».

—Drogó a Felicia —responde finalmente Tabby. Seren pestañea varias veces. Mira a Caleb para ver si está tan impactado como ella, pero es obvio que para él el tema no es ninguna novedad—. De bebé no dormía, o sea que papá la drogaba cada noche sin contárselo a mamá, y ahora ella se ha enterado y se le ha ido a saco la pinza.

Seren niega con la cabeza.

—Vaya tela.

—¿A que sí? —dice Tabby.

—No me lo creo.

Felicia se la queda mirando.

—¿Quieres decir que te estamos mintiendo?

—No, pero...

—Espera. —Tabby hace como si le entrasen arcadas—. Es porque papá te pone cachonda, ¿a que sí?

—¿Qué? —Seren trata de forzar una carcajada, pero el sonido que saca le suena falso hasta a ella misma—. Ay, no, por Dios. Solo he venido a pasaros el mensaje de Yasmin. Todo esto me importa una mierda. Ya le daré yo el sándwich si vosotras...

—Hum... Me da a mí que no. —Tabby se levanta del sofá y

408

extiende un brazo para ayudar a una reticente Felicia a hacer lo mismo—. Se lo daremos nosotras.

Las chicas se van, y Seren quiere morirse. Todo el mundo sabe que se ha arreglado por Rhys, y que él ni siquiera se ha dado cuenta de que estaba allí, y…, ay, madre, ¿por qué ha tenido que ir a esa fiesta? Si total… Se queda ahí de pie, en medio de la casa de Clemmie, y Caleb, que ni siquiera la mira, sigue fingiendo que está viendo algo en el móvil.

—Pues nada… —dice ella con la esperanza de que él también rompa el silencio, cosa que no hace—. Hum… Lo que me has dicho antes, cuando… —Tiene la cara al rojo vivo, y termina de hablar en un abrir y cerrar de ojos—. Lo de que si quería salir contigo, quiero decir. En plan…, podríamos. Si quieres, ¿eh? Algún día. —Lo que está haciendo es patético, y lo sabe: como un perro suplicando una caricia.

Caleb la mira fijamente. En su cara despunta un brevísimo atisbo de dulzura antes de que la expresión se le endurezca.

—¿De qué me hablas? Yo no te he pedido que salieras conmigo. —El joven ríe secamente y sigue mirando el móvil.

Seren no aguanta más ahí dentro. Está jadeando, al borde del llanto, y de pronto ha caído en la cuenta de lo borracha que va. Se queda parada en la oscuridad, escuchando los sonidos de la fiesta que surgen de la cabaña de los Charlton. Podría irse a casa ahora mismo. Podría tomarse un chocolate caliente de los que prepara su madre y ponerse a ver cualquier mierda en la tele hasta que se hagan las doce.

Desolada, se mordisquea el labio. Un poco más arriba, en la carretera, alguien pega un alarido —«Vete a la mierda, gilipollas»—; luego, se abre una puerta, y se oye un estruendo de risas y ruidos varios que cesa cuando esta se cierra. Seren se recompone y vuelve hacia la fiesta. De camino, da un respingo al cruzarse a Steffan Edwards, que va totalmente pedo y habla solo entre las sombras, en voz baja. Ahora la borrachera es general, y la fiesta está llena de cuerpos sudorosos y apretujados que se contonean y gritan por encima de la música de fondo. Seren lo observa todo en un segundo plano, mientras se va armando de valor.

Mia ha abandonado sus bandejas, y está charlando con Bobby Stafford; al ver a Seren, corta la conversación.

—¿Estás bien, niña? —le pregunta, y baja la mirada para ver qué está bebiendo. Seren está harta de que la traten como a una cría, así que coge la copa de champán a medio terminar que Mia lleva en la mano y la vacía de un trago.

—Salud —dice mientras se la devuelve.

—Huw te acompañará a casa después, ¿verdad, cariño? —La cara de Mia está colmada de preocupación.

—Te pago para que nos hagas de camarera, no para que hagas vida social —dice Jonty, metiéndose de un empujón entre ellas.

—Técnicamente, me pagas para que reparta canapés —replica ella—, y ya no queda ni uno, o sea que... —Y volviéndose hacia Seren, continúa la conversación—: No te marches sola a casa, ¿vale? Ya sé que las jovencitas os pensáis que podéis con todo, pero... —No acaba la frase, ni falta que hace; Seren ya ha oído aquel discurso muchas veces: «No vuelvas sola a casa, no vayas por callejuelas, no te pongas minifalda...». Las mayores (Mia, Ffion, mamá) no pillan que ahora las cosas son diferentes. Ellas se han pasado la vida entera tapándose y cambiando de recorrido, pero ahora las mujeres están reclamando las calles, el derecho a vestirse como quieran y a hacer lo que les dé la gana.

Seren se pone recta. La bebida está empezando a enturbiarle la vista. Procurando no perder el equilibrio, se aleja unos pasos de Mia; sus movimientos le resultan ajenos. En la cocina está Rhys, comiéndose un sándwich y hablando con Jonty, y Seren se los queda mirando un rato desde fuera, deseosa de que Rhys se quede solo, hasta que pierde la paciencia. Jonty se acerca a decirle algo a su amigo, para que este lo oiga a pesar del volumen de la música, y luego le da una palmadita en la espalda y se va.

«¡Allá vamos!».

A Seren le entran taquicardias. Ahora Rhys avanza entre los invitados; si espera un minuto, se pondrá a hablar con otra persona, y entonces podría pasar una eternidad hasta que vuelva a quedarse solo.

—¿Qué tal? —La joven opta por mostrarse afable y despreocupada sin dejar de parecer sexy (o eso espera), aunque se le ha corrido el maquillaje y el calor que hace en el salón le ha aplanado el pelo. Sacando morros, yergue la cabeza y lo mira entre sugerentes pestañeos.

Rhys se detiene y se la queda observando, pero no de la manera en que ella se lo había imaginado: con el ceño fruncido, recorre visualmente su vestido, sus botas y su maquillaje, y la boca se le curva hacia abajo en lo que parece una mueca de asco. Seren le resulta repugnante. La joven, ebria y conmocionada, está a punto de romper a llorar.

El cantante la aparta de un empujón y se marcha a buscar a alguien distinto, a alguien menos repulsivo, mientras a ella empiezan a saltársele las lágrimas.

«Póntelo», le había dicho. Y ella ha obedecido, pero ahora...

Seren respira hondo y se restriega furiosamente la cara. No piensa llorar por culpa de un hombre; no piensa consentir que aquel la haga sentirse tan humillada, tan despreciable. La ira que empieza a bullirle por dentro es su alternativa emocional menos dolorosa, así que deja que se vaya caldeando hasta borbotear. Observa cómo Rhys se marcha de la fiesta; qué hijo de puta, piensa. Al hacerlo, se siente mejor, así que lo dice en voz alta: «Hijo de puta, hijo de puta, hijo de puta». Seren levanta la frente; Rhys Lloyd no la merece.

No merece a nadie.

52

8 de enero - Ffion

Ffion no se miró la barriga hasta que llevaba ya meses embarazada. Cerraba los ojos cuando se duchaba, y se apresuraba a cubrirse con ropa holgada la piel todavía húmeda, para no verse de reojo en el espejo. La cintura de la falda de su uniforme escolar iba cediendo un poco más cada día, hasta que el dobladillo llegó a una altura lo suficientemente indecente como para que su tutora le hiciera algún comentario al respecto. Después de aquello, Ffion empezó a llevarla con la cremallera desabrochada y una goma de pelo atada al botón para ensanchar el cierre, tapándose la parte de arriba con un jersey varias tallas más grande que la suya.

Papá tampoco le miraba el vientre; de hecho, raramente miraba a su hija, sin más, y Ffion sufría esa pena con todo el dolor de su corazón. Ella deseaba poder hablar con él las cosas, pero había acatado su insistente mandato de que, si iban a criar al bebé como si fuera suyo y de su mujer, lo mejor para todos iba a ser comportarse ya desde el principio como si en efecto lo fuese. Los tres miembros de la familia circulaban por la casa inmersos en un silencio incómodo: la barriga de la joven era un problemón que todos fingían ignorar. A medida que Ffion iba vistiendo con ropa cada vez más ancha, su madre hacía lo propio, y se tapaba con amplios abrigos durante sus infrecuentes incursiones en las tiendas.

—Nos estamos dedicando algo de tiempo como familia —decía para justificar su improvisa retirada de la vida social del pueblo. Nadie se cuestionó nada; su marido se estaba muriendo; ¿por qué no iban a querer esconderse y estar a solas?

Cuando Ffion estaba de veinte semanas, notó un pequeño temblor debajo del jersey, como el de una polilla atrapada en el hueco que forman dos manos juntas. Se le cortó la respiración y se llevó instintivamente las manos al vientre; Elen, alarmada, levantó la vista de lo que estaba haciendo.

—¿Te duele algo?

—No, solo... —Volvió a ocurrir; era como cuando uno va subido a una montaña rusa y se le remueve el estómago. Elen se dio cuenta de lo que pasaba, y aquello le dibujó una sonrisa de oreja a oreja.

—Es el bebé que se mueve, ¿verdad?

Ffion abrió los ojos de par en par, maravillada, y se palpó el bulto de la barriga. Separó los dedos tanto como pudo, percatándose por primera vez de lo tersa que tenía la piel y de lo mucho que pesaba y lo dura que estaba la protuberancia que había debajo.

—Chis... —susurró, y la polilla se quedó quieta. Elen se acuclilló a su lado y la cogió de las manos, y ambas esperaron nuevas señales de vida.

—¿De verdad que duele? —preguntó Ffion a su madre. Había leído los libros que ella le había comprado, e incluso había visto aquel vídeo horrendo que les habían puesto en la escuela, pero aún se le hacía difícil comprender que, en cuestión de semanas, un bebé de carne y hueso saldría de su interior—. ¿Duele mucho?

Elen se incorporó y le plantó un besazo en la frente.

—¿Sabes cuál es el mejor antídoto para el dolor?

Ffion se acordó de la mujer que salía en el vídeo.

—¿La epidural?

A Elen le entró la risa.

—Es el amor, Ffion Morgan. El amor es la respuesta para todo.

Ffion conduce con la palanca de cambios al máximo de velocidad, sin reducirla ni un solo momento; con cada ola que salva, la lancha coge impulso y sale despedida hacia delante. «Seren, ¿dónde estás?». Leo blande la linterna de izquierda a derecha, y, bajo el rayo de luz, la nieve reluce como un gran banco de peces, arremolinada por el viento.

«El amor es la respuesta para todo».

Hace más de dieciséis años, su madre le cogió la mano justo cuando ella pensaba «No puedo, ya no puedo más», y se la puso a su hija entre las piernas. La estupefacción venció al dolor cuando la adolescente notó cómo la bebé empezaba a coronar.

—Otro empujón más —dijo su madre. El dolor partía a Ffion en dos, pero la casa estaba llena de tarjetas con mensajes de condolencias, y ella sintió que emanaban amor, y que este lo iba invadiendo todo. La gente quería mucho a papá (y a ellas también), lo suficiente como para mandarles flores y todos aquellos escritos. Y el amor sirvió de antídoto al dolor.

Seren resbaló al exterior y fue acogida por las manos de Elen; al cabo de un segundo ya estaba reposando contra el pecho de Ffion, con la boca abierta en un gemido caricaturesco. Hubo un momento en que la joven quiso decir: «Me la quedo», y habría podido jurar, por lo que vio fugazmente reflejado en sus ojos, que su madre pensó lo mismo. Pero tenían un plan, y además, la idea de ser madre era demasiado aterradora para ella, demasiado incomprensible. Lo mejor para la bebé iba a ser que se la confiara a Elen, ¿no? Iba a ser todo más fácil.

¿No?

—¿Quieres probar a darle el pecho? —la animó mamá, afectuosa, pero Ffion le dio la espalda.

—Llévatela.

—Puedes...

—¡Llévatela!

Cuando a Ffion le subió la leche, se sintió traicionada. Estaba sentada en el baño, encogida; los pechos le palpitaban y había dejado los grifos abiertos para sofocar los llantos de su bebé —su bebé no: su hermana—, que estaba en el piso de abajo tomándose el biberón que le daba Elen. Era mejor así.

¿No?

El destello de un relámpago ilumina el cielo.

—¡Ahí! —señala Leo. La silueta ya se ha desvanecido, engullida de nuevo por el remolino blanco de la ventisca, pero no antes de que Ffion la haya visto también: un barco. Primero, la violencia del temporal lo ha empujado en una dirección y, después, en la otra, obligándolo a forcejear y a debatirse contra el viento, con el mástil partido por la mitad. La agente da un volantazo para virar en sentido oeste, forzando a la lancha a navegar aún más deprisa, mientras Leo va desplazando la luz de la linterna por el agua.

Poco a poco, el contorno del velero, anclado, se va definiendo a unos quinientos metros de donde están.

—¡Seren! —grita Ffion. Casi ni puede oír su propia voz, ahogada por el restallido de los truenos, los cuales les indican que tienen la tormenta justo encima.

Cuatrocientos metros.

Y ahora Ffion logra ver a una figura encima del barco, aferrándose a lo que queda del mástil.

«Seren».

Lo conseguirán. La agente deja escapar un sollozo de alivio. Pero el viento, que no para de soplar, rodea en círculos la montaña de Pen y Ddraig, ruge al bajar por el lomo del dragón y cruza el lago mientras va ganando inercia; cada nueva ola es más grande que la anterior. El lugre de Angharad escora y va dando bandazos, como si estuviera decidiendo hacia qué lado caer, y Ffion pega un alarido, reclamándole a la lancha de rescate que coja velocidad, pero ya es tarde.

El barco da un vuelco.

53

8 de enero - Leo

Mientras se van acercando al lugre naufragado, Leo va trazando arcos con la linterna, tratando de distinguir a Seren en la oscuridad, y la nieve le devuelve sus destellos, refractados por una blancura casi cegadora. En el agua flotan varios enseres del barco: contenedores de plástico, sogas y trozos de lona que el accidente ha arrancado de la bodega.

—Ponte al timón —grita Ffion.

«Ponte al... ¿qué?».

Pero Ffion ya se ha levantado, se ha despojado de su abrigo, que ahora está tirado en el suelo, y se ha subido al asiento con los brazos en alto. En un abrir y cerrar de ojos, ya se ha zambullido en el agua, y ahora se aleja buceando a ras de la superficie.

—¡Ffion! —La lancha pega una sacudida y se desvía hacia un lado, y Leo agarra el timón y trata de girarlo hacia el lado contrario para encararla otra vez hacia el punto del lago donde ha visto por última vez a su compañera. ¿Se las habrá llevado ya la corriente? El barco de Angharad ha volcado del todo; su casco verde oscuro es su única parte visible.

Leo examina los controles de la lancha. No deben de ser muy distintos de los de un coche, ¿no? El agente maneja el timón con una mano, tratando de dar una vuelta completa, consciente en todo momento de que el viento lo está desviando de rumbo, de que corre el riesgo de perder de vista el lugar donde Ffion se ha metido en el agua. La luz de la linterna parpadea, y Leo menea enérgicamente el aparato —«¡Ahora no, ahora no!»— sin dejar de apuntar con él al lago.

—¡Ffion! —vuelve a gritar dominado por el miedo, por la rabia de no saber nadar, de no poder salvarla. Hay un salvavidas en la parte trasera de la lancha, pero ¿de qué sirve eso cuando es incapaz de ver a quienes lo necesitan? Navega en círculos sin parar, dando una vuelta tras otra, y gracias a Dios que ya no truena y… ¿acaso está parando de nevar? Tiene los dedos entumecidos por el frío, y la adrenalina está haciendo que le tiemble el rayo de la linterna, que este vaya proyectando sombras sobre las olas y le haga ver cosas que no son.

«Ffion».

Leo observa atentamente. ¿Ffion? El policía empuja la palanca de cambios con toda la delicadeza de la que es capaz, y la lancha sale disparada hacia delante. Y he ahí a su compañera, pataleando con todas sus fuerzas y hendiendo el agua con el brazo que le queda libre; con el otro, agarra un chaleco salvavidas blanco, el cual arropa a una Seren totalmente inmóvil.

54

8 de enero - Ffion

Para no haberse subido nunca a una lancha motora —ya ni hablemos de manejar una—, Leo lo está haciendo sorprendentemente bien. Ffion, por su parte, permanece agachada; el agua le corre entre las rodillas mientras sostiene el cuerpo inerte de su hija. Seren está semiinconsciente, con los ojos cerrados y las extremidades laxas, pero respira. Ffion la palpa para buscarle el pulso, pero el frío le entorpece los movimientos y, cuando lo encuentra, es peligrosamente lento. ¿Son esos latidos los de Seren, o los suyos propios?

¿Cuánto rato ha estado Seren en el agua? Su temperatura corporal seguirá bajando, y no tienen nada con que hacerla entrar en calor. Leo la ha cubierto con su abrigo empapado, y también con el de Ffion, que además le está frotando enérgicamente los brazos, tratando de reactivarle la circulación.

—Vamos, cariño, vamos —dice Ffion en voz baja, pero con urgencia. Cuando ha llegado hasta ella, Seren estaba inconsciente, con la cabeza caída sobre el chaleco salvavidas que había tenido la sangre fría de ponerse. ¿Se habrá dado un golpe en la cabeza? Ffion se inclina sobre ella y la besa en la frente y, de la nada, le viene un sollozo. La última vez que la besó de esa manera era una niña pequeña. Hacía esas cosas cuando su madre no estaba presente; eran momentos en los que se permitía, solo durante un segundo, rendirse a los sentimientos que le oprimían el corazón.

—¿Qué hago? —grita Leo. Su voz denota pánico, y, cuando Ffion levanta la vista, se da cuenta de que están acercándose al embarcadero. Leo disminuye la velocidad.

—¡Apaga el motor! —Ffion no quiere apartarse de Seren. El repentino silencio del motor la alivia, pero todavía van demasiado rápido. El viento y las olas los empujan hacia la orilla, hasta rebasar la punta del embarcadero, donde han encontrado la lancha—. ¡Agárrate fuerte! —grita.

El lecho del lago no presenta un desnivel suave cuando uno se adentra en él, lo cual suele pillar desprevenidos a los excursionistas ocasionales, que van a mojarse los pies con los pantalones arremangados; en lugar de eso, hay un brusco aumento de profundidad: con dar un solo paso, el agua deja de cubrirlo a uno hasta las rodillas para llegarle hasta el pecho. Las aguas han crecido, y es difícil saber a ciencia cierta a qué distancia navegan de tierra, pero ya deben de estar casi...

Se oye un violento batacazo, y Leo se abalanza sobre el timón mientras maldice a voz en grito.

... llegando.

La lancha sigue derrapando hasta llegar a la playa de guijarros. Brady se baja de un salto; el agua helada le llega por las rodillas. El agente arrastra la embarcación hasta llevarla a una buena distancia de la orilla.

—No se mueve. —Ffion intenta conservar la calma, comportarse con profesionalidad; lo intenta, lo intenta, lo intenta, pero...—. ¡No se mueve! —El viento aúlla y la nieve da de lleno en la cara de Seren, cubriéndola de copos más deprisa de lo que Ffion es capaz de apartárselos.

Durante las exequias de su padre, su madre tranquilizaba a una desasosegada Seren dándole el biberón.

—No me ha salido la leche —les decía, con aire sincero, a sus amigos de ojillos lacrimosos. A Ffion le dolían los pechos. Observó la foto de su padre en la tarjeta ceremonial, y la asaltó la culpabilidad por que las lágrimas que estaba derramando se debiesen tanto a él como a Seren.

—Sé fuerte, *cariad* —le murmuraba la gente—. Tu madre va a necesitar ayuda con tu hermanita.

Ffion lleva dieciséis años siendo fuerte. Está exhausta.

Leo se carga a Seren al hombro como si no pesara nada, y sale corriendo hacia el cobertizo, mirando de vez en cuando atrás para vigilar a Ffion, que apenas puede con su propio cuerpo, ya no digamos con el de otra persona. La agente sigue a su compañero a trompicones, sin quitarle los ojos de encima a la joven inerte que este transporta a cuestas.

Cuando Seren tuvo ya una cierta edad, Ffion se enseñó a olvidarla. Se obligó a pensar en ella bajo el concepto de «hermana», no de «hija». Se forzó a olvidarse del parto, a fingir que nada había llenado su vientre jamás y, poco a poco, se lo fue creyendo todo. Alejó a Seren de sí; se dijo que era demasiado pequeña, demasiado dependiente, demasiado inmadura. Demasiado irritante.

Ffion reprime un sollozo. Pura supervivencia, eso fue todo; la pena de haber perdido a su bebé, por mucho que esta no hubiera muerto.

En el taller, todo está tal y como lo han dejado antes. Steffan continúa, comatoso, frente a su escritorio. Ffion revuelve los armarios y va sacando polares y calcetines desparejados, mientras Leo llama a una ambulancia. Velozmente, la policía desviste a Seren y le cambia la ropa mojada por la ropa seca que ha encontrado, ignorando que a ella también le castañean los dientes. Seren habla entre dientes, saliendo de la inconsciencia para volver a sumirse en ella.

Ffion le tapa el pelo mojado con un gorro. El choque provocado por el agua fría produce hiperventilación, y reduce, en consecuencia, el flujo sanguíneo cerebral, lo cual provoca obnubilación y, por consiguiente, desmayos. Seren no está fuera de peligro, ni por asomo.

—¿Has comprobado que no estuviese herida? —Leo examina

el chaleco salvavidas empapado que vestía la joven—. ¿Que no tuviera ningún corte?

—Sí, claro.

El agente desliza un dedo por el chaleco.

—Vuelve a comprobarlo.

A Ffion el pánico le oprime el pecho. ¿Habrá pasado algo por alto mientras se afanaba en secar a Seren y hacerla entrar en calor? La agente recorre palmo a palmo la cabeza de Seren, tentándola en busca de chichones, fijándose en que no haya rastros de sangre. La joven suelta un gemido, y Ffion la coge de la cara y le asegura que enseguida vendrán a ayudarla. La policía le pasa las manos por los brazos, uno por uno, y luego por el torso, pero no hay ninguna señal visible; si Seren ha sufrido alguna herida, está escondida. De lejos, Ffion oye ulular la sirena de una ambulancia.

—No lo entiendo. —Leo, con cara de preocupación, le pasa el chaleco salvavidas a su compañera. En algún punto había sido blanco, pero ahora es de un gris sucio; es viejo, voluminoso y cuadrado—. Esto que hay aquí, en el costado trasero del chaleco, es sangre; no hay ninguna duda.

Es una mancha marrón, de aspecto terroso. A pesar de haber sido sumergida en el agua, parece enquistada en el tejido. Ffion la examina atentamente. Si esa sangre no es de Seren, ¿de quién es?

55

9 de enero - Leo

La mañana siguiente, Ffion espera a su compañero junto al lago, con las manos hundidas en los bolsillos de su abrigo enorme y la puntera de sus botas oscurecida por el contacto con el agua. Leo sale del coche y va directo hacia ella, víctima de una repentina incomodidad: lo de anoche fue más intenso —más íntimo, incluso— que cuando él y Ffion pasaron juntos la Nochevieja, y todo lo que ahora querría decirle le resulta inapropiado.

El agente se detiene unos pasos por detrás de ella.

—Vaya nochecita —dice a media voz. En el lago reina la bonanza; la superficie presenta un aspecto tan cristalino que a Leo le parece que podría andar encima de ella. Los árboles alargan su reflejo sobre el agua, sin que una sola ondulación se digne a resquebrajar el espejismo. De la noche a la mañana, la tormenta se ha disipado, y ha dejado tras de sí nieve en la cumbre de las montañas, dominadas por un cielo de un azul vivísimo.

Ffion no dice nada. Retrocede, un paso solamente, y Leo avanza otro a su vez, así que, cuando ella echa la cabeza hacia atrás para apoyarse en él, se lo encuentra ahí mismo. Se quedan los dos contemplando el lago; el mentón de Leo roza el pelo de Ffion, y al cabo de unos instantes el agente la rodea con los brazos, y piensa en cuando estaba al timón de la lancha de Steffan, y en cómo canalizó su miedo en forma de entereza. Es consciente de que jamás va a conocer a otra mujer que esté a su altura.

—Vaya nochecita, sí —termina diciendo Ffion.

—Siempre me llevas a sitios muy chulos.

Ffion ríe y se da la vuelta, y durante un segundo están tan cerca que parece que vayan a...

—Supongo que no habrás parado a por café, ¿no? —dice la agente encaminándose hacia el coche. La oportunidad ya se ha perdido.

—Sí. Con un dedito de espuma, y un azucarillo.

—Tu futura esposa será una auténtica afortunada.

Mientras conduce hacia casa de Angharad, Brady va lanzando miradas furtivas a su compañera, que tiene los ojos hinchados y enrojecidos y sostiene entre las manos su café, calentándose la cara con el vaho que sale del vaso.

—¿Has dormido algo?

—No mucho.

—Tendrías que estar en el hospital, con Seren.

—Seren no quiere ni verme. —Ffion aparta la cara, dando el asunto por zanjado.

Se encuentran a Angharad en mitad del claro, como si hubiera sabido que venían a por ella. Como si hubiera sido alertada por el viento, por los animales del bosque, piensa Leo, antes de recriminarse el haber caído en tamaño sentimentalismo. Rápido y en galés, Ffion arresta a Evans, que viste el mismo peto oscuro que llevaba cuando Leo la conoció, además de unas botas de cordones y un pañuelo rojo sangre que utiliza para recogerse el pelo.

Un rato más tarde, sentados los tres en una sala de interrogatorios, después de que Angharad haya declinado su ofrecimiento de contar con representación legal, Leo vuelve a leerle los derechos en inglés, y pasa una hoja de su libreta para empezar una página en blanco.

—¿Cómo conoció usted a Rhys Lloyd?

—Pues igual que el resto de Gales: el niño prodigio... —anuncia en tono de burla.

—¿No le caía bien?

—No me gustó lo que hizo con el lago, con la orilla del Llyn Drych. Tantos árboles desarraigados solo para darles a los ingleses más casas de veraneo...

—Ah, ¿es que no le caen bien los ingleses?

—Está poniendo en mi boca cosas que no he dicho, agente. Yo no tengo ninguna objeción en contra de los ingleses...

—Me alegra oírlo.

—... mientras se queden en Inglaterra. —La expresión de Angharad es engañosamente neutral—. Pero cuando las familias jóvenes de nuestra comunidad no pueden permitirse una casa de dos habitaciones, mientras que los londinenses se dejan medio millón de libras, que se dice pronto, en construirse una casita veraniega al otro lado del lago... —La mujer hace una pausa—. Entonces, sí. Tengo bastantes objeciones.

—¿Entiendo, pues, que usted no tiene trato con los residentes de La Ribera? —pregunta Leo.

—Ni yo ni nadie. Ellos están en su margen del lago, y nosotros en la nuestra. —Angharad mira a Ffion—. No te vi en el agua el día de Año Nuevo por la mañana.

—Tenía cosas que hacer. —Ffion esboza una sonrisa tensa—. Pero estamos aquí para hablar de tus movimientos, no de los míos.

—Lo de perderte el baño es raro, viniendo de ti.

—He oído que había mucha gente en ese baño —dice Leo, deduciendo que Ffion debía de estar saliendo de su piso justo cuando el pueblo se congregaba a la orilla del lago.

—Casi todo el pueblo. Siempre ha sido así, desde que yo era pequeña. Pero no todo el mundo se baña, claro.

—¿Vinieron muchos del otro lado, del resort? —pregunta Leo.

Angharad entorna los ojos.

—Ni uno. Como ya he dicho, ellos tienen su margen, y nosotros la nuestra; no habrían sido bien recibidos.

—Sin embargo, la gente de La Ribera difundió una invitación abierta para su fiesta de Nochevieja. Asistieron muchos de los habitantes de Cwm Coed. —Leo trata de desviar su atención del interrogatorio; algo de lo que Angharad acaba de decir ha hecho resurgir uno de sus recuerdos, uno que parece significativo. Ojalá pudiera caer en la cuenta de cuál es.

—Allá ellos. —Angharad mira a Ffion—. Tú conoces las convicciones de la gente de aquí. Ya sabes lo que opinan los galeses sobre los ingleses.

—Algunos galeses, no todos —replica Ffion.

—Inglaterra siempre ha considerado a Gales una colonia suya, sometida a su control. Nos robaron el carbón, el agua, el acero. Intentaron quitarnos nuestro idioma.

—La Ribera está construida en la margen inglesa del lago. —Leo está haciendo un esfuerzo enorme para no tomarse la situación como algo personal.

—Solo porque los ingleses se apoderaron de esas tierras.

—¿Pasamos a otro tema? —Leo ha perdido la paciencia—. Aquí lo importante no son las relaciones entre Inglaterra y Gales.

—¡Vaya si lo son! —dice Angharad, sombría—. Siempre lo son, si uno va más allá de lo superficial.

Ffion echa el cuerpo hacia delante.

—¿Cómo de estrecha era tu relación con Ceri Jones?

—La conozco desde que nació. Es una artista muy talentosa; es una pena que nunca apostara por dedicarse a ello.

—¿Sabías que Rhys Lloyd le hacía la vida imposible de jovencita? —pregunta Ffion.

—Lo habíamos hablado. Se portó de una manera insoportablemente cruel con ella.

—¿Alguna vez le dijo si tenía la intención de hacer pagar a Rhys por lo que le había hecho? —Leo está elaborando una teoría: Ceri y Angharad son dos mujeres que habitan en los márgenes de su comunidad, dolorosamente marcadas por sucesos de su pasado; ¿y si su odio compartido hacia Lloyd les sirvió como punto de unión? Ceri se marchó de La Ribera antes de morir Rhys, y saben, por las cámaras de la carretera central, que no regresó a pie. ¿Podría ser que hubiera vuelto en bote?

Ffion alarga el brazo para coger algo que hay detrás de su silla, y saca una de las bolsas en que se almacenan las pruebas.

—¿Lo reconoces?

—Es mi chaleco salvavidas. Lo guardo en uno de los arcones del lugre. —Angharad suspira con tristeza—. Lo guardaba, mejor dicho.

Esta mañana, poco después de arrestar a Angharad, Ffion le transmitió la noticia de que el lugre de velas rojas estaba en el fondo del lago. La mujer se echó a llorar.

«Llevaba conmigo cuarenta años».

«Lo siento mucho». Ffion parecía también al borde del llanto, y Angharad le posó una mano en el brazo.

«Seren está a salvo. Y eso es lo único que importa».

Leo señala la mancha herrumbrosa que hay en el mugriento chaleco de la interrogada.

—¿Cómo puede explicar el hecho de que aquí haya sangre de Rhys Lloyd?

Angharad frunce el ceño.

—No tengo ninguna explicación.

—¿Y cómo justifica que nuestros buceadores hayan recogido unos restos de soga pertenecientes a su barco, y que el patrón de sus fibras encaje con el de las marcas halladas en el cuerpo de la víctima?

—No tengo ni idea.

—¿Estuviste en la fiesta de Nochevieja? —pregunta Ffion.

—Estuve toda la noche en mi casa.

Ffion hace una anotación en su cuaderno.

—¿Alguien que pueda corroborarlo?

—Claro. —Angharad le dedica una sonrisa—. Tu madre.

—Mi...

—Elen vino a verme sobre las ocho y media, creo. Ya tenía la cena lista, aunque al final nos la comimos fuera, con los animales. Esos petardos del demonio..., tendrían que prohibirlos.

A Leo empieza a dolerle la cabeza. ¿Hay algo en lo que Ffion y su familia no estén metidas?

—Su barco entró en el taller de Steffan Edwards por reparaciones el 2 de enero, ¿correcto?

—Sí. Lo había tenido amarrado unos días, y el 2 de enero, cuando lo saqué a navegar, me fijé en que había una grieta muy fina en el refuerzo central de la caja de la orza; debí de olvidarme de meterla, y el lago había estado picado, conque... —Angharad capta la expresión ausente de Leo—. En las embarcaciones más grandes uno tiene la quilla, por debajo de la línea de flotación, que es lo que impide que el barco se caiga hacia un lado; en las más pequeñas, como la mía, el casco es más plano: la estabilidad viene de la orza.

—¿Te había pasado alguna otra vez? —pregunta Ffion—. Lo de dejarte la orza fuera, quiero decir.

—Que yo recuerde, no.

—Y aparte de la orza —dice Leo—, ¿había alguna otra cosa fuera de lugar?

La mirada de Angharad se pierde en la pared mientras se detiene a pensar. Leo oye pasos en el pasillo, y a un agente que informa de la situación a un compañero.

—El arcón. —Angharad regresa de golpe a la realidad, con los ojos bien abiertos—. Al principio, no le di ninguna importancia, pero... Yo nunca me pongo chaleco, ¿sabéis? Sé que debería, pero la costumbre es la costumbre. Por tanto, siempre lo tengo guardado en el fondo del arcón, debajo de las sogas de repuesto y el bidón de diésel. —La mujer se agarra a uno de los laterales de la silla, animada, por primera vez, desde que el interrogatorio ha comenzado—. Pero el día 2, cuando salí a navegar y me encontré con aquel desperfecto en el puntal, el chaleco estaba colocado encima de los demás trastos.

—¿Estás segura? —pregunta Ffion.

—Cien por cien segura. —Angharad yergue la espalda—. Alguien había estado en mi barco.

Leo baraja diversas posibilidades. Si fue Ceri quien utilizó el barco de Angharad para deshacerse del cuerpo de Lloyd, ¿cómo accedió al fondeadero? ¿La llevaría alguien hasta allí? ¿Y con qué medio de transporte? Leo repasa mentalmente la lista de invitados que llegaron a la fiesta de La Ribera por vía acuática: cualquiera podría haberse escabullido de la celebración, pero solo uno de ellos le guardaba rencor al cantante.

Huw Ellis.

¿Habría colaborado Huw con Ceri? Y, en ese caso, ¿por qué tomarse tanta molestia en cogerle el velero a Angharad, cuando podrían haber transportado el cadáver de Lloyd en la lancha del albañil? No tiene ningún sentido.

Hasta que, de repente, sí lo tiene.

Hay más de una manera de desplazarse a través del agua. Leo piensa en la aseveración por parte de Angharad de que ningún habitante de La Ribera estuvo presente en el baño de Año Nuevo de Cwm Coed, y sabe con absoluta certeza que le han mentido.

Ya sabe quién arrojó el cuerpo de Rhys Lloyd al lago.

56

Nochevieja - Glynis

Glynis Lloyd no está disfrutando de la fiesta. Las fiestas son para los jóvenes, y a Glynis le pesan los años. No hay ningún sitio donde sentarse y, a pesar de encontrarse rodeada de caras conocidas, se siente sola.

Fue Yasmin quien la convenció de que viniera.

«Te lo vas a pasar bien —le dijo, antes de rematarlo con—: ¿Y qué pensaría la gente si viesen que la mismísima madre de Rhys ha faltado a la celebración? —Lo cual fue obviamente el motivo principal por el que Glynis por poco le responde que ni hablar, sin pensárselo dos veces. A su nuera le preocupan tantísimo las apariencias...—. He intentado que vinieran los de *OK!* a cubrir la noticia —siguió diciendo Yasmin—, pero me respondieron que no era "lo que andaban buscando" —precisó, chasqueando la lengua en señal de decepción—. Pues ya me dirás qué más quieren: no hay duda de que los Stafford por sí solos despertarían interés, por mucho que Rhys ya no sea...», terminó, tragándose las palabras al recordar con quién estaba hablando.

Glynis no se llama a engaño en lo que respecta al fracaso profesional de su hijo. Tiene talento, claro, eso nadie lo duda, pero ella más que nadie sabe la falsedad que envuelve a ese negocio: de cara al exterior, todo son triunfos y sonrisas, pero, a la que uno escarba un poco, se encuentra con que la verdad es un asunto turbio.

Un sentimiento de culpabilidad la acomete cada vez que piensa en la carrera de Rhys; en el favorcito que le hizo a uno de los jueces del Eisteddfod, el cual implicaba que ellos le debían otro a ella, y tampoco era nada del otro jueves pedirles que puntuaran a Rhys un poquitín más alto, ¿no? En fin, allí estaba él, en el principal escenario de aquella celebración de alcance nacional, en el lugar adecuado y en el momento oportuno para que se fijaran en él y lo llevasen hacia el éxito.

Glynis está buscando a Steffan Edwards, quien ya no tiene nada que ver con aquel chico común y corriente que quedó subcampeón en el concurso y que, por méritos propios, tendría que haberlo ganado. Ya se habrá ido para casa, o puede que alguien haya tenido el suficiente sentido común como para echarlo antes de que él solo se pusiera todavía más en ridículo.

«No hay ningún cantante galés de clase trabajadora ahora mismo —dijo Fleur Brockman, la nueva mánager de Rhys, en aquellos años, justo cuando acababan de contratarla—. Es un terreno por explotar».

A Glynis aquella forma tan zafia de encasillar a su familia le pareció una abominación, pero se mordió la lengua por el bien de su hijo.

«¿De verdad crees que tiene talento para triunfar?», le preguntó, deseosa de conseguir más halagos con los que justificar sus artimañas.

«¿Talento? —Fleur se encogió de hombros—. Sí, claro que lo tiene. Pero lo que importa de verdad es crearle una imagen comercial —matizó, guiñando un ojo—. Con una buena estrategia de mercado, yo podría convertir hasta a una cobaya en número uno de ventas».

A Rhys el marketing le funcionó durante mucho tiempo, pero al cabo de los años, poco a poco, su presupuesto fue menguando, y su equipo fue cambiando hasta resultar irreconocible. Ahora, a pesar de todo el dinero que su hijo está invirtiendo en esa campaña publicitaria, Glynis sabe que es solo cuestión de tiempo que su carrera llegue a su fin. Se pregunta si Yasmin también es consciente de ello.

Su nuera estaba en mitad de una de sus visitas guiadas cuando Glynis llegó a la fiesta. Yasmin le dio dos besos y la presentó como «la abuelita de las gemelas». Glynis hizo una mueca de desagrado. Para Tabby y Felicia ella era la *nain*, no la abuelita, pese a las reticencias de la madre de ambas cuando nacieron.

«Nadie entenderá qué significa», había protestado.

Glynis se mantuvo en sus trece. Si sus nietas compartían registro civil con niñas cuyas abuelas tenían por nombre Oompa, Glammy, Loli o Pop, a ella podían llamarla *nain*.

El ruido de la fiesta le está provocando jaquecas. A su alrededor, la gente grita; los decibelios van aumentando a medida que los asistentes se debaten por ser escuchados. Glynis escucha retazos de conversación, casi todos en inglés, aunque la mitad de las personas que hay en el salón son galesas. El padre de Rhys se habría llevado un disgusto tremendo.

Jac Lloyd había sido un nacionalista de tomo y lomo. Ferroviario de profesión, no le hacía ascos a casi ningún oficio, lo cual le permitió suplir las necesidades de la ferretería que antaño había pertenecido a los padres de Glynis. La cabaña de madera que había en la orilla del lago donde ahora se encuentran estaba situada a cierta distancia del agua, para que no la afectasen las crecidas; una alta franja de pinos la tapaba lo justo para no ser vista. Glynis y Jac quedaban allí cuando eran novios, lejos de los chismorreos del pueblo. Él pescaba mientras ella leía un libro, y después... Glynis sonríe al recordarlo.

La parcela en sí tenía una extensión de menos de media hectárea, y formaba parte de una zona boscosa que en su día había sido territorio galés. En 1972, la Ley de Gobernación Local delimitó los condados del Reino Unido, y aquella franja de tierra al este del Llyn Drych pasó a ser inglesa.

Glynis jamás había visto a su esposo tan enfurecido. La mera idea de poseer una propiedad en suelo inglés era para él algo inimaginable —y en Cwm Coed lo convirtió en el blanco de tantas bromas que optó por buscarse un pub fuera del pueblo—, pero un día un periodista plantó la semilla que cambiaría su punto de vista sobre el tema.

«El último bastión galés», rezaba el titular, que encabezaba una fotografía de Tŷ'r Lan, donde ondeaba la bandera del dragón rojo. El artículo presentaba a Jac como un guerrero, un protector de su idioma y cultura que ejercía de guardián de unas tierras que seguían siendo moralmente —si bien no legalmente— galesas.

«*Cymru am byth*», dijo Jac con orgullo, enseñándole la publicación. «Larga vida a Gales».

¡Cuál no sería su desesperación si se enterase de lo que ha hecho su hijo! Glynis siente un dolor en el pecho al imaginarse la consternación que anegaría los ojos de su difunto esposo. Ya no existe Tŷ'r Lan, sino La Ribera; ya no existe ningún bastión para los galeses, sino un patio de recreo para los ingleses, uno que ha pasado por encima de sus tradiciones, sin que ninguno de ellos se digne a pronunciar un mísero *diolch*, excepto Clemmie, la cual —Glynis ha de admitirlo— se esfuerza por integrarse.

Después de morir Jac, su mujer habló con la abogada de la familia. «Tengo por ahí su testamento», le dijo. Su marido lo había dejado todo dispuesto años atrás, cuando redactó sus últimas voluntades en una de esas plantillas que se vendían en los quioscos. Todo ello con los testigos pertinentes, bien hecho y de acuerdo con la legalidad. Jac era de los que no dejan nada al azar; al menos, lo fue hasta que la demencia vino para quedarse. Tŷ'r Lan pasaría a manos de Glynis, quien mantendría ondeante la bandera galesa en honor de su marido.

Solo que entonces la señora Lloyd recibió una llamada de una abogada distinta. Una del pueblo de al lado, una que no conocía a la familia ni de vista, y cuyo tono grosero hizo que a Glynis le entrasen ganas de llorar.

«Le doy mi pésame —le dijo la desconocida. La viuda oyó el chasquido de una goma elástica—. En fin, su difunto esposo vino a verme hace seis meses con su hijo. Tengo aquí una copia de su testamento...».

«Creo que ha habido un error», repuso Glynis.

Pero no, no lo había.

Jac Lloyd —quien, en el año que precedió a su muerte, demasiado a menudo llenaba su bol de cereales con zumo de naranja y guardaba sus zapatos en la nevera— había revocado el testamento anterior en favor de otro nuevo, en el que legaba Tŷ'r Lan y los terrenos circundantes a Rhys.

«No puede ser», —insistió la madre del cantante. Rhys llevaba años tratando de persuadir a su padre para edificar en la zona, y Jac siempre le respondía lo mismo: «Por encima de mi cadáver». Tŷ'r Lan era una cabaña galesa auténtica; formaba parte del paisaje. Puede que el terreno fuera inglés, pero aquellos árboles eran tan galeses como el propio Jac.

«Es un documento sin fisuras, se lo aseguro —dijo la abogada—. Aunque, si me trae usted el testamento autorredactado de su marido, podría cotejar las fechas».

Pero el original no aparecía por ningún lado.

Glynis, desde la ventana de la cabaña de los Charlton, contempla unas vistas que no han cambiado en los setenta y tantos años que hace que las conoce.

«¿Y verdad que el archivador este de Jac queda monísimo en el despacho de Rhys?», había dicho Yasmin al fardar de cabaña delante de su suegra por millonésima vez. Glynis tocó aquella superficie de metal abollada, recordó cuando el mueble estaba en Tŷ'r Lan y pensó en el revoltijo de papeles que contenía.

«A prueba de bombas», acostumbraba a decir Jac después de cerrar los cajones con llave y cubrirlo de nuevo con el mantel de su madre.

Jac quería que Glynis se quedase con Tŷ'r Lan y los terrenos circundantes; quería que su esposa continuara protegiéndolos. ¿Qué pasaría si su testamento original estuviera en el archivador de Rhys? Hallarlo demostraría cuáles eran las verdaderas intenciones de Jac respecto de esas tierras.

Glynis se ha pasado semanas buscando la llave, poniendo patas arriba su habitación de invitados y escarbando entre fotos antiguas y papeles sueltos. La encontró en una vieja cajita de aparejos de pesca, junto con un puñado de corchos y unos cuantos anzuelos oxidados.

Ahora, cuelga del cuello de Glynis, atada a una larga cadenita.

La señora Lloyd echa un vistazo alrededor. Rhys está en la cocina hablando con Jonty, mientras las gemelas le ofrecen un sándwich. Yasmin está sirviendo champán en un rincón. Ahora, en la cabaña de los Lloyd, no habrá nadie.

Nadie se fija en Glynis cuando se escabulle al exterior: es una de las pocas ventajas de la vejez. Avanza pegada a la hilera de cabañas, perfectamente tranquila, porque ¿qué tiene de malo lo que está haciendo? Es la madre de Rhys y la *nain* de las chicas; ¿por qué no iba a poder escaquearse un momento de la fiesta para ir a descansar a su cabaña un rato?

La puerta de la número cinco la han dejado cerrada sin echar la llave. Dentro, apenas hay luz. Glynis sube directa al despacho del piso de arriba para abrir el archivador; la llave gira con tanta facilidad como si hubiera sido usada ayer mismo. En su interior, una serie compacta de carpetas de cartulina forman un arcoíris descolorido; en la solapa de cada una de ellas hay algo escrito con la caligrafía llena de florituras de Jac. La señora Lloyd las va sacando una a una y va hojeando los papeles con ojo avezado, conocedora del sistema de clasificación de su difunto esposo tanto como del suyo propio. No hay un orden alfabético ni una agrupación por temas, o por el nombre de la persona a quien iban dirigidos. Las facturas de la luz siempre se archivaban como «Gethin Jones», dado que el bueno de Gethin era quien había realizado la instalación eléctrica original de la cabaña. Había también mapas de caminos rurales cercanos, pero estos no se guardaban todos juntos, sino según el nombre de la granja por donde pasaba cada uno. Jac tenía sus manías, piensa Glynis con ternura, antes ya de que se le fuera la cabeza.

La señora saca una carpeta marcada como «Anti Nesta», y el corazón le da un vuelco. Nesta —que no era realmente la tía de Jac, sino una amiga muy cercana de su madre—, había trabajado en un tanatorio. Glynis abre la carpeta y asume al instante que, si el testamento de Jac está por algún lado, tendrá que ser ahí. Dentro hay varios folletos de propaganda sobre lápidas, unas esmeradas anotaciones donde se ponderan los méritos de distintos ataúdes...

Y el testamento.

Glynis nota cómo el duelo la invade una vez más, tantos años después de haber perdido a Jac, mientras lee lo que escribió con esas nítidas mayúsculas que cifran lo que deberá suceder con la tienda, el piso y sus tierras de la ribera del lago. Rhys estaba al tanto de cuáles eran los deseos de su padre, y aun así se aprovechó de la enfermedad de Jac —y de su negativa a visitar a un médico— y actuó deliberadamente en contra de su voluntad. Su difunto esposo se moriría de pena.

Hay un ruido en la planta baja.

Alguien aporrea la puerta y se lanza escandalosamente escaleras arriba; parece encontrarse en un estado violento, descontrolado. A Glynis le entra el pánico. ¿Y si es un ladrón que ha venido a aprovecharse de que la casa estaba vacía? ¿Y si la ataca? Enajenada, mira a su alrededor en busca de algo que pueda servirle como arma, mientras los pisotones del intruso suben por la escalera. La mujer deja a un lado la carpeta y coge un trofeo del estante de encima del escritorio; pesa tanto que por poco se le cae de las manos, pero aun así lo sostiene con firmeza, haciendo un esfuerzo tan sobrehumano para ella que apenas es capaz de respirar.

Y entonces se abre la puerta y entra Rhys, y el gran alivio inicial de Glynis se ve contrarrestado por la rabia, igual que cuando una madre agarra del brazo a un hijo al que ya creía extraviado. El cantante se deja caer contra la pared, demasiado beodo como para enterarse de que tiene a su propia madre delante —aunque ¿de verdad le habría importado lo más mínimo, piensa Glynis, haberse percatado de su presencia?—. Rhys siempre ha hecho lo que le ha venido en gana; siempre ha tomado para sí lo que ha querido. Se imagina a su hijo dictándole a Jac qué decir, dónde firmar —convenciéndolo de estar haciendo lo que toca— y, antes de darse cuenta de lo que hace, emplea todas sus fuerzas en levantar el trofeo y dejarlo caer encima de su hijo.

No es hasta que Rhys se desmorona como un árbol talado que Glynis vuelve en su ser.

La señora se tapa la boca con la mano para contener un grito; le tiemblan todas y cada una de las partes del cuerpo.

¿Qué ha hecho?

57

Nochevieja - Clemmie

Clemmie Northcote se lo está pasando en grande esta noche. Ha puesto a prueba su galés con todos los invitados del pueblo (y también con algunos de los ingleses), ha bebido muchísimo más de la cuenta, y le importa todo un comino, porque ¡es Nochevieja! ¡Están de fiesta! ¡Un hurra por el champán gratis y las maravillosas vistas que los rodean!

Clemmie continúa un rato más con su danza irlandesa, disciplina que ha descubierto que se le da increíblemente bien para no haberla practicado nunca. La gente la está aclamando o, quizá, se está riendo de ella —difícil adivinarlo—, pero, en cualquier caso, le da igual: se está divirtiendo de lo lindo.

La ocupante del número cuatro se toma un respiro y cede la pista de baile a los más jóvenes, que en realidad bailar, lo que es bailar, no bailan, sino que se limitan a contonearse de lado a lado y a gritarse cosas mientras beben. En la otra punta de la habitación está Bobby Stafford, que le ha puesto la mano en el culo a la limpiadora.

—Poniendo su granito de arena en favor de las relaciones transfronterizas —dice Clemmie, riéndose sola. Ashleigh también lo ha visto, y ahora, desde el sofá, le lanza a su marido una mirada asesina, tan penetrante que él hasta debe de notarla en sus carnes, puesto que acaba de darse la vuelta. Clemmie ya acerca la mano a su bol de palomitas imaginario cuando Bobby hace un gesto de menosprecio, como si se encogiera de hombros, y no le quita ni un solo dedo de encima a Mia. Que ojo, ella ya ha visto a Ashleigh salir del baño con Jonty dos veces en lo que llevan de noche, o sea que a lo mejor es un arreglo que tienen entre los dos. Hay relaciones rarísimas: Yasmin y Rhys no se han dirigido una palabra en toda la fiesta. ¡Pobres gemelas! Tener unos padres que se ponen a discutir así, delante de todo el mundo...

La invitada mira alrededor, pero no ve a Tabby y Felicia, que deben de haberse ido a la número cuatro con su hijo. Clemmie no ha perdido la esperanza de que una de ellas se enamore locamente de Caleb, y dedica una buena parte de sus baños lacustres a contemplar la perspectiva de un casamiento Northcote-Lloyd. Por desgracia, Caleb parece más interesado en Seren, que es una chica muy maja, pero que se ha presentado a la fiesta de esta noche vestida —no hay forma posible de decirlo con finura— como una prostituta. Si tiene la oportunidad de hacerlo, le dirá cuatro cosas; de mujer a mujer. Y, de paso, la someterá a examen y verá si es apta para Caleb, solo por si lo de Tabby o Felicia no sale bien.

Cualquiera de esas chicas sería una afortunada de tener a su hijo consigo, piensa Clemmie mientras se pone a deambular por el salón en busca de otra copa que, siendo sincera, no debería tomarse, pero ¿qué más da? Caleb, poco a poco, se está convirtiendo de nuevo en el joven afable y considerado que era antes, y es todo gracias a La Ribera. Ella tiene una fe evangélica en los cambios que se han ido produciendo en su hijo desde que se marcharon de Londres, y el miedo la acomete de pronto al recordar la insistencia por parte de Rhys de que le devuelva el dinero que él pidió prestado en su favor. Es una injusticia: Clemmie y él tenían un pacto. Tal vez no un pacto legal, pero sí un... ¿cómo lo llaman? A la invitada le entra hipo. Un pacto entre caballeros, eso es.

—Un pacto entre caballeras —dice Clemmie en voz alta, y se le escapa una risita nasal, mucho más ruidosa de lo que ella pretendía. Rhys ya ha acabado su conversación con Jonty y se dirige ahora hacia el salón principal. Seren hace un gesto con la mano para iniciar una charla con él, pero el cantante se la queda mirando un momento (y con toda probabilidad se pregunta en qué estarían pensando sus padres al dejarla salir de casa con esas pintas) y luego retoma su camino. El fundador de La Ribera está hecho una birria. El amigo se ha pasado dándole al alpiste, piensa Clemmie imitando la voz de Jonty, lo cual hace que le dé la risa y vuelva a entrarle el hipo.

El champán la ha vuelto intrépida. ¿Y si va a hablar con Rhys ahora que el alcohol lo tiene apaciguado? No le pide que la exima del pago, aunque, por supuesto, no le diría que no a eso, ¡desde luego que no! Pero ella solo le está pidiendo que se atenga a su pacto original. Su pacto entre caballeros.

—Un pacto entre caballeras... —Clemmie frunce el ceño. ¿Verdad que esa broma ya la ha hecho? La vecina de la número cuatro se abre paso entre el gentío a paso inestable. Rhys ha salido por la puerta principal; eso significa que podrán hablar en privado: la cosa pinta bien. Nadie más está enterado de lo del préstamo, y Clemmie tiene la firme intención de que así siga siendo.

Al salir del domicilio de los Charlton, ve que Rhys está al otro lado de la calzada. El cantante se agacha y vomita en los parterres; después, abre la puerta de la cabaña de los Lloyd. Está claro que ese hombre ya ha dado la noche por terminada. Clemmie aprieta el paso para alcanzarlo. Rhys se ha dejado la puerta abierta, y ella, en lugar de llamar, entra directamente y grita:

—¿Hola? ¿Rhys?

No hay rastro de él en la planta baja, así que Clemmie se lanza escaleras arriba, tropezando con sus propios pies en un esfuerzo por llegar al primer piso antes de que su vecino se empiece a poner el pijama. Oye un ruidito parecido al que se escucha cuando alguien traga, y llama al cantante otra vez, mientras dobla el último tramo de escaleras y emprende los peldaños que conducen al despacho.

—Soy yo, Clemmie. Solo había pensado que a lo mejor podríamos...

Por un momento, se pregunta si está sufriendo una alucinación. Ha bebido una barbaridad, sí. Pero entonces Glynis vuelve a hacer ese ruido —una especie de gárgara estrangulada— y la sangre se le agolpa a Clemmie en la cabeza. Rhys está en el suelo, boca abajo. En el parquet, debajo de su cara, hay una mancha de sangre; a su lado, un trofeo dorado, con un bloque de mármol como base.

—Ay, Dios —dice Clemmie, que se deja caer de rodillas junto a Rhys, lo voltea y lo tienta desesperadamente en busca de pulsaciones. Un tajo profundo le parte la cara en dos, y tiene la boca llena de sangre. No se mueve.

—Obligó a mi marido a escribir un testamento. —Glynis habla tan bajito que Clemmie apenas la oye. Northcote detecta un pulso marcado, unas palpitaciones aceleradas y enérgicas, y entonces se da cuenta de que son las suyas y cambia de posición—. Jac nunca le habría dejado sus tierras a Rhys si hubiera estado bien de la cabeza.

Clemmie no sabe de qué le habla Glynis, pero tiene la terrible sensación de estar adivinando lo que implican sus palabras. Se incorpora y se queda un instante sentada sobre sus talones, mirándola a los ojos.

—¿Lo ha hecho a propósito?

—¡No!

—Bueno, pues gracias a Dios que... —Clemmie reanuda su búsqueda de actividad cardiaca.

—Quiero decir..., no del todo. —Northcote vuelve a mirarla, atónita ante lo que está oyendo—. He perdido los estribos. Estaba muy enfadada y... —Glynis se tapa la cara—. Ay, Dios..., ¿qué he hecho?

A Clemmie le va el corazón a mil por hora. Luchando por respirar con normalidad, trata de hablar en un tono tranquilo.

—Tenemos que deshacernos de él.

—Deshacernos de... ¿Cómo? Tenemos que llamar a una ambulancia. ¿Tienes móvil? Yo no tengo, y aquí no hay línea de fijo, no sé por qué no...

—¡Glynis!

La mujer se queda callada. Está lívida y no para de apretar los labios, dominada por el pánico.

Clemmie le habla despacio.

—La detendrán, Glynis. Irá a la cárcel.

—No, no, no. No le pasará nada, solo tenemos que llevarlo a un hospital.

—Yo la ayudaré. —En el tono de Clemmie hay más fortaleza de la que ella en realidad alberga—. La voy a proteger.

—No entiendo nada. —La señora Lloyd ha roto a llorar.

—Ya es demasiado tarde, Glynis. —Clemmie vuelve a presionar el cuello de Rhys con sus dedos pringosos de sangre, pese a que ya sabe con qué se encontrará—. Ningún médico va a poder ayudarlo.

La cabeza le da vueltas. Ella había venido a la cabaña de los Lloyd a hablar con el cantante sobre su acuerdo respecto a aquel préstamo que pidió. Un acuerdo del que nadie más está al corriente. Es consciente de que lo que acaba de ocurrir es espantoso, que Glynis está conmocionada —y que tal vez jamás se reponga de esta—, pero, por dentro, está dando saltitos de alegría. Piensa en el dinero que jamás tendrá que devolver, y en el futuro que podrá prometerle a su hijo.

—¿Estás...? —La señora Lloyd reprime un sollozo—. ¿Estás segura?

Clemmie se encorva sobre Rhys para ocultar a Glynis la terrible visión de su hijo yaciendo inmóvil en el suelo.

—Segurísima.

Vuelve a tentar el cuerpo en busca de un pulso, con la determinación de que esta vez la cosa será distinta, pero nada ha cambiado. A pesar de las náuseas que le suben por la garganta, piensa en la libertad a la que podrá aspirar ahora que no tiene que saldar sus deudas con Rhys. Todo sucede por una razón, se asegura a sí misma.

—Me temo que lo ha matado —le dice a Glynis.

Mientras la señora Lloyd se deja caer sollozando en una silla, Clemmie se queda quieta, palpando el pulso de Rhys: lento y débil, pero inequívocamente presente.

Por ahora.

58

9 de enero - Ffion

Antes de tomar una decisión sobre la puesta en libertad de Angharad, Ffion y Leo tienen que validar su coartada. La madre de Ffion, encantada de que por fin le dejen meter las narices en el caso, confirma que, en efecto, pasó la Nochevieja con su amiga.

—Bueno, ¿qué tal si hacemos una pausa y nos tomamos una *paned*?

—Mamá, estamos en mitad de la investigación de un asesinato. Leo está esperando fuera.

«Os daré un poco de espacio», dijo el agente cuando llegaron a casa de las Morgan, y Ffion le agradeció la comprensión.

—Ojalá me hubieses contado que estuviste con Angharad —le dice ahora la policía a su madre—. A lo mejor entonces no la habríamos arrestado.

—Te negabas a hablar del caso conmigo.

—Mamá, esto es dife…

—Creo que tus palabras fueron: «¡Con mi madre menos!». Porque al parecer lo que me digas lo voy a ir largando por todo el pueblo, ¿no? Da igual que tenga más información sobre la mitad del pueblo de la que tú conseguirás en la vida.

—No me interesan los chismes, mamá.

—Ah, ¿que Jos Carter se haya fugado con su profesor de autoescuela es un chisme?

Ffion pone los ojos en blanco.

—Hombre, mamá, pues claro que es…

—¿O que Glynis Lloyd haya impugnado el testamento de Jac?

—¿Qué?

—Ha encontrado el testamento original, en el que su marido le dejaba Tŷ'r Lan a ella. Piensa tomar acciones legales.

—¡Ay, por Dios, mamá, que me da igual! —Ffion ya tendría que haber escarmentado, y no dejarse embaucar así por los cotilleos de su madre. La agente echa un vistazo hacia el piso de arriba.

—¿Qué tal está Seren?

—Durmiendo.

Esta mañana, al terminar la ronda de visitas, el hospital ha dado de alta a la joven y, ya en casa, Elen la ha mandado a la cama con una botella de agua caliente y una taza de sopa de tomate. El especialista ha confirmado que su aterrador calvario no había dejado secuelas dañinas, pero todos son conscientes de la suerte que ha tenido.

—No me ha respondido a los mensajes.

Cuando la ambulancia llegó al cobertizo de los botes, Ffion acompañó a Seren al hospital, y Leo las siguió en su coche. La policía aferró la mano fría de su hija y rezó por que no le pasara nada. Seren estaba enfadadísima con ella, que sin embargo le había salvado la vida, lo cual era un punto a favor, ¿no? Pero, en cuanto recobró la consciencia, la adolescente apartó a Ffion de un empujón, causando tal revuelo que vinieron las enfermeras a ver qué ocurría. «¡No me toques!».

La agente le ha estado mensajeando toda la mañana, cuando no estaba reunida o interrogando a Angharad, pero, aunque todo lo que le ha enviado salía marcado como leído, no ha habido respuesta.

—Dale tiempo —dice Elen.

—Me odia.

—Todas las hijas odian a su madre en algún punto de sus vidas. Es como un rito de iniciación.

Ffion abre la boca para contradecirla y, al cruzar la mirada con ella, esboza una sonrisa irónica. Se quedan un rato en silencio, inmersa cada una en sus propios pensamientos, hasta que

Elen toca delicadamente el brazo de su hija y adopta una expresión sombría.

—O sea que Rhys.

Sea lo que sea lo que Seren le haya explicado, solo puede ser una verdad a medias, y ahora su madre espera que Ffion le cuente el resto de la historia. Durante dieciséis años, Elen ha criado a la hija de su primogénita como si fuera suya. Ha estado animando a Ffion a marcharse de Cwm Coed para hallar su propio camino en la vida, sin las trabas de tener que cuidar de una bebé. La policía es consciente de que su madre merece saber la verdad, pero lo único que es capaz de decirle es:

—Yo no quería, mamá. Yo no quería estar con él.

Y arranca otra vez a sollozar.

Elen también contrae la cara en una mueca de dolor y abraza tan fuerte a Ffion que casi le corta el aliento.

—Lo siento mucho, Ffi. Lo siento mucho por todo lo que ha pasado.

De nuevo en el coche, Ffion llama a la mesa de coordinación para confirmarles que Angharad puede ser puesta en libertad. Si Leo se ha dado cuenta de que tiene los ojos enrojecidos, no se lo ha mencionado. La agente llega a la conclusión de que hay algo reconfortante, en cierto modo, en el hecho de estar con alguien que lo sabe todo sobre ti.

En su relación con Huw hubo varios momentos en que le quiso contar la verdad. No la verdad sobre Seren —se había jurado solemnemente que jamás revelaría nada a nadie acerca de ese tema—, sino sobre lo de la violación.

Violación.

Es la primera vez que emplea esa palabra, incluso para sus adentros, y sin embargo no hay otra para referirse a su vivencia. Rhys la violó.

Una vez, a Ffion le tocó lidiar con un caso así en el trabajo: una chica de unos veintitantos que, habiendo bebido más de la cuenta, se había despertado sin recordar nada de lo que su cuerpo le decía que había ocurrido. La agente se subió al coche y regresó a casa en piloto automático; tal como entró por la puerta, se desmoronó. Huw le sirvió una copa de vino y le dijo todo lo que debía decirle. Que era una persona extraordinaria por dedicarse a ese trabajo; que el estrés sí o sí tenía que pasarle factura de vez en cuando. Y Ffion tomó aire y pensó: ahora, se lo voy a contar ahora.

«Hay que ser tonta para pillarse semejante cogorza —dijo entonces su exmarido—. Te debes de hartar de verlo, ¿a que sí? Se ponen de cerveza hasta el culo y al día siguiente les entra el arrepentimiento».

Ahora no, pensó Ffion. Ahora no se lo voy a contar.

Ni entonces ni nunca, tal y como fueron las cosas. Y sin saber que la habían violado, sin saber nada de lo de Seren, ¿podía realmente extrañarle que Huw fuera incapaz de entender por qué Ffion no quería formar una familia? No se merecía otro bebé; no cuando se había desprendido del primero.

Ahora Leo sí lo sabe todo. Y más. Sabe cuáles son los miedos de Ffion, y hacia qué siente amor. Sabe qué emociones le despiertan el lago y las montañas, y el pueblo que antaño se moría de ganas de dejar atrás.

—Supongo que... —dice la agente.

—A lo mejor tú y yo... —Brady comienza a hablar al mismo tiempo que ella—. Tú primero.

—No, tú, tú.

Leo coge aire.

—Estaba pensando en cuando nos conocimos.

—Ajá.

—Cuando te vi en la morgue, fue...

—¿Incómodo?

—Mucho —dice el policía—. Pero entonces... En fin, solo quería decirte que ha sido genial trabajar contigo. Y nada incómodo. —Leo mira por encima del volante a un punto indefinido, callado de pronto como si se hubiera quedado sin fuelle.

Es un adiós. Ffion lo sabe. Su comisión de servicio en la Unidad de Delitos Graves de la policía de Cheshire terminará pronto, y volverá a su demarcación. Puede que ella y Leo intercambien algunos mails, y que quizá coincidan en los tribunales dentro de unos meses, pero eso será todo.

La agente emula el tono seco y cortante de su compañero.

—Opino lo mismo.

—¿Qué ibas a decirme?

Ffion iba a proponerle que se dieran una oportunidad. Quería decirle que jamás había estado tan a gusto con nadie, y que nunca se había sentido tan segura como cuando él la abrazaba y contemplaban juntos el lago.

—Que sí, que ha sido genial.

Algo ha pasado con La Ribera. No es solo que las lucecillas decorativas ya no estén encendidas, o que ya no corra el champán. El resort parece, en cierto modo, manchado por la deshonra; ahora ya no es un lugar codiciado, sino temido. Evitado. Hasta el cielo parece un poco más oscuro a este lado del lago; las nubes, un poco más grises.

Cuando se bajan del coche, se abre la puerta de la cabaña de los Stafford y aparece una pareja, tan estrechamente entrelazados que no pueden andar si no es de lado, como los cangrejos.

—Esa no es Ashleigh Stafford —dice Leo.

—Tus dotes de observación son excepcionales. —Ffion contempla cómo la pareja termina de besuquearse. Bobby, que hace un momento tenía la cara de la mujer entre las manos, levanta a su acompañante del suelo y baila en círculos con ella en brazos—. Idos a un motel —murmura la agente.

—¿Qué hay? —los saluda Bobby al darse cuenta de que tienen público. Sonríe con tanta amplitud que a Ffion le duelen las mejillas solo de verlo—. Aquí tienen a la futura señora Stafford. —La mujer se pone colorada.

—*S'mae*, Mia —dice Ffion—. Qué sorpresa verte por aquí.

—Entonces no hace falta que os presente, ¿eh? —Bobby arrima a Mia a su lado—. Es un caramelito, ¿verdad?

—Por eso te he seducido en la época más dulce del año, ¿verdad? —Mia le da un codacito amistoso y se besan una vez más. Leo y Ffion cruzan una mirada.

—¿Qué ha pasado con Ashleigh? —pregunta el agente.

—No la tengo enterrada en el jardín, si es eso lo que se preguntan. —Bobby lanza una carcajada, pero pronto se reprime—. Perdón. Igual he metido un poco la gamba, teniendo en cuenta la situación actual, ¿no?

—Solo un poco. —Ffion no puede parar de observar a Mia. Va vestida con los tejanos y el polar de siempre, y calza un par de zapatillas viejas y desgastadas, pero tiene buen color y se la ve… radiante. No hay otra palabra para describirlo.

—Ashleigh me ha dejado —dice Bobby.

—Me sabe mal —dice Leo.

Bobby le guiña un ojo.

—A mí no. Lo nuestro era todo una farsa.

—Le entiendo perfectamente, colega —dice Leo.

—No, es que era una farsa de verdad. Resulta que a Ashleigh le importaban más los titulares que yo. Cuando me di cuenta, le dije que tocaba finiquitar el asunto, pero ella me dijo que iba a conseguir más atención por parte de los medios si alargábamos un poco más la cosa. Había tramado un planazo que consistía en filtrar algunas historias a los tabloides: discusiones sobre si queríamos o no tener un bebé, y cosas por el estilo. —El actor pone cara de asqueado—. Nunca tendría que haberle seguido el rollo. Yo lo único que quiero es vivir en paz, ¿saben?

Alguien abre la puerta de la cabaña de al lado, la de la número cuatro, donde vive Clemmie Northcote. Ffion le dirige a Bobby una sonrisa tensa.

—No sé si ha escogido usted el mejor sitio para eso.

Los agentes esperan a estar dentro de la cabaña para arrestar a Clemmie. En el muelle, junto a una silla sobre la que chorrea un traje de neopreno, empapando el entablado, hay un par de botas de agua.

—Usted me dijo que había asistido al baño con la gente del pueblo —dice Leo un rato después, cuando la cinta que registra el interrogatorio ya ha comenzado a girar—. Pero era mentira, ¿verdad?

Clemmie afirma silenciosamente con la cabeza, mientras le va dando tirones nerviosos al vestido que lleva puesto.

—Dígalo para que quede grabado, por favor.

—Sí.

—Entonces ¿por qué su traje de neopreno estaba mojado cuando mi compañera habló con usted el día de Año Nuevo? —pregunta Ffion.

Northcote parpadea velozmente.

—Me di un chapuzón antes de la fiesta.

—¿En serio? —Morgan revisa sus notas—. Porque, por lo que teníamos entendido, usted estuvo ayudando con los preparativos, e iba que no daba abasto.

Clemmie se mordisquea el labio inferior, y Ffion le sostiene la mirada con toda su sangre fría.

—Cuéntenos qué pasó.

—No sé de qué me habla.

—¿Siguió usted a Rhys hasta su despacho? —pregunta Leo.

—No.

—Según Jonty Charlton, las cabañas de La Ribera han de comprarse al contado —dice el policía—. Y, sin embargo, usted me contó que había comprado el suyo a plazos. ¿Cómo es eso?

Clemmie traga saliva, pero no contesta.

—En los registros bancarios de Rhys aparecen varias cantidades recibidas de manera regular mediante transferencia —apunta Ffion—. ¿Eran suyas? ¿Tenía usted un acuerdo de financiación con él?

La interrogada se revuelve en su asiento, con la desolación pintada en el rostro. Deja escapar una bocanada de aire, como un globo que se desinfla, y asiente con la cabeza.

—¿Cuánto le debía a Lloyd?

Se impone un largo silencio.

—Cuatrocientas mil libras.

Leo suelta un silbido.

—Eso es mucho dinero. ¿Quién más estaba al corriente de que existía ese préstamo?

—Nadie más.

—Qué bien le habrá ido a usted —dice Ffion— que la única persona que lo sabía haya muerto.

—¡Yo no lo maté! —Northcote rompe a llorar.

Ffion coloca una serie de imágenes encima de la mesa.

—Todas estas fotos fueron publicadas en Instagram durante la fiesta o poco después de ella. —La agente va indicando con el dedo el lugar en que Clemmie aparece en cada una, riéndose, bailando, bebiendo—. Les hemos extraído los metadatos y ¿sabe qué es lo más interesante? En esta foto —Ffion señala una imagen en que la sospechosa aparece bailando una especie de giga—, que fue tomada a las diez en punto de la noche, usted tiene el pelo seco. En cambio, en esta otra, tomada a la una en punto de la madrugada del día de Año Nuevo, lo tiene mojado. —La interrogada examina atentamente la fotografía. Sale ella en la cocina de los Charlton, con la mirada perdida en el interior de su copa, mientras la fiesta prosigue a su alrededor—. ¿Por qué, Clemmie? —pregunta Ffion.

—Me lo había lavado.

—¿En mitad de una fiesta?

Leo apoya los codos en la mesa.

—Se fue nadando hasta el barco de Angharad, ¿no es cierto? Con el objeto de usarlo para deshacerse del cuerpo de Rhys Lloyd. Lo cual me sugiere que fue usted quien lo mató.

Clemmie está temblando, con la cara cenicienta.

—Creo... —dice finalmente—. Creo que me gustaría hablar con un abogado.

59

Nochevieja - Clemmie

¿Se considera asesinato, piensa Clemmie mientras cruza el dormitorio principal cargada con el cuerpo inerte de Rhys, si alguien muere porque uno no lo ha salvado? Se niega a escuchar la respuesta; en lugar de eso, piensa en Caleb, en la espiral destructiva en que quedó atrapado cuando vivían en Londres, y en la transformación que ha experimentado en La Ribera. Esa cabaña puede ser suya. Sin la amenaza inminente de un préstamo por devolver, sin papeleo, sin coerciones. Todas esas cosas habrán desaparecido.

Clemmie suelta un gruñido al tirar de Rhys para sacarlo a la terraza. Una ráfaga de aire fresco le quita de encima los últimos vestigios de borrachera. Lloyd pesa lo suyo, pero acaba de decirle a Glynis que se quede en el despacho por si entra alguien. Northcote está bastante segura de que Rhys se encuentra lo bastante ido como para no causar ningún problema, pero ¿y si de repente gime o se mueve?

Al otro extremo de La Ribera, la carpa donde se celebra la fiesta late al compás de la música; guirnaldas de lucecitas decoran, entrecruzadas, las ventanas empañadas del recinto. A Clemmie se le hace un nudo en el pecho. De tanto rato que espera, está arriesgándose a claudicar frente al miedo; tiene que rehacerse. Afuera no hay nadie; nadie que pueda verla.

El cristal que bordea la terraza termina a menos de medio metro del suelo. Northcote empuja a Rhys para hacerlo pasar por debajo, repugnada por sus propios actos pero habiéndolos llevado demasiado lejos como para detenerse. Hay un momento horrible en que el cantante queda colgado en el vacío y ella piensa que se ha quedado atascado a la altura del abdomen, pero entonces coloca un pie encima de él, empuja una vez más y...

Bum.

A Clemmie se le corta la respiración. No se atreve a mirar abajo. El golpe ha sonado tan fuerte que se imagina a Rhys espachurrado en el muelle, y partes de su cuerpo esparcidas por todos lados como si lo hubiera atropellado un tren. Pero al asomarse temerosamente por encima de la baranda, se lo encuentra tirado en el suelo, intacto, como si estuviera dormido.

Clemmie respira hondo unas cuantas veces y vuelve a meterse en el despacho. Glinys no se ha movido de allí donde su vecina la ha encontrado. Ha parado de llorar, pero su cara presenta un aspecto exangüe y le ha entrado un temblor en la mandíbula.

—Si lo arrojamos al agua demasiado cerca de la orilla, lo encontrarán. —Clemmie no se reconoce en las palabras que está pronunciando—. Limpie todo esto de aquí. Hay lejía en el baño, eche una buena cantidad. Quedamos en el pontón dentro de quince minutos. Y llévese eso consigo. —Northcote señala el trofeo, que sigue tirado en el suelo.

Glynis suelta un sollozo.

—No puedo...

—Debe hacerlo. —Clemmie habla con severidad, pero no le queda otra opción. Tienen que deshacerse de Rhys, y han de actuar enseguida. Quién sabe si Yasmin volverá un momento a casa para retocarse un poco, o si las gemelas se cansarán de pasar el rato con Caleb. El solo hecho de pensar en su hijo la deja con el corazón en un puño. «Esto lo estoy haciendo por ti», le dice.

Al bajar al muelle, Clemmie no se detiene más que el tiempo justo y necesario, con tal de impedir que le entren las dudas. Arrastra el cuerpo de Rhys por encima del entablado, agradecida por la musculatura que ha ganado con la natación, y lo deja caer por la escalerilla del pontón que hay entre la cabaña de los Lloyd y la suya propia. No es hasta que ya se encuentra fuera del alcance visual de las viviendas que deja de contener la respiración, y solo entonces se agacha para tomarle de nuevo el pulso al cantante. Al principio lo cree muerto, pero entonces nota una tenue vibración bajo las yemas de los dedos: un recordatorio apenas perceptible de que no ha sobrepasado todos los límites —no todavía, al menos—. La piel de Rhys ofrece un aspecto céreo a la luz mortecina de la luna; el reborde de sus labios, un matiz negruzco. Aunque Clemmie llamase a una ambulancia ahora mismo, ¿podrían salvarle la vida? ¿Y qué pasaría con ella? Llamarían a la policía, obviamente, y ¿con qué cara les explicaría cómo se las ha arreglado Rhys para salir a la terraza, y qué estaba haciendo ella ahí con él? Northcote piensa ir hasta el final. Aún no ha sobrepasado todos los límites, pero sí los suficientes.

Varios de los invitados han llegado a la fiesta en lancha. Clemmie cruza al pontón de al lado, pero las tres que hay allí aparcadas en el agua, cabeceando con el oleaje, funcionan con llaves.

—¡Mierda!

Está a punto de echarse a llorar. Arriba, una sombra pasa junto a la ventana de la habitación de los Lloyd, y Northcote reza por que sea Glynis, por que esa mujer esté haciendo lo que ella le ha dicho que hiciera. Exaltada, mira de un lado a otro como si un bote fuera a materializarse de la nada y a emerger de las profundidades del lago. La luna centellea en el agua y unos negros nubarrones pasan sobre la montaña; entonces, a Clemmie se le ocurre una idea. Una que le provoca un escalofrío.

No será capaz.

¿O sí?

El traje de neopreno de Clemmie está colgado encima de una silla, en el exterior de su cabaña. Se acerca hasta él al amparo de las sombras, y se queda sin respiración al ver a Caleb y a las gemelas dentro, en el salón. Tienen toda la mesa llena de botellas de cerveza y vino; la madre que hay en Clemmie querría dar unos cuantos golpes en el cristal y meterles un sermón, pero se limita a coger todo lo que necesita para nadar y regresar al pontón.

Ya se había bañado de noche algunas veces, con la linternita de su boya de seguridad encendida como una luciérnaga acuática, pero nunca sola, nunca víctima de esta sanguínea agitación provocada por el alcohol y el miedo. Ya antes de meterse en el agua su respiración es demasiado acelerada, demasiado superficial, y al zambullirse silenciosamente en el lago se queda sin nada de aire. Pero ella sigue adelante, luchando contra la parte de su cerebro que le dice que se está ahogando. Cuando finalmente emerge, sus pulmones se van expandiendo poco a poco y es capaz de respirar de nuevo.

Nada a braza para mantenerse ojo avizor, aunque sabe que avanza escondida entre las sombras; la encrespada superficie del agua negro azabache está acostumbrada a ocultar lo que reside en sus profundidades. Un poco más lejos, el mástil del barco de Angharad resplandece bajo la luna. El agua altera su percepción de las distancias: el lugre parece fuera de su alcance, hasta que de pronto lo tiene solamente a treinta metros, luego a veinte…, diez…

Clemmie se impulsa hacia arriba; los brazos y las piernas se le han quedado endebles, como de gelatina. Reza por que quede combustible en el motor fueraborda, ya que a pesar de las clases que la dueña del barco les impartió a ella y a su hijo, todavía no es capaz de navegar sola —y menos aún en la oscuridad—. Se acuerda de que ha de empujar la orza hacia abajo para que salga por la ranura del casco, y dejarla bien acoplada. Cuando ya lo ha hecho, desbloquea la bisagra del motor y lo baja hasta el agua. Lo enciende, agarra la cuerda de arranque y tira con fuerza.

Se oyen un chisporroteo y una tos, y después se hace el silencio.

—Vamos, vamos, vamos… —Clemmie lo intenta una y otra vez. Lágrimas de frustración le afloran a los ojos y los dientes le castañean a medida que el frío le va calando los huesos. Vuelve a tirar de la cuerda y el chisporroteo se convierte en un rugido. Manosea el estárter, localiza la caña del motor y orienta el barco en dirección a La Ribera.

Cuando ya se va acercando a las cabañas, Northcote extingue el motor, coloca los remos en sus correspondientes encajes y se pone a bogar en silencio en dirección a los pontones. Distingue a lo lejos el abultado contorno del cuerpo de Rhys, y durante un segundo cree que lo han dejado solo. Ya está maldiciendo a Glynis cuando se percata de que las siluetas son dos, y que una sostiene a la otra en su regazo. Clemmie siente a la vez un inmenso dolor por la pena de la señora Lloyd, y pavor ante la posibilidad de que Rhys se haya repuesto (y que incluso esté explicándole a su madre lo que le ha hecho la vecina). Pero al atracar inexpertamente junto al pontón ve que el cantante está en la misma posición en la que lo ha dejado antes, con la boca abierta y las facciones enturbiadas por la sangre. Un espumarajo le ensucia los labios. Clemmie alarga la mano para agarrarlo de la muñeca, en teoría para arrastrarlo hacia el barco, pero en el fondo para ver si...

Se queda sin aliento. Está muerto. Y ahora no es momento de preguntarse si lo ha matado ella o ha sido Glynis; ya está hecho, ¿qué más da? Rhys está muerto.

—Ayúdeme a subirlo al barco —dice Clemmie—. Yo sola no puedo. —Está haciendo un esfuerzo enorme para que sus miembros la obedezcan; el frío la aprisiona hasta tal punto que ni recuerda lo que es entrar en calor. Juntas, las dos mujeres levantan a Rhys y lo depositan dentro del lugre.

Mientras se alejan de La Ribera, Clemmie revuelve en un arcón cercano y le lanza a Glynis un chaleco salvavidas.

—Póngaselo. —No sabe si Glynis sabe o no nadar, y no puede correr riesgos en caso de que se caiga al agua. Además, le pasa un pequeño trozo de cuerda que había también en el arcón—. Átele el trofeo al tobillo.

—Esto no está bien. Tenemos que avisar a la policía. Yo les explicaré...

—¡La meterán en la cárcel, Glynis! —grita Clemmie; el viento le va desgranando, una a una, las palabras de la boca. Le sostiene la mirada a Glynis hasta que esta aparta los ojos, derrotada, y comienza a hacerle un nudo a la cuerda.

Si no hay cuerpo, piensa Northcote, tratando de aquietar el runrún de sus pensamientos, no hay pruebas. No sabe qué cantidad de rastros han dejado hasta ahora —huellas dactilares, fibras, ADN—, ni qué fracción de esos rastros quedará disuelta, y ahora le entra el pánico por lo que podrían encontrar en la cabaña de los Lloyd. ¿Habrá limpiado Glynis lo suficiente? ¿Habrá dejado ella algún elemento incriminatorio en la escena del crimen, algo imposible de justificar?

—Se acabó. —A Glynis se le quiebra la voz mientras sujeta la cabeza de su hijo contra su seno.

Clemmie apaga el motor y asiente con la cabeza. Se acerca hasta el cuerpo de Rhys y lo agarra de ambas muñecas.

—Cójalo de los pies.

Glynis la mira con ojos suplicantes.

—Cárcel —dice Clemmie—. Una sentencia de por vida. Morirá entre rejas. ¿Es eso lo que quiere?

—Podría explicarlo. Diría que ha sido un accidente.

—¿Y qué pasa conmigo? Yo no pedí verme involucrada en esto. Estoy aquí para protegerla.

—Lo sé, y te lo agradezco, de verdad, pero...

—¿Qué le pasará a Caleb si me meten a mí en la cárcel? Había conseguido encarrilarlo, pero ¿cree que seguirá por el buen camino, con una madre en prisión? Si no lo hace por mí, hágalo por mi hijo.

El viento desplaza las nubes y, durante un segundo, la luz de la luna ilumina el barco. Glynis mira el cadáver de Rhys, y lo coge de las piernas. A Clemmie la asalta el recuerdo repentino e inconexo de un día que, en una fiesta de cumpleaños de Caleb, como es costumbre en Inglaterra, lo agarraron entre varios y lo lanzaron por los aires una vez por cada año de vida que llevaba cumplido: «... tres, cuatro, cinco...».

—A la de tres —dice—. Una, dos, y...

Por encima del pueblo, unos destellos rojiazules iluminan el cielo, y una lluvia eléctrica se derrama sobre el agua. Un cohete sale disparado hacia la luna y, cuando estalla, crea una cascada plateada.

Y Rhys Lloyd se hunde en las profundidades del lago.

60

9 de enero - Ffion

—Tengo que ir a comprobar una cosa —dice Ffion cuando han devuelto a Clemmie a su celda, a la espera de que la visite un abogado de oficio.

—¿Comprobar el qué? —Después de sujetarle la puerta, Leo sale con ella del edificio del área de detenciones.

—Cosas mías.

—Te acompaño.

—Uno de nosotros tiene que quedarse aquí para cuando Clemmie esté preparada para retomar el interrogatorio. —La agente esboza una sonrisa—. Y, además, soy la Llanera Solitaria, ¿te acuerdas?

Por primera vez, el Triumph quema los kilómetros que separan Chester de Cwm Coed demasiado rápido. En un abrir y cerrar de ojos, Ffion ya está descendiendo hacia el serpentino destello plateado del fondo del valle. Cuando rebasa el desvío que lleva hacia La Ribera, aquellas letras gigantescas parecen ahora una advertencia, más que una invitación. ¿Qué pasará con toda esa gente? De las vidas de los cinco propietarios, la de Dee Huxley es la única que no se ha visto alterada por lo sucedido. Morgan se pregunta cómo habrá asimilado la mujer los últimos acontecimientos.

Pero hoy Ffion no irá a La Ribera. La agente continúa por la misma carretera hasta Cwm Coed, y baja por la calle mayor, cuyas aceras están cubiertas por la nieve fangosa que dejó la ventisca de anoche. Aparca, se baja del coche y le sobreviene una familiar sensación de temor mientras se aproxima a la ferretería de Glynis Lloyd.

La madre de Rhys tarda un rato en acudir a la puerta. Cuando la abre, retrocede unos pasos a modo de callada invitación; Ffion no quiere entrar, pero no pueden sostener esa conversación en el umbral.

—Sube —dice Glynis cuando ya están las dos dentro del estrecho recibidor, señalando las escaleras que llevan al piso donde vive, pero Ffion avanza directa hacia la puerta trasera del local. Los oídos le silban mientras lo vuelve a ver todo: el paseo nocturno de aquel verano, su mano cogida de la de Rhys. Revive todo lo que sintió.

La señora Lloyd la sigue hasta el jardín. Ffion se fija en el cabañita, ahora repleta de desperdicios y existencias de la ferretería. Se acuerda del sofá cama, del piano, del atril. Se acuerda del tacto de aquella manta de lana, del picor que le producía el roce en su piel desnuda.

—Ffion.

No piensa llorar. No ahí, delante de Glynis.

—Usted lo sabía, ¿verdad? —dice la agente, volviéndose hacia la dueña de la casa—. Dijo que fue ahí donde Rhys maltrató a Ceri, pero se equivocaba.

—Yo lo que sabía es que ahí había pasado algo malo. Cuando Jac me contó lo que mi hijo le había hecho a aquella pobre chica… Rhys alardeó de ello delante de su padre como si fuera cosa de broma. Lo que yo pensé es que aquello debió de ser lo que vi aquella noche.

Ffion levanta la vista hacia la ventana del primer piso. Se le acelera la respiración, le entran mareos y se asusta, pese a que allí solamente está Glynis. Recobra la compostura: no se trata de Rhys; Rhys no está.

—Usted lo sabía. Nos vio. —Durante años, Ffion había supuesto que no odiaba a nadie en el mundo tanto como a Rhys

Lloyd, pero ahora se da cuenta de que a Glynis la detesta aún más. Quedarse ahí parada y permitir que... No puede ni siquiera tolerar que esa idea cobre forma.

Glynis se echa a llorar.

—Jac trató de advertirme sobre el tipo de individuo en el que Rhys se había convertido, sobre la clase de niño que había sido, pero yo nunca lo escuché. No quería escucharlo. Era mi único hijo, mi niño especial y...

Ffion es incapaz de seguir oyendo.

—Me vio. Usted me vio.

—Pensé que andaba errada —implora Glynis—. No estaba segura. Yo lo único que sabía era que... —La señora Lloyd respira muy hondo y se lleva las manos a la cara mientras el resto de las palabras se le van en forma de sollozo—. Lo único que sabía es que eran demasiado jóvenes. —La agente se echa atrás y choca con un comedero de aves, que se tambalea precariamente sobre el poste que lo sostiene. Tiene la impresión de que está a punto de vomitar—. Jac pasó muchos años muy preocupado por Rhys. Me decía que aquel chaval tenía mala sombra. Hacia el final, me dijo que nuestro hijo estaba intentando quitarle Tŷ'r Lan, que iba a destruir lo único que le importaba a su padre. Yo le respondí que se había vuelto loco, pero tenía razón. La que estaba ciega era yo.

«Ha encontrado el testamento original», le había dicho Elen a su hija. «Piensa tomar acciones legales».

—Por eso lo mató —dice Ffion. La señora Lloyd permanece inmóvil—. Hemos arrestado a Clemmie. Ahora mismo, está en un calabozo.

—¡No pueden meterla en la cárcel! —La exclamación le sale a Glynis de dentro como un estallido, como si fuera algo que no tuviera planeado decir, y al instante se tapa la boca. Pero ya es demasiado tarde, y lentamente la mujer deja caer la mano—. Yo..., yo la obligué a que me ayudara.

—¿Cómo que la obligó? —Durante un segundo, Ffion no da crédito a lo que oye.

—Su hijo la necesita. Los chicos necesitan a sus madres. Necesitan madres fuertes que los metan en vereda, o si no... —Glynis interrumpe la frase, pero a la agente no le hace falta escuchar el final: «... o si no, acaban saliendo como Rhys». La señora Lloyd está tratando de expiar los pecados de su hijo.

Ffion da un paso al frente.

—Glynis Lloyd, queda usted arrestada bajo sospecha de asesinato...

Aquí termina todo.

61

10 de enero - Leo

La luz de la pantalla del teléfono fijo del escritorio de Leo se enciende, y en ella aparece el número del mostrador de recepción.

—Alguien ha venido a verte. Dice que os conocéis.

Todavía queda media hora para la reunión de por la mañana, así que Brady acude a la llamada, escaleras abajo.

Nellie, la recepcionista, está mojando una galleta de avena en una taza de té.

—La he mandado a la salita auxiliar. No me he quedado con el nombre, lo siento. Llevo un día de locos.

Leo recorre con la mirada la oficina vacía.

—Ya veo.

El agente llama a la puerta de la salita, que suele utilizarse para interrogar a los testigos, y pasa al interior.

—¿A qué coño juegas, Leo?

Brady mira a su exmujer y no siente ni una pizca de la ansiedad que normalmente le genera. Allie blande una carta con cuyos contenidos Leo ya está familiarizado, dado que su abogada compartió con él una copia para que diera su aprobación antes de remitirla.

—Te voy a llevar a juicio —dice Brady con total tranquilidad.

—No te van a dar la custodia compartida, y no vas a impedir que nos vayamos al extranjero. —Allie casi nunca sale de casa sin maquillar, por lo que resulta insólito que esta vez vaya al natural. Tiene la piel surcada de venitas rojas, y rastros del vino de anoche le manchan la cara interior de los labios.

—Me la darán. Y sí, sí que lo impediré. —Para el agente es una especie de revelación el hecho de descubrir que, cuanto menos pierde él los nervios, más se deja llevar su exmujer por la ira.

—En el juicio saldrá todo a la luz, ¿lo sabes, verdad? Explicaré lo que hiciste.

Leo asiente con la cabeza.

—De acuerdo. —Podría decirle, imagina, que al final reunió el coraje necesario para dirigirse a sus compañeros de los servicios de protección de la infancia, quienes a su vez hablaron con los servicios sociales. Podría decirle que nadie identificó como un signo de alarma respecto del bienestar de Harris lo que no fue más que un incidente aislado y altamente imprevisto. La abogada de Leo es de las que ven siempre el vaso medio vacío, así que, cuando aseguró estar convencida de poderle conseguir la custodia compartida, al agente lo embargó el optimismo.

—Harris no quiere verte. No quiere quedarse a dormir en tu piso de mierda. El otro día me dijo: «No me lleves a casa de papá».

Hubo un tiempo en que Brady quizá se lo habría creído, en que las palabras de Allie se habrían correspondido a la perfección con sus pensamientos y, por tanto, habría huido de allí acobardado, como un animal herido. El agente abre la puerta de la sala.

—Adiós, Allie.

—¡No he terminado!

—Yo sí.

En la sala de reuniones reina esa agitación anticipatoria que acompaña a la promesa de una buena noticia. Crouch está de pie junto a la pizarra digital, con el pecho henchido de orgullo, como si todos los méritos fueran suyos.

—Sin duda habréis leído los titulares de esta mañana. —Por

todas las mesas hay esparcidos ejemplares de varios periódicos; todas las portadas muestran, con alguna variación, la misma frase: «Rhys Lloyd, asesinado por su propia madre».

Al ser interrogada en calidad de sospechosa, Glynis Lloyd les proporcionó una completísima y franca confesión del asesinato de su hijo.

—Perdí el mundo de vista —dijo entre lloros—. Creía que no le había dado tan fuerte, pero cayó redondo, como si se hubiera estampado contra una pared.

Leo y Ffion se tiraron una hora al teléfono con la Fiscalía General de la Corona, tratando de concretar los detalles de la acusación contra Glynis. Izzy Weaver reiteraba que era imposible que Lloyd hubiera muerto a causa de las heridas infligidas por el trofeo, pero era evidente, por el comportamiento del cantante durante la fiesta —y por los datos recopilados de su reloj—, que la salud de este ya se había visto comprometida antes de producirse el ataque.

—Aquello solo fue la puntilla —dijo la patóloga—. Aunque en este caso, teniendo en cuenta los pinchos que se gastaba ese trofeo, sería más bien la puntaza.

La acusación contra Clemence Northcote no requirió de tantas puntualizaciones. La vecina no había estado presente en el momento de la agresión, y nada sugería que ella y Glynis Lloyd hubieran conspirado para llevar a cabo el asesinato; de hecho, apenas habían hablado antes de la noche en cuestión. A Clemmie se le imputarían los cargos de encubrimiento, ocultación de un delito y, finalmente, intento de supresión ilegal de un cadáver.

—¿Lo dejarán bien claro? —les preguntó Glynis durante el interrogatorio—. ¿Dejarán bien claro que su única elección era ayudarme?

—Me asusté —les confirmó Clemmie.

—¿De Glynis Lloyd? —replicó Leo, escéptico.

—Me dijo que le contaría a la policía que había sido yo. Sabía que acabarían averiguando lo de mi deuda con Rhys, y que aquello me dejaría en mal lugar.

Leo pensaba que en aquel caso seguía habiendo gato ence-
rrado.

—Piensas demasiado —le dijo Ffion después de que ambas
sospechosas fueran acusadas formalmente—. Las dos lo han largado todo.

—Y obviamente son culpables, es solo que... —Leo niega con
la cabeza—. No sé. Creo que nunca llegaremos a saber exactamente qué paso aquella noche.

Y a lo mejor da lo mismo, piensa ahora el agente mientras él y
sus compañeros toman asiento alrededor de la mesa de la sala de
juntas. Crouch ha entrado en modo autocomplacencia.

—Nuestro departamento ha estado en el punto de mira de
todo el país —concluye al cabo de lo que ha parecido una hora
entera—. ¡Y no hemos decepcionado a los ciudadanos!

Si estaba esperando un aplauso, se ha llevado un buen chasco. Con la excepción de un puñado de auténticos entusiastas
que han sido convocados en sus horas de servicio, los agentes que
ocupan la sala son demasiado recelosos y están demasiado in-
sensibilizados como para enardecerse con ese discurso churchi-
lliano. Sin embargo, sí se deja oír un rumor general de satisfacción.

—Hoy es sin duda un gran día —prosigue Crouch— para el
cuerpo de policía de Cheshire.

—Y para la policía de Gales del Norte —añade Ffion—, inspector.

—Ah. Claro, por supuesto. Para la policía de Gales del Norte,
también. —Crouch se vuelve hacia Morgan y su compañero—.
¿Quizá os gustaría informar al resto de acerca de los puntos que
quedaban por resolver?

—Nuestra previsión es que las dos sospechosas se declaren
culpables —dice Ffion—, pero evidentemente nos vamos a asegurar de tenerlo todo en su sitio, por si esta no se cumpliera.
Entretanto, la policía de Londres formalizará una acusación con-

tra Yasmin Lloyd por hacerles desperdiciar horas de servicio, y Jonty Charlton está siendo investigado por drogar a sus hijos con unos somníferos que obtuvo de Rhys Lloyd.

No es de extrañar que Yasmin estuviera nerviosa cuando se le presentó la lista de medicamentos incautados en el dormitorio de los Lloyd: en ella iban incluidas las pastillas para dormir que Rhys estuvo utilizando durante años; las mismas con que drogaba a su propia hija cuando era una niña pequeña.

Crouch repasa las tareas del día —el tedioso pero necesario trabajo de investigación que sucede siempre a las acusaciones—, y luego levanta la mano para atraer la atención del equipo una última vez.

—Puede que algunos de vosotros no estéis al tanto de que, en el transcurso de las investigaciones alrededor del asesinato, los agentes Brady y Morgan respondieron a una situación de emergencia en el Lago Espejado.

A su lado, Morgan entra en tensión. Antes, cuando ha dado parte ante el inspector, Leo ha minimizado el impacto de sus hazañas, explicándole que lo único que había sucedido es que una chica del pueblo se había metido en un pequeño aprieto. Es Ffion quien debe contar su propia historia. Y eso va también por Seren.

—Las condiciones climáticas en el lago eran altamente peligrosas —dice Crouch—. Y aun así, estos agentes se hicieron al agua, sin tomar en consideración su propia integridad física, y rescataron a una joven en apuros. —El inspector dirige una sonrisa a Morgan, y después posa la mirada sobre Leo—. Buen trabajo, pareja. Muy buen trabajo.

Aquello sí suscita una respuesta incluso entre los miembros más veteranos y curados de espanto del equipo. Leo intenta hacer ver que no le da ninguna importancia, pero no puede evitar sacar pecho cuando sus colegas les dedican a él y a su compañera una ronda de aplausos. Se impregna de la admiración que muestran sus caras y de la adusta pero sincera actitud con que Crouch le dirige un cabeceo en señal de respeto, y sonríe con ganas.

No va a pedir que le den el traslado a Liverpool. Se quedará en la Unidad de Delitos Graves, y a lo mejor se planteará otra vez lo de ir a por un ascenso. Y en medio de todo eso, cuando él y Ffion ya no estén trabajando juntos, tal vez reúna el arrojo necesario para proponerle lo de ir a tomar algo juntos.

62

Junio - Ffion

El verano trae consigo el tipo de bochorno que hace que Ffion eche de menos las lluvias. Se ha pasado el día entero en una sala de vistas mal ventilada con un chaval del sur que vino a Gales del Norte a disfrutar de unas vacaciones practicando escalada, y regresó a casa en libertad bajo fianza. Al terminar la sesión, la agente se sube al coche y conduce montaña a través hasta el pueblo de Bethfelin, no muy lejos de donde ella vive, para decirles al señor y a la señora Roberts que el hombre que envió a su hijo al hospital ha sido declarado culpable.

—Ya sé que eso no cambia las cosas —dice Morgan. Bryn Roberts, de veintiséis años, era monitor de escalada. Uno de sus grupos se mostró revoltoso y arrogante, y poco dispuesto a escuchar a los guías. Lo que empezó como una tontería ha desembocado en daños cerebrales permanentes para uno de los jóvenes, y una condena por delito agravado de lesiones para otro.

—*Diolch*, Ffion —contesta la señora Roberts—. Por tenernos al corriente... Por todo lo que has hecho.

Su marido acompaña a la policía hasta la puerta.

—Conocí a tu padre, ¿sabes? —le comenta con hosquedad—. Estaría orgulloso de ti.

A Ffion le pican los ojos mientras se dirige con el Triumph de vuelta a Cwm Coed. Se acuerda de la decepción que traslucía la cara de su padre cuando se enteró de que estaba embarazada. «Por el amor de Dios, Ffi, haz el favor de sentar la cabeza».

Y lo intentó: relaciones, trabajos, amistades…, todo parecía terminar en el caos, y Ffion comenzó a pensar que el problema era ella. Por ser como era, y punto.

Pero ahora se le ocurre que tal vez su padre sí estaría orgulloso de ella.

Y tal vez —solo tal vez— ya está empezando a sentar la cabeza.

El sol todavía calienta cuando la agente desciende hasta la altura del Llyn Drych, y el Triumph vira hacia el lago casi por voluntad propia. No va equipada para nadar, pero su ropa interior le valdrá para salir del paso; luego, se secará con el jersey.

Dos minutos más tarde ya está metida en el agua. El aire se le escapa de los pulmones cuando nota el hormigueo del frío en la barriga. Aguanta la respiración y se zambulle bajo la superficie; en un segundo, se desprende de la suciedad acumulada durante el día y se interna en el lago impulsándose a brazadas largas y uniformes. Vislumbra, más cerca del lecho, el rastro argentado y veloz de un pez, antes de que este se pierda en el tupido banco de algas que cubre las profundidades. Cada tres brazadas, coge aire, y la orilla pasa junto a ella en una serie de instantáneas, como un folioscopio de árboles, pájaros y embarcaciones. Muy por encima de ella, la montaña de Pen y Ddraig monta guardia.

Cuando ya está regresando al embarcadero, la agente ve una figura de pie junto al Triumph.

Seren.

Ffion se obliga a seguir adelante sin acelerar el ritmo. Cada vez que yergue la cabeza, espera que la ribera esté vacía y, a la vez, desea que Seren no se haya marchado. «Dale tiempo», le dice Elen a todas horas. Ya, pero ¿cuánto?

—¿Te ha comentado algo, mamá? —quiso saber hace poco Ffion, y su madre soltó un suspiro.

—Lo siento, *cariad*. Son muchas las cosas que tiene que asimilar. Necesita alguien a quien echarle las culpas, y… —Elen aprovechó la vacilación para obviar el nombre de Rhys—: Él ya no está, así que me temo que lo está pagando contigo.

Ffion titubeó antes de decir lo que le pasaba por la cabeza y, cuando lo soltó, fue incapaz de mirar a su madre a los ojos.

—No fue idea mía lo de decir que Seren era mi hermana.

Se impuso un impenetrable silencio.

—No. —Elen le dio la espalda y, mirando por la ventana, le habló con una vocecilla indecisa—. Y día tras día me lo he estado preguntando: ¿hicimos lo que debíamos?

¿Hicieron lo que debían?

Les ha ido bien, supone Ffion, la mayor parte de los últimos dieciséis años, durante los cuales Seren ha vivido libre del estigma que recae sobre las hijas de madres solteras. Les fue bien cuando Ffion pudo seguir con los estudios, sacar unas notas inmejorables e ir a la universidad. Seren ha sido siempre una niña feliz y sin problemas, hasta que ha descubierto la verdad.

Ffion intuye más que siente el momento en que el lago se reúne con la orilla. Se sumerge una última vez bajo la superficie, y abre bien los ojos en el agua fría y límpida para después emerger y vadear los pocos metros que la separan de tierra firme. Seren parece a punto de emprender la fuga, y a Ffion se le acelera el pulso. Esta vez no puede meter la pata.

—Buenas. —Ffion se seca con el jersey y se calza los tejanos con un par de tirones. Luego, se pone la blusa por el cuello al mismo tiempo que se desabrocha el sujetador empapado y lo deja caer al suelo en un único y fluido movimiento.

—Hola.

Ya es última hora de la tarde, y ha empezado a refrescar. Ffion se sienta en el capó del coche, dejando a propósito un hueco a su lado. En el lago, el barco nuevo de Angharad voltejea de regreso al cobertizo. Por el rabillo del ojo, Ffion ve cómo Seren arrastra los pies hasta el espacio que le ha dejado libre. Se quedan sentadas la una al lado de la otra, contemplando cómo un practicante de windsurf atraviesa el lago de punta a punta. Ffion permanece a la espera.

—No sé ni ser yo misma —dice finalmente Seren—. O sea..., tú eras mi hermana, y sabía cómo comportarme cuando estaba contigo. Pero ahora...

—Sigo siendo la misma de...

—¡No, no lo eres! Eres mi..., eres mi... ¡Ay, es que no puedo ni decirlo!

—No hace falta que digas nada. No hace falta que hagas nada, que seas nada. Yo no me voy a mover de aquí, ¿vale? Cuando estés lista, podremos hacer planes juntas. Quizá. —Ffion aprieta los dientes—. Dios, es que es todo tan difícil...

—Odio este sitio. —Seren entrechoca los pies—. Es que, o sea..., te das de morros con la gente. En plan, no puedes ir a ningún lado sin encontrarte a alguien que conoces. Es como si no pudiera respirar.

—Lo sé.

Seren se la toma a cachondeo.

—No, no lo sabes.

—Yo era exactamente igual que tú. Estaba desesperada por escaparme de aquí, por ver mundo, por encontrar..., ay, no sé..., por encontrar algo auténtico.

—¡Sí! —Seren se vuelve hacia ella, con los ojos chispeantes de entusiasmo, antes de recordar quién es Ffion, y lo que ha hecho—. ¡Y después te volviste! O sea, ¿por qué coño volviste?

—Por ti —responde sencillamente la agente.

A Seren se le bajan los humos.

—Ah. —Al cabo de un instante, adopta una expresión avinagrada.

—Pero no fue por eso por lo que me quedé. —Ffion sonríe con viveza ante la falsa indignación que muestra el rostro de su hija—. Bueno, no del todo. —La policía traza un arco con el brazo en dirección al lago—. Me quedé por esto.

—¿Por el Llyn Drych?

—Por todo en general: el lago, las montañas. Las tonterías

470

que dicen sobre que si tiras una piedra al agua le puedes dar al dragón en la cola y despertarlo. Lo llevo en la sangre. —Sin tenerlas todas consigo, le pasa a Seren un brazo por los hombros—. Y tú también en la tuya —añade en voz baja.

Se quedan sentadas en el capó del Triumph, contemplando en silencio el lago. Pasa un minuto o dos, y entonces Seren reposa lentamente su cabeza en el hombro de Ffion, y ella contiene la respiración y se clava las uñas en la palma de la mano para que no se le escapen las lágrimas. Durante todos estos años se ha repetido a sí misma que no era madre, que nunca sería madre y que no quería ser madre. Había vaciado su corazón sin ni siquiera darse cuenta de ello, y ahora lo tiene lleno, muy muy lleno.

—No puedo llamarte mamá —dice Seren, rompiendo el silencio.

—Me puedes llamar como quieras.

—¿Analfabeta funcional?

—No tiene gracia, ¿eh? —dice Ffion, sonriendo.

—En el sentido del humor he salido a mi madre. —Seren se aleja, y a Ffion la embarga un sentimiento de privación, pero entonces su hija se da la vuelta y le da un achuchón tan fuerte que la deja sin aliento. Tan pronto como la ha abrazado, la suelta—. Tendría que irme. Le he dicho a Caleb que quedaría con él.

—¿Os seguís llevando bien, pues?

Seren se encoge de hombros, pero se le ha iluminado la cara.

—Supongo.

—Pues qué bien. —Ffion trata de hablar sin que se note lo que piensa. A Caleb Northcote lo tiene en el punto de mira. Clemmie se libró por muy poco de que su pena incluyera privación de libertad, y eso que el juez calificó el crimen del que fue partícipe como «abominable». Por ello debe dar las gracias a su hijo, y también a Dee Huxley, cuya carta de recomendación ponía por las nubes a Northcote en cuanto que amiga, vecina y madre. Irónicamente, ahora es Clemmie y no Caleb quien se encuentra bajo supervisión judicial, quien debe fichar cada cierto tiempo en una comisaría y quien ha de cumplir con sus obligaciones en beneficio de la comunidad.

Esa noche, Ffion queda con Huw en el pub. Es la tercera vez que se ven en los últimos meses. En abril, la agente abrió la puerta de casa solo para encontrarse a su exmarido ahí en medio, con un ramo de flores.

Ffion las observó con reservas.

—¿Para quién son?

—Hombre, pues para mí no serán.

Eran flores como Dios manda, no de las que venden en el súper, e iban envueltas en papel de estraza y atadas con cordel de rafia.

—¿Quieres entrar? —Ffion era consciente de que su tono no transmitía cortesía.

—No, tranquila. —Huw dio una patadita con la puntera de la bota en el umbral de la puerta—. En fin, me dijiste que a lo mejor te tomabas algo conmigo, ¿verdad? Cuando terminaras con aquel trabajo.

—Ajá. —Ffion iba contando los pétalos de lo que parecía una margarita, aunque probablemente no lo era. «Me quiere, no me quiere...».

—Y ya has terminado, ¿no?

—Así es. —«Me quiere».

—¡Venga, mujer! ¿Vendrás a tomarte algo conmigo, o no? —Ffion miró el ceño arrugado de Huw y pensó en el gran esfuerzo que debía suponerle insistir tanto—. Te echo de menos.

Lo tenía todo ahí, esperándola: un marido, una casa. Hasta hijos, si alguna vez decidía que se veía capaz de tenerlos, y, por primera vez en dieciséis años, no descartaba esa posibilidad. Lo único que tenía que hacer era dar el paso.

—Solo para tomar algo, Ffi. ¿Sí o no?

—Venga, va, sí.

A Morgan le preocupaba que fuera a ser incómodo —¿cómo

se tiene una cita con alguien con quien se ha estado casado?—, pero había olvidado lo agradable que era la compañía de Huw. Él le había hablado de sus colegas del trabajo, y sus bromas le habían resultado familiares y novedosas al mismo tiempo; ella, a cambio, le había explicado la de aquel tío al que pillaron chingando en un apartadero entre Llanwys y Brynafon.

—¿A qué altura, exactamente? —Huw había fingido que tomaba nota, y Ffion había sonreído de oreja a oreja, experimentando el calor de cuando hay confianza, de cuando uno se siente seguro.

—Tengo algo para ti —dice ahora, y le pasa a Huw un sobre por encima de la mesa. Su expareja frunce el ceño mientras lo abre, y se le ponen los ojos como platos al sacar de él un cheque por valor de treinta mil libras—. Al final, en la cárcel le han dado permiso a Glynis para acceder a sus cuentas bancarias.

—Voy a pedir las cortezas de cerdo —dice el albañil dándole golpecitos al cheque con el dedo—. Vamos a celebrarlo como es debido.

—Tienes una clase, hijo mío… —bromea Ffion con una amplia sonrisa—. ¿Qué tal está tu madre? —La suegra de Ffion se había tomado a mal la separación, llegando a preguntarle a su nuera qué le pasaba que no quería un bebé «como toda hija de vecino».

Huw contrae el gesto en una mueca de disgusto.

—Como siempre. ¿Y la tuya?

—Volviéndome loca. Me trata como si todavía fuera una adolescente.

—Bueno… —dice Huw, con la vista clavada en su pinta de cerveza—. Siempre podrías volver conmigo a casa.

«A casa». La vivienda de tres dormitorios que su exmarido construyó con sus propias manos, con su cocina y comedor integrados y su jardín perfectamente cuidado. Con ese pequeño trastero que un domingo el albañil pintó de amarillo canario, como con la esperanza de que al ver remodelado aquel espacio Ffion cambiase de idea y quisiera llenarlo.

—No estoy tan mal con mamá. —Morgan intenta irse por la tangente—. Casi siempre estoy trabajando, o sea que...

—He redecorado las habitaciones —dice de repente Huw, y Ffion se da cuenta de que le ha leído el pensamiento—. Ahora el nuestro es azul, y el... —titubea—. El trastero es gris. Tengo ahí el ordenador, así que lo utilizo como despacho, no es que... —Ellis mira a la agente a los ojos—. Vente a casa, Ffi.

Ffion se queda sin habla. «A casa».

63

Junio - Leo

—¡Hora de dormir! —grita Leo.

—¡Ven, ven!

Leo se seca las manos con un trapo de cocina y va hacia la habitación de su hijo. En el suelo, al lado de la cama que les dio Elen Morgan, hay una alfombra que él compró por internet, con el dibujo de un circuito de carreras estampado sobre el tejido. Harris ha construido una serie de edificios con piezas de Lego, y los ha ido colocando con esmero alrededor de la pista de coches.

—¡Anda! Se te da de fábula, colega.

—Esta es nuestra casa. —Harris sostiene entre las manos una hecha de ladrillos amarillos, con el tejado rojo.

—Crucemos los dedos, ¿eh? —Su oferta fue aceptada hace un mes. Leo vive de alquiler, y el propietario de la nueva vivienda tenía disponibilidad inmediata para marcharse una vez cerrada la venta, así que, con suerte, se trasladarán a su nuevo hogar a finales de verano.

Leo se sienta en la alfombra junto a Harris, coge uno de los coches de la vasta colección de su hijo y lo empuja perezosamente a lo largo del circuito. La casa nueva no tiene nada de especial —es un pequeño edificio de dos pisos, con dos habitaciones arriba y dos abajo, situado en una calle tranquila—, pero dispone de garaje y de jardín, y de vecinos con niños que juegan en el exterior mientras duran las horas de luz. Es el tipo de hogar en el que Leo desearía haber crecido; el tipo de hogar en el que quiere que Harris crezca.

—Está en el quinto pino —le dijo Allie cuando le pasó la dirección.

—A media horita de la tuya. Y el colegio queda justo en mitad de las dos.

Él y su exmujer han pactado una especie de tregua. Al final resultó que Dominic nunca estuvo convencido de lo de irse a vivir a Australia; era Allie quien lo presionaba, por su interés en las esplendorosas aguas del nordeste del país. Ante la perspectiva de una batalla legal que podía llegar a salirle muy cara, la pareja de su ex pasó a ser para Leo un aliado imprevisto y, con Allie, tomó la decisión de quedarse en Inglaterra. Ahora, Harris pasa todos los miércoles y los fines de semana alternos con Leo. La habitación del niño está a reventar de ropa y juguetes, tantos que Leo se pregunta cómo harán para meterlo todo en la camioneta de la mudanza.

La habitación de su hijo no es la única parte del piso que ha sufrido una remodelación. Leo no es Yasmin Lloyd, pero resulta increíble lo que una mano de pintura y unos cuantos pósters decorativos pueden llegar a conseguir. Ffion apenas reconocería el lugar.

El agente se apoya contra la cama de Harris y se saca el móvil del fondo del bolsillo trasero para enviar un mensaje a su amiga: «Qué tal todo? Han robado muchas ovejas?».

La réplica le llega casi al instante: «Que te den, Brady».

Leo sonríe: «Querrá usted decir SARGENTO Brady».

«Te han ascendido? NO ME HABÍAS DICHO NADA». Este último mensaje va seguido de tres emojis con los ojos en blanco, uno de unos labios que soplan y, por último, unos cuantos de berenjenas. Leo arruga el ceño al leerlo y suelta una carcajada cuando pilla el jeroglífico.

—¡Déjame ver! —Harris se le encarama de un salto, esperando otro de esos vídeos graciosos de animalitos que Leo suele buscarle por internet.

—Esta vez no, coleguita. Venga, a la cama. —El agente acuesta a su hijo y va a por el libro que están leyendo juntos, ignorando el destello de la pantalla del móvil que le indica que Ffion le ha enviado otro mensaje.

Clemmie y Glynis se declararon culpables en su primera vista oral.

—O sea, que no habrá juicio —dijo Leo, por decir algo. Estaba con Ffion delante de los juzgados, mientras ella se fumaba un cigarrillo antes de coger el coche para volverse a casa. La agente le dirigió una sonrisa de medio lado, con el pitillo de liar todavía en la boca.

—O sea, que estaré unas cuantas semanas sin tener que verte el careto.

—Lo mismo digo.

Después de aquello se instaló entre los dos un silencio sepulcral. A Leo le dolía su ausencia; Ffion no lo había vuelto a llamar, y él se alegraba de no haberse humillado proponiéndole que fueran a tomar algo. Pensó en mensajearle para decirle que asistiría al dictado de la sentencia, pero, se lo dijera como se lo dijera, quedaba como si estuviera echándole el anzuelo para ver si ella también se presentaba. Lo cual habría sido, ciertamente, su intención.

—Qué sorpresa verte por aquí. —Leo estaba en la explanada de enfrente de los juzgados esperando a que los ujieres abriesen el edificio, y Ffion se le acercó a hurtadillas; lo pilló sonriendo de oreja a oreja, sin darle tiempo a fingir que tampoco le daba tanta importancia a su encuentro—. Estás muy guapo.

—Gracias. Tú también.

Cuando Harris ya duerme, Leo aparta cuidadosamente a un lado el pueblo de legos para que ni él ni su hijo lo pisen durante la noche, se sienta enfrente del televisor y se desliza maquinalmente por la pantalla de últimas noticias. Su vista se fija en un nombre lo bastante inusual como para ser recordado: «Elijah Fox es la persona más joven de la historia en obtener una beca de investigación posdoctoral en la Universidad de Liverpool. Según palabras del profesor Benjamin Milne: "En poquísimas ocasiones he encontrado a gente con el nivel de conocimientos y habilidades naturales del doctor Fox"».

Leo alza su cerveza en un brindis.

—Bien por ti, chavalote. —Se acuerda de la compasión que sentía por el desdichado Elijah, condenado a trabajar con una mujer que en lo que respecta a ser mal jefe no se quedaba nada corta al lado de Crouch. Y ahora, quién los ha visto y quién los ve: Elijah con su... ¿«beca de investigación posdoctoral»? ¿Qué es eso, exactamente? Y Leo con sus divisas de sargento. En resumidas cuentas, a Leo solo le ha faltado juntar el coraje para hacer una única cosa.

El último mensaje de Ffion continúa en la pantalla de su teléfono.

Me aburro bastante sin ti, la verdad, Brady.

Leo teclea una respuesta.

¿Te acuerdas de aquella vez que me dijiste que nos olvidáramos de la manera en que nos habíamos conocido?

La respuesta de su amiga es inmediata:

Hum…, sí.

El agente inspira hondo y bebe un trago de cerveza.

Yo no lo puedo olvidar. ¿Qué tal si cenamos juntos?

64

Junio - Ffion

Ffion saca una caja de libros de la furgoneta de Huw y sube cargada con ella por la carretera del jardín. Junto a la puerta de casa hay tres más.

—Con esta, ya está todo. —Ffion está un poco mareada, presa de la precipitación. Se ha cuestionado su decisión mil veces, y todavía no está convencida de lo que está haciendo. Enreda sus dedos con los de su exmarido y se arrima a él, notando cómo la acerca hacia sí con su brazo fornido—. Me sabe muy mal —le dice.

—Ya. A mí también. —La respuesta de Huw es lo bastante ruda como para arrancarle un mohín, pero aun así es más amable de lo que ella se merece—. Nos vemos.

Ffion espera frente a la puerta mientras él se aleja con el coche; luego, deja la caja de libros en el vestíbulo, con las demás, pese a las quejas de su madre.

—Ya la guardaré después —le promete, aunque Dios sabe dónde va a meter todo aquello: en casa de su madre ya no cabe ni un alfiler.

—Eso mismo dijiste cuando trajiste de vuelta la primera tanda —dice Elen—. Ya han pasado tres meses, y todavía hemos de ir esquivando bolsas de basura llenas de ropa para ir al baño. —La señora Morgan coge una toalla del colgador de la cocina—. Me voy un rato a nadar. No quiero ver esas cajas cuando vuelva.

—¡Señor, sí, señor! —murmura Ffion, porque aunque uno

tenga treinta años, las madres lo hacen sentir como si tuviera trece otra vez.

Elen escudriña el rostro de su hija.

—Espero que sepas lo que haces.

—No empecemos, mamá.

—Es muy buen mozo.

—Demasiado bueno.

—Ay, Ffi —suspira Elen, que agarra a su hija de los mofletes y le planta un beso en la mejilla—. Venga —añade mientras mete la toalla en una bolsa de tela—, mueve esas puñeteras cajas de ahí.

Cuando se marcha y cierra la puerta, Ffion saca el móvil y mira el mensaje que ha recibido de Leo.

¿Qué tal si cenamos juntos?

Ffion observa la pantalla del teléfono durante una eternidad, y después se lo guarda en el bolsillo de atrás del pantalón. Mejor más tarde, cuando ya tenga claro qué contestar.

La casa está muy tranquila sin mamá y sin Seren, quien está, casi seguro, en La Ribera con Caleb. Ffion acude sin prisa al piso de arriba para encontrar algún sitio donde guardar sus libros, pero ya ha llenado todos los armarios habidos y por haber. Desde la ventana de su habitación se alcanza a atisbar el lago —un destello plateado más allá de las copas de los árboles—, y la agente contempla cómo el sol se hunde tras la cresta de la montaña. Una diseminación de lucecitas decorativas, como estrellas caídas, hace destacar los muelles de La Ribera.

Dee Huxley se quedará a vivir en el resort, y Bobby Stafford sigue lo bastante colado por Mia como para hacer lo mismo, pero Yasmin Lloyd ha aceptado una oferta de compraventa para lo que los periódicos están dando en llamar «la cabaña de la muerte». Los Charlton se han separado, y Blythe se ha quedado con la número uno para convertirla en su casa de vacaciones y rincón de retiro yóguico. La segunda fase de las obras está ya en proceso, y van apareciendo nuevas cabañas, aparentemente, de la noche a la mañana. Ffion se pregunta quién las comprará; qué tal se avendrán los nuevos propietarios con la gente de Cwm Coed.

Al bajar, la agente echa un ojo a las cajas. Tendrá que guardarlas en el cobertizo. Habrá que hacerlo antes de que llegue el invierno o la humedad hará estragos; en cualquier caso, lo importante es apartarlas de la vista de mamá. Elen Morgan será todo lo hacendosa que se quiera, pero no tiene muy buena mano para la jardinería. Desde que murió el padre de Ffion, la asilvestrada parcela de los Morgan se ha granjeado mucho más amor por parte de la fauna y flora salvajes que de los vecinos de las casas de al lado, cada una de las cuales hace alarde de un césped perfectamente recortado, orillado de begonias.

La agente avanza entre matas de margaritas y pegajosas gramíneas que se le quedan enganchadas al pantalón corto. El cobertizo está construido pared con pared con la casa, y tiene la puerta tan combada que solo se cierra bien si se le da un patadón. Ffion deja la caja en el suelo y abre de un tirón. Dentro, hay un amasijo de herramientas y sacos de abono reseco, de macetas de plástico apiladas y fertilizantes que han superado con creces su fecha de caducidad. Morgan empieza a retirarlo todo de en medio, haciendo hueco para que quepan las cajas.

Momentos después, piensa que ojalá nunca se hubiera puesto a ello. Ahora se plantea que, si le hubiera dicho que sí a Huw, nunca habría tenido que volver a pisar este cobertizo. Que en realidad solo está aquí, entre estos herrumbrosos aperos de jardinería y estos sacos de abono, porque no puede dejar de pensar en Leo. Al intentar arrastrar una bolsa, los contenidos se le derraman por el suelo, delante de ella.

—¡Joder! Todo esto es culpa tuya, Leo Brady —musita. Pero, cuando se agacha a recoger lo que se le ha caído, se da cuenta del significado de lo que está viendo. De repente, le da un vahído, y se sienta en el suelo, entre el estiércol y las arañas.

Esto lo cambia todo.

65

Junio - Ffion

La montaña de Pen y Ddraig se alza, alta e imponente, sobre el Llyn Drych, cuyas aguas relucen bajo los últimos rayos de luz vespertina. Un botecito atraviesa lentamente el lago de punta a punta, navegando de bolina. En la orilla, unos cuantos excursionistas están haciendo una barbacoa sobre un montículo de piedras: el humo y el olor de las salchichas se extiende difusamente por el aire caluroso. Ffion observa a su madre.

La Ribera, en la margen opuesta del lago, ha doblado su tamaño desde el verano pasado. La segunda hilera de cabañas está construida sobre la pendiente por la que se extiende el bosque, así que queda más alta que la primera. Sin embargo, las vistas panorámicas de las residencias que hay a primera línea de costa no tienen parangón. Hay gente en el muelle de la de en medio —aunque se ven demasiado pequeños desde aquí para distinguir quiénes son— y, mientras Ffion los mira, alguien se tira de cabeza al agua desde el pontón y bucea un buen trecho a poca distancia de la superficie.

Elen Morgan jamás nada con boya, y rehúye asimismo los gorros de baño de colores chillones que los guardacostas del lago aconsejan ponerse. Ella se baña, igual que Angharad, descalza, aparentemente inmune a las piedras filosas que forman la playa.

Ffion peina el lago con la vista hasta que capta un movimiento que avanza de una boya a otra. Elen nada a braza, sin prisa, pero más rápido que la mayoría de bañistas. Nada de chapoteos exhibicionistas: solo brazadas profundas, leves e igualadas. Su madre es una parte integral del lago tanto como lo son los juncos que lo bordean, las boyas que no se mueven del agua en todo el año o las algas que hay adheridas a sus cadenas.

La agente se sienta en la punta del embarcadero, con los pies colgando sobre el agua fría. Se ha traído consigo una de las bolsas de basura negras del cobertizo y, mientras Elen se va acercando, ella ordena con esmero sus contenidos. Hay un puñado de fotografías tomadas durante la fiesta de las jornadas musicales, y el sobre en que estaban guardadas incluye una nota de Mia: «He pensado que a usted y a Ffion les podría hacer gracia echarles un vistazo. ¡Qué recuerdos!». Elen no compartió el hallazgo con su hija y, ahora que esta las ve, entiende por qué no lo hizo. En todas las fotos, Rhys sale mirando a Ffion, y Ffion mirándolo a él.

Elen Morgan sabía que el padre de Seren había estado en aquella fiesta. Aquellas imágenes habían bastado para incitarla a emprender la búsqueda de alguna prueba.

La madre de Ffion encargó un test de ADN. Guardados en una bolsa de la compra hay un cepillo de ébano con las letras RL talladas en el reverso, y una hoja de papel doblada.

Rhys Lloyd no queda excluido como posible padre biológico de Seren Morgan. La probabilidad de que la paternidad corresponda a dicho individuo es de un 99 por ciento.

Aunque la verdad era innegable, a Ffion se le atraganta un sollozo. Esos papeles datan de noviembre del año pasado; Elen se enteró de quién era el padre de Seren meses antes de que Ffion se lo contase. Antes de que la propia Seren descubriera la verdad.

A la agente le retumba el pulso en las orejas mientras observa a su madre emerger de la superficie espejada del lago; los dedos de los pies le palpitan cuando el oleaje sube hasta rozar su piel agrietada por el sol, y visualiza el cadáver de Rhys en su lecho de acero inoxidable.

En la bolsa de basura que encontró en el cobertizo había un tarro de boticario de color marrón ahumado, idéntico a los de los estantes de la cocina de Angharad, y Ffion pensó en el pobre Elijah y la soltura con que sus teorías habían sido desestimadas.

Elen llega a la orilla a pocos metros del embarcadero, sacude la cabeza para secarse un poco el pelo y levanta la cara al cielo con tal de aprovechar los últimos instantes de sol. Sonríe.

—Ay, mamá —dice Ffion en voz baja—, ¿qué has hecho?

La señora Morgan observa los objetos que su hija ha alineado encima del embarcadero. Los pececitos del lago, reflejos centelleantes de la luz solar, nadan a su alrededor.

—Tenías catorce años.

—Dios mío, mamá. —Ffion se siente desbordada—. ¿Cómo conseguiste su cepillo?

—Utilicé tu llave para entrar en casa de Huw mientras él trabajaba. Cogí las llaves de La Ribera y fui a la cabaña de Rhys cuando lo tenían todo cerrado por obras.

—¿Sabe Angharad que te llevaste ricina de su casa? —Ffion recuerda la descripción que la amiga de su madre les hizo del *Ricinus communis*, la pericia con que esta debió de esquivar la verdad.

—¡No! —responde Elen, que está ya saliendo del agua—. Ella no tuvo nada que ver, Ffi. Angharad usa la ricina como remedio homeopático, pero no en su grado más puro; no como esa. —La señora Morgan señala el tarro y a Ffion le viene un escalofrío. Elijah había dicho que solo una pequeñísima cantidad bastaba para matar a una persona: un veneno tan letal que apenas dejaba rastro.

—La carta se la enviaste tú, ¿verdad? —Ffion coge el paquete de sobres que encontró en la bolsa: el envoltorio de celofán está roto, y falta uno. Según Leo, Rhys se había hecho aquel cortecito en la lengua con un sobre de papel. Estuvieron tan cerca... ¡Tan tan cerca! Solo que en la escena del crimen no se descubrieron rastros de ricina.

—Hice una pasta con la ricina —explica Elen, envolviéndose con una toalla y avanzando hacia la punta del embarcadero, donde está sentada su hija—. Luego, la unté en la solapa de un sobre sellado y con la dirección de Rhys, y se lo envié, solicitándole una fotografía firmada.

Ffion se pone de pie como puede. Una dosis de veneno aplicada al engomado de la solapa de un sobre sellado y consignado: fue la propia víctima quien envió la prueba del delito lejos de la escena del crimen. El asesinato perfecto. A su alrededor, los grillos entonan su canto rítmico escondidos en la hierba. Ffion piensa en las declaraciones de los testigos que asistieron aquella noche a la fiesta, en la aparente melopea de Rhys. Piensa en la frecuencia errática de su ritmo cardiaco, en la facilidad con que el ataque de Glynis puso fin a su vida.

—Lo mataste tú. —Elen calla—. Mamá...

Ffion recoge todas las pruebas y las vuelve a meter en la bolsa de plástico negra. Piensa en cuando le dijo a Leo que estaba emparentada con la mitad del pueblo, y que un criminal era un criminal, que daba lo mismo a qué rama de su árbol genealógico perteneciera.

—Esto es... Soy policía, mamá. Mi deber es... —La agente se frota la cabeza, incapaz de terminar la frase y de asimilar lo que está sucediendo—. ¡Permitiste que Glynis Lloyd creyera que había matado a su propio hijo.

—Sí. —Elen está tranquila. Es su hija quien llora—. No pasa nada, Ffi. Hice lo que tenía que hacer, *cariad*. Ahora te toca a ti hacer lo propio.

Nadie en Cwm Coed se acuerda de cuándo comenzó la costumbre del baño, pero lo que sí saben es que para ellos no hay mejor manera de empezar el año. No se acuerdan de cuándo fue que Dafydd Lewis se metió en el agua vestido solo con un sombrero de Santa Claus, o de en qué año los chavales del equipo de rugby se tiraron en bomba desde el embarcadero y dejaron empapada a la pobre señora Williams.

Pero todos se acuerdan del baño del año pasado.

—¡A ver si este año no nos encontramos ningún muerto! —grita uno de los asistentes. El resto ríen, pero es una risa turbada, incómoda. Tendrán que pasar más de doce meses para que los habitantes de Cwm Coed se olviden de que entre ellos vive una asesina.

—¡Qué frío, hostia! —dice Ceri—. Espero que sepas dónde te estás metiendo. —La cartera ha venido acompañada de una mujer con marcas de expresión en las comisuras de los labios y una cadenita de plata alrededor del cuello, la cual le posa la mano en el brazo cuando habla y hace que se le iluminen los ojos.

—Yo me sé una manera de entrar en calor —dice Bobby, y le guiña un ojo a Mia. Los dos se echan a reír por lo bajini, como un par de niños pequeños.

Suena la primera bocina, y se levanta un grito de entusiasmo colectivo. Todo el mundo sale corriendo hacia el agua, chillando y dando saltitos al pisar las afiladas piedras de la orilla. Steffan, *que lleva ya más de nueve meses sobrio, está de pie encima del bote salvavidas, sirena en ristre.*

—¡Cinco! —grita, y la multitud se suma a la cuenta atrás—. ¡Cuatro! ¡Tres!

—¿Listos? —dice Ffion, y baja la vista hacia la orilla, donde, apelotonados con el resto de los adolescentes, están Seren y Caleb.

—¡Dos! ¡Uno!

—Listos —dice Elen.

Se echan todos a correr, con los ojillos brillantes por el frío, por la adrenalina. Se adentran en el agua y, cuando esta ya cubre, hacen de tripas corazón y se zambullen en ella, atravesando la capa de bruma que flota sobre la superficie. El frío, como una mordaza mecánica, les atenaza el pecho, y las bocas se abren conmocionadas cuando el apretón las deja sin aliento. ¡No os paréis! ¡No os paréis! Las olas arrecian, y la gente va de un lado a otro mientras el viento sopla con más fuerza y les provoca un escalofrío en la parte alta de la espalda.

En mitad del lago, a mucha más profundidad que los pataleos de los bañistas de Año Nuevo de Cwm Coed, está el barco de velas rojas de Angharad. Cada pocos meses, un trozo de embarcación será arrastrado por el oleaje hasta una de las múltiples ensenadas del Llyn Drych, pero, por ahora, el casco yace atrapado entre las rocas del lecho del lago.

Cerca del lugre hay una bolsa de plástico negra atada a un peso voluminoso. Medio enterrada en el cieno, la cuerda que la ancla al fondo está tan fuertemente atada que es imposible que llegue a soltarse jamás; las algas han proliferado en ella y los pececitos aletean a su alrededor, mordisqueándola, royéndola.

Algún día, la cuerda se deshilachará y la bolsa quedará a la deriva.

Algún día.

Pero todavía no.

Agradecimientos

Como siempre, estoy en deuda con muchas personas, sin las cuales esta novela nunca habría sido escrita. Mis agradecimientos van dirigidos a Anna Morgan, que soportó interminables conversaciones conmigo a la hora de comer y mientras nadábamos en el lago que inspiró esta historia; a Emma Norrey, quien me ofreció sus inestimables ideas sobre construcción de personajes; a Simon Thirsk, por hablarme de poesía palindrómica y estructuras especulares; a la artista Sarah Wimperis, cuyos cuadros han influido en gran medida la imaginería de este libro; a Nia Roberts, por revisar mi galés (y más cosas), y a Colin Scott, por más de lo que tengo espacio para mencionar.

La médico forense Amanda Jeffery tuvo la gran amabilidad de hablarme acerca de venenos, heridas craneoencefálicas y hallazgos *post mortem*. Todas las desviaciones respecto de la realidad son responsabilidad mía, y tienen como propósito favorecer el desarrollo de la trama y el entretenimiento del lector. En este sentido, me gustaría darle las gracias a Lisa Jewell por aconsejarme acerca de mis métodos de investigación, lo cual ha transformado mi proceso de escritura.

Los años que llevo retirada del servicio policial ya casi son tantos como los que estuve trabajando en él, así que he de agradecer a mi «pandilla de azul» su paciencia cada vez que les formulo otra pregunta para la que yo misma debería tener respuesta. Muchísimas gracias a Katy Barrow-Grint, Katie Clements,

Jennifer Fox, Claire Thorngate, Kelly Tuttle, Sarah Thirkell, Beth Walton y Fran Whyte por la mesa de coordinación virtual que formamos todos juntos. Y ya, ya sé que no es así como se llevan a cabo estas cosas en la vida real...

Cwm Coed y La Ribera son lugares ficticios, pero los preciosos lagos y montañas de Gales del Norte son totalmente reales, y me siento increíblemente afortunada de poder considerarlos mi hogar en este momento de mi vida. Gracias a mis amigos y vecinos, que me han acogido estupendamente bien. *Diolch chi i gyd.*

Cada uno de mis libros es el producto del arduo trabajo y de la pasión de mis equipos editoriales de todo el mundo. Gracias a Cath Burke; a mis editoras, Lucy Malagoni, Tilda McDonald y Rosanna Forte; a las publicistas Kristeen Astor, Millie Seaward y Emma Finnigan y al extraordinario equipo de marketing formado por Gemma Shelley y Brionee Fenlon. Gracias a Hannah Methuen y a su equipo comercial; a Andy Hine, Kate Hibbert, Helena Doree y Sarah Birdsey de Gestión de Derechos; a la diseñadora de cubiertas Hannah Wood; a la reina de las correctoras, Linda McQueen; a la inteligentísima directora editorial Thalia Proctor y a todos los héroes anónimos encargados de los contratos, la contabilidad, la distribución, etcétera. Sé lo duro que trabajáis todos para que mis libros lleguen a manos de los lectores.

También doy las gracias a Shana Drehs y Molly Waxman de la editorial estadounidense Sourcebooks Landmark, y a todos mis editores internacionales, que dedican un cariño y entusiasmo inmensos a publicar mis obras.

El Club de Lectura de Clare Mackintosh continúa creciendo. Me encanta leer todas vuestras publicaciones y e-mails. Gracias a Ella Chapman y a Sam Suthurst por hacer que a mis boletines electrónicos no les falte chispa; a Lynda Tunnicliffe y a Sarah Clayton por evitar que nuestro grupo de Facebook se nos escape de las manos, y a la comunidad de personas que integran mi club de lectura, por todas sus recomendaciones, risas y reseñas. Si todavía no te has unido a él, encontrarás los detalles en clare-mackintosh.com; me encantaría que nos viéramos allí.

Gracias a mi agente de Curtis Brown, Sheila Crowley, y a Emily Harris y Sabhbh Curran: sois lo mejor de lo mejor en este negocio. Gracias a mi familia, que me permitió escaparme una semana al lago Vyrnwy entre dos confinamientos cuando perdí momentáneamente la capacidad de escribir, y a Ann-Marie y a Rob por compartir conmigo la serenidad de Glan-y-Gro.

Y, finalmente, gracias a ti por leer este libro. Si te ha gustado, desearía que lo reseñaras, lo seleccionaras como propuesta para tu club de lectura o se lo recomendaras a un amigo. El boca a boca sigue siendo la mejor forma posible de compartir historias, y me encantaría que tú compartieses esta con los demás.

«Para viajar lejos no hay mejor nave que un libro».

Emily Dickinson

Gracias por tu lectura de este libro.

En **penguinlibros.club** encontrarás las mejores
recomendaciones de lectura.

Únete a nuestra comunidad y viaja con nosotros.

penguinlibros.club

Penguin
Random House
Grupo Editorial

 penguinlibros